御製

佛光恩照　三千大千　隨緣徧滿

恒沙法界　普度衆生　悉證菩提

身心安泰　年時豐稔　風雨調順

日月升恒　乾坤清寧　百昌蕃熾

上下樂利　中外協和　庶物咸亨

萬善圓成　情與無情　同登正覺

大清雍正十三年四月初八日

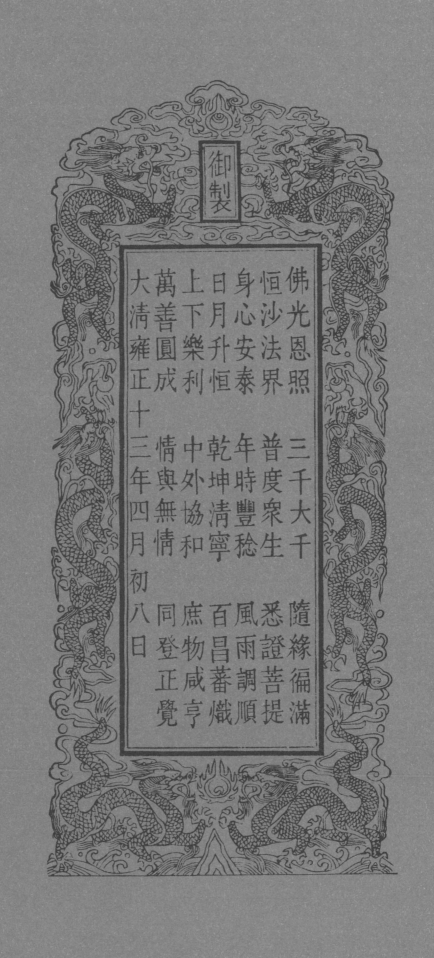

第一一九册　此土著述（九）

妙法蓮華經文句

隋天台智者大師說

清刻龍藏佛說法變相圖

妙法蓮華經文句卷第四上

隋 天台智者大師說

門人灌頂記

從爾時世尊告舍利弗汝已殷勤三請豈得不說下廣明開三顯一凡七品半文爲三一爲上根人法說二爲中根人譬說三爲下根人宿世因緣說亦名理事行例如大品亦爲三根云云今以十義料揀一有通有別二有聲聞無聲聞三惑有厚薄四根轉不轉五根有悟不悟六領解無領解七得記不得記八悟有淺深九益有權實十待時不待時一明通別者初周別名法說通則具三如優曇華時一現耳即譬說若我遇衆生盡教以佛道即因緣說也中周別名譬說通則亦三我先不言皆爲化菩薩故又合譬於一佛乘分別說

三即是法說於二萬億佛所常教化汝即因緣說若謂此文屬法說者可取長者聞已驚入火宅方宜救濟即因緣說下周別名宿世因緣通亦具三涅槃時到衆又清淨令入佛慧是法說有一導師是譬說而作三周者從多從正從略從傍欲令名字不濫各據一意耳問三周爲三根人一周通有三說者一說應具三根答法說非止逗上中之上又有中下從正略傍故言逗上根人耳餘二周亦如是二明有聲聞無聲聞者光宅定有實行聲聞若言無實權何所應開善解無實行聲聞引勝鬘三乘初業不愚於法外凡已知一乘寧有二乘猶執小果經明有者權也此二家偏執乖經失義若定有者經那言無聲聞弟子但化諸菩薩若定無者誰入化城亦無三

可會權何所引若言實有爲權所引者亦應實有三藏佛復爲權三藏佛所引若實無此佛但有權佛者何意不許但有權聲聞無實聲聞耶此義不例實有斷界內惑者呼此爲實而權者應之何處有斷界內惑佛而有權佛應此佛今明有無不可偏執若從長者實智往觀則無客作人若就窮子根性則便自謂作人法華論有四種聲聞一決定二上慢三退大四應化前二未熟不與授記後二與記若依今經應有五一久習小今世道熟聞小教證果如論是決定聲聞二本是菩薩積劫修道中間疲猒生死退大取小大品稱爲別異善根佛且成其小道爲說小教齊教斷結取果是退大未久習小來近理應易悟如論是退菩提聲聞三以此二故諸佛菩薩內

袐外現成就引接令入大道如論是應化聲聞四若見權實兩種能出生死欣樂涅槃修戒定慧微有觀慧未入似位薄有所得謂是證果此名未得謂得未證謂證如論即是增上慢聲聞五者大乘聲聞以佛道聲令一切聞若從決定退菩提兩種即有聲聞若從大乘理無灰斷永住化城終歸寶所實者既爾則無有權故無聲聞若增上慢者既未入位則非實又非應化則非權若得此意有無泠然何須苦諍復次秖就大乘聲聞復論有無若權作應化外現小迹内隱大德則謂無大乘聲聞若從自行發迹顯本則言有大乘聲聞令開三顯一正意爲決定退大聲聞令成大乘聲聞自行既立即能化應聲聞若得此意則達有無也第三惑有厚薄者瑤師云三根得果已後遊觀無生無生之理是一及其出觀緣三教則異將必異之三教惑於無生之一理謂教既三理豈容一又將一理惑於三教理既是一教寧得三踟躕理教之間迴遑得失以理惑教此有得義以教惑理此有失義上根以理惑教情多初聞法說順情即悟下根以教惑理情多聞法說無三逆其計謂故三聞乃解中根處二楹之際法說不悟譬說便了令謂此釋三根未必應爾三人踟躕何等理教若迴遑小乘理教則疑惑未盡尚非初果斷結之人若迴遑大乘理教大乘條然永異何曾與小乘相濫而言踟躕耶若以小惑大以大惑小爾前未斥方便那忽遊觀出入預有踟躕既預踟躕即已疑生執動非始今日若先動執生疑聞開三顯一即應

領解那忽猶有驚疑進退無據故不用此解今明根有利鈍者皆論大乘根性惑有厚薄者約別惑爲言耳即爲四句一惑輕根利二惑重根利三惑輕根鈍四惑重根鈍若別惑輕大根利初聞即悟若惑重根利再聞方曉若惑輕根鈍三聞乃決第四句雖復三聞不能得悟止爲結緣衆耳或可初兩句根利同爲上根或可中間兩句爲中下根云云復次約初品無明三重覆初住中道若初法說上根之人三重無明一時俱盡開佛知見入菩薩位得菩提記中根斷二重無明下根斷一重次譬說時中根斷第三重盡開佛知見入菩薩位得授記剪下根進斷二重次聞因緣說下根斷三重盡開佛知見入菩薩位也例如小乘十六心未滿不得名初果十六心滿名須陀洹也四明轉根不轉根者舊云上根初聞法說即悟而中根轉同上根下根進同中根若譬說時中根前已成上即能得悟下根成上次因緣說時下根已同於上故即得悟若爾轉下成上因緣說時皆悉是上爲利則均那得猶稱鈍者待因緣說耶若轉成上即同上悟若其未悟猶受鈍名則無轉根之義例如身子一聞目連再聽同得初果若二皆利則無復優劣若猶稱利鈍轉根義不成夫衆生心神不定遇惡緣轉利爲鈍遇善緣轉鈍爲利先世值佛聞法自有轉下中爲上俱於法說得悟自有轉下爲中聞譬說得解下者不轉三周乃了如此轉根不同舊釋譬三刀斫木利一中二鈍者三下利鈍之名不失木斷之處是同問三根入初住位猶有利鈍

不答眞修體顯則無差降問若爾初住已上更起緣修有優劣不答此同位人無復勝負眞修體融寧得有異耶五明有悟不悟者經中多明菩薩爲上根緣覺中根聲聞下根若言菩薩上根應併在法說中得悟緣覺併在譬說中得解聲聞併在於因緣中得悟耶然經中一往判出三根至於悟解義未必然今經但見聲聞得解不見支佛者支佛是中根旣值佛出世入聲聞數隨根得悟故不别標緣覺耳故身子請偈云其求緣覺者比丘比丘尼依此文即知緣覺入四衆中攝也又法師品云比丘比丘尼優婆塞優婆夷求聲聞者求支佛者豈無緣覺得解耶舊云菩薩是上根不必皆利從多爲上而執心易轉原其域懷求佛但執過三百已即求近果此疑易悟三根菩薩同在法說得解上者或在略說中者或在廣說之初下者與身子齊今明菩薩語通但使發大心悉是菩薩何必併是利根及身子尚少豈得初周之前已併得悟若爾流通壽量何意有諸菩薩節節得悟無生忍者發菩提心者舊云壽量中悟皆是法身增道損生今言不爾有六百八十萬億那由他恒河沙人得無生法忍此人始得此忍當知壽量之前未是法身故知菩薩得悟不可局在初周之初也問菩薩得悟通於始終二乘得悟亦應至後答三周定父子天性已竟則皆名菩薩設在後悟同名菩薩悟也六明有領解無領解者若三乘同悟何意但見聲聞領解其二則無今明無佛出世各獨覺聞佛說十二因緣法名緣覺旣入聲聞數中得

悟領解皆不別出大意可見身子迦葉等悉是中乘根性故聲聞領解兼得緣覺無勞別出也又四衆中有發緣覺心者其人得悟即不一也信解品云容遣二人追捉將還即是其義菩薩不領解者聲聞之教不明得佛今經開其歸大之路自恐解謬故對佛述解菩薩不爾故無領解又其意有三一菩薩本意求佛設有異執而執輕終歸取佛無有不得之慮今聞三周之說但是正其觀慧故不須領解二菩薩悟大處處有文二乘作佛始自今教逐要流傳故略菩薩領解胡文或有漢略不書耳三菩薩位行深絕諸新小菩薩不敢領解說壽量竟彌勒總都領解初從無生法忍終訖餘有一生在則是具足領解更求何物云云七得記不得記者若同皆領解何故

聲聞得記不見緣覺菩薩受記此亦三意一者昔明二乘入正位不能發心何由得記今既悟大欣斯別決故爲記劫國也菩薩發心求佛行成自滿故不欣急求佛亦不促授又前教處處授菩薩記此是恒說逐要傳譯如前云云二菩薩亦有別記調達龍女豈非記耶又法師品云求聲聞者求辟支佛者求佛道者如是等類咸於佛前聞法華經我皆與授記當得三菩提此豈非皆記耶三二乘昔來未曾得八相記故記其劫國菩薩先已曾記故不重明耳淺近之記初住已得非菩薩所欣菩薩所欣乃是圓極妙覺遠記耳故壽量品中始從發心訖一生得妙因斯滿極果頓圓此乃授法身記莂何謂無記耶問若小悟大應同授法身記那得授八相記耶答八相

是應記既得應記知必有本欲使物知聞共結來緣故與應記耳又此二乘若聞壽量即同損生得法身記也八明悟有淺深者一往同破無明入證初住細尋必應明晦初聞法說尚入佛慧更聞譬說豈不重明又聞因緣理自增進更聞壽量彌復優深如聽法人重聞勝前單複厚薄方之可知也九明權實得益不同者一云實行得益權行正爲接引影響不論其益今明不爾若至壽量權實悉得益增道彌高損生彌盡隣圓際極唯一生在豈非權者益耶所以初爲影響共熟實行後說極果則自道明文云出入息利乃徧他國息利在他即是己利實行得益由於權引化功歸己權亦得益故一音演說法衆生隨類各得解何必須待壽量耶云云又我自欲得此

眞淨大法即是自益也十明待時不待時爾前不悟必待法華悟者名爲待時法華前教已解者名不待時何故爾佛有顯密二說若顯說爲論法華之前二乘未悟大道要須五味調熟會在法華故云說時未至故今正是其時決定說大乘此即待時也若密教爲論未必具待五味在法華方會爾前密有入者故名不待時此乃大判時不時若就三用亦是待時不待時迹本二門亦是待時不待時致有前後悟入即此意也問有一種根性非密非顯二時不攝者應是失時永不得悟耶答餘經或謂此爲失時今經不爾此人雖於密顯兩時不悟雖生滅度之想而於彼土得聞是經故無失時乃是待彼土之時耳問五千起去應是失時答此等應以如來滅度後

弘經人受益也問身子初周爲四衆三根請譬周爲中下請云何言佛各爲三根人三周說法耶答此語不便請則普請說亦普說但上根智利聞法得悟中根處中聞譬得悟下根居下聞三得悟汝當隨義云何隨語云問宿世是過去事法譬是當現事不答經無文義推應爾引三歸一三望一一則是當舉事爲譬譬即是現準後望前應如所問問舊以五濁障大四句料揀如前說有人斷見與無明合共爲障指法華論云無煩惱人有染慢不知一乘法身常住者是也若博地不執涅槃而不聞法者即是無明獨爲障若爾爲當三周聞法已破無明爲當未聞法破無明若聞法已破則無明非是障若未聞法而能破無明者都盧無有障是義云何答是他人立

義今爲其通譬如燈生闇滅不可定其前後雖不前後闇定是障云問勝鬘云三乘初業不愚於法自知當覺優婆塞戒經第十四云二乘自知得菩提且取小乘果又十三云知之者易行之者難雖知一乘而取羅漢彼兩經皆言知今經云何三根之後猶自不知初疑後悟此義云何答此經亦云知文云若實得羅漢不信此法無有是處除佛滅後現前無佛此人雖生滅度之想若遇餘佛便得決了凡有三意前明知次明不知後會歸知非永不知又身子云今於佛前皆墮疑惑我今不知是義所趣又大通佛時聲聞多生疑惑彼見佛聞法尚疑不知況不見聞那忽得知若執二文更相矛盾秪增諍競於道何益論者止可論餘事聲聞成聖能知不能知唯佛

境界非爾所諳今試融之三乘初業初業爲二若久遠爲初業曾聞於大則不愚於法若取中忘今日學小始修念處爲初業者是則不知其義如此若得此意權爲初業是則能知實是初業則不能知有人言利者能知鈍者不能知此應四句權爲利鈍示俱不能知權爲利鈍示俱能知權爲利鈍聞則能知不聞不知權爲利鈍俱示非知非不知今不取此判但取權者内心了了久知實行者未得入大是故不知於義自顯云問緣覺出無佛世云何三周得有緣覺答釋論云緣覺獨覺獨覺出無佛世緣覺願生佛世華嚴云菩薩下兜率放光照之覺即捨身不覺從之大經云彗星中論云支佛出世佛法已滅此是獨覺人也願生佛世者先得初果十四生未滿

值佛即成羅漢不值佛即成獨覺其既值佛亦不捨壽亦不被移願見佛故二果三果例然又有部行緣覺在無佛世師徒訓化也此應有二種佛去世後無文字衆生根鈍故支佛不說法此非部行也部行者能說法也又有變化緣覺宜應見者現緣覺身今三周之座有緣覺者其義可解○初周法說文爲五一從殷勤三請豈得不說下訖卷𠃊是法說二從第二卷初訖偈頌是身子領解三從吾今於天人下訖佛所護念是佛述成四從汝於來世訖宜應自欣慶是與授記五從四衆訖盡回向佛道是四衆歡喜初有長行偈頌長行爲三一許二受旨三正說許文爲三一順許二誡許三揀許汝已三請是順許汝今諦聽是誡許諦聽是聞慧善思是思慧念之

是修慧大經明四善法爲大涅槃因一善知識如來也餘者可解説是語時是揀衆許五千在座故如來三止令將許説威神遣去故名揀衆五濁障多名罪重執小翳大名根深未得謂得名上慢未得三果未證無學有如此失者謂障執慢三種之失也而不制止者上聞開三顯一言略義隱猶未生謗足作繫珠因緣去則有益若聞廣開三顯一乖情起謗住則有損是故不制止也此衆無復枝葉者枝葉細末不任器用此等執方便之方便於大非器大品云攀附枝葉棄於根本是人爲不黠即是此義也退亦佳矣者既以小自翳復妨他大光令退無謗法之愆復無障他之過故云佳矣上枝葉未去如來三止眞實願聞故身子四請師弟鑒機非徒靳固也問佛大慈悲何不神力使其住而不聞如華嚴中聾啞何不增狀毒鼓如喜根勝意答各有所以華嚴末席始開於漸未破小執故在座而隔今諸佛法久後要當説眞實正欲滅化破庵宜須揀遣若去住俱謗宜如喜根强説今去則有益那忽令住住則有損那忽不遣喜根以慈故强説如來以悲故發遣問五千在座即不蒙益去有何益答此非當機是結緣人耳已如上説昔大通佛時亦有無量衆生心生疑惑世世與師俱生今皆得度此人亦爾説大經時萬五千億人於是經中不生信心是人於未來亦當得信例此益在不久金光明中時閻浮提有二種人亦是斯例意汝今善聽即結許也受旨如文從如是妙法下是正廣説文爲二一明四佛章廣上諸佛

權實二明釋迦章廣上釋迦權實上句逗少
是文略總云諸佛是人略但開三顯一是義
略此中章句多是文廣明五佛是人廣明六
畨是義廣六者一歎法希有二說無虛妄三
開方便四示眞實五舉五濁釋權六揀僞敦
實歎法令生尊重說無虛謬止其誹謗開方
便使莫執小示眞實使其悟大舉五濁示必
施三揀僞要必眞實於五章中一一應備六
義而前後互出不具足者蓋如來巧說使略
而無闕詣而不煩文耳又六義前後亦復無
在云云四佛章爲兩初總明諸佛次列三世總
章應具六今但四一歎法二無虛妄三開方
便四示眞實闕二義者指後文也歎法中法
譬雙歎時乃說之者諸佛同出五濁必前開
三如今世尊四十餘年始顯眞實久久稀踈

故言時乃說之久不說者爲人不堪故時未
至故五千未遣故今人已堪時已至五千已
去決定說大乘故言時乃說之優曇華者此
言靈瑞三千年一現現則金輪王出表三乘
調熟已後方說妙法授法王記又隔跨酪生
酥熟酥三味已後乃說醍醐云云觀心觀心即
中名爲瑞此觀通一切法至實相名爲靈云云
汝等當信者勸信無虛妄法也此理至深理
與昔異此言至妙言與昔反此行至普行與
昔乖此人至勝勝於昔劣還指客作四種之
麤而今皆妙恐物生謗故勸信也信無虛妄
人說無虛妄法也從隨宜所說下是開方便
也文爲三謂開釋結初明佛道隨三種機宜
說方便故言隨宜而佛意在實物莫能解故
言意趣難解也所以者何釋也舉今佛之權

能釋諸佛之方便巧慧同故借此釋彼如我以無數方便者諸佛開權亦如我也是法非思量者此有兩義或作結開權或正作顯實結開權者佛意難知唯佛與佛能了稟教者謂三諸佛知一耳作顯實者即屬後文文爲五一標勝人法二標出世意三重示四正釋五結成標人法者舉無分別法唯是佛所知佛以無分別智解知無分別法即是顯實法也所以者何下二標出世意者爲兩初總次分字總者諸佛覺如實之相乘此實道出應於世秖令衆生得此實相唯爲此事出現於世曾無他事除諸法實相餘皆名魔事分字釋者一則一實相也非五非三非七非九故言一也其性廣博博五三七九故名爲大諸佛出世之儀式故名爲事衆生有此機感佛故名爲因佛乘機而應故名爲緣是爲出世之本意而今開三者爲一弄引耳如人欲取先當與之雖說種種道其實爲一乘即此義也舍利弗云何下三重標者將欲分別更重提起爲解釋之端又此大事佛所尊重如釋論中明父王欲多聞太子名數數說之無有猒足云云諸佛世尊下第四正釋者先出諸解舊云四一謂果一人一教一因一果一者初兩句據說者後兩句據受者就說者一往於前因門略說果理先開佛知見卒終於後果門廣顯果理示佛知見約受者先因門略開始得悟解後果門廣得深入理趣今不用此解何者經明四句皆云爲令衆生語意悉主前機得益非關化主應作所化人開悟那即分兩句作能化者開示耶又正是因門說法

開三顯一之時那得分出兩句爲果門中說耶果門因緣未會那得預說若爾六瑞初與佛未起定應是略說五千未去應是廣說二處既其不然果門安得如此下方未出分身未集那得以因門二句爲果門耶次光宅云初一句是開除開出昔方便說三令除五濁開出大乘覺悟知見道理先雖爲人開說此理不說所以更示況此理令生聞慧雖聞未悟所以更廣分別開悟思慧既信悟得意即令發心學佛知見令得修慧入佛知見道理令亦不用何者汝同舊命章云是果一四句皆應作果義云何用三慧消文因果矛盾前後相違又三慧多種此經正破二乘決定不用三藏中三慧菩薩方便與二乘同者蓋是通意又不可用若作別三慧是菩薩法都非佛法若作圓三慧圓三慧未開佛知見消經不可若作餘三慧去經逾遠若作圓三慧果一義不成都不可用云云次地論師云第五恒沙得入分解即三十心位爲開從初地至六地見思盡解轉分明如示七地至八地空有並觀無礙如悟十地爲入引經十地名爲眼見今亦不用何者此經明開佛知見佛以一切種智知佛以佛眼見開此智眼乃名佛知見云何取第五恒沙生入分解猶未入地稱之爲開如此論開非開佛眼如此之知非一切種智知不與經會故不用云云有人解初句是理後三句是略解謂八苦五濁障當果是閉今教除五濁佛果知見顯故名開穢累除而理顯名清淨後三句是聞思修難此同前有人言三乘別教爲開三乘通教爲示抑揚

爲悟法華爲入又人解三乘通爲開抑揚爲示無量義爲悟法華爲入此二解擘三句向他經裂一句置法華擘裂穿鑿傷害誣謂其過大矣有人言三十心是開初地至六地爲示七地至九地爲悟十地爲入此人傍通挾别作如此語未見法華奇異何俟稱歎耶有人引華嚴纓珞仁王攝大乘十七地論五凡夫等皆有五十二位地前有四十心何不用之此人謬引華嚴華嚴不明十信縱使諸部明地前四十心位者皆非斷道何因用此解開佛知見皆漫語耳有人引釋論四智總别一時而得不應用此解開示悟入開示悟入似有淺深又四智位高開示通淺深此應非例此人但見釋論四智之一時不見開示之一時有人言非空非有是開能空能有是示空有不二是悟了空有不二而二是入此人約二諦作解尚不能拔出二乘寧是法華一意有人言達三諦理爲開三諦分明爲示不見三諦一異爲悟任運順流爲入也此人約邐迤三諦作義尚不出菩薩法寧是佛法有人解佛知見者一切智總相爲知一切種智别相爲見此亦不然釋論明一切智是聲聞智道種智是菩薩智一切種智是佛智此是歷别一切種智非三智在一心中何以二乘之知别佛之見釋圓佛知見耶有人解盡智煩惱清淨名知無生智因果患累畢竟無生名見此人取通家佛名教解究竟佛都不相應如上諸師漫取諸經中語都不見法華大意法華論云一無上義除一切智更無餘事如經開佛知見爲令衆生得清淨故出現於

世二同義聲聞辟支佛佛性法身平等故如經欲示衆生佛知見故出現於世佛性法身更無差別故三不知義謂二乘人不知究竟唯一佛乘故如經欲悟佛知見出現於世四爲令證不退轉地現與無量智業故如經欲令衆生入佛知見故論言次第初開佛知見爲無上次示三乘同有佛性法身雖明佛智無上但恐佛獨有故第二明三乘同有雖三乘同有而二乘不悟示其令知雖知而不得不退故第四令得不退又一番約菩薩開如前示者諸菩薩有疑者令知如實修行故悟者未發菩提心令發心故入者已發菩提心令入法故第三番約凡夫開如前示者示其有法身佛性故悟者令外道衆生覺悟故入者令入大菩提故今師作四解不乖論論句句釋今一句作四釋論明證不退轉地今作四位釋論知如來能證實今作四智釋論明同義今作觀心釋論明不知究竟處今作四門釋云云今釋顯實無量法皆一也如玄義中十妙則是十種一也若和舊解且作四一若無量一者一色一香無非中道此義可知若作十一者帖文整足雖不次第十義無減所以者何我以無數方便種種因緣演說諸法此自是開權之文耳從是法非思量分別之所能解顯理一唯有諸佛乃能知之顯智一唯以一大事者小須分別一則是理大則是智事則是行理發智智導行逐此義便是顯行一知見者智知於理眼見諦法諦法無爲則無分別以無爲故而有差別約此知見論開示悟入以略擬廣則有四十位是顯位一

又取結四句文明一一即法身大即般若事即解脱是祕密藏即顯三法一出現於世顯感應一但教化菩薩顯眷屬一諸有所作顯神通一唯以佛之知見示悟衆生顯利益一但以一佛乘故爲衆生説法顯説法一經文印義信如符契若略和舊作四一者數同義異舊云果一今言理一依義依文依義者若無理一衆事顛倒悉是魔説非復佛經故須理一依文者文稱佛知見今取所知見所見即諦所知即境境諦即實相之理故名理一舊云因一今云行一因語單義别行一語通收得因果故言行一人一教一與彼同今且從略説以四一消文先釋理一復爲四意一約四位二約四智三約四門四約觀心一約四位者諦境不可知見約於智眼乃能知見二智四眼不能知見唯一切種智佛眼則能知見經云爲令衆生開佛知見不論佛果自知自見若偏語佛果即失衆生若語衆生則無佛知見故不可偏取三教行人雖是衆生未有佛眼佛智故不能知見實相圓教四位亦是衆生又分得佛眼佛智則衆生義成知見義亦成故寄此四位以釋理一如瑞相中天雨四華表萬善同歸得入四位乘四位華以趣佛果故約位顯理也開者即是十住初破無明開如來藏見實相理何者性德之理而爲通别兩惑之所染著難可了知初心能圓信圓受圓伏而未能斷不名爲開内加觀行外藉法雨助破通别惑藏頭出眞修性知見朗然開發如日出闇滅眼目有用故名爲開緣修破惑故名使得清淨仁王云入理般

若名為住住於十住小白華位也示者惑障既除知見體顯體備萬德法界衆德顯示分明故名為示即是十行大白位也悟者障除體顯法界行明事理融通更無二趣攝大乘師云如理智如量智今理量不二故名為悟即十迴向小赤位也入者事理既融自在無礙自在流注任運從阿到茶入薩婆若海如攝大乘師云如理如量通達自在如量知見能持衆德如理知見能遮諸惑即是十地大赤位也然圓道妙位一位之中即具四十一地功德秖開即具示悟入等更非異心但如理知見無有分別淺深之相欲顯如量知見故分別四位耳發心畢竟二不別如是二心前心難既云難易即知初心與畢竟心應有明晦淺深之別猶如月體初後俱圓而有朔望之殊四位知見皆明照實相而說開入之異耳云云二約四智者今欲以圓教四智對於四位不如般若中通教釋也一道慧見道實性實性中得開佛知見也二道種慧知十法界諸道種別解惑之相一一皆示佛知見也三一切智知一切法一相寂滅寂滅即悟佛知見也四一切種智知一切法一相寂滅相種種行類相貌皆識即入佛知見也又道慧如理名開道種慧如量名示一切智理量不二稱悟一切種智理量雙照為入此亦約實理無淺深中而淺深分別也三約圓教四門橫釋四句者空門一空一切空即開佛知見有門一有一切有即示佛知見也亦空亦有門一切亦空亦有即悟佛知見也非空非有門一切非空非有即入佛知見能通則四所

通則一開示悟入是能通之門所知所見是所通之理也四約觀心釋者觀於心性三諦之理不可思議此觀明淨名爲開雖不可思議而能分別空假中心宛然無濫名爲示空假中心即三而一即一而三名爲悟空假中心非空假中而齊照空假中名爲入是爲一心三觀而分開示悟入之殊也所以四種釋者見理由位位立由智智發由門門通由觀觀故則門通門通故智成智成故位立位立故見理見理故名爲理一也從舍利弗是爲諸佛以一大事下即是結成理一義也昔方便教亦得義論開示悟入而非佛知見故是權今明佛知見故是實實即理一也從告舍利弗如來但教化菩薩是明人一就昔方便謂教化三乘理實而言但化菩薩如彼窮子自謂客作賤人長者所觀實爲已子即是人一也從諸有所作常爲一事光宅稱教一令言行一諸三乘衆行名之爲諸爲圓故諸即是一事此行何所至到唯趣佛之知見即是行一意也亦可持此爲教一若就教主爲言諸有所作唯以教化爲事此教一爲便若就行人爲語所作之事事作即是行今取此便呼爲行一也然四句皆二義至如理一中若取能知見即位一爲便所知見理一爲便人一句中若取教化教一爲便若取菩薩人一爲便教一句中若取以一佛乘而爲衆生說法此教一爲便若取乘運之義行一爲便四句通然逐便釋耳從但以一佛乘者光宅爲因一令言教一圓頓之教名一佛乘故序品云說大乘經即是教義也自別教已去皆名

有餘之說即不了義非佛一乘光宅云無緣覺聲聞之二無偏行菩薩之三又有人云無菩薩緣覺爲無二無聲聞爲無三若作此解秪是無三藏諸乘存於通乘何關一佛乘耶有人言無緣覺爲無二無聲聞爲無三存於菩薩大乘若爾秪無三藏中二乘不無三藏中菩薩此存有餘何關佛乘何處經論以聲聞爲第三既無此次第都是妄說若依汝解無二是無緣覺無三是無菩薩第一是聲聞應不被無若如此者則大倒亂今言但以一佛乘者純說佛法之圓教乘也無餘乘者無別教帶方便有餘之說無二者無般若中之帶二無三者無方等中所對之三也如此二三皆無況三藏中三耶從舍利弗一切十方諸佛法亦如是即是第五總結三世佛章各

明教一行一後總論人一理一在文可見若當章自作四一者亦得而不及總文顯也菩薩瓔珞經第十三明九世佛過去三世佛現未亦爾未來三世佛者古佛慈悲入未來作種種形度衆生者是未來現在佛者當受未來記者是未來未來佛者當佛轉次受記者是過去準此可知云云現在現在佛者當化主者是現在未來佛次補者是現在過去佛古佛垂迹者是從過去諸佛章此中應具六義但出二種一開方便二顯眞實兩則指上兩則指下以無量無數方便者明開權也是法皆爲一佛乘故明顯實也例上一佛乘即是教一從諸佛聞法是雖聞於法法被衆生兼得人一究竟皆得一切種智種智所知即是理一能知即是行一雖不次第四一兼足也

從未來佛章亦有二義指上指下兼即具六云從現在佛門正是化主初標佛出之意如諸佛章中唯以大事因緣出現於世此亦如是唯爲饒益安樂衆生而出於世也次開權次顯實又具四一也

妙法蓮華經文句卷第四上

音釋

鬘莫班切　複方六切重也　矛盾矛莫侯切鈎兵也盾食尹切干櫓之屬　諳烏含切悉也　彗徐醉切妖星也　靳居焮切吝惜也　跨苦化切越也　誣誷誣微夫切誷扶紡切誣誷欺誑也　挾胡頰切帶也　邐迤邐力紙切迤移爾切邐迤連接也

妙法蓮華經文句卷第四下

隋天台智者大師說

門人灌頂記

第二廣釋迦章於六義中無歎法希有初開權次顯實三舉五濁釋方便四揀僞敦信一實五無虛妄我今亦如是我即釋迦現在先三後一如四佛不異故言亦復如是知諸衆生有種種欲者即是五乘根性欲也過去名根現在名欲未來名性深心所著者即是根也方便者即是隨宜開三乘權法也如此皆爲得一佛乘者即是顯實也佛乘是教一一切是行一種智所知是理一從十方尚無二乘何況有三者是第三舉五濁釋開權也將舉五濁先標其意上已說諸佛開權顯實未明隱實施權其法清淨湛一如空尚無帶二帶三之權況有單三單五之權秖爲五濁障重實不得宣須施單五單三之權亦施帶二帶三之權故言於一佛乘分別說三分別說於若帶二帶三之三若單五單三之三也五濁者自有四別初唱數二列名三體相四釋結唱數列名如文如是者明體相也劫濁無別體劫是長時剎那是短時但約四濁立此假名文云劫濁亂時即此義也衆生濁亦無別體攬見慢果報上立此假名文云衆生垢重即此義也煩惱濁指五鈍使爲體見濁指五利使爲體命濁指連持色心爲體云云相者四濁增劇聚在此時瞋恚增劇刀兵起貪欲增劇飢餓起愚癡增劇疾疫起三災起故煩惱倍隆諸見轉熾麤弊色心惡名穢稱摧年減壽衆濁交湊如水奔昏風波鼓努魚龍攪

撓無一憀賴時使之然如劫初光音天墮地地使有欲如怮利天入麤澀園園生鬭心是名劫濁相煩惱濁者貪海納流未曾飽足瞋䖭吸毒撓諸世間癡闇頑嚚過於漆墨慢高下視陵忽無度疑網無信不可告實是爲煩惱濁相見濁者無人謂有人有道謂無道十六知見六十二等猶如羅網又似稠林纏縛屈曲不能得出是見濁相衆生濁者攬於色心立一主宰譬如黐膠無物不著流宕六道處處受生如貧如短名長名富是爲衆生濁相命濁者朝生暮殞晝出夕没波轉煙迴瞬息不住是命濁相濁相衆多不能具說次第者煩惱見爲根本從此二濁成於衆生從衆生有連持命此四經時謂爲劫濁也料揀者問五濁若障大華嚴中未除濁而聞法者何也答此應四句分别一大乘根利障重以根利故重障不能障此土華嚴初聞大乘者是也二根利障輕三根鈍障輕他方淨土聞大乘者是也四根鈍障重如此土身子流輩除濁方聞大乘者是也問五濁障小不答此就小乘應四句分别小乘根利遮輕障不能障身子是也根利遮重障亦不能障央掘是也根鈍遮輕亦不爲障槃特是也根鈍遮重此則成障不聞小乘不得度者是問自有不在華嚴不在三藏而得聞大聞小乘者何也答此就四教教教中作四門分别根利遮輕者聞非空非有門入也根利遮重者聞亦空亦有門入也根鈍遮輕者聞空門入也根鈍遮重者聞有門入也兩教四門約小乘分别兩教四門約大乘分别細推可解云云問五濁一

徃何故障大而不障小答衆生濁重妄計五陰爲四德若聞常我即執非爲是舊醫頑騃不知乳之好惡不知病起根源不知藥餌開遮無所知曉故濁障大也文云我若讚佛乘衆生没在苦即此義也若聞無常苦空即猒生死欣涅槃破其邪計執故五濁不障小文云作是思惟時十方佛皆現梵音慰喻我即此義也約五濁論四悉檀者劫命是世界衆生見是爲人煩惱是對治用三悉檀除其五濁後爲說大第一義悉檀也若論因果則二因三果一人四法四法一時二報障二煩惱障業在其間衆生是因成假命是相續假相待假可知衆生是受假四是法假名假通兩處煩惱見在凡夫餘三通凡聖命短劫長餘三通長短劫但是時命帶法論時劫通內外命但在內三小害人不害物三大害物不害人小劫但在人大劫通色界命通五道三界劫是共濁四各各濁小劫是劫濁大劫通濁不濁從八萬至十歲爲小劫八十反爲大劫也問既言五濁何者是五清答準例邪正三毒邪是五濁正是五清他方淨土無邪三毒則五濁障輕此義可知云云從若我弟子自謂下是第四揀僞敦眞若佛弟子自能信解若不信解非眞弟子亦非羅漢敦逼時衆令信受解就文爲二初揀眞僞二開除釋疑揀又爲二初若不聞不知非眞弟子次聞不信受成增上慢如世弟子隨順師法繼嗣傳燈若不聞不知則無法可順何謂弟子如來昔說五濁開三汝隨順得涅槃得聞得知名爲弟子今五濁既除爲汝說一何意不聞不知不

聞者即不聞教一不知者即不知行一非眞即非理一非弟子即非人一也次又舍利下第二明不信成增上慢者此敎其使信何者汝自謂是後身身尚無量實非後身汝自謂究竟猶餘二百由旬實非究竟未得謂得豈非增上慢耶眞羅漢者濁除根利知非究竟信眞是法未是後身不起上慢知非究竟信於究竟即信理一無增上慢即成行一信則信教是爲教一是佛弟子則人一也除佛滅下第二開除釋疑者先開除除佛滅後不成增上慢次所以者何佛滅下明好人難得深經難解亦不成上慢若佛在世正說此經不信不受非眞羅漢成增上慢若佛滅後方得羅漢者偏執權經不信圓法聽許非增上慢又佛雖入滅此經尚在不信不受應是上慢耶即得開除佛滅度後雖有此經解其文義者此人難遇致令羅漢不信不解亦聽許非增上慢次釋疑若佛滅後解經人難遇得羅漢者即求入涅槃耶即釋云是人雖生滅度之想捨命已後便生界外有餘之國值遇餘佛得聞此經即便決了釋論第九十三釋畢定品云羅漢受先世身身必應滅住在何處而具足佛道答羅漢三界漏因緣盡更不復生三界出三界外有淨佛土無煩惱名於是國土佛所聞法華經具足佛道即引法華云有羅漢若不聞法華自謂得滅度我於餘國爲說是事汝皆作佛論既引經爲證今釋經還將論解南嶽師云餘佛者四依也羅漢遇之聞經決了又羅漢修念佛定見十方佛爲說此經便得決了又凡夫行人苦到懺悔見

十方佛爲説亦得決了瑶師云實羅漢必自知法華志求於大利根則自知中下根須聞而知故言聞知何容於佛滅後不聞法華或聞而不信遇餘佛方解耶末法凡夫猶尚能信況聖人乎除佛滅後者指凡夫也有人言凡夫未證法相所見不明執心不固所以易信羅漢證法相所見分明執心牢固忽聞異説未便信受故云不信其義必然故身子云將非魔作佛惱亂我心耶若從此義指羅漢不指凡夫云云此直異解不用此義也舍利弗下第五明無虛妄者止物謗心此爲三初勸信釋迦實説故云汝等當一心信解受持佛語次勸信諸佛故云諸佛言無虛妄諸佛道同彌加信受後結成不虛故云無有餘乘唯一佛乘也第二偈頌有一百二十一行分爲

二初有四行一句頌上許答後有一百十六行三句頌上正答上許答有三謂順誡捒今不頌順但頌捒誡捒衆爲兩初三行半頌上五千退次二句頌上衆巳清淨次一句頌誡聽上慢我慢不信四衆通有但出家二衆多修道得禪謬謂聖果偏起上慢在俗矜高多起我慢女人智淺多生邪僻不自見其過者三失覆心藏玼揚德不能自省是無慚人也若自見過是有羞僧也於戒有缺漏者律儀有失名缺定共道共有失名漏無道定等故内起惡覺如玉含瑕無律儀故外動身口如玉露瑕覆罪自得故名護惜小智者不得學無學智而有世間小智妄謂有漏以爲無漏小中之小故言小智也糟糠者無無漏禪定潤故如糟無理慧故如糠是五千等有世間

禪如糟有文字解如糠封文失詮如糠無米又糟糠譬其無大機枝葉譬其非好器悉不任用故須遣之舍利弗善聽者即訟上誡許誡令善聽也從諸佛所得法下有一百十六行三句頌上正答也又爲二初從諸佛所得法下有七十三行一句頌四佛章門從今我亦如是下有四十三行半頌上釋迦章門就初又爲四初諸佛所得下三十四行三句頌上諸佛門從過去無數劫下第二有二十七行半頌過去佛門從未來諸世尊下第三有六行半頌未來佛門從天人所供養下第四有四行半頌現在佛門今就初頌諸佛門中與長行凡有三異一彼此互無二前後間出三開合不同上有歎法希有而無五濁頌有五濁而無歎法上先歎法次明不虛開權顯實今先開權顯實後明不虛上勸信與不虛合說今分勸信隔於不虛也私謂上以釋迦方便釋成諸佛之權偈中以釋迦之實釋成諸佛顯一是四異也此初頌文爲五初從諸佛所得法下五行三句頌諸佛施權二從我設是方便下十三行頌諸佛顯實三從若人信歸佛下四行半頌諸佛章勸信四從若我遇衆生下九行半長頌五濁五我有方便下兩行頌上不虛今初釋開權文爲二初四行一句頌正施權次一行半頌結施權意今初諸佛所得法者修道得於諸權法也無量方便力下頌上無數方便種種因緣演說諸法也衆生心念者頌上隨宜說法也頌中廣出隨宜之相即是照九法界機說七方便總言九七不可定判故言若干隨欲之宜應用世

界悉檀隨性之宜應用爲人悉檀隨惡業宜應用對治悉檀現起希望名念法門不同名種種過去所習名性現在欣樂名欲或可習欲成性成性生習欲云云善惡業者七方便傳傳爲善惡云云佛以權智照諸方便性欲然後以諸因緣譬喻隨其所宜説九部經十二部如玄義中説鈍根樂小法者一行半結施權之意前世根鈍今世無機不堪聞大故言不行深妙道前世貪著障重今世衆苦所惱唯可聞小故言爲是説涅槃也從我設是方便下第二十三行頌諸佛顯實文爲四初三行頌理一令得入佛慧頌上一大事因緣也決定説大乘總頌開示悟佛知見也入大乘爲本頌上入佛知見也從佛子心淨下第二四行半頌上諸佛如來但教化菩薩以明人一

上直云教化菩薩頌中廣出諸方便人皆成實人有佛子心淨即別教之人爲此佛子説大乘經得記心喜即成圓教眞實之人聲聞若菩薩者聲聞兼得緣覺若菩薩兼得六度通教等諸菩薩皆成佛無疑者即是七種方便無非佛子即是頌人一也從十方佛土中下第三一行三句頌上如來但以一佛乘爲衆生説法無有餘乘若二若三若十方佛唯説一法即是教一假名引導即方便教也牒假名三教顯佛慧一教其文分明無有餘乘者無別教中圓入別之餘也無二者無通教中半滿相對之二也無三者無三藏中之三如此等二三皆是假名字引導諸衆生今但一佛圓教乘也從諸佛出於世唯此一事實下第四有三行三句頌上諸有所作常爲一

事行一文也事即是行終不以小乘濟度於衆生即是頌上常爲一大事之意也佛自住大乘以此度衆生頌上唯以佛之知見示悟衆生後一行釋不以小度之意從若人信歸佛下第三四行半頌上勸信上云汝等當信佛之所說頌中有二初有二行半舉果勸信二舍利弗下二行舉因勸信舉果中初一行半舉内心若人信歸佛如來不欺誑者明佛心清淨無明慳垢衆惡已斷淨心中説故是可信我以相嚴身下一行明外色身相炳著光色端嚴内無闇惑外有光明則口無欺誑爲衆所尊說大乘印則可信受我本立誓願下二行是舉因勸信此亦爲二初我本立誓下一行舉昔誓二如我昔下一行明願滿我昔誓願非但自誓菩提亦誓衆生同入佛慧今酬誓故説是亦可信今菩提既滿衆生亦入汝既自證佛慧亦驗我誓不虛結成舉因勸信也問本誓既普今衆生尚多願云何滿答佛三世益物今明現在論願滿也若我遇衆生下第四九行半舉五濁上明五濁在釋迦章後今頌文在總佛門末釋迦門中又更重出此明諸佛同出五濁皆先三後一也此文爲四初一行總明五濁障大次六行別明五濁障三三一行明爲五濁故方便説小四一行半明爲大説小小治五濁大願得與若我遇衆生者中阿含十二云劫初光音天下生世間無男女尊卑衆共生世故言衆生此據最初也若攬衆陰而有假名衆生此據一期受報也若言處處受生故名衆生者此據業力五道流轉也正法念云十種衆生謂長

短方圓三角青黄赤白紫云何衆生生死長在地獄時身受不可思議苦心念無量無邊惡在畜生時身迭相吞噉心迭相逼惱在於鬼時身若燒山心如沸鑊邪見熾盛觝突癡兇在人時身口意常作不饒益事以自勞苦身口意常念不饒益事以自牽纏在天時耽染六塵縱逸嬉戲不聞正法杜塞福源是名衆生生死長云何衆生生死短在地獄時能一念寂靜心取戒在畜生時能一念靜心依三寶在餓鬼時能一念靜心靜諸根在人時能修六度養父母敬三寶以善嚴身口意在天時捨天樂持戒樂禪教化讀誦梵行少語是爲衆生生死短云何衆生方生死如鬱單越於一切物無我所捨身必上天從天上又上天唯向升善處是名生死方楞云何衆生圓生死唯在三途四趣中團欒圓轉如旋火煙迴是也云何三角生死謂善業不善業無記等是也云何衆生青生死恒入闇地獄常怖怕是也云何衆生黄生死餓鬼飢羸萎黄是也云何衆生赤生死畜生迭相食噉流血赫然是也云何衆生白生死謂人中天中白業善道如諸天臨死時餘天語言汝生人道去若人臨死知識語言汝向天中去當知兩處是白生死又第五云心畫地獄黒色鬼鴿色畜生黄人赤天白此義云何答上説五道果報今説五道造業故其不同耳云云如是等衆生若爲與佛相遇衆生以苦惱自煎諸佛以大悲濟物悲與苦相對故言相遇又佛如衆生如一如無二如天性相關故言相遇夫大悲恒愍衆生若以人天教我則墮闇惑止

免青黄赤紫方圓楞角等生死非教佛道若遇衆生令修小乘我則墮慳貪此事爲不可秪出二十五有若遇衆生教令通别我則墮偏僻失佛知見今皆令衆生得實相妙慧體達一切皆是佛法無非正道此則盡教以佛道生死苦永盡我常如是説但衆生根鈍罪重不可如願過去有佛號住無住發願使已國衆生同日同時成佛即日滅度又賢劫前有佛號平等亦願已國及十方衆生亦同一日成佛即日滅度今日有佛復有衆生云何耶佛言止止我前所言得人身者耳頗有發願令五道同日成佛不佛言不可以非器之身成無上道要先化三趣令得人天然後乃可如願三趣非善道何能成佛如人求寶聚不於空中求我知此衆生下第二六行别明

五濁爲五初二行明衆生濁善本者眞如實相也不依此種善根故不感大也堅著五欲者即諸惡之本從癡有愛則我病生從受胎之微形下第二一行别明命濁觀心釋者一念心起即爲未來作業業即胎胎業無窮世世不斷不斷即是增長也受胎之微形形即五陰陰名世壽命連持諸陰入世初從薄酪已至老死故名世世增長是命濁受陰身經説凡夫受身初七未轉異二七有生相如薄酪三七如厚酪四七如凝酥五七如坏六七如肉摶七七於肉摶生五皰頭手脚等八七又五皰一頭兩膊兩腕九七續生二十四皰四皰作眼耳鼻舌二十皰爲二十指十七轉現腹相漸漸皮骨分解作諸異相生七百筋七千脉隨所須相用一風滐之須白相白風

染乃至餘風亦如是香風故安隱端正臭風故不安隱則醜陋邪戾後出胎食五穀則生八萬戶蟲也入邪見稠林下第三一行是見濁五見交加如稠林密茂若有是常見若無是斷見因此二見生六十二或云外道計我有四句色即是我離色是我色大我小我住色中我大色小色住我中四陰亦爾是爲二十三世爲六十并根本爲六十二或如大品中所說次深著虛妄下第四一行頌煩惱濁如文於千萬億下第五一行頌劫濁長時無佛法即是劫濁又上來四濁集在時中故名劫濁如是人難度者五濁障故不信一乘則不可度也觀解者念念惡覺永無正觀自覺即不見佛心無八正即不聞法此心難度是故舍利弗下第三一行即權爲說小如文我雖說涅槃下第四一行半即是終令入大析三界妄盡滅色取空則非眞滅若體達無明本無常寂即是眞滅本無雖寂若不修道無由契會故言佛子行道已來世得作佛也我有方便力下第五兩行頌上不虛上云汝等當信佛之所說言不虛妄勸信前已頌訖不虛今更頌初二句先明釋迦先開三次兩句明諸佛後顯實互現耳後一行正明不虛前權後實誠言不虛勿生疑也從過去無數劫下第二二十七行半頌上過去佛章文爲二初二行頌開三如文是諸世尊下第二有二十五行半頌顯一上文顯實兼有四一令偈具頌於中又二初一行略頌上三一皆說一乘法即是頌教一化無量衆生頌人一令入於佛道即頌理一兼得行一次又諸大聖主

下第二有二十四行半約五乘廣頌顯一就文爲二初一行半總約五乘以顯一天人群生類是舉諸乘以明人一更以異方便舉諸行以顯行一兼得教一第一義即是理一異方便下正因佛性即第一義理若用圓妙正觀此即實相方便不名爲異若用七方便觀助顯第一義者名異方便次若有衆生下第二有二十三行別約五乘以顯眞實者即爲三初二行開菩薩乘次第二一行開二乘第三二十行開天人乘今初若有衆生類下二行開菩薩乘若作五乘釋者但是六度菩薩乘若作七方便釋者兼得通別菩薩乘何者三教大乘皆行六度而運心有異相心行六度即三藏菩薩無相即通教非相無相次第行六度即別教今但列六度未知定判屬誰

尋上文云更以異方便者非獨六度菩薩即三教菩薩方便昔聞法皆已成教一昔六度行皆已成行一如是諸人等皆已成人一皆已成佛道皆已成理一也從諸佛滅度已若人善輭心一行開聲聞緣覺皆入一乘何以得知大品歎阿羅漢心調柔輭又淨名云住調伏心是賢聖行是以知之昔善輭心皆成行一諸人等是人一成佛道是理一供養舍利下第三二十行開人天乘不彰是人天乘但明造像起塔專至散亂故知是天人業地師解云童子是童眞地無二乘凡夫二邊欲心聚砂爲塔砂是無著塔是衆行積集含藏正覺之心彼謂義會無生以爲深詣今謂乖文豎狹何者登地自應成佛如修羅度海何足爲奇今以童稚戲砂亂心歌詠指微即著

如凡夫度海不可思議佛分明廣會五乘毫
善不漏而棄收羅之廣意徑取無生若如向
釋殆不攝二乘況凡夫乎論深但是一致定
廣則爭經文問人天小善應住果報云何皆
言已成佛道答此應明三佛性義大經言復
有佛性善根人有闡提人無者即是人天小
善低頭舉手爲山始簣合抱初毫昔方便未
開謂住果報今開方便行即是緣因佛性能
趣菩提成顯實之義也就此爲二前十九行
約天人小善成緣因種子以明顯實後一行
約了因種子以明顯實尋文可解前十九行
爲十初三行半約造塔明天乘因時至心傾
財捨寶果時任運自然受樂故是天乘也木
櫁者長安有木名櫁亦任造像金光明云以
佛舍利如芥粟許置小塔中三十三天已有
自然果報即其義也次乃至童子下第二一
行童子戲砂作塔即是人業因時汎汎悠然
作善果時作意勤求得樂故是人業次若人
爲佛故下第三四行約志心造像明天業優
婆塞戒經不許用膠得失意罪而此經用者
古師云外國用樹膠耳光宅言或有處必須
於像聽許用牛皮膠若有他物即不得用也
有言大豆汁可代膠清然牛皮終是不淨物
後得不淨果報不淨錢不任造像可換取如
法淨錢造像地持不用雌黄臭物戒經不許
造半身像得失意罪善相不起隨落生死中
然造像各有所擬若當堂佛必須坐消息佛
或坐或卧行動佛必應立而弟子於塔殿立
像前不得坐此處定屬佛故若白衣舍餘處
坐像前不能久立乞坐者得立像前即不得

坐也云云次乃至童子下第四一行明人業次如是諸人下第五一行半結成顯實諸人皆成人一漸漸積功德具足大悲心即成行一佛道即成理一既已成佛復能四一但化菩薩即是教一云云次若人於塔廟下第六三行半約諸塵供養明天業銅鈸者長安人呼露盤爲銅鈸在彼翻經故用彼名之耳次若人散亂下第七一行約散心用塵供養明人業次或有人禮下第八一行約身業供養明天人業禮拜一句五體著地是上禮即天業合掌低頭是中禮是人業次以此供養下第九一行半結成非但顯實自成佛道亦能開權薪盡涅槃也云云次若人散下第十有一行約口業例上應具天人業今但出人業云云南無大有義或言度我度我可施衆生若佛答諸佛度我義不便五戒經稱驚怖驚怖者正可施佛也生死險難實可驚怖以大救之不得今同諸佛以小濟之驚怖施佛可也故文云喜稱南無佛喜者喜得救物儀也五戒經又云歸命悉施衆生耳調達臨終稱南無未得稱佛便墮地獄佛記其從地獄出當作辟支佛字曰南無外國事天像者以金爲像頭賊來盜之取不能得即稱南無佛便得頭明日衆聚云天像失頭便是無天來著耳著者云何失頭天即降一人云賊來取頭即稱南無佛諸天皆驚動是故得我便是故失頭衆人云天不如佛耶既不如者今何不事佛賊稱南無佛尚得天頭況賢者稱南無佛十方尊神不敢當但精進勿懈怠那先經云人臨死稱南無佛得免泥梨者云何如人持一石置

水石必沒無疑若能持百石子置船上者必不沒若直爾死必入泥棃如石置水若臨死稱南無佛佛力故令不入泥棃船力故使石不沒也云云胎經報恩經云華林園第三大會九十二億人者是釋尊遺法中一稱南無佛人得見彌勒也次於諸過去佛下第二有一行明了因種子若例上皆有相無相非有相非無相至心散心等五乘種子今皆開入一實云云至心聞一句是天業散心聞一句是人業云云問何意約過去佛門廣明五乘耶答三世佛皆有開權但未來未起現在始行於證義弱過去開權已久受化之人皆成四一並於十方施權顯實證義事強搆之虛言不如驗之以實故於過去佛廣說五乘也從未來諸世尊下第三有六行半頌上未來佛章文爲二初一行半頌開三後五行頌顯一度脫諸衆生者一行頌人一諸佛本誓願一行頌行一佛所行道誓令得此道豈非行一未來世諸佛兩行頌教一知法常無性者實相常住無自性乃至無無因性無性亦無性是名無性佛種從緣起者中道無性即是佛種迷此理者由無明爲緣則有衆生起解此理者由教行爲緣則有正覺起欲起佛種須一乘教此即頌教一也又無性者即正因佛性也佛種從緣起者即是緣了以緣資了正種得起一起一切起如此三性名爲一乘也是法住法位一行頌理一也衆生正覺一如無二悉不出如皆如法爲位也世間相常住者出世正覺以如爲位亦以如爲相位相常住世間衆生亦以如爲位亦以如爲相豈不常住

世間相既常住豈非理一又釋世間者即是陰界入也常住者即正因也然此正因不即六法緣了不離六法正因常故緣了亦常故言世間相常住也於道場知已此舉果釋成開權顯實道場朗然斯理久暢物情障重方便施三云從天人所供養下第四有四行半頌現在佛章上文有四今頌三不頌後結初一行半頌爲化之意正爲安隱衆生次知第一寂滅下一行頌上顯實知第一寂滅即頌理一其實爲佛乘或頌教一或頌行一後知衆生諸行下二行頌開權如文從今我亦如是下第二有四十三行半頌釋迦章上文無歎法希有頌中具六但舊解釋迦章點出譬本指上本下文義交加尋跡則目眩聽說則心亂鈍者致惑私記者先撰置前至文更帖

庶以自鏡耳然釋迦章偈凡兩意一頌上二本下上根已悟中根未了故須作諭還譬上法譬不孤起承躡有由故言譬本也古舊爲五譬一長者譬二思濟譬三權誘譬四平等譬五不虛譬然初是總譬非獨長者思濟是救子不得義耳猶少見火譬故不用瑤師云方便品中從諸佛隨宜所說竟長行正顯一乘眞實凡有四章一者開昔四三成今四一二以五濁故不得說一乘三從若我弟子自謂下明不得者四從汝當一心信解下明不虛妄始末言異以意求之皆實也下火宅中但譬方便品內三章從譬如下竟願時賜與是第一譬五濁章從各賜諸子等一大車竟得未曾有是第二譬眞實章從是長者等賜諸子竟寧有虛妄不是第三譬不虛妄章玄

暢師云六譬一宅中衆灾之相二覺者唯佛起一乘念三衆生不受爲說怖畏之事四說三乘樂五還說一乘教六結不虛妄也龍師云六譬一舍宅父子譬佛王三界化衆生也二長者見火譬我以佛眼觀見六道衆生也三長者救火譬佛三七欲度衆生不得用大也四長者方便誘以三車譬佛設三乘教也五長者賜一大車譬說妙法華六不虛妄譬也光宅十譬一今我亦如是二行總頌上權實爲下總譬作本二舍利弗當知四行頌上五濁爲下見火譬本三我始坐道場六行半明大乘化不得爲下救子不得譬本四尋念過去佛十一行明三乘化得爲下救子得譬本五我見佛子等一行明大機發爲下見子免難譬本六咸以恭敬心一行明三乘索果爲下諸子索車譬本七我即作是念二行一句明如來歡喜爲下長者歡喜譬本八於諸菩薩前三句明爲說大乘爲下等賜大車譬本九菩薩聞是法一行明衆生歡喜爲下諸子得車歡喜譬本十汝等勿有疑一行半明佛無虛妄爲下長者不虛譬本也有人評之若以句判應有十九句若以義判則有六義一總二見火三一乘化不得四三乘化得五還說一乘六不虛自餘攝入六義之內又十譬則法譬參差法說中索車在前父喜在後譬說中父喜在前索車在後雖欲會通終成迂迴又大小相違法說見大機動故喜譬說見小緣免難故喜法說明大因譬說敘小果法說大障將傾譬說小難已離義勢乖各又有無異故法說中敘上根易悟故無索車譬

說明中根猶惑故有索車若引恭敬爲索車者殊不體文意今無此四失然有無者長行有五一開三二顯一三五濁四眞僞五不虛偈亦五但長行有眞僞偈則無偈有歎法長行則無互現耳次第者長行先開三後顯一偈先顯一後開三開合者開三顯一爲總譬本二偈合而不開次離五濁文爲三譬之本開而不合不虛爲不虛譬本不合不開明取捨四段經文爲六譬之本取而不捨歎法一章非六譬故捨而不取論總別初開三顯一總叙釋迦一化教門從五濁去皆屬別譬也次本迹者總叙佛教總含本迹從五濁去別明本迹五濁一章正明居法身本見衆生苦起大悲從一乘化不得者垂迹云云今謂迹門大意正是開三顯一前直法說上根即悟解中下未悟更爲作譬譬於三一令得曉了前法說中既略廣開三顯一後譬說中亦應略廣許三賜一因緣中亦應引三入一若作三譬六譬十譬於三周之文不合於四人信解乖離是所不用今明頌釋迦章中大分爲兩初從今我亦如是下兩行偈略頌上權實爲下總譬作本第二從我以佛眼觀見下有四十一行半偈廣頌上六義爲下別譬作本今約總頌中即有六意得爲總譬六義作本偈云今我亦如是我即釋迦是一化之主爲下有大長者譬作本安隱者即大涅槃常樂住處此處寂靜無五濁障故名安隱安隱即對不安隱不安隱即三界生死行化之所有五濁障名不安隱即爲下火宅譬作本衆生即是五道受化之徒爲下五百人譬作本又安

隱者即是安隱法還對不安隱法不安隱法即五濁法也爲下火起譬作本種種法門即對不種種爲下唯有一門譬作本知衆生性欲者即是五道根性有三乘差别爲下三十子譬作本向上即是略頌向下即是總譬本本末相承文義整足譬中當更引上證下云云從廣頌上六義中分文爲四作下别譬本初從我以佛眼觀下四行廣頌上五濁爲下見火譬本二從我始坐道場下十七行半廣頌上於一開三爲下寢大施小譬作本三從我見佛子等六行廣頌上顯實爲下等賜大車譬作本四從如三世諸佛下有五行半廣頌上歎法希有次有二行半正頌上不虚次有六行頌上敦信此三意合爲下不虚譬作本而正用二行半頌不虚爲下不虚譬作本大

緜如此細派更開初頌五濁中有三意初有半行一字明佛眼觀見爲後長者能見譬作本次六道衆生下有二行三句四字明所見五濁爲後所見火譬作本次爲是衆生下第三有半行明起大悲爲後長者驚入火宅譬作本二我始坐下若頌開三者更開二意初有六行半念用大乘化不得爲下身手有力而不用之寢大譬作本次尋念過去下有十一行念同諸佛三乘化爲後設三車施小譬作本三頌上顯實中更開四意初舍利弗當知我見佛子下二行明大乘機動爲後索車譬作本次我即作下第二有兩行一句明佛歡喜爲後見子免難譬作本次於諸菩薩下第三三句正顯實爲後等賜一大車譬作本次菩薩聞是下第四一行明受行悟入爲後

諸子得一大車歡喜譬作本頌上不虛直爲下不虛譬作本不論開也又一時大開爲三譬初今我亦如是兩行合而不離爲下總譬作本二從我以佛眼觀下離而不合爲下别譬作本三不虛譬不離不合爲不虛譬作本若承上本下略廣二頌則通三周及信解中文之與義悉皆不闕若約廣頌更開四意頌上四義爲下四譬作本此亦通三周及信解中文義不闕若更子派開頌五濁中爲三開頌方便中爲二開頌顯實中爲四不虛中但一合成十意作下十譬之本此之十意但在法譬兩周信解及因縁中其文則闕故作三節開章承上本下非是無趣漫作頌略中初一行頌上顯實後一行頌上開權此文雖窄具頌四一今我亦如是如於諸佛之是同以

一實教化衆生此是總頌顯實也安隱者涅槃祕藏是安隱處佛自住其中亦安置衆生入祕密藏安隱處即頌理一衆生即頌人一種種法門入於佛道即頌行一宣示即教一智慧力者即權智力也知衆生性欲者鑒小機也方便説諸法者正施權也皆令得歡喜者隨宜稱機也二偈雖略收佛一化開權顯實原始要終罄無不盡故稱略頌爲下總譬本也二從我以佛眼觀下四十一行半廣頌上六義舊以最後七行是法説流通今不用用頌歎法敦信耳初四行頌上五濁開三次第二十七行半頌施方便化次第三六行頌上顯實次第四五行半頌上歎法希有釋迦章雖無指諸佛章中也次第五二行半頌上不虛次第六六行頌上敦信初四行頌五濁

上文有四唱數列名出體結釋今但頌數名體三也上云爲五濁故說三今云爲五濁故出世出世本應說大障不獲已故前說小此又爲三初十一字明佛有能見之眼次第二六道下二行三句四字明所見五濁次第三爲是衆生下有半行明起大悲應赴初十一字我以佛眼觀見者下文云長者在門外立舉下證上知佛在法身之地以常寂佛眼圓照群機若根利濁輕則以盧舍那像說一乘法若根鈍濁重則脫瓔珞以老比丘像驚入火宅方便開三紙是于時鑒機故言我以佛眼觀見也若觀色法應用天眼若分別根機應用法眼云何言以佛眼見耶佛眼圓通舉勝兼劣又四眼入佛眼皆名佛眼云云六道衆生下第二有二行三句四字明所見五濁貧窮無福慧半行頌衆生濁入生死險道相續苦不斷此頌命濁深著於五欲一行頌煩惱濁不求大勢佛及與斷苦法此頌劫濁深入諸邪見以苦欲捨苦此頌見濁或云五熱炙身欲望捨苦反得苦報或云諸見即是受受即是苦行此苦因望欲捨苦豈可得耶普曜曰五道源來五戒爲人十善生天慳貪墮餓鬼骶突墮畜生十惡墮地獄無五趣五陰六衰則是泥洹不處生死不住泥洹便受菩提決毗曇毗婆沙第七云地獄中人初生時念云昔聞沙門說貪欲是地獄過惡大可畏處我昔不斷貪欲今受此劇惱此舉貪欲是地獄因也又云五道各有自爾法地獄色斷還續畜生能飛虛空餓鬼施摶食時能來到人中人中有勇健念力梵行勇健者不見果而

廣能修因念力者久遠所作而能憶梵行者能得解脱達分得正決定天中有自然隨意所須即得云地獄中成就他化自在天煩惱業及善而不現前行他化自在成就地獄煩惱業及不善而不現前行舉上舉下中間可知地獄此方名胡稱泥犂者秦言無有無有喜樂無氣味無歡無利故云無有或言卑下或言墮落中陰倒懸諸根皆毁壞故或言無者更無赦處獄卒是變化令見非衆生數初將罪人縛至閻王所者是衆生數若受苦時非衆生數如此解者初皆正語若受苦痛聲不復可分别畜生者形傍行傍故名畜生又畜生者名徧有徧有五道中四天三十三天悉有而上天所乘象馬等是福業化作非衆生數也又畜生者名盲冥盲冥者無明多故

名畜生劫初時皆解聖語後飲食與諂心而語皆變或不復能語鬼者胡言闍棃哆秦言祖父衆生最初生彼道名祖父後生者亦名祖父又慳貪墮此趣此趣多飢渴故名餓鬼亦被諸天驅使亦希望飲食故名餓鬼人者胡言摩㝹奢此云意昔頂生王初化諸有所作當善思惟善籌量善憶念即如王教諸有所作先思量憶念故名人爲意又人能息意能修道得達分又云人名慢五道中多慢者稱人趣也阿修羅者修羅名天阿言非非天故稱阿修羅又修羅名端正彼不端正故言阿修羅修羅名酒阿之言無彼無酒故言阿修羅也天者天然自然勝樂勝身勝故天名勝衆事悉勝餘趣常以光自照故名爲天又天者天然自然阿含云衆生是假名界是法

五趣衆生與法界和合若衆生行不善心時與不善界俱行善心時與善界俱行勝心時與勝界俱行鄙心時與鄙界俱是故比丘當作是學善種種界前是因緣釋六趣後似觀心釋六趣也爲是衆生故下第三有半行明起大悲而起大悲心者上舉能見次明所見今明大悲熏心應入三界施設方便引趣佛慧也

妙法蓮華經文句卷第四下

音釋

劇 竭戟切甚也 憀 蓮條切與聊同 蚖 吾官切毒蛇也 頑嚚 嚚魚巾切心不則德義之經爲頑口不道忠信之言爲嚚 黐膠 黐丑知切膠居肴切黐膠黏膏也 宕 徒浪切與蕩同 殞 羽敏切歿也 瞬 輸閏切目動也 玼 才支切玉病也 觝突 觝典禮切觸也突陀沒切搪揬也 萎 邑危切蔫也 鴿 古沓切鳩鴿 坏 鋪杯切未燒瓦器也 摶 徒官切圜也 腕 烏貫切臂腕也 筋 舉欣切骨絡也 欞 兎筆切窗木也 眩 熒絹切目無常也 㝹 奴侯切

妙法蓮華經文句卷第五上

隋天台智者大師說
門人灌頂記

從我始坐道場下第二十七行半頌施方便化就此爲二初有六行半明念用大乘擬不得次尋念下第二十一行明念同諸佛用三乘化稱宜可得就初念用大化又爲三初一行半明用大擬宜次衆生下第二三行明衆生無機次我即下第三二行明念息大化也始坐道場者至理無時假時化物爲化之初故言始也事釋者初在此處修治得道故言道場坐此樹下得三菩提故名道樹感樹恩故觀察念地德故經行道成賽澤之時欲以大法擬宜衆生也觀心釋者樹即十二因緣之大樹也深觀緣起自成菩提欲以無漏法林樹蔭益衆生故言觀樹經行者大乘三十七品是行道法自以道品履一切地得成佛道欲以此法化度衆生是故起行樹地無有分別豈須報恩未曾有經云秖以通化傳法名報恩耳過去因果經云佛成道初一七日思惟我法妙無能受者二七日思衆生上中下根三七日思惟誰應先聞法即至波羅柰爲五人說四諦陳如得法眼淨頞鞞拔提十力迦葉摩訶男拘利未得道佛重說四諦四人得法眼淨佛又說五陰無常苦空非我五人得阿羅漢佛爲佛寶四諦爲法寶五人及佛是六阿羅漢即是僧寶小雲疏云初三七日時已是說法華下文宿王華智佛在七寶菩提樹下說法華經當知今佛在菩提樹亦說法華而鈍根衆生不堪允同諸佛開三教

化後於王城說一乘耳若推智者意是則先在菩提樹下說於佛慧後在餘處說佛慧例如今佛先說華嚴後說法華故文云始見我身聞我所說入如來慧除先修習學小乘者而今亦令入如來慧與此義同也五比丘者諸女聽仙人說法惡生王瞋割兩臂耳鼻等血變爲乳惡生王者拘鄰是仙人者佛是佛誓令得甘露令初聞法音也問何故初爲五人轉法輪答人先見諦故人是現見故人爲證故佛所行事業與人同故諸天從人中得善利故人中有四衆故輪王出世聲至他化自在憍陳如得道聲至梵天佛得道聲至首陀會何故爾答善業名譽業稱讚父毋師長業有上中下故爾也若使有頂有耳識者佛聲亦至彼輪王行十善善生欲天欲天喜我

眷屬增多故陳如離欲故徹梵佛最勝至尼吒云若依大乘佛得道聲徧至百億尼吒又徧十方無量無邊世界尼吒云初轉法輪處菩提樹處初忉利下處大神變處此四處諸佛皆定餘處不定又除轉法輪一處其三處決定三七日者舊云思理教等又云勸誡等瑆師云事之至深至聖猶思而後行一七思佛智微妙二七思衆生根性不同三七思法藥萬品即舉偈證之我所得智慧微妙最第一衆生諸根鈍云何而可度今明佛在法身之地寂而常照恒以佛眼洞覽無遺豈始至道場淹留三七方思此事言三七者明有所表也表佛初欲三周說法故假言三七耳初七思法說次七思譬說後七思因緣說皆無機不得是故息大施小也此偏就圓教大乘

爲釋耳若通途約大乘釋者初七思惟欲說圓教大乘次七思惟欲說別教後七思惟欲說通教大乘皆無機不得是故息大說三藏三乘爲方便之化也觀心釋者初欲觀中道中道妙難觀不得次欲觀即假即假觀分別智難生不得後欲觀即空即空巧度又不得方觀方便析法小觀也從衆生諸根鈍下第二三行明無機又爲三初半行明障重次如斯下第二半行明不堪聞爾時梵王者下第三有二行明諸梵雖請說大佛知無機所以不說我即自思惟下第三有二行明念欲息化又二初一行半明無機强說聞則有損後半行正明息化從尋念過去佛下第二有十一行頌上於一佛乘方便說三也就此爲二初十行正明化得後一行釋疑就前十行有四初一行明三乘擬宜次作是思下第二六行半明有機次思惟是下第三一行半明施化次是名下第四一行明受行尋念者念彼雖無大機不容永捨要以方便而誘濟之非都不知開三欲引同諸佛故云尋念也作是思惟下第二六行半明有小機此又爲二初四行半明諸佛歎後二行明釋迦酬順上欲大化於彼無機故諸佛不歎今欲說小曲會根緣則始終得度所以佛歎也就初佛歎爲五初三句釋迦自叙諸佛現佛現者由念佛方便力故現現由擬法會機二義故佛現善哉下第二一行一句明諸佛正歎釋迦能隱實設權故云善哉爲一施三引入佛慧即是第一導師得是無上法者即是得實智微妙第一也而用方便力者隨諸一切佛隱實用

權也我等亦皆得下第三一行明諸佛亦隱實用權如文從少智樂小法下第四一行雙釋二義爲衆生少智不堪聞大所以隱實而復樂小所以施權雖復說三下第五半行雙結二義雖復說三終爲顯實也舍利弗當知下第二有二行明釋迦酬順既聞諸佛歎對曰南無南無此云敬從又二初一行發言酬順後一行念順物機從思惟是事下第三一行半正明施教也諸法寂滅相不可以言宣下即是前說中道無性佛種之理此理非數又不可說今以方便作三乘說又非生非滅而以方便作生滅說又偏眞之理亦非示說以方便故作四門說初爲五人說無常有門也是名轉法輪下第四一行明受行悟入也轉佛心中化他之法度入他心名轉法輪陳如初得見諦即斷見惑分證滅諦亦是分得有餘涅槃涅槃之音起自於此由此得成無學便有羅漢之名能說三乘法者名佛所說三乘即法見諦羅漢等名僧三寶於是現世間從久遠劫來下第二一行是釋疑疑師云佛初未能鑒機尋念諸佛始知根性即釋云非我不知用於方便特欲引同故念諸佛非始念方知從久遠劫來見其樂小已爲讚示令盡衆苦所以聞小即得解脫也疑弟子云云何衆生一世暫聞即證羅漢即釋云從久遠劫來爲其讚示稱於本習故速得道舊云此偈懸指壽量義今明論祕密意或當如此明顯露意是則不然何者將明壽量彌勒尚自不知云何此中一偈懸指今以釋疑消文從我見佛子等下第三有六行頌上顯實文

具四一初我見佛子下二行頌人一三乘行人皆是佛子上文兼有其意也我即作是念下第二一行頌理一爲説佛慧即是上一切種智佛知見也舍利弗當知下第三二行頌教一但説無上道即教一也菩薩聞是法下第四一行頌行一悉亦當作佛故是行一也更就此文爲四意初二行明大乘機發亦云索果次兩行一句明佛歡喜衆生得大乘益故次三句正明顯實次一行受行悟入也明由機發故索果索果由於機發此應有四句自有障除機未發如諸羅漢在三藏時以樂小故濁障雖除大根鈍故妙機未發自有大機發障未除如法華中諸凡夫人等雖未斷結以大根利故機發自有障即除機即發如説無量義時證二乘果即於此座大機即發自有障未除大機未發即五千等是也志求佛道者即是索大非求小果也索有三意一大機有感果之義機中論索二情中密求爲得爲不得即此意三發言索即是殷勤三請也昔教之中已有二求但未發言至於今日具此三索問昔出宅索三是機情索者文云如先所許此乃求三何關求一答出外不見必有異途將昔許三以求異意耳亦得是索一也咸以恭敬心皆來至我所者一云恥小慕大大機感佛故云至佛所今明非但機至佛所亦乃身到如無量義中四衆圍繞合掌敬心欲聞具足道也曾從諸佛聞方便所説法者此中初味調伏受行三藏六度通别等三教方便由此調熟故使障除機發而求大也從我即作是念下二行一句明障除佛喜

佛爲佛慧故出昔障重無機不得即說佛慧中間雖障除又未得說今機發正是說時昔衆生根鈍智小恐其謗法墮惡故未是說時今根利志大聞必信解故佛歡喜無畏者不畏執小謗大起罪墮惡故言無畏於菩薩中下三句正顯實也五乘是曲而非直通別偏傍而非正今皆捨彼偏曲但說正直一道也菩薩聞是法下一行明受行悟入六度通二菩薩初聞略說動舊執致新疑今悉已除非獨菩薩二乘亦爾而云聲聞皆當作佛者昔教不說二乘作佛今行與授記授記豈獨二乘除疑豈獨菩薩互存則兩備問菩薩何疑答三藏說三僧祇未斷惑一斷即入眞通教說菩薩斷正留習習盡即成佛初聞略說悉云方便昔眞昔成竟知安在又三乘同學一道何意有別今聞法華掃蕩諸疑無復遺芥

從如三世諸佛下第四五行半頌上歎法希有非正爲下不虛譬本就此爲二初一行頌上如是妙法妙法者權實也如三世者引同諸佛用權權是引物之儀式也說無分別法引同諸佛顯實實則言語道斷豈存儀式又權實本無分別爲鈍根小智分別權實今還悟入一三不二即知佛說三一無分別也諸佛皆爾何獨我耶諸佛興出世下四行半頌上時乃說之上亦舉曇華頌中還說諸佛與出世兩句久久懸遠時有佛出此舉人難正使出於世兩句此舉法難如今佛出世四十餘年始顯眞實云無量無數劫兩句此舉聞法難如五千之流梵音盈耳越席而去聞豈不難乎能聽是法者兩句舉信受者難普衆

唯身子前達中下雖聽猶未能了舉曇華譬上四難但合聞者難餘例可解從汝等勿有疑下第五二行半頌上不虛又二初一行半勿於可信人生疑次汝等舍利下一行勿於可信法起疑法王者夫爲人王言則不二佛爲法王豈容虛説夫方便可是權假眞實寧應是妄聞法王説法勿生疑也舊從汝等舍利弗下七行不頌敦信但是釋迦章中勸信弘經之意耳其文爲兩初五行半令弘經使其行因次一行半略爲受記初一行令其慕果行因必須弘經四十餘年蘊在佛心他無知者名爲祕一乘直道總攝萬途故言要也以五濁惡世下一行釋祕要明障重之人終不能解故使如來祕不妄宣當來世下二行明弘經體初一行明不善人勿爲説後明善人當爲説舍利弗去一行半雙結二義初行結祕要明此法如是先以萬億方便然後乃示眞實後半行結弘經體其不習學不能曉了此正結不善者勿爲説也兼對習學者則能曉了此乃可爲説也汝等既已知下一行半略爲授記上明三句論其有解中一句明其無惑下半偈明其得記既有解無惑正應歡喜作佛此中受記開下身子等得記作本此中弘經開下命身子流通作本也舊意如此令明從五濁下第六六行頌上揀衆敦信上幸有此文近而不頌耶又二初三行頌揀衆次三行頌敦信五濁者一行頌上揀非佛弟子何者若樂諸欲是行魔業故須揀之上文著涅槃尚非佛弟子此文著生死那是佛弟子互揀非耳終不求佛道者頌上揀增上

慢上慢者未得上法謂得上法是故其人不求佛道也當來世惡人一行頌上如來滅後解義者是人難得也有慚愧清淨一行頌上若遇餘佛便得決了次三行頌上敦信若不信此法無有是處初一行半敦信於權次一行半敦信於實實權無疑自知作佛云云

釋譬喻品

先總釋譬者比況也喻者曉訓也託此比彼寄淺訓深前廣明五佛長行偈頌上根利智圓聞獲悟中下之流抱迷未遣大悲不已巧智無邊更動樹訓風舉扇喻月使其悟解故言譬喻別釋者以世法比出世法因於曾有聞未曾有踊躍歡喜如經世間子父譬出世師弟又以世生法比出世生法使蒙佛音教不失大乘如經父知諸子先心各有所好珍玩之具又以世滅比出世滅雖得無漏聞亦除憂惱如經我爲其父應拔其苦難令免燒煮又以世不生不滅比出世不生不滅令其安住實智中我定當作佛如經乘是寶乘直至道場當知佛以一音說於譬喻巧令中下得四悉檀益故言譬喻品也約教解者佛意本讚佛乘爲物不堪尋念先佛大悲方便趣於鹿苑稱讚三車二乘以下中自濟恩不及人菩薩駕牛運他出火故名摩訶薩此三藏教中譬喻也又三人同畏燒煮聲聞如麞直去不迴緣覺如鹿母並馳並顧菩薩如大象身扞刀箭全群而出涅槃云兔馬此通教中譬喻也又三乘發心近緣理淺智慧弱斷通惑不能盡邊到底非波羅蜜菩薩發心久遠理深智彊斷別惑窮源盡性大品云二乘如

螢火菩薩如日光此別教中譬喻也又始見我身聞我所說即皆信受入如來慧如斯之人易可化度不令如來生於疲苦如華嚴中即事而眞不須譬喻爲未入者四十餘年更以異方便助顯第一義今日王城決定說大乘普令一切開示悟入佛之智慧不令一人獨得滅度如今如始如始如今無二無異上根利智聞即能解不令如來生於疲苦亦不須譬喻秖爲中下動執生疑踟蹰岐道故須今日大車譬喻而得利益是名圓教中譬喻也本迹觀心例可解不復記云法說有五段經文其一始竟四猶未了此品應在諸天說偈之後火宅譬喻之前出經者調卷置領解之初耳又人云發起中根置第二卷初如六瑞問答爲法說作序領解得記爲譬說作序

此人情耳置法說之後中根可不悟耶此領解段領其所聞述其所解長行領與解合說偈中領與解各陳故言領解段也文有二一經家叙二身子自陳叙爲二謂內解外儀內解在心名喜喜動於形名踊躍從妙人聞妙法得妙解若值一幸尚復欣抃況三喜具足寧不踊躍文云今從世尊聞此法音心懷踊躍內外和合致此歡喜即世界釋也又改小學大棄貧事草庵受富豪家業文云今日乃知眞是佛子是故歡喜此爲人釋也又憂悔雙遣疑難並除內外妨障廓然大朗文云我已得漏盡聞亦除憂惱是故歡喜此對治釋也又佛子所應得者皆已得之文云安住實智中我定當作佛此第一義釋也約教者夫歡喜喜於入位而阿羅漢出三界籠樊破四

住子果對害不戚逢利不欣今言歡喜決非世間喜也若苦忍明發若究竟無學先已得之今不應重喜若三人同以無言説道體析雖異證空一致一致之喜久已得之亦不重喜若二空觀爲方便道假觀蕩二乘之隘陋空觀蕩凡夫之喧湫過二邊惡得大歡喜依圓悟初發心住名歡喜住初行亦名歡喜行初地亦名歡喜地身子既是上根利智必是超入之歡喜設不超入亦名歡喜此皆約教釋也本迹釋者身子久成佛號金龍陀迹助釋迦爲右面智慧弟子始從外道拔邪歸正示乳味歡喜利益凡夫次示酪味歡喜利益賢聖次示生酥熟酥歡喜利益菩薩今作醍醐入佛知見歡喜利益學佛道者如此等歡喜皆迹所爲也觀心解不復記云叙外儀者

即起合掌名身領解昔權實爲二如掌不合今解權即實如二掌合向佛者昔權非佛因實非佛果今解權即實成大圓因因必趣果故言合掌向佛瞻仰尊顏者表其解實實即佛境非方便法瞻仰尊顏無餘思念表開佛知見意解於實亦即解權身領於權亦解於實互舉一邊白佛下口領解也即是身子自陳文爲二初長行二偈頌初文爲三一標三喜章二釋三結成今從世尊標我身見佛身故名身喜聞此法音依於佛口聞而歡喜故言口喜得未曾有是我意解佛意故名意喜是爲標章也次所以者何下第二釋者提昔之失顯今之得從所以者何訖無量知見明昔不見佛爲失昔佛爲菩薩授記我不豫斯事見佛義遠既不見佛故無身喜聞如是法

者若日照高山時啓有聞義顯如聾如啞不得道聞如是法也秖是方等教中聞大乗實慧與今不殊故言聞如是法也受記者亦是方等中與菩薩記二乗不豫斯事甚自感傷思益淨名中聞褒大斥小内疑而外鄙名爲感傷失一切知見者失佛眼之見失佛智之知也從世尊詑非世尊也明昔不聞法失良以身處山林心執小道則不聞法故無口喜我甞獨處者思過之所也同入法性者正出其過執所入之一理疑於三教之能門一理旣同而我失知見三教旣異而菩薩受莂受莂則如來有偏所以成過今述此失故言悔過是我等咎者由我迷權何關理教由我惑實何關佛偏追述昔非仰謝如來是爲引過自歸也從所以者何詑每自尅責明意無解

之失良以不待説所因則無實解又不識方便故無權解解無故故無意喜昔失旣彰今得自顯不待説所因者自責不解實也不解方便者自責不解權也所因二義一不受待對於前二不停待於後初照高山明三諦之慧是得佛因以此待對於我而我不受失之於前諸佛法久後要當説眞實我不停待於此兩楹間忽忽取小不解實權如文而今從佛下結成三喜先結後成從佛是結身喜也聞法結口喜也斷諸疑悔是結意喜乃知眞是佛子近佛義成也從佛口生結口成也從法化生是結意成如此消文文盡釋理理彰也更用四悉檀消文今從世尊下是世界歡喜從所以者何提昔失顯今得是爲人喜從世尊我從昔來對治喜也從今日乃知下是

第一義喜也更約喜心明四悉心喜動悅常未曾有喜動覺觀復動于形云云偈有二十五行半爲三初一行頌標三喜擧我聞兼得佛也從昔來下第二二十二行頌釋三喜又爲三今初一行半頌見佛喜長行明失知見頌中明不失大乘上論失論遠頌論近論得互現耳我處於山谷下第二十一行頌上不聞法又爲二初九行頌上身遠故不聞次我本著邪見下第二兩行頌上入法性故不聞邪見是凡人著入法性是二乘著俱不聞法我甞於日夜者生死爲夜涅槃爲日爲生死中有涅槃爲生死外有耶若得悟時二疑雙遣又生死涅槃俱爲夜此疑得除名爲日日出時二疑雙遣又世人二種一草創學大二習小入大桶其事相直入者劣例如從阿毗曇中入者勝菩薩亦應爾於華嚴中入者化道應弱五味洮汰入者勝從而今乃自覺下第三有九行半頌上心得妙解喜上明不待所因不解方便頌中明得所因又解方便聞當作佛是所因聞五佛道同解魔非魔是解方便互顯一邊五佛章即是領文也從聞佛柔輭音下第三二行半頌上結成如文爾時佛告舍利弗吾今下是第三述成段上身子自陳得悟今如來述解非虛文有三一昔曾教大二中忘取小三還爲說大所以引昔曾教述其見佛之緣若中忘取小述其憂悔聞法之緣還爲說大述其悟解不虛述成上三意也十住毗婆沙云身無上謂相好受持無上謂自利利他具足無上謂命見戒智慧無上謂四無礙不思議無上謂六波羅蜜解脫無

上能壞二障行無上謂聖行梵行又身無上
名大丈夫受持無上名大慈悲具足無上名
到彼岸智無上名一切智不思議無上名阿
羅訶解脱無上名大涅槃行無上名三藐三
佛陀菩薩瓔珞十三云道當清淨穢濁非道
道當一心多想非道道當知足多欲非道道
當恭敬憍慢非道道當檢意放逸非道道當
顯曜自隱非道道當連屬無行非道道當覺
悟愚惑非道道當教化矜恪非道道近善友
習惡非道如是等種種明無上道今經以圓
通爲無上道若偏若次皆他經所論長夜隨
我受學者昔雖大化未破無明惑闇心中隨
佛受學了因雖遠猶尚不滅況今真悟寧虛
故舉曾教述見佛不謬也我以方便生我法
中者此義兩牽若昔以大化今生大解此屬
初意若令免惡道權以小引此是第二意從
我昔教汝志願佛道汝今悉忘自有中途廢
大習小名中途悉忘若而今便自謂已得滅
度即是而今悉忘由汝忘大願即習小致有
憂悔而得聞法不虛也我今還欲令汝憶念
本願即是述其得解不虛先施權教成其中
途小善後顯真實遂其本願大心也從汝於
未來下是大段第四授記段前自陳佛印竟
是故與記若得大解自知得佛何俟須記記
有四意一昔未記二乘而今須記二中下未
悟以記勉勵之三令聞者結緣四滿其本願
是故記也有長行偈頌長行爲十一時節二
行因三得果釋十號甚多且記一種無虛妄
名如來良福田名應供知法界名正徧知具
三明名明行足不還來名善逝知衆生國土

名世間解無與等名無上士調他心名丈夫爲衆生眼名天人師知三聚名爲佛壞波旬名婆伽婆四國土五說法六劫名七衆數八壽量九補處十法住久近悉如文大論四十八云舍利弗正法三十二小劫者三災飢病刀滅衆生者名小劫又直是時節名小劫如說法華經六十小劫亦是時節數耳非三災滅外物爲小劫也偈有十一行半爲二初十行頌上九意略不頌補處長有供養舍利後一行半結歎初一行超頌得果次供養下第二一行追頌行因次過無量下第三半行超頌劫名次世界名下第四一行半頌國淨次彼國下第五一行半頌菩薩衆數次如是等下第六半行頌說法次佛爲王子下第七二行頌壽量次佛滅度之下第八一行半頌法住久近次舍利廣下第九半行供養舍利後華光佛下第二一行半結歎宜應自欣慶者成初入歡喜位之解也初住能百佛世界作佛行地倍是第五四衆領解有長行偈頌初經家敘衆喜次陳供養作是言下正領解初領開權今乃復轉下領顯實也偈有六行半爲二初二行頌上開權顯實後四行半自述得解隨喜迴向也我等亦如是者如身子之領解如身子被述成如身子之得記也問迦葉善吉諸大聲聞尚未得解四衆何人而先獲悟答四衆天人亦具三品上根同身子中下可知又解身子迦葉並是權行中下未開故迦葉滿願示同不解淨名云衆生未愈菩薩亦未愈云云　從爾時舍利弗白佛下第二大段爲中根譬說文有四品此一品正是譬

喻開三顯一信解明中根得解藥草如來述成授記與決此四番皆約譬說下四段皆約因緣陳如明繫珠緣而領解阿難引空王緣而獲記云又例法說應有中根四衆歡喜而令無者一謂經家存略二例前後可知後文在法師品中云譬說文爲二一請二答請爲三一自述無疑二述同輩有惑三普爲四衆自述如文同輩是同行懷舊故須爲請四衆是化境今新運大悲則普爲請佛常教化下執昔三教也而今於世尊前下執昔一理也昔說三是究竟今又說一爲真實矛盾致迷故言皆墮疑惑有人云身子新舊兩疑千二百止有新疑今謂上根疑少中下疑多云何倒解善哉世尊下爲四衆普請也因緣者前三後一之因緣也爾時佛告舍利下第二佛答文爲三一發起二譬喻三勸信發起爲二一抑二引抑令憤勇引令速進我先不言下指上明權皆爲菩提指上顯實皆爲化菩薩者若權若實皆入佛道無住涅槃上已明言云何執教迷闇不解如此責謂是抑文也然舍利弗今當下是引接安慰前斥既切恐鄙懟自沈今許其譬喻更明此義若能解者猶稱智也二譬喻說長行偈頌長行開譬合譬開譬不同已如上說今爲二一總二別總譬譬釋迦章中今我亦如是兩行偈略頌開權顯實也別譬譬釋迦章中我以佛眼觀見四十一行半偈廣頌開權顯實六意也總譬有六一長者二舍宅三一門四五百人五火起六三十子長者譬於我我即釋迦一化之主也火宅譬上處所安隱對上三界不安隱也

一門譬上宣示佛道門也五百人譬上衆生
也火起譬上對不安隱法五濁八苦也三十
子譬上知衆生性欲三乘行人也長者譬爲
三一名行二位號三德業名如賔行如主行
有親踈名有近遠故舉處所以顯名行也封
疆爲國最遠宰治爲邑居中聚落是鄰閭最
近長者名行徧此三處近不見其細陋遠但
挹其高風口無擇言身無擇行意無擇法名
行相稱眞實大人內合如來三業隨智慧行
稱機施化名稱普聞德周法界也舊以十方
虛空慈悲所被處名國三千爲邑一四天下
爲聚落又大千爲國中千爲邑小千爲聚落
今皆不用大論六十云柔順忍爲聚落無生
忍三菩提爲城因果共爲譬今經直用果德
爲譬實報土爲國有餘土爲邑同居土爲聚
落從本垂迹攝迹反本名行相稱無賔主之
異彪炳洋溢徧三土也二標位號爲三一世
長者二出世長者三觀心長者世備十德一
姓貴二位高三大富四威猛五智深六年耆
七行淨八禮備九上歎十下歸姓則三皇五
帝之裔左貂右插之家位則輔弼丞相鹽梅
阿衡富則銅陵金谷豐饒侈靡威則嚴霜隆
重不肅而成智則胷如武庫權奇超拔年則
蒼蒼稜稜物儀所伏行則白珪無點所行如
言禮則節度庠序世所式瞻上則一人所敬
下則四海所歸十德具焉名大長者出世長
者佛從三世眞如實際中生功成道著十號
無極法財萬德悉皆具滿十力雄猛降魔制
外一心三智無不通達早成正覺久遠若斯
三業隨智運動無失具佛威儀心大如海十

方種覺所共稱譽七種方便而來依止是名出世佛大長者三觀心者觀心之智從實相出生在佛家種性眞正三惑不起雖未發眞是著如來衣稱寂滅忍三諦含藏一切功德正觀之慧降伏愛見中道雙照權實並明久積善根能修此觀此觀出於七方便上此觀觀心性名上定則三業無過歷緣對境威儀無失能如此觀是深信解相諸佛皆歡喜歎美持法者天龍四部恭敬供養下文云佛子住是地即是佛受用經行及坐卧既稱此人爲佛豈不名觀心長者今以十德帖經義足而闕一文國邑聚落有大長者三處稱譽爲大豈非姓貴長者豈非位高衰邁豈非耆老財富無量豈非豐足多有田宅即分略周贍豈非智深多有僮僕豈非勢大其家廣大豈非德行師之雅有一門豈非禮節訓人一路多諸人衆即下人所歸但闕上人所敬一文今以大字兼之大人所知故稱大也從其年衰邁下三歎德業德有内外内則智略外則貲財年高博達今古譬佛智德衰邁根志純熟譬佛斷德財富譬外德無量總譬萬德也田宅別譬也田能養命譬禪定資般若宅可棲身譬實境爲智所託略則十八空門廣則無量空門若論福德無行而不修若論智慧無境而不照故云多有田宅也僮僕者給侍使人譬方便知見皆已具足和光六道曲順萬機即實智之僮僕也二其家廣大者家宅譬上安隱對不安隱不安隱譬三界也衆生宂宂皆宅三界如來應化統而家之故言廣大也三唯有一門者譬上種種法門宣示於

佛道道場觀云實相理不異慧亦宜一出無異路故言一門光宅雲曰三界雖曠九十雖多論於出要唯是佛教故言一門今明若單理爲門理無通塞何門之謂單教爲門得經者衆何意不出今取理爲教所詮文云以佛教門出三界苦得涅槃證門又二宅門車門宅者生死也門者出要路也此方便教之詮也車者大乘法也門者圓教之詮也若宅門是車門初三車救子亦應即是等賜大車若所出門非所入門驗車宅異也四五百人者譬上衆生即五道也五堂閣下譬上安隱對不安隱法五濁也先出所燒之宅相譬六道果報次明能燒之火譬八苦五濁堂譬欲界閣譬色無色界牆壁譬四大頹落譬滅損傾危譬遷變柱根譬命梁棟譬意識腐敗譬危殆不久欲令易解作觀釋之堂譬身之下分閣譬頭等上分牆壁譬皮肉頹落譬老朽柱根譬兩足腐敗譬無常梁棟譬脊骨傾危譬大期周障屈曲譬大小腸又云譬心云云周帀下明能燒之火八苦徧在四大四生故言周帀並皆無常故云俱時欻然譬本無今有本無此苦無明故有六長者諸子下三十子譬上知衆生性欲曾習佛法天性相關則子義性欲有異若十是菩薩子二十三十是二乘子此機俱得出宅故名爲子無此機是五百人或者支佛出没不同或小乘攝或中乘攝皆言十者悉有十智之性故云内有智性但無如實智性耳上三偈先頌實後頌權今總譬中先實後權云云

妙法蓮華經文句卷第五上

音釋

賽先代切報也 麞止良切麞屬 隘陋隘烏懈切陋郎豆切 洮汰洮徒刀切汰徒蓋切洮汰淅瀾也 勵力制切勉也 憤房吻切怒也 懟徒對切恨也 挹一入切抒也 裔以制切苗裔也 貂丁聊切鼠屬 弼薄密切輔也 稜盧登切松稜也 譽羊茹切稱美也 頹徒回切摧也

妙法蓮華經文句卷第五下

隋天台智者大師說

門人灌頂記

從長者見是大火下是第二別譬也別更爲四初長者見火譬譬上佛見五濁四行偈爲本二捨机用車譬譬上釋迦爲五濁寢大施小始坐道塲十七行半偈爲本三等賜諸子大車譬譬上釋迦示眞實相我見佛子等志求佛道者六行偈爲本四長者無虛妄譬譬上我爲諸法王二行半偈爲本就初見火其文有四其意但三一明能見二明所見三明驚怖四廣前所見但成三意長者見標出能見譬上我以佛眼觀見也是大火從四面起者標出所見譬上所見六道衆生也即大驚怖譬上爲是衆生故而起大悲心也而諸子等於火宅內下廣第二所見之火也還是釋成驚怖之義身受心法即宅之四邊從此四邊起淨樂等四倒八苦之火衆苦皆集若知身不淨苦無常即煩惱火滅舊有三解一云四大爲四面六識並託其中二即四生三云四倒依下文以生老病死爲四邊也即大驚怖者念其退大善故驚憂其將起重惡故怖驚即對慈念其無樂怖即對悲憂其有若我雖能於此所燒之門安隱得出者即是釋成驚怖慈悲之義雖是未盡之辭明佛以智慧力能尋正教見所詮諦不爲五濁八苦所危故名安四倒暴風所不能動故名隱蕭然累外故名得出而衆生不爾爲火所燒如來慈悲猶爲憂火所熾故言雖也經言所燒之門者今問教爲門者此教爲燒爲不燒救云教

門不燒佛教爲門能通所燒之人所通之人被燒名能通門名燒如門内人死名門爲衰門實不衰又問若爾教是常住非有爲法若不爾何故不燒今解不爾夫門有件有空非件無以標門非空無以通致件可灰燼空不可燒教有能詮所詮若非詮辯無以爲教若非所詮何以得出詮辯可是無常所詮非復無常得教下所詮故名安隱得出能詮磨滅故言所燒之門不從所燒之門何由安隱得出藉於言教契於所詮大經云因無常故而果是常如此釋者如經於所燒之門也若小乘無常教門此從所燒門出若大乘常住教門文字即解脫者此教即理體達燒無燒而安隱得出若就如來權智即是從所燒門出若就實智體於所燒安隱得出故先作衣裓几案出之不得後以無常出之即此意也樂著嬉戲著見名嬉著愛名戲又耽湎四見名嬉唐喪其功名戲著愛亦爾耽湎五塵名嬉空無所獲名戲空生徒死而無猒離如彼兒戲不覺不知者都不言有火名不覺不解火是熱法名不知既不知火熱不畏傷身名不驚不慮斷命故不怖衆生全不覺五陰八苦不知四倒三毒既不識惑云何憂慮惑侵法身傷於慧命如是不覺於苦不知於集不驚傷道不怖失滅以不聞四諦教則無聞慧名不覺不得思慧名不知不得見解名不覺不得思惟解名不知見諦即驚悟思惟即猒怖又不覺現在苦不知未來苦故下文云現受衆苦後受地獄等苦即此義逼身者五識也心者意識心王也身爲八苦所逼而心不猒

惱也亦云曾種大乘功德是法身智慧爲體體爲四倒所逼而不知不覺心不猒患者不猒無常之苦不患煩惱之集也無求出意者不修道求滅也今謂火宅本譬五濁嬉譬見濁戲譬煩惱濁不覺不知不驚不怖譬衆生濁火來逼身苦痛切已譬命濁心不猒患無求出意譬劫濁此與五濁相當云云從是長者作是思惟下是第二捨几用車譬譬上寢大施小上六行半明大擬不得後十一行用小擬得上不得有三一思大擬宜二無機三息化今譬爲二初用勸門擬宜二用誡門擬宜就勸誡各三一擬宜二不受三放捨勸門三者一從長者作是思惟身手有力下譬上念用大化於三七日中思惟如此事二從復更思惟下明子不受譬上無機衆生諸根鈍云何而可度三從或當墮落爲火所燒下即是放捨善誘譬上無機息化我寧不說法疾入於涅槃也長者作是思惟下譬上三七日思惟也身手等者引下合譬云但以神力及智慧力以釋此譬身譬神通荷負手譬智慧提拔依三昧斷德則有神通依智慧智德則有說法智斷之力能成法身此之智斷還從勸誡兩門入勸即爲人悉檀誡即對治悉檀此二悉檀爲第一義悉檀而作方便如來初欲勸門擬宜衆生令衆善奉行成就十力無畏一切種智而衆生不堪次欲以誡門擬宜令諸惡莫作證大涅槃衆生不堪無機息化故知念用大乘秖是勸誡兩悉檀神通智斷耳故上文云定慧力莊嚴以此度衆生即其義也前歎長者其年衰邁即譬智斷智斷即是

身手力也衣裓几案者三藏法師云衣裓是外國盛華之器貢上貴人用此貯之舊云衣襟譬大乘因几案譬大乘果初擬大乘因果是則無機也舊又云此物譬大乘戒定慧初七思惟所得法此如用衣裓二七思惟衆生根緣如用几三七思惟樹地恩如用案云此義出阿含經今取合譬文若我但以神力及智慧力讃如來知見力無所畏者衆生不能以此得度神力即是身慧力即是手如前說知見譬衣裓無畏譬几十力譬案如來以神通發動此三法以智慧宣說此三法無機息化衣裓几案等略中廣之異耳略說名如來知見知即一切種智見即佛眼名略義玄譬如衣裓一足而多含處中說即名四無所畏用對四諦如几於法小廣於物小安隱或作廣說名爲十力橫竪該括如案多足則無傾覆也於法則廣物則大安於三七日中思惟欲作如此廣略佛法而衆生不堪故言衣裓几案也復更思惟下第二明子不受譬上無機唯有一門而復狹小門義如上說今更明通別別者一謂一理一道清淨門謂正教通於所通小謂不容斷常七方便等教理寬博則非狹小衆生不能以此理教自通將談無機故言狹小耳通者理純無雜故言一即理能通故言門微妙難知故言狹小教者十方諦求更無餘乘唯一佛乘故言一此教能通故言門此教微妙凡夫不知出處是不知權不知入處是不知實二乘因聞少知出要永不知入菩薩雖自知出亦不知入奪七方便皆不知入出上文云若我讃佛乘衆生沒在

苦不能以教自通將談無機故言狹小行者圓因自行行大直道無留難故故名爲一善行菩薩道直至道場故名爲門妙行難行方便無機故言狹小耳舊解人天小善故云幼稚無大乘善名未有所識今明二萬佛所教無上道大乘善根微弱名幼稚若聞大乘能生謗毀名未有所識也戀著戲處者前明善弱此明惡强即是因時深著見愛果時深著依正欲界著六塵色界著禪味無色界著定上文云衆生諸根鈍著樂癡所盲不堪聞大乘也或當墮落爲火所燒指此二句名放捨善誘也墮落有二一者幼稚憶本戲處故墮落二都無識執物不堅故墮落譬著五欲墮在三途二者善弱無識謗毀大乘墮落三途也從爲說怖畏下第二對治門三者一擬宜對治誡怖令出對治之相如大品中說四念是摩訶衍以不可得故異於小乘也旣著戲處故說怖事令得免五濁火燒五陰舍宜應捨離若久住著必斷善根故云無令爲火之所燒害從父雖憐愍下即是子不受誡也不驚不畏者不生聞思如上說不識八苦五濁能燒善根如不知火不識陰界入法是諸苦器如不識舍不知喪失法身之由如不知何者爲失從但東西走戲視父而已指此二句爲放捨苦言也皆背明向闇如東西生死往還速疾如馳走於中起見愛如戲也雖用大擬不從大教故言視父而已從長者即作是念此舍已爲大火所燒下即是第二用車譬譬上尋念過去佛所行方便力十一行偈上文有四今譬亦四一者擬宜三車譬譬上尋

念過去佛亦作三乘化也二者父知先心所好譬譬上作是思惟時十方佛皆現三者歎三車譬譬上正施三乘思惟是事已即趣波羅柰也四者適子所願譬譬上受行悟入是名轉法輪也大乘化功爲父命衆生大善爲子命大善若盡即子命斷子命斷則化功亦廢即父命斷前言苦痛切已猶是未死今云必爲所焚即有死義也上文於所燒之門安隱得出今云若不時出必爲所燒此義云何前得出者即是法身出今言若不時出即是應身同疾衆生有善與應身時出衆生善斷不與應身時出即是俱爲所焚也今欲應身擬宜令其時出也從我今當設方便欲設權也從知子先心下第二明有得度之機也其昔曾習小是知先心性欲不同是知各有所

好又知衆生昔曾習大習大未濃是爲大弱猒老病死故以小接是爲小强如身子六心中退本曾習大名知先心中猒老死名各有所好從而告之言下第三是歎三車希有譬譬上正轉法輪也此即爲三謂勸示證玩好希有下即是勸轉如此種種下即是示轉汝等於此火宅宜速出來皆當與汝即是證轉也從爾時諸子聞父所説下第四適子所願譬譬上受行悟入前偈本略今譬事廣廣明修因至果依六句解釋一適願者機教相稱此即聞慧也勇鋭者即是思慧思心動慮思慧方便也互相推排者推四眞理排伏見惑邪正未決名爲互相此入修慧屬煖頂位也競者競取勝理也此是忍法位競取勝理初觀三十二諦競趣眞道後縮觀趣苦法忍也

共者是世第一法位同觀一諦與苦法忍四觀不别也馳走者入見道十五心速疾見理譬上便有涅槃音見道之中分得涅槃也爭出者思惟道也爭出三界成無學果斷思惟盡方出火宅即譬上偈及以阿羅漢法僧差别名也觀心解者中道正觀直觀實相心法相稱名適所願境無邊故觀亦無邊名勇境研心利名銳心境相研名互相推排心王心數緣境速疾名競共馳走徧歷一切陰界入等無非實相名爲出火宅也云云是時長者見諸子等下是别譬中第三等賜諸子大車譬譬上顯眞實相此文爲四一父見子免難歡喜譬譬上我即作是念所以出於世至今我喜無畏兩行一句偈爲本二諸子索車譬譬上大乘機發我見佛子等志求佛道者咸以恭敬心皆來至我所兩行偈爲本三等賜諸子大車譬譬上於諸菩薩中正直捨方便但說無上道三句爲本四諸子得車歡喜譬譬上菩薩聞是法疑網皆已除一偈爲本上法說中先明機發次說障除佛喜無畏今譬中先明免難後明索車若具足論應作四句有先障除後機發如四大聲聞等於三藏中障除大品末法華初大機始發二障未除大乘機發如華嚴中及法華中諸凡夫衆得入佛慧者餘兩句如上說若大機先動後障除如方便品所說若先除障後機動如今所說機動障除互現共成一意也又方便品明佛喜無畏此中諸子歡喜以子喜故其父亦喜此亦互現共成一意也就免難中具二義謂免難歡喜若子未免難父則憂念若得離火心

即泰然故免難歡喜得爲一譬以子歡喜其父亦喜得譬佛喜也四衢道中者舊云四濁障除如四達路更得一濁除如露地坐今不爾五濁直明垢障之法未論治道不應譬衢道衢道正譬四諦四諦觀異名爲四衢四諦同會見諦如交路頭見惑雖除思惟猶在不名露地三界思盡名露地住果不進故云而坐不爲見思所局故云泰然生滅度安隱想故言歡喜也各白父言下第二是索車譬文云願賜我等三種寶車文無索字義者依此請辭明索車耳有人云二乘索車菩薩不索作十難難之一云二乘出三界外至許車處索果車菩薩未至許處那忽索車二云大乘經無菩薩索小乘果故知不索三云所化菩薩從初發心終至補處皆是凡夫不出三界

義則無索能化菩薩三十三心見傾思未盡三十四心便是佛佛從誰索四二乘果在正使門外佛果在習氣無知門外二乘斷正使盡不見車是故索菩薩未斷習與無知那忽索五明二是方便可言索文云唯此一事實餘二則非眞以此推之但二索一不索六從大品已來至法華已前佛因佛果皆是方便者付窮子財此之珍寶皆應是方便若付財是眞實則大品等明佛乘已是眞實那忽更索七方便品偈敘昔說小是方便不敘大是方便當知佛子大乘非方便那忽有索八若三人索者何無領解領解無故故知不索也九合賜車文云見諸衆生出三界苦得涅槃樂故賜以大乘菩薩不證涅槃那忽索十諸子安坐故就父索二乘果滿不修行故安坐

可得有索菩薩行未息無安坐義那忽索私以總別駁之索是求請之別名在意名求索在口名請索在身名乞索如矇者求知如飢者請食如迷者問道凡居不逵之地何有不索之理由索故許與許與故歡喜今文具有請與歡喜法說中千二百人身子爲首殷勤三請菩薩衆中彌勒爲首佛口所生子大數有八萬合掌以敬心欲聞具足道譬說之初身子爲中根人請又總爲四衆請傍爲下根請文云善哉世尊願爲四衆說其因緣法說許云汝已殷勤三請豈得不說譬說許云當以譬喻更明此義因緣許云我及汝等宿世因緣吾今當說法說竟身子歡喜譬說竟迦葉等歡喜宿世說竟樓那歡喜又合譬文云令諸子等日夜劫數常得遊戲與諸菩薩乘

是寶乘直至道場以喜故知與與故知請三周三義明文炳然何故偏言二索一不索別駁其一齊三藏明菩薩不斷惑依法華有四句謂障除大機動障未除大機動機動則知索其二云大乘經無菩薩索小乘果大品云三乘之人同以無言說道斷煩惱入涅槃斷煩惱入涅槃同何故不索其三云三十三心名菩薩三十四斷思盡即成佛佛從誰索此猶三藏義見障未除大機尚動況三十三心而當不動動即知索其四菩薩未斷習氣無知不應索斷盡成佛佛從誰索此三乘通教義具縛障存尚大機動況殘習無知耶其五唯此一事實實即是眞那忽復索被會絕待之唯一一外更無法昔待二之唯一一外更有法一名同而體異闇執瓦礫魚目謂夜光

月形愚蚩而智愍云云其六般若已來法華已上與付財法同不應有索汝不聞共不共般若不共不須索共者不應不索云云其七方便品初昔說小是方便不敘昔說大是方便大非方便是故不索者汝不聞壽量品中我少出家得三菩提乃至中間若小若大若已若他皆我方便諸佛亦然寧得不索其八若菩薩索菩薩應領解領解既無故知不索汝不聞法說竟天龍四衆皆領解其非菩薩謂是何耶又法師品中三乘皆與記若不領解那忽與記其九出三界苦得安隱樂乃賜乃索菩薩未出未證是故不索猶是三藏義耳其十諸子安坐爾乃賜車二乘行息名安坐菩薩行不息非安坐那忽索車猶是前義耳自有行息索行未息索又菩薩行行即是乘乘

乘由索得何謂不索觀其詭累三藏故設此十難管見一斑都非大體今當爲爾分別說之自有不斷惑不索車三藏菩薩是自有斷惑索車通教菩薩是自有亦斷惑亦不斷惑亦索亦不索別教菩薩是自有非斷惑非不斷惑非索非不索圓教菩薩是又歷五味乳味兩意一亦斷亦不斷亦索亦不索二非斷非不斷非索非不索酪味一意不斷不索生酥備四意熟酥但三意醍醐一意宏綱大統其義如此於一一句一一意復各四句謂障除機動障未除機動障亦除亦未除機動障非除非不除機動斯宗不見執一非三深可悲愍世人執車數不同說車體不同或言初說三車後會三歸一或言初說有三後會三歸一或言初說有四後會三歸一所以出經

勿信人語此文引昔佛爲聲聞說應四諦法爲縁覺人說應十二因縁法爲菩薩人說應六波羅蜜法今佛說三數亦如此華嚴第八云下劣猒没者爲示聲聞道根鈍樂因縁爲說縁覺道根利有慈悲爲說菩薩道無上樂大事說無量佛法三十六又云三解脫法出聲聞乘無諍法出縁覺乘六度四攝出大乘知一切法出佛乘又第九地說聲聞乘相支佛乘相菩薩乘相如來乘相地論釋第二地觀十不善集墮三塗十善集生天上十善與四諦觀智合成聲聞又上十善與不從他聞觀智合成縁覺又上十善與具足清淨觀智合成菩薩地又上上十善與一切種一切佛法合成佛瓔珞第十三云十方佛說三乘一乘中又開三合九乘九乘悉會入平等大慧

聖說如此不能融通互相是非非法毀人過莫大焉今約教分別之若說三乘法門異而眞諦同者三藏教也若說三乘法門同眞諦皆同者通教也若說三乘三三九乘若說四乘淺深階級各各不同而同入平等大慧者別教也若說三乘九乘四乘一一皆與平等大慧相應無二無異者圓教也又歷五味分別乳味但明菩薩乘佛乘酪味但明異三乘生酥味備明三乘四乘九乘各各分齊不相濫熟酥味唯除異三乘餘如生酥也醍醐中純說佛乘無復餘乘也若識此意異說無妨若不知者秖增諍論耳世人明佛乘乘體有異光宅取佛果究竟盡無生二智爲車體遠出五百由旬之外對昔爲高具含萬德對昔爲廣莊嚴取因總萬行爲體上求爲高下化

爲廣舊不取功德功德與凡夫共唯取智慧爲體舊又取福慧共爲體文云乘是三車以無漏根力覺道禪定解脫三昧而自娛樂豈但智慧耶又一師但取有解爲體空解無動故不取盡無生智即有解也又一小乘取空慧爲車體文云我等長夜修習空法云大乘亦以實慧方便爲車體車體譬有有運動故也私謂諸師釋佛乘之體而競指具度何異衆盲觸象諍其尾牙依天台智者明諸法實相正是車體一切衆寶莊校皆莊嚴具耳至賜車文中當點出舊解小車者小果也果有有爲無爲功德正取有爲以譬車運運入無餘也有爲果中具有福慧以慧爲正福屬具度其慧有十而八智通因果盡無生智唯是果位乃取二智以譬車果以是義故車在門外若依大品云是乘從三界出到薩婆若中住若未出時已乘是乘爭出火宅何故復言車在門外若先在外乘何而出然但乘通因果三十七品斷見思惑皆是因乘盡無生智皆名果乘要因因乘斷除惑盡方得果乘盡無生智故言車在門外但果正因傍就果爲言車在門外若内因斷結運義名乘外果不運何得名乘然果無斷惑之運要以盡無生智入無餘涅槃方是好運也若乘因到果何意方更索車舊云機索情索機索者可解情索者佛説盡無生教羅漢證此果已用神通天眼試觀未來猶見變易生死浩然自疑所得盡無生證若實無生云何見有如其浩然昔非究竟情中從佛索先所許是爲情索若尋經文文無此語若推索義義不應然文

無可解推者下文云自於所得生滅度想既以天眼見有生死何故復起滅度之想此則自相矛盾又佛滅後羅漢不值餘佛不能決了既自以天眼照見生死何須見佛而決了耶又初禪天眼尚不見二禪況見變易亦與攝大乘乖也又羅漢得無漏業用天眼見變易未來生死果報者即時人修五戒十善應自見其未來果報當知界外果報豈是天眼所見耶不用此判情索也今言情索者昔日依教謂盡無生能入無餘而於方等中見菩薩不思議聞淨名彈斥若我所得是實大士不應折挫若我非實佛不應說眞故云茫然不知所云至大品中領知大法聞此樂大心起方欲進修大乘而不能知得與不得此等皆是情中已索大乘之義故身子領解提昔疑情見諸菩薩授記作佛不豫斯事嗚呼自責欲以問世尊爲失爲不失即是指昔方等已有情索也今加口索者因聞方便品初偈略聞佛說並是方便即復執今方便疑昔未極故云我今不知是義所趣動宿疑情故發言三請索求昔日所說之實機在大乘情求昔實又情求大乘口問昔實六度通教例爾從舍利弗爾時下三等賜大車有兩章兩廣兩釋一等子二等車以子等故則心等譬一切衆生等有佛性佛性同故等是子也第二車等者以法等故無非佛法譬一切法皆摩訶衍摩訶衍同故等是大車而言各賜者各隨本習四諦六度無量諸法各於舊習開示眞實舊習不同故言各皆摩訶衍故言大車其車高下廣車爲二一廣叙車體次釋有車

之由叙車體中先叙高廣次明白牛後明儐從假名車有高廣相譬如來知見深遠横周法界之邊際竪徹三諦之源底故言高廣也衆寶莊校者譬萬行修飾也周匝欄楯者譬總持持萬善遮衆惡四面懸鈴者譬四辯下化也張設幰蓋者譬四無量衆德之中慈悲最高普覆一切也珍琦雜寶而嚴飾之者眞實萬善嚴此慈悲大經云慈若具足十力無畏名如來慈慈中行布施等云寶繩交絡者譬四弘誓堅固大慈心也垂諸華纓者譬四攝神通等悦動衆生也亦譬七覺妙鬘也重敷綩綖者譬觀練熏修一切諸禪重沓柔輭也安置丹枕者車若駕運隨所到處須此支昂譬即動而靜即靜而動若車内枕者休息身首譬一行三昧息一切智一切行也丹即赤光譬無分別法也駕以白牛者譬無漏般若能導諦緣度一切萬行到薩婆若白是色本即與本淨無漏相應體具萬德如膚充煩惱不染如色潔又四念處爲白牛四正勤中二世善滿如膚充二世惡盡如色潔四如意足稱行者心如形體姝好筋譬五根住立能生義也力譬五力摧伏幹用義也行步平正以譬定慧均等又譬七覺調平其疾如風者八正道中行速疾到薩婆若僕從者譬方便波羅蜜能屈曲隨人給侍使令衆魔外道二乘小行皆隨方便智用故淨名云皆吾侍也又果地神通運役隨意即僕從也次所以者何下釋有車之由者由財富藏溢譬果地福慧圓滿名財富無量庫藏充溢行藏理藏一切法趣檀尸忍等是趣不過者是約行爲如

來藏一切法趣陰入界根塵等是趣不過即是約理明如來藏自行此行理名充化他名溢實智滿名充權智用名溢入中道名充雙照故名溢非但藏多又皆充溢何法不是摩訶衍故大乘無量也而作是念下即是廣明心等文爲二一廣心等二釋廣心等者財富無量是子無偏是故心等若富而非子是子而貧則不得等今七寶大車其數無量若教若行皆摩訶衍即財多也各各與之不宜差別者不移本習而示真寶如身子於智慧開佛知見具一切佛法目連於禪定開佛知見具一切佛法餘人例爾又方等般若念處正勤根力覺道種種異名皆開示實相歷一切法亦復如是故言無量也所以者何以我下是釋兩等初釋財多尚周一國況復諸子譬大圓因徧該善惡況佛知見耶次釋子等者非子尚充況是子耶譬佛無緣者尚度況有緣子耶尋文可解從是時諸子各乘大車下第四適願歡喜譬上受行悟入本求羊鹿水牛期出分段今得白牛盡於變易過本所望豈不歡喜從於意云何下第四不虛譬譬法王不妄一問二答三述歎問如文舍利弗言下第二答爲二一免難不虛亦名以重奪輕不虛二不乖本心不虛亦云過本望不虛各爲三謂標章解釋況結標免難如文何以故下第二釋者命重身輕全身免火已得大寶濟于重命豈應有虛結免八苦之火全五分之身已是大寶況二萬佛所大乘慧命圓因成就佛知見開寧是虛妄次世尊若是下第二不乖本心初標不乖本心章本知無三意

令不謗不謗者已不乖本心釋云本知無小意令不毁墮惡既無毁因不墮惡果不與小車不乖本意結云自知財富無量欲饒益其子與一大車過本所望是故不虚結前章云方便救濟似譬斷德神通之力結後章云財富無量似譬智德辯説之力前是子等故不虚後是財等故不虚佛告舍利下第三歎述有二善哉者述其二不虚也問佛何不自説不虚答佛許三與一自説爲難身子説不虚取信爲易舍利弗如來亦復下第二合譬光宅開十譬但合七不合三七中正合五兼第五第八不合第七第九故知十譬繁而不會今合總别二譬總中有六今文皆合小不次第今初第一合上第一上長者名行位號德業合云如來亦復如是先合位號如來無量德號略舉十義如上説一切世間將處所以定名行上云國邑聚落合直云一切世間通指同居有餘自體皆是妙色妙心果報之處如來徧應三處即一切世間合上國邑聚落也於諸怖畏下合上歎内外德内是年高衰邁識達則多譬如來智斷於諸怖畏無明永盡合上衰邁顯斷德也成就無量知見合其年高顯智德也力無畏等合上外德財富無量也神力者深修禪定能得神通合上田也智慧力智必照境如身之託處合上宅也具足方便波羅蜜合上諸僕從也從大慈大悲下第二合上第四慈悲是施化之本一切是五道恒爲慈悲所被合上五百人也而生三界火宅下第三合上第二其家也爲度衆生下第四合上第六衆生有緣親者前度合上

三十子也生老病死等下第五合上第五欻然火起譬也教化令得三菩提下第六合上第三教能詮理尋理起行即得菩提故知教理共用合上唯有一門譬也若講說令前後可解一一須提方便品譬本來勘揀之後去例爾從見諸衆生下第二合別譬別譬有四今合第一見火譬譬有三意其文有四合亦四但譬中驚怖在前諸子戀著戲處在後合中不覺不驚在前拔苦與樂在後互現辯其不定耳今以一見字第一合上第一能見之眼即是如來寂照智眼能見也諸衆生爲生老下第二合上第二所見之火從四面起此中明八苦爲火四苦如文貪著追求求不得苦後受地獄天上人間是五陰苦愛離怨會如文此之八苦從四倒四面起也從衆生沒

在其中下第三合上第四所見火譬諸子不覺不知等也不觀苦集故不猒不觀道滅故不求解脫雖遭大苦不以爲患合上心不猒患無求出意也從佛見此已便作是念下第四合上第三起驚怖我雖能於此所燒之門安隱得出意也應拔其苦難者即大悲之力與無量樂者即大慈之力也從如來復作是念下合第二捨几用車譬上譬有勸誡今但合勸不合誡法說中亦勸善不明誡惡故勸修爲正誡惡是傍亦是勸善即誡惡誡惡即勸善今合勸善即知合誡惡也上勸文有三謂擬宜無機息化擬宜有身手衣裓等但以神力者合上身力及智慧力者合上手力也讚如來知見合衣裓也力無所畏合几案也若佛初出即用此擬衆生不能以此得度也

所以者何下釋不得度合上第二子不受勸譬正由五濁障重未免生死等火大乘微妙不能得入故言何由能解佛之智慧此一句即合上唯有一門而復狹小小故不能解智不解智慧者即是行爲門意也如彼長者雖復身手有力而不用之合上第三放捨善誘無機息化或當墮落爲火所燒也此文無放捨語譬及譬本息化意甚分明也息化文爲二先牒前後三譬次正合息化牒前一譬正帖合息化牒後兩譬傍成息化也雖復身手有力而不用之此牒前身手救子不得譬以合息化如來亦寢大化也但以殷勤下牒施三之譬也就然後各與下牒第三等賜大車譬也如來亦復如是下十六字正合第三息化也從但以智慧方便下合用車救得譬上

文有四此中亦四但以智慧下合第一擬宜三車也爲說三乘下合上第二知子先心也而作是言下合上第三歎三車希有上有勸示證今亦具合但不次第第一合上第二汝等莫得樂住三界下是示其盡無生處也三界是示苦諦勿貪麤弊乃至生愛等示其集諦速出三界示其滅道滅道即是示其三界外有智斷三乘之果故令速出三界當得三乘三乘正取道滅爲體也我今爲汝保任此事終不虛者是第二合上第三必與證得不虛也復作是言汝等當知下第三合上第一歎希有如此三乘是諸佛方便引物儀式故衆聖所稱得無生智爲自在得盡智爲無繫我生已盡不受後有名無所依所作已辦梵行已立名無所求也從若有衆生内有智性

下合第四適子所願譬上有眞似等四位今合亦四但上總今別三乘各爲四皆引上譬來帖合也内有智性者宿習三乘樂欲成三乘智性故佛施三乘之教也内有智乃至從佛聞法信受合上聞父所說玩好之物適其願故合上聞慧也殷勤合上心各勇鋭思慧也精進合上第二推排推是推理排是排惡惡去故精理明故進合上修慧也欲速出下合上第三競共馳走也是名聲聞乘合上第四爭出火宅三乘修行皆有此四而辟支佛求自然慧者辟支是法行人從他聞法少自推義多故取譬鹿鹿不依人自然者從十二緣門入此門本自有之非佛天人所作名自然慧不從他聞復名自然慧也菩薩稱一切智者不同二乘乃是佛智菩薩望此修因即是大乘兼運之意也如彼長者見諸子等安隱得出下今第三等賜大車譬上文有四一免難二索車三等賜四歡喜今略不合第二第四也但合免難義兼索車合等賜義兼歡喜今雙牒免難賜車二譬然後雙合二譬如彼長者下牒免難自惟財富下牒等賜如來亦復如是下合免難門有三義入義出義別義若三界爲宅五陰爲舍由迷色心而入色心即是入宅生死之門若作出者是乘從三界出即是稟佛通教下所詮爲門若別義者即是稟別教下所詮爲門也今言佛教門者正是藏通二教教下之理共爲門得出三界而免難也如來爾時便作是念下合等賜也上等賜先列二章門二廣說三釋出今合闕略文小不次第如來爾時便作是念我有無

量智慧力下第一合上第四釋有車之由上云財富無量庫藏充溢也是諸衆生皆是我子下第二合上第五廣等心上云我財物無極不應以下劣小車也不令有人獨得滅度皆以如來滅度而滅度之豈非合等心義是諸衆生脱三界下第三合上第一等心章門上云各賜諸子等也諸佛禪定解脱等下第四合上第二標車章門皆是一相一種下第五合上第三正廣大車通合上高廣乃至僕從等一相是實相即法身一種是種智般若能生淨妙之樂樂即無苦名爲解脱三德高廣具足莊嚴收羅衆德名摩訶衍合上大車譬也如彼長者以三車下合第四不虚譬上答有二一全身命二不乖本心各有三别今但合不乖本心兼得全身何者佛意本爲除其五濁五濁既盡大善自全上不乖心有三一標次釋三況今但合釋合況也初牒三車誘引後與大車譬次合如來初説三乘誘導然後但以大乘此合解釋不乖本心上云先作是意我以方便令子得出也何以故下合上第三況出不虚即是長者自知財富無量欲饒益諸子故許三與一非是虚也此釋小異於前前意爲令諸子得出意不在三既出不與亦非虚妄今明如來出世本欲説大但爲小智樂著三界故以方便誘引既已得出還與大乘即稱本心故言能與衆生大乘之法但不盡能受也若華嚴中能受即爲與大不俟開一爲三不能受者以方便力於一佛乘分别説三三由衆生非佛本意故用此釋成不乖本心不虚也

妙法蓮華經文句卷第五下

音釋

燼徐刃切火餘也　裓古得切衣前襟也　耽湎耽都含切樂也湎彌兖切溺也　駮北角切雜也　矇莫紅切目有童子而無見也　礫郎狄切小石也　蚩充之切愚貌　楯食尹切欄檻也　綩綖綩於阮切綖夷然切綩綖坐褥也　揀所革切擇取物也　誘以九切引也

妙法蓮華經文句卷第六上

隋天台智者大師說

門人灌頂記

第二偈有一百六十五行分爲二前有一百行頌上長行後有六十五行明通經方法上長行有開譬合譬偈頌亦二初有六十五行半頌開譬次有三十四行半頌合譬初亦二初有三十三行偈頌總譬次有三十二行半偈頌別譬總頌六意六意中止頌其四兼得其二頌家宅兼得一門頌五百人兼得三十子初一句明長者即頌上位號即兼得名行歎德既有長人之德即知名行徧爲國邑所宗亦知内外年德俱高也内合婆伽婆即位號自知具足智斷慈悲萬德也有一大宅下第二三行一句頌上第二家宅譬爲二初一句頌宅廣大其宅久故下第二三行廣出宅體明所燒之相故知此頌宅體也三界無始爲久非今所造爲故無常卑鄙名頓弊亦云頭殿腹堂背爲舍念念相續無常爲高危一云色界爲堂欲界爲舍不免墮落名高危命根支持如柱過去行業爲基陛也亦云兩足爲柱根三相所遷名摧朽也意識綱維以爲梁棟諸苦所壞如傾斜亦云脊骨爲梁棟膐爲基陛衰老之時爲頹毀牆壁者一云四大爲牆壁皮膚爲泥塗四威儀不正爲亂墜五識不聰不相主境爲差脫亦云牆壁圮坼如皮膚皺朽壯色鮮淨如初泥塗老色枯悴如後褫落髮鬚朽老則皆脫落如覆苫亂墜筋骨老弱支節不援如椽梠差脫周障屈曲者印師云三十六物更相隔障故云周障腸

盤迴故云屈曲非但無常所遷亦有不淨苦等故云雜穢充徧也今云周障是六識屈曲是六根六識緣六根取境鄣閡故言屈曲六塵徧滌六根故言雜穢充徧因緣觀心兩番釋云云有五百人下第三半行頌上第三五百人譬三乘根性爲五道所攝兼得三十子譬也從鵄梟下第四有二十九行偈正頌上第五火起就此復四初有二十二偈明地上事譬欲界火起次第二有三偈半明穴中事譬色界火起次第三有二偈半明空中事譬無色界火起後第四一偈總結衆難非一就欲界火起復爲四初十七偈半明所燒之類譬衆生十使次第二有一偈半明火起之由譬起五濁所由次第三一行半正明火起之勢譬正起五濁後第四一行半明被燒之相譬

受八苦五濁就第一十七行半復二初十六行正明所燒後一行半總結就所燒中又二初六行明禽獸被燒譬五鈍使衆生後十行明鬼神被燒譬五利使衆生第一五鈍使爲二初五行半明五鈍第二半行結今初五鈍爲五初半行譬慢使衆生自舉輕他如鳥爲性陵高下視八鳥譬八慢文殊問經明八憍今用配八鳥盛壯憍如鵄性憍如梟富憍如鵰自在憍如鷲壽命憍如烏聰明憍如鵲行善憍如鳩色憍如鴿陵他爲慢自貴爲憍自愛爲貪愛他爲淫自忿爲恚忿他爲瞋自惑爲愚惑他爲癡云云次蚖蛇下第二二句譬瞋使瞋有三蚖毒盛不觸而吸譬非理生瞋蝮蠍觸則螫譬執理瞋蜈蚣譬戲論瞋世人云赤頸者是蜈蚣不赤者是蚰蜒守宫下第三

二行譬癡使癡有獨起相應起守宮百足等兀然譬獨頭無明狖貍鼷鼠等譬相應也諸惡蟲輩下從癡根本備起諸結也明諸使相緣或緣三界如交横起之速疾如馳走屎尿下一行明癡心所著之境皆無常苦無我不淨由癡不了於中計淨等而生染著故云蜣蜋諸蟲而集其上狐狼下第四二行明貪使貪有二種一有力二無力有力者以威勢取如狐狼等無力者但能從他乞索麤弊如野干等咀嚼下明貪取境引物向巳如咀嚼不以道理如踐踏貪心取境或取一城或取一國其有齊畔如齰囓也亦云貪心取境有用不用有用而取如咀嚼不用而取如踐踏又少則咀嚼多則踐踏也骨肉狼藉者積聚五塵不知止足也由是羣狗競來搏撮者此有力貪搏撮無力之者謂王賊也飢羸慞惶者常不知足如飢求不能得如羸種種營覔如慞惶多欲之人雖富而貧也愛心貪貪五塵之肉見心貪貪道理之骨推求知見遂多所解即是多骨須骨之狗競來撮之諸見心中未得正法之食名飢不能伏斷見名羸處處求解名爲慞惶一云即是貪人希求念望也鬬諍摣掣第五二句譬疑使猶豫二邊名疑未決是非鬬諍意謂爲是名掣復謂爲非爲摣啀喍嘷吠者發言論決是非之理也恐怖兩句第二結上五鈍使也處處皆有下第二有十行明五利使爲二初半行總明利使利使徧緣五陰四諦下故言處處皆有夫鬼神有適有智禽獸則無故以利使譬鬼神鈍使喻蟲獸夜叉下第二九行半別明五利使爲

五初三行明夜叉是捷疾鬼譬邪見撥無因果人是善報譬出世因果不雜煩惱撥無此理如食人肉也毒蟲之屬是惡報如世間因果雜諸煩惱撥無此理如噉毒蟲之屬也孚乳產生者世間之法從自類因生自類果也各自藏護者因能有果名藏必得不失名護也又人肉是善毒蟲是惡邪見之心撥無善惡因果事如噉食也孚乳產生總說善惡並有因果相生之用也食之既飽者見心成就也惡心熾盛者見心增廣也鬬諍之聲者內心成就外彰言教宣於無因無果之法能令聞者墮落三途故言怖畏也鳩槃茶下第二兩行二句譬戒取鳩槃茶是鬼勝者如有漏善能勝諸蟲也蹲踞土埵者修十善戒能生六天六天是欲界高處事如土埵也又外道

持戒能修禪定初得欲界定或得未來定未來定未脫欲界欲界之頂如土埵也或離一尺二尺者得色界定如一尺得無色處定如二尺得升上界爲往退墮爲反起見蓋如縱逸嬉戲捉狗兩足一云謗無苦因如捉狗足撥無苦果如腳加頸集本得果如狗之聲利見撥言無集無得苦之理令其失聲也觀解者修六行觀伏貪貪不行似如被斷爲失聲狗是欲貪兩足爲覺觀覺觀往還常在貪境數息止心是能縛義爲捉覺觀也撲者貪覺若强向不淨境作不淨觀伏貪覺貪覺摧伏如狗被撲困不能聲又云作不淨觀如撲狗能生禪定如被撲失聲也腳加頸者如狗雖被撲擾動不伏更以腳加貪雖知不淨止貪猶未甚靜更以無常觀腳加保常之頸則生

怖畏則貪覺不起也又云一狌制心如向地撲常繫在縁如脚加頸令不得起也怖狗自樂者以修無常覺悟貪心如怖狗因得禪味名自樂也其身長大下第三一行半偈譬身見豎入三世計我名長横徧五陰計我名大計我自在不修善法即無慚愧故言裸形以惡莊嚴故言黒無功德資故言瘦計我者不出三界故言常住其中計我在心發言宣說有我之相故言發大惡聲叫因此說望得道果故言叫呼求食也復有諸鬼下第四半行譬見取咽細命危而保其壽非想無常而計涅槃故言其咽如針首如牛頭下第五兩行譬邊見推我斷常斷常二邊如牛頭二角爲身是我爲我是身依我見起邊見如頭兩角也計常斷之過能斷出世善如食人肉能斷世善根如或時噉狗或時計常或復計斷前後迴轉如頭髮蓬亂計常即破斷計斷即破常加殘害兇險無有智定食飲自資如飢渴所逼夜叉餓鬼下第二一行半總結欲界煩惱之相亦是結利鈍衆生之相並是有漏之心常無道味故云飢急窺看牖者明其邪觀空理慕仰道味雖復觀察而滯著心多不會正理如窺窻見空不得無礙也是朽故宅屬于一人下第二有一偈明失火之由三界是佛化應之處發心已來誓願度脫故云屬于一人長者在宅能令愼火由出去後諸子無知故令火起内合正由如來大通佛時常教是等令伏五濁衆生感盡如來捨應此等於後便起五濁他土赴縁非是永去故言近出又云從得無生已不生三界故名出不久應

來故言近壽量品云數現涅槃即是出宅意也於後宅舍下第三二行正明火起之勢四面即是處所身受心法等起四倒五濁八苦故云一時相續漸增爲熾命根斷爲爆風刀解體爲裂又云受苦悲痛呻吟聲名爲爆諸根破壞爲裂氣斷骨離筋絶爲摧折墮落四大解散爲牆壁崩倒也諸鬼神等下第四一行半明被燒之相或云親屬爲鬼神哭泣爲揚聲今例上利使以譬神鬼利使之人或計斷常若計常者謂法定空巳有還無無即常計斷之人謂法定斷唯此一死更無復續皆唱言定說其事巳顯故云揚聲大叫也若是鈍使及諸戒取本不計斷今見無常但生疑怖不知出離之方故言憧惶不能自出惡獸毒蟲下第二三行半明穴中事譬色界火起

諸部解義瞋通三界即此文也文爲四初一行明所燒之類四禪之定譬如孔穴也雖復不及門外敞豁猶得免於猛炎入禪定中猶得免於欲界麤惡也利使衆生亦得禪定如毗舍闍鬼亦住其中薄福德故一句是第二火起之由由少福故近惡遇苦爲火所逼一句是第三明火起之勢孔穴之中雖無猛炎猶有熱惱四禪雖無欲界惡亦有愛味細苦故言爲火所逼共相殘害下第四二行明被燒之相明利鈍相奪諸使衆生得禪是同所計各異異故互相是非如相殘害也既於禪中起諸見則不能生無漏定慧但著黙然如飲血又著五支如噉肉野干是欲界貪未來定巳斷故言並巳前死亦名食噉禪定之貪如大惡獸能吞欲界貪也欲界四倒八苦如

猛炎色界四倒此苦如臭煙亦通身受心法四大皮肉等故言四面充塞也蜈蚣下第三二行半偈明空中事譬無色界火起爲二初一行明所燒之類後一行半明所燒之相猒色界定出向無色猒色麤境觀無色法如毒蛇類火燒出穴若爾瞋通三界也若得無色定必滅下緣故云隨取而食也非想最頂猶尚不免顛倒諸苦如頭上火然非想亦有八苦之火心生異念名生苦念念不住名老苦行心擾擾妨定名病苦退定是死苦求定不得是求不得苦求定不得必有於鄣即怨憎會苦四陰心即五盛陰苦不能即斷有頂種故頭上火然也無無漏故飢渴所惱猶是輪迴周慞悶走也其宅如是下第四一行總結三界衆難非一頌總譬竟是時宅主在門外立下有三十二行半偈頌第二别譬别譬有四今頌但三初有二行半頌長者見火次第二有十三行頌捨几用車寢大施小譬次第三有十七行頌賜大車譬初二行半頌見火有三一能見二所見三起驚怖此中具頌也初宅主下三句即是能見之人上明見今云聞以聞代見也聞必從他門外立者正頌上我雖能於所燒之門安隱得出也立者在法身地常懷大悲欲救衆生不處第一義空之座也舊云十方佛語釋迦云汝有緣諸子在三界中善根將滅也又云衆生感佛之機爲他人也今云法是佛師謂三昧法也此法爲師即他人也若入三昧則能見機三昧令佛見故言有人言也又云大悲是他人也云云汝諸子等下第二一行一句頌所見之火問子

本未出云何因戲來入答或曾發心名出三界而復退還名之爲入如人舉足欲出門側而反亦名爲出亦名還入也又埋性本淨非三界法因無明故而起戲論便有生死故云先因遊戲來入也大善未著爲稚小無明所覆爲無知聞已驚入下第三二句頌上即大驚怖而起大悲心方宜救濟下第二十三行是頌捨几用車爲二初有五行半頌上救子不得上開譬中有勸誡上合中但合勸今但頌誡誡文有三今明亦三初四偈半頌上我當說怖畏擬宜次諸子無知下第二三句頌不受誡嬉戲不已第三一句正頌息化方宜者擬宜大教也告喻即是說衆患難誡教之義指不已一句頌上視父而已放捨苦言之義也是時長者而作是念下第二七行半偈頌上用車上有四一者擬宜三車二知子先心三歎三車希有四適子所願今頌中但有三義略不頌知子先心前三行頌擬宜告諸子下第二三偈勸歎三車希有上明勸示證三義今頌亦三義重頌勸成四初一行頌勸次羊車下第二三句頌示次汝等出來第三一句又頌勸次吾爲汝等下第四一偈頌證聞說如此諸車下第三一行半偈頌適子所願今總頌上六句馳走頌上見諦空地頌上無學也從長者見子得出火宅下第三有十七行偈頌上第三等賜大車譬上文有四一免難二索車三等賜大車四得車歡喜今頌亦四初五行頌免難歡喜第二三行頌索車第三七行半頌等賜第四一行半頌得車歡喜就初五行頌上諸子免難又二初一行頌

免難次而自下第二四行頌歡喜坐師子座者有二釋一云諸子坐座得出三界故無畏也二云是長者坐座長者見子免難即得無畏初在門外猶有憂畏故云立今得出門方坐無畏故方便品云今我喜無畏免難文竟而自慶下第二四行頌長者歡喜如文知父安坐下第二三行偈頌第二索車如文長者大富下第三七行半頌上第三等賜大車上文有二章二廣二釋合有五文今但頌四不頌廣等心不頌釋等心初一行超頌第四釋大車屋盛稱庫地盛曰藏行具一切法名藏眼耳六根具一切法名庫云云次以衆寶物下第二六行偈頌第三廣大車次二句頌二章門以是妙車一句第三頌第二大車章門等賜諸子一句第四頌初等心章門也諸子是

時歡喜踊躍下第四一行半頌得車歡喜遊於四方者乘中道慧橫遊四種四門四種四諦豎遊四十一位究竟常樂我淨之德故言嬉戲自在也告舍利弗我亦如是下第二三十四行半即是頌合譬也初四行頌合總譬但作四意兼得六譬我亦如是一行頌合長者上半頌合位號下半頌合名行兼歎德義七種方便賢聖中尊九種世間之父一切衆生皆是吾子一偈頌合五道義兼三十子三十子是緣因子一切衆生即是正因子也三界無安半偈頌合家宅兼得一門義衆苦充滿一偈半頌合火起合總譬竟也從如來已離三界火宅下三十行半第二頌合別譬上頌開無不虛今頌合則有初三偈頌見諸衆生爲生老等合見火譬上頌見火譬文有三

今合亦三初一偈頌上如來能見正由寂然閑居能見五濁諸子也即合聞有人言次今此三界下第二一行半頌上所見諸衆生爲生老病死之所燒煮合第二所見火譬唯我一人下第三半偈頌上佛見此已便作是念合驚入火宅也雖復教詔下第二四行頌捨几用車譬爲二初一行頌捨几等上開譬有三擬宜無機息化今此一偈亦有三意但總略雖復教詔一句頌擬宜而不信受一句頌無機下二句頌息化或可下二頌無機也貪著深故頌上未免生老病死憂悲苦惱等也以是方便下第二三偈頌合用車救子得譬上文有四今但頌三合亦三略不合知子先心初以是方便一句頌上但以智慧方便欲擬宜從爲說三乘下第二一行一句頌合上第三歎三車希有是諸子等下第三一行半頌合第四適所願上合三乘各有四句今則總頌若心決定者從苦法忍已上是眞決定此之一句總頌三乘馳走之位後具足下一行各頌三乘爭出之位也汝舍利弗我爲下第三有八行頌合第三等賜大車譬長行不合索車及與歡喜頌開則具頌今合等賜歡喜不合免難索車去取終成有二文又二初五行頌合等賜後三行頌歡喜上合等賜有四不頌其二今合又略但合二章門及第三廣大車又頌釋有車之由初汝舍利下一行先頌大車章門上文諸佛禪定等次汝等若能下第二一行頌合等心章門上云是諸衆生脫三界者也次是乘微妙下第三二行頌合正廣大車上云皆是一相一種等次無量

億千諸力解脫下第四一行是頌上有車之由也得如是乘下第二三偈頌得車歡喜就此復二初二偈明各得大車後以是因緣下第二一偈結勸信也今初二偈日夜者初得佛知見中道智光如日分無明在如夜自得中道智如日慈悲入生死如夜常行二法故言遊戲三乘之人同入佛智故云與諸菩薩及聲聞衆又此明自行化他自儀是乘故言日夜遊戲以此化他故言與諸菩薩及聲聞衆能化三乘同乘寶乘也次一偈所說一乘無三因緣於十方土審實而求唯一無二除佛方便則不在言耳他云菩薩若不索車何因乘車歡喜告舍利弗汝諸人等下第四有十五行半偈頌上第四合不虛譬上合有二先舉二譬後合不虛今但頌合不虛文爲二初三行半正頌合不虛章門次若有菩薩下第二十二偈頌合釋不虛身子作稱本心不虛譬父本欲令子得出難故設三車既得免難乃至不與小車亦不違先心是故不虛佛頌其譬則明不虛明佛本意即欲說一但爲五濁不肯信受故說於三濁鄣既除還說一大即稱本心也今初章門爲三初一行先定父子明本欲與大故文云皆是吾子理應平等與大也次汝等下第二一偈明乃說三乘意爲除鄣故云汝等累劫衆苦所燒次我雖先下第三一行半既已鄣除還遂本心與大乘法故云今所應作唯佛智慧也若有菩薩下第二十二行頌合釋還釋前三意初二偈釋同皆是子理應平等次若人小智下第二七偈釋不能受故乃說三乘次其實未下第

三有三偈釋後若堪能還與其大令初二行若有菩薩者方便三乘所化衆生皆是昔日結緣佛子亦皆同有眞如佛性故云皆是菩薩也若人小智下第二七行明小智鄣重不即信受爲是方便開三接引小智爲說苦諦者聲聞於三乘中最小復以苦諦爲初門衆生心喜者稱其本習則喜本猒生死自求涅槃今聞出離即會宿習故歡喜此中正明有作四諦但離虛妄者無明已是不實通惑附無明起故呼之爲虛妄有作四諦但除此惑名爲解脫脫於分段未脫變易故非自在其實未得下第三三偈釋鄣既除情根又利還遂本心與大乘法佛本欲與一切解脫今汝始斷分段非大涅槃以其未得一切故終是未稱本心故言我意不欲令至滅度今則還令得無上道入大涅槃乃是究竟稱佛本心一切解脫即是無作滅諦無上道即是無作道諦用二諦破無作苦習昔欲說此而此衆生不堪鄣既已除還說此也佛爲法王於權實法已得自在開三顯一實豈當有虛也汝舍利弗我此法印下六十五行偈勸信流通信者信佛說不說也勸者勸可通不可通有此二義故言勸信文爲二一標兩章二釋初一行標說不說者如來說此法印爲利益世間故說也不說者四十餘年未是說時五千未去是故不說也次在所遊方下半行標可通不可通章者勿妄宣傳也惡者强說令其墮苦善者不說恐其失樂若大悲愍惡則不爲通若大慈念善則應爲通是名標可通不可通章也從若有聞者是第二釋又爲二初

八行釋可説不可説第二五十行半釋可通不可通令初八行明如來利益世間之相也通論三世利益別論令二乘入信阿鞞跋致是觀現在益曾見者觀過去善爲説也信汝見我者觀未來善爲説也下文云若深信解者見佛常住靈鷲即其義也斯法華經一行是結上開下如來觀知三世利益是故爲説淺智不解則不爲説此釋如來説不説章也從憍慢懈怠下釋行人通不通章又二初三十六行半明若用大悲門莫爲惡説先引惡數必起惡謗獲惡果報是故大悲不可爲説斷世間佛種者淨名以煩惱爲如來種此取境界性也大品以一切種智學般若此取了因性爲佛種涅槃用心性理不斷此取正因性爲佛種令經明小善成佛此取緣因爲佛種若不信小善成佛即斷世間佛種也若有利根下十九行釋弘經時用大慈門善人應爲宣説令不失樂夫弘通之要諧和兩門令其得所是善流傳若不得所是妄宣傳文爲二初十七行有五雙十隻善人之相可爲宣説後二行總結應可説也初過現爲一雙利根是現在植善是過去强識是現在見百千是過去也二上下爲一雙修慈是愍下恭敬是尊上也三内外爲一雙捨惡親善是外求持戒如珠是内護四自行化他爲一雙質直敬佛是自行譬喻説法是化他五始終爲一雙四方求法請益之始頂受專修是歸憑之終云云告舍利弗下兩行總結善信甚多略舉十相示流通方法顯慈悲兩門可通不可通之大要也

釋信解品

有人言信解三法謂一往化隨逐化畢竟化昔說大爲一往背大後爲隨逐父子相見爲畢竟又人天善爲一往說小乘齊法華爲隨逐說法華得記爲畢竟又初說二乘爲一往轉教爲隨逐法華爲畢竟又轉教爲一往歷方等爲隨逐悟一乘爲畢竟又說法華爲一往十地常教化爲隨逐至金剛心爲畢竟又結僧那爲一往中間爲隨逐得佛爲畢竟私謂諸解重疊玉屑非寶夫一往非本懷畢竟是宗極說人天二乘爲一往可非本懷昔爲說大今說法華固是畢竟那稱一往若法華畢竟而更成一往人天一往還成畢竟則大顛倒又二乘是一往草庵須破昔大爲一往繫珠亦須破若一破一不破一是一往一非一往又父子相見是畢竟者前畢竟應悟一則後畢竟無復用若後畢竟乃悟一前畢竟非畢竟節節有妨今皆不用有人言此品是迹何者如來成道已久乃至中間中止亦是迹耳私謂義理乃然在文不便何者佛未說本迹那忽豫領若未會三已應悟一云云今釋品者夫根有利鈍惑有厚薄說有法譬悟有前後法華座前猶如踠豆文云如來說法既久我時在座身體疲懈但念空無相願於菩薩法都無一念好樂之心初聞略說動執生疑廣聞五佛蒙籠未曉今聞譬喻歡喜踊躍信發解生疑去理明歡喜是世界信生是爲人疑去是對治理明是第一義以是因緣故名信解品稟小大教初革凡成聖各有次位但小乘信行從聞生解苦忍明發信則稱行

法行歷法觀察苦忍明發法則稱行若信行人轉入修道轉名信解法行人入修道轉名見得準小望大亦應如此中根之人聞說譬喻初破疑惑入大乘見道故名爲信進入大乘修道故名爲解文云無上寶聚不求自得我等今日眞是聲聞以佛道聲令一切聞聞圓教入圓位故名信解品本迹者四大弟子久入大乘成就佛法迹引中根示初信解故名信解品此是領解段近領火宅遠領方便文爲二一經家敍歡喜二白佛自陳先敍內心次敍外敬善吉獨稱慧命三人摩訶者通論皆大皆慧別論善吉解空空慧爲命此約行也諸慧人中佛慧第一佛於般若命其轉教其爲慧人所命故云慧命三弟子被命少不以空爲行宗此約教也摩訶如前說云云得

喜之由遠聞方便五段法說經家但敍聞希有法聞授記二種或可聞希有法敍四段見受記是第五段也如此聞見昔未曾有歡喜之由也發希有心者敍近聞譬喻四番之說希有心發心發故名之爲信以信故入入歡喜位即信解品意也從座起者敍外敬如文例身子亦應三業領解準前可解白佛下口自陳文爲二初長行及七十三偈半正陳得解次十三偈歎佛恩深此解由佛故先陳次歎長行又二初略法說二譬廣說略又二法說略舉譬法說又二先明昔稟三故不求二明今會一故自得不求中有標有釋標爲三一居僧首故二俗年邁故三證得故初居僧首者我法臘既高晚學以我爲軌忽改途易轍棄小求大爲後來所嫌自固護彼所以不

求二俗年已邁若作菩薩當專任大道廣度衆生今既朽老無所堪任是故不求三已得涅槃無爲正位不能發大心高原陸地不生蓮華盡無生智已立無所依求所以者何釋三不求文不次第先釋得涅槃不求次釋年邁即兼僧首或指昔說法既久心不喜樂釋居僧首不求既言在座復道年朽知釋僧首也釋不求如文我等今於佛前下陳得解之由由遠聞五章略廣開三顯實是故慶幸獲大善利者正陳得解是近聞四番譬喻希有之法而獲開悟開悟善利也無量珍寶下第二是略舉譬譬昔不求而今自得希有法寶也從世尊我等樂說譬喻下是廣領解有開譬合譬欲開先諮發云云譬爲五一從捨父逃逝下名父子相失譬近領火宅總譬遠領方便略頌二從窮子傭賃下名父子相見譬近領火宅見火遠領方便我以佛眼觀見三從即遣傍人急追將還下名追誘譬近領火宅捨几用車遠領方便寢大施小四從過是已後心相體信下委知家業譬此非領上近遠乃追取方等彈訶大品轉教意耳五從復經少時父知子意下名付家業譬近領火宅賜一大車遠領法說正直捨方便又合第四第五共爲一領付譬在下更明其意也舊以西方無量壽佛以合長者今不用之西方佛別緣異佛別故隱顯義不成緣異故子父義不成又此經首末全無此旨閉眼穿鑿今依文附義若釋窮子取二乘人半字法銷文若釋長者取盧舍那佛滿字法門銷文何者宅內長者脫瓔珞著垢衣衣瓔有異人秖是一譬

盧舍那佛隱無量神德示丈六金輝執持糞器設三乘教隱顯有殊何關體別舍那著脫近尚不知彌陀在遠何嘗變換云云父子相失譬又爲四一子背父去二父求子中止三子遇到本四其父憂念四段各兩初兩者一背父而去領總譬中五百人昔結大乘子父尋復失解流浪五道故言或十二十至五十歲通是佛子子義微弱故言幼稚非結緣巳界故言久住他國二者向本而還領總譬三十子此緣有微著之義故言長大緣既經苦關佛大悲故言遇到本國父求子而止爲兩者一父求子不得領總譬中長者從衆生退大之後伺其大機未得其會故言不得二中止一城其家者領總譬中宅大富者領總譬中長者德業内外財富意耳子到父城爲二一到城之由領火起苦惱之相從退大巳後處處遊歷備嬰辛苦二遂到父城者以苦爲機扣於大悲故言遂到父城其父憂喜即是兩者一念失子苦二念得子樂領總譬中一門子既幼稚取門不當動父之憂元以此門通之故動父之喜分章竟銷文者初子背父去有二初譬如有人領二十子譬二乘人菩薩位行難知且齊巳領耳年既幼稚者舊云聞法少爲稚若爾下文云長大應是聞法多今以無明厚重覆障解心解心無力故言幼稚善根熏被稍稍欲著名爲長大捨父逃逝者退大爲捨無明自覆曰逃趣向生死爲逝問佛捨應後衆生起惑是父離子非是子捨父答由衆生不感佛則去世還成子捨父義久住他國者涅槃法界是佛自國生死五欲是

爲他國本求出離而退墮不反故云久住或十是天道二十人道五十是五道約於一人備輪諸道年旣長大下二向國而還者㓜有二義一癡小故二未遭苦故則不知還譬結縁已後大解未濃如癡不反尚有殘福耽迷不反今習業冥熏微知向道遭苦失樂思求出要此二爲機扣佛名爲漸向父國上文云若人遭苦爲說涅槃若以人天二善非感佛縁在三界中不見佛父爲窮不得出要之術又爲窮八苦火燒故爲困馳騁四方以求衣食者舊云人天五戒十善各有因果以爲四方用自資給又於四生營生以求衣食下文云一百三十劫今乃得一見彼諸劫中非無人天因果不能感佛故知此善非見佛機今佛旣未出諸凡夫人身受心法起於四見於

中求正道如求食求助道如求衣以猒苦求理爲可化之縁佛初出時諸外道等皆先得度即此意也大經云諦觀四方喻於四諦準此可知漸漸遊行遇向本國者明其猒苦希脫邪求涅槃雖非本意亦蒙值佛故云遇向也本國如上說下文明城舍云何分別一切佛法爲國此義則寬城語小容以斷德涅槃防非禦惡爲城舍語又親同體大悲爲舍也其父先來求子不得下第二求子中止譬亦爲二初從退大已後求機不會不會故名不得二中止一城者不爲一子而廢家業譬佛不以一處無機而廢餘方施化舊云二萬佛後釋迦佛前兩楹間爲中止今謂中義可然止國城家皆不可用今取方便有餘土爲國在同居實報兩間爲中有餘涅槃爲城住此

涅槃名止處此爲家起勝劣兩應劣應應聲聞勝應應菩薩五人斷通惑者同生其土皆爲菩薩佛以勝應應之純以大乘家業訓令修學中止於此伺覓同居子機非但中義得合國城家業皆悉分明大富者實相境爲家具足萬德名爲富五度福德名爲財般若智慧名爲寶導一切悉摩訶行名無量金銀珠等是大乘三十七道品也此即領上長者大富義也倉庫盈溢者在內爲盈在外爲溢盛米爲倉盛物爲庫倉譬禪定禪生百八三昧故庫譬實相能發十八空智慧故自資爲盈外化爲溢領上多有田宅義也僮僕者方便知見波羅蜜皆悉具足屈曲隨機稱事稱理此領上又多僮僕從就位爲語二乘及通教菩薩別教三十心悉如僮僕別教圓教十地如臣十向如佐十行如吏十住如民初入佛境界率土之賓無非王民雖得爲民比吏佐等猶爲踈遠十行歷別修習諸法種種驅馳如吏十迴向事理稍深職近王邊如佐十地輔佛行化降魔制敵故如臣也一心三觀如象運圓教大乘次第三觀如馬運別教大乘即空析空觀如牛運通教等大乘析法觀自行如鹿羊等運二乘之法無數者權實諸法皆名車乘權實智觀名象馬牛羊非但教法甚多觀智亦復無數也出入者二而不二是入不二而二是出又不二而二是入二而不二是出無量還一是入一中無量是出化他用爲出自行用爲入出法益衆生爲息化功歸已爲利乃徧他國者徧於三土行於非道通達佛道即其義也唯法性是已國耳商估賈

客亦甚衆多者諸菩薩是商人又徧入三土以求法利故云衆多此土菩薩往他方聽法他方大士來此聞經往還採利也又應化二身如賈客將寶法徧入三土化益衆生而歸法身故云甚多如世間人令他捉財與生亦自興生也時貧窮子遊諸聚落下第三是子還近父譬此亦二一求衣食二到父城初內合退大乘已備遭諸苦深起猒患欲求出離取理不中致成邪僻因邪慧歷心易可入正以求出世爲感佛由也觀察五陰爲聚落十二入爲邑十八界爲國歷此求理名求衣食二遂到其父所止下此是正向其父所止之城者苦境爲機感佛大悲名爲到城城即涅槃涅槃通半滿衆生習解可有得涅槃之義故言到城父每念子下第四即是父憂念子

譬此中亦二一念失子之苦如來自昔至今恒思子大機故言每念五十餘年者五道也開鬼出脩羅故言餘也未曾說者未曾向方便有餘土中臣佐吏人說有此子機緣也又應世已來自昔華嚴方等大品諸座未曾向諸大士說此聲聞本是大乘之子既非佛子不解佛法或如聾啞或花著拜座或棄鉢茫然種種不逮也心懷悔恨悔昔不勤教詔致令無訓逃逝恨子不惟恩義踈我親他內合如來悔不殷勤令入內凡遂使退失本解恨其無心不能精進固志逃迷不返故言悔恨也自念老朽者化期將畢無傳大法之人如老朽而無子也問法身所化諸菩薩等悉堪補處何遽此憂答法身所化本無興廢誰談老朽此非所論今明化身眷屬則有二種一

法身大士共相影響迹雖弟子本或是師亦不約此自念老朽也二者同居凡夫始從化佛初發道心者名此爲子也子繼父業令胤族不斷若身子受決作華光佛則一方佛種相續不斷大乘家業遞相傳付若身子無可化之機則大乘法財現無付囑後來衆生佛種安寄老朽興歎正爲此也復作是念我若得子下二念得子爲樂可度之機名爲得子與受佛記名付法財稱於本心復言快樂領上總譬竟

妙法蓮華經文句卷第六上

妙法蓮華經文句卷第六下

隋天台智者大師説
門人灌頂記

爾時窮子傭賃下第二父子相見譬近領火宅中見火遠領方便中五濁意爲三一明窮子傭賃領火宅所見之火法說所見五濁二父見子領火宅長者見法說中佛眼見也三歡喜適願領火宅中驚怖法說中起大悲心法譬並明父前見子此中明子前見父就佛則靈智先知機後起應故言父先見子若約衆生必先機而後應故言子先見父機應不可思議不後不前故前後互舉也今取文便但爲二段一子見父二父見子此兩段中各復爲四初子見父四者一見父之由由求衣食二見父之處處在門側三見父之相踞師子牀四生畏避悔來至此見父之由由猒苦欣樂推求理味漸漸積習遂成出世善根故言傭賃展轉以此善根能扣佛慈悲故言遇到父舍父喻道後法身舍喻無緣慈悲大小二機雙扣此舍有大機故故言遥見其父有小機故住在門側若唯小無大則應不見尊特之身父不應言我財物庫藏今有所付若唯大無小不應住立門側子不應言非我傭力得物之處也見父之處者即是門側二觀爲方便即門二邊圓中之機當門正見二乘偏真故言門側但空三昧偏真慧眼傍窺法身耳遥見其父正見有二種一近見二遠見今言大機始發扣召事遠是故言遥又機微非應赴名之爲遥也踞師子牀者圓報法身安處空理無復通別二惑八魔等畏故云踞

師子牀也華嚴說第一義空四無所畏爲牀也寶几承足者定慧爲足實諦爲几無生定慧依眞如境也婆羅門舊云高良大姓八地已上也刹利者七地已還也居士内凡夫等舊云此經中明法身非常住法身也乃是他方應身將應此土即爲此間之法身故有内凡諸人圍遶今謂不爾若作他方佛者子父機應體用著脫皆不成如前說又不容小機扣此大機扣彼亦不應結大緣於彼結小緣於此亦不應雙結在此雙應在彼如是大惑亂今明勝應應菩薩即盧舍那尊特身大機所扣者也劣應應小乘丈六弊衣小機所扣者也今經明常住醍醐與涅槃等法身圓頓與華嚴等所譬長者威德侍衛刹利婆羅門恭敬圍遶悉指華嚴中眷屬皆無異也所說法相如彼所明亦復無別婆羅門名淨行貴族高潔即等覺離垢菩薩也刹利即是王種九地已下初地已上也居士富而不貴即三十心也眞珠瓔珞者即戒定慧陀羅尼三昧四瓔珞也價直千萬者即四十地功德以嚴法身也吏民僮僕者異門明義即是稟方便教斷通惑者名爲民稟別教斷通惑者名爲吏若同門明義者還是方便波羅蜜也内與實智同外與機緣同喻如吏民有内奉外役之義也白拂者即是權智之用也左右者右即入空智用拂四住塵左即入假智用拂無知塵此二爲中道方便故言侍立云云覆以寶帳者眞實慈悲也垂諸華幡者華即四攝幡即神通香水灑地降注法水灑諸菩薩心地以淹惑塵亦是定水灑散心也散衆名華者

布以七淨華謂戒定慧斷疑道非道知見淨斷知淨也戒者攝律儀等三種戒也定者首楞嚴等也慧者實智慧也斷疑者已度二諦之疑也道非道淨者行於非道通達佛道也知見淨者智德圓滿了了見佛性也斷知者斷德成就無明永盡也羅列寶物者羅列諸地眞實功德也出内如前釋云威德特尊者光明無邊色像無邊相海巍巍堂堂此義須作舍那之佛豈得作餘釋耶窮子見父有大力勢下是第四見父畏避大力勢者智大故名大力神通大故名大勢如上身手有力義也恐怖者小機劣弱怯懼大道也悔來至此者佛本欲以大法擬之應不稱機但有退大之意故言悔來至此也竊作是念者機中潛密寘有此事非是顯對見勝應身也或是王

王等者波旬是王徒輩爲等小機灰斷無言說道絶於色像既見勝應之像非天人所及所說法相逈異二乘小智薄德未曾見聞便謂是魔是魔所說略開三顯一身子狐疑將非魔作佛惱亂我心耶若初用大逗小疑佛爲魔有過今日也復次勝應譬長者長者即表報身佛故是王等法身是報師師即如王諸經多名是經王智契於法即是智與法等故名報佛爲等此乃大乘法報非是小乘得益之處故或是王王等也非我傭力得物之處者小機不能受大化也不如往至貧里乃至衣食易得者淨名云能以貧所得法度斯下劣也但空之理不含萬德非如來藏故言貧里偏空稱於小智故言肆力有地也衣食易得者能得有餘涅槃無漏衣食行衣惠

行食也若久住此或見逼迫强使我作者行大乘道經無量劫故言久住我本猒怖生死若修大乘必入生死廣學萬行故言逼迫我本樂小而今令我發大乘菩提心是爲强使捨大取小故言疾走也時富長者下第二父見子譬亦有四一父見子處二見子便識三見子歡喜四見子適願見子處者即師子牀也如來法身居第一義空無畏之境明照機也見子便識者知是往日結緣衆生也心大歡喜者佛恒伺子機今機來稱慈是故歡喜即是領法說而起大悲火宅即大驚怖彼明拔苦故言驚怖此明與樂故言歡喜即作是念庫藏今有所付者是見子適願昔見衆生退大取小貧里求食資生艱難常欲與財無機不得今日機來稱大慈心故言庫藏今有所付我常思念者明其非但貧無大財又流轉生死衆苦所逼爲大悲所痛故言常思念之雖欲救拔無機叵濟故云無由見之今有可度機生故云而忽自來稱大悲心故云甚適我願我雖年朽猶故貪惜者釋於適願之由由一期化訖故言年朽未見大機法無委付將來之徒從誰得脫爲可度者故言貪惜今機自來無此憂念故我願得適也即遣傍人急追將還下第三明追誘譬近領火宅捨几用車遠領法說寢大施小此文爲二初遣傍人追次遣二人誘前追領上身手有力而不用之但方便品總誡勸爲一釋文爲三火宅開勸出誡釋各爲三而放捨文略長行合勸不合誡而息化文廣偈中但頌誡不頌勸又不頌息化皆有出没火宅長行誡勸釋各

有三今則併領即遣傍人疾走往捉領上勸門之擬宜窮子驚愕領上勸門之無機强牽將還領上誡門之擬宜窮子自念無罪至悶絶躃地領上誡門之無機從父遥見下併領勸誡之息化此探取佛意佛雖勸門擬宜無機意猶未息更作誡門擬宜事不獲已然後息化也遣傍人者初勸門擬宜也智是能遣教是所遣理義爲正教義爲傍從佛出大乘十二部擬宜衆生無機不受於其如乳故言遣傍人也又傍人者傍臣佐等也即是遣法身菩薩爲説大乘如華嚴中令四菩薩説四十地即是遣傍人也疾走往捉者大乘明義顯露正直用此赴機疾趣菩提故大車中云其疾如風若以菩薩爲傍人者菩薩自有神力又被佛加亦能令彼疾入菩提窮子驚愕

即勸門無機既現無機縱昔曾發廢久不憶卒聞大教乖心故驚不識故愕稱怨大喚者小乘以煩惱爲怨生死爲苦若勸煩惱即菩提即大喚稱怨枉若聞生死即涅槃即大喚稱苦痛無機不受勸門也我不相犯者我不干求何意用大化我此領勸門二意未領息化次再喚不來執之逾急者領擬宜誡門也前明勸善猶是容與我當爲説怖畏之事即是急切雖强牽將還者識以苦言令其遠惡内既無機外逼大化即是强牽將還也自念無罪者領不受誡門也罪者慈悲也衆生罪故入生死獄菩薩亦同罪入獄二乘人無大悲名爲無罪令入生死即是而被囚執也無大方便而入生死必當永失三乘慧命故言必死思此等事故言轉更惶怖也强以大教

小智不解故言悶絶即起誹謗必墮三途故言躃地亦是迷悶溺無明地從父遥見之即是第三放捨勸誡息大乗化就此爲四一思惟息化二釋息化三正息化四息化得宜初有兩意一知大志弱二知小志强父遥見者小去大遠故名爲遥是結縁子故言爲見而語使言者約教爲使者智本說教智知無機智息故教息約人爲使者語諸菩薩不須現汝尊妙之身令二乗見淨名中攝汝身香無令彼諸衆生而起惑著普賢入此娑婆促身令小皆是其義也勿强將來者既無大機恐傷其善根故言勿强也私謂不須此人者思惟息勸門擬宜勿强將來者思惟息誡門擬宜也冷水灑面者第二知有小志宜以灰斷理水除見思之熱面者猒生死名背向涅槃如面也醒悟者開小逗機得離煩悶悟四眞諦也莫復與語者決定應息大乗教也所以者何下第二釋息化之意正猒苦欣空親狎下劣無慈悲心即畏難大法且任其小志抑佛本懷所以息化也審知二萬億佛所曽發道心非都無大機也且息大化佛意未已更俟後期不語他人者於昔小乗教中隨他意語方便覆護稱是聲聞不說隨自意語云是菩薩也使者語之下第三正明息化我今放汝即是知大機弱隨意所趣即是知小善强以此二縁故息大化也窮子歡喜下第四即是息化稱機不爲大教所逼是故歡喜無謗大罪得免三途故言從地有小善生故言而起又前擬宜大法迷悶不解臥無明地今逗以小可得醒悟故言從地而起於四諦中欲

求道法故言往至貧里以求衣食或於四見之中求道故言貧里將欲誘引下是密遣二人誘引此爲二一齊教近領三車救子遠領波羅柰施權次從又以他日下取意領法身地久照方便非道樹始知用小早鑒衆生致難尊特親狎垢衣故追領往前以成今解問四大弟子何因能知法身久照答推近知遠若始道樹知無大機不應兜率降神正慧託胎乃至現有煩惱納妃生子三十四心後身斷結驗知脫大小相海微妙瓔珞更著麤弊丈六垢衣其已久矣今初且釋齊教領者譬喻品文有四一用方便擬宜二知先心三歎三車四適其所願方便品亦四今領亦四從將欲誘引下是領上擬宜時二使人即求窮子既已得之領上知子先心有機也具陳上事領上歎三車希有窮子先取其價下領上適願爭出火宅也初將欲誘引者既息大化不容孤棄欲設方便故言將欲密遣二人者四弟子齊已分領不涉菩薩故言二人約法是因緣四諦約理是有作眞俗約人是聲聞緣覺初擬大乘云密遣傍人表一實諦一大乘教一菩薩人今明方便隱實爲密指偏眞爲遣約教隱滿字爲密指半字言遣約人內祕菩薩行故言密外現是聲聞故言遣形者二乘教中不修相好但說苦無常不淨即是形色憔悴也約人則諸菩薩隱其本色示以迹形非了義說無有十力無畏名無威德也汝可詣彼者即以小教擬小機也大教明理直實故言疾走往捉小教明理迂隱故云徐語此有作處者見修兩道是斷惑作處也倍

與汝直者五戒十善止出三途今四諦十二因緣能出生死是爲一倍又外道六行但能伏惑今修四諦則能斷惑得至涅槃是爲二倍也窮子若許者有機是許即設教無機是不許不設教欲何所作者二乘唯欲除惑取證不論淨佛國土成就衆生所以言雇汝除糞我等二人亦共作者二乘鈍根憑教行行方能修業約理者即是智諦相資也約人即權人共實人修行也時二使人即求窮子者第二審知有機故言已得領上知先心也具陳上事下第三陳說雇作領上歎三車也除苦集之糞取道滅之價窮子先取其價尋與除糞下第四尋即爲作領上適願爭出火宅也二乘慕果行因所以先取也其父見子愍而怪之者怪不求佛道愍其取阿羅漢所失者大所得者寡故言怪也齊此領法譬中意其文竟從又以他日下第二是取意領靈智先照久設權謀崎嶇隨逐非止樹下始見因緣已如上說此文爲四一又以他日取意領先權智久欲擬宜二見子憔悴是久知方便是其玩好三脫妙著麤領久知須歎三車四親教子作久知適願受行今初又者鄭重辭也將欲取意領法身之地久知大小之機一三施化重述佛意故標章稱又也他日者二乘自謂方便爲已非二乘法爲他即擬法身也日者時也亦智也依法身之時用智照機故言他日若從此義實智照實爲自權智照方便爲他齊教領領化身用事爲已日非化身用事爲他日若就如來自行權實之智皆名爲已如來化他權實之照皆名爲他如來

自他權實之照照實爲已照權爲他此之探領法身之時用化他之權智照於權機若有若無照用權事若可若否皆是權智所照故言他日若從此義齊教領領化他之權事故二乘稱已事探領領自他之權此權非二乘事故稱爲他雖有兩意他日俱成今依二乘所領又逐他日之文以探領領法身中照機也窻牖者偏見則小表權智照彼偏機也遥者小去大懸故名爲遥見子者昔曾種大稱之爲子以大擬之故言爲見窻牖偏狹未宜大化故息大而施小也羸瘦下第二是領先知有小玩好也修因智力少爲羸修因福力少爲瘦内怖無常爲憔外遭八苦爲悴四住爲糞土無知爲塵坌也即脱瓔珞下第三是領先知須歎三車希有也脱妙服譬隱報身無量功德四十二地戒定慧陀羅尼等瓔珞寂滅忍細軟上服大小相海嚴飾之具容服若盛子則驚畏二乘不宜見此相好是故脱之更著麤弊者現丈六形是麤生忍法忍是弊也塵土坌身者現有煩惱有爲有漏也執除糞下但治見思有漏之法不論諸地清淨智慧也左手喻實右手喻權權用便易自以此法斷結成佛又用此化人狀有所畏者示同怖生死又有寒風馬麥之報也語諸作人下第四親教子作譬也即是道品中七科法門以顯除糞之相領上諸子心各勇鋭互相推排競共馳走爭出火宅也一者語作人譬譬四念處是外凡位二令勤作勿得懈息譬譬四正勤三咄男子勿復餘去譬譬四如意足四好自安意下名安慰譬譬五根五所以

者何下名無五過譬譬五力此前四句是第二内凡位六即時長者字以爲子譬譬八正七雖欣此遇下名教常令除糞譬譬七覺此二句是第三聖位也今初語諸作人者即是説三藏示四念處是除糞之器斷結之境故遺教云常依念處行道能破四倒領火宅中適願勇鋭即是聞慧也第二勿得懈息者即是令勤修四念處也若起懈息不能滅二惡不能生二善以二勤故能發煖火對火宅互相推排入修慧煖位也以方便故得近其子者念處未得理火温心猶爲踈外不可附近以初得煖方便則可附近也第三咄男子者咄是驚覺亦是責數上正勤中紛動即是智法如男子是陽性如意足是定法如女人是陰性良以正勤策動不得與眞相應故咄驚責數令捨散入靜故咄男子也汝常此作勿復餘去者念處正勤動不專一不名爲常四如意中定不異緣思惟則定思惟則斷定斷專一故常不紛動故勿復餘去此猶在互相推排中即是頂法之位也當加汝價者煖法觀中不能發眞如意觀中能發無漏故言加價若有所須者漏無漏善助道正道皆從如意觀求欲須即得四禪體含支林如盆器生空麤如米法空細如麪此即正道四諦下十六諦觀無常如鹽苦如醋此即助道如米麪難食須鹽醋和之正道難顯須助道助之莫自疑難者結上正助審在如意觀中故令勿疑決定可辦如已物想故言勿難亦有老弊使人者若欲直取通以代手足如使人驅役者如意觀中亦有此通但通劣弱事同老弊

雖不丁壯亦堪運役又以正道求理正道弱未能發眞欲須助道九想十想八背捨等助道使人者如意觀中亦有此法若得助助正即成共解脫人也第四好自安意者得五根安固難壞也我如汝父者忍解隣眞似像未實故言如父亦是如子勿復憂慮者令其安意破壞見思也第五我老汝少者佛居道終已具智斷故言老大汝居道始未有智斷故名爲少壯此即忍法位也無五過者得五力離五惡法也得信力故不欺精進力故不怠念力故不瞋定力故不恨慧力故不怨言餘作人者遠指外道諸見求理名餘作人近指煖等四位未免五過亦名餘作人此文無五過即五力也自今已後如所生子者下忍十六刹那時節猶長中忍雖復縮觀亦未是一刹那若上忍世間最後一刹那心隣眞逼聖故名此位爲如所生子即世第一法位也第六即時長者更與作字名之爲兒者得八正入見道中競共馳走故言名之爲兒世第一法與眞不久故言即時阿含說五種佛子四果及辟支佛名佛眞子菩薩不斷結子義未成爾時窮子雖欣此遇下第七常令傭作譬譬雖爲子思惟未盡猶居學位未得無難故二十年常令除糞亦復自知不任紹大正是依教修行盡苦耳故云猶故自謂客作賤人若得初果猒小樂大大乘機發者即應授以大乘又不須進斷其餘殘結正由不捨小志大機不發以是且令依教盡漏故言由是之故二十年中常令除糞二十年者見諦一解脫一無礙思惟九無礙九解脫故言二十年

又云見思二道中斷結名二十年又云五下分五上分爲二十年也又云猶於二乘法中斷思惑故名二十年又云依二使人共斷餘結故名二十年也從有二乘之機而來感佛故云自見子來已二十年若住二乘位轉大乘教名爲於二十年中執作家事也二十語同各有所以指此一句即是爭出三界火宅位也過是已後下是第四領付家業譬近領火宅等賜大車遠領法說中無上道就此爲二初領後付又各爲二共領火宅等賜車中四意亦是方便品顯實四意初章二者一心相體信即領上免難二委以家業漸以通泰成就大志即領上索車後章二者一付家業即領等賜大車二得付欣悅即領上得車歡喜也由心相體信故得委以家業家業既諳悉備知見則成就大志由意志通泰故得付與家業與家業故是則歡喜由有遠近若不先教傭作與一日之價豈得相體委業付財內合由三藏斷結堪並聞大集受折淨名轉教般若而致付材耳當知傭作取價即是遠由體信委業即是近由又前誘引譬中有齊教領始自道樹終訖出宅又有探領始自法身終訖思盡今領亦二始探領慈悲四味調熟終領付財究竟一味遠近始終合論五味何者即遣傍人傍人所說乃譬華嚴圓頓此教最初傍人譬牛所說譬乳內合從佛出十二部經即初味也以此擬二乘人無機不受迷悶躃地於其全生如乳味也次明密遣二人說除糞法此譬息大之後鹿苑說三於小即信革凡成聖如轉乳爲酪內合從十二部

出修多羅即第二味也次明心相體信入出無難譬三藏之後說方等淨名揚大折小二乘聞大不謗折小不退良以三藏斷結取一日價故得恣其褒貶若未斷結不堪聞揚大如前不受勸門亦不堪聞折小如前不受誡門而今不謗不退者心相體信故也親既證小則信大不虛得涅槃價故體折不瞋雖非已事而不疑謗此心淳熟如從酪出生酥內合從修多羅出方等經第三味也次明長者自知將死不久下譬方等心相體信入出無難已後委以家業使其領教爲大菩薩說摩訶般若既領知衆物貫統法門心明口辯彌益慕樂但恨住小非是已分脫更開許豈不樂哉於是心漸通泰成就大志如似生酥出於熟酥是從方等出摩訶般若第四味也次臨欲終時而命其子者此譬般若之後判天性定父子會三歸一付財與記說法華之教開佛知見示眞實相菩薩疑除聲聞作佛悉以如來滅度而滅度之如從熟酥出於醍醐是從摩訶般若出大涅槃即第五味也四大弟子深得佛意探領一化五味之教始終次第其文出此也領家業文爲二一相體信二命領業就體信復二先明體信二猶居本位今初相者是互相信也謂於三藏中得涅槃價此既不虛今爲菩薩說此大乘亦復非虛此即子信父也佛知此等見思已斷聞必不謗無漏根利聞微生信此即父信子也由此見尊特身聞大乘教名此爲入復被訶折猶見丈六說小乘法名此爲出大小出入而無疑難也第二然其所止猶在本處者雖復入

出無難得聞大乘而謂是菩薩之事非已智分不肯迴小向大猶居羅漢不言未來當得作佛此領大集淨名生酥之教也從世尊爾時長者有疾下第二委以家業此領大品佛命轉教般若熟酥之教也就此爲二一命知家事二受命領知二章各爲四初四者一明時節二正命知家事三誡令體我心四勑無令漏失初將死不久者有機則應爲生機盡應謝爲死今化機將畢應謝非久也語窮子言我今多有下第二命知家事金即別教理銀即通教理大品所明眞諦不出此二而云多有者理則非多約種種門亦得言多例如空非十八約破十八法名十八空也勸學中明一切法門皆是珍寶也倉是定門即百八三昧庫是慧門十八空境也通別兩種定慧倉庫包藏一切禪定智慧無所闕少内充外溢故云盈溢其中多少者說於般若則有廣略二門菩薩行般若應知略廣相略則爲少廣則爲多自行爲取化他爲與大品中云汝當爲菩薩說故云汝悉知之我心如是下第三誡體我心者佛以般若爲心汝今傳燈當隨佛意說也又二乘人本解是析法空命當體此意者命轉教用誡令同我體法空也昔時被命謂傳燈與他今乃知佛令我識體之門故言當體此意今我與汝便爲不異者釋此有三一被加令說與佛不異二就理以諸法皆如故得不異善吉如如來如一如無二如故言便爲不異三就今時始悟父子天性本來不異而二乘人自謂被加異耳宜加用心下第四勑無令漏失也汝爲菩薩說般若

教無令漏失二者就理此即汝法後時當用是故無令漏失也即受教勑下第二受命又爲四一正受命領知二無希取善吉雖説般若自謂我無其分也三未捨劣心猶居本處者住羅漢位雖復慕大亦未定言欲作菩薩也未捨下劣心者雖復恥小亦未定言捨於小證也四復經少時父知子意下即是領上索車譬鄙棄先心欲求大道大機發也問何時名少時答一云説般若竟於異處遊觀尋思所領大乘法門生心貪樂爲失爲不失如此等尋思即是大乘機發時也此時去法華未遠故言少時又當説無量義時大乘機發何以知然無量義中明七種方便無量漸頓從一法生既聞此説思惟昔之三藏三乘悉從一法生如是三乘亦應入一如是思時漸已通泰大心即發故言成就大志也臨欲終時下第二正付家業又爲二謂一付業二歡喜初有四一付業時二命子聚衆爲證三結會父子四正付家業初付時臨欲終者是明時節化緣將訖靈山八載説法華經唱入涅槃時也而命其子下第二聚衆即是二萬億佛所受化之徒名之爲子大機熟人十方雲集也上四衆圍繞者是也并會親族者舊云分身如親族十地如國王九地如大臣八地如刹利七地如居士北人用分身爲親族多寶爲國王也十地爲大臣八地爲刹利三十心爲居士若爾迹門説法分身多寶並未現前何得指此耶彼解云正是身子懷疑之時於法華中未能生信是故多寶分身一時來證若疑除信解受記已竟復用多寶何所證

耶故知法説之時多寶已出但出經者言不疊安爲作次第置因門後耳今謂此是人情無以取據説迹門近事未用古證若説本門遠事必須先證昔今不用彼解依薩云經云云今明十方法身菩薩影響者爲親族影響之衆多是釋迦昔日同業並共如來於二萬億佛所共開化之於其悉是伯叔之行故用此爲親族國王者一切漸頓諸經無不稱所詮之處爲經王當機益物興廢有時部部不同名之爲國皆言第一即是王又此經會通諸教豈非聚集國王故無量義中先已收集彼云初説四諦十二縁生次説方等十二部經次説摩訶般若華嚴海空此則普集諸經融通漸頓會入此典故名會國王也彌勒等諸大菩薩皆是等覺爲大臣初地至九地爲刹利法王種性中生三十心爲居士此等皆從釋迦受化諸君當知下第三結會父子實從我受學實是我子從我起解是我所生我實曾於二萬億佛所嘗教大法故我實是父於其城中者此經西國文多度此甚少或可説昔名字國土如大通智勝因縁今簡略名字直言某甲是諸衆生背此大乘起無明闇遁入生死故言捨吾逃走備經六趣故云五十餘年昔在本城懷憂推覓自昔法身地中常以二智觀覓可化之機也始於今日感應道交故云忽於是間會遇見之今我所有下第四正付家業一切大乘萬行萬德故云一切所有也先所出内是子所知者追指昔日大品領教所委有廣略般若共不共法是汝所知即是汝有故法華但明佛之知見不更廣

說一切行相也窮子聞父此言下第二即是得付歡喜領上各乘大車得未曾有自顧無心希望佛道而今忽聞得記作佛故云不求自得也三藏中本心不求方等中恥小望絕故不求般若中雖領非己分故不求如此不求而今自得也世尊大富長者下第二合譬光宅合之或前或後釋之甚略今但依文點意不復子泒合譬略者貴在得意不俟費辭大富長者合父子相失譬譬文有四但合父子總得餘意如來合父似則合子似有二義一取大機爲子昔未逃逝既非真位猶居外凡故云似也取小機爲子者小機似像大乘根性耳子既逃父貶之言似云問初釋品云已得入真此那言似答此合子逃父時是故言似品初明子開悟時汝問非也從如來常

說我等爲子下合父子相見譬但合長者見子便識從我等以三苦故下合追誘譬上有傍追二誘今合亦二上初遣傍追次再追次放捨今合兩門之無機何爲見捉自念無罪合無大機也樂著小法者合有小志不合放捨今日世尊今我等下合二誘譬上有齊教探領今合二意從蠲除下合齊教具陳上事從我等於中勤加精進下合上尋與除糞得至涅槃下合上先取其價也從然世尊先知我等下合上探領上譬有四今合三不合正教作指上勤加除糞即兼之不更合也上言遙見今言先知上言羸瘦憔悴今言心著弊欲上言即脫瓔珞更著麤弊今言便見棄捨不爲分別寶藏之分從以方便力說如來智慧下合付家業譬上有由有付今合亦二由

爲兩一相信二委業今合亦二一相信有二先合體信以方便力說如來智慧者舊云如來智慧之因持作二乘之果今明帶三乘方便說大乘實相故言以方便力於我等前說大乘法亦是合出入無難以方便力出辯二乘以佛智力入明實相若不體信豈於我前明佛慧耶從我等從佛得涅槃一日之價下合猶在本處也從我等又因如來智慧下合領家業上有命有受命但合受受有四一受命二無希取三不捨下劣四漸通泰今但合二初合受命領業而自於此下合無希取兼得諸也無志願者明佛加威力令如佛心而說也故我不志願所以者何下釋無希取意以方便力隨小乘心說言無分由此不知真是佛子所以不取佛以方便力隨我等說者

佛帶方便力以實相法共二乘說我等不識不共之意故非佛子今我等方知下合付家業上有二有付有喜今合亦二上付業有四今則總合付與付有二一明佛本於大無悋二釋無悋正由樂小不早付大耳此經中下舉今證昔今理唯一故知昔三非實但爲未堪故於大前毀呰小心欲令捨僞取真定知非悋然佛實以大乘而教化也我等說本無心下合歡喜亦是於三不求之意也八十六行半偈初七十三行半頌上次十二行歎佛恩深初又二初二行頌法說後七十一行半頌譬說法說中不頌不求但頌自得頌譬說又二初四十一偈頌開譬次三十偈半頌合譬上開有四父子相失相見委業付財今皆頌初十三行頌父子相失上相失譬有四一

子背父二父求子三子漸還四父念子今頌亦四但不次第初一行半頌第一子背父去次第二七行頌第二父求子不得次第三二行超頌第四憂念轉深次第四二行半追頌第三漸還近父上四文各二今初譬如下一行半但頌子背父而去不頌向國而還也火宅中明長者所王國邑聚落語竟此中明窮子輪迴三界名諸國六道名五十餘年也其父憂念下第二七行是頌父求子不得上亦有二今頌亦二初半行頌覓子不得求之既疲下六偈半頌不以失一子廢家業事四方推求者不同於上上四方是約四諦推理今四方是觀四生中覓可度之機也造立舍宅者有餘國中有餘涅槃也起慈悲舍依性空宅也往來者衆者諸土菩薩來往聽法也而

年朽邁下第三二行超頌第四憂念轉深上文有二此但頌先失子之苦無所委付是故憂耳爾時窮子求索衣食下第四二行半追頌上第三漸還向父上文有二今頌亦二初二行頌近父之由由求衣食也漸次經歷下半行頌正近父城也初近父由中從邑至邑者根塵相涉如邑十八界如國修有漏善如有所得修二乘善如無所得不得大乘法食爲飢餓無大力用爲羸無大功德爲瘦有無善上起見思如瘡癬從傭賃下七行半偈頌第二父子相見上文有二今頌亦二初六行半頌子見父次一行頌父見子上子見父文有四今頌三初半行頌見父之由由傭賃遂至父舍也次爾時長者下第二二行半頌第三見父之相也上明見父之處處是門側今

言長者於其門内者兼得處也施大寶帳等正見父相處踞師子座也法身是師是王報應是長者注記券疏即是授記明修行也私謂以廣顯略爲注授決爲記四弘誓爲券修行爲疏窮子見父下三行半頌第四生畏避之心長者是時下一行頌第二父見子上文有四一見處二見即識三見歡喜四者適願今但頌二上半頌見子之處遥見下第二半行頌見子即識也即勑使者追捉將來下第三十行半頌上追誘譬今初三行頌傍追上傍人追文有三一喚子不來二再喚不來三放捨今初三句頌初喚無機不來次迷悶下第二一句頌再喚不來次是人下第三二行頌無機即是上釋放捨意也即以方便下第二七行半頌密遣二人誘引上文有二今頌亦二初三行頌雇作譬次四行半頌教作譬上雇作文有四一設方便二求之即得三陳雇作四取價除糞今但頌二初二行頌第一設方便窮子聞之下一行頌第四取價除糞也今初設方便眇目是偏空矬者豎短不窮實相之源陋者横狹無摩訶衍衆善莊嚴也非四無畏名無威異常樂我淨名無德次窮子聞之下第二取價淨六根房五陰舍也長者於牖下第二四行半頌上教作上文有四今頌亦四初半行頌牖中念子愚劣下第二半行頌羸瘦於是長者著下第三一行頌脱妙著麤方便附近下第四二行半頌正教作上有七科法門語者即合四念處也令勤作者即四正勤也既益汝價下一行頌四如意足也油塗足能履深水如神通又油能除風

定是無亂也飲食充足即上米麵也薦席厚暖即是觀練熏修定能除散動也如是苦言汝當勤作半行總頌上第四安慰第五無五過根力既成乃堪苦言又以輭語半行總頌第六作字第七令常作並是子位也長者有智下第四十行頌上第四領付家業上文有二令頌亦二令初三行半頌付業之由次六行半頌正付業初由中有二令頌亦二初長者有智下半行總頌心相體信即入出也經二十年下第二三行頌委領家業上委業有命有受令但頌受命上受命有四令但頌三初一行半頌受命次猶處門下第二一行頌猶居本位未捨劣心次父知子心下第三半行頌通泰大志大乘機動也初二十年者不得同上上除見思名二十此明執作家事或言轉大乘教教諸菩薩斷大乘別惑見思名二十年或言說般若時長凡二十年或言住二乘位轉大乘教爲二十年仁王般若云三十八年說摩訶般若從欲與財物下第二六行半頌第二正付家業上文有二令頌亦二初四行半頌正付業次二行頌得付歡喜上正付業有四令但頌三無時節初欲與下一行頌上第二集親族於此大衆下第二有二行半頌上第三定父子天性凡我所有下第三一行頌上第四正付與也子念昔貧下第二二行頌得付歡喜也佛亦如是下三十偈半頌合譬佛亦如是合第一父子相失也知我樂小一句合父子相見譬也未曾說言二句頌合第三追喚譬上合有二一合再喚不來二合放捨今總頌其意耳而說我等下一

行頌上合客遣二人誘引譬上合齊教探教二章今此一行但總頌其意耳佛勑我等下二十八行半頌合第四領家業上合有二相信委業今初十八行半但頌合委業次十行頌合正付上受命中唯有二一受命二無希取今初一行長頌命領知上領所無也最上道即是空般若更無過其上也次下十七行半正領受命及無希取等無不捨及通泰我承佛教有五行頌正受命佛子聞法得記者明轉教益他也爾時謂轉教教化菩薩不言爲我如彼窮子下十二行半頌第二無希取此文廣上也於中又二初一行牒前譬帖合次我等雖説下第二十一行半正合無希取又爲三初一行正頌無希取次我等内滅下九行半具智斷故無希取又爲三謂標釋結

初爲二初一行標斷德具故無希取次我等若聞下第二一行標智德具故無希取所以者何下六行雙釋智斷二章次我等雖爲下第三一行半結釋自無希取次導師見下第三一行明佛見捨我合無希取也如富長者下十行頌正付業上合有二一正付業二得付歡喜今頌亦二初三行頌正付次七行頌得歡喜初三行中上總合正付業今亦總頌但初一行半牒譬帖合次一行半正頌合也我等今日下七行頌第二得付歡喜也得道者得實相道也得果者分得大乘習果也此二句明開佛知也於無漏法得清淨眼者此二句明開佛見見實相理也昔日見無漏不落凡夫今日見無漏不落二乘也昔日慧眼見空今淨眼見中持戒報者昔持戒梵行共

顯無漏灰身滅智無人受此果報者今日梵行能得無漏即了因取果義持戒即緣因義清淨眼所見理即正因義我等真是聲聞者即大乘真位也十信以一音徧滿三千界似道非真入十住即是真也真阿羅漢有三義此中但舉應供一義也若不生變易殺通别惑是不生殺賊義堪爲十法界福田即應供義應供殺賊互相顯也下十三行歎佛恩深難報如文私謂世尊大恩者一佛始建慈悲拔六道苦與四聖樂普十法界入四弘中此如來室恩二如來行菩薩道示教利喜曾教我大乘雖復中忘智願不失蓋如來室清涼温煖大慈與樂恩三衆生遭苦視父而已佛伺其宜如犢逐母備行六度以利衆生蓋如來室遮寒鄣熱大悲拔苦恩四佛成道已應受無爲寂滅之樂而隱其神德用貧所樂法五戒十善冷水灑面令得醒悟蓋是佛衣遮貪欲熱恩五示老比丘像方便附近與一日價蓋是佛衣除見寒愛熱恩六過是已後心相體信彈訶貶斥令恥小慕大蓋佛衣遮醜陋恩七命領家業金銀庫藏皆悉令知蓋是佛衣與我莊嚴恩八會親族定父子付以家業無上寶聚不求自得蓋如來座恩九十既坐座已身意泰然快得安隱以佛道聲令一切聞一切天人普於其中應受供養蓋如來座令我具足自行化他恩世尊大恩兩肩荷負所不能報此之謂也

妙法蓮華經文句卷第六下

妙法蓮華經文句卷第七上

隋 天 台 智 者 大 師 説

門 人 灌 頂 記

釋藥草喻品

此中具山川雲雨獨以藥草標名者土地是能生雲雨是能潤草木是所生所潤所生所潤通皆有用而藥草用强有漏諸善悉能除惡無漏爲最無漏衆中四大弟子以譬領佛譬深會聖心佛讃善哉甚爲希有述其得解以喻其人故稱藥草喻品夫藥草叢育日久一蒙雲雨扶踈暐曄芽莖豐蔚於外力用充潤於内譬諸無漏住最後身有餘涅槃更不願求無上佛道今得聞經自乘佛乘兼以運人文云我等今日真是聲聞以佛道聲令一切聞内外自他具勝力用故稱藥草喻品夫藥草者能除四大風冷補養五臓還年駐色今蒙雲雨忽成藥王餌之徧治衆病變體成仙譬諸無漏聞經破無明惑開佛知見文云我等今日真是佛子無上寶聚不求自得佛子所應得者皆已得之面於佛前得受記莂嘉著而稱微故言藥草喻品前一番是師弟領述世界悉檀意也次一番生善爲人意也次一番是對治第一義兩悉檀意也是名因緣釋品餘約教本迹觀心準例可知不復記云云此品是譬説中第三述成段舊云述其十三偈歎佛恩深又述其教作人譬文言曲巧師云不應偏爾經稱善説如來真實功德備述其領權領實明文在此十三偈止是二乘齊教荷恩教作人譬是佛權功德耳今言都述其周徧領解始天性結緣中間追誘終於

付財自微自著無量無邊諸恩德也其文爲二一略述成二廣述成略述又二一雙述善哉二領所不及雙述者一善哉述其兩處領實一善哉述其兩處領權善說如來眞實功德者眞實是述實功德是述權又華嚴之擬宜領實也三藏之誘引領權也方等之體信般若之領教俱領權實也法華之付財專論實也辭致曲巧故言善說皆是佛法故言眞實誠如所言者印定之旨也又從如來復有下述其領所不及云何不及謂退進橫豎亦橫亦豎非橫非豎皆不及也所以者何大雲普覆徧荷清涼大雨俱霑無不蒙澤咸令世間皆得知見未曾有法那忽齊教止領二乘得益不道人天小草是爲退所不及菩薩名上草亦名小樹大樹敷榮鬱茂自他饒益而

復不領是爲進所不及又十法界同成佛法界那忽止領二乘餘八法界都不涉言是爲橫所不及又七方便從淺至深皆入眞實餘五方便都不在言是爲豎所不及又三世利益未曾暫廢是爲亦橫亦豎所不及夫山川谿谷云云總言一地一地能生未嘗揀擇攘彼受此草木種子皆依於地更無餘依一雲靉靆無處不密一雨一味不隔枯榮普潤旣同普得增長如來平等不可思議實不先頓後漸初三末一如龍興慶雲普雨於一切身心不降雨除熱得清涼是爲五乘七方便十方三世平等廣大甚深博遠不可思議無有差別是爲非橫非豎領所不及不及之旨非都頓奪特以初心望後心未窮極地故云不盡耳又初悟初阿亦具後荼功德但齊教之領

未暇進領橫豎周徧耳又權行大士宜應如此也廣述成又二長行偈頌長行又二初述成開三顯一次從汝等迦葉下結歎初有法譬合法中又二初先舉法王者不虛勸信也次於一切法下正述開三顯一夫人王外無所畏内不二言法王亦爾衆惡已盡發言誠諦舊云述中根不虛獎下根信受今言佛法雖多不出權實權實之外更無別法而言無量者此意難信故舉法王勸信又爲下大雲譬作本從於一切法下約教明開權顯實從如來觀知下約智明開權顯實由二教顯二智由二智說二教智教相成也一切法者謂七方便橫也對一實爲豎也若言不爾何故二萬億佛所初發大心中間取小又流轉五趣又十法界一人尚具況七方便耶此法雖多方便波羅蜜照之罄無不盡以隨其類音說之無不逗會爲人天說戒善爲二乘說諦緣爲三藏說事度爲通教說無生爲別教說次第開如來藏是名述其領開三也從其所說法下約教述其顯實也地者實相也究竟非二故名一其性廣博故名爲切寂而常照故名爲智無住之本立一切法故名爲地此圓教實說也凡有所說皆令衆生到此智地顯實之文灼然如日云何闇瘝作餘解耶例大品廣歷諸法皆摩訶衍衍即大乘乘即實相實相即一切智地上文云唯此一事實指此地也餘二則非眞指七方便也此約漸頓二教述其開權顯實也從如來觀知一切諸法下約智述開權顯實觀一切歸趣是能照權也究竟明了者能照實也二智所照偏圓

兩境通達無礙故能説權實二教此舉智釋教也知所歸趣是識藥深心所行是知病病藥俱是權法權法各有歸趣戒善等近趣人天若作緣義低頭舉手遠趣佛果念處道品等近趣涅槃若作福德莊嚴汝等所行是菩薩道遠趣寶所乃至六度通別等法近遠歸趣途轍不同可解又戒善是人天藥諦緣度是三乘人藥乃至通別等亦可解深心所行有二種深心著於依正又深心著所執之法著依正者起深重十惡鄣人天乘著所執法起四倒三道六蔽四住五住等鄣諸聖乘當知深心病相不同權智照之通達無礙又於諸法究盡明了者實智所照也一切權法無不入實故言究竟實智所知故言了佛眼所見故言明若此智照此藥此病不照彼藥彼

病彼智照彼不能照此種別不同者權智照也一智徧照一切藥一切病實智照也能示衆生如此圓境智故言一切智慧也又一切法者謂十法界也十法各各相欲不同各獲果報歸趣亦異知諸法盡者名知病知一切淨心所著名知藥藥有深淺大品云如實智知貪欲心瞋癡心以如實智知名知深心如理通達無有鄣礙若戒善諦緣度等一切法藥悉用如實智知者名通達無礙又權智文中通達無礙者約權論實實智文中又於諸法諸法者約實論權二文互現者此明實是權實權是實權當知究竟非權非實非差別非不差別以智方便權有差別悉到智地則無差別如地無差別草木若干若干無若干無若干若干又如約心論法約法論心心有

諸數法無諸數心不離法法不離心無數而數數而無數耳權實亦爾云云從譬如下第二譬說文爲二初譬說後復宗稱歎譬有開合開爲二一差別譬譬上述權教權智二無差別譬譬上述實教實智也三草二木纖濃不等故言差別一地一雨普載普潤故無差別若觀其末派謂各各不同若究其根榮莫非地雨内合方便智照七五各異實智往照終歸一實一實七五七五一實差別無差別無差別差別云云差別譬有六一土地二卉木三密雲四注雨五受潤六增長初土地譬舊總舉三千土地別出山川谿谷爲五乘習因谷受水多譬菩薩谿譬支佛川譬聲聞山高受潤少譬人天乘今謂習因應譬種子受潤增長而土地山川雖有受潤關於種子增長二義又下文合譬云普徧世界天人脩羅頌偈云於諸天人一切衆中皆不以土地等譬習因今所不用今以大千世界譬衆生世間山川谿谷土地譬五陰世間世界無別法爲山川谿谷土地所成衆生無別法爲五陰所成土地旣通譬識陰山川谿谷譬四陰能依草木雖依土地等土地等非即草木草木質幹但名草木草木種子更無別名但取能生之功名種子所生質幹名草木皆植根於地地則本也内合習因習果雖依五陰五陰非即因果要依於陰得有習因增長成辦名習果果因依陰而起則山川土地譬成草木種子受潤增長譬悉成也又更顯別譬者山雖高峻亦有洿隆等五相乃至土地雖平亦有丘池等五相即譬五乘五陰山高譬菩薩五陰

川譬支佛溪譬聲聞土地譬天谷下譬人一一五陰皆有習因習果所依猶如山川谿谷土地皆爲種子質幹等所依也又用三千大千世界譬正因之理通爲一切所依也山川谿谷土地譬衆生陰界入果報色心也草木叢林譬衆生習因此三法不相離習依陰入陰入不出法性如草木依山川山川依世界云云六文宛然云何作義又次第如此云何間糅經文抄著前後耶所生卉木下第二所生卉木譬卉是草之都名木是樹之總稱衆草成叢衆樹成林治病力用勝者稱爲藥如善法中皆能治惡而無漏善治惑義勝下卉木中樹林枝幹覆廕廣器用大故喻二菩薩種類若干者五乘七善因果種子故言若干即是種類各有稱謂即是名也各有體相即是色也密雲下第三密雲譬雲有形色覆廕下文有雷聲遠震覆廕譬佛慈悲形色譬佛應世雷聲譬佛言教密雲即三密也慈悲即意密形色即身密雷聲即口密彌布者徧也既密又徧故言彌布也以慈悲熏應身說法徧十法界故言彌布也經律異相云雲有五色青者風多赤火多黃白地多黑水多有四電師東身味南百主西阿竭羅北阿祝藍四電鬪諍是故有雷又水火風地鬪故有雷五事無雨一風起吹二火起焦三阿脩羅手接入海四雨師淫亂五國王不理治雨師瞋故不雨云云一時等注下第四注雨譬譬用口密八音四辯宣注法雨利潤衆生其澤普洽下第五霑潤譬法寶普雨七種衆生心地所有習因種子即生聞慧名爲霑洽枝葉根莖者信

爲根戒爲莖定爲枝慧爲葉次第相資故譬此四也小根莖等即人天信戒中根莖等即二乘信戒大根莖等即菩薩信戒諸樹大小下第六增長譬更復略牒明其草木隨分受潤習報兩因善法既蒙法雨習報兩果各得增長稱其種性者明施權稱機小者不過分大者不減少即是七種習報兩因也華果敷實者習報二果也又云增長即三義稱其種性即是增長之由由設教稱機也各得增長正明增長華果敷榮即增長之相也雖一地所生下大段第二一地一雨無差別譬顯於一實也此有三一一地所生道前心地所生終因道後智地二一雲所雨一音所宣一乘法門開發道中五種善根終是一音平等之教三三草二木稟益不自覺知五種善根蒙

佛法雨隨分增長而不自知五種之因皆依一佛性亦不自知五乘之教皆是大乘亦不自知同歸佛慧唯有如來能知也迦葉當知如來下合譬也合差別譬爲二先正合次提譬帖合差別譬有六今合不次第開譬明機前論衆生合譬明應前合如來如來是化主也此中第一正合上第三密雲亦兼合第一世界此中第二合上第四注雨譬此中第三合上第一世界山川谿谷譬此中第四合上第二草木此中第五合上第五霑潤此中第六合上第六增長譬也合譬次第者明如來應世則有八音說法說法即有受化衆生衆生聞法各霑道潤得潤是同不無差別增長云云第一合密雲先舉佛身密合雲有形後舉佛口密合雲有聲如來亦復如是出現於世

即是正合應身出世也如大雲起即舉譬帖合明如來大慈現身覆育一切也以大音聲者即是舉佛口密合雲有聲也天人阿脩羅者別舉三善道稟口密之益也即是三乘根性三十子別稟聲益也如彼大雲即是舉譬帖合雲有聲也徧覆大千者通舉一切皆是佛子俱蒙口密益也或時但合五譬將普徧世界下兼合世界土地也世界即是國土世間天人脩羅即是假名五陰世間假名合上世界五陰合上山川溪谷也於大衆中而唱下即是第二合上第四注雨譬先標章門次勸聽受章門有六一十號謂如來應供等二四弘謂未度令度等三三達謂今世後世等四一心三智謂知者具足五五眼謂見者六三業共智慧行知道謂意不護開道謂身不護說道謂口不護亦稱爲導師謂知道者等也汝等天人下勸物聽受佛八音詮吐六種法門從多爲論勸三善道宜應往聽法也爾時無數億種乃至而聽法此中第三合上第一山川譬攬果報而有衆生如依山川得有世界等百千萬億者即是十法界衆生也今正語七方便衆生差別配如上說或從汝等天人者皆合山川譬也如來于時乃至精進懈怠即是第四合上第二卉木譬舊云此文長出不合上今明上譬中有卉木差別大小不同此中明根有利鈍行有進怠正是習因深淺與卉木義同豈非合譬而言長出于時者若論漸初即是鹿苑初說三乘時若論中間處處得論于時利鈍者總判三途因惡果苦不能受道名爲鈍七種方便聞教得益名

爲利別判人天但受果報不肯受道名爲鈍三乘根性斷惑出界名爲利又聲聞觀生滅名爲鈍菩薩觀不生滅名爲利通別圓云云三途放逸名怠人天持五戒十善爲精人天不猒苦爲怠二乘怖畏無常爲精二乘貪證不求作佛爲怠菩薩志求佛道爲進云云從隨其所堪至快得善利即第五合上第五受潤譬隨其所堪即是稱會機宜無增減之失歡喜得善利即是各蒙法潤受益也是諸衆生聞是法已第六合上第六增長譬現世安隱後生善處者即是報因感報果合華敷增長亦得聞法乃至入道者即是習因牽習果合上果實增長聞是法已合上增長之由現世安隱正合增長後生善處者是合增長之相也佛如大雲普覆一切三途亦得霑潤增長如說般若方等明地獄得益也又諸經中亦說龍鳥鬼神等聞法得道若火滅湯冷即是現世安隱或生天上人中即是後生善處於天人中修道即是以道受樂若人天聞法持戒福德扶身鬼龍不犯即是現世安隱或天還生天人還生人或天人互生即是後生善處生能悟解即是以道受樂二乘聞法得有餘涅槃是現世安隱如下文云是人於所得功德生滅度想我於餘國作佛更有異名此人於彼國得聞是經指方便有餘之土是善處於彼聞經是得道受樂若生身菩薩聞盧舍那佛說法得無生忍即現世安隱後生淨滿世界爲法身眷屬即是善處以道受樂離諸鄣礙者即是現世安隱任力所堪漸得入道即後世以道受樂五乘者五戒乘出三途苦

十善乘出人道八苦聲聞乘出三界無常苦
緣覺乘出從他聞法苦菩薩乘出内無利智
外無相好苦是爲五乘問但應以人天爲世
間乘餘是出世間乘又佛爲實乘餘是權乘
又佛爲果乘餘是因乘又應爲三乘人天爲
下二乘爲中佛爲上又人天名不斷煩惱乘
二乘名斷煩惱乘佛名非斷非不斷乘又人
天名不斷佛名斷二乘名亦斷亦不斷又凡
夫賢聖非凡非聖有空非有非空等乘云云大
論明五善根勝鬘辨四藏與三草二木云何
人天爲二善二乘爲一佛菩薩爲五開大合
小五乘開小合大四藏合凡開聖五乘則凡
聖俱開隨緣不同耳如彼大雲下第二提譬
帖合六意者大雲帖合第一形聲兩益雨於
一切帖合第二六章法門卉木叢林帖合第
四受化衆生利鈍急進習因深淺如其種性
具足蒙潤帖合第五受潤得法利各得生長
帖合第六現世安隱增長也如來說法一相
下第二合無差別譬上開三今合亦三但不
次第一相一味下雙合一地一雨所謂下雙
釋一地一雨其有衆生下合上而諸草木各
有差別所以者何下釋於差別如來能知差
別無差別一相者衆生之心同一眞如相是
一地也一味者一乘之法同詮一理是一雨
也昔於一實相方便開爲七相於一乘法分
別說有七教佛知究竟終歸一相一味也所
謂下雙釋一相一味衆生心性即是性德解
脫遠離寂滅三種之相如來一音說此三法
即是三味此三相則以爲境界緣生中道之
行終則得爲一切智果故言究竟至於一切

種智也合草木差別譬如後解不重記有時作三意合一無差別意合上一地一雨二差別意合上草木差別三如來能知釋成兩意無差別者謂一相一味一相合上一地也解脫相者無生死相離相者無涅槃相滅相者無相亦無相唯有實相故名一相一相即無住本立一切法無住無相即無差別也立一切法即有差別差別如卉木無差別如一地地雖無差別而能生桃梅卉木差別等異桃李卉木雖差而同是一堅相若知地具桃李即識實中有權解無差別即是差別若知桃李堅相即識權中有實解差別即是無差別以是義故以一相合上一地譬也一味即是實教純一無雜例一相可解解脫者無分段變易二邊業縛故名解脫相離相者得中道

智慧此慧能遠離二邊無所著故名離相滅相者二邊因滅得有餘涅槃二邊果滅得無餘涅槃故名滅相句句例作差無差別義準一相可解究竟至於一切種智者若得二邊滅相即是通別二惑盡入佛知見以一切種智心中行般若初發畢竟二不別故言究竟此即佛之智慧故言一切種智也從其有衆生聞如來法不自覺知者即是明差別義從此下明差別者衆生是山川假實之差別亦是種子之差別如來即是雲聞法即是雨讀誦修行即是潤功德即增長如此等差別皆不能知也就文爲五一衆生不知二如來能知三舉譬帖合衆生不知四牒前結釋如來能知五釋疑其有衆生者舉不知之人法謂聞一音之法持説者是正明不知持説不同

修行各異人天作戒善之解三乘作諦緣度解解既不同即是差別所得功德不自覺知者明五人雖各稟教不知佛是一味無差別教亦不知七種方便各各作解而各執已解爲實此則不知於權亦不識實即是差別不自覺知也第二如來能知略減數舉十境合爲四意一約四法知二約三法知三約二法知四約一法能知約四法者謂種相體性種者三道是三德種淨名云一切煩惱之儔爲如來種此明由煩惱道即有般若也又云五無間皆生解脫相此由不善即有善法解脫也一切衆生即涅槃相不可復滅此即生死爲法身也此就相對論種若就類論種一切低頭舉手悉是解脫種一切世智三乘解心即般若種夫有心者皆當作佛即法身種諸種差別如來能知一切種秖是一種即是無差別如來亦能知差別即無差別無差別即差別如來亦能知相體性約十法界十如中釋若論差別即十法界相若論無差別即一佛界相差別無差別如來能知差即無差無差即差如來亦能知體性例然可解從念何事下約三法明如來能知三法者即是三慧仍有三重一三慧境二三慧體三三慧因緣念何事是明三慧用念取於所念之事即是三慧境從云何念者念是記録所聞之法正是念慧之體也從以何法念下即是三慧取境聞法是其因緣又三慧境境智因緣合故得有三慧法復名因緣也如此三乘三慧昔謂境體因緣有異即是差別若入圓妙三慧即無差別此有差別無差別如來能知又差

即無差無差即差如來亦能知從以何法下約二法明如來能知以何法即是因得何法即是果五乘之因各得其果即是差別衆生如佛如一如無二如唯是一因一果即無差別差別無差別如來亦能知差即無差無差即差如來亦能知從衆生住於種種之地是約一法如來能知七方便住於七位故言種種之地此即差別如來用如實佛眼見之如衆流入海失於本味則無差別隨他意語以智方便而演說之則如來能知差別其所說法皆悉到於一切智地則如來能知無差別云云從如彼卉木下第三舉譬帖合衆生不知也從如來知是下第四牒前總結能知也一相一味等如前釋一相一味解脫離滅等爲緣分別即是一中無量究竟涅槃終歸於空即是無量中一此是牒前重釋無差別也何者一相一味解脫離滅若是二乘法體猶是差別言宣今作大乘究竟涅槃終歸於空即通無差別究竟涅槃結前諸句皆非二乘有餘無餘乃是究竟涅槃也常寂滅相者結諸句非是小乘寂滅乃是常住寂滅上文云諸法從本來常自寂滅相即此義也終歸於空者非是灰斷之空乃是中道第一義空鄭重抵掌簡實異權舊云終歸於空者雖復神通延壽無量示現復倍上數壽盡終歸灰斷故言終歸空此苦佛苦經那可言光宅云終歸入有餘捨無常身智也有人難此解若爾與二乘何異經文舉兩究竟初究竟至於一切種智此舉智果對二乘智非究竟二舉究竟涅槃常寂滅相終歸於空此舉斷對二乘斷

非究竟究竟之文知非小乘空也龍印云大涅槃空無法相無煩惱故名空終歸常住第一義空忠師云終歸第一義空智慧有人云佛果無累故言空注者云空有洞遣乃名空古諸師皆不作小解光宅何意獨然佛知是已觀衆生下第五斷物疑佛昔旣知始末皆一何不鹿苑即爲說實釋云觀衆生心欲隨三悉檀而將護之恐其誹謗故不即說也汝等迦葉下第二復宗稱述欲釋疑疑者聞佛無量功德謂四弟子齊教領解何必是實故佛稱述雖未及佛地齊教不虛也亦是引發下根令同得悟文爲二初述二釋先歎希有者凡夫有反復聞能得益菩薩是已事解不多奇無爲正位能捨證入實甚爲希有能知隨宜說法述能領開三次言能信受即述其領顯一所以者何釋述意明佛於一道說三深玄難解而汝能信也私謂前文云如來復有無量功德汝等說不能盡後文云汝等甚爲希有者佛恩普被猶如雲雨靡不覆潤佛恩普載猶如大地靡不生成豈有爲一機一方而已故言汝等說不能盡佛恩雖普衆生日用不自覺知如三草二木植根乎地稟潤乎雨而不能知汝等能知始終十恩甚爲希有未度令度等述其知佛四弘誓恩甚爲希有衆生現世安隱後生善處以道受樂述其知大慈與樂恩甚爲希有旣聞法已離諸鄣礙任力所能漸得入道述其知大悲拔苦恩甚爲希有輪王釋梵是小藥草述其知勸善除熱惱恩甚爲希有知無漏法能得涅槃及緣覺證是中藥草述其知除諸熱見愛恩甚

爲希有上草小樹是爲恥小慕大述其知遮醜之恩甚爲希有大樹是述其莊嚴之恩甚爲希有最實事一地一雨述其知付財坐座身心財法自在安樂之恩甚爲希有佛述其差別歎者歎十恩文盡若述其無差別歎者即是一大恩也偈有五十四行半頌上開顯開顯有法譬今皆頌初四行頌法說次五十行半頌譬說法說復二先舉法王二則開顯今初半偈頌法王不虛下三行半頌開顯上文二教二智今亦具頌初一行半頌二教後二行頌二智初隨衆生下半行頌權教次如來尊重下第二一行頌實教次有智若聞下一行頌釋權智後是故迦葉下一行頌釋實智隨種種緣說種種教悉爲令得大乘正見自此之前皆名邪見也此頌是如來四悉檀意破有法王即對治意隨衆生欲即世界意智聞信解疑悔永失是爲人意令得正見第一義意三悉檀即頌上以智方便而爲演說令得正見頌上到一切智地云云迦葉當知譬如下五十行半頌上譬說初十行半頌開譬次四十行頌合譬上開二譬今初九偈半頌差別譬次一行頌無差別譬上差別有六今亦頌六而不如長行開譬如合次第也初三行頌第三雲譬其雨普等下第二一行頌第四注雨譬次山川險谷下第三一句頌第一土地山川譬次幽邃下第四二句頌第二卉木譬次大小諸樹下第五兩行三句頌第五受潤譬一切諸樹下第六二行頌第六增長譬雲譬應身應身隨智慧行故言慧雲能具十二部法故言含潤也若應身不說法如須

扇多多寶者此雲不含潤也身放大光如電
耀口震四辯如雷聲也九十五種邪光不現
故言掩蔽除九十八種惱熱如地上清涼也
如可承攬者應身降世似同三有有心往取
實不可得也八音四辯宣注法雨四方俱下
一時俱聞亦云四等也凡有心者皆蒙利潤
故言率土充洽也此則成上又成下山川譬
也山川險谷一句頌第一土地即是七方便
衆生五陰今蒙法雨身口柔輭如土地得澤
也幽邃所生者是頌上第二衆生習因差別
譬衆生久遠所植習因隱在陰界入内故言
幽邃今蒙法雨悉得開發故言所生百穀語
通取五穀譬五乘能生百善也甘蔗蒲萄譬
定慧乾地普洽譬未信者令信也餘譬如文
如其體相性分大小下一行頌第二無差別
譬上文有三此中略不頌一地而所生兼之
初二句頌所生所潤次一句頌能潤則是頌
無差別也而各滋茂頌差別不自知也佛亦
如是出下四十行頌第二合譬初三十五偈
頌合差別次如是迦葉下五行頌合無差別
上合差別譬前正合後譬帖今頌亦先合次
便舉譬帖初一行頌合雲譬上兩句以身合
雲下兩句舉譬帖合次旣出下第二有八行
半頌第二合雨譬上先標章門次勸聽受旣
出下三行略頌十號次一行半頌四弘六章
門中但頌二章也充潤一切下一行半是頌
四弘誓諸天人下第二四行頌勸聽受我觀
一切下第三四行頌第三合上山川譬山川
譬七種五陰衆生如雨注不擇谿谷併平等
說故無彼此有機爲此無機爲彼植善爲受

憎逆爲憎佛事爲自魔事爲他應初爲來應後爲去入實爲坐出權爲立佛觀衆生爲若此即是等雨山川之意頌上無數億種衆生來至佛所而聽法也貴賤上下下第四二行頌上第四如來于時觀是衆生合第二所生草木叢林貴賤乃至利鈍約七方便傳傳作之也一切衆生聞我法者下第五十一行頌上種種無量皆令歡喜合受潤譬文爲三初一行總明受潤次或處人天下第二七行別明受潤次三行結所潤能潤有人解人天爲小草二乘爲中草外凡爲大草内凡爲小樹初地至七地爲大樹有人以内凡爲大草初地至七地爲小樹八地爲大樹有人以三十心爲大草初地至六地爲小樹七地去爲大樹然三草二木佛自合喻明文朗然云何師

心反佛違經耶就別受潤中文爲五初一行人天俱未斷惑合爲小草次知無漏法下第二二行明二乘俱有斷證合爲中草次求世尊處下第三一行明六度志求作佛化他勝二乘獨爲上草次又諸佛子下第四一行半明通教巳斷通惑誓扶餘習涉有化他望下爲優比上爲劣故名小樹次安住神通下第五一行半明別教自行化他髙廣爲勝故名大樹約三菩薩各作三樹六度約三僧祇通教約七八九地別教約三十心佛平等説下第三三行結所潤能潤又二初一行半舉譬帖釋所受潤雖明七種七種爲少如海一滴佛以此喻一行半明能潤佛智多如海也我雨法雨下八行半頌第六諸衆生聞此法巳合歡喜增長譬又二前兩行總頌增長又二

初一行總頌增長次一行舉譬帖釋次諸佛之法下六行半別明增長爲四初一行半明人天增長普得具足是頌現世安隱漸次修行是頌後世以道受樂次聲聞下第二一行半頌二乘增長住最後身有二解一云二乘此身若不值佛身未必無後由見佛故成最後身即是增長義二云二乘得有餘涅槃住最後身得佛五味調熟得入法華聞大乘得解即是增長若諸菩薩智慧堅固下第三一行半是通教增長堅固是體法慧了達三界是斷惑盡復有住禪下第四二行是別教增長云云問一雲一雨與一音同異答下地以一音令他聞一法佛以一音隨類各解今一雲一雨正是隨類之一音也有人解法身不二名一從法身出音故言一音有人言一時並出衆聲故言一音有人言五音之中隨用一音大論明一音報衆聲不言並出亦不言是法身出音毗婆沙言佛以一音說四諦五人聞人語八萬諸天聞天語地獄夜叉各聞同其語唱告至梵天是爲梵音亦是佛報得清淨音聲最妙號爲梵音若報得梵音則人所不聞聞亦不解如是迦葉下第二五行頌上無差別譬又爲二前一行半頌無差別之差別後三行半頌差別無差別譬如大雲如一味雨即頌合上一味雨無差別也潤於人華各得成實即是頌上差別也次迦葉當知以諸因緣下即是明權權即差別合上所生也今當爲汝者即是顯實實即無差別合上一地也非滅度者未度變易也獨言二乘者爲其保證強也人天不計果爲涅槃菩薩不中

間取證也是菩薩道者菩薩行道亦須斷通惑汝已斷盡即是菩薩道法華論謂發心退已還發前所修善不滅同後得果二乘智斷是菩薩道者二乘執其果故斥言是菩薩道道即因也問菩薩亦有果信解云得道得果大品云有法是菩薩道無法是菩薩果何故不言是菩薩果答此義亦應得今言若道若果皆是佛因因即是道也

釋授記品

梵音和伽羅此云授記諸經破受記淨名云從如生得記從如滅得記如無生滅則知無記思益云願不聞記名大品云受記是戲論今經云何答若見有記記人此見須破菩薩誓記此記須與世諦故記第一義故無四悉適時如下說若通途記如法師品初若別與記如三周後說若正因記如常不輕若緣因記如法師品十種供養若了因記如授三根人若正因記則廣若緣了記則狹或遲記或速記或佛記如此文或菩薩記如不輕雖無劫國之定亦得是記復懸記如化城品未來弟子是也他經但記菩薩不記二乘但記善不記惡但記男不記女但記人天不記畜今經皆記若首楞嚴有四種記今經具之未發心與記如常不輕品發心現前無生三周記是也瓔珞第九八種授記已知他不知衆人盡知已不知已衆俱知已衆俱不知近覺遠不覺遠覺近不覺俱覺俱不覺已知他不知者發心自誓未廣及人未得四無所畏未得善權故衆人盡知已不知者發心廣大得無畏善權故皆知者位在七地無畏善權得空

觀故皆不知者未入七地未得無著行云云遠者不覺者彌勒是也諸根具足不捨如來無著之行故近者不覺此人未能演說賢聖之行師子膺是也近遠俱覺者諸根具足不捨無著之行柔順菩薩是也近遠俱不覺者未得善權不能悉知如來藏等行菩薩是也餘經又云近知者從現佛得記也如彌勒等遠知者不從今佛從當佛得記如佛語弊魔彌勒當與汝記近遠俱知者今當佛俱與記也近遠俱不知者今當佛俱不記也原諸佛本爲大事因緣出世令衆生開示悟入佛之知見今大事已顯佛已說竟衆生已入暢佛本懷衆生願滿法應與記如父遇子豈不付財又行人無量世行願願在今佛文云其本願如此故獲斯記此兩緣是世界悉檀故記又二乘聞經改小入大圓因已足因必招果故如來與記時衆咸知發願願爲生身法身內外眷屬或願但生彼土饒益衆生此兩是爲人悉檀與記又授二乘記破欲退大入小菩薩何者若定有二乘可退爲小今無二乘何所可退又破欲發二乘心者彼證自捨我何爲取又破未改小者則便改小將證小者即不取證此四對治悉檀與記又無生現前必由實解開佛知見不謬又明了佛性故與受記小乘入實決定作佛若爾一切衆生亦有佛性何不與記然衆生但正無緣今聞經信解緣正具足開佛知見知佛性見佛法見佛性此兩第一義悉檀與記此四記攝上諸受記盡云云授記亦云受記受決受莂授是與義受是得義記是記事決是決定莂是了莂中

根人聞法譬二周開三顯一具足領解如來述成雖自知作佛而時事未審若蒙佛誠言授其當果劫國決定近遠了菊則大歡喜今從佛授與得名故言授記品此文是譬說第四段上三段皆以譬喻說之此中授記亦用譬喻論記何意無第五段一解云指上指下略不論耳又云草喻中明一切受潤各得增長審知四衆皆獲利益經家略不出耳文爲二一正與中根授記二許爲下根宿世之說初又二先授迦葉次授三人並有長行偈頌迦葉長行中有六一行因二得果三劫國名字莊嚴四壽命五正像久近如文六國淨三弟子中復二一請記二與記請記中七偈初一行正請次二行半開譬次二行半合譬次一行結三人記各有行因得果劫國壽命法住數量悉如文從我諸弟子下二行半許爲下根更說宿世此人已聞法譬復見上中受記而猶疑不了深生愧恥欲增進其道先許總記更說宿緣云云

妙法蓮華經文句卷第七上

妙法蓮華經文句卷第七下

隋天台智者大師說

門人灌頂記

釋化城喻品

化者神力所爲也以神力故無而欻有名之爲化防非禦敵稱之爲城內合二乘涅槃者權智所爲也以權智力無而說有用教爲化防思禦見名爲涅槃蘇息引入實未究竟而言滅度權假施設故言化城喻如前說此是因緣釋也約教者若三藏義者於涅槃生安隱想生滅度想若通教二乘與三藏同菩薩不爾釋論云如父過險一脚入城一脚門外憶妻子故從城入險誓願扶餘習入生死而不以空爲證也別教不道城如化用城防險從城門徑過將城作方便斷見思惑不道此爲極也圓教知無賊病亦不須城故言化城也今是圓教意故題爲化城喻品也本迹觀心不記問此品說因緣事下根得悟應名宿世品答品初廣說因緣末則結譬化城若從前應稱宿世經從末故言化城又上根疑薄但取道樹三七思惟以明機緣中根疑濃加以譬喻探取二萬億佛所教無上道以爲機緣下根疑復厚則明宿世久遠機緣若從宿世之始明久遠因緣語其中間言其化城明其究竟言其實所經家處中標品收得初後從此義便故言化城品問化城是權寶所是實何意棄實從權答由知城是化則知寶所是實故標化不失實也此段三品經文例前應四但領解述成皆在授記段中何者若不領解安得授記述成故兼得二意又領解述

成得記或前後不定領解或默念發言不同其文少不足分品但入他段中此品正說因緣後兩品授記初又二一先明知見久遠二明宿世結緣如來三達遠明如見今日所引往事決定不虛然後說宿命也此二各有長行偈頌初長行有三一出所見事即是好成大相大通勝佛也二舉譬明久遠三結見昔如今云偈有七行頌前三義如文佛壽五百四十下正明結緣又爲兩初結緣由二正結緣由中又兩遠由近由遠由又二一大通智勝佛成道二十方梵請法成道爲五一佛壽長遠其佛本坐下第二成道前事但諸佛道同爲緣事異釋迦苦行六年草生攢脞至肘不覺諸天哭喚動地不聞移坐得道彌勒即出家日得道彼佛十劫猶不現前非根有利鈍道有難易緣宜賒促應示長短耳三諸比丘大通過十小劫下明正成道四其佛未出家下明成道後眷屬供養五爾時十六王偈讃下明請轉法輪第一文易解第二成佛前事有二一佛坐道場所經時節二諸天供養佛告諸至得三菩提時下第二諸梵請文爲二一威光照動二十方梵請初威光者過去因果經云薩婆悉達處胎時三千國土朗然大光日月所不照處大明其中衆生各得相見初成道時亦如是朝爲色天中爲欲天晡爲鬼神說法夜亦如是觀解忽生衆生者心性本淨陰入界覆之則闇若修觀慧本性理顯又兩山是二諦其間是中道日月光是二智佛光是中道無分別智光照本有三諦洞明也爾時東方下第二十方梵文爲二先九

方後上方九方爲四一東二東南三南四總明六方前三方梵文各有七一覩瑞二驚駭三相問決四尋光見佛五三業供養六請法七默許皆如文上方梵止有六世尊即說故無默許舊云東東南請小七方請大上方請小大若釋論明梵本請大佛雖說小未遂所請若說般若猶酬梵請耳若依方便品文梵王請大然佛法道同不應偏請但經論存略諸師偏據耳又如今佛自始至終具轉五味法輪一一皆酬梵請彼亦應然初十六子請轉滿教如今佛說華嚴東東南二方請轉半教如今佛說三藏後七方請轉對半明滿如今佛說方等上方梵請帶半明滿如今佛說般若後十六子請廢半明滿如今佛說法華醍醐教也今古節目文義相應云云爾時大通智受十方下結緣近由由佛受請說法故後得覆講正作結緣文爲二一先轉半字法輪二諸子請轉廢半明滿字法輪初爲三一受請二正轉三聞法得道此中應說三乘如序品文而今不說者正爲下根論結緣開顯等略不言六度耳三轉者謂示勸證云云亦將三轉對示教利喜示即示轉教即勸轉利喜即證轉也亦對見諦思惟無學也爲聲聞三轉爲緣覺再轉爲菩薩一轉何故爾由根利鈍此一往說耳通方例皆三轉何故三轉諸佛語法法至於三爲衆生有三根故大論及婆沙悉作此說問初爲五人云何作三根耶復有八萬諸天何故無三根爲生三慧三根三道故十二行者一約四諦教二約十六行教十二者即示勸證是也行十二者三轉皆生

眼智明覺又教十二爲能轉行十二爲所轉十二行是輪十二教非輪若作二輪義眼智明覺者約四十八法開此四心成十六心謂苦法忍爲眼苦法智爲智比忍爲明比智爲覺餘三諦亦爾故成十六心三根人各得十六心故成四十八行也十二諦是教法輪十二行是行法輪教輪則能轉唯是一權智所轉則有十二教也若行法輪能轉之教有十二所轉之行亦十二或通三人或約一人今就見諦道三人利根聞示轉即生眼智明覺三人合舉故言十二行也所不能轉者沙門不聞尚不能知何況能轉支佛雖悟口不能說婆羅門雖聞其名不解其理魔梵亦爾夫轉者轉此法度入他心令彼得悟破六十二見乃名轉法輪爲無此義魔梵等所不能轉也有解大乘四諦次轉二諦次轉一諦次轉無諦皆是卷舒之意小乘四諦以生滅爲體大乘以無生爲體云云十二因縁者還是別相細觀四諦耳約苦集即有無明老死約道滅即有無明滅乃至老死滅也又三人通觀十二縁二乘生滅十二縁爲菩薩無生十二縁無生十二縁本不生今不滅相生則相生傳傳滅云云又三乘亦通論四諦二乘有量四諦爲菩薩無量四諦又六度亦通三人大品發趣品云阿羅漢支佛因六波羅蜜至彼岸攝大乘云凡夫二乘皆有六度但不同耳若爾應俱名波羅蜜然二乘行到涅槃彼岸亦稱波羅蜜但不能到佛道彼岸比菩薩異耳阿毗曇有六足六足即六度寶雲經明三乘毗尼云云第三聞法得悟者初少中多不受者不

受四見悟初果也得解脱者脱子果兩縛得無學也深妙定者即俱解脱也云爾時十六王子皆出家下第二重請滿字法輪文爲七一出家二請法三所將亦出家四佛受請五時衆有解不解六時節七說已入定諸根者六根也六根清淨故言通利又六根互用故言通入佛境界故言利智慧明了者開示悟入也彼佛初說圓頓諸子大乘功德悉皆具足慇諸方便重請佛開權顯實也聲聞皆已成就者明其鄣除機動是故爲請我等志願如來知見者此法華經但明佛之知見唯志於此即正請滿字廢半之文明顯若此也過二萬劫者上開三既久不容中間無事望下文意二萬劫中必說方等般若文云說六波羅蜜及諸神通事般若是行神通是事諸方等經多明不可思議事行也頌中又云分別眞實法即是大品明實相般若意也十六沙彌信受及二乘即信得解者其餘千萬皆生疑惑是不解衆此不解衆即與十六子結法華之緣者也第七明說法已入定此正是結緣之近由由佛入定不出諸疑惑衆無所諮問十六於後爲不解者覆講說經也文中明入定處所即是靜室正入定即是住於禪定入定時節即是八萬四千劫云是時十六菩薩知佛入室下第二正結緣就此有二先法說結緣次譬說結緣就法說有三第一明昔日共結緣第二明中間更相値遇第三明今還說法華第一有四一者知佛入定二者王子覆講三者衆得利益四佛從定起稱歎菩薩由佛入定所以得說佛知一化將畢不復

熟此段之人故令王子共其結緣又知此等必由王子究竟得度所以入定久而不出也云云是十六沙彌下第一知佛入定各升法座下第二覆說法華一一皆度下第三說法利益皆發菩提心故云度若初發心時誓願當作佛已過於世間即是度七方便彼岸義也大通智勝過八萬下第四佛從定起稱歎勸信此中復二一正稱歎菩薩二汝等皆當下勸物親近勸物親近中又二先勸親近次所以者何下第一釋勸意佛告諸比丘是十六下第二明中間常相逢值逢值有三種若相逢遇常受大乘此輩中間皆已成就不至于今若相逢遇遇其退大仍接以小此輩中間猶故未盡今得還聞大乘之教三但論遇小不論遇大則中間未度于今亦不盡方始受大乃至滅後得道者是也問如上塵數多許時節今始得羅漢當知無生法忍何易可階答一云大聖善巧依四悉檀作如是說或說佛道長遠或說佛易得對治猒道長者說短於道生輕易想者說長或爲發生宿善或隨世間所欲或爲聞說長短即得入第一義當知言如許劫方今得羅漢者此是權行四悉檀引諸實行令入道耳諸比丘我今語汝彼佛下第三明今日還說法華此文復二先會古今後明還說法華先會古今復二一結師之古今二會弟子古今十六沙彌是古八方作佛是今也諸比丘我等爲沙彌各各下次會弟子復二一會現在二會未來現在復四一不退者住三菩提也二此諸衆生退轉者今住聲聞三所以者何下釋退住意四爾時

所化無量下正結古今也及我滅度未來下第二會未來弟子復二一正會二我滅度後復有下釋疑疑者云現在者得聞佛說法華得入一道可是結緣之流未來者不聞法華而入滅度此豈能捨小得入一乘釋云雖滅度之終會得聞我於餘國作佛得聞是經餘國者三乘通教有餘國也除諸如來方便說者斷疑也三是方便說其實無三也諸比丘若如來下第二正明今日還說法華就此復三一時衆清淨二正說法華三釋前開三意涅槃時到者諸佛出世教道將畢之時即說此經如迦葉佛日月燈明等說此經竟即入涅槃釋迦說法華竟仍唱當滅衆又清淨者即斷德也信解堅固者信即四不壞信解即無漏正解了達眞諦具諸禪定此智斷立也

爾時堪教大道聞必信受也復次衆又清淨者得三藏教益免難也信解堅固者於方等教心相體信也了達空法聞般若教說法於空法中心得了達即轉教意也便集諸菩薩下正說法華集菩薩是聚親族等是說此經也上釋親族法身大士影響衆以此文驗之其義明也集諸菩薩是會親族及聲聞衆是命其子也比丘當知如來方便下釋開三意也若世無二乘得滅度者何故如來前說權教釋云比丘當知如來方便深知衆生有小性欲著於五塵弊於五濁故先說三令破蔽免難後說一也譬如五百下第二譬者有開有合開譬爲二第一導師譬譬上覆講共結大緣即擬火宅之總譬方便之略頌也第二將導譬譬上中間相遇今還說法華也若中

聞相逢從我聞法皆爲三菩提者不爲此人設譬若中間相逢于今有住聲聞地者正爲此人設第二譬也即擬火宅之別譬方便之廣頌就初導師譬其文有五即擬火宅總譬方便略頌中之六意也一五百由旬譬譬上未度之衆樂著諸有輪迴處所即擬火宅中其家廣大三界無安方便品安隱對不安隱處之意也二險難惡道譬譬上未度之衆煩惱垢重於如來智慧難信難解即擬火宅中火起方便品安隱對不安隱之法也三若有多衆譬正譬上百千萬億種皆生疑惑不解之衆生也即擬火宅中三十子五百人方便中知衆生性欲意也四欲過此道至珍寶處譬舊不取今取此譬譬上覆講法華擬草喻中一味雨火宅中唯有一門方便品宣示佛道意也五者一導師譬譬上第十六王子也即藥草中密雲火宅中長者方便中我今亦如是意也問此中作譬那不作父子相失長者驚入火宅不虛等名耶答凡作譬各各逐義便上取機感有無故言父子相失父子相見若取感應始赴機故言驚入火宅此中明將導衆人世世相值那得言相失先久結緣那得言始應爲此義故不作相失驚入名耳而其意則通問何故不作不虛譬答上來已二十二番開權顯實其義已彰不虛本欲勸信下根信在不久故不須也五百由旬者基師三界結惑爲三百七地所斷習氣爲四百八地已上所斷無明爲五百今謂非正別義又非三乘通義又有家云流來生死變易生死中間生死分段生死但取三種開爲五百

不取流來流來是有識之初反源之始故不說之有人難此云勝鬘云因五果二果二者謂分段變易因五者謂五住語果既別開流來與中間語因亦應更廣五住無據不可用大論明肉身菩薩即分段法身菩薩謂變易又云阿羅漢捨三界報身受法性身故知生死二耳有人云三百喻三界四百喻七地二國中間難過五百喻八地已上難者言四百喻七地則應三百喻六地六地與二乘齊功二乘極久唯六十劫或百劫菩薩至六地時二十二大僧祇二乘於佛道紆迴不應得齊今謂此非別義亦非通義有人言三界爲三百七住及二乘爲四百七住已上爲五百如大經云初果八萬劫至菩提心處如三根人至此處即領解五種人至此處名度五百也

此取極鈍故云八萬劫到利人不必爾如佛世得四果者聞法華皆發心何必八萬劫難云經明度三百由旬立二地豈是度三人也若五人並發菩提心名度五百者乃大經之一意明五人發心離於五位非此中意此中明三百是權度在化城五百至寶所名實度廢化城進寶所若五人皆度皆進失化城譬意有人云三界爲三百聲聞爲四百緣覺地爲五百凡夫三界郭二乘涅槃郭亦是有空二見華嚴藥樹不生深水火坑火坑即三界深水即二乘三界是二乘之牢獄二乘是菩薩之牢獄又是福智二邊不能自行不能化他大品明四百由旬合二乘爲一百法華開爲五百大品明菩薩度凡聖二地未明二乘是權關化城之意既未論化城亦未明寶所

答大品已顯實故辨實所未開權不明化城下文云爲止息故說二涅槃此令度三百由旬也汝所住地近於佛慧此令出二百由旬也文既分明無勞惑也又明二乘六義同十義別同出三界同盡無生同斷正使同得有餘無餘同得一切智同名小乘所以合爲一化城別開十義行因久近六十劫百劫故根利鈍從師獨悟無悲鹿羊有相無相觀略廣能說得四果法不能說法得煖法在佛世不在佛世頓證漸證多現通少說法聲聞不定火宅三車今爲二百三根同爲火宅所燒三根求出故三車佛道長遠二乘是惡道故二百須離佛乘非郭但明二百何故約凡開三約聖開二此引進之言耳所度猶少未度猶多若爾未成了義佛道雖長如萬里行但五百是難餘者則易問二百是二乘難三界是凡夫難菩薩有難不菩薩不以火宅爲難不應求車而出既求車出何不爲二百所郭云云大論六十六云險道是世間一百由旬是欲界二百色界三百無色界四百是二乘又倒出數一百是二乘道二百是無色三百是色界四百是欲界此經明五百由旬即菩薩道若過五百即入佛道云云人師及經論異出如前今依此經判之三界果報處爲三百有餘國處爲四百實報國處爲五百下文合譬云知諸生死生死即是處所明矣但佛旨難知更須廣解見惑爲一百五下分爲二百五上分爲三百塵沙爲四百無明爲五百下文合譬云煩惱險難惡道義相扶也入空觀能過三百入假觀能過四百入中觀能過五百下

文合譬云善知險道通塞之相即雙知因果二種五百義相扶也二險難惡道者譬生死因果也分段變易此即果險難也見思五住即因險難也由此因果故言惡道也無人者道有二種一曠絶有人可依二無人可依譬生死中有涅槃煩惱中有菩提雖復曠絶則有人可依若生死煩惱無涅槃菩提藥中無病病中無藥此則曠絶無人可依也三若有多衆者此譬王子所化未度之衆也四欲過此險道求至種覺故言至珍寶處也五有一導師者即第十六王子也眼耳清淨曰聰意清淨曰利總而言之即六根清淨也智即一心三智也明即具足五眼也又三明爲明十力爲達將導衆人下是第二將導譬此與火宅方便別譬廣頌意同也就此文爲三一所將人衆譬譬本結緣未得度者本緣不失而爲導師所將同上火宅長者見火驚怖方便品見五濁而起大悲心二中路懈退譬譬上中間相值退大乘心即以小接與火宅中不用身手而歎三車希有方便品息大乘化念用方便意也三爾時導師知此人衆下滅化引至寶所譬譬上還爲說法華經便集菩薩及聲聞衆爲說此經即與火宅賜一大車方便中但說無上道意同也分文竟次釋文初所將人衆者通是結緣之衆也若別論者昔得大益被將已竟未得大益正是所將若約五百人三十子中未得開悟之人也中路懈退者即是第二譬文爲二一退大二接小退大擬上息一接小擬上施三退大文爲三一中路懈退即擬上無大機二白導師言擬上

不受勸誡我等疲極即是不受勸門而復怖畏即不受誡門三不能復進者即擬上息化也分文竟次釋者初中路者非是半途名中路但以發心爲始至佛爲終此兩楹間而起退意故名中路第二白導師言者自有通途慈悲導師如文云有一導師將導衆人者是也自有結緣導師如文云所將人衆白導師言是也自有權智導師如文云導師多諸方便者是也自有實智導師如文云導師知此人衆是也今言白導師者正白結緣之導師也以其退大則大滅接小則小生一生一滅感於法身呼此爲白王子知其退大即是闇其所白善根微弱無明所翳故言疲極憚生死名爲怖畏第三不能復進前路猶遠者見思塵沙無明難可卒斷也然用小乘接之不令頓還本處亦有進義導師多方便下第二即以小接也上火宅方便開三乘法皆有四意此中具足初多方便譬擬宜而作是念下第二傷其失寶譬知有小無大也次作是念已下第三化作城譬正用方便是時疲極之衆下第四入城譬三乘悟入也上兩意如文作化城譬自復爲二先作化後說化以方便力下正作化告衆言下正說化上車譬云吾爲汝等造作此車今城是有故須先作說化城譬擬上勸示證也汝等勿怖莫得退還者勸轉令前進入城也今是大城乃至隨意所作者是示轉示城可住也若入是城快得安樂是證轉讚城安隱也前至寶所亦可得去者三藏教中未論前進一說云明三乘教時語言若發大乘求佛者亦善如其不能但作

二乘亦好例如勝鬘云三乘初業不愚於法自知應得作佛但猒憚不堪故取永滅耳若爾成别教又說云但令入化城竟然後更復前進大品淨名中悉有其意此即别接通意耳但於今佛未開顯之前不得彰灼而有此語若論宿世應有是言何者既知退意王子教化言汝等若畏生死且取涅槃消息然後更行大道亦可隨意亦如今人欲學大乘而畏怖生死欲起退心有人勸言汝且斷煩惱證羅漢然後更取大道亦可得也今現在一代化道未周不得忽有此語若開權顯實即得說之如涅槃中諸取羅漢者皆是其義也大歡喜即闡慧未曾有即煖位免惡道即頂位快安隱即忍位前入城即見諦位已度想即無學位此與火宅適子願勇鋭推排出宅同也生已度想如得盡智安隱想如得無生智又具智德如已度證斷德如安隱也有人說寶所者三界二乘若過即至佛道佛道是實所大經有三文一至菩提心二至菩提三至大涅槃門若至菩提心必至菩提及涅槃引此三文者至菩提心謂至因菩提涅槃謂至果果中有智斷菩提是智涅槃是斷具說始終具說智斷故說三文也然過五百有三義一免惡道二得好路三是實所菩提心謂度惡道菩提行如平坦路三得佛道如至寶所下文云今爲汝說實汝所得非眞此明度五百惡道也爲佛一切智當發大精進謂行菩提好道也汝證一切智十力等佛法謂得佛道也何故要須度五百二乘度三百菩薩度四百佛乘度五百也爾時導師知此下第

三滅化引至寶所此中有二一知息已二向寶所既得止息無復疲倦者譬上涅槃時到衆又清淨免難大機發也即滅化城引向寶所譬上正説法華示眞實相寶所有二義若用究竟則以極果爲寶所上文云唯佛與佛乃能究竟諸法實相也若分入即以初發心住爲寶所故上文云無上寶聚不求自得又云得佛法分佛子所應得者皆已得之大經云須陀洹者八萬劫到到初發菩提心處也此取鈍根任運用八萬十千等至若如三藏中四果不經少時皆得入大豈須八萬之與十千耶云云寶處在近向者大城我所化作即舉廢權譬以帖顯實譬也上云如來智慧難信難解是諸人等應以是法漸入佛慧擬方便中云我今脱苦縛逮得涅槃者佛以方便力示以三乘教也舊問車城皆譬無生智車何故無城何故有而車三城一車動城靜答長者道門外有車有隔故諸子不見可得假設門外有車車實無也城在逈地不得假設故城是有也就理教者執三教取理則三教皆得理此即有義如城也將理取教理既唯一此教即無三家之果即車義據無也車三城一者諸人同息一處所以城一也車就三人三人所樂不同故三理教者三家盡無生不異如城三人正使雖同盡而習氣有盡不盡有傍得知見有不得者故用此莊嚴盡無生此義不同如三車三家盡無生智明因盡果亡此處是極如城靜盡無生智運入無餘如車動也難云云今明約衆生心車城俱有約佛智明亦有亦無權智所明爲有如城實智

所明爲無如車云云化城正意爲退大取小人傍爲發軫學小人上二周正意爲發軫學小人傍爲退大人也三車通今昔化城正是引教意未道是化也問化爲三車與化城何異答三車爲說法輪作譬化城爲神通輪作譬又車約聲作譬諸子聞而不見城爲色作譬問城與二使云何使能指示如教詮理城爲息患教動而城靜教即四諦十二緣有異城是二智入無餘不異教通因果城車但在果教通有爲無爲城車但在無爲權智謂車是無名教施設故實智謂車是有無離文字說解脫故權智照城爲有引衆生故實智照城是無偏眞非實故權智照車是三逗三緣故實智照車是一俱會一乘故權智照城爲一是偏眞故實智照城爲三如來藏故權智照城爲靜是灰斷故實智照城爲動滅此化故權智照車爲運運入無餘故實智照車爲靜不動不出故作如此釋豈與舊同舊秖在小乘中作義問凡五處開三顯一爲有何異答通論無異別論有差方便品約教開三顯一文云如來但以一佛乘故爲衆生說法無二亦無三也火宅約行開三顯一車是運義運則譬行文云各乘大車遊於四方嬉戲快樂也信解中約人開三顯一結會傭作之人即是長者之兒我等昔來眞是佛子也藥草喻中約差別無差別明權實不的去取但明衆生不知佛令其知若七種差別即知權同依一理無差別即知實差別無差別無差別而差別令知此意耳終不說言無一有一此約自行權實二智隨自意語故佛能知而衆生

不知也亦是通前通後知不知明權實也今化城正約理開三顯一寶所化城皆是小大兩理破除二乘化理顯於寶所眞實一理也下去五百領解擧珠爲譬亦是約理也諸比丘如來下第二合譬先正合後擧譬帖合而不次第如來亦復如是下初合第五導師譬今爲汝等下第二合第三多諸人衆譬知諸生死煩惱惡道險難下第三合第二險惡道譬長遠二字第四合第一五百由旬譬應去應度者第五合聰慧明達亦是合第四欲過險道至珍寶處也若衆生但聞下合第二將導譬譬本有三今亦合三若衆生合第一所將人衆也但聞一佛乘者合第二退大接小譬若衆生住於二地下合第三滅化將至寶所譬也第二譬本有退大接小今具合之上

退大有三意但聞一佛乘者合上中路懈退無機意也不欲見佛不欲聞法合上白導師不受誡勸也便作是念者合上不能前進息化意也佛知是心下合上小接退譬本有四今合但三佛知是心合上導師多方便擬宜意也怯弱下劣者合上此等可愍知有小機也而於中道爲止息故下合第三現作化城衆人入城譬也而於中道說二涅槃者三界惑盡塵沙無明未破於此兩楹判有餘無餘涅槃亦是聲聞緣覺涅槃又分段已盡變易未除二死之間判爲有餘無餘故言中道云云若衆生住於二地下合第三將至寶所上文有二今合亦二若衆生住於二地此合知止息已如來爾時即便爲說下此合將向寶所如彼導師下第二牒譬帖合牒接退譬來合

施三牒滅化譬來合顯一如文云云第二偈頌四十九行半偈頌上上有二今初二十二行半頌結緣之由次二十七行頌第二正結緣上由有近遠今初十二行頌上遠由次無量慧世尊下十行半頌近由上遠由有二今初六行頌大通成道次六行頌十方梵來請轉法輪上成道中有五今初三行頌第二將成道前事次過十小劫已下第二一行頌第三正成道次彼佛十六子下第三二行頌第五十六子請轉法輪兼頌第四成道已眷屬申供養略不頌第一佛壽長遠也世尊甚難值下六行頌十方梵請上有二今初一行頌威光動耀次東方諸下第二五行頌十方梵尋光而來此中前三行頌東方次二行總頌九方也從無量慧世尊下第二十行半頌近由二有二今初五行頌第一轉二乘法輪次時十六王子下第二五行半頌第二重請轉大乘法輪上第一文復三初無量下半行頌第一受請次爲宣下第二一行半頌第二正轉二乘法輪次宣暢下第三三行頌第三時衆聞法得道時十六王子下五行半第二王子重請中有七初二句頌第一王子出家次皆共請彼下第二一行半頌第二正請轉大乘次佛知童子下第三二行頌二萬劫中間說方等般若次說是法華下第四半行正頌第四受請說法華次彼佛說經已下第五一行頌第七說經已入定略不頌第三父王所將八萬求出家第五聞經之衆有解不解第六說經時節長久也是諸沙彌等下二十七行頌正結緣上文有二今初八行頌法說次十

九行頌譬說上法說有三今初三行頌第一昔結因緣次一行頌第二中間相值次四行頌第三今日還說法華上昔結因緣有四初半行頌佛入定次爲無量億下第二一行半頌正覆講後一一沙彌下第三一行頌聞法得益略不頌第四佛起定稱歎也次彼佛滅度後下第二三行頌中間相遇是十六沙彌下第三四行頌今日說法華上文二初結會古今有現在未來今初三行頌結會現在師弟也以是本因緣下第二一行頌還說法華上文有三今初一句頌第一時衆清淨以是本因緣今日時衆免難機發也次今說法華下第二三句頌第二爲說是經也略不頌第三釋開三意也險惡道下第二十九行頌譬開合初十一行半頌開譬後七行半頌合譬上開譬爲二今初三行頌五百由旬譬次八行半頌將導譬上五百譬有五今初一行頌第二險惡道次無數千萬下第二半行頌第三多諸人衆次其路甚下第三半行頌第一五百由旬次時有一導師下第四一句頌第五一導師强識有下三句頌聰慧明達也不頌第四衆人皆疲倦下第二有八行半頌第二將導譬上文有三今亦頌三初二字頌上第一將導從皆疲倦下第二五行三句三字頌第二衆人懈退權立化城譬次導師知巳下第三二行半頌第三滅化引至寶所譬上第二文有二謂初懈退次接退今初三句三字頌懈退次五行頌作化接退上懈退中有三今略不頌第一中路也上接退作化文今皆具頌初一行頌第二傷失大次尋時思下

第二三句頌第一作念次化作大城下第三二行半頌第三作化上文又二今初一行半頌正作化譬諸舍宅者諸空觀境也園林者二乘總持無漏法林也九次第定爲渠流八解爲浴池重門是三空門又是重空三昧盡無生智爲樓閣高出也男女是定慧也觀心解者智體周備如城隍善法圓足如郭之圍繞畢竟空爲舍宅直善能成自行如男能幹家事慈悲外化如女外適次即作是化已下第二一行頌上說化次諸人旣入下第四一行頌第四入城導師知息已下第三兩行半頌第三滅化至寶所上文有二今初一句頌第一知息已次集衆下第二二行一句頌滅化引向寶所也我亦復如是下第二七行半頌第二合二譬初半行頌合第一五百譬次七行頌合第二將導譬上合五百又有四今半行總頌而已也見諸求道者兩行頌合懈退譬上頌開譬不頌中路今一行合中路懈退次一行頌合接退作化也既知到涅槃下第二五行頌第二合滅化至寶所上文合二今頌亦二初半行頌第一知息已爾乃集大衆下第二三行半頌第二合滅化引向寶所也合息化偈中即有三德祕密藏義汝證一切智即是般若具三十二相即是法身乃是眞實滅即是解脫三法不縱不橫即是見佛性也諸佛之導師下一行頌帖合也

釋五百弟子受記品

此品具記千二而標五百者何五百得記名同五百口陳領解故以標品耳此品是因緣說中第三段就得記有二一千二百二二千

千二復二一授滿願二授千二百滿願復二一序默領解二如來述記先敘其得解歡喜次敘其默念領解歡喜復二一敘其得解之由二敘其得解歡喜得解之由有四初聞法譬二周開三顯一二授身子等五大弟子記三復聞宿世結緣之事四復聞諸佛如來三達無礙觀彼久遠猶若今日即是大自在神通之力斥異三乘止齊八萬也若從佛聞是智慧即領方便火宅中顯實方便隨宜所說即領兩處開權諸大弟子即領開權授菩提記即領顯實宿世因緣即領顯實神通之力即領開權也得未曾有下敘其得解歡喜先明內解歡喜次明外形恭敬由昔未聞開權顯實而今得聞故言得未曾有除涅槃愛斷破別惑故言心淨開佛知見是故踊躍得解由佛故起恭敬也若約本迹者慶諸實行耳而作是念下正明默念領解初明默念領解次明默求發迹請記上二周得悟皆發言領解此何默念上爲下根未悟事須彰言勸動今下根已悟無所勸動故默念不言又上來但領解不求發迹言則不嫌今則亦解亦發亦解故念避物譏嫌故默默念允宜也又默念領解是大領解如淨名默然是眞入不二法門也又權實不可思議非言非念而言而念非言而言故上來口陳領解亦非念而念今則默念領解上來何意不求發迹爲下根未悟是故不求發迹今下根已解權化事足也若下根發迹則知中上亦權若約上中則於下不便故也世尊甚奇特所爲希有者領實智也隨順世間若干種性而爲說法即領

權智也是七種方便之根性也此領方便品中開權顯實意也拔出衆生處處貪著者即是領火宅中開權顯實也我等於佛功德言不能宣者領上藥草喻中如來有無量功德汝等所不能及也既云言不能宣亦是念所不及也唯佛能知下即是默念求發迹請記也我等者通念請發諸人迹也深心是本今現作是迹本願者大慈誓願也大慈下化故我爲誓上求作佛故我有願請上求即是求記請説下化即求發迹又從深心故明其三世助佛宣化從本願故即與授記也佛告下第二佛述而記之有長行偈頌長行有二一述本迹二與授記初有三一就釋迦世行因發迹二約過去佛世行因顯本三就三世佛所修因行滿就釋迦佛所行因發迹復三一舉示其人二總標本迹章三别釋本迹即標言汝等見不有二意一見其迹爲小不二見其本功德不衆人但見迹爲聲聞而不能知本是菩薩故云見不我常稱其下是標其迹迹爲説法人中最爲第一若非法身妙本無以垂於第一勝迹昔來但言於迹中説法第一今則不爾於無上法久得第一此舉迹以顯本也亦常歎其下標其本地福慧萬行法門故云種種也本地既有種種法門亦復何但迹爲二乘耶此舉本以明迹也精勤護持下别釋也助宣我法者即是迹中助宣半滿之法迹爲下根聲聞即是護持助宣略法迹在方等示受彈訶即是護持助宣生酥法迹領般若即是護持助宣熟酥法迹在法華得悟即是護持助宣醍醐法上總本中云我常

稱歎種種功德者即此意也具足權實功德而迹起五味助佛調熟實行衆生豈非精勤助宣之意也別釋本迹功德能於四衆示教者分別半字教也具足解釋者助宣滿字般若教也而大饒益者助佛饒益半滿之衆生也同梵行者是迹所化半滿弟子也自捨如來下別述本地功德也自捨者降妙覺已來也無能知者七種方便也汝等勿謂助宣我法下第二就過去佛世顯其本行非直止於我所助宣半滿之法久遠佛所亦復助宣半滿之法取今日助宣爲發迹取過去助宣爲顯本顯本有二一遠本二近本遠本冥邈爲信良難故略而不述但舉九十億近本有宿命智能知近本故舉近以證遠就九十億文具明助佛宣揚五味之教調熟衆生護持助宣即擬助宣半字酪味法佛之正法即擬助宣方等生酥味法又於空法明了者即擬助宣熟酥味法亦如今佛轉教説於般若明六波羅蜜互相收攝旋轉無礙九十億佛所亦助宣揚如今無異彼佛世人咸皆謂之實是聲聞于時旣未發迹但謂被加命轉般若不言是大菩薩也化無量衆生令立三菩提者即是助宣醍醐味法在文可解云云亦於七佛下第三約三世佛所修因如文此亦例前助宣半滿五味之法利益大小也

妙法蓮華經文句卷第七下

妙法蓮華經文句卷第八上

隋天台智者大師說

門人灌頂記

漸漸具足菩薩下第二授記文爲七一明因圓二過無量下明果滿三明國土廣淨四明國劫名字五明佛壽量六明法住大久七明佛滅後供養舍利就第三國廣淨中復五一明國大嚴淨地平如掌者經直言如掌不言手掌手掌不平則非所引海底有石名掌此石無有一微塵許不平當是類如海掌耳又賢劫經正明如佛手掌非引人掌也二明純是善道三明人天福慧具足月藏第九法食喜食禪食經文總言法喜禪悅別分應有三種差別四明菩薩聲聞衆數甚多五總結也月藏第五云不殺得十功德一於一切衆生得無所畏乃至第十命終生善道後作佛國無害仗之具國人長壽不盜十功德一果報具足而大爲事決斷無有難礙乃至第十死生善道後作佛國華寶莊嚴充滿不淫十功德一諸根律儀爲事決斷乃至死生善道後作佛國無女人不妄語十功德一衆生信其言乃至死生善道後作佛時國無臭穢常滿寶華不兩舌十功德一身不可壞乃至死生善道後作佛國魔不能壞眷屬不惡口得十功德一柔輭語乃至死生善道作佛國法聲充滿不綺語十功德一天人愛敬乃至死生善道作佛國衆生强記不忘不貪十功德一身根不缺乃至死生善道作佛國無魔外道不瞋十功德一離一切瞋乃至死生善道作佛國人得三昧不邪見十功德一心性柔善

乃至死生善道作佛國人正信偈有二十一行半頌上發迹授記初有十四行頌發迹次七行半頌授記初復二前七行總發諸聲聞迹頌上我等之意也後七行頌上發滿願迹總中有五初一行總標佛子爲行難思已得垂迹之法次知衆樂小法下第二一行明垂迹之由次以無數方便下第三二行明垂迹利益次内祕下第四二行明内懷大道外現小失次若我具足下第五一行指略抑廣小欲者示求小乘也懈怠示退大乘也非但示爲聲聞亦作外道及三毒凡夫也身子示瞋難陀示貪調達示癡云云今此富下第二七行頌發滿願迹本上文有三今略頌二初五行頌顯過去本後未來亦供養下第二二行頌三世中佛所行因略不頌七佛及現佛也供養諸如來下七行半頌授記上文有七今頌其四初半行頌因圓次半行頌果滿其國名淨下三句超頌國劫名號菩薩衆甚多下五行三句頌國土廣淨略不頌壽命法住滅後起塔也第二授千二百記一念請二與記三領解請記如文授記文有長行偈頌長行有三一總許千二百記二別授陳如陳如最初悟道居首上座故別授記三別授記五百五百名同須別與記問但見五百得記不見千二百答此五百即千二百數頌中末後一行半總受七百故是千二百也又持品云我先總記一切聲聞皆已授記即指今一行半非是止授七百聲聞也偈頌有十一行爲二初九行半頌記陳如及與五百後一行半總授一切聲聞記五百領解文有長行偈頌長行

先經家敘其歡喜次自陳領解經家先慶今得解歡喜次愧昔不解故自責慶中先明内心慶喜後明外形恭敬也悔過自責者即是明其愧昔不解也世尊我等下第二自陳領解有二一法說二譬說法說中初悔得少爲足次責根鈍難悟從世尊乃至滅度是悔責昔迷得小爲足不知求大從今乃知之是責根鈍始悟不早知之今知小非究竟大爲眞實也譬中二初略次正舉譬如無智者略舉譬況所以者何下釋無智意也譬說有二一者醉酒譬譬法說自悔得少爲足不知求大領前法譬宿世中施權意二者親友覺悟譬譬法說自責根鈍難悟今乃知之領前法譬宿世中顯實就初復三意一者繫珠譬領上王子結緣二者醉臥不覺譬領上遇其退大

三者起已遊行譬領上接之以小譬如有人者即二乘人也親友者昔日第十六王子也家即大乘教爲家也醉酒而臥者當于爾時大機暫發無明暫伏以得聞經內心微解以無明重故還復迷失醉有二義一重醉都不覺知二輕醉微覺尋忘亦名不覺雖有二義終成繫珠如毒鼓耳官事當行者明王子餘處機興逗緣往應故云當行弘法化他此非私務故云官事無價寶珠者一乘實相眞如智寶也繫其衣裏者慚愧忍辱能遮瞋恚及防外惡即是外衣信樂之心內裏善根即是內衣于時聞法微信樂欲即了因智願種子也第二醉臥不覺知者無明心重尋復不憶此領中間懈退不受大法也第三起已遊行他國者領上中間接之以小受三乘化也善

根欲發猒苦求樂故云起巳遊行無明覆解不知向本求大乘衣食故言向他國求於小乘衣食若魔佛相望生死魔界爲他國佛法大小皆爲本國就小大相望小乘未免生死猶是他國大乘永免生死乃爲本土究竟還源也明背大乘國往小乘土不知從珠取給而傭作自資獲一日價得少爲足也於後會遇下第二親友發覺譬領上以是本因緣今說法華等賜大車也此爲三先訶責二示珠三勸貿訶責譬上動執生疑示珠譬宿世因緣勸貿譬得記作佛三周皆有此三意法說中我今脫苦縛即是訶責五佛章即是開示身子得記即是勸貿譬說中我先不言皆爲菩提即是訶責三車一車即是示珠中根得記即是勸貿下根宿世因緣汝等善聽即是訶責覆講結緣還爲說大即是示珠下根得記即是勸貿繫珠中三意望三周者始在佛樹以大擬即是繫珠無機息化即是醉臥尋施方便即是起行譬喻中二萬億佛所即是繫珠遺傍人追悶絕不受即是醉臥三車引得即是起行因緣中大通智勝佛所即是繫珠中路懈退即是醉臥接之以小即是起行此等皆名領權也其年日月者指大通佛所也佛亦如是下第二合譬譬本有二今各有三意從教化我等下合初一繫珠而尋廢忘合初二醉不覺知既得羅漢下合初三起巳遊行一切智願下合後親友覺示譬上有三今亦三從智願不失者是合後一訶責從我久令汝下合後二示珠從我今乃知下合後三勸貿所須也第二偈頌有十二行半爲二

初一行半頌內心得解又二初一行頌慶喜次半行頌悔責也次於無量佛寶下第二有十一行頌自陳領解上文有二今初半行頌悔責得少爲足略不頌難悟今乃知之如無智愚人半行頌略舉譬便自以爲足頌釋無智意次十行頌譬說開合初六行頌開後四行頌合上開有二今初四行頌捨寶不知後二行頌親友覺悟餘文易見

釋授學無學人記品

研眞斷惑名爲學眞窮惑盡名無學研修眞理慕求勝見名之爲學學位在三果四向眞無漏慧也阿羅漢果研理已窮勝見已極無所復學故名無學約教釋品者析法研眞名之爲學惑盡眞窮名爲無學三藏意也體法研眞名之爲學無眞無惑名爲無學通意也自淺之深名之爲學通別惑盡權實理窮名爲無學此別意也研如來藏有學無學法性實相非學非無學而學而無學云是二千人或是學或是無學人同是一流一時受記同一名號故別爲一品也此品是授記文中第二段也就此文爲二一請記二授記請中復二一者二人請二者二千人請二人請記復有二一默念二者發言請記發言請記復二一者引例亦應有分二者引望二人最親時衆所望羅雲是佛子俗中親重阿難持佛法藏道中親勝勝重兩人不蒙別記則衆望不足也問若重若勝應同上流何意在此若如列衆二人在上數中獲記何意居下答總與千二百記二人已同上流今更索別記耳阿難是學人羅雲弟子位故入學無學章耳二

千請記但有默念引例二意同故言如阿難願耳無發言者無重無勝等事也授記復二一先記二人後記二千阿難記中復五一長行二偈頌三八千菩薩生疑四如來發迹釋疑五阿難顯本述歎疑者通疑聲聞今日發心即蒙佛記國淨若此昔方等中記諸菩薩無量劫行乃得佛記佛即發迹釋疑昔日與我同發大心即是同學由我精進前超得佛由彼多聞猶故持經迹爲侍者本地如此今授妙記何足可疑餘記悉如文

釋法師品

此品五種法師一受持二讀三誦四解說五書寫大論明六種法師信力故受念力故持看文爲讀不忘爲誦宣傳爲說聖人經書難解須解釋六種法師今經合受持爲一合解說爲一開讀誦爲二足書寫爲五別論四人是自行一人是化他大經分九品前四人無解是弟子位後五人有解是師位通論若自軌五法則自行之法師若教他五法則化他之法師自軌故通稱弟子化他故通稱法師今從通義故名法師品若作減數說者束五爲四即四安樂行如後說若束四爲三者受持是意業讀誦說是口業書寫是身業別論口業是化他身意是自行通論三業自軌即是自行之法師三業教詔即化他之法師故言法師品又是三門行此五法以自熏修即福德門弘宣五法廣利益者即化他門自修益彼皆順佛教即報恩門別論者自修報恩名自行益彼即化他通論自軌軌他皆稱法師故言法師品也又讀誦書寫是外行即如

來衣受持是內行即如來座解說益他是如來室如來室別論是匠他衣座別論是自匠通論不爾慈悲覆物惠利歸已名之如室遮彼惡障已醜名之爲衣安心於空方能安他安他安已名之爲座此則自軌三法亦名法師利物必以慈悲入室爲首涉有以忍辱爲基濟他以亡我爲本能行三法大教宣通即世間依止故名法師又束爲二謂自行化他此易解不復記又束爲一謂如來行具一切行悲拔一切苦謂四趣三界二乘菩薩等苦慈與一切樂謂人天涅槃常住等樂柔和衣障一切醜謂四住無知無明等醜空座亡一切相謂有相無相非有相非無相此則通意別意者慈悲生一切善柔和遮一切惡空座蕩一切相又慈忍立一切福德空座成一切智慧智慧是目所謂五眼福德是足所謂六度又慈悲勝一切聲聞緣覺柔和勝一切凡夫外道空座勝析體偏等菩薩故淨名云譬如勝怨乃可爲勇又慈悲破天魔柔和破陰魔空破煩惱魔死魔大品云化一切衆生觀一切空魔不得便云云又慈忍故能問空座故能答具二莊嚴又觀空故能問慈忍故能答慈忍故能種能立能資空慧故能耘能破能導又慈悲故何所隔柔和故何所礙空座故何所諍出三諦故名爲勝幢包含普攝名摩訶衍是如來行故稱三昧王經言一切善法慈爲根本忍辱第一道無相最上若論圓行說不可盡云云問何故約三法明法師答事一往論必須登堂整服坐座乃可敷弘故約三耳又事理合論夫迷惑不出三種一約苦果

起惑二約結業起惑三約諦理起惑故用三門而示導之又約理迷眞故墮苦故用慈悲門迷俗故沈空受樂故用和忍門迷中故成智障故用空門云云法者軌則也師者訓匠也法雖可軌體不自弘通之在人五種通經皆得稱師舉法成其自行皆以妙法爲師師於妙法自行成就故言法師又五種人能以妙法訓匠於他故舉法目師故稱法師品也若自軌法若法匠他俱名法師者則因緣釋品也凡多種解皆約圓教法門而釋品也前三周是迹門正說領解受記竟此下五品是迹門流通非止蔭益當時復欲津洽來世故有五品流通法師寶塔兩品明弘經功深福重流通未聞利益巨大達多一品引往弘經彼我兼益以證功德深重持品八萬大士忍力

成者此土弘經新得記者他土弘經安樂行一品舊云接退流通或當如此未必全然外凡初心欣斯勝福見聲聞畏憚聞菩薩擯辱顧己力弱無益自他便生退沒佛爲此人說安樂行依之法弘不慮危苦又法師品釋尊自說弘經功福命覓流通寶塔品多寶分身且證且助勸覓流通法師品初長行偈頌歎美五種法師能持法人後長行偈頌歎美所持之法又示通經方軌初復二一就稟道弟子門功深福重二授道師門功深福重弟子門又二一佛世弟子二滅後弟子初因藥王告八萬者因者憑寄也欲以妙法憑寄藥王使其領受告語八萬皆流通也指人問其見不者的示持經得福之人也佛世又二一從告藥王下揀出人類二從咸於佛前下揀出

得記之緣若於佛前當機妙悟者是多聞深解二千五百者是也皆已現前與總別記竟今所揀類或是八部之類或是四衆三乘之類絓法華座席咸於佛前者明其時節值佛在座也一句一偈者聞法極少也乃至一念者時節最促也皆與記當得菩提者明其聞極少時極促隨喜之功遂得佛果何況具足得聞盡形受持五種流通三業供養云云聞一句一偈者聞少解淺之類今皆與記少者尚記況復多深以少況多普廣若此下周既爾中上亦然可以意知不俟更說見實三昧經別與四天王記同名火持三十三天同名因陀羅幢王拘翼同名無著燄天同名淨智兜率同名釋法王上兩天亦通與記不顯別名梵天名大智力此是聞多解深之類今與聞少解淺之類耳舊云支佛菩薩無受記此文三乘皆記不須疑也一偈一句者增一集云隨取經中要偈如四諦之流者是也十住毗婆沙云惡賤名猒不求名無欲心無垢名解脫捨擔名涅槃惡賤於集不求於苦無垢是道捨擔是滅又云佛語滿宿我有四句所謂四諦四念處等是也觀心者以一一句以一一偈無句無偈而不一者云云若取迹門中要句開示悟入乘是實乘遊於四方四安樂行勸發四意等是也一念隨喜者自未有行但隨喜法及人功報尚多況行到耶隨喜喜心有二若聞開權顯實即於一念心中深解非權非實之理信佛知見又能雙解權實事理圓融雖具煩惱性能知如來秘密之藏此即豎論隨喜又若聞開權顯實之意即於一心

廣解一切心及一切法皆是佛法無有障礙若欲分別辯說無窮月四月至歲旋轉不盡雖未得真隨喜心能如此解法旣如此人亦如是此約橫論隨喜即橫而竪即竪而橫故大經云寧願少聞多解義味即此意也後當更說從告藥王又如來滅後下明佛滅後弟子亦二先出弟子類略舉於人例上可知次言我亦與記功報如前解也若復有人下第二師門有長行偈頌長行有二先別後總別者人譚下上時譚現未總者無論下上及以現未通明逆之得罪順之得福也就別復二一明現世二明來世就現世復二先明下品師後明上品師下品師爲二初明師相次明師功報師相者即是五種法師十種供養也次藥王當知是諸人等已曾供養下明下品功報也曾供養者先因深也愍衆生故生此人間明現功大也若有人問下明未來報重也從何況盡能受持者明上品師亦二先況出上品師相次藥王當知是人自捨清淨業報此明上品功報也若是善男子於我滅後能竊爲一人下明滅後師亦有下上下品亦二先出下品人者即是但竪得其意有慧無聞止堪竊說未可處衆故是下品之師竊爲一人說一句者雖得一句之解旣不廣聞多學異義不可衆中而說一切問難有所不通便令正理不得宣弘如釋論明有慧無聞譬如小雨無雷若欲申此一句正言且當竊說耳當知是人則如來使者明其功報經是如智所說說於如理今日行人秉此如教宣於如理即是如來所使也行如來事者如智照

如理爲事今日行人依如教行如理即是行如來事也一如智一如理化衆生爲事今日行人能有大悲以此經中眞如之理爲衆生說令得利益亦名行如來事也觀心解如來使者智心觀境境即眞如境來發智智爲如所使也如來所遣者觀智從如中來也行如來事者歷一切法無不眞如眞如即佛事也何況於大衆中下明上品人略不格量功報此意可知也若有惡人下第二總明五種法師逆者得罪順者得福也此中罪福不論福田濃瘠但約初後心明其輕重初心學人旣具煩惱若加障礙則所學事廢故獲罪多佛則平等惡不干傴豈能障礙故言罪輕供養亦爾此人有待若得供養所修事成故施其福勝佛則無待衆事滿足雖復獻供於佛無益故言報劣譬如王子在難供奉所須其功甚大若辱王種獲罪不輕故罪福俱重若獻大王衣食爲要事微汝欲侵陵不能致損故罪福俱薄藥王下明讀誦如佛莊嚴即是順之得福佛以定慧莊嚴此人能修定慧故也爲如來肩荷者在背爲荷在肩爲檐修非權非實法身之體即是爲如來荷能權能實二智之用即是爲如來檐隨所向方應向禮者上明以法爲師今明堪爲物師此人有趣向悉與實相相應皆可敬順順即是向敬即是禮敬而順之及與供養等云云偈有十六行爲三初二偈不頌長行別獎勸自行利他次十三行頌上師門別通後一行歎經頌別總中又二初七行頌別後六行頌總上別門有現未今初四行頌現後三行頌未上現未一師

各有上下今初若有能下一行頌下品上半出法師當知佛所下半出功報也諸有能受持此下三行頌現在上品師初半行出上品師捨於清淨土下第二三行半頌功報也吾滅後下此三行頌未來初二行超頌況出上品爲二今初吾滅後下半行頌法師長行中本闕功報今偈則有當合掌下第二一行半明功報也若能於後世下第二一行追頌下品師初半頌出人次我遣在下第二半頌功報也若於一劫下第二六行總頌上總門上總門亦二初二行頌逆者得罪有人求佛道下第二四行頌順之得福也藥王今告汝下第三一行歎經尊妙從爾時佛復告下第二歎所持法及弘經方法所持法是自軌法弘經法是軌他法有長行偈頌長行初歎經法

次方軌歎爲五一約法歎亦格量歎二約人歎三約處歎四約因歎五約果歎法妙故人貴人貴故處尊處尊因圓因圓果極也初歎法者已今當說此經爲最有師解已是般若當是涅槃法華之前小大相隔法華已後已得會同此經正是會三之始歸一之初故言第一經歎法華在已今當外此師闕一節云云今初言已者大品已上漸頓諸說也今者同一座席謂無量義經也當者謂涅槃也大品等漸頓皆帶方便取信爲易今無量義一生無量無量未還一是亦易信今法華論法一切差別融通歸一法論人則師弟本迹俱皆久遠一門悉與昔反難信難解當鋒難事法華已說涅槃在後則易可信也祕要之藏者隱而不說爲祕總一切爲要眞如實相包蘊

爲藏不可分布者法妙難信深智可授無智益罪故不可妄說也從昔已來未曾顯說者於三藏中不說二乘作佛亦不明師弟本迹方等般若雖說實相之藏亦未說五乘作佛亦未發迹顯本頓漸諸經皆未融會故名爲祕此經具說昔所祕法即是開祕密藏亦即是祕密藏如此祕藏未曾顯說如來在世猶多怨嫉者四十餘年不得即說今雖欲說而五千尋即退座佛世尚爾何況未來理在難化也如來滅後其能書持下第二約人歎也此法在人則人尊貴如來衣覆者即是修學大忍爲衣也上文云如來莊嚴也佛護念者實相爲佛實智爲子尊崇實相發生實智即爲諸佛所護念也四信爲信力四弘爲願力大智爲善根力也信則信理理即法身志願是立行行即解脫善根根固難動此即般若當知三力即是三德祕密之藏初心棲此與佛不殊故名與如來共宿也又信力修畢竟空如來智如來棲畢竟空爲舍此人信力亦學畢竟空故與如來共宿手摩頭者此人以願力善力自行權實以爲機感機感名頭如來以化他權實二智名手開發前人自行權實之頭感應道交故言摩頭摩頭即授記也在在處處下第三約處歎此法在處即處貴夫佛生處得道轉法輪入涅槃等處法王所遊皆應起塔此經是法身生處得道之場法輪正體大涅槃窟此經所在須塔供養不復安舍利者釋論云碎骨是生身舍利經卷是法身舍利此經是法身舍利不須更安生身舍利生法二身各有全碎皆可解云云若出家

下第四舉因歎若未善行菩薩道者稟前三教即是碎散法身舍利未能巧度若入圓教即是全身舍利則巧度巧度爲善行也其有衆生下第五舉果歎文爲五一明近果二開譬三合譬四釋近五揀非今初明近果當知必得近三菩提果者安樂行中名爲近處此菩提果佛眼佛智知見處爲體則有二種一者初心菩提二者後心菩提今言近者正近初住菩提又望圓果而修圓因得似解者名之爲近前約因歎修通别因即是未善去圓果遠也若修圓因即是善行去圓果近也今以圓如實智爲因還以爲果道前眞如即是正因道中眞如即爲緣因亦名了因道後眞如即是圓果故普賢觀云大乘因者即是實相大乘果者亦是實相釋論云初觀實相名因觀竟名果就理而論眞如實相無當因果亦非前後若約衆生修行則有前後及以因果也譬如有人下第二開譬爲二釋一約觀門二約教門觀門者衆生之心具諸煩惱名高原修習觀智名穿掘方證理味如得清水依通觀乾慧地如乾土性地爲溼土泥見諦爲得清水别觀從假入空但見空不見不空斷四住如鑿乾土去水尚遠從空出假先知非假今知非空因是二觀得入中道能伏無明轉見溼土去水則近也圓觀中道非空非假而照空假如漸至溼泥四住已盡無明已伏已得中道相似圓解故言如泥若入初住發眞中解即破無明如泥澄清得見中道如見清水法華論云佛性水當知次第次約教門者土譬經教水諭中道教詮中道如土含

水三藏教門未詮中道猶如乾土方等般若帶於方便説中道義如見溼土法華教正直顯露説無上道如見泥因法華教生聞思修即悟中道眞見佛性所發眞慧不復依文如獲清水無復土相故華嚴云十住菩薩所有慧身不由他悟也有人言初教如高原乾土大品如溼土法華如泥佛果如水有人言維摩思益如乾土無量義如溼土法華如泥佛果如水有人言大品如乾土無量義如溼土法華如泥佛果如水三家皆五時之説生師云受持法華求佛道欲得如渴三乘於一乘難信於法華求解如高原受持讀誦爲穿未能如聞而解爲未聞如乾土能解爲至泥注家同有人云此一解去佛遠一解去佛近初三師明諸教去佛遠法華去佛近後二解但於法華中論遠近尋經應二義一舉餘經對法華明遠近二就法華論遠近諸師失經旨問餘經何故去佛遠答未開權求佛人未決法華唯一無三永出退心故去佛近文云決了聲聞法問般若云何去佛遠答未開權邊則遠始行菩薩不覺般若密化付財則於其是遠夫般若實慧方便是三世佛法身父母求佛者如老病人兩健扶之徧能遠去當知般若最勝法華開權不異般若顯實非般若外別有法華法華般若異名耳既是諸師異釋故録之耳次菩薩亦如是下第三合譬於法華中獲聞思修即是圓觀三慧方能近果非乾溼等教中聞思修也所以者何下第四釋得近意也一切菩薩者明諸權因也三菩提者明一切權果也權因權果皆攝屬此經

如乾溼等土悉依於水故言攝屬也開方便門示眞實相者光宅云昔鹿苑機雜盛說三藏未明一理爾時以權隱實一理爲權教所閉今王城赴大機顯於眞實眞實既顯則廢除昔教昔教被廢故方便門開一理既彰眞實相顯也私謂此解乃是破方便非開方便也河西道朗云直詺三爲方便即是開方便門昔不言三是方便故方便門閉今詺三爲方便即示一爲眞實也私謂此釋符文有人解開教身兩方便示教身兩眞實三世佛唯有形聲權實約此開示則十二八萬煥然了矣私謂前二師約教開示後人加之以身此竊龍印之義而爲巳釋還是破方便意非開義也問方便當體是門爲通實相故爲門私答具二義爲實相門可解當體是門如華嚴

尋善知識得種種法門算砂觀海等此二門各有開閉昔不言三是方便故其門掩今說三是方便故其門開昔不說一是眞實實門掩今說一是眞實故實門開二者此方便復通實相故三乘方便爲一乘門實相亦二義一當體虛通故名之爲門如淨名不二門華嚴法界門等二能通方便作門劉虯云通物之功乃由乎一故一爲方便之門汲引之效頗賴於三故三爲眞實之相言非三則方便之門得開語唯一則眞實之相可示有人云具論有三義一以三爲方便一爲眞實二三一皆方便非三非一爲眞實三三一爲二非三非一爲不二二不二皆權非二非不二爲實此三章得爲門如以三爲一門此以權通實若以一爲三門以實起權乃至二不二亦

爾互得爲門亦互得爲相但不得互爲權實耳私謂以三爲一門者三乘通實相不若不通則非門須開三始得是門若開三者非復三也云何以三爲實相門又三非佛因那得是實相門破此一義餘二例去云云問方便眞實互得爲門亦得方便爲方便門實相爲實相門不此有四句二如前三實相爲實相門四方便爲方便門如名爲義門義爲名門由方便名顯方便義故名爲義門由方便義應方便名故義爲名門實相亦爾中論序云實非名不悟故寄中以宣之即其事也問得以三顯三以一顯一不此亦四句二如前以三顯三者言昔三異今一此三在一外今一異昔三此一在三外故一非三一三非一三悉是執見破此病故於一佛乘分別說三故三是一三汝等所行是菩薩道故一是三一三一既不相異因緣之義以因緣三一顯自性三一亦以自性三一顯因緣三一故云以三顯一以一顯三有人引十五處明門方便品有二譬喻品有六信解品有三化城品有二法師品有一觀音品有一方便二者智慧門權智爲實智門生師云言教爲門言教詮實智故言教是實智門法華論同也次云以種種法門宣示佛道此用大乘教爲門譬喻六者一其家廣大唯有一門還以大乘教爲門二云所燒之門此約三界限域爲門如詺家爲門三唯有一門而復狹小還是大乘教爲門四三車在門外還以三界爲門五以佛教門出三界苦此用小教爲門六在門外立依大乘用二死限域爲門小乘亦出一切煩惱

外正習已盡名在門外立也信解品住立門側大乘理教爲門二云猶在門外亦如前三云長者門内如前化城請開甘露門亦大小教門重門高樓閣亦用小乘三空門方便門如前釋觀音亦以大教爲門今釋開方便門者昔所不說今皆說之昔說一切世間治生産業何曾是於方便今皆開之即是實相不相違背昔說小乘方便若小乘果小乘果尚非實相門況小方便而當是門今皆開之即是實相汝等所行是菩薩道決了聲聞法是諸經之王昔說二爲方便門者今皆開之即是實相寧復是門咸令衆生開示悟入佛之知見一色一香無非佛法若門若非門悉皆開之示眞實相顯佛性水若不開者則深固幽遠無人能到而今開之即得見水無乾土也又作三慧釋一切皆屬此經即圓聞慧也此經開方便即圓思慧也示眞實相者即圓修慧也此三幽遠佛今開示即得覩眞藥王若有菩薩聞下第五揀非若菩薩聞此說而驚疑聲聞上慢悉是乾土尚非溼土況見水耶從若有善男子善女人如來滅後下第二略示弘經方法又爲二一示方法二明利益方法爲三一標章門二解釋三勸修修如來室是大慈悲若就同體即法身也若被衆生即是解脱能令衆生會於同體即是般若修如來衣者若就所覆即法身也若就能覆嚴身即寂滅忍也若就和光利物即解脱也若就能坐即般若也若就所坐即法身也身座冥稱即解脱也又大慈安樂即資成柔和伏嗔斷惑即觀照坐座即法身安樂行中還廣

此三法上文如來莊嚴即衣也上云如來肩所荷者即此座也檐者即檐運是入室也我於餘國下第二舉五利益勸奬流通一遣化人二遣化四衆三遣八部四見佛身五與總持也若初心未淳止可遣化人未可遣化四衆八部若見天龍倚此自高妨損其道故不可令見也若心無倚著則堪見佛况復天龍况得總持自證利益耶偈有十八行半爲三初一行總勸不頌長行次十六行半頌上長行後一行結勸上約果歎文有五今初一行半頌開譬次藥王汝當知第二二行半頌合譬略不頌餘三近果釋揀非等也上通經方軌中有二方軌利益今十二行半頌初三行半頌方軌中有三今亦頌三意也我千萬億下次九行頌利益初一行總明如來以五事利益之意正由應身徧滿十方能爲五事守護行人若我滅後下一行半頌第二遣四衆引導下一行半頌第一遣化人若說法之人下二行頌第五令得總持若人具是德下一行頌第四令得見佛若人在空閑下二行頌第三遣八部云云

妙法蓮華經文句卷第八上

妙法蓮華經文句卷第八下

隋天台智者大師說

門人灌頂記

釋見寶塔品

梵言塔婆或偷婆此翻方墳亦言靈廟又言支提無骨身者也此塔既有全身不散則不稱支提阿含明四支徵知倚切謂生處得道轉法輪入滅四處起塔今之寶塔是先佛入滅支徵經云佛三種身從此經生諸佛於此而坐道場諸佛於此而轉法輪諸佛於此而般涅槃秖此法華即是三世諸佛之四支徵先佛已居今佛並坐當佛亦然此塔出來明顯此事四衆皆覩故言見寶塔品瓔珞經善吉問生身全身碎身功德等耶佛言不等色身言教化訓三業具足清淨衆生得至道場全碎舍利正可威神光明供養得福是故不等又問頂王如來十二那術劫說法教化舍利亦爾此應是等佛言皆頂王如來神力所作耳彼經格全碎舍利皆由生身佛力今經格生身全碎舍利法身偏圓舍利皆從經出顯此經功德弘持力大從地涌來證明此事四衆皆覩故言見寶塔品北地師云佛爲身子說經時寶塔已現爲作證明若說經竟來證何等經家作次第安置三周後耳此乃人情則不可信今依薩雲分陀利經云佛說法華無央數偈時有七寶塔從地涌出中有金牀牀上有佛字袍休蘭羅漢言大寶歎釋尊言我故來供養願坐我金牀更爲我說薩雲分陀利依此經證即是說三周後更請壽量明文聖說而不肯用人之穿鑿那可承耶此塔

正爲證前請後從地涌出四衆皆覩故言見寶塔品地師説多寶是法身佛釋論説多寶誓願化身來證經此文亦爾師言法身無來無出報身巍巍堂堂應身普應一切若即此謂是三佛者未盡其體也秖是表示而已多寶表法佛釋尊表報佛分身表應佛三佛雖三而不一異應作如此説如此信解也此四番即四悉檀解見寶塔云云塔出爲兩一發音聲以證前開塔以起後證前者證三周説法皆是眞實若略言眞實者皆與實相相應也若廣言眞實者離四句絶百非也若處中説者八不名眞實塔從地涌示不滅分座共坐示不生入塔示不常現塔示不斷分身示不一全身示不異多寶讓座示不來釋迦坐半座示不出八不顯然故是眞實又證迹門流通持經功深弘宣力大皆眞實也平等大慧者與般若云何釋論七十九云般若是三世諸佛妙法如一城門四方皆入當知般若亦稱妙法此經稱平等大慧二文相指其意可知起後者若欲開塔須集分身明玄付囑聲徹下方召本弟子論於壽量久遠之塔從地涌出開自在神通之力顯過去世益物也發大音聲開師子奮迅之力顯現在十方開權顯實也有大誓願未來諸佛若説此經我之寶塔皆到其所爲作證明開大勢威猛之力顯未來常住不滅也又塔在空中亦證前起後七方便人藏理未開無明所隱如塔在地聞三周開三顯實開佛知見顯出法身如塔涌空此即證前修得法身久已明著如塔在空無能開者表本地久成衆所不識若發迹

顯本了達無疑此即起後也若塔從地出表法身顯與餘經亦同亦異菩薩顯法身則同二乘顯法身則異若塔在空開門見佛表發迹顯本與餘經永異若塔來證前事巳彰灼蓋不須疑塔來起後密有其意衆所未知今取後義預作此釋亦復無咎觀心解者依經修觀與法身相應境智必會如塔來證經境智既會則大報圓滿如釋迦與多寶同坐一座以大報圓故隨機出應如分身皆集由多寶出故則三佛得顯由持經故即具三身普賢觀云佛三種身從方等生即此義也有人分此品下十一品是神通身輪開本迹從彌勒問下是說法口輪開本迹意未彰從此分文太早云云此品有長行偈頌長行有三一明多寶涌現二明分身遠集三明釋迦唱募初文有六一塔現之相二諸天供養三多寶稱歎四時衆驚疑五大樂說問六如來答七寶爲塔者明法身之地以性得七覺七聖財寶塔者實相之境法身所依處也高五百由旬者是二萬里豎明因中萬行果中萬德也廣二百五十由旬即是一萬里横用萬善莊嚴也地者無明心地也以無所破破於無明以無所住住第一義空種種寶物者衆多定慧而莊校也欄楯是總持也龕室千萬者無量慈悲之室亦是無量空舍幢幡是神通勝相也垂寶瓔珞者四十地功德上莊嚴法身下被衆生也寶鈴萬億者八音四辯也四面出香者四諦道風吹四德香也高至四天王宮者窮四諦理也從三十三天下第二諸天供養事解可知更復約理三十心爲三十

十地爲一等覺爲一妙覺爲一合爲三十三同依實相境也爾天曼陀羅者初心亦具四十二地功德後心亦爾皆以四十地所有因花歸向法身也餘諸天龍下即是内凡外凡等亦依實相向果行因也爾時寶塔中下第三多寶稱歎正證前開權顯實不虚也平等大慧者即是諸佛智慧如前行步平正義也平等有二一法等即中道理二衆生等一切衆生同得佛慧大者如前高廣義也約觀心者空觀竪等假觀横等中觀横竪平等平等雙照即是平等大慧也如是如是者一如法相是二如根性是也皆是眞實也如法相説故言眞實也爾時四衆見下第四時衆驚疑文有二一得法喜二者疑怪也爾時有菩薩下第五大樂説因疑請問若望下答意應爲三問一問何因有此塔二問何故塔從地出三問何故發是音聲也爾時佛告下第六佛答此三一先答第二問此佛有願爲證法華故從地涌出也彼佛成道下追答第一問由彼佛命令造此塔也次其佛以神下第三答第三爲作證明故發是音聲也釋論明多寶佛不得説法而取滅度師解不爾彼佛告諸比丘比丘即是受化之人何謂不説當是多寶亦得開三不得顯實故釋論云不得説法耳以是義故雖復滅度在在處處有説法華經便隨喜作證也大樂説以如來神力下第二明分身遠集就此有七一樂説請見多寶二應集分身三樂説請集四放光遠召五諸佛同來六嚴淨國界七與欲開塔釋初請云承佛神力者欲開塔須集佛集佛即付囑付

囑即召下方下方出即應開近顯遠此是大事之由豈非佛神力令問也餘段如文爾時佛放白毫下四放光遠召三變土淨者此正由三昧三昧有三初變娑婆是背捨能變穢爲淨次變二百那由他是勝處轉變自在後變二百那由他是一切處於境無閡又初一變淨表淨除四住次一變淨表淨除塵沙後一變淨表淨除無明是時諸佛坐師子座第七與欲開塔復五一諸佛問訊說欲二釋迦開塔三四衆皆同見聞四二佛分座而坐五四衆請加諸佛同與欲開塔如僧中作法與欲意也大集明若千佛與欲華嚴亦說十方若千佛同說華嚴大品亦云千佛同說般若皆不云是釋迦分身準今經者應是分身彼帶方便故時中不顯說耳今經非但數多亦直說是分身咸來與欲也爾時釋迦見下第二開塔者即是開權見佛者即是顯實亦是證前復將開後如却關鑰者却障機動也以大音聲下第三釋迦唱募覓流通人復爲三一大聲唱募如來不久下第二明付囑時至佛欲以下第三明付囑有在有在者若佛在世隨機利物自說正法無待他人今佛化緣機盡欲令此法利益無窮故須付囑流通也付囑有在者此有二意一近令有在付八萬二萬舊住菩薩此土弘宣二遠令有在付本弟子下方千界微塵令觸處流通又發起壽量也偈有四十八行頌上三意初有三行半頌多寶滅度第二有八行半頌分身集第三有三十六行頌釋迦付囑前二如文告諸大衆下第三復二初八行半舉三佛以勸流通

次有二十七行半舉難持之法以勸流通就初有三初一行半募覓其人次其多寶下第二有三行正舉三佛以勸持經次其有能護下第三四行能持此經即是供養三佛及見三佛以釋勸意諸善男子下第二二十七行半舉難持之法以勸流通復二初二十行正舉勸二七行半釋勸意就初復三初一行誡勸次諸餘經典下第二十七行正舉難持以勸流通後我爲佛道下第三二行釋難持意若有能持即持佛身此意豈易第二諸善男子我於下七行半明能持難持能成勝德以釋勸意就此復三初一行半重募持經人次此經難持下第二一行半明能持難持則諸佛喜歎次是則勇猛下第三四行半明能持難持即成勝行勝行有自他也恐畏世者天竺名沙悖此云恐畏天竺云颰陀此云賢劫之異名耳

釋提婆達多品

生時人天心熱因此立名即因緣釋名也因行逆而理順即圓教之意非餘教意也本地清涼迹示天熱同衆生病耳實唱經目云法華凡四譯兩存兩没曇摩羅刹此言法護西晋長安譯名正法華法護仍敷演安汰所承者是也鳩摩羅什此翻童壽是龜兹國人以僞秦弘始五年四月二十三日於長安逍遥園譯大品竟至八年夏於草堂寺譯此妙法蓮華命僧叡講之叡開爲九轍當時二十八品長安宮人請此品淹留在内江東所傳止得二十七品梁有滿法師講經一百徧於長沙郡燒身仍以此品安持品之前彼自私安

未聞天下陳有南嶽禪師次此品在寶塔之後晚以正法華勘之甚相應今四瀆混和見長安舊本故知二師深得經意提婆達多亦言達兜此翻天熱其破僧將五百比丘去身子厭之眠熟目連擎衆將還眠起發誓誓報此怨捧三十肘石廣十五肘擲佛山神手遮小石迸傷佛足血出教闍王放醉象蹋佛拳華色比丘尼死安毒十爪欲禮佛足中傷於佛是爲五逆罪若作三逆教王毒爪並害佛攝以其應行逆生時人天心熱從是得名故言天熱此迹也若作本解者衆生煩惱故菩薩示熱同其病行而度脫之此品來意引古弘經傳益非謬明今宣化事驗不虛舉往勸今使流通也文爲二一訖生佛前蓮華化生明昔日達多通經釋迦成道二從於時下方多寶所從菩薩下明今日文殊通經龍女作佛稟教尚然宣通之功益豈不大矣故提婆達受記文殊可以意知云云第一有三一明往昔師弟持經之相二結會古今三勸信第一有長行偈頌長行有四一明求法時節二於多劫中下正明求法三時有仙人下明求得法師四王聞下明受法奉行第一如文於多劫中下第二復二一明發願爲欲滿足下二明修行行中復二一明欲滿檀那勤行布施如文二時世人民下明爲滿般若推求妙法偈有七行半頌上長行初二句頌第一求法時節次雖作下第二一行半頌第二正求法次時有阿私下第三一行半頌第三得說法師時王聞仙言下第四二行半頌受法奉行後亦不爲已下第五一行半結證勸信告諸

比丘王者下第二結會古今復二一正結會古今如文由提婆下第二明師弟功報俱滿滿中復二先明弟子因報已滿次佛告四衆下第二明法師妙果當成弟子中復三先明因滿次三十二相下明果圓後皆因提婆下結證由通經者益初具足六波羅蜜者度義甚多如大論說捨依正名檀防止七支名戒打罵不報名忍爲事始終名精進四禪八定名禪分地息諍名般若又若束十善爲六者不殺至不妄語是檀不兩舌是尸不惡口是忍不綺語已進不貪瞋是禪不邪見是般若菩薩善戒第十云六波羅蜜有三種一對治謂慳惡瞋怠亂癡云云二謂相生謂捨家持戒遇辱須忍忍已精進進已調五根根調知法界三謂果報富具色力壽安辯又餘經云施報富戒報善道忍報端正進報神通禪報生天智報破煩惱如是等例皆是三藏明六度相也若施受財物三事皆空名檀不見持犯名戒能忍所忍不可得名忍身心不動名精進不亂不味名禪非智非愚名般若如此流例即通教中六度相若言檀有十利伏慳煩惱捨心相續與衆生同資産生豪富家生生施心現前四衆愛樂處衆不怯畏勝名徧布手足柔軟乃至詣道場恒值善知識戒有十利者滿一切智如佛所學智者不毀誓願不退安住於行棄捨生死慕樂涅槃得無纏心得勝三昧不乏信財忍有十利者火刀毒水皆不能害非人所護身相莊嚴閉惡道生梵天晝夜常安身不離喜樂精進有十利者他不能折伏佛所攝非人所護聞法不忘未聞

能聞增長辯才得三昧性少病惱隨食能銷如優鉢華增長禪有十利者安住儀式行慈境界無悔熱守護諸根得無食喜離愛欲修禪不空解脫魔羂安住佛境解脫成熟般若有十利者不取施相不依戒不住忍力不離身心精進禪無所住魔不能擾他言論不能動達生死底起增上慈不樂二乘地四事應修檀一修道者破慳貪故二莊嚴菩提故三自他利益欲施施時施已皆歡喜名自利飢渴者得除是名利他四得後世大善果後世獲大尊貴饒財四事應持戒自修善法滅惡戒莊嚴菩提攝衆生臥覺安不悔恨於衆生無害心後受人天得涅槃等樂四事應修忍修忍除不忍莊嚴菩提攝衆生彼此離怖畏後世無瞋眷屬不壞不受苦惱得人天涅槃

樂四事應須修精進進破懈怠莊嚴菩提攝衆生增善法是自利不惱他是利他後得大力致菩提四事應修禪定定破亂心莊嚴菩提攝衆生身心寂靜是自利不惱衆生是利他後受清淨身安隱得涅槃四事應修般若智慧破無明莊嚴菩提攝衆生智慧自樂是自利能教衆生是利他能壞煩惱及智障等是大果如此流例是別教明六度相也月藏第一云若衆生唯依讀誦求菩提是人爲著世俗尚不調已煩惱何能調他是人著嫉妒名利富貴高心自是輕慢毀他尚不得欲界善根況色無色善根況二乘菩提況無上菩提如星火不能乾海口氣不能動山藕絲不能稱岳何者世俗不能滿菩提何者是第一義謂造一切福事若修身修心修慧以第一

義熏修則速滿六波羅蜜若行若坐捨攀緣想是檀捨攀緣不犯是尸於境界不生瘡疣是羼不捨於離是精進於事中不放逸是禪於諸法體性無生是般若復次於陰捨是檀不計念陰是尸於陰無我想是羼於陰起怨想是進於陰不熾然是禪於陰畢竟棄是般若於界捨是檀於界不擾濁是尸於界捨因緣是羼於界數數捨是進於界不起發是禪於界如幻想是般若如是等是名第一義諦善巧方便甚深法要能滿六波羅蜜以此法自爲爲他三世菩薩悉修是法成菩提故非世俗也此法能息衆生煩惱道苦道安置菩提道華嚴七地方明念念具十波羅蜜修習一切佛法以求佛道善根與一切衆生是檀能滅一切煩惱熱是尸於一切衆生無所傷是忍求善無猒是進修道心不散常向一切智是禪忍諸法不生門是般若能起無量智門是方便求轉勝智是願魔邪不能阻是力於一切法相如實説是智是十波羅蜜具故四攝道品三解脱一切助菩提法於念念中皆具足諸地皆念念具足此地勝故如此例是圓教六度相也次三十二相下明果圓三十二相者足平如奩底足趺隆如龜背兩相共一修堅固布施千輻輪但一修安慰恐怖者足跟長手足指長圓直身三相共一修謂不殺戒七處滿肩頸臂脚一修謂恒作施主手足合縵及柔輭兩相一修謂四攝足跟直踝不現毛右旋三相共一修恒以善法饒益衆生鹿膊腸相一修以經書教人不悋皮膚不受塵垢相一修如問而答黃金色相一修

忍辱好衣施陰馬藏相一修和合諍訟梵身圓等相手摩滕相共一修慈等心教導肩圓項光師子臆三相共一修恒今施得增長萬字相一修不惱衆生紺眼牛王睫二相共一修不恚愛視衆生頂髻青髮二相共一修諸功德在人前一孔一毛白毫二相共一修不妄語四十齒白齊二相共一修不兩舌廣長舌梵音聲二相共一修不麤惡語師子頰一修不綺語四牙一修離邪命一切衆生功德等佛一毛佛諸毛功德等一好諸好等一相諸相等白毫肉髻白毫肉髻百千萬億乃成梵音聲三十二相因雖各各論其眞因者持戒精進精進無戒尚不得人天身況餘相耶此則三藏教相本也空無生是通教相本道種智是別教相本實相是圓教相本八十種好者二十指手足表裏八處平滿踝膝髀六處好妙肩肘腕六處滿兩髂奇中三處好髖尻二處馬藏一兩膞二膂齊二脇腋乳六腹胷背項四上下牙上下脣齶兩頰兩鬢兩目兩眉兩鼻孔額兩股兩耳頭圓若分別四種好義準相可知告諸四衆下第二明師妙果當成師中復三初明正果成分陁利經云調達作佛號提和羅耶漢言天王國名提和越漢言天地時天王佛住世二十下第二明化度時天王佛般涅槃下第三明滅後利益佛告比丘下第三勸修如文蓮華化生者胎經云蓮華生者非胎卵濕化之化生也非化而言化耳實不如四生中之化生也請觀音云蓮華化生爲父母無量壽觀云處華臺久者爲胎生實非胎也例蓮華生者亦稱溼卵而

非涇卯云云於時下方者第二明今日文殊通經利益復二初明文殊通經二從文殊言我於海中下明利益第一復五一明智積請退分陀利經云下方佛所從菩薩名般若拘羅漢言智積二釋迦下明釋尊止之令待通經利益之證智積謂多寶爲證經故出勸物流通既訖是故請還釋迦止者雖迹門事訖本門未彰故託在文殊以留多寶佛之密意非菩薩所知從爾時文殊下第三文殊尋來四智積菩薩下智積問所化幾如五文殊師利言下文殊答非口所宣也就第五復七一答利益甚衆所言未下第二蒙益者集證此諸菩薩下第三皆是文殊所化本聲聞人下第四本聲聞人先稟權教住二乘道分陀利經云蓮華從池出者本發菩薩心其華在空中說摩訶衍事本發聲聞心者華在空中但說斷生死事從今皆修行下第五今聞實教悉住大乘法文殊謂智積下第六文殊結益爾時下七智積偈歎也從文殊言我於海中下第二明利益文爲九一文殊自敘二智積問三答四智積執別教爲疑五龍女明圓釋疑六身子挾三藏權難七龍女以一實除疑八時衆聞見得益九智積身子默然信伏第五龍女明圓釋疑初經敘現申敬次有三行半偈爲三初半行明持經得解次二行明成就二身後一行引佛爲證罪福者約七方便傳作今偈深達無罪無福入一實相名爲深達也十方即十法界同以實慧朗之故言徧照也具三十二相者深得法身之理即備相好如大品明欲得一切法當學般若如得如意

珠也二乘但得空空無相好也云云第六身子復難先總難信後釋出五礙第七龍女現成明證復二一者獻珠表得圓解圓珠表其修得圓因奉佛是將因剋果佛受疾者獲果速也此即一念坐道場成佛不虛也二正示因圓果滿胎經云魔梵釋女皆不捨身不受身悉於現身得成佛故偈言法性如大海不說有是非凡夫賢聖人平等無高下唯在心垢滅取證如反掌第八爾時娑婆下明時衆見聞復二先明見聞二人天歡喜彼此蒙益南方緣熟宜以八相成道此土緣薄秖以龍女教化此是權巧之力得一身一切身普現色身三昧也

釋持品

二萬菩薩奉命弘經故名持品重勸八十萬億那由他弘經故名勸持品問何故爾答二萬是法師品初別命之數故奉旨受持八十萬億那由他等前無別命止是通覓今佛眼視令其發誓此土通經通經證驗深重佛意殷勤是故蒙勸而弘故有二意也就文爲二先明受持後明勸持初文復三一二萬菩薩奉命此土持經二五百八千聲聞發誓他國流通三諸尼請記問此諸聲聞已成大士何故不能此土弘經答爲引初心始行菩薩未能惡世苦行通經復欲開於安樂行品也第二勸持有長行偈頌長行有五一佛眼視二菩薩請告三佛默然四菩薩知意五發誓通經眼視默勸而不告言者上來雖不別命而擧持經功德深厚引證分明多寶分身遠來勸發此之殷勤事義已足有欲應命宜即發

誓無煩復言又將護聲聞他方之願故不稱揚也偈有二十行請護持經不復細分尋文可解前十七行被忍衣弘經次第二一行入室弘經次第三一行坐座弘經次第四一行總結請加中阿含第六云阿蘭若此翻無事頭陀此翻抖擻寶雲經第六云阿練兒處比丘見王王子婆羅門及一切人來比丘唱善來可就此坐彼即共坐彼不坐比丘亦不坐當爲說法令歡喜佛滅後末惡世不應式比丘雖說戒法而得活而於戒法不樂行歷五分法身餘一切道法亦如是說如䶉鼻人說栴檀自既無香亦不自聞天人龍神鳩槃茶終不供養無戒人餘四分亦如是說無有能將妙法來必由淨戒之所起餘四亦如是若遇垂死最重病痛惱偪迫極無慘念佛三昧

常不捨一切苦切奪其心彼人自解是法故則知一切諸法空忍辱鎧者中阿含第五云黑齒比丘訴佛云舍利弗罵我說我佛疾喚舍利弗實罵說不舍利弗言心不定者或說罵我心已定云何說罵如折角牛不觸嬈人如殘童子恥不惱彼我心如地水火風淨與不淨大小便利涕唾受而不罵心如掃箒淨不淨俱掃又如破器盛脂置之日中渧渧恒漏自觀九孔常漏不淨云何罵說於他又如死蛇狗等繫淨童子頸慚恥自愧不罵說他佛問如是惡人汝云何觀答人有五一身善口意不善但念其善不念不善如納衣比丘見糞聚弊帛左捉右舒截棄不淨而取於淨念用其身淨以規我身棄其口意以誡我口意又口行淨身意不淨亦念其口棄其身意

如熱渴者值多草池披草掬水涼身止渴又意淨身口不淨亦念其意不用其身口如行路熱渴唯牛跡少水我若用掬若手水則渾濁應兩膝跪兩手憑口就吸之以除熱渴又三業皆不淨者雖無可用當痛念之如路見病人安置使穩念此不淨使得值善知識治其三業勿令墮落三途又三種皆淨常念是人以自訓況念齊願齊如清涼池多諸華草熱渴入中以自穌息常念境界以去我惡此是三藏教中用苦無常不淨無我空爲鎧也毗婆沙第八云念罵是一語餘皆喚聲終日喚聲於我何爲又此方是卑陋語他方是稱讚語我若念此卑語無處得樂又觀此字罵若顛倒此字即成讚又罵是一界少分一入少分一陰少分罵少不罵多又誰成就罵罵者成就成就自彼於我何爲又罵是一字一字不成罵二字成罵無有一時稱二字者若稱後字前字已滅又能罵所罵一時同一剎那俱滅於我何爲如是等用空爲鎧也十七云凡聖俱有三受云何差別凡夫於苦受有二一身受苦二心受憂悲如三毒箭失樂則瞋得樂則喜不苦不樂則癡聖人但有身受而無心受於苦不瞋於樂不愛於不苦不樂不癡三使不能使於使得解脫故有凡聖之異如此等有無差降者此用別教爲鎧也今經明鎧者以念佛爲鎧是念法佛第一義佛即是法故文云念佛告勑即法也佛即是僧即事理俱和毗盧遮那徧一切處也如此之鎧一鎧一切鎧即圓教鎧也

釋安樂行品

釋此品爲三依事附文法門事者身無危險故安心無憂惱故樂身安心樂故能進行附文者著如來衣則法身安入如來室故解脫心樂坐如來座故般若導行進此附上品文釋耳住忍辱地故身安而不卒暴故心樂觀諸法實相故行進又法門者安名不動樂名無受行名無行不動者六道生死二聖涅槃所不能動既不緣二邊則身無動搖上文云身體及手足靜然安不動其心常憺怕未曾有散亂則安住不動如須彌頂常住不動法門也樂者不受三昧廣大之用不受凡夫之五受乃至圓教中五受生見亦皆不受有受則有苦無受則無苦無苦無樂乃名大樂無行者若有所受即有所行無受則無所行不行凡夫行不行賢聖行故言無行而行中道

是故名行即法門也今更廣事解夫安樂者即大涅槃從果立名也行者即涅槃道從因得名也諸餘因果俱苦如常見外道行於苦行還得苦果若因樂果苦如斷見外道恣情取樂後得苦報若因苦果樂如析法二乘無常抽度加功苦至方入涅槃今言安樂行者因果俱樂即是大品如實巧度大經云定苦行者謂諸凡夫苦樂行者聲聞緣覺定樂行者謂諸菩薩也絓七方便麤因麤果皆非安樂行獨此妙因妙果稱安樂行也更廣依文釋者安樂行是涅槃道涅槃有三義謂三德祕藏行有三義謂止行觀行慈悲行止行者三業柔和違從俱寂即是體法身行即上文如來衣也觀行者一實相慧無分別光即體般若行即上如來座也慈悲行者四弘誓願

廣度一切即體解脱行即上文如來室也總此三行爲涅槃道總於三德爲行之境境稱安樂道稱爲行大論云菩薩從初發心常觀涅槃行道因時用此三行法導三業爲行三業淨故即是淨於六根六根若淨發相似解而得入眞果時名佛眼耳等因名止行果名斷德因名觀行果名智德因名慈悲行果名恩德又因名三業果名三密因時慈悲導三業利他果時名三輪不思議化如此觀時無復分別一切諸法中悉有安樂性一切衆生即大涅槃不可復滅行於非道通達佛道此即絶待明安樂行此行與涅槃義合彼云復有一行是如來行如來是人安樂是法如來是安樂人安樂是如來法總而言之其義不異别亦不異此明寂滅忍法空座如來室彼明金銀寶樹寶樹即無漏寶林無漏與空寂滅忍合金沙大河直入西海即一實慧與諸法空合得道女人則無諂曲此無緣大慈與如來室合彼呼爲無餘義此呼爲無上道又五行義亦與衣座室意同也問大經明親附國王持弓帶箭摧伏惡人此經遠離豪勢謙下慈善剛柔頓乖云何不異答大經偏論折伏住一子地何曾無攝受此經偏明攝受頭破七分非無折伏各舉一端適時而已理必具四何者適時稱宜即世界意攝受即爲人意折伏即對治意悟道即第一義意也廣法門釋者應明不動門不受門不行門略不記也此品是迹門流通第四意若二萬八十億那由他受命弘經深識權實廣知漸頓又達機緣神力自在濁世惱亂不鄣通經不俟更

示方法若初依始心欲修圓行入濁弘經爲濁所惱自行不立亦無化功爲是人故須示方法明安樂行故有此品來也此安樂行有何次第然法華圓行一行無量行不可思議何定前後今且一緒法師品略示弘經則以益他爲本先明入室此中辨惡世弘經安諸徧惱先著如來衣前後互現耳若約行次者諸法從本已來常自寂滅相若乖寂起相應先以般若蕩累則初坐座諸法不生而般若生同體慈悲愍衆故行道次入如來室旣以慈悲化世必涉違從決須安忍次著如來衣雖作此次說非行時行時入空即具一切法況慈忍耶四安樂行者舊云一假實二空爲體二說法爲體三離過爲體四慈悲爲體基師云一空二離憍慢三除嫉妬四大慈悲龍師云一身遠諸惡漸近空理二除口過三除意嫉四起慈悲南岳師云一無著正慧二口不說過三敬上接下四大慈悲天台師云止觀慈悲導三業及誓願身業有止故離身麤業有觀故不得身不得身業不得能離無所得故不墮凡夫有慈悲故勤修身業廣利一切不墮二乘地有止行故著忍辱衣有觀行故坐如來座有慈悲故入如來室止行離過即成斷德觀行無著即成智德慈悲利他即成恩德恩德資成智德智德能通達斷德是名身業安樂行餘口意誓願亦如是品文有問有答問中先歎前品深行菩薩能如此弘經後問淺行菩薩云何惡世宣說是經佛告下第二答中有三一標四行章門二解釋修行方法三總明行成之相初標章如文一者

安住下第二解釋方法即爲四別初文又二一釋方法二結行成修行有長行偈頌長行又二初一者下標行近次文殊下釋行近初雙標如文次釋中又二謂行處近處或云內凡初行名行處若久習純熟漸能近理名近處引前品近果之行爲例也或云行處約因近處約果行處明智近處明境瑤師云七住已上心體於理爲行處已過分段也自此已還無生未能現前漸近於理爲近處同是分段此二是行始通爲一安樂行也私謂初家以行爲淺若大經云十地菩薩以行故見不了了當知行則不淺後家以近爲淺若淨名云近無等等佛自在慧此則近更成深若兩行俱深則成前品菩薩弘經之行不關初心方法若兩行俱淺即七方便人所行何關圓行方法故不可偏據深淺然行名進趣近名親習親習故進趣進趣故親習復何淺深又行近是上方法行處是如來衣近處是如來座座衣既不淺深行近何得優劣又忍辱必內懷至理歷緣耐事目之爲行空座必體達外緣棲息眞境目之爲近蓋事理互現復何淺深若爾何故分行近詣理略說名行處附事廣說名近處說有廣略理無淺深今約三法明行處一直緣一諦一諦爲一切所歸爲一切作本而徧無分別一切所歸者即忍辱地也地即中道諸法歸之故名爲地衆行休息故名忍辱此即行不行之行也爲一切作本者如萬物得地而生衆行得理而成若得理本在剛能柔在逆能順在暴能治在驚能安無量功德從中道地生地無所生而生功

德即不行行之行徧無分別者則不分別不行與行差別之相故云又復不行不分別等也即是非行非不行無三行而三行故名爲行同一實諦故名爲處如此行處合上經文休息衆行合如來衣隨生功德合如來室徧無分別合如來座是名一法釋行處是弘經方軌也二約二法即生法二忍二忍即生法二空二空異二乘何者人法二空約眞俗假實明二空二忍悉見中道故不同二乘若更開者即四忍若作五忍指善字爲信忍若作六忍指和字爲和從忍若對地即開四十二忍一地尚有四十一地功德一忍寧無四十一忍法耶今且約四忍消文謂伏順無生寂滅忍也此四忍與別教異彼前二忍是生忍位則淺後二忍是法忍位則深今圓生法悉通四忍亦通何者二空理即是中道初住修四忍入中見二空理乃至後心亦窮二空理大經云發心畢竟二不別若約無淺深判四忍者從初發心圓伏五住至金剛頂皆名伏忍初後悉不違實相名順忍初後悉不起二邊心名無生忍初後悉休息衆行名寂滅忍聞生死不怱卒畏苦聞涅槃不怱卒證樂聞佛常與無常二乘作佛不作佛聞生死涅槃異與不異聞佛道長短難易非長非短非難非易等皆不驚怖行此行者從始至終以二空理忍諸法即著如來衣安住二空理即坐如來座愍諸衆生即入如來室二空四忍名爲行理即是處是名約二法明行處爲弘經方軌也三約三法三法即不思議三諦也住忍辱地總論三諦如有地可據方能忍辱也

柔和善順者善順眞諦能忍虛妄見愛寒熱等故言善順也而不卒暴心不驚者安於俗諦忍衆根緣稱適機宜故云不卒暴體忍違從故心不驚也於法無所行等者即安中諦能忍二邊故云無所行正住中道故云觀實相亦不得中貫故云不分別此則據三諦之地名處忍五住之辱名行行亦爲三謂止行即行不行觀行即非行非不行慈悲行即不行行合上衣座舍等是爲約三法明行處辯弘經方軌也龍師云住忍辱地總擧生法二忍下別明二忍柔和善順明身業也而不卒暴是口業心亦不驚是意業此就三業明修生忍於諸法無所行不行有相也而觀如實相行空平等也亦不行不分別不行無相也有無兩亡會於中道此三句明修法忍得是

二忍結爲行處彼明二忍未知約何若三教二忍全非法華之義若約圓教不應隔別不融云云何名近下第二近處文爲三遠十惱亂即遠故論近亦是附戒門助觀修攝其心即近故論近亦是附定門助觀也觀一切法空即非遠非近論近亦是附慧門助觀上直緣理住忍辱地今戒門廣出衆辱之緣應修遠離非持刀仗亦不棄捨但以正慧而遠離之當知遠近廣上行所不行也上直明不暴驚今定門廣出修定心修定處修定要門以定力故在暴而治在驚而安當知即近論近廣上不行行也上直明無所行今廣觀一切空具歷諸境無量無邊無礙無障當知非遠非近廣上非行非不行就初有十種應遠者一豪勢二邪人法三兇險戲四旃陀羅五二

乘衆六遠欲想七遠不男八遠危害九遠譏嫌十遠畜養等路伽耶此云惡論亦云破論逆路者逆君父之論又路名爲善論亦名師破弟子逆路名惡論亦名弟子破師那羅延者上伎戲亦云綵畫其身作變異又云緣幢擲倒之屬也分十種爲二邊九是生死一是涅槃二俱遠離即寂滅之異名耳觀心釋十種云云近近處有三意云云

妙法蓮華經文句卷第八下

妙法蓮華經文句卷第九上

隋天台智者大師說

門人灌頂記

非遠非近文爲三一總標境智二別釋三結成觀者中道觀智也一切法者十法界境也若單論智智無所觀故舉一切以顯皆空如實去別釋也二邊三諦無一異名如非七方便故名實以實爲相故言如實相不顛倒者無八倒也不動者不爲二死所動也不退者心心寂滅入薩婆若海也不轉者不如凡夫轉生死不如二乘轉凡聖如虛空者但有名字字不可得中道觀智亦但有字求不可得無所有性者無自他共無因等性也一切言語道斷者不可思議也不生者惑智理皆不生也不出者如來所治畢竟不復發也不起者諸方便皆寂滅也無名者名不能名也無相者相不能相也無所有者無二邊之有也無量者非數法也無邊者無方所也無礙無障者徧一切處也但以因緣有者結也上直明中道觀慧今明雙照二邊理性畢竟清淨如上所說非解非惑而從惑因緣生生死從解因緣生涅槃又因緣有有於涅槃從顛倒生者生於生死此則雙照意顯也常樂觀如是等法者即三諦等法也又但因緣有從顛倒生者結不思議三諦境也故說者不思議教也常樂觀者結不思議三觀也又觀一切法空如實相標觀體不顛倒去九句釋觀相不爲二邊八倒所動名不倒不動不墮二乘凡夫二地故云不退不轉此二句明智用理非未來故不生非過去故不出非現在故不

起釋論五十一云如虛空無入無出無住相攝大乘亦爾無未來入處無過去出處無現在住處第四十三云因邊不起名不出緣邊不起名不生凡有十九句初一句總後十八句對大品十八空如實相即第一義空不顛倒即内空内無六入我我所不顛倒不動即外空外不爲六塵流動也不退者即内外空十二入空故故言不退不轉即空空空破諸法諸法是所破空是能破無復諸法唯有空在此空亦空故言空空空既空故無復能轉故言不轉也如虛空即是大空執方計破故言如虛空無所有性即畢竟空諸法無遺餘故名畢竟空以畢竟空故無所有性也一切言語道斷即一切空一切空不可說故言語道斷不生即有爲空有爲是因緣和合既不合即不生不出即無爲空無名出離出離法空故名不出不起即無始空求原初不可得故無起無名即性空可解無相即相空實無所有即不可得空無量即有法空有法即有量有量既空故言無量無邊即無法空無法則是邊表今空故則無邊無礙即有法無法空二不可得故言無礙無障即散空妨障不可得故言無障十八空皆是中道正慧皆名爲空隨十八種境故言十八耳大經云如來常修十八空義故故用十八空用釋十八句也偈有二十八行三句爲三初一行頌標章次二十二行頌修行後五行三句明行成長行行近别釋偈中合頌正言意同開合互現廣略之解彌復可依上行近二文各有三今偈合頌不復次第初應入行下十四行頌事

遠近上有十種遠離頌中略不次第在文可見亦是頌人空行處取意即兼頌近處三意故偈云是則名為行處近處常離國王者比丘親近國王有十非法一陰謀王命二王誅大臣三典藏亡寶四宮人懷妊五王身中毒六大臣諍競七二國交兵八王悋不施民九斂民物十多疾疫謂比丘行呪有此十事一切臣民謂是比丘所作作此謗比丘即謗法亦謗佛故佛不令親近王也外道梵志者摩隥伽經云初人名梵天造一韋陀次名白淨變一為四一名讃誦韋陀二名祭祀三名歌詠四名禳災一一各三十二萬偈合成一百二十八萬偈有一千七百卷也次名弗沙有二十五弟子各於一韋陀能廣分別遂有二十五韋陀次有人名鸚鵡變一韋陀為十八次有人名善道有二十一弟子變為二十一韋陀如是展轉變為千二百六韋陀也毗陀論此云智論婆耶娑造凡四種一信力毗陀明事火滅罪二耶受毗陀明供養婆羅門得福三娑摩毗陀明和合二國四阿陀婆毗陀明鬬戰讀此四論自稱一切智人毗伽羅此名記論婆尼尼造明種種經書并諸雜語衞世師論優留佉造此翻最勝出世八百年明六諦迦毗羅此翻黃頭亦云龜種造論名僧佉僧佉此云無頂因人名論故言迦毗羅說二十五諦小乘三藏學者佛在波羅柰最初為五人說契經修多羅藏佛在羅閱祇最初為須那提說毗尼藏佛在毗舍離獼猴池最初為跋耆子說阿毗曇藏五百羅漢初夜集阿毗曇藏相續解脫經此為三藏學也深著

五欲欲相者四天下人龍須輪四天王皆根相到忉利天以風爲事炎天相近爲事兜率相牽爲事化樂天相視爲事他化自在心念爲事上天皆離欲寡女處女者阿難問佛如來滅後見女人云何佛言勿與相見設見勿共語設共語當專心念佛及諸不男彼名般吒者此翻黄門黄門者有男女形不能男女入里乞食者雜阿含云有一羊往糞聚飽食還羣貢高我得好食比丘亦如是得四事已起染著欲想不知出要設不得恒生想設得向諸比丘貢高毀蔑他人我得彼不能得是爲羊比丘乞食師子王遇大獸即噉不味不著得小獸即噉不鄙不薄比丘亦爾得四事供養不起染著無有欲想自知出要設不得利養不起亂念無增減心是爲師子王比丘乞食乞食行役病四事而前後八時明八精進八懈怠乞食前作是念爲修道補飢瘡乞雖未得不廢念行乞食得已爲報恩念道不輟前後兩時倍加精進餘三事前後亦如是反此名八懈怠寶雲經明乞食作四分一分奉同梵行一分與匃人一分施鬼神一分自食又復不行下第二八行頌非遠非近理遠近處若有比丘下第三五行三句明行成又三初一行半標行成事成外儀無失理成内心無滯故云無怯弱也次菩薩有時下第二三行行成而得安樂後一行一句頌長行總結菩薩入靜室下釋安樂之因因修禪定止於過惡得人無我外則不損因修智慧離諸取著得法無我内無顛倒是則心不怯弱不怯弱名安樂也文殊下第三一行一句頌長

行總結也第二口安樂行亦長行偈頌長行爲二一標章二釋行法標章如文若口宣說下釋行法又二謂止行觀行止爲四一不說過二不輕慢三不歎毁四不怨嫌初不樂說人經過者人聽有過法有何過七方便法是佛隨他意語名不了義若過其法則惱其人非安樂行相也二亦不輕慢者不倚圓篾偏重實輕權也三不說他人長短者初不說一切人次別舉聲聞夫人惡聞其失故不譚短面譽對毁故不稱長亦不約張說趙長趙謂以他長譏己短寄彼諷此亦不得向張說趙短背毁於彼亦復背毁於我爲此義故善惡俱止也又不說長短者曰藏第一云劫中後夜減省睡眠精進坐禪誦經修道背捨生死向涅槃路不稱他短不說己長謙下卑遜不自憍高衣食知足頭陀精進不放逸行係念思惟心不馳散於一切衆生起慈悲心又如修多羅所說空行自讀誦教人讀誦不謗他不說他過不稱己長於聲聞人又根性不定若歎二乘或令彼退大取小若毁呰二乘或令其大小俱失兩無所取也四不生怨嫌心者若謂其人法妨害我道即是怨心謂其鄙劣即是嫌心心機一動聲說即發杜說過之源故不生怨嫌也善修如是下觀行門也觀諸法空無所取著心不苟執不逆人意不違法相則不說小乘法答但以大乘答者若見無大機而說小得方便益若不見無大而說小妨其大緣等是不見但說大無咎偈有十六行半爲三初二行頌標章次九行半頌前行法後五行明行成初二行頌上住安樂行

上總稱應住頌中別出行相行相者有三安隱說法者半行欲令前人得安隱道及果即入室義清淨地等半行即坐座義油塗身等一行即著衣義三法導口業名安樂行安處法座下九行半頌行爲二初五行半頌止行次四行頌觀行上止行有四今具頌初隨問爲說半行頌不輕慢慢則不隨若有比丘至隨義答二二行半頌不說長短但依義不譚人好惡若有難問隨義答者有二一可答二不可答問答相難詰相上下若勝負則自知是爲智者語自放恣敢有違者誅之是爲王者語長短是非皆不知唯覓勝而已是爲愚者語因緣譬喻去至入於佛道三一行半追頌不樂說人法過若說人過生人毒念今不說過故使發心入佛道佛道從喜生也除懶惰意四一行頌無怨嫌怨嫌心起則懈懶憂惱今以慈心說法無怨嫌者精進無憂上長行皆約止善說頌中皆約行善也從晝夜常說無上道教去第二四行頌上觀門上云但以大乘答頌云說無上道上云令得一切種智頌云願成佛道我滅度下第二五行偈明口安樂行成初一行標行成次無嫉下第三二行明內無過則外難不生如無臭物蠅則不來次智者如是下第三一行明內有善法所以行成如我上說者若內無過如長行中說若內有善如偈中說次其人功德下第四一行格量功德如文第三意安樂行亦長行偈頌長行亦爲三標章釋行結成釋中亦先止後觀止中有四一不嫉諂二不輕罵三不惱亂四不諍競夫二乘欲速出生死先除貪

欲菩薩先除瞋見嫉是瞋垢諂是見垢嫉忌違慈悲之心非化他之法諂誑乖智慧之道非自行之法智慧被障將何上求慈悲苟妨將何下化安樂行菩薩最須棄之亦勿輕罵下不應以圓行訶別知機可責不知勿罵容有退善根義比丘下不應以圓訶通其本無大機強以圓訶乖心成惱通既被訶圓復未解前疑後悔大小俱失去道紆迴名甚遠此惱別行人沈空取證名不得此惱通人猒生死名懈怠悲華明小乘者爲懈怠起大悲心去明觀行亦爲四約前四惡而起於行善一於一切起大悲違於嫉諂二於如來起慈父心違於輕罵凡求佛道即是學人敬學如佛不得輕罵諸者通三世此即未來如來也三於菩薩起大師想違於惱亂理論三乘皆是菩薩有化訓德皆衆生師應起師想勿言其短四平等說法違於諍論平等破偏執諍也不多不少量器利鈍也文殊下結行成又二一由止惡惡不能加故云無能惱亂二由觀行故勝人來集得好同學也偈有六行初五行頌上止觀二行各有四意後一行頌行成第四誓願安樂行有二初長行次偈頌長行又二初明行法次歎經就行法爲三標章行法結成標章如文行法爲三初在家出家去明標誓願境二從應作是念去明起誓願之由三從我得去正立誓願初明慈誓境通取曾發方便心者而未出三界名在家斷通惑盡名出家此攝得兩種二乘三種菩薩此輩亦具無明亦應是大悲境但其皆曾發心與慈誓相應須與其圓道圓果之樂故言生大

慈心耳悲境者非菩薩人通取未曾發方便心者名非菩薩全不歸向方便況復眞實此悲境攝得一切三界内者此等亦須與樂但其流轉無際正與悲誓相應冝拔其罪因罪果故言生大悲心耳從應作是念至隨冝説法者即起慈之由由諸樂小執佛方便以爲眞實不會圓道故言大失大失是慈誓之由從不聞不知去是悲誓之由由未發偏圓心不聞偏圓二道故以不聞偏道無聞慧不知者無思慧不覺者無修慧又無圓三慧何者不問故不聞不信故不知不解故不修偏圓三慧權實皆無甚可憐愍起悲之由從其人雖不問不信此經去正發誓願彼雖不問不信偏圓二道菩薩不約偏發誓但欲與其圓道三慧故言雖不問不信此經我得三菩提引令得入也誓願菩提智慧神通皆約安樂行得何者深觀如來座故得智慧力四辯莊嚴能以慧拔也深觀如來室如來衣得大善寂力不起滅定現諸威儀神通福德莊嚴先以定動也從文殊去是結行成爲三初總結無過失則是行成行云何成以其立大誓願故入如來室行成以其知四衆失圓道故即如來座行成以其誓制其心不懈怠故如來衣行成三行具立故言行成無過失者慈悲成故無瞋垢失如來衣成故無懈怠如來座成故無諂曲也常爲比丘下第二別結慈悲行成以慈成故攝得四衆人天供養聽法誓願成故感佛神通諸天作護如來座成聽者歡喜所以下第三釋誓行成三世佛尚守護況諸天耶從文殊至是法華下第二歎經難

聞又二法說譬說法說又二一昔未曾顯說故昔不得二今日乃得譬說亦二一不與珠譬譬昔未曾顯說二與珠譬譬今日得聞二譬各有開合不與珠譬爲六一威伏諸國二小王不順三起兵往罰四有功歡喜五隨功賞賜六而不與珠輪王譬如來化世降伏諸國譬陰界入諸境二小王譬煩惱等未得無漏調伏名不順其命三起種種兵譬七賢中方法爲前軍須陀斯陀中方法爲次軍阿那阿羅漢中方法爲後軍所破者是三毒等分八萬四千之寇盜能破者是八萬四千法門之官兵王見兵下第四有功歡喜隨功賞下第五隨功賞賜者田即三昧宅即智慧聚落初果二果邑即三果城即涅槃衣服即慚忍善法嚴身之具助道善法也種種七寶即七

覺等象馬車乘即二乘盡無生智也奴婢即神通得有漏善法如人民唯髻中下第六而不與珠有出分段機爲小功勳有出變易之機爲大功勳驚怪者未有大勳忽賜髻珠諸臣皆怪譬衆生大機未動忽說此經二乘疑惑菩薩驚怪合六譬一一如文文殊如輪王下與珠譬又二一有大勳二與珠明珠者明譬中道智圓譬於常在頂者極果所宗髻中者實爲權所隱解髻即開權與珠即顯實合亦二能令至於一切智智即果名是行一也第一之說者是教一祕藏是理一兼得人一也偈有十四行半爲二初四行頌上行法次十行半頌上歎經初頌行法又二初一行超頌行成上總明行成今頌別顯常行忍辱頌著衣行成哀愍一切頌入室行成乃能演說

頌坐座行成次後末世下第二三行頌修行法上有三境由誓等偈具頌次譬如强力下第二有十行半頌上歎法難聞上有法譬合今但頌譬合頌譬有二初三行頌不與珠次如有勇下第二一行頌與珠次如來亦爾下第二合譬初三行半頌合不與珠次既知衆生下第二三行頌合與珠其中細開云云我滅度後下二十三行是品之第三總結行成感徵之相以勸修行爲三初一行半結勸四行次二十行半舉三報以勸亦名三障清淨後一行總結也三障淨轉現生後世惡業盡即得現生後勝報也初一行無憂惱是報障轉轉現報二半行不生貧窮是業障轉轉生報也三衆生樂見下十九行煩惱障轉轉後報也今初讀是經一行滅現世憂惱即除苦受之報此轉現報心無病痛等即轉報色也不生貧窮下第二半行轉惡業也惡業因應感惡果經力轉惡因得好果即轉生報也不生即無惡生業現在持經不作貧窮業來世不生卑賤也衆生樂見下十九行明後報轉轉三煩惱障也爲二初三行別明三煩惱障轉二十六行總明一切障轉也初又三初衆生樂見下一行別明貪障轉多欲者則人忽慢又障生梵天欲障轉故人所樂見天童給使也刀杖不加下第二一行半別明瞋障轉捨瞋則除内刀箭入陣則外刃不傷智慧光明下半行三別明愚癡障轉若於夢中夢見妙事下第二有十六行總明一切煩惱障轉也亦是後報轉持經現感此相當知過去久已成就今藉緣而發耳又有成佛因果等相並

是後報故於夢中見未來後報之相百千萬劫事在一念夢中用表妙法不可思議一中無量無量中一是相前現後當剋果又爲六從初信心乃至妙覺八相成佛皆如來莊嚴而自莊嚴即忍辱報約初三行夢入十信又二初二行半慈悲報次半行正見無癡報次又見諸佛下二六行半夢入十住次又見自身在下三三句夢修十行次證諸實相下四一句夢悟十迴向次深入禪定下五半行夢入十地次諸佛身金下六五行夢入妙覺旣云證不退智即爲授記者當知得入初住無生得記之位也又見自身在山林知是十行修習善法也證諸實相知是十迴向正觀中道位也深入禪定即第十地中無垢三昧入金剛定諸佛皆現摩頂受職也夢八相佛以

知妙覺此中或是初住能八相成佛之相仍前次位寄譚極覺耳若後惡世一行總結行成也信根者於三寶得堅固信一切不能沮壞精進根者得四正勤念根得四念處觀勤方便調伏貪憂定根得四禪慧根是解四諦如實知也又信根於如來發菩提心所得淨信心精進根於如來所發心所起精進念根於如來發心所起念定根於如來所起三昧慧根於如來所起智慧八正是沙門道亦是沙門法成就貪瞋一切煩惱盡是沙門義四果是沙門果夢者從須陀洹至支佛悉有夢唯佛不夢無疑無習氣故不夢從五事故有夢如偈說以疑心分別學習因現事非人來相語因此五事夢又是所更聞見及諸患爲七事故有夢現在意識尚不見色云何夢中

意地見色答皆是曾見曾聞故想耳又是吉不吉相耳夢中無通無宿命智云何能見未來世事答此非願智境界乃是比知諸人曾有如是夢如是果今以比知耳問誰眠答五道及中陰皆有眠在胎諸根具者亦是眠乃至佛亦眠問眠是愚是蓋此云何通答佛起現前欲調身故眠非蓋非愚眠也

釋從地踊出品

師嚴道尊鞠躬祇奉如來一命四方奔踊故言從地踊出品三世化導惠利無疆一月萬影孰能思量召過以示現弘經以益當故言從地踊出品虛空湛然無早無晚或者執迹而闇其本召昔示今破近顯遠故言從地踊出品寂場少父寂光老兒示其藥力咸令得知故言從地踊出品文云是從何所來以何因緣集今以諸義釋品顯四悉檀因緣之解故言從地踊出品此下是大段第二開師門之近迹顯佛地之遠本其文爲三一從此下至汝等自當因是得聞序段也二從爾時釋迦告彌勒下至分別功德品彌勒說十九行偈正說段也三從偈後下十一品半流通段云云序文爲二一踊出二疑問踊出爲三一他方菩薩請弘經二如來不許三下方踊出他方菩薩聞通經福大咸欲發願住此弘宣故請爲之如來止之凡有三義汝等各自有己任若住此土廢彼利益一又他方此土結緣事淺雖欲宣授必無巨益二又若許之則不得召下下若不來迹不得破遠不得顯是爲三義如來止之召下方來亦有三義是我弟子應弘我法以緣深廣能徧此土益徧分

身土益徧他方土益又得開近顯遠是故止彼而召下也從佛說是時下是第三下方踊出爲二一經家敘相二明問訊兩段各五初五者一踊出二身相三住處四聞命五眷屬住處者常寂光土也常即常德寂即樂德光即淨我是爲四德祕密之藏是其住處以不住法住祕藏中下方者法性之淵底玄宗之極地故言下方在下不屬此空中不屬彼非此非彼即中道也出此不在上不在此下不上不下住在空中亦是中道也來之由者聞命故來弘法故來破執故來顯本故來皆如上說所將眷屬者若人情往望謂領六萬五萬恒沙者爲多領三二一者爲少單己者隻獨若依文往尋六萬五萬者爲少單己者爲多文云單己獨處者其數轉過上若依法門者一一皆是導師德能引衆人至於寶所當知一已非獨六萬非多一即一道清淨二即定慧三即戒定慧四即四諦五即五眼六即六度一一度具十法界一一界各有十十即有百百即具千十善即有萬一度具萬六度即六萬法門多不爲多一不爲少非多非少而多而少云云是諸菩薩從地出下第二問訊爲五一三業供養二陳問訊之辭三佛答安樂四偈頌隨喜五如來述歎就初三業供養經五十小劫謂如半日四衆徧見此乃隱長而現短借其神力令狹而見廣俱是不可思議也拜遶是身讚法是口瞻仰是意五十小劫與半日者此是時節不可思議如來所見不以二相下方菩薩常面稱揚如來默然常受其讚解者即短而長謂五十小劫感者即

長而短謂如半日斯爲本迹而作弄引如來未說闇本而執迹佛若開顯悟近而達遠亦知不思議一也四衆徧見菩薩者亦是不思議也夫肉眼天眼所見不遠而今所覩充滿虛空見雨猛知龍大見華盛知池深見應滿虛空則知眞彌法界也初標四導師次陳問辭問又二長行偈頌長行有二一問如來安樂二問衆生易度云云但舉四人者欲擬開示悟入四十位耳如華嚴但舉法慧德林金幢金藏說四十位云云三如來具答安樂易度兩事相成易度則安樂安樂則易度易度爲兩一根利德厚世世已來常受大化始見我身即稟華嚴入如來慧果熟易零是衆生易度二根鈍德薄世世已來不受大化爲是人故須開頓說漸三藏方等般若而調伏之亦令此人今聞法華入於佛慧比前雖難於佛甚易佛識其宜方便得所薄須塗熨慧悟是同今略舉十意釋之第一始見今見第二開合不開合第三豎廣橫略第四本一迹多迹共本獨第五加說不加說第六變土不變土第七多處不多處第八斥奪不斥奪第九直顯實開權顯實第十利根初熟鈍根後熟第一始見今見者初成道時名始見法華座席久後眞實名今見也日照高山即說於頓不開不合爲不入者開頓說漸五味調伏令漸歸頓頓直豎入入於法界故言豎廣不歷方便故言橫略今歷五味即是橫廣得入佛慧亦是豎廣一臺故本一千葉故迹多迹與衆經同故言共本與衆經異故言獨加四菩薩說四十位自說開示悟入不加於他華王世界

故言不變三變土田故言變土七處八會是爲多處者闍崛山遠處虛空故不多處滅化城改客作故言斥奪無如此事故不斥奪行大直道名直顯實決了聲聞法名開權顯實根利緣熟始入佛慧根鈍後熟今入佛慧緣宜不同略爲十異種智法界等無差別故文云始見我身聞我所說即皆信受入如來慧除先修習學小乘者今於此經入於佛慧明文在茲不須疑也諸師見其緣異逐緣異解迷不知反去道轉遠若識理同千車共轍佛慧則無殊也舊云華嚴了義滿字常住法華不了義非滿非常今以此文並之若始入是了義今入不了義者始入是佛慧今入非佛慧若佛慧既齊了義亦等滿字常住悉然云云地人呼華嚴爲圓宗法華爲不眞宗今亦用此文並之第四菩薩領解隨喜能問者即是華嚴中四大士法華中身子三請俱是能問也所問者即是問佛智慧也第五如來述歎者與問碩異問家隨喜能問人皆是菩薩及所化人聞已信行我等隨喜如來述歎能化人生隨喜者此義云何然能問者皆是古佛汝能隨喜即是如來菩薩隨喜其迹如來述歎其本此亦密表壽量云云爾時彌勒及八萬大士下第二疑問序自寂場已降今座已往十方大士來會不絕雖不可限我以補處智力悉見悉知而於此衆不識一人然我遊化十方覲奉諸佛諸佛大衆快所諳知就履歷之處亦所不識若來若去如是推之皆所不識又彼諸大士是前進先達彌勒是後番末學後不知前故所不識又彼等大士本實相

底應現十方別頭教化所有真應非彌勒境界是故不識又佛託弘經召諸大士大士聞師命故來密聞壽量非時衆所知故言不識此約四悉檀釋疑問序也云云疑問爲二一此土菩薩疑二他土菩薩疑此土疑又二初長行疑念次偈十九行半偈正問又爲五初一行一句問何處來次何因緣下第二一行三句問何因緣來次一一諸菩薩下第三九行敘其數量次是諸大威德下第四兩行問其師誰次如是菩薩神通下第五五行半結請又五初兩句結歎次四方地下第二兩行請答來處次我於此衆下第三一行請答來緣次今此之大衆下第四一行半大會同請次無量德下第五二句請答師主云云二他方菩薩疑者分身眷屬橫在十方與彌勒同疑二土俱不知本地欲顯成道甚久各各陳疑已佛佛皆抑待彌勒云云爾時釋迦牟尼佛告彌勒下第二正說文爲二先長行次偈頌誡許後正說長行先述讃次誡誡勿亂勿怠勿退次許標果智果智者如來知見知見妙果也次開化教者宣示也自在神力者過去益物也師子奮迅者現在十方分身所被之處也或云奮迅將前之狀也此表未來常住益物之相也大勢威猛者未來益物也或以此爲現在震動十方隨人意用耳幸依文次第者好又私謂如來自在者我也神通者樂也師子奮迅奮迅除垢淨也大勢威猛未來益物即常也此點四德意也云云四行偈初三句頌三誡後三行一句頌許初一句頌標智慧果次三行頌三世爾時世尊下第二即正說段

也文爲三此去盡壽量品止開近顯遠二分別品初總授法身記三彌勒總申領解初又二先略開近顯遠動執生疑次廣開近顯遠斷惑生信略又二一略開二因疑更請就略開有長行偈頌此中但答二問不答何因緣集由不答故所以重請長行雙答雙釋如文釋下方空中住者釋論明有底散三昧應作四說有者三有也底者非想非非想也以深勝故爲底又有者名相也底者空也以空寂故爲底又有者二邊俗也底者邊際智滿故爲底今經以下方空爲底不是上界不是下界表中道爲底此是約教分別云云於諸經典下釋也師知弟子備智斷兩德初是雙修智斷次雙證智斷於經典分別是修智正憶念是修斷不樂在衆是證斷勤行精進是證智從不依止人天而住是釋處也人天是二邊不住不著也深智無礙者依不思議智也樂於佛法者樂不思議境也境智甚微非近行菩薩也偈八行半初五行半頌答兩問下三行頌雙釋云云爾時彌勒下因疑更請有長行偈頌長行爲二一疑二請聞上菩提樹下乃教化之今皆住不退又聞我從久遠來教化是等衆聞此二說動執生疑白佛下騰疑更請又二一法二譬法說爲三初即白佛下一疑成道近所化甚多執近而疑遠也次世尊此大菩薩下第二所化既多行位深妙執遠而疑近也次世尊如此之事下第三結請譬說有開合開爲三色美髮黑譬上成道近意也指百歲人去譬上所化甚多意也淮北諸師以譬釋譬父服還年藥貌同二十五子不

服藥形如百歲若知藥力不疑子父不知者怪之如來橫服垂迹之藥示伽耶始生諸菩薩直論本地久發道心今住不退若佛及佛快知此事自下不達不得不疑是事難信下結譬也初合近譬如文從而此大衆下合遠譬觀此菩薩久種善根非止伽耶發心善入出住者九次第定是善入師子奮迅是善出超越是善住通藏意也從初地至十地名善入十地入重玄門倒修凡夫事名善出妙覺徧滿名善住别意也畢法性三昧名善入首楞嚴名善出王三昧名善住圓意也次第習諸善法據因爲善習就果爲善入云云善答難問者具二莊嚴也七方便之尊故云寶也今日世尊下請答也又三從今日下舉佛語從我等下第二明請意請意爲二一爲現在我

雖未達信而已矣然諸菩薩下第二爲未來淺行喜生誹謗新發意者謗墮惡道不退者雖信不謗不能增道若爲分别謗者則生信信者則增道云云從唯然下第三請答請答亦二初除我等疑及未來下第二除未來疑偈十四行頌上法譬五行頌法說九行頌譬說法說中三初一行頌執近次此諸佛子下第二二行三句頌疑遠後云何而可下第三一行一句頌結請頌譬中初二行頌開譬後世尊亦如是下七行頌合譬亦三就初二句頌合近次是諸菩薩等志下第二三行半頌合遠後我等從佛聞下第三三行頌合請答云云

妙法蓮華經文句卷第九上

妙法蓮華經文句卷第九下

隋天台智者大師說

門人灌頂記

釋壽量品

先出異解叡師序云壽無量劫未足以明其久分身無數不足以異其體然則壽量定其非數分身明其不異普賢顯其無成多寶明其不滅耳河西道朗云明法身眞化不異存没理一多寶現明法身常存壽量明與太虛齊量道場觀云會三歸一乘之始也滅影澄神乘之終也滅影謂息迹澄神則明本故迹無常而本常也注者云非存亡之數曰壽出脩夭之限稱量法身非形年所攝使大士修踐極之照不以伽耶爲成佛百年爲期順也竺道生云其色身佛者應現而有無有實形既形不實豈有壽哉然則萬形同致古今爲一古亦今也今亦古也無時不有無處不在若有時不有有處不在者於衆生然耳佛不爾也是以極譚長壽云伽耶是也伽耶是者非復伽耶伽耶既非彼長何獨是乎長短斯亡長短恒存焉前代匠者如向所說多約無量明常近世人師多云壽是量法前過恒沙後倍上數終歸限極而明無常又惑者執品明壽量量是無常那作常解今爲答之品直道壽量不道壽有量不道壽無量爾作無常他作常解此復何咎鷸蚌相扼我乘其弊應具四解謂實有量而言無量彌陀是也實無量而言量如此品及金光明是也實無量而言無量如涅槃云唯佛與佛其壽無量是也實有量而言量如八十唱滅是也品文具有

此義豈可是一而非三耶問若壽量明常與涅槃何異今反質之法華一乘與勝鬘一乘何異云云若分別答者法華略明常涅槃廣明常勝鬘爲一明一法華會三明一云云問近成是方便遠成是眞實者華嚴寂滅道場大經超前九劫皆成方便若爾法華開遠竟常不輕那更近當知法華已復方便若爾會三歸一竟亦應不會三歸一若爾開三顯一諸佛道同開近顯遠亦諸佛道同若爾諸佛皆爾非獨釋迦若獨釋迦前諸義壞答云是我方便諸佛亦然又諸菩薩聞壽量發願願我於未來說壽亦如是此即諸佛道同亦不偏言一近一遠故知寄無始無終無近無遠顯法身常住有始有終有近有遠論其應迹用此義望諸經對緣雖異終不異也既了衆經諸師不可師也問義推常可然徵文何據答明者貴其理暗者守其文但尋詮會宗是教之正意苟執糟糠問橋何益又教本爲緣緣異說異或隨欣隨宜隨治隨悟悟則達到已矣那更盤桓阡陌何爲故云泥洹眞法寶衆生種種門入此之謂也又文有多少涅槃以未來常住爲宗其文則多不以過去久成爲宗其文則少若隨多棄少則是魔說非佛說也此經以過去久成爲宗點塵數界其文則多未來常住其文則少若從多棄少頭破作七分如阿梨樹枝譬天子勅若多若少俱不可違違之得罪方便品云世間相常住於道場知已導師方便說此文即未來常住不滅又云我常住於此又云常在靈鷲山及餘諸住處普賢觀云常波羅蜜所攝成處我波羅蜜

所安立處如此常文亦復不少又此經處處明法身法身豈不常耶問既明法身應論三德答權實二智豈非般若三世示現豈非解脫實相本地即是法身三德明文爲若此也釋品如來者十方三世諸佛二佛三佛本佛迹佛之通號也壽量者詮量也詮量十方三世二佛三佛本佛迹佛之功德也今正詮量本地三佛功德故言如來壽量品如來義甚多且明二三如來餘例可解二如來者成論云乘如實道來成正覺故名如來乘是法如如智實是法如如境道是因覺是果若單論乘者如如無所知單明實者如如無能知境智和合則有因果照境未窮名因盡源爲果道覺義成即是乘如實道來成正覺此眞身如來也以如實智乘如實道來生三有示成

正覺者即應身如來也三如來者大論云如法相解如法相說故名如來如者法如如境非因非果有佛無佛性相常然徧一切處而無有異爲如不動而至爲來指此爲法身如來也法如如智乘於如如眞實之道來成妙覺智稱如理從理名如從智名來即報身如來故論云如法相解故名如來也以如如境智合故即能處處示成正覺水銀和眞金能塗諸色像功德和法身處處應現往八相成道轉妙法輪即應身如來故論云如法相說故名如來也法身如來名毗盧遮那此翻徧一切處報身如來名盧舍那此翻淨滿應身如來名釋迦文此翻度沃焦是三如來若單取者則不可也大經云法身亦非般若亦非解脫亦非三法具足稱祕密藏名大涅槃不

可一異縱橫並別圓覽三法稱假名如來也梵網經結成華嚴教華臺爲本華葉爲末別爲一緣作如此說而本末不得相離像法決疑經結成涅槃文云或見釋迦爲毗盧遮那或爲盧舍那蓋前緣異見非佛三也普賢觀結成法華文云釋迦牟尼名毗盧遮那乃是異名非別體也總衆經之意當知三佛非一異明矣問此品無三佛名那作此釋答雖不標名而具其義文云非如非異非如三界見於三界此非偏如顯於圓如即法身如來義也又云如來如實知見三界之相即是如如智稱如如境一切種智知見即佛眼此是報身如來義也又云或示己身己事或示他身他事此即應身如來義也若但性德三如來者是橫但修德三如來者是縱先法次報後應亦是縱今經圓說不縱不橫三如來也揀縱橫如來尚非今義況三藏通教如來耶又法華之前亦明圓如來者同是迹中所說耳發迹顯本三如來者永異諸經論云示現成大菩提無上故示三種菩提一應化菩提隨所應現即爲示現如經出釋氏宮故二報佛菩提十地滿足得常涅槃如經我實成佛已來無量無邊劫故三法佛菩提謂如來藏性淨涅槃不變如經如來如實知見三界之相故經具其義論出其名不作上釋寧會經論耶次明壽量者壽者受義眞如不隔諸法故名爲受又境智相應故名受又一期報得百年不斷故名受量者詮量也量字則通無的別據詮量法如來以如理爲命報如來以智慧爲命應如來同緣理爲命詮量諸命若有

量若無量若非量非無量法身如來如理命者有佛無佛性相常然不論相應與不相續亦無有量及無量文云非如非異非虛非實蓋是詮量法身如理命也詮量報身如來以如如智契如如境境發智爲報智冥境爲受境既無量無邊常住不滅智亦如是函大蓋大文云我智力如是久修業所得慧光照無量壽命無數劫此是詮量報身如來智慧命也詮量應身者應身同緣緣長同長緣促同促云云自彼於我何爲文云數數現生數數現滅或復自說名字不同年紀大小此是詮量應佛同緣命也復次法身非量非無量報身金剛前有量金剛後無量應身隨緣則有量應用不斷則無量通途詮量三句在聖一句屬凡有量無常都非佛義舊來所說乃是增減兩謗加誣於佛非魔是何四句詮量其義已顯爲未解者更常等四句料簡先別作次通作別者非常非無常雙非理極即法身也常者即報身也報智境合亦非常非無常但取正智圓滿不生不滅過金剛心之前故取常爲報身耳亦常亦無常應身也應用無盡爲亦常數唱涅槃名亦無常無常者金剛心已前智用增進乃至凡夫生滅出沒皆是無常三佛各一句凡夫共一句此約別教別分別也通途圓說者一一如來悉備四句法身四者非常非無常雙破凡聖八倒故常者如虛空常故無常者無凡夫生滅倒故亦常亦無常者寂而雙照故報身四者非常非無常者智冥境故常者出過二乘故無常者無生滅倒故亦常亦無常能雙照故應身四者

非常非無常者非報非生死故常者常應同故無常者同無常故亦常亦無常者兩存故凡夫既得無常一句通途亦作四句但有性德之理尚無四句名字況行用耶可以意得不俟說也一身即是三身不一不異當知一佛身即具諸身壽命功德隨緣感見長短不同大經云凡夫二乘見佛壽命猶如冬日菩薩所見猶如春日唯佛見佛壽命無量猶如夏日所以然者凡夫博地翳鄣朦朧藏通二乘雖斷四住不見中道若捨分段受法性身未破無明彼土所奉猶是勝應當知二乘秖見冬日若諸菩薩未登地住所見同前若破無明乃至受分法身與而爲語得見報身壽命奪而爲語猶是勝應未窮報身之源未盡法性之極所見佛壽猶是春日唯佛與佛窮性盡源見法身壽猶如夏日大經舉三譬譬之於謂常中虛空第一一切壽命如來第一此譬法身壽命無始無終性相凝湛不同應報也二譬如四河皆歸大海此譬報身所修萬善皆感佛報壽命海中也三阿耨達池出四大河此譬應身壽命從法報出同他長短也此品詮量通明三身若從別意正在報身何以故義便文會義便者報身智慧上冥下契三身宛足故言義便文會者我成佛已來甚大久遠故能三世利益衆生所成即法身能成即報身法報合故能益物故言文會以此推之正意是論報身佛功德也復次如是三身種種功德悉是本時道場樹下先久成就名之爲本中間今日寂滅道場所成就者名之爲迹諸經所說本迹者即寂滅道場所

成法報爲本從本所起勝劣兩應爲迹今經所明取寂場及中間所成三身皆名爲迹取本昔道場所得三身名之爲本故與諸經爲異也非本無以垂迹非迹無以顯本本迹雖殊不思議一也肇師之言意在寂場之本耳復次寂場本迹復有多種或以涅槃爲本從真起應爲迹迹本俱空言思雙斷故不思議一也或以俗爲本從俗起應爲迹迹本深廣下地不能言思邊涯故言不可思議一也或以中爲本從中起應爲迹迹本皆言語道斷心行處滅故云不思議一也復次此三非三亦復非一非三非一爲本而三而一爲迹皆言語道斷心行處滅不思議一也未知諸師指何處本迹不思議一也今攝褻四番皆是迹中不思議一耳遠指本地三番四番不可思議以爲其本從箇本而垂迹將箇迹而顯本本迹雖殊不思議一如此本迹何得不異衆經何得不異諸師問諸經各說位行或多或少華嚴四十一位瓔珞五十二位名義皆廣此經始末都無此事云何言異答譬如世人修種種業集種種寳求種種位若無壽命用財位爲大經云譬如長者生育一子相師占之有短壽相不任紹繼父母知已忽之如草法門亦爾行種種因獲種種果現種種通化種種衆說種種法度種種人總在如來壽命海中海中之要法性智應喉襟目莫非異是何廣開近顯遠文爲二先誡信次正答佛旨論誡衆受爲信此文有三誡三請重請重誡迹門三請一誡此中四請四誡前後合五誡七請奇特大事殷勤鄭重也誡是忠誠諦

是審實不欺於物言則諦眞昔七方便隨他意語非告誠實今隨自意語示之以要故言誠諦菩薩既奉誠誠不敢致疑聞必取信信受誠言也正答有長行偈頌長行爲二法說譬說法說爲二一三世益物二總結不虛近情唯見現在八十不知過去無央未來不滅故約三世開近顯遠如此利益非獨我然諸佛亦爾故總結不虛也法說中未來語少譬說偈中文多云云過去益物文爲二一從如來祕密下出執近之情二從然善男子下破近顯遠初又三一出所迷法二出能迷衆三出迷遠之謂祕密者一身即三身名爲祕三身即一身名爲密又昔所不說名爲祕唯佛自知名爲密神通之力者三身之用也神是天然不動之理即法性身也通是無壅不思議慧即報身也力是幹用自在即應身也佛於三世等有三身於諸教中祕之不傳故一切世間天人脩羅謂今佛始於道樹得此三身故執近以疑遠此本說中不復言及二乘但對菩薩菩薩攝在天人脩羅三善道內餘三惡趣罪重根鈍少智不知作此謂也故大品但云摩訶衍勝出天人阿脩羅亦不言三途也菩薩有三種下方他方舊住下方即本日所化故無執近之謂他方舊住俱有二種一從法身應生者往世先得無生或已先聞發迹顯本設未得聞報盡受法性身於法身地自應得聞長遠之說是故應生菩薩多無執近之謂二者今生始得無生忍及未得者咸有此謂也然善男子我實成佛已來下第二明破執遣迷以顯久遠之本上文誠諦之誠

即是此也就此復二一顯遠二從自從是來下明過去益物所宜就初又二一法說顯遠二舉譬格量法說成佛已來甚大久遠伽耶近謂即破破近顯遠略有十意如玄義云此文正用破近顯遠破近謂情廢近顯遠廢於近教也譬中爲三一舉譬問二答三合顯出長遠餘經或明數不可說塵沙等爲喻方此此則爲多直下塵被點之界已不可說況不下塵寧當可說下塵不下塵界尚不可說下塵不下塵塵豈可說耶況復過是寧可說耶彌勒等下第二答中舉三人不知也合譬如文從自從是來下明益物所宜又三一益物處二拂迹上疑三從若有衆生來至我所下正明益物所宜須顯處者上引譬甚久久居何處故云常在此土及於他國而作佛事如文於是中間下拂執迹上之疑疑因疑果昔教所說處處行因又處處得記即是果疑今拂除此疑指然燈佛者即拂因疑又復言其入於涅槃即拂果疑如此因果非復一條皆我方便非實說也故名拂疑或有人云方便說然燈佛是我之師然實是釋迦現作非生現生非滅現滅故言又復言其涅槃今謂不爾但取前釋何者然燈佛于時緣熟以佛像化之我緣未熟但爲菩薩從佛得記得記即是果義行行即是因消文自足言其者即是中間施化之其耳非謂然燈也又中間益物即有形聲兩益若言值然燈佛者此有形益又復言其入於涅槃者彼佛滅後助佛揚化即有聲益若爾形聲兩益皆屬中間因耳旣有形聲之生生必有死死即入涅槃名此爲

果耳不得言中間已成佛果何者法華之前未説成佛何得有佛果之疑舊以然燈是我現作此亦非解法華前經未論昔已成佛何教説然燈是我所現而拂此疑耶若有衆生來至我所下第三正明益物所宜又爲二一感應二施化至我所者即是過去衆生漸頓兩機冥扣法身也佛眼觀者即是久已成佛用佛眼鑑照無有遺差將欲起於劣勝兩應而利益之善機凡有二力一感人天華報二感佛道果報若以法眼觀知萬善緣其重輕各得華報不能究竟知其終得種智果報若以佛眼圓照萬善知其始末此經一向明佛眼觀知衆生萬善究竟得佛一大事出世之正意也信等諸根者信等五根也慧根即了因餘根即緣因此二善根各有利鈍通攝頓漸機緣頓機利鈍即是圓別根機漸機利鈍即是藏通機緣又小乘根名鈍大乘根名利又小乘根名利人天乘名鈍十法界衆生所有善根利鈍爲機不用惡法惡法非緣了二因也如來悉照十界善機隨所應度而現形聲饒益也從處處自説下正明應化所宜又二先形聲益次得益歡喜先形益又二先明非生現生次非滅現滅自説名字不同者形旣其現則有名字因名召體機有優劣形有勝負形異故名則不同年紀大小者即形勝負勝者即勝應負者即劣應也名不同者即二佛現壽有量無量也處處者豎論則過去之處處行因國土也横論即十方國土也名字不同約豎處所亦有生法名字不同如今之應身望過去然燈佛等約横國土亦有生

法名字如今之望分身亦如華嚴十號中所列釋迦異名若干不同又諸經所辯佛有三身名字不同所召法體皆異或說毗那或舍那或釋迦法身佛或名如如實相第一義般若楞嚴等比也此約示現佛法界身名字不同若現九法界身名字不同則無量無邊可以意得年紀大小者此明壽命長短逐上所現應身或說壽二萬如迦葉佛時或說壽八萬時如彌勒佛時傳互明大小縱横可知就法報應佛壽命大小如玄義云云或三身相望辯大小或三身各別皆爲小合說名爲大例三點云云此皆隨所應度爲其現身及命長短耳亦復現言當入涅槃者應以滅度而得度者即現滅度也令其戀仰而得解脫此義現下譬說中也又以種種方便說微妙法者是現聲益也小身短壽即是說於漸教故言種種方便也大身長壽即是說頓教故言說微妙法雖初以漸終令入大故言皆令得歡喜仍此歡喜即是施化得益佛依四悉檀施形聲兩益衆生獲於四利稱機則喜乖機則惱下文云皆實不虚即此義也從諸善男子如來見諸衆生下是現在師子奮迅益物此三昧有十功德一分别他人諸根熟不熟清淨不清淨二以如來法輪教未度者悉入法律三弘誓徧滿十方音聲亦爾或一音徧滿百千萬音皆亦徧滿普教衆類四轉無上輪化衆生皆取滅度餘人不能轉獨佛能轉五能示出家剃髮持淨戒亦能使人樂六性行合空七放光示滅或存或亡或示相好或隱相好八降伏四魔九令他得入至要增長止觀

十具上十善之本身三口四等云云此文爲二一明機感二明應化如來見者即佛眼照也諸衆生樂小法者所見之機也華嚴云大衆雖清淨其餘樂小法者或生疑悔長夜衰惱愍此故默偈云其餘不久行智慧未明了依識不依智聞巳生憂悔彼將墜惡道念此故不說按彼經無聲聞二乘但指不久行者爲樂小法人耳師云樂小者非小乘人也乃是樂近說者爲小耳今當通說之所謂貪愛二十五有即人天之機來至我所名小法也貪樂涅槃求自解脫即二乘之機來至我所亦名樂小法也樂於漸次紆迴佛道即三菩薩機來至我所亦名樂小法也德薄者緣了二善功用微劣下文云諸子幼稚也垢重者見思未除也問非生現生備施頓漸二化七方便等可是樂小法者圓頓赴機是應樂大法者云何通判爲樂小法耶答向略其意今廣釋凡爲四義一約往日雖發大心不能專精多著弊欲不得出世名弊欲爲小法也二約現在如佛未出世諸天人等雖有大機而心深世樂著於邪見故名樂小法此二義與下譬宛轉于地意同也三約修行雖不樂於三界弊欲小法而樂三乘灰斷亦名小法雖不樂於三乘近果而樂歷別修於一乘不能於一心圓頓普修故名樂小此三意約因門明樂小法也四約果門樂聞近成之小出釋氏宮始得菩提不欲樂聞長遠大久之道故言樂小此等小心非始今日若先樂大佛即不說始成說始成者皆爲樂小法者耳爲是人說下第二現在應化又二一非生現生二非

滅現滅現生又二一現生二利益現生又二一現生二非生現生者迹現於生非生者非始爾生也爲是人說我始得菩提前明利鈍二機來感法身今即現勝劣兩應劣應應鈍根勝應應利根此兩應並有生法二身生劣應二身生者以正慧託胎出生行七步如迦旃延子所述乃至六年苦行已還是名生身生也法身生者即三十四心斷結習盡所得五分法身是也勝應生身生者如華嚴大經等說與諸菩薩處摩耶胎常說大乘出行十方各各七步是名生身生法身生者於寂滅道場金剛後心斷無明盡得妙覺相應慧窮照法性萬德種智圓明普備是名法身生出家者劣應出分段家勝應出二死家得菩提者劣應得有作四諦所發無漏盡無生智名爲菩提勝應即照三諦一實之道一切種智爲菩提也然我實成下明本實不生但天人脩羅見此二種生法二身謂言始生此則不然然我久已得此生法二身今日之生非實生也故云久遠若斯若斯者如上譬之長久也但以方便下明既非實生何故現生爲利樂小法人德薄垢重者使得佛道故言但以方便教化衆生作如是說者非生而現生故云作如是說也餘經破劣應生身生非生尚不破劣應法身生非生今經正破勝應法身生非生何者我實成佛已來久遠若斯故知今日劣勝兩法身生皆被破故生非生與餘經永異也如來所演下第二明現生形聲益先明形聲次明不虛說即聲教示即形規形聲不出自他若說法身是說已身若說應身

是說他身益言值然燈佛即是說已身然燈是我師是說他身示正報是自已事示現依報是示他事隨他意語是說他身隨自意語是說已身示已他事亦類如此諸所言說皆實不虛者又二先明不虛次釋不虛初偏據聲益不虛釋則雙釋不虛初不虛者漸頓二機稟此二種形聲皆益不虛上過去章明皆歡喜似如世界之益今明皆不虛勝劣形聲逗於二機獲四悉檀皆不虛也大論明四悉壇並實世界故實對治爲人故實篤而爲論三是世間實此實則虛緣中亦有世間三實第一義則虛若以此虛實約迹本二門漸頓益者虛實昔方便行未得實道之益是其因虛執於近迹未得本地眞實之益即是果虛今聞迹門之說同入實相即得因中實益聞本門之說即除執近之情得於長遠果地之實益今得二實對昔二虛約圓頓衆生於迹本二門一實一虛得中道之行是得因中之實益而執近果是於果虛今聞說因更不別得眞實之益聞說遠果即得實果之益昔有一虛今得一實故云皆實不虛也問今昔大乘所顯實相前後悟者應有異耶答初入次入乃至壞草庵通入中道但入有漸頓故分二教例入眞諦鈍者依析法無常等觀利者用體法空觀故分藏通耳從所以者何如來如實知見下第二總釋益物不虛先釋形益後釋言益不虛此中六句顯於應身不離法身法身無形亦無起滅衆生有起滅之機感於法身如來願力應同起滅起滅之見出自衆生故約三界以明諸句又爲二一照理不

虛二從以諸衆生下明稱機不虛達理稱機設教化物必不虛也如實知見即是實智如理而照三界之實實則無三界之因相也無有生死者無有二死之苦也起集名退無常果現名出也亦無在生死之世及入涅槃之滅此二俱滅故云亦無在世及滅度者非於滅度之實非於生死之虛故云非實非虛也非於世間之隔異非於出世之眞如故云非如非異此四明中道也若雙非二邊結句定一邊例如非生非死結句爲生是生是死結句爲死是退是出結句爲退非退非出結句爲出非虛非實結句爲實是虛是實結句爲虛如此之流今皆非之乃至單複具足亦非之方顯中道意耳不如三界見於三界者不如二種三界衆生所見三界之相唯佛一人如實窮照三界之實內具實智之用亦是隨自意語亦是或說己身之事故大品云第一義中無所分別也如來權智如量知見三界之相即如三界衆生之見如實知見無二死而隨他意示二死身說有二死無退無出而隨他意說有退有出亦無在世及滅度者而隨他意示生世間示入涅槃說有在世有得滅者無實而說涅槃之實無虛而說三界之虛無三世之異而說有異無眞諦之如而說有如同於三界見於三界皆是隨他意語名爲或說他身事示他身事如來二智明審二諦所以形言兩益皆實不虛也以諸衆生下第二釋稱機不虛先明機感次論施化以諸衆生根機利鈍漸頓不同性欲行智種種差別欲令各得增諸善根故說己他之教不虛

因緣譬喻也漸頓根性各有種種此須用爲人悉檀爲人悉檀正爲生諸善根善根猶是性習欲成性今何故先性後欲釋云因有本日根性能起今日之欲樂如因煩惱故有五陰復因五陰更有煩惱不前不後性欲亦爾要因習欲而成性也欲者漸頓二機若種種欲樂不同此須用世界悉檀也行者起作業行隨樂欲而修諸行也此須用爲人悉檀也行中好多愛著致有妨障此須對治悉檀憶想者是智慧即相似解由修行故能得解生此是方便猶未稱理無言說道猶是念想之觀漸頓衆生居在內外凡位有諸善根欲樂欲樂故修行修行故得似解此須用第一義悉檀隨其所得憶想之解更爲說法即得朗悟第一義乃至初地欲樂修行二地時亦憶想二地之境即是念想若發生二地眞解即是念想觀除言語法滅乃至佛方得究竟離於憶想獲常寂照耳欲令生下第二正對機施已他聲益於漸頓種種根機令生種種善根故現若干已他身事若干自他聲教若干因緣譬喻若對漸機以三藏中四門若干因緣譬喻於一一門中復有若干如爲懈怠者說苦忍爲我慢者說無常忍等通教四門亦如是若對頓機如別圓等亦各四門若干種種如三十二菩薩各說入不二法門華嚴中種種行類相貌皆爲種種根機施若干譬喻言辭說法也所作佛事未曾暫廢者總結不虛如上若干已他形聲皆令衆生入佛知見不爲人天二乘小事故云所作佛事也若一人獨得滅度餘人不得者所作佛事即爲有

廢廢即令衆不得實益豈得會皆實不虛云何皆實昔云我坐道場不得一法實七方便並非究竟滅二涅槃者方便空拳故知唯虛未見皆實若昔施七權遂不得入一實者可言其虛虛引得出無有虛出而不入實者故知昔虛爲實故也皆實不虛佛事無廢即此義矣如是我成佛甚大久遠下明非滅現滅又二初明非滅現滅二從如來以是方便下明現滅利益初又二先明本實不滅次從然今下明迹中唱滅我成佛已來下明果位常常故不滅寄此四字明未來大勢威猛常住益物也從我本行下舉因況果以明常住舊人據此以證無常云前過恒沙後倍上數神通延壽猶是無常僻取文意大有所失經舉因況果果非數也經云久修業所得壽命無數劫非神通延壽也何者佛修圓因登初住時已得常壽常壽叵盡已倍上數況復果耶云何棄所況之果苟執能況之因縱令此因已是於常非無常也譬如太子時祿已不可盡況登尊極祿用寧可盡乎明文在玆何須迴換疑誤後生耶然今非實下第二迹中唱滅三身並有非滅唱滅義如淨名云法本不生今則無滅即是法身非滅又云是寂滅義即是唱滅也何者若已了達不唱寂滅爲未了者唱耳若言照寂即是唱滅若言寂照即是唱生夫法身者雖非生非滅亦有生滅若迷心執著即煩惱生而智慧滅若解心無染即智慧生煩惱滅滅惑生解此是無常滅若解生惑滅即是寂滅此之生滅悉約法性而辨若無迷解二緣則不唱有此生滅也報身

非滅唱滅者誰有智慧誰有煩惱而言智慧能破此即明闇不相除即報身不滅義衆生未了聞此便謂其即是佛而生憍恣不復修道故復唱言道能滅惑有煩惱時則無智慧有智慧時則無煩惱豈非智慧能滅煩惱耶應身非滅唱滅者應是法報之用體既無滅用豈有窮即應身不滅但爲衆生若常見佛則生憍恣故唱我於今夜當取滅度又法身當體明不滅報身説不滅必約法身以理而論智慧能破爲到故破不到故破爲共爲獨如此推理無有能破之功即智慧不滅惑義就有智慧則無煩惱即是慧能滅惑應身説不滅須約法報法報常然應用不絶衆生不盡即不滅度若法身當體論不生滅報身了達無能生滅應身相續不生滅云云從以是方便教化下第二明現滅益物又爲二先不滅衆生有損二從以方便説比丘當知下若唱滅者於物有益初又二初不滅有損次廣釋不滅有損者如前樂小法人見佛常在不種善根貧窮下賤不生二善故無益見思不斷不斷二惡則是有損貪著五欲入於憶想憶想即是見惑五欲即是思惑也由此衆生垢重故須唱滅不唱滅則二惡生而不滅二善損而不生若依四悉檀現滅則二惡滅二善生爲滅二惡故用對治第一義第一義滅未生惡對治滅已生惡世界爲人生二善世界生未生善爲人生已生善又世界滅已生惡對治滅未生惡如禪五陰滅欲界惡即是世界滅已生惡爲人生已生善第一義生未生無爲之善若見下第二廣釋若見佛常在便

起憍恣心等故有損不能生恭敬故無益憍恣即增見惑猒怠即生思惑不生難遭想即不能生見諦解不恭敬即不能生思惟道爲是義故宜應現滅若見聞三佛不滅悉有憍恣義便謂衆生如彌勒如一如無二如平等即眞由是生於憍心上慢謂一切煩惱本自不生今亦無滅何須修道即便恣情放逸爲是唱言是寂滅義又聞一切衆生即菩提相菩提相即煩惱相明暗不相除顯出佛菩提衆生聞此復起慢恣不復修善懈怠放逸爲是等故唱言報身智慧能滅煩惱無明力大佛菩提智之所能滅應身非滅現滅易解若唱言法本不生今亦不滅要須滅惑方乃寂滅經云智慧不滅煩惱然明時無暗汝今具足煩惱何能有慧當知智慧能滅障惑衆生聞是唱滅便於三佛生難遭想起恭敬心是故如來以方便下明唱滅有益先歎佛難值次釋難值三佛並難值衆生樂著小法見思障重聞三身不滅則不修道難得契會也所以下釋也諸薄德人過百千劫或有見佛或不見者若見三佛其人多善少惡不爲其人唱滅是人見佛常在靈山也或不見佛其人障重善輕爲說三身難會衆生聞之便作是念三佛雖復非生非滅必須生善滅惑乃得證見此事不易故云難遭也心懷戀慕渴仰者此明現滅無損滅於見思名無損種善根名有益又善男子下第二大段結三世益物物得實益又爲三先明諸佛出五濁必先三後一先近後遠次明皆是爲化衆生後明皆非虛妄也譬如下第二譬說有開譬合譬開

譬爲二一良醫治子譬譬上三世應化所宜二治子實益譬譬上三世利物不虛上未來文少此中具有就初爲三一醫遠行譬譬過去益物二還已復去譬現在應化三尋復來歸譬未來應化過去文爲二一發近顯遠二明過去應化所宜令但譬應化所宜所宜有三一處所二拂迹疑三正應化令但譬應化應化又二一機感二正應化今具譬之如有良醫者超譬上我以佛眼觀有能應之智也從多諸子息是追譬上若有衆生來至我所能感之機也上應化所宜又二一益物二明歡喜令但譬益物上益物又二一非生現生二非滅現滅今但譬現滅初良醫者醫有十種一者治病病增無損或時致死譬空見外道恣意行惡教人起邪斷善根法身旣亡慧命亦死二者治病不增不損譬有見苦行外道投巖赴火苦行行善不得禪定不能斷結即是無損亦不能斷善即是不增也三者治病損而無增但世醫所治差已還復生即是修定斷結外道也四者治病能令差已不復發而所治不偏即二乘人止治一兩種有緣者不能偏治一切也五者雖能兼偏而無巧術用治苦痛釋論呼爲拙度即是六度菩薩慈悲廣治也六治病妙術治無痛惱而不能治必死之人譬通教菩薩體法但治有反復凡夫不治焦種二乘也七雖治難愈之病而不一時治一切病即是別教菩薩也八能一時治一切病而不能令平復如本即圓教初心十信也九能偏治一切亦能平復如本而不能令過本即圓教後心也十一時治一切

病即能平復又使過本即是如來前三種醫即大經中之舊醫用乳藥也後七並客醫無術者但用無常苦等法如用辛苦酢藥也有術遠來還令服乳最後究竟良醫也良者善也內有三達五眼即是八術妙得藥性善治者外識病源能用藥也智慧者權實二智深知二諦也聰達者五眼鑒機頓漸不差也十二部教文理甚深如明鍊方藥依四悉檀治衆生病如善治衆病也無量義云醫王大醫王以大醫故稱爲良醫多諸子息若十聲聞二十支佛百數菩薩菩薩之子凡有三種子義一就一切衆生皆有三種性德佛性即是佛子故云其中衆生悉是吾子此文云多諸子息也約十心數法即有百子心王爲正因佛性慧是了因性餘九相扶起屬緣因性一

數起時九數扶助如是成百也性德佛子非善非惡而通善惡故此十數及與心王爲通心數是以性德三因悉屬正因佛子二者就昔結緣爲佛子如十六王子覆講法華時聞法者亦生微解即成了因性昔微能修行爲緣因性正性爲本此三因並屬緣因資發今日一實之解故以昔日結緣爲緣因佛子即火宅中三十子也此約十信一信起時即具餘九還有百信故得結緣爲佛子也三者了因之子即是今日聞法華經安住實智中我定當作佛決了聲聞法是諸經之王從佛口生得佛法分故名眞子此亦有三因性今旣顯了見於佛性並屬了因佛子百子之義遠將十數入十善法中十信入初住中是故正因通於本末此文明百子不取了因子了因

子屬下不失心服藥中明之以有事緣遠至他國者譬過去應化中現滅也諸子於後下第二還已復去譬現世益物又二一諸子於後飲毒譬上機應相關見諸衆生德薄垢重衆生於佛滅後樂著三界邪師之法故云飲他毒藥即是遊行諸他國輪轉諸趣墮在三界故云宛轉于地是時其父還來歸家下譬上我少出家得三菩提第二非生現生也上有二形聲及利益不虛今言諸子飲毒去譬上形益信受邪師之法名爲飲毒失心是無大小機感生不失心是有大小機感生又失心者貪著三界失先所種三乘善根也爲是人非滅唱滅不失心者雖著五欲而不失三乘善根爲是人故非生現生善强惡輕見佛即能修道斷結如子見父求藥病愈善輕惡重得見佛亦求護而不修道如子見父求救不肯服藥父爲此子唱言應死遥見者明佛出世時衆生亦見色身而爲見思障隔五分不得親奉法身故云遥也見聞佛出皆有喜敬之事現諸經文梵王請等例是求救之辭也父見子等苦下譬上聲益又二初譬佛受請轉二諦法輪也而作是言下譬誡勸經方者即十二部教也藥草即教所詮八萬法門也從佛出十二部乃至出涅槃此出漸頓藥草也直從佛出十二部此出頓藥草也從佛出修多羅此出漸藥草也色者譬戒戒防身口事相彰顯也香者譬定功德香熏一切也味者譬慧能得理味也此戒定慧即八正道修八正道能見佛性又色是般若照了法性之色分明無礙香是解脫斷德離臭也味是

法身理味也三法不縱不橫名祕密藏依教修行得入此藏也說三乘空三昧力如擣無相如篩無作如合一一三昧具戒定慧也又空觀如擣假觀如篩中觀如合此三觀各不離戒定慧將此法與漸頓衆生令修行名服也從而作是言乃至可服即是勸門也從速除苦惱乃至無復衆患即是誡門也將誡勸二教令諸衆生服法藥也其諸子中不失心者下譬上得益不虛上有二一不虛次釋不虛今云其諸子中不失心者服藥病差即譬上皆實不虛也釋不虛不作譬也

妙法蓮華經文句卷第九下

妙法蓮華經文句卷第十上

隋天台智者大師說
門人灌頂記

從餘失心者下譬上非滅現滅上有二一不久應死譬上非滅現滅二諸子醒悟譬上唱滅利益又唱死之由由子不服譬上薄德見佛常在但增憍恣上現滅中有二一本實不滅二非滅唱滅不出現滅之由由亦是唱滅利益中今譬不譬第一而明現滅之由正由衆生薄德見佛不修行即是不肯服藥也我今當設下正唱應死譬非滅唱滅此中明衰老爲二一擬宜去住譬上住有損滅有益二即作是言下唱應死正譬現滅化期將竟也死時已至者當入涅槃也留經教在故云是好良藥今留在此復至他國者即是此方現滅他方現生上文云願在他方遙見守護即其義也遣使者或取涅槃中大聲普告爲使人或用神通或用舍利或用經教等爲使人今用四依菩薩語衆生云佛已滅度但留此法我今宣弘汝當受行也後時衆生若無四依傳述經法豈能自知佛已滅度故用四依是使人也二是時諸子下諸子醒悟譬現滅利益上文有二一明損益二釋損益今但譬得益此中自惟孤露下明滅後得益如優波笈多所化之流也又爲二一現滅利益二是未來機感良由滅後衆生醒悟服藥修行以作因緣能感未來應化如遺教云其未度者作得度因緣亦有現得感見普賢觀云精進苦到得見釋迦分身多寶東方善德等及七佛世尊第三其父聞子悉已得差下即是未

來益物威猛之力父聞子差即機感使見之即是起未來之應化方將形聲兩益也如文從諸善男子於意云何下牒不虛譬明三世利益不虛也從佛言我亦如是去明合譬也成佛已來無量劫者合過去世也方便力言當滅度合現在世也文略不合未來亦無能說我虛妄合益物不虛也偈二十五行半頌上法譬初二十行半頌法說次五行頌譬說上法說有二今頌亦二初十九行半頌三世益物次一行頌皆實不虛初四行頌過去世益物爲三初一行頌上成道已久次常說法下第二一行頌上中間益物次爲度衆生下第三二行頌上住處次衆見我下第二五行頌現在上文有二初二行半頌非生現生次我時語下第二二行半頌非滅現滅次我見

諸下第三十行半頌上未來上但寄常住不滅四字今頌則廣文爲四初我見下一行半明未來機應次神通力如是下第二四行頌上常住不滅常在靈鷲山此謂實報土也及餘諸住處者謂方便有餘土也即上餘國義也天人充滿者三十心是人十地是天擊天鼓者無問自說也曼陀羅華者說賢聖位也次我淨土下第三三行明不見因緣次諸有修功德下第四三行明得見因緣次汝等有智下第二一行頌上利益不虛也次五行頌譬爲二一行頌開譬爲三初一句頌過去爲治下二句頌現在不頌未來也無能說下第三一句頌不虛後我亦爲下第二四行頌合譬上合中本不合未來今初半行頌合過去次凡夫下第二二行半頌合現在後每自作

下第三一行頌合不虛開三顯一開近顯遠欲令衆生速入佛道此事必得不虛也
釋分別功德品
佛說壽量二世弟子得種種益故言功德淺深不同故言分別品也此文是本門第二授記段論分此文有法力修行力法力者有五一證二信三供養皆如今品四聞法如隨喜品五讀誦持說讀誦如法師功德品持者追指法師安樂行勸持三品說者如神力囑累品也修行力者苦行力如藥王教化如妙音護難如觀音陀羅尼示功德如妙莊嚴王護法如普賢品也光宅云一約功德門記其行進現在修因二約智慧門記其損生未來得果三明外凡發心夫授記通因果此三通是授記耳下八世界發心應在初列以外凡聞經發心住三十心三十心聞經始出内凡登於初地得無生忍初地聞經進入二地得聞持二地聞經得入三地名樂說辯三地聞經入四地得無量旋四地聞經入五地名不退五地入六地名清淨輪小千已去約損生門授記七地已斷無明惑惑有九品能爲九生作因從七地已上果報無有期限難可得判但斷九品煩惱爲言煩惱品數百千萬種今約一種九品作義七地所斷作下上二品乃至十地所斷亦作上下二品金剛心所斷作一品六地聞經登七地下忍斷一品所餘八品在爲八生作因故云八生當得菩提七地上忍復斷一品即損二品生餘七品爲七生作因七生當得菩提諸品例有上下一品盡損一生文略故從八地乃至四生餘有一生

即金剛心斷之法也法華論云得無生忍者謂入初地證智應知從八生乃至一生得菩提者謂諸凡夫決定能證初地隨分生及一生則證菩提菩提者離三界分段生死隨分能見眞如佛性名得菩提非謂究竟滿足菩提今謂論前深後淺光宅前淺後深二彼相拒世孰判之夫無生法忍經論不同迦旃延子明五法成就獲不退轉六度菩薩位也須陀洹若智若斷是菩薩無生法忍者三乘共位也登初地得無生忍者別菩薩位也登初住得無生法忍者圓菩薩位也皆聖教明文不可叅濫又淨名近無等等得無生忍仁王云至金剛頂皆名伏忍亦名寂滅忍蓋是別圓地地通途之意不可定用即光宅以發心爲內凡三十心位爲無生忍是初地皆別家名教非通家門户從初地至六地呼爲福德門大經稱有爲有漏名聲聞僧則通教意耳七地巳上斷九品生因者小乘大乘得入位人誰不斷惑未足定判若言七地斷無明者非通又非別乃是別接通意耳光宅游漾不會今經天親以發心爲無生忍從八生至一生凡夫決定斷果報生盡得入初地獲無生忍者專據別義亦不會經今分文爲三一經家總序二如來分別三時衆供養總序如文分別者佛語圓妙不可用權位釋經故上文開示悟入佛之知見今本門增道損生皆約圓位解釋下八世界發心者六根清淨人初入十信位也故仁王云十善菩薩發大心長別三界苦輪海即此義也得無生忍入十住位也故華嚴云初發心住一發一切發得如

來一身無量身清淨妙法身湛然應一切即此義也得聞持陀羅尼入十行位也得樂說辯才入十迴向位也得無量旋陀羅尼入初地也得不退入二地也得清淨入三地也八生入四地也七生入五地也六生入六地也五生入七地也四生入八地也三生入九地也二生入十地也一生入等覺金剛心若論增道損生不如光宅斷因生之生不如天親斷果報之生但約智德論增約斷德論損約法身論生約無明論滅例如大經月喻從初一日至十五日光色漸增從十六日至三十日光色漸減約一月體而論增減喻約法身而論智斷或可一人一時有八番增或可一世或八世或無量世或可一念或可八念或無量念或可衆微塵數人亦如是是故不可以因生果生局之不可離張智斷釋之然本門得道數倍衆經非但數多又熏修日久原本垂迹處處開引中間相值數數成熟今世五味節節調伏收羅結撮歸會法華譬如田家春生夏長耕種耘治秋收冬藏一時穫刈自法華已後有得道者如捃拾耳三時衆供養者聞深遠法得大饒益欲報佛恩而設供養亦是寄事以表領解上迹門菩薩亦悟而大事未畢所以不陳本門既竟彌勒總申領解明諸菩薩執持旛蓋次第而上至于梵天旛者轉義蓋者覆義地者始義梵者淨義智斷番番轉慈悲番番覆高下深淺不失次第際于梵天表諸菩薩增道損生隣于妙覺極於極淨若作天親解者只得初地一番豈得與此文會耶偈有十九行分爲三初二行頌

時衆得解次九行頌如來分別後八行頌時衆供養得無量無漏清淨之果報者揀異二乘有量故言無量妙因所感故言清淨無障礙土故言果報異二乘無報也聞佛壽無量此文定判爲無量何得用舊解有量南師從偈後長行下屬流通段引上迹門文殊現在亦是流通北師以四信弟子現在聞經判屬正說從又如來滅後下乃是流通二家盡可用今且依南方從偈後凡十一品半分爲二一從此下至不輕品明弘經功德深勸流通二從神力品下八品付囑流通各復有三此半品及隨喜品明初品因功德勸流通二從法師功德明初品果功德勸流通不輕品引信毁罪福證勸流通後三者神力囑累囑累流通藥王下五品約化他勸流通普賢約自

行勸流通生起者現在聞經得眞似兩解益如上說若直聞一句而生隨喜如現在四信格其功德未來無佛恐人疑福少故說滅後五品功德也因功德微容未若果功德彰灼故說法師功德品因果雙舉未若引證分明故說不輕雖舉往人未若現變故說神力雖示神力未若摩頂付囑故說囑累雖通途囑累未若示其要術棄身存道故說藥王雖誡能化未若誡其所化隨聞法處應生佛想故說妙音觀音若初心弘經既無神力當依内禁故說陀羅尼後須外護故說嚴王普賢聯翩重疊使大法弘通耳就偈後長行爲二一現在四信二滅後五品云何四信略解三人廣說二人觀成一人信通四人故言四信也四信者一一念信解未能演說二略解言趣

三廣爲他說四深信觀成初一念信解有長行偈頌長行有三一舉示其人二明功德三位行不退今釋一念信解者謂隨所聞處豁爾開明隨語而入無有罣礙信一切法皆是佛法又信佛法不隔一切法不得佛法不得一切法而見一切法亦見佛法即一而三即三而一亦是行於非道通達佛道行於佛道通達一切道不得佛道一切道而通達佛道一切道無所有而有而有無所有非所有非無所有如門前路通達一切東西南北愷無壅礙眼耳鼻舌身意凡有所對悉亦如是無疑曰信明了曰解是爲一念信解心也若坐思惟隨所思惟豁然開悟通達三諦亦復如是如是信解名鐵輪位又一解未是具足鐵輪乃是十信之初心其人未得六根清淨故非鐵輪正位也次格量者先總論無量次格量多少爲二初舉五度爲格量本般若即是今之正慧故言除般若也問既離般若則五不名度答皆爲求佛慧盡施戒邊亦得名度蓋次第意也以是功德下第二正格多少也若善男子下第三明位行不退別六心猶退七心不退圓初住心即不退聞壽量功德自外而資圓順信解自內而熏所以不退大品云有菩薩退有不退有魔無魔皆此義也偈十九行半初十二行先頌格量多少次二行追頌人相後五行半頌行位不退無量劫行道者久修諸度也願我於未來者起慈悲願也籍久行願聞經信解今之初品始聞此經一念信解功等久行亦乃過之也又阿逸多聞佛壽長遠是第二品前但信解未能敷說

說涉名數須善方言今品具足故言爲他解說從勝受名名第二品以說力故能起自他無上之慧此文先標人相次格量也何況廣聞此經下第三品廣聞廣解廣爲他說廣修供養供養外資令內智疾入能生一切種智先出人相次格量也阿逸多下第四人備上三品加修觀行入禪用慧想成相起能見有餘實報兩土相貌見佛共比丘僧常在耆山者方便有餘土相也又見娑婆純諸菩薩者實報相也初二品是聞慧位廣聞廣說是思慧位觀行想成是修慧位自淺之深成六根清淨十信位也又如來滅後下明五品文爲二先列五品格量四品功德後隨喜品格量初品功德問何故爾答四品粗格量初品廣格量廣格量已況出勝者可以意得佛不煩

文巧說若此也五品者一直起隨喜心二加自受持讀誦三加勸他受持讀誦四加兼行六度五加正行六度此五人者通論皆自行化他下文去五十人展轉相教也既皆有自行通稱弟子皆有化他通稱法師也別論二人但自行三人具化他作法師徃名在三不在五自行既通所以皆稱弟子也初品標人而已格量在後說何況下第二品況出能受持讀誦者是也標人可解從斯人頂戴下是格量也初心畏緣所紛動妨修正業直專持此經即上供養廢事存理所益弘多後心理觀若熟涉外不妨內事資於道如油多火猛若順流而揚帆又加功力其勢轉疾也指經文是法身舍利不須安生身舍利文詮所詮能詮是塔不須事塔經文能容第一義僧不

俟相從憎也問若爾持經即是第一義戒何故復言能持戒者答此明初品意不應以後品作難若欲釋者持經即順理戒亦是任運持得初篇二篇今言能持戒者第三篇去事中無虧耳第三品復能教他者是也先標人從起立下格量也況復有人下第四品復能兼行六度者是也先標人從其德最勝下格量也若人讀誦下第五品復能正行六度是也先標人從若我滅後下格量也結此五品前三人是聞慧位兼行六度思慧位正行六度是修慧位都是十信前耳或云初隨喜品是入信心位分一品爲兩心五品即十信心即是鐵輪六根清淨位也偈十九行半初五行半頌第二品次若能持下三行頌第三品若有信解下四行頌第四品次恭敬下七行頌第五品生心如佛想者初依人號如來也不久詣道樹者其位在鐵輪不久得入銅輪能八相作佛也已趣道場者行處也三菩提者近處也此第五品與第四信齊同是修慧位若論入位同是六根清淨位也而有現未佛世滅後之異耳云云

釋隨喜功德品

隨者隨順事理無二無別喜是慶已慶人聞深奧法順理有實功德順事有權功德慶已有智慧慶人有慈悲權實智斷合而說之故言隨喜功德品又順理者聞佛本地深遠深遠信順不逆無一毫之疑滯順事者聞佛三世益物橫竪該亘徧一切處亦無一毫疑滯即廣事而達深理即深理而達廣事不二而二不別而別雖二雖別無二無別如此信解

名之爲隨如來出世四十餘年不顯眞實七方便人不語誠諦慶我及人以凡夫心等佛所知用所生眼同如來見如此知見究竟法界廣無涯底無等無等等更無過上佛令說此我得聞此故名隨喜功德品第五十人是初品之初初但有一念理解但有一念慶已慶他未有事行恩不及人所獲功德如來巧喻功蓋無學況復最初於會聞者況復二三四五品者況復入位十住十行乃至後心者誰聞如是深妙功德而不景慕如來說此令物尚之故言隨喜功德品上來稱美持經功德時衆咸謂入眞因位乃致斯德於初心之初起輕弱想忽聞好堅處地芽已百圍頻伽在鷇聲勝衆鳥希有奇特輕疑釋然故名隨喜功德品外道得五通者能移山竭海而不伏見愛不及煖法人二乘無學子果俱脫猶被涅槃縛不知其因果俱權通教人修因雖巧發心不識五百由旬得果止除四住別人雖勝二乘修因則偏其門又拙非佛所讚皆不及初隨喜人佛令舉向以況後茶都勝諸教故言隨喜功德品問此與大品隨喜云何答此法彼人人法互舉文有問答名長行偈頌前品已格四人不說初者彌勒承機問出此義如文佛答爲二初答內心隨喜人二直明外聽法人初爲五一展轉相教二格量本三問四答五正格量南方解五十人爲三一展轉勝二展轉平三展轉劣勝者難得平者亦希劣者比是格劣況出平勝北方人解最初妙覺爲第十地人說十地人爲第九地人說如是展轉至于十信格後況初令謂不爾

佛明言初品於會中聞傳傳相教展轉五十格後況初後非十信之始初非妙覺之終何用此解此解窮深不會經旨今爲二一横約諸教四衆二直約圓教數之三藏有四門一一門有四衆更開沙彌沙彌尼合六人四門則二十四人約信行法行則四十八人最初最後合五十人通别四門亦如是直就圓門數者數法有小七大七大七有七七四十九皆是師弟具自行化他之德最後一人但是自解無教他德故格不以顯上耳格量中先與世樂拔果苦後與涅槃樂拔生死苦此是略舉梵福今更廣之滿閻浮人福不及西瞿耶尼一人福滿西瞿人福不及東弗婆提一人福滿三天下人福不及北鬱單越一人福滿四天下人福不及一四天王四天王不及一釋乃至第六天不及一梵福梵福有定散散者無塔處作塔塔壞者治之和合僧衆請轉法輪衆散者還合之是爲四福與梵天等故言梵福也聖福者謂阿羅漢住最後身得有餘涅槃者是也又有體法三乘人同學無生斷煩惱盡如燒木成炭又薩埵聖福自行化他俱以無言說道斷煩惱入無餘又薩埵福謂從初發心次第化人入大涅槃如是格量梵福不及聖福聖福不及體聖福體聖福不及小薩埵福不薩埵福不及大薩埵福大薩埵福不及聞法華經初隨喜福何以故彼非佛法故非實故非圓故雖住後果不及我初心其義如是私謂勸人聽法從與陀羅尼菩薩共生一處至人相具足合有五十功德將功德目人亦成五十但上五十論内解隨

喜今唯論外事爲異也又此文亦有六根功德利根智慧是意功德不瘖瘂舌功德鼻脩高直鼻功德見佛眼功德聞法耳功德餘是身功德前是相似位功德今是相似位前功德耳聽經文爲四一自往二分座三勸他四具聽修行云云偈十八行爲二初九行頌隨喜次若有勸下第二九行頌聽經隨喜中三前一行半頌五十人次最後人下第二五行半頌格量本次最後下第三二行頌格量略不頌福甚多後九行頌聽經小不次第爲四初五行超頌勸聽經次若故詣下第二二行追頌自往次若於講法下第三一行頌分座次何況下第四一行頌修行云云

釋法師功德品

法師義如上說功德者前謂初品之初功德今五品之上謂六根清淨內外莊嚴五根清淨名外莊嚴意根清淨名內莊嚴又從地獄已上至佛而還一切色像悉身中現者名內莊嚴從地獄已上佛已還一切色像以普現三昧而外化者名外莊嚴身根既爾餘五根亦然讀誦既爾四種亦然初品既爾四品加然相似既爾分眞倍然行者聞說此功德利喜不自勝勤求無猒信進倍增明識大乘有大勢力決無疑網似解之初初過二乘之極極百千萬倍指始顯終懸解究竟第一義諦不可思議此品所明備斯四意故言法師功德品也六根功德者光宅云三業合十善一善具十爲百自行化他隨喜讚歎合四百約五種法師爲二千三品分之即六千功德此土三根用弱奪言八百三根用強與言千二

與奪合論還是六千也有人明數與光宅同下品八百中品一千上品千二百諸師偏釋未會今經亦不合諸教大品云色淨故般若淨般若淨故色淨色淨五根淨般若淨意根淨若六根等云何判上中下強弱用耶若一強一不強一淨一不淨一上品餘非上品云云正法華整足具六千功德不論上中下云云法華論云凡人以經力故得勝根用雖未入初地以父母所生肉眼見大千內外也大經云如來一根則能見色聞聲齅香別味覺觸知法今經六根清淨與大品同以是功德莊嚴六根與正法華同鼻見色聞聲覺知與涅槃同肉眼有天眼慧法佛眼等用與論同文義如此不可以偏見抑正經今當說之光宅數整足根不依文今按三業安樂行即有十善

一善有十即百善一善中有十如即千善就化他為二千約如來室如來衣如來座即成六千五種法師悉具六根清淨一一根皆有一千功德也復次一心中具十法界一一界皆有十如即成一百一根通取六塵即有六百約定慧二莊嚴即是一千二百根根悉用定慧莊嚴等千二百也若論六根清淨清淨則不言功德若少若多若言莊嚴能盈能縮能等等莊嚴者根根六千若言千二顯其能盈若言八百顯其能縮若言清淨無盈無縮無等六根互用根自在故不可思議故若偏判者則失旨也相似之位若依四輪即鐵輪位也若依五十二位即十信心也若依仁王即十善大心也今對常精進者即十信之第三心也諸經名目雖異同是圓教相似位耳

文爲二初總列六根盈縮功德數次別作六章解釋各有長行偈頌眼根章明父母所生名肉眼而所見過於天眼梵王報得天眼在已界徧見大千大千外有風輪與眼作障不能見外若在他界則不徧見大千非所統故小羅漢見小千大羅漢見大千辟支佛見百佛世界不以風輪爲礙亦無巳他界隔今經論眼能見大千內外應是天眼那名肉眼此是圓教似位因經之力有勝根用既未發真不得稱天眼猶名肉眼例如小乘方便未得神通則不稱天眼耳猶是分段之身故稱父母所生雖稱肉眼具五眼用見大千內外天眼用見一切衆生及業因緣法眼用其目甚清淨慧眼用一時悉見大千內外見業見淨又圓伏法界上惑佛眼用大經云雖有肉眼名爲佛眼佛眼故名清淨具五眼故故言莊嚴能盈能縮名勝根用名根自在豈可秖作八百千二百解耶耳根章徧聞大千內外十法界音聲聞六道即肉天二耳聞二乘即慧耳聞菩薩即法耳聞佛即佛耳又父母所生肉耳能聞內外即天耳聽之不著即慧耳不謬即法耳一時互聞即佛耳以耳例眼眼亦如是見人天是二眼見二乘是慧眼見菩薩是法眼見佛即佛眼云云鼻根章亦如是父母所生即肉鼻大千內外即天鼻不染不著即慧鼻分別不謬即法鼻一時互用即佛鼻此章明互用者鼻知好惡別貴賤覩天宮莊嚴等則鼻有眼用讀經說法聞香能知鼻有耳用諸樹華果實及蘇油香氣鼻有舌用入禪出禪禪有八觸故五欲嬉戲亦是觸法鼻有

身用染欲癡恚心亦知修善者鼻有意用鼻根自在勝用若茲例五根亦如是舌根章亦如是父母所生即是肉舌能作十法界語約此即是五舌義明矣能作十法界語即天舌不壞即慧舌不謬即法舌一時互用即佛舌云云問苦澀惡味至舌皆變成上味衆色到眼何不變成妙色舊不例味有損益損者變不損者不變諸色不壞眼故不例今解不爾一切色同佛色一切聲同佛聲等皆清淨例則無妨徧知一切色法聲法無亂無謬分別亦無妨自在之根那作頑礙之解耶身根章亦如是世間所有皆於身中現肉身用也上至有頂於身中現天身用也二乘身中現慧身用也菩薩於身中現法身用也佛於身中現佛身用也一時圓現一時互用一時無謬一時無著云云意根章亦如是世間資生產業皆順正法人意淨天心所行天所動作悉知天意淨四月即四諦一歲即十二月是十二因緣與實相不相違背即慧意淨一月即一乘菩薩意淨有所思量皆是先佛經中所說即佛意淨一時圓明一時圓互一時無染一時無謬根用自在能盈能縮能等能淨云云

釋常不輕菩薩品

內懷不輕之解外敬不輕之境身立不輕之行口宣不輕之教人作不輕之目不輕之解者法華論云此菩薩知衆生有佛性不敢輕之佛性有五正因佛性通亘本當緣了佛性種子本有非適今也果性果果性定當得之決不虛也是名不輕之解將解以歷人彼亦如此是名敬不輕之境敬此境故名不輕之

行宣此語故名不輕之教昔毀者以此目人今經家以此目品見實三昧云佛爲父王説一切皆是佛王問一切衆生即是佛不佛答若如實見衆生於其即是佛私類此語若不如實見佛於其則非聖譬初學射的多乖少當以地爲的無往不著若分别賢聖孰是孰非如實觀之即是佛也初是因緣解後是圓教解云云此品引人爲證證五品功德深六根報重我昔隨喜獲現生後報以慕流通也文有長行偈頌長行爲三一雙指前品罪福二雙開今品信毀三雙勸後二逆順雙指者先指罪如法師品説次指福如功德品説如文第二雙開信毀者有事本本事事本有時節名號劫國說法等悉如文第二從最初威音王下是明本事又三初明時節二於像法中下雙標兩人名毀者因時名增上慢信者因時名常不輕次第三得大勢下雙明得失得失又二初就信者論得得正説之宏宗得流通之妙益名常不輕是人一凡有所見是理一皆悉禮拜是行一而作是言是教一此是開權顯實之四一也從乃至遠見下是本理一故往禮拜是本行一而作是言是本教一少人一其義可解此是開近顯遠之四一也文云不專讀誦經典但行禮拜者此是初隨喜人之位也隨喜一切法悉有安樂性皆一實相隨喜一切人皆有三佛性讀誦經典即了因性皆行菩薩道即緣因性不敢輕慢而復深敬者即正因性敬人敬法不起諍競即隨喜意也不輕深敬是如來座也忍於打罵是著如來衣也以慈悲心常行不替即如來

室也又深敬是意業不輕之說是口業故往禮拜是身業此三與慈悲俱即誓願安樂行也如此三四豈非流通之妙益而謂何耶從四衆之中下第二明毀者之失生瞋恚心不淨者不受四一也罵言無智智知於理旣言無智不受理一也比丘即不受人一也從何所來不受行一也虛妄授記不受教一也經歷多年常被罵者結不受開權顯實之四一也避走遠住高聲唱言亦復不受此不受開近顯遠本地之四一也常作是語故結信者深信不休也四衆爲作不輕名者此結毀者呰毀不止也問釋迦出世踟躕不說常不輕一見造次而言何也答本已有善釋迦以小而將護之本未有善不輕以大而強毒之云云從臨欲終時下雙明信毀果報初文爲二一明果報二結會古今信者論三報現得六根清淨生値燈明佛後値二千億佛神通力是身業淨樂說辯力是口業淨善寂力是意業淨云云結會又二初結會如文從若我宿世下第二是舉信者而勸順也如文從彼時四衆下明毀者果報又二先明得果後結古今毀者得善惡兩果謗故墮惡聞佛性名毒鼓之力獲善果報結古今又二初結古今次從當知下舉逆以顯順勸持以遮毀經有大力終感大果務當勤習五種之行偈有十九行半初十五行半但頌信毀因果後四行頌勸持在文可見不細出也著法者是法不可示若定謂是有即是著法乃至定謂是非有非無亦名著法者佛藏云刀輪害閻浮人其失猶少有所得心說大乘者其罪過彼也云云大論

云執有與無諍乃至執非有非無與有無諍如牛皮龍繩俱不免患中論云諸佛説空法本爲化於有若有著空者諸佛所不化若定言諸法非有非無者是名愚癡論若失四悉檀意自行化他皆名著法若得四悉檀意自他俱無著也

妙法蓮華經文句卷第十上

妙法蓮華經文句卷第十下

隋天台智者大師說

門人灌頂記

釋如來神力品

如來者上釋竟神名不測力名幹用不測則天然之體深幹用則轉變之力大此中爲付囑深法現十種大力故名神力品自此品下凡有八品是付囑流通今品明菩薩受命弘經次品如來摩頂付累文有長行偈頌長行爲三一菩薩受命二佛現神力三結要勸持初經家敘敬儀次發誓弘經弘經爲三一時節佛滅後是也二處所分身等國是也三誓願非但奉命益他亦自願此眞淨大法兼濟俱美也從爾時下是第二現十神力爲二初所對之衆次正現神力於文殊等者迹化衆也舊住者下方本化衆也一切者他方來者及從分身佛來者也問但見下方發誓不見文殊等發誓何也答上文云我土自有菩薩能持此經即兼得之也十神力者一吐舌相者今經所演開三顯一內祕外現廢近顯遠明三世益物皆誠諦不虛福德人舌至鼻三藏佛至髮際今至梵天出過凡聖之外極於淨天之頂相既殊常說彌可信二通身毛孔徧體放光周照十方無處不朗表智境罄也上白毫吐耀始在東方表七方便初見一理今本門既竟放一切光照一切土能令初因終于等覺究竟佛慧分身諸佛亦復如是三謦欬者將語之狀也亦是通暢之相也四十餘年隱祕眞實今獲伸舒無有遺滯是我出世大事通暢是故謦欬欲以此法付諸菩薩

令於後世導利衆生將語斯事是故謦欬謦欬具二義一欬欬事了一欬欬付他也四彈指者隨喜也隨喜七方便同入圓道隨喜圓道增智損生隨喜諸菩薩持真淨大法隨喜後世獲無上寶此一彈指豎徹三世橫亘十方五地六種動者表初心至後心六番動無明令明復動一切人六根令得清淨也六普見大會者表諸佛道同也而今而後亦復如是上五千起去三變被移既失本心不能現益宜以非滅現滅從諸菩薩弘經得道入於佛慧如今會無異亦表未來有機一也七空中唱聲者表於未來有教一也八南無歸命爲佛弟子表於未來有人一也九遙散諸物雲聚而來者表未來有行一也十十方通同如一佛土者表理一也問何以知十相表現意復表將來意答文云我以如來神力爲囑累此經故猶不能盡表現表將其義明矣從爾時佛告上行下是第三結要付囑文爲四一稱歎付囑二結要付囑三勸奬付囑四釋付囑初歎如文結要有四句一切法者一切皆佛法也此結一切皆妙名也一切力者通達無礙具八自在此結妙用也一切祕藏者徧一切處皆是實相此結妙體也一切深事者因果是深事此結妙宗也皆於此經宣示顯說者總結一經唯四而已撮其樞柄而授與之從是故汝等下三是奬勸付囑如文從所以者何下四是釋付囑也上云經卷所在之處皆應起塔經中要說要在四事道場釋上甚深之事得菩提釋上祕藏轉法輪釋上一切法入涅槃釋上神力此之四要攝經文

盡故皆應起塔也所言要者得菩提是法身轉法輪是般若入涅槃是解脫三法成祕密藏佛住其中即是塔義也阿含云佛出世唯四處起塔生處得道處轉法輪入涅槃坐道場是法身生處餘悉如文偈有十六行初四行頌十神力次十二行頌結要囑累下二行是人之功德總頌四法能持則爲已見我下第二八行半別頌四法初一偈半頌一切法持法即持佛身云云令我及分身兩偈頌神力神力勸佛令歡喜諸佛坐道場一偈頌祕要可解於諸法之義四偈頌甚深之事說法破闇入一乘是佛甚深之事也後一偈半總頌結也

釋囑累品

囑是佛所付囑累是煩爾宣傳此從聖旨得名故言囑累囑是頂受所囑累是甘而弗勞此從菩薩敬順得名故言囑累囑是如來金口所囑累是菩薩冊心頂荷此從授受合論故言囑累品也是故如來躬從座起申手摩頂授以難得之法大衆曲躬合掌如世尊勑當具奉行殷勤授受故名囑累品也文爲二初付囑次時衆歡喜初爲三一如來付囑二菩薩領受三事畢唱散初又三一正付二釋付三誡付正付者佛以一權智善巧之手摩三千三百那由他國土側塞虛空諸菩薩實智之頂如來授道化他故名權智手也菩薩自行受道故名實智頂也若申手摩頂即身付囑也權智臨實智即意付囑也而作是言者即口付囑也文有四悉檀意我於無量劫修是難得之法者此從前佛受學今以付爾

爾當授彼三世繼嗣即世界悉檀也一心流布即爲人悉檀也廣令增者即對治悉檀也益者即第一義悉檀也所以者何下釋付也有大慈悲者如來室也無諸慳恡者如來衣也亦無所畏者如來座也佛之智慧者一切智也如來智慧者道種智也自然智慧者一切種智也於如來室中能施衆生三種智慧乃至座中亦復如是如是施主故無慳恡故無所畏汝等當學如來此法是名釋出佛意而付囑之從於未來世下是誡付者若根深智利直說佛慧若不堪者於餘深法中示教利喜佛慧是深而非餘六方便是餘而非深別教次第是餘亦是深汝能以餘深助申佛慧者即善巧報佛之恩是名誡付囑也從時諸菩薩下是第二領受歡喜意領受曲躬低頭是身領受俱發聲言是口領受兼得意領受也如世尊勑者領受大施主如來室意當具奉行領受無慳恡如來衣意願不有慮領受無所畏如來座意佛既三付菩薩三受皆如文爾時釋迦下是第三唱散多寶爲證經故來今迹本二門已訖故須敬遣如故分身爲開塔故集開塔事了故令分身還本塔不可重開故分身去而不現塔猶聽法故閉而尚在問塔若聽法亦應不閉荅證正已故閉聽流通故在云云從說是語時下是大衆歡喜諸佛爲化他事遂故喜菩薩爲自行得法故喜又說人清淨故喜佛是也聞清淨法故喜妙經是也聞法獲證故喜現在未來得益者是也三事具足故大歡喜云云

釋藥王菩薩本事品

觀經曰昔名星光從尊者日藏聞說佛慧以雪山上藥供養衆僧願我未來能治衆生身心兩病舉世歡喜號曰藥王此文明一切衆生喜見頓捨一身復燒兩臂輕生重法命殞道存舉昔顯今故言本事品也若推此義星光應在喜見之後從捨藥發誓已來名藥王故云云此下五品皆是化他流通今品明化他之師唯願大法大得弘宣大願衆生獲大饒益所以竭其神力盡其形命殷殷虔虔志猶未已庶令弟子宗法如師我傳爾明爾復傳明明明無已師之志也故知此品勗弘法之師也下如妙音觀音兩品明他方大士奉命弘經普現色身形無定準不可牛羊眼看不可以凡庸識度於所聞處勿生輕想輕想則法不染心故知下品勗受法弟子也有人言上諸品諸佛爲佛事此品下菩薩爲佛事此一往耳上品亦有菩薩此下品亦有諸佛云云今明方便品開三顯一圓因已竟安樂行品明乘乘之法壽量明乘果已竟此品下明乘乘之人故十二門論云大乘者普賢文殊大人之所乘也藥王以苦行乘乘妙音觀音以三昧乘乘陀羅尼以總持乘乘妙莊嚴以誓願乘乘普賢以神通乘乘作此解者於化他流通義便也文爲四一問二答三利益四多寶稱善問爲三一通問遊化二別問苦行三請答如文二答爲二一但答苦行者遊化則指色身三昧或指下二品也二歎經答苦行中光明事本次明本事事本爲三謂時節有佛聲聞國土等悉如文本事爲三一佛說法二修供養三結會然佛普爲一切何獨喜見

其是對揚須付流通如今之身子寄一而言諸耳苦行又二一現在二未來現在又二一修行得法二作念報恩報恩又二一三昧力二正報身力身力爲三一燒身二佛稱歎三時節眞法供養者當是內運智觀觀煩惱因果皆用空慧蕩之故言眞法也又觀若身若火能供所供皆是實相誰燒誰然能供所供皆不可得故名眞法也一切衆生下未來苦行又爲五一生王家二說本事三往佛所四如來付囑五奉命任持悉如文任持又四一起塔二燒臂三利益四現報悉如文佛告下是第三結會古今又爲二一結會二勸修勸修者能然一指勝捨外身外輕內重故功福有異文云妻子者外身也國城等外財也從若復有人以七寶下歎經先歎能持者次歎所持法後明持福深七寶奉四聖不如持一偈法是聖師能生能養能成能榮莫過於法故人輕法重也宿王下第二歎所持法又二初歎法體次歎法用川流江河諸水之中海爲第一者無量義云四水譬教藥草喻中一雲能雨譬說今更諸水總一切教別舉四者譬乳酪生熟四味教也此法華教譬醍醐海也說窮本地爲深徧一切處爲大純明佛法不說餘法爲鹹最爲深大其義如是十寶山名出華嚴及衆經云云土黑鐵圍故非是寶十山雖寶或一或二神龍雜居須彌四寶所成純天所住譬餘教說能依十地四十心或凡或賢或聖說所依或俗或眞或中是爲卑下此法華經所說諦理常樂我淨如四寶所成開示悟入者之所依是故此義最爲高上星

月同是陰精俱於夜現星無虧盈不及於月諸經說權智不得自在此經明權即實實即權盈虧相指不二而二如此說權智勝餘教也日是陽精獨能破闇諸經明實智破惑尚不及即實而權那得並即權而實故知此經明實智最爲第一輪王號令止在四域釋齊三十三梵號令總上冠下譬餘經說三諦三昧各不相收不得自在此經所說以實相入眞決了聲聞法是諸經之王實相入俗一切治生產業不相違背實相入中諸法無非佛法文云一切學無學及發菩薩心者之父其義如是一切凡夫四果支佛第一者此明任運無功用也餘經要因功用乃得入流如四果人因聞思修方乃得悟此經明無作四諦不雜方便自然流入薩婆若海如大白牛肥壯多力其疾如風云云聲聞支佛菩薩爲第一者此明因第一也餘經明因是七方便今經明因出方便外故因第一也如來第一者此明果也餘經明果近在寂場此經明果遠指本地故最第一此經能救下歎法用初歎拔苦用次十二事歎與樂用後結皆如文從若人得聞下明持經福深先舉全聞經福次舉聞品福有格量有囑累如文口出香是現報餘是後報得聞是經不老不死者此須觀解不老是樂不死是常聞於此經得常樂之解坦然在懷無所畏忌說是下是第三聞品得益如文第四多寶稱善如文

釋妙音菩薩品

文中自釋昔奉雲雷音王佛十萬種妓今遊化他土音樂自隨昔奉八萬四千寶鉢今爾

許道器眷屬圍遶昔得一切衆生語言陀羅尼今以普現色身以妙音聲徧吼十方弘宣此教故名妙音品此品明菩薩以難思之力隨類通經物覩其迹莫測其本但甘其味無擇其形當甲其地自壅其流即是化他門中第二意也文爲六一放光東召二奉命西來三十方弘經四二士得益五還歸本國六聞品進道大人相者大相海也徧體毛功德不及一好功德衆好功德不及一相功德諸相從下向上展轉相勝不及白毫功德白毫功德不及肉髻功德故是大人相也此相業者從孝順師長起今放是光召本弟子使弘中道之經利益大機者也白毫從一道清淨起今放此光令弘此法也問佛一一相皆法界海何故勝負答他經所明宜作此說耳問佛

有緣弟子布滿十方何故召東說西不論八方耶答此有所表淨名云日月何意行閻浮提欲以光明除衆闇瞑東是光始西是其終有始有終其唯聖人乎未發心者令其發心未究竟者令其究竟一菩薩旣爾諸衆亦然一方旣爾諸方亦然聖不煩文舉一蔽諸故但言東西耳發來文爲二一發來緣二正發來來緣爲六一經家敘其福慧二被照三辭四誡五受旨六現來相敘福之由由值先佛多也甚深智慧即智慧莊嚴十六三昧即福德莊嚴也光照身辭佛悉如文佛誡者然法身大士故不肅而成所將眷屬或未達者故寄彼而規此耳夫佛身與理相稱不得見卑小而忘其尊嚴此約如來座爲誡也夫師及弟子智斷具足師旣施權弟子亦隱其實此

約如來衣爲誡也夫依報國土皆正報所感如來以慈臨大千宜須高須下勿觀依報而忽正報也此約如來室爲誡也此佛弘經亦勑三意彼尊誡約諸佛道同也受旨者如來力是座力神通力是室力莊嚴力是衣力此受弘經之大旨利物之宗要故能不動此會遊化十方焉現相文爲六一遣蓮華二問三答四請五推功六命來悉如文問若文殊位下辭不應求見若文殊位高相來那忽不識答雖同一位有始中終止此一事不知無忝高位又衆中見瑞不了發起令知故問佛耳從于時下是發來文爲六一與眷屬經歷二敘相登臺三問訊傳旨四請見多寶五世尊爲通六塔中稱善悉如文第三弘經爲二問答初問種何善根二問有是神力善根是問

昔神力是問今佛還答二意昔獻樂奉器仍結古今悉如文此答其種善根之問從華德下答其神力之問示三十四凡身四聖人身結成十法界六道耳爾時華德下是問今住何定而能如此自在利益佛答如文説是品下是第四二土利益三昧與陀羅尼體一而用異寂用爲三昧持用名陀羅尼又色身變現名三昧音聲辯説名陀羅尼上品云初得一切色身三昧轉身得一切語言陀羅尼當知音聲猶是色法故言體一用異又舌根清淨名陀羅尼餘根清淨名三昧都是六根清淨法門耳爾時妙音下第五還本土動地雨華者菩薩經歷尚能傍益況佛前放光傍照東方百八萬億那由他土亦傍論利益也第六聞品進道如文

釋觀世音菩薩普門品

此品是當途王經講者甚衆今之解釋不與他同別有私記兩卷略撮彼釋此題有通有別通有十雙別有五隻十雙者一人法乃至第十智斷云云觀世音者人也普門者法也人有多種云云法有多種云云依前問答論觀世音人依後問答論普門法人法合題故言觀世音普門品二觀世音者大悲拔苦依前問答百千苦惱皆得解脫普門者大慈與樂依後問答應以得度而爲說法也三觀世音者智慧莊嚴智能斷惑如明時無闇普門者福德莊嚴福能轉壽如珠雨寶者也四觀世音者觀冥於境即法身也普門者隨所應現即應身也五觀世音者譬藥樹王徧體愈病普門者譬如意珠王隨意所與六觀世音者冥作利益無所見聞三毒七難皆離二求兩願皆滿也普門者顯作利益目覩三十三聖容耳聞十九尊教也七觀世音者隨自意照實智也普門者隨於他意照權智也八觀世音者不動本際也普門者迹住方圓也九觀世音者根本是了因種子普門者根本是緣因種子也十觀世音者究竟是智德如十四夜月光也普門者究竟是斷德如二十九夜月邪輝將盡也經文兩問答含無量義略用十雙始從人法終至智斷釋品通名其義如是別論五隻者一觀也觀有多種謂析觀體觀次第觀圓觀析觀者滅色入空也體觀者即色是空也次第觀者從析觀乃至圓觀也圓觀者即析觀是實相乃至次第觀亦實相也今簡三觀唯論圓觀文云普門觀若不圓門不

稱普即此義也世者若就於行先世後觀若就言説先觀後世今從説便故後論世世亦多種謂有爲世無爲世二邊世不思議世有爲世者三界世也無爲世者二涅槃也二邊世者生死涅槃也不思議世者實相境也簡卻諸世但取不思議世也音者機也機亦多種人天機二乘機菩薩機佛機人天機者諸惡莫作諸善奉行也二乘機者猒畏生死欣尚無爲也菩薩機者先人後已慈悲仁讓也佛機者一切諸法中悉以等觀入一切無礙人一道出生死也揀卻諸音之機唯取佛音之機而設應以此機應因緣故名觀世音也普者周徧也諸法無量若不得普則是偏法若得普者則是圓法故思益云一切法邪一切法正略約十法明普得此意已類一切法

無不是普所謂慈悲普弘誓普修行普離惑普入法門普神通普方便普説法普成就衆生普供養諸佛普始自人天終至菩薩皆有慈悲然有普有不普生法兩緣慈體既偏被緣不廣不得稱普無緣與實相體同其理既圓慈靡不徧如磁石吸鐵任運相應如此慈悲徧熏一切名慈悲普弘誓普者弘廣也誓制也廣制要心故言弘誓弘誓約四諦起若約有作無生無量四諦者收法不盡不名爲普若約無作四諦者名弘誓普也修行普者例如佛未值定光佛前凡有所修不與理合從得記已觸事即理理智歷法而修行者無行而不普也斷惑普者若用一切智道種智斷四住塵沙等惑如卻枝條不名斷惑普若用一切種智斷無明者五住皆盡如除根本

名斷惑普入法門普者道前名修方便道後所入名入法門若二乘以一心入一定一心作一不得衆多又爲定所縛故不名普若歷別諸地淺深階差亦不名普若入王三昧一切三昧悉入其中不起滅定現諸威儀故名法門普神通普者大羅漢天眼照大千支佛照百佛世界菩薩照恒沙世界皆緣境狹發通亦偏若緣實相修者一發一切發相似神通如上說況眞神通而非普耶方便普者二種道前方便修行中攝道後又二一者法體如入法門中說二者化用如今說逗機利物稱適緣宜一時圓徧雖復種種運爲於法性實際而無損減是名方便普說法普者能以一妙音稱十法界機隨其宜類俱令解脫如脩羅琴故名說法普成就衆生普者一切世間及出世間所有事業皆菩薩所爲鑿井造舟神農嘗藥雲蔭日照利益衆生乃至利益一切賢聖示教利喜令入三菩提是名成就衆生普供養諸佛普者若作外事供養以一時一食一華一香普供養一切佛無前無後一時等供於一塵中出種種塵亦復如是若作內觀者圓智導衆行圓智名爲佛衆行資圓智即是供養佛若行資餘智不名供養普衆行資圓智是名供養普門者從假入空空通而假壅從空入假假通而空壅偏通則非普壅故非門中道非空非假正通實相雙照二諦故名普正通故名門普門圓通義則無量略舉其十類則可知此品猶是普現三昧化他流通也文爲三一問二答三聞品得益問答兩番初番問爲二初經家敘時者說東

方菩薩竟次說西方菩薩時也其一說東方生善竟次說西方生善時其二說東方斷疑竟次說西方斷疑時其三說東方得道竟次說西方得道時其四無盡意者大品明空則無盡大集明八十無盡門淨名云夫無盡者非盡非無盡故名無盡總三經用三觀三智釋無盡也意者智也無盡者境也智契於境單從於境應言無盡單從於智應言於意境智合稱故言無盡意也一又意者世出世之本也二又意即法界中道故言能觀心性名爲上定三此約三智三觀釋名也興問者大經云具二莊嚴能問能答無盡意前以慧莊嚴問觀世音慧莊嚴佛以慧莊嚴答觀世音慧莊嚴也佛答爲三一總答二別答三勸持名答總爲四一人數二遭苦三聞名稱號四得解脫自有多苦苦一人多人受一苦一人受多苦一人受少苦今文百千萬億衆生多人也受諸苦惱多苦也舉多顯少多尚能救況少苦耶遭苦是惡稱名是善善惡合爲機義也而得解脫是應也此是機感因緣名觀世音亦是人法因緣乃至智斷因緣名觀世音後去例如此結名不煩文別答爲三一口機應二意機應三身機應口又二初明七難次結火難爲四一持名是善二遭火是惡三應四結於一難中例爲三番一果報火地獄已上初禪已還皆論機應二惡業火地獄已上非想已還皆論機應三煩惱火地獄已上等覺已還皆論機應七難三毒二求例皆如此此義既廣可以意知不可文記身機爲二初二求次結求男有立願修行德業求女文略修行正

言禮拜是同故略之願業各異故重出之結如文從是故衆生下是勸持名爲三勸持格量結歎上述勝名美德不辨形質若欲歸崇宜持名字是故勸持也入大乘論云法身唯一應色則多格六十二億應等一法身也智者云圓人唯一偏人則多格六十二億偏菩薩等一圓菩薩也第二番問爲三云何遊問身云何說問口方便問意此聖人三密無謀之權隨機適應也佛答亦三一別答二總答三勸供養應以者答方便力也現身答其問遊也說法答其問口也凡有三十三身十九說法云云從成就下結別開總別文廣意狹總答文狹意廣云云從是故下勸供養此中見形聞法故勸供養也初勸次受旨受旨爲六奉命不受重奉佛勸卽受結皆如文從持地下是聞品功德云云無等等者九法界心不能等理佛法界心能等此理故無等而等也又畢竟之理是無等初緣畢竟理而發心能等於理故言無等等也又心之與理俱不可得將何物等何物而言無等等耶心之與理俱不可說不可說而說說此心等此理故言無等等耳初一是橫釋次一是豎釋次一非橫非豎釋也云云

釋陀羅尼品

此翻總持總持惡不起善不失其一又翻能遮能持能持善能遮惡其二其三此能遮邊惡能持中善其四衆經開遮不同或專用治病如那達居士或專護法如此文或專用滅罪如方等或通用治病滅罪護經如請觀音或大明呪無上明呪無等等明呪則非治病非滅罪非

護經若通方者亦應兼若論别者幸須依經勿乖教云諸師或説呪者是鬼神王名稱其王名部落敬主不敢爲非故能降伏一切鬼魅其一或云呪者如軍中之密號唱號相應無所訶問若不相應即執治罪若不順呪者頭破七分若順呪者則無過失其二或云呪者密黙治惡惡自休息譬如微賊從此國逃彼國詐稱王子彼國以公主妻之多瞋難事有一明人從其國來主往説之其人語主若當瞋時説偈偈云無親遊他國欺誑一切人麤食是常事何勞復作瞋説是偈時黙然瞋歇後不復瞋是主及一切人但聞斯偈皆不知意呪亦如是密黙遮惡餘無識者其三或云呪者是諸佛密語如王索先陀婆一切羣下無有能識唯有智臣乃能知之呪亦如是秖是一法徧有諸力病愈罪除善生道合其四爲此義故皆存本音譯人不翻意在此也惡世弘經喜多惱難以呪護之使道流通也文爲四一問持經功德二答甚多三請以呪護四聞品得益一問如文二答有格量本問多不答甚多格出功德如文請説呪有五番一藥王二勇施三毗沙門四持國五十女藥王爲四一請二説三歎四印下例有三如文十女爲五一列名二請説三歎四誓五印夜叉翻捷疾鬼羅刹翻食人鬼二部是北方所領者富單那熱病鬼吉遮起尸鬼若人若夜叉俱有此鬼毗陀羅赤色鬼揵陀羅黄色鬼未詳烏摩勒烏色鬼未詳阿跋摩羅青色鬼阿梨樹枝墮地法爾破爲七片弑父母破僧是三逆罪外國油者擣麻使生蟲合壓之規多汁益肥此過

尤也斗秤輕出重入欺盜之尤近世有小斗出大斗入震銘其背斯罪亦不輕也

釋妙莊嚴王本事品

此因緣出他經昔佛末法有四比丘於法華經極生殷重雖卷舒祕教甘露未霑日夜翹誠誓刻無忘歎云苟非其人乎地非其處乎世間紛愀靜散相乖直爾求閑尚須猒棄況崇道乎於是結契山林志欣佛慧幽居日積衣糧單罄有待多煩無時不乏一餐喀喀廢萬里之行十旬九飯屈雲霄之志可得言哉其一人云吾等四窮尚不存身法當安寄君三人者但以命奉道莫慮朝中我一人者捨此身力誓給所須於是振錫門閭以求供繼自春至冬周而復始如僕奉大家甘苦無喜愠三人得展其誠功圓事辦一世之益當無量生其一人者數涉人間屢逢聲色坯器未火難可護持偶逢王出車馬駢闐旌旗喻赫生心動念愛彼光榮功德熏修隨念受報人中天上常得爲王福雖不貲亦有限也三人得道會而議云我免籠樊功由此王其眈果報增長有爲從此死已不復爲王方沈火坑良難可救幸其未苦正可開化其一人云此王著欲而復邪見若非愛鈎無由可拔一人可爲端正婦二作聰明兒兒婦之言必當從順如宜設化果獲改邪婦者妙音菩薩是昔二子者今藥王藥上二菩薩是昔時王者今華德菩薩是所以白毫東召升紫臺而西引神呪護經使流通而大益說四聖之前緣故名妙莊嚴王本事品又妙莊嚴者妙法功德莊嚴諸根也此王往日於妙法有緣道熏時

熟諸根應淨生雖未獲其理必臻靈瑞感通嘉名早立例如善吉雖未無諍巳號空生故下文云得清淨功德莊嚴三昧以是義故名妙莊嚴王也前品說呪護今品說人護人護尚爾呪護彌良普勸流通也文爲六一明事本二雙標能所三能化方便四所化得益五結會古今六聞品悟道事本如文彼佛法中下第二雙標能所所化一人能化三人俱出其名別顯二子福慧六度四弘餘經指此爲十波羅蜜横法門也三十七助道竪法門也餘經爲正道行行爲助道今經指十度爲正呼此是助道也禪度中具有三昧道品中節節有三昧更標七三昧者廣顯法門耳從時彼佛下第三能化方便文爲三一時至二論議三現化初時至者彼佛出世常宣正法於

王縁弱則非其時若說法華則其時矣文云彼佛將欲引導說法華經即其義也第二論議文中子白母時至母讓令化父子怨出邪見家母責令憂念悉如文從於是二子下是第三現化現化應十八變可具釋之從時父見子下第四所化得益文爲十一信子伏師王覩邪變或一或二狹而且陋見子所作歎未曾有信其子而伏其師問師是誰我亦願見二父王巳信宫中八萬四千又熟白母稱慶願放出家母亦聽之三重催父母今正其時佛難値故四化功巳著佛歎功德法華三昧者攝一切法歸一實相如前說離惡趣者一往以三途爲惡趣具論二十五有皆乖眞起妄悉是惡趣今皆離之即二十五三昧破二十五有也佛集三昧者即祕密之藏佛集

其中唯佛行處非餘人也五俱詣佛所聞法供養見瑞歡喜六佛與受記七出家修行八稱歎二子九佛述行高十歎佛自誓佛讚善知識大有義善知識能作佛事此則外護善知識示教利喜者此則教授善知識所謂化導令得見佛者此則同行善知識令入菩提此則實際實相善知識雜阿含云善知識者若貞良妻此即外護義又善知識者如宗親財此即同行義又善知識如商主導此即教授義又善知識如子臥父懷此即實際義也佛告大衆下是結會古今先結會次結歎二菩薩也說是下聞品得道如文

釋普賢菩薩勸發品

大論觀經同名徧吉此經稱普賢皆漢語梵音邲輸颰陀此云普賢悲華云我誓於穢惡世界行菩薩道使得嚴淨我行要當勝諸菩薩寶藏佛言以是因緣今改汝字名爲普賢此即三悉檀意復是因緣解釋又是行願得名由來從於念處至四善根通稱爲普賢別約世第一法隣眞近聖稱之爲賢此三藏中說耳今明伏道之頂其因周徧曰普斷道之後隣于極聖曰賢若十信是伏道之始非頂非周隣于初聖之初非後非極乃至第十地亦非周極況前諸位乎今論等覺之位居衆伏之頂伏道周徧故名爲普斷道纔盡所較無幾隣終際極故名爲賢釋論引十四夜月如十五夜月斯義明矣此約圓教位釋後位普賢也勸發者繼法之辭也遥在彼國具聞此經始末旣周欲令自行化他永永無巳故自東自西而來勸發具四悉檀意云云文云我

爲供養法華經故自現其身若見我身甚大
歡喜其一已見我故轉復精進即得三昧及陀
羅尼其二得是陀羅尼故無有非人能破壞者
亦復不爲女人之所惑亂其三三千大千世界
微塵菩薩具普賢道其四如此明文即四悉檀
而來勸發也上判流通爲三從十九行偈已
後三品半舉經力大以勸流通藥王品下五
品舉菩薩化道力大以勸流通此一品舉普
賢誓願力大以勸流通分文爲四一發來二
勸發三述發四發益初經家敘發來爲三一
上供二下化三修敬自在者理一也神通者
行一也威德者人一也名聞者教一也又自
在者常也神通者樂也威德者我也名聞者
淨也言說如此即一而四德無不備自在義
焉淨力故雨華樂力故奏伎神通故動地自
在力故隨意而雨隨去隨雨隨動隨奏譬如
大龍飛行不息身邊雲雨流起無窮普賢及
眷屬以菩薩身用四德力來勸發四一所逕
歷處自行上供其事如此從又與諸天龍下
所逕歷處下化利益隨他所宜現八部像略
用二力隨所堪任其事如此三者修敬身旋
面禮如文勸發爲二一請問勸發二誓願勸
發有問有答問者遙聞經竟戀法無已遠來
之志志在勸發是故更請正說勸發自行更
請流通勸發化他如來若許二途再演光光
無極是故雙請也佛答先總次別三結別列
四法名如文其既雙請如來巧答略舉四以
蔽諸何者四法之要該括正通何者佛雖無
偏若能遠惡從善反迷還正開權知見顯佛
知見者則稱可聖心諸佛護念若佛知見開

則般若照明是植衆德本亦是入正定聚不亂不味不取不捨亦是發救衆生當知此四與開權顯實名異體同無二無別又佛護念者是開佛知見植衆德本是示佛知見發救衆生是悟佛知見入正定聚是入佛知見迹門之要此四收矣又迹則有本從本開示悟入故有迹中開示悟入今開迹即顯本本迹無二無別以四法答其請正於義明矣以四法答請流通流通之方唯三唯四發救衆生是入如來室入正定聚佛所護念是著如來衣植衆德本是坐如來座是弘宣之要即四而三發救衆生是誓願安樂行入正定聚是意安樂行植衆德本是口安樂行護念是身安樂行當知後四即前四也一答酬其兩請舉四冠罩一經法華之重演斯經之再宣遠來之勸發其義如此三結者於如來滅後必得是經舊云能行四法於未來世常手得是經今謂不爾上文云諸法實相義已爲汝等說又云咸令衆生開示悟入佛之知見蓋法華之正體能行四法必得此解名解爲經此結其請正之問若能運此解行傳與他人他人得斯信解成初依人能得眞解成第二第三第四依人此結其請流通之問此意不見浪作餘說耶白佛下第二誓願勸發文爲二一護人二護法護人爲六一攘其外難初總攘其難故言使無伺求得其便者是也次別攘其難舉十二非是也二教其内法凡三番教訓初行立讀誦乘六牙白象安慰其心次坐思惟復乘六牙教示其經與其三昧也陀羅尼旋假入空也百千旋者旋空出假也方

便者二爲方便道得入中道第一義諦也後三七一心精進復乘六牙示教利喜說呪如文三覆以神力若聞若持莫非神力如文四示勝因若能五種法師即三世佛所爲種爲熟爲脫此人同未來諸佛得脫故言同普賢行此人已於先佛植善故言深種善根此人爲現佛所熟故言手摩其頭五示近果但能書寫近在忉利具五法師次在兜率如文六總結是故智者下是也從世尊我今神力下是第二誓願護法如文第三述發者即是如來舉勝述成其劣增進行者勇銳弘宣先述護法云汝能如是外多利益內積慈悲又久劫已來作如此護我亦以佛之神力守護是法況復汝耶如文從若有人下述其護人雖不次第述成意足當知是人則見釋迦牟尼佛者述其示身教法其尚見我萬德果身況汝因中六牙白象其尚從佛口具足聞經況汝所教忘失章句其尚爲佛口讚手摩佛衣所覆況汝因人陀羅尼覆耶從不貪著世樂下述其舉因廣舉因中無諸過惡少欲知足修普賢行述勝因也從若如來滅後下述其舉近果也其人當詣道場必成遠果況近果耶亦於現世得其近果不但生天也從若人輕毀下述其能攘外難佛廣示毀者之罪令知過必改不相惱亂非但持經者難滅亦乃欲毀者福生無毀無難彼此安樂曠濟無偏慈之至也從應起遠迎當如敬佛述其結信者功德第四從說是下發益之文也一聞品益旋陀羅尼是初地位具普賢道是十地位二聞經益大衆歡喜是也歡喜如前說此中

云何猶稱聲聞乃是經家存其本位耳又經家稱其是大乘聲聞以佛道聲令一切聞斯義爾顯也

妙法蓮華經文句卷第十下

法華文句記

唐天台沙門湛然述

清刻龍藏佛說法變相圖

法華文句記卷第一上

唐天台沙門湛然述

釋序品初

言文句者文謂文字一部始終故云文即是字爲二所依句謂句讀義通長短故云名詮自性句詮差別此亦不論色行等體今但以句而分其文故云文句古之章疏或單題疏或單題章章謂章藻詩云彼都人士出言成章亦云章段分段解釋成若干章疏者通意之辭亦記也又疎音即疏通疏條疏鏤也今並不云者意如向說題下注中六難意者此用下文法說歎法希有中諸佛興出世懸遠值遇難正使出于世說是法復難無量無數劫聞是法亦難能聽是法者斯人亦復難章安於經聞法能聽二難之中義開爲四謂傳

譯等合成六難然聞法中正在時會及以阿難義通像末故籍傳譯則可得聞佛出巳難出仍不值故經多劫聞者尚難況修行開悟說記流通於中初二約主約味三四歎教歎行五六自幸省巳故初二在佛三四屬師五六斥巳故三雙中一一皆悉先通次别且初二中出世猶通通一代故次說則别别在今經次三四中初傳譯師通一切教次教詔師别我所承次五六中聞講仍通與他共故一徧記别唯屬巳故故三雙中從寬向狹是故後後狹於前前故自佛出來乃至聞於自悟者說一徧記故故記佛乘最爲甚難言主味者主與不易復經四味方演此經故知初二誠爲不易言歎教者傳譯不易經涉山海雖至此土民主道合國無諸難方可傳故言歎

行者稟承南岳證不由他宿植所資妙悟斯發言自省者自幸得聞謙巳輙記故玄序云江陵稟受玄旨建業方聽經文補接纔成一徧而巳況二十七聽六十九治始末四十餘年乃成第七修補復難於傳譯前加結集難合爲八難以結集時亦假王臣大衆和合若魔若外令不得便添謂添破古師及引經論謂斥非以顯是削謂削其繁長及成文體使文約而義豐破古不全我巳加彼異見故但云添削乃唯在於巳初記繁芿故須云削故玄序云或以經論誠言符此深妙或標諸師異解驗彼非圓留贈後賢者玄文序云斯文若墜將來可悲涅槃云若樹若石斯經稱若田若里後代行者知甘露門之在兹共期佛慧者自非靈岳親承道場契悟搜一代教旨

顯五味宗極將何以爲後賢佛慧之基址耶故佛慧之言須開三教果頭之權實發四味兼帶之大小則人理教行之有歸開示悟入之無異方是今經之佛慧耳問諸經中圓與此何別而必須云開方是佛慧答圓實不異但未開顯初心之人謂圓隔偏須聞開顯諸法實相若已入實但論增進權人至此一向須開委釋等者別解題名方七八卷以初名中總三法故三法始末亘一部故何者一部之中莫過本迹本地總別超過諸說迹中三一功高一期故一中之三亦殊前教即三之一不與他同即迹而本壽量方譚即本之迹具在今說且如迹中體非因果依之以辨因果因果取體方有勝用如是三法並由開顯若不先了能開之妙將何以明所開之麤故對迹辨本理須分判所以釋題不可率爾題下別釋理非容易以由釋題大義委悉故至經文但粗分章段題名文句良由於此故但分文句則大理不彰唯譚玄旨則迷於起盡若相帶以說則彼此無歸故使消釋凡至大義並指玄文名體宗用三一總別寄行約教故知全迷玄文大旨而欲以文句消經固蔽理觀深微而但以事相釋義言弘斯典者遠矣今問弘經者爲名利纏已爲大悲益他自行暗於妙宗何殊無目而導彼此俱迷自他咸沒又妙法之唱非唯正宗二十八品俱名妙故故品品之內咸具體等句句之下通結妙名教行人理彼此相攝使妙旨不失稍似弘通衣座室誡思之自克然徧列事難不可恒爾今隨義便廣略適時故方便安樂壽量

普門並是本迹之根源斯經之樞楗必須委簡餘則隨宜序者下一部大名巳指前釋一品別號此下略申叙公亦有二十八品生起次第今家隨釋準意可知然品品初通有四意謂釋名來意釋妨釋文釋名必須因緣等四來意釋妨或有或無或釋名中即帶來意有妨須釋何例然耶又釋名與義更互有無故釋名一種或於義前別釋或帶名以釋義縱於義前別釋還將別以貫義名義若顯則一品可從故使品品全同部旨如是釋者方鏡於迷途徒自云云此彼淆混若得此意至下易知今初釋名云訓庠序等者先釋字訓次釋字義然釋訓中復似從義庠謂安庠學舍養宮並非今意爾雅云東西牆謂之序別內外也此可借用以釋別序如由別序方異諸經通序異外亦可兼用所以初用字訓正從別序故云階位等也兼用安庠即非忽卒越次意也亦二序共有若對辨者必先證信後發起故必先發起後證信故必先二序後方正故二序各有前後亦爾故光宅生起非全失理但闕表報是故斥之故階位之言義兼通別問答之語不關於通先瑞後問次第故爾彌勒文殊即賓主也若問若答皆庠序故伏疑伏難賓主存焉經家下從字義釋三義分二次通二別二序之中通復冠別二序俱首通最得名以冠於下冠即是首故云冠首是則二十七品方名爲經以序從正通名經也故云妙法蓮華經序品言由述者瑞疑由也問答述也文中不以疑念對由述者亦可兩兼謂發語宜疑亦可云述集衆亦可以

爲遠由跡故且置言哢引者以譬顯也謂哢家之引故名哢引亦可正哢亦得名引如歌引舞序義可知故正說如哢二序如引故引亦歌也謂譚述也亦引發義古人章疏以胤音之便作胤釋又迷章草以哢爲呼以胤爲徹魚魯之謬自古有之徹字則成兩重之誤具此三義者品兼通別故須具三品者序名在別品義則通下去諸品以通從別不復更釋故但釋別以置於通此中先翻名次釋義後明立品所以所言義者釋品字義非品題義故字義則通題名從別言義類同者諸品咸然聚者是誰故出其人初汎指他經如心地品佛自唱也如大論者即論所述大品一部結集之家本唯三品一序二魔事三囑累言譯人者亦指大品本唯三品什公僞秦弘

始五年四月二十三日譯訖乃依四意以類加之成九十品謂人義法事人如樓那義如觀空法如三假事如魔事亦如大經純陀哀歎等又非譯者但補助譯人即謝公加也準知諸經非佛自唱及以集者並譯人添也次正出今經如藥王品云佛告宿王華若有人聞是藥王菩薩本事品能隨喜讚善者等又云宿王華以此藥王菩薩本事品囑累於汝乃至云若有女人持是品者盡是女身後不復受妙音品末集經家云說是妙音來往品時四萬二千天子得無生法忍普門品末經家亦云佛說是普門品時八萬四千衆生皆發無等等阿耨菩提乃至陀羅尼嚴王勸發品末皆然故云等譯人未聞者今經所無若無集家之言及無佛自唱語似屬譯人以梵

文中諸品先足當知並是集者所置信無譯人明矣故今經自餘諸品多是結集者所置以無聞品益故故品後無結耳以通從別應具四釋以通序中句句皆存因緣等四別序時或闕於一兩故釋序字闕於四義若二序相對義立亦可二序不同世界也別序發起欣慕即爲人也通序證信除疑對治也二序序正第一義也約教等三具如釋三段中是也若別約通序者五義不同世界也通皆除疑對治也通皆生信爲人也通皆序正第一義也餘三及別序準此可知佛赴緣下欲分節經文先辨分文有無得失於中四先汎引諸經論次古講者之失三明品非章段四汎示分節初文者全非分文次古失者古來講者多無分節至安公來經無大小始分三段

謂序正流通殆者危也非今正意亦幾也（幾巨依切近也）西京賦云人生幾亡言起盡者章之始末也若分節已大小各有總別起盡三又佛說下意明立品但從義類不從文相故貫散二相不可立品亦非分節四增一下經論亦有分節之例況末代弘經須識賓主故小乘三藏各有所開增一序云阿難說經無量數今且總略爲一聚我今分之爲三分契經一分律二分阿毗曇經爲三分契經今當爲四段初名增一二名中三名曰長多瓔珞雜經在後爲四分乃以四含名爲四段故今承此借爲分節律開五部者佛滅度後一百年間毱多持法所化衆生不相是非但爲一部大毗尼藏即八十誦一百年後毱多有五弟子各執一見不能均融齊一遂分一藏以爲五

異如析金杖不失金用今分文亦爾雖分爲多段知大旨本一以所分對本故云及也阿毗曇開六足者文中自引阿含六度非六足論如增一云菩薩發起大乗法如來說此種種法人尊說六度無極布施持戒忍精進禪智慧力如月初逮度無極覩諸法佛說種種不出此六亦似分章意也若六足論全非今意如云一集異門足一萬八千偈舍利弗造二法藴足有六千偈大目連造（此二論唐三藏譯）三施設足一萬八千偈迦多演尼子造唐三藏將來未譯此三論佛在世造四識身足有七千偈提婆設摩造即佛滅後百年五品類足佛滅後三百年世友造六界身足有六千偈三百年末亦世友造迦多演尼子造發智論以前六義少如足發智義多如身則足前而身後分義不便況此六論並唐三藏將來隋時未有不合指之況無分節之相鏡中破云前之三論既在佛世如何却與佛滅後論爲足未必全然以身攝足耳又成論云如六足阿毗曇說者指六足阿毗曇論故不對發智爲身謂根性等者略列揵度揵度西音此云法聚以分一部爲八聚故謂業使智定根大見雜文云根性道定者根性是根道即是智但略舉三餘如向列大論問八揵度誰造六分阿毗曇從何處出答佛在無失滅後百年阿輸柯王會諸論師因生别部有利根者盡讀三藏欲解佛經作八揵度後諸弟子爲後代人不能全解作略阿毗曇其初造者即迦旃延天親下次引今論有七功德五示現等以例分章七功德者論云此法門初第一品

明七種功德成就一者序成就二者衆成就三者從爲諸菩薩說大乘經去欲說時至成就若說無量義經即欲說法華時至也四從說是經去名所說法隨順威儀住成就以入定故名威儀住五從放光去名依止說因成就由放光故見他土說六從彌勒疑念去名大衆欲聞法現前成就由問故答故云欲聞七從文殊答問去名答問成就論云於序成就又有二種一者一切法門中勝謂如是等驗知論主全許一部爲法門中勝方指如是等爲一切法門中勝一切法門即一代教不然如何消釋一切之言既一代教中最爲其上具如藥王品中歎教文也下六成就各有分節五示現者論亦云五分一歎法勝妙分二從吾從成佛去歎法師功德分三從爾時衆中去智衆定疑分四從佛告舍利弗去定記分五從舍利弗諸佛出五濁去斷疑分河西下正明分節河西如本傳江東瑤即吳興小山寺具如別傳光宅轉細者如東安法師唐東陽求安寺曠法師講三論及法華等諸經並著章疏貞觀十三年正月十五日入滅及屆三指即第三果人也著法華疏四卷初云自梁陳已來解釋法華唯以光宅獨擅其美後諸學者一槩雷同雲師雖往文籍仍存吾鑽仰積年唯見文句紛繁章段重疊尋其文義未詳旨趣今對雲義以研法實大師專破良有以也故知雲公望前轉繁今家處中無彼二失但存大旨不事繁碎重雰下章安序古雰者猛雪重霧也能翳太虛之清氣使三光隱而失曜故碎亂分文失經之大道三軌隱而靡用津

者濟渡處也若細分碎段非求經旨者所宜如在岐道有問路者不答問者所之而廣譚逵徑故非問者之要曇鸞比齊人序云細科經文如煙雲等爲疾風所颺颺者風飛也隱翳太虛雜礪等者準彼應作條例字謂科條如塵或是轉其言借勢用語非全同彼故砂石精者曰砥音止麤者曰礪雜塵隨颺同其煙翳言若過等者以此望古進退俱失是則曇鸞亦未全許碎擘經文廬山龍兩解前云身方便等者意云自寶塔已前說權說實亦以法華前權爲言方便至法華爲言眞實也從寶塔下古佛現全身今佛集分身古身命今身今身詣古身二身俱處塔表法今古同身方便也壽量久成塵點尚倍中間被拂伽耶非眞身眞實也道理必然偏立成失前可無身後豈無說但依權實本迹任運俱收身說若但語身說則本迹事昬但譚本迹乃身說自顯故壽量中云或說已身或說他身故身說具足方便已下說必有身何須致惑第二釋中玄文廣破以今二門各有因果故也齊中興印者中興寺名具如別傳玄暢以迹門流通中達多持品及將本門壽量後流通中神力等共爲果分果在本門又分護持護持即是流通異名故不可也又有師去此師意以正宗爲體但在迹正不知却以本門之正反爲流通而云受持功德迹與昔教容可有同本與前經一向永異翻將永異混亂流通故不可用有師四段但合二三爲正甚符經文但闕立本迹二門各有三段意耳其名既闕義恐不周光宅二十四段者具在彼疏云云者

象氣之分散如雲在天非可卒量也意言下未説者尚多如雲下去皆爾已下有列光宅分文者多分與今大同小異蘭菊者章安破計也佛赴機説當時稱會後代分節寄茲顯理固執成諍進退俱非縱有異同彼彼蘭菊仍許得意者爲言縱不全違聖心終是人之情見若粗得通用不須苦諍恐失四益易云其臭如蘭者古人一向以氣爲臭天台者章安對古故別云也天台之名具如止觀記令記等者雖復兩存且用初意故云從前問一經云何等者問意既存兩釋問後何妨所以二釋之中不專後釋者以本正前立流通故且一往耳答中云華嚴處處集衆等者處會具如釋籤所引每一會處皆先序次正以住處莊嚴義當於序言集衆者如妙嚴品名號品光明覺品及一一會皆先集衆意明一經具多別序阿含篇篇如是者此明一經多通序也彼四阿含各含多小經以爲一部每一小經不出一紙半紙唯長阿含遊行經文獨有兩卷又有大本經自爲一卷一一經首皆安五義既以阿含而爲通號故以部內小經爲篇大品前後付囑者明一經内有多流通故第二卷中有累教品爲前付囑第二十七有囑累品爲後付囑準彼三經二序何妨言不安五義者釋伏難難云若爾何不同彼阿含今本門亦安如是等耶釋意者雖申今經本門非首然須更釋阿含之妨阿含多通序本門亦應然然阿含兼別經是故非次首亦得安五事今經同一經故但別無通是故但以華嚴爲例故阿含緣起各別今經緣起不

殊是故本門不安五義迹門但單流通者以迹望本以本例迹本門非首但安别序迹門非後但單流通故但有勸持無囑累也故從法師至安樂行凡有五品明弘經福深以勸流通若本門中先以滅後五品去三品半爲勸持流通從神力去凡有八品明囑累流通迹門之後經既未竟非流通次未須付囑言云爾者如後消文言帖釋者但令通途消經尚異諸見況法華部又異諸經故一一句四意消釋仍恐後來不達四意預爲四重消釋四意言得意者至消文時或四釋不備但存一二餘者比知次釋四意所以中初問意者若略但一廣應無量既非廣略二途不成匪者非也何故唯作此四釋耶答中一文具有二意一者總明四義所以二明四中一一所

以兩義咸得以爲處中一者唯四不多不少次因緣下明一一不失不差故一雖處中仍須至四四攝義足故不須過假使過此攝在四義故四及一並名處中如十妙等一一妙中亦具四意十亦入四猶名處中今秖須此四故得名中故初意云廣則等也若無初意尚不殊外計況因緣語通通於一化始自地獄終乎佛界中間頓漸若教若味故須知今大事四悉非餘感應開顯四悉一道無外久遠四悉諸經所無觀心四悉一觀徧收人理等四準說可見以此四悉通於始末約教等三亦須徧述意則可知若無次意不辨偏小故以四八簡開廢等望昔部教今方眞實一切能詮無復異稱故須明之以彰妙典無第三意誰知逈出一期教中所譚身土中間今

日無非迹施指彼大通猶如信宿先愚密教復迷迹身至此方袪守株尚昧無第四意將何以辨能詮教功將何以爲久成行本故一一句入心成觀故云觀與經合非數他寶方知止觀一部是法華三昧之筌第若得此意方會經旨總斯四義方可略顯一部旨歸故云略則意不周當知二三尚略一何能逮處中至四令義易了故一一句得斯四義則使句句咸異諸教則法華之義誠爲不難故云易了次因緣下明一一別釋於中初是因緣次若十方下是約教次若應機下是本迹次若尋下是觀心初因緣者初文正釋始從如是終至而去無非眞實感應道交故知今經感應妙也法華已前小及鈍根一向無機理是而迷故名雖近機生末契故云不見慈亘

始末名善根力事理不同故名爲遠無謀而會故云自通故爾前感應妙道未交諸部異同教主優劣被物漸頓施設不同一一無非感應意也雖通名感應顯益未周雖通名四悉淺深差別若兼若獨盈縮不馴來至法華方成一味言無機者反以昔無而釋今有慈善根下正明今感故有今應舉遠而通明時不差無緣慈徧何擇遠近但無機謂遠有感必通諸佛不來衆生不往機應相稱故曰道交慈善根力者相通事別其事略如止觀弟六記引大經十四梵行品諸佛神變皆慈爲本故一切法皆由慈立故經云若有人問誰是一切法之根本當言慈是故以感應攝一切法次夫衆生下疑問意者既云四義乃曰處中秖因緣一義尚機衆應衆其義更廣何

名處中義似過四故云更也所言衆者即五乘九界等也次大經下荅意者四尚處中一廣何爽故事廣義中亦名處中故引大經門雖無量神通攝盡神通即是應之異名對感即名感應故也然神通之名義兼大小感應之稱唯局在大大中通於地住已上今此正當極果用也故神通之稱一名攝諸尚得名略義非廣略豈不處中能應既然所應準此故設應雖衆不過於慈求脫雖多詎出於感故感應二字處中明矣次若十方下約教中先舉廣出妨次令論下釋出處中初出妨者感應二名雖即處中通論化事十方六塵教法彌廣是則約教處中不成次釋者今論娑婆唯禀聲教雖有顯密若開若廢望彼諸土亦名處中是則令前聲教感應處中更明則甘露門開者則言乃表唯聲益故實相爲甘露諸教爲其門門無開閉理非通塞此土入者不假餘塵由之通理故曰門開言依教者應云聲教但是言略雖有滅後色經乃至名句行蘊所攝淨名香飯及以法行思惟悟等並以金口聲教爲本不少不多故云明矣約本迹者亦先舉廣辨妨次從須置指下釋出處中次故肇下引肇證成初文者應機舉前因緣設教舉前約教機多教異其迹必廣當知本迹不名處中若準門開之言則唯圓處中已如前說今將本望迹中間今日聲教感應開已復施廢竟還設故云權實一代尚廣況實成後中間施化對機差別言淺深者權實理定淺深義通故重言之次明處中者前以聲教望於感應故將娑婆而對十方則娑

婆聲教處中義足今欲論一本故却對多迹迹多雖廣如指一月衆影自歸豈以能指四指有四令所指一月非一故置迹尋本處中明矣次引肇者但借其言不用其事肇用融公九轍九轍未當引者如何故彼本迹無生轍云多寶不滅釋迦不生多寶本也釋迦迹也本不滅迹不生不生不滅本迹雖殊不思議一豈得以多寶之本垂於釋迦之迹若借彼顯今以久爲本望今爲迹本迹雖殊不思議一也次明觀心者亦先舉廣辨失次但觀下正明處中初尋迹等言語前三意有解無行何益自他迹徧十方故名爲廣本指最初故名爲高徒尋他果之高廣何益已因之該深若以信行爲乘及知常住遠壽尋他高廣有何不可但設教顯本本今契理故不契理名數他寶華嚴經偈具如止觀記及釋籤但觀心故達已心之高深見已本也以理攝故達已心之該廣見已迹也一念心起徹實相底故名爲高具足諸法故名爲廣又即權而實故名爲高即實而權故名爲廣若非此觀但感前三應則教下須開果權須廢故教被會名爲有窮權觀須改機非妙感是故機成親能有感觀成入位已利非他是故觀心具上三意況入位有本垂迹設教三義具足何得不用故觀心處中雖則四意展轉相生以前前爲廣後後爲中但存當分皆名中故故此四意從事名殊應以後後轉入前前總而論之不逾感應但初名感應者且捨通從別以無下三麤妙莫辨是故四悉淺深未分故得聲教方辨感應權實不等會歸圓極教之

功也雖知圓極並在今經猶覆久成而迷其本若拂迹應成由本垂開迹中感應即本地感應本迹秖是一妙高廣雖知高廣機成由觀觀成有感眞感應也故知感應通貫下三況復一一展轉相攝理雖相攝事必甄分三引證者初證感應又云下證教相壽量下證本迹譬喻下證觀心初文先引若人天下釋初言因緣者即感應之別名名異義同故得爲證但因緣名通不局能所故止觀第一云或因於聖緣於凡或因於凡緣於聖縱無强弱亦可互爲何者從機則機親而應疎從應則應親而機疎故使更互受名不同但感應之名不可互立大事因緣雖在迹門據理應須雙指本迹但佛出世正爲顯實故且從迹又復讓下本迹故也釋中先舉非次實相下顯是初舉非中所以不簡三教菩薩唯斥人天小乘者具如玄文從難從要下去例然言不成機感者非今經之廣博實相因緣故也次顯是中既以實相一大對簡小理其義即足故不暇開等兼等簡之既得云大亦應云深言佛指此爲事者理不名事但佛欲以此理化人故名爲事能化所化故云因緣次證教中初正引次當知下結教意三大經下重引初正引者種種之言義兼一代若在他部意未必然佛道者別指今教故自此已前意歸於此次結意者微謂諸教初心人天小善著謂諸教果德權實微著皆爲獨顯故云筌蹄種種之言及以微著必須八教方顯四味爲醍醐筌蹄是故筌蹄並譬能通權教權部並爲一實魚兔而施設也或作虢蒼頡篇云

取免具也莊子云得兔忘蹄作此蹄字今時俗依之說文作蹏若言蹄是足者能詮不成若言蹄是迹者其義亦踈尋迹得兔義豈爾耶今須從義以蹏為正次引大經者引彼大經重證今部則以一實為第一義麤輭須指四味權實引證本迹中三初約師次約弟子三結初文又二初正引本文次方便下引迹文以迹中此文密示本意故也若顯露說即迹中本迹下文顯已通得引用弟子者亦是舉資密顯於師弟子尚非實小驗知師非近成利根縱其已知須待彌勒扣發見本眷屬聞說不疑言云云者廣在下文兼斥古今諸師尚不知師之本迹因果特出諸教況弟子耶又弟子之本諸經容有如文殊觀音等也師之久本出自今經證觀心中先引次當知下結意初文者事論秖是信身子說義當見佛汝所說者必從佛聞能聞之人必是聲聞菩薩故也故聞汝說即是見佛等也次結意者所聞是法於能觀心即名為佛義當見佛心所即是弟子等也即於已心識三寶一體其理宛足具如聞說已下文是注云云者將向觀義對聞說已下文唯在一念又若具足應約因緣約教本迹以明觀心則有三觀對境因緣諸教理觀三寶境本觀迹及施聞等思之可見示相者唯約今經示四種相雖始自如是終乎而去皆用四意但文勢起盡用與不同如釋通序則句句須四通貫正宗及流通故若釋正宗則本迹各三義通四種若釋流通還須具四通收正宗又正宗中迹門既闡久遠本迹所以借用體用本迹則四名

不關又序中約教須觀文勢或須以五時分別則教在其中或須以諸教分別則將時以判正中約教則一向明開本中約教則不從教判但點遠本遠妙自彰若解斯文則一部經心如觀指掌四意消釋無勞再思故今且寄三段大文通示其相既了通已還將此意委悉別消初因緣中未暇歷品且示三段即種熟脫然種等三亦須約於序等三法以辨因緣若唯序等則無階降過未因果若唯種等聞無所從以種等三於序等三所從得益不同故也且如序中通序在滅後別序通過現若佛在世別序五中節節益異如說無量義密得種等三益不同故靚定見光覺動蒙華乃至問答亦有種等三益可知正中本迹諸品不同故通別序至佛滅後被流通人勸

持誦說亦有種等況正宗耶故寄此兩三方曉因緣初約種等者須寄教相方分有無故諸教因緣長短不等如三藏人三祇百劫秖云自修六度肥功德身相好莊嚴與物結緣爲種熟脫通教初心自行近從七地留惑潤生與物結緣云初下種兩教入滅無未來化但成佛時而熟脫之教權理權非今經意別教初地尚能具之何況果滿別教雖具教終是權況復能有本因遠種今經本迹二門施化並異他經此文四節良有以也故四節中唯初二節名本眷屬初第一節雖脫在現具騰本種故名本眷屬今不云是本者以同在今始脫故也本種近脫者以彌勒不識發疑故來偏得本名然現脫者若未得佛智猶未能知種今出其意耳於中爲二初明種等三

次明序等三初文四初正明因緣次雖未下釋疑三其間下約三世九世以釋因緣四何以故下引證三世九世因緣初文即是四節示相初之一節本因果種果後方熟王城乃脫次復次下本因果種果後近熟適過世脫指地踊者故知地踊云本眷屬者乃是本種近世始脫既彌勒不識非極近也次中間種昔教熟今日脫次復次下今日種未來熟未來脫此四節者且取大槩本因本果訖至中間近世今日豎深横廣何但四節乃至未來永永不絶若不爾者現果無因現因無果還同灰斷化無始終故知節節重重無極而終以佛乘三段爲本而以人天三教助顯雖未下釋疑也今明因緣準文次第且合在迹探約本地中間者正兼本迹示一部相取後文意取化儀意次約三世九世者具如止觀第一記引華嚴瓔珞故知盡未來際三世九世種熟脫三是則念念三審念念三九念念三段念念逆順念念身土一一不同一一入實四引本文證者證三世也若有三世即有九世九秖是三故具通證大體三世念念三世準例可知神通屬過去通義其實通於三世對餘二別故師子是現威猛是未爲令知佛化緣遠故還引本文舉遠攝近以證四節以如是下約序等三初文先通指二序故云序分通無可表故衆見下别指别序爲生正之由故云衆見希有顒顒者仰也佛乘機下正宗三非但下正明正宗爲流通之本三段既其俱生種等則知字字句句會會味味世世念念常爲衆生作一佛乘種熟脫也此文且

從今部大判如今釋迦説此經時通五別五無非因緣即證信之因緣發起之因緣又通五和合之因緣別五次第之因緣故從序至正於得脱者故云開示悟入降此之外餘皆種熟故未脱者益在流通故云遠霑妙道並是此經之感應言後五百歲者若準毗尼母論直列五百云第一百年解脱堅固第二百年禪定堅固第三百年持戒堅固第四百年多聞堅固第五百年布施堅固言後五百最後百耳有人云準大集有五五百第一乃至第四同前唯第五五百云鬬諍堅固言後五百者最後五百也若單論五百猶在正法雖出論文其理稍壅然五五百且從一往末法之初冥利不無且據大教可流行時故云五百故序等三莫非感應又示教相者教家之相故云教相五味分別爲顯醍醐通論聖言被下俱名爲教今教別有顯實之功故名爲相又別約三段示醍醐相故名爲相故於三段各簡偏小此且通作一種三段讓下本迹是故未分二種三段問若爾與向因緣三段何別答前直寄三時對感應人以明種等今委辨所説用淺深法故略約四教以簡三段究而言之還是因緣妙三段耳況觀心本迹咸屬因緣委簡教相具如玄文先約相待以判麤次約絶待以辨妙問通序五義別序華地此等是事何得三段俱名示教答通論皆是正説前相別論唯問答是教且從通説無不表教故文簡云非爲人天作序等也二乘三藏也即空通也獨菩薩別也正直等者開權教也正及流通準此可見螢光者大品云

菩薩一日行般若如日照世勝螢火蟲此斥三藏故指燈炬以譬通教燈如二乘炬如菩薩雖同般若不無明晦道種智是別如星月者地前如星登地如月故星雖有明光不及遠令遠見故凡智雖照不及聖明其心遠故月不及日帶教道故亦應更明三智三諦次不次等以顯教相於此非急楊葉等者大經嬰兒行品意也今文略出人天者然嬰兒在小義通諸教且從極小故指人天但彼經喻從頓向漸初云不能起住來去語言圓嬰兒也大字者藏也不知苦樂等通也不作大小等別也啼哭等人天也經既通以小善爲嬰兒故圓因位亦名嬰兒經云半字者謂九部滿字者謂毗伽羅論此云字本河西云世間文字之根本雖是外論而無邪法將非善權之所造作故譬衍門十二部經古人唯知衍門一大今則不然簡共別後唯以圓門而爲滿也依義不依語斯之謂矣

法華文句記卷第一上

音釋

句讀 讀大透切句讀凡經文語絕處謂之句語未絕而點之以便誦咏謂之讀 詮 此緣切具說事理也 鏤 郎豆切雕刻也 艿 如蒸切陳新相積也 淆 胡茅切混濁也 哢 盧貢切 胤 移晉切 毱 居六切 祛 法魚切欀却也 筌罤 筌音詮魚笱也罤音題兎網也

法華文句記卷第一中

唐天台沙門湛然述

次示本迹者爲二先法次譬初法爲五先指本因所稟次但佛下指本果所說三中間行化四今日所說五未來所說自從本因所稟莫非眞實三段雖俱眞實本不可多故下三文咸同一本因果眞實三段教相此中正簡久本眞實是故云也然以本因所稟亦是彼佛迹說恐無窮故但在今佛因果爲本據理非不稟餘佛化因緣約教旣指今佛故明本迹且廢於他故指今經壽量爲釋迦本不得更指前佛所說前佛復有前佛故云無窮唯指一佛則無斯過降茲一本餘皆是迹問恐墮無窮唯論釋迦今欲論諸佛展轉稟教終有一佛在初無教無教爲本有何無窮若許有窮墮無因過答拂迹求本本求所說以獲實利縱有最初不同今初何益行解耶問若許有最初無教何須稟今佛之教答無教之時則內熏自悟有教之日何得守迷如百迷盲俱不知路一迷先達以教餘迷餘迷守愚不受先教誰之過歟且驗釋迦一化得益難思況復爾前益難稱紀寧不稟教然終成無益之論不可以此爲窮以無益於稟教者故又十方世界亦有嗅香覺觸瞪視而得悟者豈以聲教求其初耶師子奮迅未來永永者奮迅具二義左右如現前却如未故下疏文云釋此句者應具二解即現未也今存後解故云未來前存前解故云現在譬大樹者總譬前三節爲拂迹中本迹故也言云云者以易解故不復合喻次示觀心相者先總次別

總中有二重一約修行二約法門行謂所行法即所用行必先戒次定後慧用必先以慧擇後方定戒定爲戒本故戒復居後又觀心者如玄文中或約行相或約法門或從觀境故消文例之亦對三分義當觀心次別意者三分各三初戒三者方便如序白四如正結竟如流通言前方便者單白已前皆方便也定三分者二十五方便爲序入觀坐儀爲正行住歷縁爲流通亦可以習學爲序自行爲正教他爲流通餘二悉爾次更約善入出住等此依經列若從三分則入序住正出爲流通慧三亦爾從文從義次第不同三分應云空序中正假爲流通言而退者經末但云而去去秖是退但準望等者盡令用四其辭則難但令不失旨如共轍鹹會鹹字恐誤秪應單作或恐如流入海一同鹹味文體語倒故知不必皆用四意又觀心一文除安樂行中修攝其心等餘皆義立又本門雖本但壽量一文正明本迹餘亦義立又前迹門準部有故是故義立後本門中除壽量已理合有故是故義立又觀心文序及流通準望正宗理須義立於正宗中唯安樂行理定須故餘皆義立迹門正說既云開會若迷觀境開權顯實及本門中增念佛觀增道損生及流通中隨喜不輕三昧所依諸行所託一切不成以觀心名通於觀等中間三即結縁當機通用觀故影響發起化功若成成分證觀所以觀心一文人謂最寬於理甚要況今大師且爲成於初心學者始從如是以至而去觀異文識一觀亦識昔經文同觀異及文觀俱異亦

識當教文觀俱同兼等開等準例可識是故必須觀心以釋又因緣釋隨其義勢須分今昔先釋序中先對辨通別次正釋通序初文又二先分二文次正辨異中云通序通諸教者亦可云通序通諸部別序別一部亦可云通序通諸經別序別一教今經部教唯在一教故且以教對經言之又通序名通而體別別序事別而義通義通故通有別序體別故別在今經故知今經通別俱別別在佛乘以如是等不關諸經方可得名正家之序正名序家之正故一家相承三段可識故釋如是竟一部炳然不然豈有送客之序而敘遊山禪祖碑文而譚律頌故須摩頂至足皆是一身豈以通途之言能消通別二序若不異者發起徒施於中先標離合云或五六七者五者如文合佛及處六則離佛及處七則離我與聞初通序元起由阿泥樓逗令阿難問佛具如止觀第六記次略解五義謂法體等者略釋意顯故先明之下廣釋中縱有兼釋但旁通耳初云所聞之法體者下文四釋雖通指一部別在正宗流通亦可兼於別序則懷疑答問及無量義通名聞故雨華動地從所表説通皆表聞故始末一經爲所聞體云聞持和合等者因緣會也通論五義無非因緣如前通辨四意中説又下總結五義云皆因緣也今且從別約時義强獨標和合聞持之言唯在阿難和合之語義通兩向由機會故聞持和合次第相生者且約一往若聞如是等及化主居初亦可通用次又如是下廣釋先釋如是初因緣中世界即是歡喜故云不

諍諸佛皆然未足別顯若約今經先施次開
方名不諍事在約教故今未論今引諸佛以
異顯同亦世界義舉時方者如是可信良有
時方即說如是得益時處方則崛山猶通於
昔時顯別味令處非通即生實信方是今經
爲人悉也阿漚者阿無漚有一切外經以二
字爲首以其所計此二爲本部内所明不出
所計故立如是對破外人不如不是故準下
約教外典全無故云破惡百論云外曰汝指
何爲善法耶内曰惡止善作外曰汝經有過
初不吉故我經不爾初後皆吉内曰凡一切
法有於三種謂自他共以汝吉法無自等故
故我先破有無自生及他共等故計有無爲
自他等名之爲惡故我經先止若爾中論具
破四句彼何不破自然答計自然者有無中

攝亦有自然有無不攝且從一途故中論云
從因緣生尚不可況無因緣自然易破故但
況之但四計義通若唯破外尚未離小安會
今經且引論文成破惡義若依今經尚破兼
帶之惡何獨外耶第一義中且通指道邊未
分深淺故知凡四悉文非不已破諸教淺深
意在且明歡喜等四故更須教分判異同又
釋序中前之三悉多分約事第一義中或已
入實或且通方又前三悉望圓實邊名之爲
事於前三教或亦在理若正宗中咸隨本文
此四悉檀文在大論初明說經緣起中總有
二十三復次於中先問有何因緣而說是經
答中云第一義故乃別指衍門爲第一義因
即釋出前之三悉且指三藏論云四悉檀攝
八萬四千法藏故今通用具如玄文以開十

門又淨名前玄總有十卷因爲晉王著淨名疏別製略玄乃離前玄分爲三部別立題目謂四教六卷四悉兩卷三觀兩卷彼兩卷中文甚委悉言甚廣者一指大師所說二謂所攝意多況今經如是須歷八教以明四悉方顯今經唯一如是第一義悉故云甚廣又諸家異釋動即三四紙來多在因緣而第一義尚少況復約教本迹等耶約教中初經稱者在付法藏中此付法藏亦名付法藏經於中爲三初通解次別責三且依下正釋初文又四初通舉三世佛經爲本次引昔佛八教三引今佛教同四舉今經表異初二世者先舉過現例當正用過未例現或正引過以準今故指先佛八教言八教者將藏等四入頓等四則四味中如是各異況頓漸中祕密不定四教通塞一一不同先了不同如是不一方識法華如是不異施及開廢準例可知一切諸佛垂於五濁無不皆然故云亦爾餘如玄文次諸經下舉今經表異者又二先法次喻法華超乎一期教表若將今教以對昔教教既差別部又不同兼但對帶權實遠近具知進否方曉今經如是既然他皆準此安得以諸師一匙而開於八教衆戶攢於古師衆釋不出因緣一意故云一匙況一兩師寧開八教況約教等三信古今冥寞又佛阿難下立法別責又四初立法通者若二文不異爲如二如下所詮爲是八教皆然次今阿難下舉今經阿難以責今經於八爲屬何耶若非超八之如是安爲此經之所聞三不可以下結責故云不可以漸等略舉漸偏理須具明祕

密不定及簡頓部諸師既不知八教異今故二文傳詮不如不是四傳詮下結過此義等者勸勉也若得今意不勞再詳其理自審三且依下正釋又三初約漸教者避繁文故寄漸明四次若頓下釋頓等三三敷八教下結責古師初文又二初約傳詮相對以釋次若動下直約所詮觀諦以釋於所聞時具能所故亦是以理結略前釋是故四釋皆以如爲名又前以文契理名之曰如乃指所詮稱文爲是此以智如境爲如如通二眞故前兩教俗對偏眞後之兩教俗對中眞兩文各二隨義消之故前約傳詮一一文中皆約諦與文字故能詮既同驗知所詮理當故所傳所詮皆所聞體故初二教皆以文字爲俗所詮爲眞但有即不即異乃辨二教傳詮不同後二

教皆以能詮對所詮三諦以說亦即不即異以四例四亦應可見若不爾者豈以阿難傳佛無詮之教故彼文理相稱之法是我所傳故下方云聞等也言云云者應更以是對向四文及以漸中具教多少準前可知次頓等三者言頓與圓同且從少分以彼兼別今且從勝故云圓同應更云頓中別教與漸中別同不云漸教有同異者漸既離四舉圓即攝諸部中圓三教即是諸部中異故但更對餘之三教不定中云更互者並約漸頓四教說之深淺相望故云前後祕密不傳者降佛已還非所述故尚非阿難能受豈弘教者所量又阿難非不傳祕赴機之密非所傳耳故祕密所用全是顯教是故傳祕秖名傳顯三敷八教下結責者華嚴云張佛教網亘法界海

漉天人魚置涅槃岸故知佛教不出於八所詮無外故云法界教網既亘於法界涅槃必徧於偏圓岸唯果地一如教必權實本迹天人機具衆教漉至究竟涅槃故諸師偏釋不可獨張比竊讀者尚云天台唯藏等四一何昧哉一何昧哉是故須知消經方軌頓等是此宗判教之大綱藏等是一家釋義之綱目若消諸教但用藏等其文稍通若釋法華無頓等八舉止失措故又舉喻責云接四箭等故大經迦葉菩薩問云云何智者觀念念滅佛言譬如四人皆善射術聚在一處各射一方念言我等四箭俱射俱墮復有人念及其未墮我能一時以手接取佛言捷疾鬼復速是人如是飛行鬼四天王日月神堅疾天展轉疾前無常過此今借接四以喻八教未敢稱當況古一兩如驢鼈耶若深得是意入文自融言云云者應舉八教以合譬意況若不識開權拂近徒知八教經旨未分所以今文多不云開者以玄文具故又開顯圓與兼帶圓二理無殊故云頓與圓同等故不定祕密義各含四顯之與密定與不定相對論故次約本迹者文雖未至證信義通已如前說又爲五初通舉十方三世次通舉三世三獨舉釋尊四正約傳詮五更明示迹初二既通一本難定故且約下唯指釋迦次又阿難下約於傳詮師弟相望義立本迹又師弟下顯阿難本故五文中正用第三第四顯今如是初云横竪者十方爲横三世名竪十方諸佛各自有竪非今文意故且約下的出今佛過去一本餘皆屬迹師弟中亦指久本餘屬迹中

本迹而已重明者欲述本地亦爲師弟故也故云非始今日當知空王時亦非阿難本也次觀心者前之三釋並是所觀故云觀前也悉檀是前因緣教是前約教迹是前本迹等取三釋各具諸義本雖久遠圓頓雖實第一義雖理望觀屬事故咸成境故對三爲觀便成四釋於中又三初通立觀相次引文證成三約文顯四初文言即通者具足應云緣生即空即指前三皆緣生故況前緣生境通三諦從即空邊且判屬通應知空觀通於一切空假成别者地前從别證道必同亦通亦别者凡通聖别故也凡通前教聖局證中故空假仍通中方别故地前空假通於所非及以所照登地别在能非能照眞實故也此是别家對他通别若唯别教與前永殊非通非别者無非法界故雙非辨别與前復殊此中既以因緣教迹而爲觀境不可復以藏通觀觀是故但寄通别四句寄約教義暫分别之又爲成四句故借别教離爲兩句故第四句即是今經之妙觀也次下文云去引譬喻品證成觀相三信則下更約觀心成因緣等而釋經文一心即具感應等四信機見應者於一心中能信如機覺心如應言淺深者義當判教信實相心不同於權實相之深不同餘淺又信下約觀論本則妙教爲迹所詮爲本見實相本即見經中師資之本以主及伴俱得實故以龍陀久成從所證爲本言龍陀佛者眞諦云須菩提是東方青龍陀佛有引大寶積云舍利弗成佛號金龍陀未檢指此則知一切聲聞咸然故見空生身子之迹則識一

切聲聞之本又聞經下乃以觀心釋成觀心能覺之心名佛即此覺心名慧亦即覺心通數具足即此覺心與弘誓俱名慈心淨約心下結次若釋下判同異先明去取次當知下正判所言他者即他部也於前四味唯除鹿苑顯露無圓所言同者但云今圓同彼圓故應云兼帶復成異也又言異者彼無久本諸經亦有體用等本迹名同體異從體異邊故云異也應知亦可通用四釋但知諸經無久遠本義則可矣云云者此之四釋對於部教關涉處多故因緣等四望於前經各有施開兼帶等別故所傳亦別次釋我聞中三初辨互異次今例下準例如是三大論下正釋初因緣中先明世界初引論釋云耳根不壞等者先舉根塵根即清淨四大處者塵也非餘

闕緣故云可聞雖復可聞須發意識故云欲聞更藉諸緣故下總云衆緣和合但除空緣也次問答中有人不許滅後色經唯云名句屬於行蘊若其全不許見經初盡合改聞當知皆先眼耳所得次方流入想行若使一字一聲眼耳二識不俱則名句文皆不成就和合之言不可欺也所言主者總舉識心即世流布仍藉阿難願力及以如來宿誓滅後衆生有機方乃能令和合成聞故且以我是衆緣主衆緣和合我方能聞故云我聞文舉緣具故但云聞因緣和合即世界也無學飛騰說偈者佛初入滅諸阿羅漢皆說偈云已度凡夫恩愛河老病死家已破裂見身篋中有四蛇今入無餘般涅槃諸在林中者又說偈言佛已寂滅入涅槃諸滅結衆皆隨去世界

如是空無智癡瞋道增智燈滅於是飛騰各說偈言咄哉諸有苦輪轉如水月不堅如芭蕉亦如幻影響如來大雄猛功德超三界猶爲無常風漂流而不住佛話户夬切文殊結集者大論云文殊結集諸大乘經亦皆先稱如是等五經論二文並生戀慕之善諸阿羅漢戀慕之極故皆隨去佛指闊二寸三疑者前衆疑已下文是若此三佛皆應自說並不合云聞是故云聞三疑皆遣遣疑即破惡故也第一義中無我無聞者如陳如云第一義諦無聲字等古來下通斥舊也於因緣中前三尚自不周況第一義況約教等三耶凡夫三種我者見我即利使中我慢我者雖通一切利鈍凡夫然諸凡夫皆於已身以立宰主雖非外計並屬見思若學人所伏唯屬鈍使雖無見我思惟未盡故云二種世名我者世流布一凡聖共有但聖無前二今亦不暇辨見修相付在餘文十住婆沙四句稱我者即有等四句故彼第一卷地相品問云云何爲無我而說偈言總有八行半偈最後云是故我非我亦我亦無我非我非無我我所非我所亦我亦我所非我非我所是皆爲邪論故離四句方名無我今但云無我乃是即我無我不云析破故在通教問論釋別地何判屬通答登地已去諸觀具足但云即空義在通攝況復地前義當通教引大經者經云阿難多聞士自然能解了是常與無常常無常義同我無我故也不二登地雙照地前照與分別名異義同圓教極故義兼權實以勝攝劣故望一代五味既別所聞不同正法念中三阿

難者與集法傳三人大同問正法念與阿含二經並小如何證四以傳四教答小中一人既分四種今演小令大以大擬小何不傳四況復名通義圓於理無失小在三藏通乘共故亦名爲雜況通菩薩利鈍復雜云云者一人四德以用對教及開顯等義如常説空王等者於佛亦是迹中本迹若於阿難或未是實本主尚晦迹弟子未彰故亦不云空王劫數言云云者應具對上因緣等四以明我觀亦應須寄因緣等四辨次不次此文已當約教觀心心境相對因緣觀也眞妙望餘本迹觀也以心觀心觀心觀也釋聞因緣不分四悉但通結云因緣若欲分者初是世界舊解下爲人報恩下對治此文下第一義初問次大論下答中言集法者然結集之言通有三處謂一千七百五百一千正當最初結集七百即是佛滅百年因於跋闍擅行十事舍那迦那白於七百七百乃往毗舍離國重結毗尼舉跋闍過言五百者四百年後因迦昵吒王請僧供養論道不同因此五百往王舍城更集三藏今此從初廣如諸文展轉從他自他別故聞不聞異未聞者樂欲已得聞者生喜並世界也三昧是善及能聞力新舊兩聞因聞善生言佛覺者秖是佛加覺力如佛故名佛覺三昧已證非從佛聞故云自能用本願力爲持佛法生後代善故舊解理當判屬爲人報恩經者第六佛求其爲侍者許已仍求四願一不受故衣二不受別請三不同諸比丘須見即見四二十年中佛所説法重爲我説佛粗示言端阿難皆解智速根利强持

力故又密說者辨異覺力及重說故已知他不知名之爲密又大經佛告文殊阿難事佛二十年具足八種不可思議一不受別請二不受故衣三不非時見佛四見一切女人不生欲心五持一切法不曾再問唯除問於釋種被殺六知佛所入定七知至佛所者受益不同八悉能了知佛祕密法胎經者舉初況後也胎相尚聞況後諸經面如淨滿月者出育王經此中亦用前之四名及大經四句然大經顯圓今乃義開豎約四教隨名便故不復次第亦應具消四聞所以令順教意本迹末云云者一本事高難量二本理深難思三本迹化莫測具如釋如是中觀心中不聞不聞下云云者應具用上四且對次第分屬四人具如昔經我聞故也若依今文用妙觀故

妙觀下注云云者開麤顯妙以明絕待次釋一時初引肇意者啓初開也運合宜也嘉善也佛化大運必稱物機故云善會稱機秖是因緣和合稱機歡喜故云世界此中世界即屬此經不同餘文異餘時故引大論文明生世善治世惡明二悉者寄示相耳復是論中釋一時文故且引之然此直云時彼方兩解若云迦羅即是實時若云三摩耶即是假時論問天竺釋時凡幾種答凡有兩種別者如向迦羅二字以淺易故三摩耶三字重難說故若除邪見不說二字即是假時若內弟子依時食護明相即用實時當知秖是一時二別故聲難易耳是故外人計時爲實而說偈云時來衆生熟時去則催促時能覺悟人是故時爲因故須破邪說三摩耶故今文中以實時

示内生善假時破外斷惡第一義下云云者道合之言正當嘉會所發善根言通意别須約教味以判偏圓則四味三教權人理等雖有道合仍須開顯故下約教仍存四别此下中等不如大經四因緣智今經之言亦略開等本時自行唯與圓合化他不定亦有八教言前諸者指向四教皆在迹中觀心下應注云云文無者闕此之麤妙各有觀與境合名爲一時相即觀者今經觀也若將此觀約前三文例說可知次釋佛字因緣中亦秖應釋覺而但云時處等者明覺之感應時及處耳非其時處不感佛興時處異故當世界也劫初劫盡是極長極短極苦極樂之時餘三天下富壽無我非感佛緣多病是減極三小災起謂刀疾飢疾居其中故略云病俱舍云刀疾飢如次七日月年止長壽時樂重舉劫初短壽時苦重舉劫盡東天下去舉不興處也並由壽定樂定保樂保常不成機緣故不感佛此仍且約人中處耳若論天上小乘亦有得小果者如梵王得三果等若准華嚴四天王及化樂天并無色處並不感佛餘經非無但除難處言富壽者東名勝身勝南洲故富壽亦爾西名牛貨以牛爲貨故云多牛羊也北名俱盧此云勝處亦云勝生於四洲中有情處貨皆最勝故南名贍部從樹爲名於南洲中但舉初後中間亦有六四二萬且云八萬是減初也百年是方極故後減之初則彌勒也今減方極則釋迦也未見果等明感佛緣雖略云地亦應云時離車等者大經二十六云佛爲離車說不放逸離車云我等自知

是放逸人何以故若不放逸如來世尊應生我國何故棄我出摩竭提時婆羅門子名曰無勝語離車言頻婆大王已獲大利佛出其國猶如大池生大蓮華華雖在水水不能染佛亦如是雖生彼國世法不染汝迷五欲不知親近名放逸人非佛出彼名爲放逸無勝者阿逸多汝耽五欲縱生汝國汝亦不見故此時處亦據多分舍衞三億非關苦樂摩竭提者此云不害劫初已來無刑殺故至阿闍世截指爲刑後自齧指痛復息此刑佛當生其地故吉兆預彰所以先置不害之名日若不出等者大論文也日喻佛興池喻摩竭華喻物機佛若不出已未二善皆悉不成未者下種已者熟脫然合喻中且約世間有漏善法故舉刹利等況出世善故輕繫地獄尚因佛出乃有一念厭惡之因後方得離況復人天故論云若持五戒釋迦文佛在汝家中四姓舉二且從勝說對治中斷有頂種即斷三界惡故故名破惡問爲人但至有頂對治何故破三界惡答眞諦事理於中道理俱名爲事若前二教不得用此以爲破惡以讓理故今此圓教故得用之言三乘者即攝三教以菩薩乘攝別教故言餘不能感者約八相化必出世機方能感佛示九道身雖是感佛不名佛化故非感佛善斷之言在無漏智種謂能生垂盡非想復墮三惡名爲還生一去不來故名爲永第一義中既云法性煩惱即菩提故云無動生死即涅槃故云無出佛無苦集已住法性雖無動出不動而動動法性山示斷生因故名爲動不出而出出生死海化九道生

故名爲出此前皆謂實動實出至此方知非生而生無動而動則前二教及別地前但屬三悉引入今經第一義故約教中先釋次故經云下引證前明因緣說感應相今既約教約四極果初成之相故並云覺又自覺覺滿則據於初覺他通於初後西云佛陀此云覺者知者對迷名知對愚說覺名同對別並屬自覺故約四諦即以自覺而能覺他故云亦也總相別相者總謂無非無常別即觀四念處謂三界繫及四聖諦此別莫不皆觀無常老比丘者從後異故以通教佛亦可云老而云帶者辨異前教如阿含云佛臨涅槃如老比丘詣純陀舍三十四心者八忍八智斷見九無礙九解脫斷思斷伏不同具如止觀第三第六記具在婆沙俱舍及諸阿含此教求作餘釋不得一念相應斷餘殘習作三十四心釋終無其理具如大品第十地別佛具如瓔珞及諸大乘五十二位初地斷無明者是圓佛具如華嚴初住斷無明者是然小乘中立二無知染汙無知無明爲體不染無知劣慧爲體謂味勢熟德數時量耳然四佛皆云自覺覺他者秖是當教自行滿位覺智不同化境寬狹是則徧搜大小乘教唯有此四成道之相具如玄文因果兩妙他釋但有自覺等三既無四教各具三義如何分別大小教主與而言之不出二教若云坐蓮華藏或云三世諸佛皆色究竟成無上道並別佛相若隱前三相從勝而說非謂太虛名爲圓佛別佛既云單論即是隱前二相如目連不窮其聲等若法華已前三佛離明隔偏小故來至

此經從劣辨勝即三而一他迷一家所明四佛者以棄舊譯經論故也如四階成道三乘共位瓔珞賢聖華嚴融門此四成道不可孱齊以由設迹不同隱實覆本故開權顯本方知不殊又諸教中各有五人說經如大論云佛及聲聞天仙化人及華嚴中加諸菩薩又有衆生器世而皆以佛爲教主也然準大論下四印定即名佛說又華嚴中刹說塵說菩薩被加亦無印述餘三佛力通得名經故大論中所破幷能通具四教若得實意方知四佛體同用殊講華嚴者皆云我佛讀唯識者不許他經故至今經乃知指昔唯佛究盡斯言有在次引經者像法決疑中通佛云大身小身者以云帶老比丘故約本迹中初寄本中體用故云本一迹三中間下次明迹中應化勝劣他受用報皆在迹也但生滅之言多在應化唯本地四佛皆本者準例而言則迹中體用俱迹本地體用俱本具如玄文本因果妙等料簡中說觀心中覺秖是智六即判之有本無云云者或是脫落應先辨藏通至別圓中方乃得云偏圓二覺然次第中亦可攝得藏通二佛或略之耳若望前三境智因緣佛也藏等四觀四教佛也中望空假本迹佛也已心即是觀心佛也次釋住中全用大論恐他不曉故初標云能住所住若但身土但成世界心法相依方成三悉他人唯許身依於土乃成佛心無所依法忍土者悲華第五云何因緣故名曰娑婆是諸衆生忍受三毒及諸煩惱故也能所異故名爲世界故大論云住者四儀住世(今文世界)復有三種一者天

住謂欲天今云十善二者梵住即色天今云四禪但名異耳（今文為人）三者淨住即三果已去今云三三昧者論云入三三昧即得初果三三昧爲對治者以爲三明近對治門具如止觀第七記論又云布施持戒善心爲天住四無量心爲梵住（前從果此修因）三三昧爲聖住聖住秖是淨住耳論又有四住天梵聖佛更加佛住即今文中首楞嚴是故今四住收論文盡若以教收四教並有前四悉義四佛並爲第一義天但前二佛不得云用首楞嚴耳問若爾今釋佛住何以三悉但約欲色及以三果能住所住俱非佛耶答一從通以趣別二將勝以攝劣言從通者從廣之狹言從勝者佛依王城必攝欲色及以二果有人斥云今釋住王城何以引於天梵等住此人不曾讀大

智論此是彼論釋住正文論具二意如向所述若秖以色身住土以釋住名則大菩薩神無方所便無所住況復佛耶故普賢觀常寂光土是佛住處豈王城耶故下約教皆以涅槃而爲所住次約教中涅槃皆是所住之法並約第一義也釋前二佛皆云有餘無餘者巧拙雖殊所滅不異後兩祕藏證道亦一前三佛下判麤妙者別教證道雖妙從教道故判麤言能所者若約理判如向所說若約事判秖是依正他受用土故判爲麤若約中理雖俱祕藏亦是從教今經是圓復須開顯故名妙住本迹中言三藏佛應涅槃者應字平聲若據灰斷即應入滅入滅本也由慈悲故所以住世秖名住世以爲垂迹此佛報生無別理本通佛扶習此從因說以六七地入空

爲本以誓扶習利他爲迹果同三藏故從因說別圓同云熏法性者教證小殊然皆因時起四弘誓冥熏法性但明法性即離不同智斷雖殊法性無別當知下總判前文以明本迹本迹莫不皆由慈悲前四俱迹故須更云本佛住也以慈悲下判既開迹已豈別有本次約觀中以智爲佛智住無常及空假中前直相對故四觀不同次約住意故云以無住法住於境中故無住之言通於四教麤智謂住於理實無若在圓中便成絶待王城者準西域記此城崇山四周以爲外郭東西長南北狹周一百五十里子城三十里宮城北門是調達放醉象處東北是身子逢馬勝得初果處東北十四五里至鷲峯山是說法華等經處斑足緣亦出仁王論中又有異釋論問如王舍城迦毗羅波羅柰並有王舍何故此城獨得名耶答有人云是摩伽陀國王子一頭兩面四臂時人以爲不祥裂其身首棄之曠野有羅刹女名曰闍羅拾取合之而乳養之後大成人能兼諸國乃取諸王八萬人下去同令疏文楞伽又云昔有王遊獵馬驚入險乃絶居人共狩師子居而行醜行生息長大名曰斑足後紹王位領七億衆食肉餘習非肉不餐後乃食人所生皆是羅刹餘與今文大同四非常偈者秖是四無常偈具如止觀第七卷記言得空平等即是初地者彼既共教小即初果大即乾慧或在見地別即歡喜與大經梵行意同若爾何故聞無常而悟大耶答已聞般若復聞非常恐其吝國正助合行因得大益此約斑足緣異故屬世界千王取血

等雖失小國迭知大國生善屬爲人也百姓排舍以免燒惡即對治也斑足得道第一義也注云云者大論與諸經所出既多不可盡具雖多不出四悉約教中四見然辨土橫豎具在淨名疏即如下文純諸菩薩等例知者以娑羅例王城也本迹觀心在後者後與山文合明觀心後文仍略俱不出本迹若例上下應云本住王三昧三德之城迹居忍土之王城耳梁武等者字應作雎其鳥似鷹云似鵶者或恐誤樂而不淫哀而不傷雌雄各居欲交俱鳴交已各去故以之類皇妃也詩云關關雎鳩在河之洲窈窕淑女君子好逑今工東人呼爲鶚好在江洲梁武意謂雎形近鷲故引之耳此屬世界也又解山峯下爲人覩者生悅故也又云去對治能藏惡故亦當

治惡又解去第一義三乘聖居是第一義次辨五峯及後問答但是第一義中釋疑及分別山相非四悉攝又增一三十一云佛在靈鷲告諸比丘久遠同名靈鷲更有別名汝等知不亦名廣普山負重山仙人窟山恒有羅漢菩薩得道及神通諸仙所居有五百辟支佛住如來欲下先令淨居天子來此告令令此土淨却後二年佛現此間支佛聞已燒身入滅何以故世無二佛國無二王一佛境界無二尊號此山高下亦復不等四十七云俱留孫佛四日四夜行至山頂那含佛三日三夜迦葉佛二日二夜釋迦牟尼須臾至頂並以羅閱祇人行也時漸末山漸下故文闕本迹應云本住三德大涅槃山迹居靈鷲又本迹各有靈鷲壽量云常在靈鷲山本也約觀

中先解王舍中初立觀境言心王造舍者識陰爲王造業諸心必有心所今欲消王且以善惡心王以對無記之舍故云王造若析下四觀此示觀解異於他經應如止觀十乘十境下去皆爾故注云云後兩重云若觀即後二教觀也亦須分別相別不同具如止觀不可即具約山作觀亦先立觀境正當觀陰具如止觀第五去文別圓觀中既云山即法性正因法身餘之二德準諸文説故知此觀不同他見所以又約山爲觀者山城雖殊同是依報是故約之以觀正報又諸觀境不出五陰今此山等約陰便故以諸文中直云境智自住其中等者以大經及此經意共爲自他定慧力莊嚴即自住其中以此度衆生即安置諸子云云者亦應於此以辨二觀同異之相方便正修簡境及心弁對前二以辨權實等乃至四觀亦須開顯等也次釋中字既在山城之中因縁等四具如彼釋今但消中字義耳欲更説之先約所表以具四悉常好中道赴欲也升中天中日降爲人也中夜滅對治也説中道第一義也諸教皆有中道但有有體無體之殊本迹者觀圓理本中也示離斷常迹中也今經是開顯之中若約觀者即空即中具二中也

法華文句記卷第一中

音釋

瞪 澄應切直視也　漉 音鹿漉也撈　昵 尼質切　牸 疾置切牝畜也　雎 七余切　鴟 稱脂切鴟鳥名　鶚 五各切鵰也　鷲 疾僦切大鵰也

法華文句記卷第一下

唐天台沙門湛然述

釋列衆中初辨次第言多爾者亦有經中菩薩後列各有所表如華嚴經不列聲聞純無雜故舊解者多是光宅與大論意同故無別破但總結云似兩解耳注云云者事似因緣須具四悉義似約教復須論八事即身也故云親疎義即諦理故云涅槃等形服異故即世界親者生善疎者破惡不親不疎即第一義於有義中既以三諦以諦對教則四可識於藏等四辨漸等四其義可知又兩二義並欣涅槃及四菩薩並不欣不著故皆居中唯詣實理兼能利人故居中求宗超彼凡聖若以入中爲菩薩即指别教地上圓教始終注家云聲聞學疎敎之於内菩薩道親忘之於外此但得事而失義似迹而迷本況復觀心因緣耶約本迹中此經列衆超出群經故人天二乘能引之人本非下地所引之衆堪通別記語通意兼故云内祕皆大薩埵既能迹引二邊判非凡小故云薩埵菩薩濫本故且不論應知亦且約體用論也觀解後云云者亦應更約因緣明觀諸教開顯及本迹觀釋列聲聞準法華論以八義故先列聲聞一爲顯親聞後不謗故二攝不定性迴心入大故三除尊貴慢非究竟故四常隨佛故五形儀同故六令内眷捨欲故七令菩薩敬故八令衆生信故然論中八義唯弟二一半獨屬今經以不定性此土得故仍少一半若定性者彼土得故未來得故餘之七義論衆前後通諸經故以第二義入餘七中使七一一皆有

第二方令八義全在今經若依今意更有三義欲別記故別開權故先顯本故故令餘義永殊昔教故論文意諸經多爾所以通釋今使諸教雖共復殊方等先列以四義故欲斥奪故欲密引故令體信故令味變故般若亦四欲洮汰故欲委業故密引進故成熟酥故故知論文通前二味如向各四又異前後論又云先僧次尼亦有八義一男尊女卑二入道先後三師弟不同四傳法能不五結集進退六同住得不七多少推讓八得歎有無此八全通前之三味多在略教若準同是聲聞仍少第二意也於今別中唯除委業準義仍有以同比丘聞轉教故也故委業時非全無分自餘諸義並同比丘於五味中漸教當衆其義不異次出舊解云大小名聞者意云名即已名聞即他聞所以名大故聞大名小故聞小今但依文故破其無據言依文者但約所列多少以明所識多少前列萬二千又云衆所知識後云二千又無知識縱以名聞用釋知識後文全無何小之有況復大小一向無憑初釋類中先通釋五字次釋論下別釋四義比丘合故初通釋中五字通收諸有德者所與之徒既標於大豈唯異於下衆而已於比丘中其例復多四門三脫析體通智辨空之例祇得且云高譽德行何可具論今云如貴類之班輩也次別釋四義者初釋論下別釋與字初文即因緣釋若於此七爲四悉者時處世界戒是爲人心見對治道脫第一義若準前三在昔教者則七義唯三道脫等俱屬對治意也圓教七一俱屬圓四約教雖

別究竟唯圓雖七而同故七名一一即共也四教不同通在五味具如諸經不可徧述且準歎德在三藏教者同感佛時同鹿苑處同別脫戒同一切智心同無漏正見同三十七道同有餘脫爲同聞人入通序時已得記者全成圓人七一故也同妙感應時同見妙依處同得究竟戒同證種智心同無作正見同圓實道品同不思議脫得授記已即同菩薩安得復以聲聞歎德豈結集者謬抑德耶故知在四味時隨味而變經家從本列在聲聞故依本歎若不仍本焉知聲聞有權有實實者得記知有所從聞法華時大小別故故約教判須通始終故三教七或本是三或是轉入初約三藏一七一者生滅同故通教二者分利鈍故利兼圓別應云三七且通總說同爲一例別云爲無量者自行化他橫竪皆四門門門四悉入者不同圓教一者發心畢竟二不別故說者應於四教細明乃至教味先判後開若未下一句約本迹釋亦約體用論本迹耳別無聲聞但云藏通若通含別亦可論之是則略也又時處二事且約教論故云三藏中時處且一若從元初得道時處或多人共處略如今文或多人多處或一人多處如阿含中多時處也問至此那得二種聲聞答亦從初說具如玄文廣歷諸味難轉易轉又有不歷析法元是通人云云直明兩意下欲明開顯先更辨異所言異者且置七同更於藏通七中辨異則三異四同何者時處等四不可不同如所會所依所禀所證若心等三安能不別別修別見別行故也此仍一往亦

可戒法從别各各得故解脱從人各各證故是則五别二同又若從人亦可俱别今釋共義不合論之義分三四乃成旁耳是故且從七同以説别教同異準説可知次若至下正明開顯法華論者明被開者有權有實未開具四開已唯一今加佛道據新入者論中四者決定增上退大應化論自釋云後二與記前兩不記根鈍未熟故且約此會即經中云生滅度想決定性也若彼得聞論中未説天親豈可迷經文耶經云而於彼土得聞是經論且一往據現説耳是故今師但除上慢即五千起去者是雖從座去仍判於涅槃中若四依邊得聞故上慢者亦非不聞已聞略開及在後故但不可云此會得記種熟脱三始終無廢故準今文遠近相望四種俱得今云

住果兼於決定及退菩提住果變異故分二教是故二種總立住果又佛道者準經義立若爾佛道應化各有别圓問應化與佛道何别答應化約垂迹全語舊聖佛道約利他語新記者又應化從身佛道從説佛道有令他之言且云利他應化有發起之義且云垂迹既以聲聞爲名在昔則無應化佛道之稱在今則無住果決定之名增上慢中豈無應化四攝同事安隔此耶况復論中決定上慢同云未熟不可上慢亦根敗也他云未者不也應人未死名爲不死下種未生名爲不生故上慢決定二俱可發是決定義又此中引論似本迹釋應化本也餘三迹也化爲餘三無異途也唯闕觀心即前兩教七一境也後二教七一觀也又時處戒境也心見等觀也聲

聞義浩然者責人非論然用教者云大乘聲聞未爲通曉今云應化從本以說據衆全在小乘中也言浩然者藏通八門門門四種門門各有佛道應化迹在前教復同前數據本復應地住地住及行向地上慢所濫復同前數他無約教今昔本迹權實開合等釋但云住果及方便等是故責云以證涅槃者言云云者具如向辨釋大者前以共釋與阿難共彼萬二千者非直共人應共人七七中並大故云與大與既四釋不同大義理須準彼又前與字義兼特等今釋大字唯在具七之人復兼多勝又釋與字義兼能所今釋大字唯在於所此從阿難指他爲大此中初引論文大品在小心未轉故次今師意亦具三文以一一文皆兼論中三義故也以此三義通兼

四悉大即世界多即爲人對治勝即第一義也應具明三念與外人異及以三念對大多勝之所以也還將三念以對四悉具如止觀第十記四韋陀者如下第五經疏及止觀第十記次約教中牒前初釋判屬三藏準前文故但云所敬等前從今明下應義通偏圓以前文中且對外釋故云三藏次大者下約後三教初明多義但是約事後三不可更加其數但約所知以釋其多故前通釋大多勝三各具三義故此後後漸優於前約別圓者昔則從初今從得記別存教道言大力羅漢者羅漢中大即無疑解脫也次本迹中初述本三次迹來下述迹中三初明本大次本得下明本勝次先巳下明本多咨嗟者謀事也謀而方嗟非輒爾故言勝幢者借大品文言超

諸外道者準理應云超諸偏小但所超雖近能超則遠於理亦成次迹中初示愛見即在乳味故此五味通萬二千若權若實皆經歷故今從權者故云迹也乆矣下云云者各有乆本隨本長短中間設化今日亦在釋尊諸味觀心中先直對三次雖約中具大多勝亦應更約空假各三言一心一切心者心境俱心各攝一切一切不出三千故也具如止觀第五文若非三千攝則不徧若非圓心不攝三千故三千總別咸空假中一文既然他皆準此故向五味義通上下文寄此中釋比丘引肇公者在淨名疏什及四子並在僞秦故曰秦言肇有四義一淨命乞士二破煩惱三能持戒四怖魔什公分之一始三終具二魔怖者終中前二爲怖魔因引論者闕能持戒

破惡秖是破煩惱耳故但三義而次第不同及通初心令魔怖等故破惡之言且在身口非不斷惑既並在初令什義壞豈以持戒破惑必在於終又復肇公但翻其名而云名含不云初後今之學者安令魔怖耶五繫者具如止觀第五記一田等者田即農也應云在家四種如法更加工也涅槃寶梁下明經義略雖復不具三義四義破惡爲本今明此三義應通初後者義當約教兼斥肇什今非但以論文通後復通諸教況論但成因緣一釋若於此中立四悉者怖魔即世界乞士即爲人破惡即對治出界即第一義依經家等者義必通初證信必後向釋乞士中以求釋乞乃以離邪歷境求定等爲三藏教者未能於境即理故也故至通教方云求眞破障理等

也別教言八魔十魔者破惡既深釋魔須遠具如止觀第八記圓教中非不破八破十但以實相爲正破惡屬旁怖魔亦然本迹中此諸比丘深淺莫測故未可定判其位迹示五味者若不約五味非今經比丘桎梏者上質音足械也下古沃反手械也二諦如桎梏大慧如解縛運念爲無住望境爲無著故不著境智出二死家乞士怖魔準釋可見云云者中觀既然空假及以次不次等對教可見衆者以一萬二千事法和故若作四悉者初是世界衆和合故佛常下爲人生物善故釋論下對治簡惡人故此中下第一義在眞實故言事和等者僧界法等俱屬事故法和者如前七共同眞理故九十人三明者中含二十九文同舍利子問佛五百比丘中幾三明幾俱解脫幾慧解脫佛答如文三明者即無疑解脫具如止觀第七記淨命具如止觀第四記五方便者四念處及四善根五停非正觀法故苦法忍去者世第一後有十六刹那第一心去即名眞實偏圓五味者五味不出偏圓偏圓不出四教言今正是等者當證信時已獲記故引諸衆生下云云者具如玄文七二諦中委約五味以明教意出其相狀次約觀中云若異等者以依今經成觀法故若不依中道慧命觀行故名破十戒僧不解究竟波羅蜜相一心十戒詮量之律名愚癡僧五品六根名慙愧僧初住已去名眞實僧亦合注云云歷前二諦十戒等及約四教偏作觀相二明數中直爾舉數即是因緣亦可於中義立四悉數異世界也聞數生善即爲人也

破惡入眞準例可見不論約教者教別數同故無異釋若隨數生解即是教殊問凡諸列衆及得道者何故其數必全無欵耶答大論釋大數五千分中云若過若減皆存大數本迹中云本是等者問凡言迹者皆先有本豈萬二千元皆是大權若爾則唯有能引而無所引答理實如然但欲均用四義故云皆有然本不同事須分別若已入圓位能引之人成於發起影響二衆灼然本是菩薩降斯已外曾發大心亦名菩薩元住小者則是大經未曾發心尚名菩薩此中具有退大應化及元住小退大住小得記之後並堪爲同聞問三周授記人數不多其不在會令爲轉説此等又非同聞衆限何故此中云萬二千答三周之中正數雖少如舍利弗得記之時四衆八部即其流也故三周中亦有應化與實行者同時得記故論中云退大應化二種與記即其意也如菩薩衆但列八萬分別功德記數蓋多故知大小二衆列同聞衆不可望得記者也約觀中界入一一各十界者正當妙境諸文但寄能觀觀耳山城雖約陰爲所觀亦未結成不思議境又將數入理數即成境境觀相對俱名法門又境據假邊且存其數空中尚無其數安有然必約假以立空中觀亦如是明位中亦從初説猶名羅漢準後皆成大菩薩也即約教中圓位人也於中先翻名者義當因緣次攬因緣以成初教初因緣中初明有翻中阿跋經能所雙標應謂能應之智眞即所應之理以智應理之人故云應眞次瑞應經雖似雙標意指能證眞是所證

證眞之人故曰眞人三義如後釋次無翻中三初從果釋或言下從因三若論下判名所從初云後世田者世秪是有具如止觀第六記九十八使者八十八上加十思惟若作四悉者初明有翻即世界也於無翻中通因是爲人所從是對治從果是第一義約教中言不賊者猶從二乘得名故也若於圓別尚名爲賊是故須殺不生於生者取無爲證生於界外不生是生故不令生供彼所應名爲供應如阿含中佛至阿蘭若語比丘等具如止觀第四記復應更分前之兩教能殺法異後之二教不賊亦殊皆歎初地初住德者前有翻家以三爲名次無翻家以三爲義義即是德故約教中以三爲德若準入位不定具足應云地住已上降佛已還即約別圓歎本據後次約本迹中二重初約小三義次約大三德前寄迹名以申本迹次約本名以通至迹欲明名通義別故也若約體用釋者前釋從用以明體後釋從體以立用又前釋三義以通昔後釋三德而唯今若久遠本迹四俱是迹今兼二重是故大小俱立本名義勢無盡故注云云所以本是平等大慧無破不破方能示迹諸教不生本證解脫無賊不賊方能示迹諸味殺賊本得法身非應不應方能示迹爲應供耳觀心中先直以三德對三觀釋以三德是境義可通觀次歷觀以對釋名中三義故一一觀皆具殺賊等三前本迹中則先對釋名次對三德今先對德次對三名於中先空次中中又二先釋三義次引經證以指供養歎名字觀行位人功德深也引方等

文具如止觀第二記下文云等者法師品云佛告藥王若有惡人以不善心毀呰在家出家讀誦法華經者其罪甚重具如下文八風者利衰毀譽稱譏苦樂四違四順佛尚久離無明違順況人間耶失好時者若生憂苦失道合時大損下云云者所以引方等及此經者此二即是名字觀行不生等故乃至一切觀行之文皆應引之但於此中觀行位便故此中引法華論等者彼論乃約一十六句俱有三門一上上起門以後釋前故二總別門以皆是阿羅漢一句名總下諸句釋上故下名別今先準論用總別門不用論文諸句但依妙經五句以釋仍合五句以爲三德三攝取事門論中具列一十六句以釋對事論文但是將十六句以釋五句不云經闕故十六句今文不用從初別故是故總約昔教歎也三漏者一欲漏謂欲界一切煩惱除無明二有漏謂上兩界一切煩惱除無明三無明漏謂三界無明引二論一律者成論約失利義通因果律專在因毗曇唯果以失利故因果俱失良由下重釋三失明失所以初釋失利由於業因即成論意也次造諸下釋因招果即生死苦因即律文果即毗曇次亡身下重釋三句由上三過失於三德墮生死故亡法身造業故失慧命失道故喪重寶意云經中諸漏一句即是煩惱失道等三相由而有同名漏故所以引之漏相如何故於此下廣辨見思下諸句下皆破古人以釋三德不當亦應可見煩惱下釋次句初句約因果相對此句一向在因使等者使即九十八也通爲能

使墮落生死以爲所使流即四流謂欲有見無明扼名同流纏即十纏俱舍云纏八無慚愧嫉慳并悔眠及掉舉昏沉或十加忿覆蓋謂五蓋逮得者逮及也正爲除惑故功德云及言智斷功德者由前殺賊成斷功德斷必具智功成已利由已利故故堪應供次盡諸有結等者舉因果俱除明心得自在羅漢但應結盡等者有盡者非今所歎故云但是因中說果有謂報在二十五有生處盡在不久者縱如迦葉待後佛出亦不名久若羅漢皆以邊際定力持此報身入變易者佛身何故入涅槃耶若言佛身權示彼教何文云權示耶一切羅漢若至法華無不迴心何故除四大羅漢十六羅漢餘皆入滅肉身菩薩得無生者應皆不滅心自在句釋於上句二脫必漏盡因盡必果亡慧脫雖退此生必得俱解脫人必有慧故故云具足故以煩惱爲賊生死爲生所以古人不了斯旨故致謬也故知句五德三法秖是一依論總別釋竟次若依論用上上起門者論意以初句釋羅漢句竟乃至以第五句釋第四句餘不復釋準此乃以下下展轉釋上故得名爲上上起門是則五句望羅漢句亦成總別及上上起本迹中初明五句是本三德次迹示下指二乘五句三德是迹初還依古爲不生德故本住祕藏示羅漢三德涅槃是總以對不生即初二句煩惱字是煩惱盡句漏流字是諸漏盡句不復下釋上二句明離二邊即本不生法身下釋本已利上二句雖總舉涅槃今明涅槃是已之利故須別述此中二句上句明修下句

明性修性相對智斷對法身修三德也實相兩字性法身也功德兩字性二德也本利修性具足示具二乘三德得王下明本迹四五二句亦依古師爲殺賊德破有即第四句我性即第五句由煩惱賊破故也王三昧者玄文釋二十五三昧各具四義一諸有過患二本法功德三結行成四慈悲破有本地功德久已成就本三德也過患即是賊等三也本三具足即結行成本時應供是破有也今却用古義者以無大失故也故知已盡亦是不生盡結義通殺賊八自在我亦名八神變具如止觀記及釋籤中約觀心中亦具五句初是初德二句能觀下次德一句正觀下第三德二句雖有煩惱等者重釋第三德中二句也初釋初句不斷下釋次句如無煩惱結盡也而入涅槃自在也約名字觀行俱得名爲如無煩惱入涅槃也列名中初總爲五初現數次立名意三證立意四消釋意五用義意引證中多引阿含者如增一中列四衆名各有偏好以引同類一一四釋下云云者即因緣等四不復更列然諸聖因緣多寄初教以是感應之始故也故諸聖初因並在外道爲破外故在釋種中爲調伏故爲導爲主而將引之是故具明入胎立行眷屬師友若逆若順能化所化縱有始終計不轉者亦爲後來得破之由顯諸聖者迹不徒設一一無非感應故也故四悉義一一應知故彼增一比丘中列百人有立齋建福有營建房舍有能調伏外道有善供給疾病有遊行教化有息事端拱有好著好衣有弊壞無恥有食無厭足

有語言麤獷尼中列五十人如拘曇彌尼頭陀苦行耶輸陀羅降伏外道俗中二衆亦各有偏好但諸聖因緣今文則略大論具存事迹雖别皆是大權陳如中初是世界願去爲人行去對治太子去第一義此第一義仍在昔教但以教簡進否無在隨事轉釋令順四悉下去皆然其先事火者雖事火者多非初得道火不成德故初得道得照燒名破暗因滅物滅果亡初雖未亡後必亡故如人墮巖無知乃是知無者梵音倒耳所知之無即眞諦也故引二諦中眞也次引二經一論者本際秖是所知眞諦願者出因果經即佛爲菩薩時本願先度次又迦葉下即是已願夫巨夜下爲陳如與類也生死如世夜日出故令覺日光者諸大羅漢及諸菩薩故明星日光並破已身之大暗也入山學道等者中含五十六羅摩經云佛在鹿母堂告諸比丘有二種求一者聖求二非聖求聖求者安隱涅槃我爲童子時年始十九往阿羅羅迦摩羅所問言依汝法行梵行可不答言無不可云何此法自知證仙言我度識處得無所有處即往遠離處修證得已更往仙所述已所得仙問汝已證無所有處耶我之所得汝亦得耶即共領衆又自念此法不趣智慧不趣涅槃寧可更求安隱處耶是故更往鬱陀羅羅摩子所云我欲於汝法中學彼答無不可問曰知自證耶答我度無所有處得非想定我久證得便修得之乃至領衆等復念言此法不至涅槃即往象頭山鞞羅梵志村尼連禪河邊誓不起即得無上安隱涅槃道品成就四

智具足次念誰應先度念已寧可先度二仙空中云二仙已終經於七日我亦自知念曰應度鬱陀羅羅摩子天又告言終來二七我亦自知因復念曰昔五人侍我勞苦念已觀於五人在波羅柰念已便往五人遥見自相約勑沙門多求好食粳糧及麨酥蜜麻油塗身今復來至汝等但坐預留一座莫請令坐及至到已語曰卿欲坐者便坐五人破制於中求水者數座者坐已先教二人三人持食來六人共噉次教三人二人持食來六人共噉而便語之有二種行一著五欲二著苦行離此二邊是名中道次爲五人說譬喻次爲說四諦五人得無漏多論說佛爲三二人說法去住不等者由三是父親二是母親欲彰乞食事辦故也及知說法不空準婆沙中日初分爲二人則六人共食日後分爲三人則五人共食以佛性離非時食故爾時未爲弟子制非時食經三月教化或云四月餘如論文云三父親者謂馬星摩男拘利餘是母親初見佛道相等者初見在陳如爲後人前相應云佛如鼓機縁如椎法輪如聲初聞者五人俱初陳如初悟故云初聞香道品也昔機如身法輪如香初悟名服甘露滅理也法流即初果登眞即見諦分別功德論云佛最長子即陳如也最小子者即須跋也今未受化是故不論約教中應辨教殊但明觀異從觀判教理易分故故委以觀而分別之況萬二千陳如居首無生乃是諸觀之宗欲令聞名識行例人知心故大師歎古章疏云恨不見其面但恨不見其人今見其文則見其心矣

今如是等雖不見人乃見其智初三藏教人不了像虛故用阿含盲爲譬也初總立譬境智次頭等下譬境因果如六分和合成身如和合成業業託父母如形對像生像必不實由謂實故令後陰起盲如無生智不見如不取三若開眼下明生不生於中初由取因故果生次若閉眼下喻不取因故果不生鏡是助因得果復由執心緣之方助於因而生於果下文準此於中二先總次別初總標不生次不見下總列因果不生次故阿含下別中三科爲二初觀陰次入界初觀陰中二先明陰生爲境次若能下無生觀智初又三法喻合法中義帶總別二境謂因計色淨餘四皆淨樂等亦爾是則五陰皆淨常等即總境也此中想行應云乃至受識應云乃至想行文

且一往次觀中三初正明用觀次既知下明觀成破惑三如是下準因破果初文又三法喻合應知鏡譬若不對盲本在衍門亦可通用具如止觀第五記初法中二釋結釋二先別次又能下總悉皆無常等知色中少無我字是爲下結如盲下譬是爲下合次既知下明觀成破見此中即破二十身見次如是下準因破果中有法喻合次觀入界中先雙標入界次正釋釋中先更寄此便明因緣故知前陰即念處觀屬四諦也於中亦先大海以喻境生次云何下以苦種喻觀不生初境中先約入次以界例初約入中先約眼色二入廣明次耳鼻下舉十入例初約眼色中具列十二因緣初無明中喻文在阿含中五皰者手足及頭例中沙五塵次觀中二初入次以

界例入中二先明眼色次以十入例初眼色中三初略明不生次云何苦下反以生釋三若知下正明用觀初略觀中乃以臭種用喻因緣既以貪恚念欲爲苦種牙即無明又以取塵善惡爲臭汁蠅蛆是行此二不生故十不生阿若最初下結如文通教觀中以境即故不先立境亦先陰次入界陰中亦先總次又觀下別總謂總以鏡像喻五別謂五喻各別譬五並先喻次合初總中先約色陰次以四例亦如於巾求兎叵得人之與鏡皆云幻者因緣各從因緣生故實因實緣和合所生尚自如幻況幻因緣所生非幻如巾如藥於兎名實兎於巾藥名之爲幻鏡像亦然況今先見因緣如幻像非幻耶細推具如止觀第五今且略辨令知觀別故不廣論今亦具有

二空次觀根塵下觀界入亦更寄界入以明因緣故云無明等於中又二先推根塵無明次煩惱下推三世即十二支各有喻合初喻中云根塵聚落者文在大經二十一復以機關釋成根塵和合義也經云譬如有王以四毒蛇盛之一篋令人養飴瞻視卧起若令一蛇生嗔恚者我當準法戮之都市其人聞已捨篋逃走王時復遣五旃陀羅拔刀隨之密遣一人詐爲親友而語之言汝可來還其人不信投一聚落都不見人求物不得即便坐地聞空中聲今夜當有六大賊來其人惶怖復捨之去乃至路值一河截流而去云云合云蛇若害人不墮惡道無三學力必爲五陰旃陀羅害若不識愛爲詐親誑觀於六人猶如空聚群賊住於六塵六入欲捨復治煩惱駛

流應以道品船栰運手動足過分段河十住未免唯佛究竟經文本喻三乘始終今喻通教聲聞觀法言機關者機謂機微可發之義關謂關節假人而動故凡結身口皆由意動而成作業既云聚空即本空也言云云者界文乃略具足如前三藏教明一往且然若委修觀非此可了次別觀中亦先喻境智若欲下起行也初中先立境智次青下明境體量三皆於下結意初立中先境次觀境中初云鏡喻法界者通以迷悟事理始末自他同依一法界也具如在迷能生九界即指果佛爲佛法界故總云十是故別人覆理無明爲九界因故下文中自行化他皆須斷九九盡方名緣了具足足故正因方乃究顯次體量者此中但以青等八法喻十界者或離或合隨便爲言故合二乘及以人天復略脩羅仍開菩薩亦可初地爲佛法界諸文開合隨義準知又青黄等別人初心與藏不別故得借用正法念喻但加長短等耳言皆於鏡中者不出法界法界不出迷悟迷悟不出於心次起行又五先示自行化他分齊以別教中無性德九故自他斷別修緣了而嚴本有常住法身次依於下依境起行亦指但理爲九界覆而爲所依法界秖是法性復是迷悟所依於中亦應云從無住本立一切法無明覆理能覆所覆俱名無住但即不即異而分教殊今背迷成悟専緣理性而破九界三次第下明因滅四若無下明果滅五生亦下總結因果雙明不生即界内外二生不生俱不生也化物横辨文闕不論次圓觀者先喻次合喻中

言觀鏡者一法界也圓圓者理境智也觀即是智圓圓是境次不觀下明觀相背即無明而即智明鏡十界因形十界緣像十界果又鏡明性十界像生脩十界故形像脩性皆具十界並不出於法性理鏡見明形像脩性本如鏡内外一離於三教分別情想總以不二無分別智依理通泯心境明暗故云不觀觀境不殊理無明暗故云非背等約脩得說故云不取等次但觀下結意中但是總略出其觀相不謀而照但觀圓圓無始終故故無際畔本有故無始常住故無終明暗如前無一異者雙非像無像也不取下合也初不取者泯前十界善惡六界也以六對小故云邪正以菩薩佛用對於小故云大小一切並泯故皆云無不復分別若性若脩但緣下泯前心

境以法性實相即是三諦三觀一切佛法之大都若泯若照無非法性法性之體離泯照故全泯照是觀煩惱下明觀體秖觀三道生即苦道三道即是三德於中初總明立觀從陰入界即法身去教用觀法本觀理是不觀染除染體自虛本虛名滅故妙體滅不立除名障體即德不待轉除故云生即無生次解脫即業等結成無生次是三下複踈總結次況變易等者以重況輕界内重障尚即妙德況界外輕耶令仍約底下三道若具論者應約諸三法也此中圓觀不同藏別先境次觀者若法若喻皆不二故語雖似通觀境別故所以釋陳如中教相約觀其義廣者以最初故若聞阿字解一切義下去諸聖雖隨事別論其觀行不出無生如頭陀抖擻乃至密行

亦何出於智斷無生故下去文準此可知言云云者應具須十乘十境及方便等全指止觀一部文也故止觀破偏中亦以無生爲首故今略示大綱若於阿若權實始終不迷欲以圓觀消今經中五佛三周本迹流通無非無生之大體也則能兼識一代觀境故於名下略指方隅秖如世人爲子立號尚有所表況諸聖者豈應徒然若不然者則唐設無生之名永無無生之旨大小混濫權實杳冥此一既然餘例準此本迹中初約五味正示本迹此中阿字顯偏入教次衆生下勸物思齊則五時功畢次非本下明不思議體用功畢故下文下引開迹證種種之言亦不出五時八教又隨本長短凡經幾度爲五時八教示不生來引阿含者引迹證本寄迹中本迹示

其尊卑本地高下非此可悉故雜含三十一佛在舍衛夜暗天小雨時告阿難言汝以蓋覆燈隨佛後行阿難受教至一處世尊微笑阿難白佛佛言非無因緣汝今持蓋隨我而行我見梵王持蓋燈隨陳如後帝釋持蓋燈隨迦葉後乃至毗沙門天王持蓋燈隨劫賓那後所以偏於通序中如是乃至諸聖弟子具四釋者以如是通指一部我聞能聞一部時處教主必無異途咸是斯經之大略況諸弟子在大在小若顯若晦爲主爲伴示訥示辯有屈有申猒外欣内背大向小引小入大會偏歸圓自因之果皆爲衆生作種熟脫去來今益所歷既多時處不一良由機緣生熟未等今既咸會以昔望今令成今教人法俱美故用四釋令了機應從外至内後入法華

本迹兩門先後悟入皆藉引導影響發起隨聞一句若人若法皆成化儀悉可爲觀故於一人徧須衆釋況令後代聞名起行禀教識體思迹覩本尋其因緣廣照始末若得此意於一人所於經一句可以爲上求境可以識下化機可以曉聖者化儀可以了凡衆禀益可以達名義同異可以知行等理殊可以知隨聞成觀可以解迹本人法可以信化事長遠可以仰聖恩難報可以知衆生難化可以知會理至難他不見者謂爲繁芿況得今意凡聞諸經一法一事一人一行則解十方三世佛事唯除淨土餘塵施化況復亦以比丘思之故知諸土諸佛用教現身雖復不同然思修之門其理無別

法華文句記卷第一下

音釋

洮汰 洮徒刀切汰徒蓋切洮汰淅瀾也 粳 古行切不黏稻也 麨 尺沼切乾糗也 皰 匹貌切 飴 盈之切猶餳也 抖擻 抖音斗擻音叟

法華文句記卷第二上

唐天台沙門湛然述

迦葉緣起傳中最廣豈可具書迦葉是姓故云氏也負圖者如此方河圖十二遊經云佛成道第三年始度五人第四年化大迦葉及三兄弟第五年化目連身子聚落多人所居但勝人當名畏勝王者民物不合勝王耳三捨者捨此已下是也後時佛語等者增一云佛在迦蘭陀與五百比丘俱時迦葉乞食前至佛所却坐一面佛言汝年老長大志衰根弊可捨乞食及十二頭陀亦可受請并受長衣迦葉曰我不從佛教若如來不成佛我作辟支佛辟支佛法盡壽行蘭若行佛言善哉善哉多所饒益若迦葉行頭行在世者我法久住增益人天三惡道滅成三乘道十住婆沙十二頭陀一一各具十種功德廣在第十四卷十二頭陀品中增一四十六在增十一文中樹下露坐合之爲一故知法相不可一準大論四十九說無生忍爲十二頭陀屬通非藏故今約教極在涅槃有無同異具如上觀第四記四神三昧者四神足定也由四神足有此四用無形者能隱没故無量意者知他心故清淨積者能變穢故不退者能入惡故言四定者此是必定定得諸禪及以無漏能善簡擇戒法具足由是諸事得無退轉文陀竭王者頂生王也天人咸等者增一云迦葉聞天人稱爲佛師起嗚佛足云佛是我師我是弟子又迦葉下如别譯阿含第二十云佛在迦蘭陀迦葉共阿難入城乞食阿難云日時未至且往比丘尼精舍迦葉如言諸尼

遥見來歡喜敷坐具竟迦葉即爲尼說法時偷羅難陀心不甘樂即私云長老迦葉在阿難前說法如販針兒至針師門求欲賣針終不可售迦葉亦爾在阿難前而說於法迦葉天耳遥聞語阿難言何足可怪迦葉於比丘尼前作師子吼從座而起即還所止今文從迦葉語尼言去文即迦葉師子吼文也又别譯阿含乞食法從家至家不足便止有云至七家不足便止四大弟子者迦葉賓頭盧羅云軍屠鉢漢文列七大若并本族大及諸天戀慕爲慈悲大合爲九大若以此爲四悉者姓及捨受即世界三行大即爲人聞名覩行皆生善故第四印可即是對治以佛印可息疑怪故位與慈悲即第一義見理入位故集法持法並入位之功集法中引肇公者明集法功多又文中位大者不獨論無學位也以德高望重所掌職大云云者因緣縱多並爲四悉攝盡次約教中先約事境次且約下乃約諦觀以分教别事境中云離五怖者王賊水火惡子二是衣等者從初次第以數對之但文中闕次第乞下之三教並以初事爲境說者須委解十二頭陀各作八十八使三十七品等頭陀既爾況餘劣行忝預道流聞此勝法而不自省心行耶相似相續者念念生滅迷謂相續凡夫不了妄謂爲常三受俱苦適意之受其實苦也動非自在動故無我通教者事境指前但約行相以辨諦觀亦應可見别教法身爲所依者期心法身修二德故文後云云者不委明横竪位位抖擻别位横竪自他門戶不可卒備故也圓教既云住處

即二驗知即是本有三德修得亦然一即一
切等者不出三德一即一切行衣也一切即
一慧食也非一非一切身處也云云者未明
行相且對頭陀約本迹中云捨法愛者既云
與如來同得即捨眞似兩愛也乃至隨在何
地地地離愛故論夂本本地三德迹示五味
頭陀事中衣等凡釋本迹大旨如前明數中
辨觀下云云者亦不暇具述諸觀次第圓頭
陀者正當不生不生之三德也故下三人復
對三德其理宛同剎者應云剎摩此云田即
一佛所王土也今名剎柱者表田域故故諸
經中多云表剎若欲明四悉者初是世界族
姓住處不同故毗婆尸下爲人也共立剎柱
以爲善因佛作下是對治見佛即能除惡故
也佛即語云下第一義能於小乘見眞理故

佛作十神變者文中一往且列十事然律論
文不專此十又文中雖列事未委悉增一瑞
應廣明其事今略出之使文可見增一云佛
入迦葉窟毒龍放火等佛收毒龍住於盔內
至迦葉所迦葉請住三月供養時至請食佛
言前去便往閻浮樹取閻浮果乃至云沙門
雖神不如我道眞次往東弗婆提取毗梨勒
果次往瞿耶尼取呵梨勒果次往鬱單越取
自然粳糧皆如前云沙門等又於閻浮提取呵摩勒
果欲作大祀五百弟子欲破薪斧舉不下迦
葉問佛佛言欲得下耶斧即下下又不舉如前
欲然火火不然欲滅火火不滅如前迦葉念欲
大祀必有諸王貴人來瞿曇端正若人見者
令我失利若明日不來我則大幸佛知已且
往北方取粳糧瞿耶尼取乳汁往阿耨池食

暮還石窟中迦葉問昨何不來佛言我知汝心故不來具爲說前事又因四天王來聽法夜有光明明日問佛佛具爲說次帝釋梵王來亦爾迦葉問能令我祖父來聽法不佛便令來云云恒水卒長迦葉恐佛爲水所溺使弟子往看水不没足在水上行如前佛言汝是盲人目無所覩如是神變固云道眞佛云汝能水上行不令方共水上行云云汝若不捨邪見令汝長劫受苦聞已頭面禮佛求悔乃告弟子各隨所宜我師世尊語弟子言我見降龍時已有心歸假乃至五百弟子皆聞善來得成沙門果並以術具投之於水隨流而下二弟復有五百弟子見火具下云云亦皆善來以成沙門佛欲至迦毗羅衛問佛何以至彼佛言一切諸佛俱有五事一轉法輪二爲父說法三爲母說法四當導凡夫立菩薩行五授菩薩記是以至彼爲父說法父王因令千釋出家以自圍繞約教者亦應具列四教解三人行德而列五味者味攝教故約本迹中以三人對三德者圓德必一人具三但一人偏從所表一德爲名既是共表體同性一故也觀中亦爾初得中道次遮邊倒後照邊諦故知三德即不思議圓無生也釋舍利子引生經等亦具四悉初是世界以明宿世及胎中故難陀下生善以令國人生信及見頞鞞能生善故調達下對治能治調達及度差故中舍下第一義歎與佛等故昔者等者彼經五卷出第一卷今更略出令文可見彼釋著我所中云昔無數劫甥舅俱爲官御織師見藏中好物便生貪心即共議云吾等織作勤苦

具知藏物好醜寧可共取用解貧乏後人定問盜得無貲監覺白王下如疏文後時復來甥語舅言舅年衰弱恐爲守者所得令從地窟却入如他人見我力强壯便能濟舅果如甥言甥知不濟恐明人識輒截頭留身而去王令棄屍如疏王令微伺伺之不密甥因教童兒執火舞戲猥閙投火伺者不覺如疏王復出女嚴飾璣珠安置房舍於大水邊如疏王先教女如疏女執其衣其曰用執衣爲汝執我手其甥凶黠先備死人如疏王曰如此方便無雙當奈之何女妊娠十月生男端正使乳母抱周徧國界令有嗚者捉之終日不獲甥爲餅師住爐下小兒啼哭餅師與餅而嗚乳母白王王云何不縛來乳母曰兒飢餅師與餅不意是賊王又令如近兒者捉來甥又沽醇酒喚乳母

及伺者飲伺者大醉盜見而去如疏前後各二百五十騎甥在中央不下王因往入騎中捉之云汝是前盜不前後捉汝何不得耶稽首答曰乞此餘命王曰卿聰黠天下無雙隨卿所願如疏兼則相不祥者在道以相則之所則之相凡屬已者皆悉不祥師事沙然梵志等者增一云舍利子與目連二人求道無剋乃問師師云我自歷年求道無剋爲道無耶他日師疾舍利弗在頭目連在脚命欲終時乃笑二人俱問笑意如疏二人筆受如疏由是發誓若得甘露必與共甞中含第二至寧可盡者彼七車喻經云舍利子見滿慈子如疏彼第二七法品中廣述緣起言生處安居者經云生地即本生處也生處諸比丘白佛稱説滿慈子等如疏白晳音析光悅也若析音美色也二義

俱通戒淨等者準淨名疏云戒淨者正語業命心淨者正精進念定見淨者正見正思惟斷疑淨者是見道知道非道淨者亦名分別淨道迹知見淨者亦名行淨此二是脩道道迹智斷淨亦名涅槃淨即無學道至約教中方分教别後二須用同體見思此以有餘稱無餘者七淨始從事戒終至智斷皆是有餘報終入滅方證無餘七淨乃是無餘之門若即以七淨爲無餘者故知乃以有餘稱無餘耳無餘必假七淨方至故云離七亦無拘薩羅者舍衞婆雞帝者地名未知里數作師子吼者雜含舍利子師子吼經中佛説一句義三問身子三不能答佛少開已入於靜室舍利子集諸比丘語言佛未示我事端即不能答我於七日七夜演其法而不能窮佛命目連往祇洹喚身子等者佛在阿耨達泉五百比丘俱阿難侍佛坐金蓮華七寶爲莖五百皆集時龍王云此衆空缺不見舍利弗願佛遣一比丘喚時舍利弗在祇洹補故衣（五納秖是雜色）舍利弗曰汝先去至彼我即來目連云汝神力可勝我耶乃令前去目連曰若不時去吾捉汝臂將向彼泉舍利弗言目連試弄我舍利弗即解衣帶著地語目連言汝能舉此衣帶不然後捉吾臂將去於時目連念舍利弗輕弄於我目連曰此必有意事不徒然申手取帶不動一毫盡其神力亦不能動舍利弗取帶繫閻浮樹枝令舉時閻浮提地一切皆動舍利弗言目連尚能動閻浮提地何況此帶今當繫餘天下乃至三天下皆能動之如動輕衣次繫須彌山小千中千大千皆能

動之是時天地大動唯佛座及阿耨達池不動龍王問佛何故地動佛答(如疏)龍王曰誰神力勝佛言舍利弗勝龍王曰前何故云目連神通第一佛言目連能住一劫舍利弗住多劫他云邊際定者秖此定耳舍利弗入三昧目連不知名舍利弗復作是念目連動於大地蠕動死者無數我躬聞佛說如來座者不可移動今以此帶繫之目連復舉所以不動令云他方佛座脚小異耳目連自念不於神力有退乎欲往佛所而問其事目連捨至世尊所遥見舍利弗在佛前坐又念佛弟子中我神力第一然今不如舍利弗耶便往問佛將無不失神力耶我前發今在後到佛言汝神力不退但舍利弗所入汝不識耳龍王聞此甚大歡喜諸比丘私論佛弟子中目連神力第一今不如舍利弗便於目連起輕薄心佛告目連汝現神力目連禮佛即於佛前往東方七恒沙界佛名奇光往盋緣上行彼衆見謂蟲示彼佛彼佛云西方七恒沙界(云云)彼佛令現神力莫令諸比丘起輕想乃至令盋囊盛五百等著梵天一足蹋梵天一足蹋須彌說偈聲滿秖園諸比丘聞不知所在問佛佛言在彼界(云云)諸比丘白佛令目連歸(云云)彼比丘欲來佛令將來佛爲說六界法令還目連送歸(云云)如般若中說者彼經富樓那說破菩提見故是通意諸賢聖自說已法等者此中釋通教因引般若共菩薩行必破菩提法輪等見方名菩薩故引諸大乘經中凡諸菩薩自說已證皆爲利生或對佛述解非如凡夫自謂已見而稱已能故云妄有所說釋目

連中吉占等者父名吉占其父初生時相者占之言吉因以爲名目伽略今度五字並是西音故論第十釋如來語密中引目連尋聲彼佛告云目伽路子度何故來此目連乃答言等乃是彼佛稱此五字而命目連即是二土音輕重耳文中路字者誤作略字子字誤作今字同名者多者如中含三十五云有算數目連善知算法彼經佛在舍衛鹿母堂算數目連中後仿佯至佛所問訊却坐白佛願有所問佛言恣汝所問乃至云我以算法存命歸佛出家存本俗業故云也瞿曇善知法相目連不一故別標大見貴與取重文語從異其義一也皆以德行重之耳舍利弗才高而智明目揵連族豪而神爽爽亦明也藝謂六藝略如釋籤然西方智藝有殊此土以有

得禪者故故四韋陀所攝甚廣此中因緣亦具四悉初是世界釋論去爲人外道下對治涅槃下第一義左面弟子者所以以身子目連爲轉法輪左右弟子者通因定生即定慧一雙以此二法爲一切法之根本亦是福慧一雙悲多現通亦是悲智一雙成破法輪準此可知歎峨者傾側貌也有作距峨有作岠峨並不見所出準文選江海賦云陽侯砐硪以岸起砐字五合切今作歎者翕動意耳難陀等者增一二十八云佛在給孤獨園帝釋白佛如來在世應行五事毋在三十三天須行說法佛默然受云云於是便往云云龍嗔放火大風閻浮提洞然阿難白佛云何有此大煙火耶佛具答迦葉那律等各起白佛欲降此龍佛皆言此龍力暴難可化度卿可安坐目連

白佛佛亦止之又問汝云何降答言先以極大身恐怯次以極小身鑽齧然後以常身降之佛言善哉汝能堪任佛復誡言固心勿亂恐爲所燒目連禮佛足至山上現十四頭繞山十四帀龍見恐怖自相謂言我今試降爲勝我不二龍即以尾擲大海水不至忉利目連以尾擲水水至梵宫并灑二龍二龍知劣極大嗔恚雷電霹靂放大火焰目連自念夫龍鬬者皆以煙火霹靂設我亦爾閻浮忉利悉皆被害乃化爲小形云云二龍伏退念言四生龍中無出家者此龍威力乃爾身毛皆竪尊者知龍心伏乃復常身於龍眼睫上行二龍於是始知非龍歎曰甚奇甚奇白目連曰何爲相惱何所誡耶目連曰汝昨有念云此禿沙門恒飛我上耶龍曰如是目連曰須彌

山者是諸天路非汝居處龍曰願恕其過從今已去願爲弟子目連曰汝莫歸我歸我所歸龍曰我歸如來目連將二龍至舍衛目連曰世尊今爲無量大衆説法莫作汝形龍曰如是乃作端正人佛爲説法爲優婆塞時波斯匿王來問煙火事云云佛具答云云王見二龍不起二龍嗔復念國中人民於我無惡云云二龍便於匿王宫上現大霹靂等尊者變爲優曇華龍嗔復雨大山復變爲餅食龍倍嗔而雨刀劒復變爲好衣龍更嗔復變爲七寶匿王不知便云閻浮有德不過於我宫内常有如是等物當作輪王乎龍又自念何無勢力一至如斯念已始復知是目連之力見已便去王得七寶飯等不敢自受將至佛所以事白佛佛令供養目連王得目連力王問何故

爾耶佛具答王方知云云調達引五百等者增一四十七云佛在拘留園時提婆達兜三白佛欲出家佛再不許便作是言此沙門懷嫉妬心我今宜自剃頭脩梵行何用是沙門爲有一比丘名脩陀頭陀乞食達兜往彼頭面禮足願教威儀比丘便教次從學通此比丘教云當知心意識輕重知已復知四大輕重知已當修自在三昧次修勇猛三昧次修心意三昧次修自識三昧如是不久便得神足依言修習名稱遠聞至三十三天採優盋羅華上太子膝上云云廣受供養欲破僧行舍羅等具如止觀第一記時舍利弗目連自相謂曰試共往彼聽說何等彼見歡喜謂來歸之一切諸人咸有此念語舍利弗汝能爲諸比丘說法不我今背痛便累足而卧舍利弗爲

說法已目連將諸比丘去云云後因造逆云云爲火所燒遂入阿鼻阿難問佛當生何處佛答云云雜舍二十九等者彼文甚廣又增一四十四亦云佛在給孤獨阿難問佛如毗婆尸佛弟子幾時生瑕穢佛言初八萬四千年後八十七六三二十至十二次第對七佛帝釋與修羅戰具如止觀第五記佛梵聲深遠如止觀第一記佛求侍者如止觀第六記約教中十四變化者具如釋籤故以十四變化釋四禪耳此乃一切羅漢並得次觀等四俱解脫人方乃具之以具觀禪必得滅受想定次十一切欲令神通廣普故耳練熏修如止觀第九及法界次第中十一切具如法界次第事禪具如玄文及次第禪門十八變如止觀第十記又有人云十八變者謂震動等今爲頌

曰震動及熾然流布與示現轉變及來往卷舒衆像身往同趣隱顯自在并制他施辦與憶念施安及放光又有人云身上出火等依空起慧者空即諦境依境生智通屬智性故云以空慧心次第等者三諦功用通名神通初地已去別名感應三諦次第故云深入獨菩薩法故且云過於二乘其實超於兩教三乘言不以二相等者不二即實相見土即神通依理而見故云不二相見也言云云者令分別之前二修得後二發得藏依事禪通依眞理別地前助圓任運發前二名通名化後二名寄名應前二調伏物後二見物機前二可破壞後二不可壞前二在教道後二在證道前二身通唯現在後二通三世前二聖位方修通後二凡位俱修通前二隨依皆可修後二必須有勝依願得通應在前文因緣釋中然亦可以四願表教今文中初教從事通教從眞後二在理故從容在此言云云者更有多緣皆在願得亦有不願任緣得者即如那律箭挑燈緣引令入極云云者分別五味如前觀心中欻有等者三觀意也實相是中境無有無心契中境故云通至次釋旃延中初因緣具四悉者初是世界增一去爲人與外道論對治及第一義斷見及世典各有破邪及得道故也言文飾者善讚詠故言扇繩者若作肩乘二字並誤以其生時父已去世此見礙母不得再嫁如扇繫繩亦可言好肩好肩胛故言思勝者思是慧數論義功强得思勝名所引長含十重問答者借彼迦葉童女比丘破弊宿文以之爲例計斷者計死後

神滅故以不滅爲難若計常者反增其計故應別以念念不住破之第一重中言今之日月應者初反質答者如今日月爲自立耶爲爲他耶若爲他者爲天爲人秪緣天人他故故有明日若無他世應唯今日若無明日亦無昨日以今日即是昨之明日言析薪者具緣有火如有神緣謝無火如無神豈析無神之身而能見神如析闕緣之本而欲見火者遠矣言貝聲者人身是色爲眼所見神則非色云何可見如貝可見聲不可見若欲於可見中求不可見者須更具緣緣既闕已更反轉求終無得理神亦如是緣具在身緣闕神去至第八番無理可難但云執久拒而固違第九答中兩商人者正邪二見鬼如汝師汝師雖僻亦假稱智故詐爲人像說邪干正以邪

涅槃而云安樂故云前路豐米草也舊米草者世正見也新米草者出世正見人是能乘行者牛是所乘之智信邪師鬼言如汝棄舊尚失人天況復涅槃故云人牛皆死爲邪所噉壞世出世故云皆噉次一商者世正見人得出世正見方棄人天有漏諸法我說正見汝何不棄辭理既窮固拒亦息又世典者增一第八云佛在釋翅尼拘留園與五百人俱集普義堂時世典婆羅門往釋種所作如是言諸君頗有人能與我論不諸釋言此中二人正覺衆中無黠無聞言語醜拙不別去就若與論者當供與千兩純金世典心念此國中人多諸虛僞設得勝者何足爲奇或得我便乃爲愚者所伏思是事已乃云我不論語

已便去道逢槃特世典念言我今當往問彼人義便往問曰汝字何等(如疏)迦旃延天耳遥聞作槃特形而語之曰汝若言我但有神足不堪論者吾當報汝向義更引喻汝汝字何等世典曰梵天又問丈夫乎答丈夫又問人乎答是人又問人亦丈夫豈非繁重盲與無目此義不同世典曰何名爲盲答猶如不見今世後世生者滅者善業惡業不如實知永無所覩稱之曰盲云何無目答即是無有如上智眼世典曰(如疏)又問五陰有緣生無緣生答有非無緣又問五陰何緣答愛爲緣又問何者是愛答生是又問何者是生答愛是生(如疏)世典聞已得果命終槃特報諸釋令辦薪而闍維之爲起偷婆又長含中外道諸計甚廣如云不得手障形不得兩臂中間食二人中間食二刀中間食二杵中間食二家中間食又云先言義者不得食不得兩器食一餐一咽至七餐止更益不過三度或一日一食二日或至七日一食食米食菜牛糞鹿糞樹根華果等自落者食或草衣樹衣毛衣皮衣莎衣留鬘留鬚等常舉一足常坐座(今世已有)常蹲卧棘卧糞卧瓜三日一浴一夜三浴如是等於我法中名不淨法如是等略須識之比有執專坐者未契大道言專坐者以不卧爲功不以不行爲德豈有居暗室乃四儀同凡覩來衆則端拱若聖君子之行尚闕菩薩之道永虧自任胷襟無教可準使後輩不鑒者許之尚之覩行動者輕若芻芥佛猶四儀動作豈末學者過之夫道在心不在事法由己非由人既不能縮德露疵且顯晦均等約教

釋中皆云破斷常者凡云論者以破邪爲先故各於當宗以立能破依總持四辯者且以俗諦三昧而爲總持四辯者具如法界次第以藥逗病破斷常者入愛見假先破斷常故又破斷常有二種義一以諸觀共破界內見惑斷常則四教皆以見惑爲境具如止觀第十二者展轉長短不同則三教皆破界內見惑唯有別教先破界內斷常次破空有斷常後破空假斷常圓教一念破三斷常觀心論義中言往復者智研境爲往境發智爲復數觀數發數往數復釋阿㝹樓䭾中種姓等廣在賢劫等經大論亦廣釋姓刹利也若言瞿曇者具如下述若作四悉者初是世界仁賢劫下爲人那律下對治佛廣下第一義言無獵者兔非獵得故云也具如後文稗飯雖輕以盡所有及田勝故得勝報亦可於此廣明施相但於此中非急始民主至善思者善思生懿摩并及四鐵輪合八萬四千二百一十王具如律中言草創者草亦初也如布衣初遇汝當解王衣者令脫王服被瞿曇衣使隨師姓此方古俗皆從師爲姓如竺道生本不姓竺但事竺法汰爲弟子耳自安公來令同一釋種譯十誦律乃見其文律云四河入海無復河名四姓出家同一釋種四子被猜者是次母之子爲長母所猜賢愚經者彼經具列宿昔施食遇兔等緣略如今文眠是眼食者如止觀第四記佛與八百爲作衣者佛在舍衞那律語阿難言倩諸比丘作三衣我衣壞阿難房房語諸比丘又往娑羅邏巖中俱薩羅梵音不同諸比丘如言佛見阿難問言汝作

何事阿難具答佛言汝何不信佛佛與諸比丘爲釘張截割諸比丘縫一日即成因說迦絺那云云約教中兩重者初重論發次重論修四教通論發者意明修成雖少不等大體不殊肉眼雖失天眼復成望後故論次第不次第具如止觀第五記亦應明開顯等此中正明天眼兼明四眼耳觀心中不云慧眼者闕耳應云觀因緣定心即天眼空心即慧眼釋劫賓那中初是世界是比丘下爲人中夜下對治豁然下第一義禱星等者爾雅云天駟房注云龍爲天馬故房四星謂之天駟星也即東方七宿中第四宿也若準西方宿復不定具如止觀第十記約教中皆云棲者依如來所證處以釋宿也則當教明佛分齊不同釋憍梵中初文含四悉故不分之至後自結翻牛呞者過去世時曾作比丘過他粟田摘看生熟後五百歲作牛償之今得無學尚有餘習結四悉名在中間總釋前後文也故又云去重釋前四悉意也次佛滅去重更別釋第一義也水說偈者論云憍梵般提稽首禮妙衆第一大德僧聞佛滅度我隨去如大象去象子隨約教中皆著示者若作垂示義兼本迹若作教示正當約教約觀心中正用丈夫牛王而通取白牛引駕釋離婆多因緣中初是世界假和合去爲人對治增一去第一義故且約爭屍一緣秖具二悉若依爭屍緣自具四悉者假和合世界也易度即爲人問人即對治聞說即第一義二鬼爭屍緣在止觀第七記引增一重證第一義耳有口失緣在金藏經約教中還寄爭屍以爲義本別教

云非已有等者凡别教中立佛界者有其三意一者以理性爲佛界二者以果頭爲佛界三者以初地去分名佛界今言十界皆非已者指初地去分佛界耳若指果頭應云九界非已有耳圓教中非我非他者非眞非緣復非共離又非已有不同前兩非他有不同别教前約教則寄假合今本迹觀心並約星宿皆隨便耳見佛如星般舟中意觀心下云云者應廣引般舟三昧云云釋畢陵伽廣明慢緣在止觀第二記若約此爲四悉者五百世世界也懺悔具二悉引增一即第一義觀心後云云者三觀總别俱是第一義所破之惑俱得是麤說等也釋薄拘羅因緣中初文是世界年一百六十去生善身樂去是對治故增一云壽命等是第一義昔施呵梨勒者過去

毗婆尸佛時以呵梨勒施一頭痛比丘自是已來而常無病言持一戒四戒莊嚴者少分優婆塞受時俱五期心多少增一云佛語優迦尼夫食者長善滅惡可以食之若長惡滅善則不可食持戒破戒亦復如是多毀犯下云云者應分别之如云若破一戒當墮地獄若持一戒得生人中冊三問能持不者令三自歸故持一戒得名少分乃至滿分報恩第六五戒不許五種販賣一畜生直賣者得二弓箭三沽酒四壓油五五大染色罽賓已來麻中無蟲處聽流沙諸國染多殺生秦地染青亦多殺蟲前四皆云不販者得藏中有一卷五戒經分爲五品甚是持五戒者所要塔猶有是力者二義一者舍利之力二者護塔神力本迹中大寂定者秖是大般涅槃長壽

去寄迹事以立本德本住眞常迹現長壽本居極樂迹示無病本入自在迹居不夭本住圓淨迹示閑靜釋俱絺羅因緣中雖對身子爲成舅德且從舅說族姓即世界見姊即爲人棄家至隋去負對治即低頭去並屬第一義中含五十八舍利子與俱絺羅論有多番初舍利子問云何不善云何不善根俱絺羅答身是不善貪等是不善根問何者是智慧答四諦是問何者是識知色聲香味觸法者是問識何所依答依壽問壽何所依答不別有依依壽有煗如因油有燈更有多番釋難陀因緣文甚略亦云放牛者大論云頻婆娑羅王請佛及比丘僧三月安居語放牛人令近處住令日日送乳酪酥等終竟三月王甚憋之令其見佛其乃與諸同輩議云曾聞一切

智人即淨飯王子彼生在王宮頗知放牛事不乃入竹園端坐問佛佛爲說十一事等具如止觀第二記因發心出家成無學果從本爲名故云放牛言善歡喜者從初慕道爲名歡喜中勝故云善也欣樂是善喜之別名耳若以此義立四悉者翻名即世界十萬釋即爲人佛說放牛事即對治得果即第一義約教中云歡喜住者住無歡喜之名但約別地證道既同故借地以名住釋孫陀羅難陀因緣中初是世界四月下爲人婦即下對治云云者文略義當後時得道是第一義彌沙塞者彼律乃是跋難陀且以名同釋之俱端正故地獄天堂已後文廣如止觀第二記本迹觀心如前者如前難陀中釋富樓那因緣中初是世界是人去爲人增一下第一義欲還

本去對治歎滿者重舉第一義須菩提中初文世界常修下爲人空是最勝行即業也現報復勝故云善吉住無諍去對治佛忉利下即第一義觀心中列四句者雖通諸觀於修空行其義更便言法身者且順前第一義中意非獨此中必云法身釋阿難因緣中初是世界中含下爲人自誓下對治育王下第一義宗社者具如正觀第四記本迹中約歡喜地以釋本住地即住也約觀中相似乃至相應者亦可通取名字言云云者具述觀相釋羅睺羅因緣中約往世今世及祖王歡喜並世界也諸能破障邊多是爲人諸所破障邊多是對治後得道是第一義準雜寶藏經羅云是佛得道夜生以羅云六年在胎若佛十九出家乃成二十四得道若三十成道乃成

二十五出家不同見別不須和會乃至諸釋起謗及息謗等具在彼經事不可具未曾有經復甚委悉寶女等者瞿毗羅云我常與耶輸進止共俱未曾有過言寶女者是天種不孕佛不出家當爲輪王天送寶女以爲侍者或云是羅刹女如天帝釋亦妻脩羅女大論十九云耶輸陀羅菩薩出家時自覺有娠菩薩六年苦行故懷妊亦六年乃令諸釋有疑因佛還國羅云以一器百味飲食及歡喜丸以上於佛佛變五百羅漢與佛不殊羅云送食直至佛所諸比丘空盋而坐章安云寶女能生千子法顯傳云王妃生肉團如瓜瓜有千瓠瓠生一子有千子此與大論文復小異而佛索令出家者未曾有經佛令目連從瞿姨索瞿姨不肯空聲告曰汝過定光佛世買

華之時願爲他妻好醜不離所有盡捨唯留父母今何以惜子問文中何故不云瞿姨但云耶輸答昔時瞿姨是今日耶輸今日瞿姨乃是天女故羅云以沙彌之年者中含第三云佛乞食訖至溫泉羅云住處羅云爲敷坐具汲水洗足佛取水器瀉留少水問羅云見不答見佛言我説彼道少亦復如是次令水盡次令器覆皆答佛佛言彼道盡彼道覆皆語羅云當作是意不得戲笑妄語而説偈言人狂一往謂妄語是不畏後世無惡不作説是頌已問羅云曰如人照鏡欲見其面見淨不淨如是羅云將已身業觀於彼淨及以不淨善不善已作當作皆當受善惡果報乃至口意亦復如是一一觀察四大羅漢名如前佛勑云吾法滅盡然後涅槃準寶雲經第七

佛記十六羅漢令持佛法至後佛出方得入滅彼經一一皆列住處人名衆數等故諸聖者皆於佛前各發誓言我等以神力故弘護是經不般涅槃賓頭盧羅云在十六數却不云迦葉本迹中云八種障等者意云本住無障迹示十障障涅槃者謂生死障使不得入涅槃故即前文中初八番是一種障生死者障使不得至於生死即第九是次被佛勑不得涅槃故障無餘即第十是又前八文障義小異一二三兼六年在胎爲胎等障故云覆障第四謂宿世常障故云覆障第五爲疑所障故云障第六約父不許爲父所障故云障餘準可知觀心例前者具如諸文今應云即假故障涅槃即空故障生死即中故障非生死非涅槃乃至三惑能障三觀所障之惑有

思議不思議等

法華文句記卷第二上

音釋

頞鞞梵語也此云馬勝頞鳥葛切鞞駢迷切　距䟔距普火切䟔音我

稗旁卦切稊稗也　燸乃管切與煖同　⿰柬瓜郎電切瓜⿰柬瓜也

法華文句記卷第二中

唐天台沙門湛然述

次釋少知識衆中非但不歎又不列名以少人知而云聖與凡等者釋少知識所以凡不測聖故云絶交非聖全不交凡名之爲絶如以凡望凡交者方識況以凡望聖理合絶交交好既絶豈以識之多少言耶特以等者今聖爲引凡發彼同類機緣不等隨類接之故現少識之迹以接隱德之徒故不以凡夫能知能識而判所知所識位高下也故言不可以多少之迹失其本故不可以多人知識爲本高以少人知識爲本下又不可多知識者爲有實本少知識者爲無實本故知多識少識俱迹而別有理本若久本者自有實成若欲此中辨四悉者多少異故世界隨順物機爲人藏名隱德對治高下莫測第一義三藏十八種學人等者具如止觀第六記通教學無學位兩節判者前約二乘後約菩薩又前約三乘共位後約獨菩薩位約別圓中亦兩節判者前云功用無功用即約地住前後次具不具即等覺妙覺初入無功用亦得名爲無學但是分得故更約具足引阿含意者爲開第三句義端故也外人所以作此問者汝云羅漢既云無學何故更須隨逐世尊若爾下假問徵起答中即成第四句也凡言學者爲進斷故如七反一來不還皆不復學若歷果進者義屬前句況已所已斷不復更斷亦當第四句也更加雙非即五句也兩教聲聞悉皆如此四教例者通教更約菩薩者前兩句如前後兩句者學無學當地住故無學學

者無學在佛不可更學還應退取六地爲無學出假名爲學若準羅漢佛亦住於善法爲無學學別圓後位唯不得令佛更有所學則闕第三句準通可知並以凡位爲第五句則後三教並有兩節皆成五句本迹中云居滿字學無學者別圓兩教皆取未足位其中不妨亦有古佛即是第二節無學人也又滿字者滿通三教簡二從圓衆生應以半字學無學莊嚴雙樹者初從半字引入圓滿即鹿苑示枯方等示榮爾時已是莊嚴不二始行執迹而暗其本來至法華涅槃方始顯說即大經中舉因六人既見佛性同於如來二而不二故云莊嚴觀心中已立學無學二句應更立二句不緣而緣名無學學常如是觀名學無學對未修者成第五句亦可約理爲第五句亦得三觀各爲五句思之可見約觀爲數中云界如互論即具二千者百界千如但成一千即十界百界界十如復應更以百如千界又名一千且如十如初後相在則十如爲百用對十界豈非千界此且一往論其單數若百如中之千界界十界百界中之千如如如十如何但界如各一千耶是則重重無盡不可數知將何以爲二千定數故云不可思議諸境皆然且隨便說故云二千因緣約教中並但列數於義即足不須別求故前二文直列而已若欲義立聞數歡喜生善破惡入眞諸教用觀對數解異即其意也舉迹下本迹也舉迹等者即此迹法是本法也本自有迹故云本迹非迹無以顯本此迹即是本家之迹非本無以垂迹故二千迹中之迹

即二千本中之迹上下悉然釋妨如前多知識中列尼衆中破舊解云又復無文等者比丘衆末結云如是衆所知識故可云多學無學文末無此結故望前多得云少耳尼衆二文前無衆所知識之言後無可望以之爲少故云無文義不可者比丘衆約歎德不歎德列名不列名及數多少并有結無結以判多識少識今尼衆中但標二衆主名二人之後但云六千及亦與眷屬俱並無結列豈有六千爲他所識直云眷屬不爲他識耶尚不例上藏名隱德豈得云少大小者舊呼大小名聞等已如前破又復耶輸此翻名聞豈得却以爲無名聞云云二尼並闕約教者準例合有亦應約僧具有四教五味問大愛道之名何故用智度以消本耶復非佛母何以引佛母釋之答以有智故方能愛道既愛大道智度亦大況凡女人皆能生子故借淨名法門之母令生已心導師之子數無約教大意如前觀解數中以六根爲六千者雖借下文法師功德品文今此並是義通初後若的屬尼衆並是聖位六根已於三周得記故正用華嚴十種六根表本法門者兼本迹義也耶輸中以子標母者凡以子標父母或以父母標子皆有德業爲他所識者可以相顯比丘皆然或云無翻者非獨耶輸一切未翻者多具有翻無翻例修多羅等佛妻者果中說因也則出家之時已捨耶輸故有佛號時無復妻也觀解以表三夫人者鹿野不生故表空耶輸有生故表假復居三觀之中瞿姨位大表中明矣上當分下合明本迹觀心於中先明

來意次正釋初又二初總次別初二句總明者當分兩字皆去聲呼所以共明本迹觀心者以因緣不可合釋約教理應互通今欲主伴共論本迹觀心便故然菩薩雜衆各有本迹觀心不共明者形服踈故無始終故非物重故非經別爲故又因緣教相不別明者從本垂迹秖是感應感應所爲不過教相故但本迹自攝餘兩若爾上文已有此兩何須重明答由化緣不同莫非益物因緣相關須共設迹或一人關多人多人關一人或一人關一多人關多故使始終親踈主伴顯密共成一化又諸聖觀行能觀所觀一刹那頃含納一期事理權實人法主伴隱顯善惡無不爲此心觀攝之是故須約王所以明次顯善權下別述來意初句明本迹來意次句明觀心來意權中之最故名爲善無一聖者不順機緣故云曲巧無一心所不成妙觀故云精微隨機故曲誘進故巧無雜故精理極故微從夫首楞嚴去先總釋本迹爲三先叙垂迹總論利物之道次今且下明主伴同懷化方三以此下總結三昧之功初文明本迹所依本地所依首楞本也示現迹也稱適者明垂迹意靡所者明垂迹相諸大小教明諸羅漢但得四智直被彈斥洮汏而已不明化意爾時誰云生陰未盡梵行未立所作未辦仍有變易故知但約界内明盡若開顯巳本是大權所以先外次小傳引入圓故非首楞之本無以垂於化迹故云靡所不爲次明主伴化方者爲六初主伴降神次若三十二下明師資誕質三若皇皇下明共禀世道四若法下明

能所生熟即指鹿苑小乘五共輔下更熟未熟即指方等般若六次聞法華下明主伴功畢初又二初主也次法身下伴也次文又二初師也次諸大下資也第三文亦二初師示稟世道次諸大士下次示受邪化第四文亦二初知所化尚生次若所下鑒所化機熟第五文又二初方等次般若第六又二初正明功畢次法王下重述半滿以顯化功分文竟次略釋之言近論者且捨中間以述伽耶聖后者聖皇之后后亦德政故法身等者亦有古佛且云菩薩主既降神伴亦在迹金姿者金色美容也大士者大論稱菩薩爲大士亦曰開士士謂士夫凡人之通稱以大開簡別故曰大等如世云仁士志士等亦以仁等簡之令人中發大心者名大開是發之異名引

物不同故諸相各異空室者須菩提生時室內一切皆空表解空故雨寶者樓那寄辦通夢者舍利弗太子等者初同後異欲奪先與故爲皇等處其極尊而爲先導如因果經云佛將降此閻浮時有九十九億衆棄斯大衆及忘四天下故云捨國棄金輪位故曰捐王示習世定故云學道諸大士等亦示受邪化故云請業過其所習故曰兼通却攝彼衆故曰宗匠如身子十六聲振五天與目連共師沙然梵志未經旬月沙然徒衆盡以付之大法欲啓先爲開闢如陳如等知所化既生能化猶與分庭抗禮如迦葉等抗者易云如進而不知退知得而不知亡亦對也未肯爲臣故分庭不退崇我道真者具如迦葉緣中機熟可化故云易染等諸大士各掌一職智慧

身子神通目連辯才迦旃延三昧富樓那更度未度者雖師徒受化化道未休度兼二義若全未受化則方等中更令入小若諸菩薩但令盡無明言重熟已熟者大小兩熟位旣未終理須進入釋慕大中云不知者秪此不知之言即大機冥發下云機情二索即此意也含挾等者謂般若中通教二乘故彼部中通教眞中具大小故名之爲含大帶於小故名爲挾從始至終通大小故出內等者明領業也自他之法皆令知故出內具如下疏中說出內兩字江南多分去聲呼之非無所以若人之出入出字可從入聲人之所運可從去聲內字南北二音義同但恐濫內外故從南音共謂通教若爾何不付藏答先已得之別即別圓偏圓具如玄文分別彼加爲奉命

所說名領知名說爲領無別領也猶住小果名無希取轉成熟酥名未頓捨望後極教故名爲雖被加領法其心不驚名爲通泰故漸已之言通昔通泰唯在熟酥次聞法華明至第五時具如信解中廣說顯眞遺體故會天性天性定故父子義成昔結大緣名爲眞體得受記莂父子義成定昔二萬佛所方乃堪爲記莂孤調涅槃故云獨滅尚無一人獨滅豈留多人法王下更述一代化意初用下借半滿枯榮以成化事釋上方便權巧之言大化功畢故曰身子等不待涅槃故云息化贖命如釋籤若此釋者方釋法華經衆總別兩重消釋本迹尚恐失旨直爾一句翻名而已何異諸教聲聞衆耶唱滅等者正由功畢唱滅言興故唱滅之緣正在斯典二萬燈明等

者準文殊答問引往所見皆無後教當知即於法華訖化若東方所見具見法華涅槃是則引同令佛故也若迦葉出世其土猶淨理同往見雖涅槃有無不同並於此經顯實爲學等者男如寶積善德等女如月上無垢施等道謂出家二衆俗即在家二衆發起等四皆悉有之乃至良賤人畜親踈恭慢瞋喜凡聖其相非一故注云云次總明觀者總別大旨委如前説以二十心所共輔心王而緣善境如初起觀不離王數通數猶通通至善所以此大善歷緣對境其善轉深如至令經故此善數無別心體還秖轉其惡數而生故從外入小從小入大自始歸終方名善極善行雖多不出此十故云十心爲本轉旣極已還同心王無善無惡如諸弟子得授記已分同法王故云立也又漸轉者如諸聲聞若頓轉者如頓菩薩無非實相使王成究竟法王子成法王眞子咸堪補處轉化餘生是故於中先取善心然今所列並準舊譯新云信及不放逸輕安捨慙愧二根及不害勤唯徧善心初三句一字列後四字結若欲對舊名略辨同異者新云信謂於三寶所忍許故也與舊名義同新云不放逸者謂修諸善專注爲性舊名爲念念謂憶持名異義同新云輕安者謂輕利安適堪任爲性舊名爲喜喜悦安快亦名異義同新名爲捨謂離沈掉與舊名義同新云慙愧舊云猗覺名義俱異新云二根謂無貪無嗔舊云定慧名義亦別而道理大同以無此二定慧方成定慧亦深淺不同二根非無優劣新云不害謂無損惱爲性舊名

爲戒名異義同新云勤舊名進名義大同其名義全不同者譯人意别不須和會今此貴在從名入觀故善王善數共導諸惡以成妙善故通心所輔王亦然以數對人隨其行相亦應可解十人既爾以十望諸乃至無數不出心所何但一萬二千乃至未受化來以惡心所攝之亦盡何但善及通耶十人各備等者寄本迹以明觀心本乃已成法王迹示善通心所以示入道不同故也言一一心中皆有王數者既二論不同今言相扶即是同時亦應更云次第相生非但同時異時亦乃諸數互有信具諸數從信爲名餘九亦然從强而説故受别名十通心所準此可知是故展轉相扶攻惡若一心改餘者相從若相扶轉盡同入實境無非眞王非王非數故知隨人何者偏强强爲觀境弱者隨去妙得此意四儀三業修觀有託況復能觀須辨異同言共攻者通心善心即能攻也言不行等者指餘惡等能攻屬智故云行般若也引普賢觀者能所盡故故心無心法不住法計有能觀名爲我心有我心故能所不亡我所若空罪福無主無心無數名正觀者故云若不盡者觀則不訖故至妙覺方名爲訖所言盡者因心所盡果心無盡猶如五陰因果名同而其體永别通引諸經意云衆生不度等者借事證理若所觀之心衆生不轉則能觀王數師弟不息云云者廣明王數能觀所觀訖與不訖成不成相正覺之名又通諸地等次列菩薩衆者大論第四先問何名菩提薩埵答一切諸佛法戒定及智慧能利益一切是名爲菩

提其心不可動能忍成道事不斷亦不破是名爲薩埵應約三教以釋答文對小成四菩薩爲出家等者論有二問初問聲聞經中有四衆無菩薩者何答有二種道謂聲聞菩薩四衆是聲聞道故聲聞經無菩薩衆次問具如今文答云通雖如此別則不然具如今文論問若爾衍經何不獨列菩薩此問意者小乘教中菩薩非正但列聲聞及以四衆菩薩入在四衆中攝衍中聲聞非正亦應但列菩薩四衆攝在菩薩中耶論答云是乘廣大諸乘皆入如恒河中不受大海大海即能受於恒河論答意者實如所問但爲攝取漸令歸大如恒入海彼存方便若依今文先識諸部共別有無方識今經列衆之意非關列衆離合能辨大小偏圓如金剛經唯列小數及金光明大小俱無豈可能判大小別耶故知先以教定以教辨人則百無一失故今等者言通意別若具存等者先辨存略菩提下正釋名先約上求又成下約化他摩訶比前亦大等三具有四教道知用三故云多種具如玄等及止觀中一一四弘即其始也一一利生即其用也一一道品即其行也一一法門即所知也四弘若別四五必殊及簡五味方是今經圓妙菩薩也如釋論下至醍醐也寄五味名以辨四教菩薩論又云凡稱善法皆名爲薩善法體相名之爲埵故知菩薩自利利他皆是善法及善體相即是四種阿耨菩提之道一切賢聖之所稱歎是爲四種菩提之薩埵也又論云通論三種皆稱菩提所謂三乘前二乘人雖稱菩提非佛功德故不名薩

埵凡爲雜血調成三祇百劫淨乳引大品三文證四味者且以三教義攝四味況今五味皆判菩薩故以酪對通二酥對别醍醐對圓以諸菩薩歷此四味入不定故義當三觀即三藏菩薩轉入通時義當於酪據時並在方等已前轉入别時在二味者以二味中皆有菩薩不思議事引淨名者已入實者於二味中心稱脱理八千受屈示同鈍根及二乘人彈斥洮汰方並入别準玄文意即離二味以對通别進退盈縮並有二意故入實者皆自立身如彼座像座高四萬二千由旬身亦稱之借本迹中意以助約教菩薩疑除等者並證四菩薩中權者須開故至今經方除三菩薩疑方是善行菩薩之道又涅槃等者然二經同味咸息希望是故引同言畧有者今昔合指本迹者爲三先明本迹莫測次所以下明施迹意三然其下正示本拂迹初文中云或齊法王者如文殊本是龍種上尊王佛餘並準知散影垂容等者同前聲聞總明本迹次施迹意中有法譬合譬中云椎砧者化主爲椎輔者爲砧乃至互爲皆爲成器本以古質爲淳朴今以未治爲淳朴令其成器故名爲器淳朴不一故名爲諸觀中名破爲成觀後云云者五住對三次與不次觀亦如是思之可知同謀下云云者應合喻云今開祕藏不涉權下故證信之人皆非率爾故今文列不必在多列衆雖爾本門得道數倍諸經即先得無生增道者是故知復是隨要列耳此明數中已當因緣雖即不明約教本迹因緣之人既預密謀必是圓人及有遠本入正即

八萬者既是無作道品八正無不觀彼百界千如十善既爲所觀八正即是能觀能所相從各有八萬次明位中初是因緣次應四種下約教初文中云無上道如境妙中者六境初四菩提是也境咸妙道之所趣以所顯能故須指境若辨四悉者三不退異世界也入位功德生善也必治無明對治也證一分眞第一義也下去準知不能具記具此名跋致者阿者無也跋致者退也第三祇時横得三不退故離五障時三義俱得即是第三僧祇通至百劫通是三不退也至此名爲上忍故也次通教位引六心者通教地前無位可論借别位名以通其位即指别教七信已上入乾慧也故云初地至六地方名位不退或指地前假立七賢即以忍位爲第六心依小乘位雖云忍位名位不退望菩薩乘猶名爲退次别教中許地論師故不破圓位者諸教圓位不過華嚴餘文雖有位義不彰或略舉初住闕後諸位初住既爾行向豈殊豈得同其地前伏惑然又華嚴住後兼别或便一向作次第解或以一向作圓頓解一何誤哉具三不退者若先以不次寄次第說者則七信名位不退八信已去名行不退初住已去名念不退今從初住已具三德名三不退故云具也般若是位離二死故解脱是行諸行具故法身名念證實境故彼經第七賢首品中廣明其相卷初帝釋問法慧云初住成就幾法幾功德藏法慧答云此處甚深難信難知難說難解難通難分别然承佛力具足演說仍先較量云供養十方阿僧祇衆生樂具經於

千劫復令證支佛百千億分不及其一又云欲知十方世界一即多多即一一念無量念等望法華中施四百萬億阿僧祇世界六趣四生乃至令得無學不如初隨喜人彼經仍易彼是聖位故云十方等望此第五十人一念功德方顯圓位不可思議此經爲難既俱是圓初後不二亦何彼此尚非初住者此諸菩薩皆是一生補處尚是古佛況復初住自新譯來但以瑜伽唯識之位掩蔽華嚴圓常之說誰知唯識等文但明別位後代誰肯見茲同異又復有人全毀唯識論之權宗此則全迷方便之路不識迹者迹居諸經之首來至法華經初驗知可是淺位人耶既失其本理迷其迹況從部判部妙人尊諸師既不曉於五時安知菩薩本迹故云所歎既謬等以

藏歎通尚已成失以偏歎圓過莫大矣還成增減兩謗者秖此一謬義招二失經無三教苦欲增之抑圓成偏減豈過此三觀即三不退者空位假行中念一心者還約妙三一觀悉具云云者委釋次第不次第相及以一念須約六即極有眉眼者縱而奪之雖有眉眼大體全無從麤論下奪也無趣向者此現德等何教無之雖云法報不簡圓別儻分圓別爲初爲後乃至諸句爲橫爲竪故總破云無宗體也若有宗體故證位人依經立位位之所依名爲位本本即是體位即是宗況復今經特出諸教諸位之上準教歎德意則可知故始自不退終于度生先定體宗方可歎德問此經何以竪歎十地別教位耶答一者寄本二者證同三者順論云何士地等者古人

所判云七地恐起二乘心者此似通位是故難其不成别義難圓亦爾若言七地始入無功用道此是别教教道明義故不成圓言進退等者斥進不成圓退非通别今文横竪者竪歎赴情意本在圓先正釋次料簡然初竪中初文雖借離二之名須異瓔珞二爲方便還依一念具三不退以爲初地圓離三垢圓發三智圓明圓轉一念供養圓植德本爲佛圓歎具圓三慈不二佛慧下去準知若不開等覺則四句同歎十地今從開說故後三句歎於等覺文云二句者指第十一十二句爲十地内外德者耳但不從初即具故似别耳次横歎中初句亦云過二邊者竪尚俱圓況此横歎離二邊耶但約非竪而竪如前所說過二邊者麤惑前去又從勝說從中立名下去諸句準此應知阿字者今師承用具如止觀第五記問答者初問中初句立宗三藏下縱許聲聞下立例迹爲下立難立宗意者斷惑也地住已上皆約圓教斷位歎德三藏菩薩始終不斷容不被歎於斷惑中尚歎二乘迹爲通别斷惑菩薩何得不歎而横竪二歎悉唯歎圓答意者義通本迹意唯在圓竪文似歎於别依部唯歎於圓借迹消文經意從本故準歎聲聞從迹亦應菩薩四教俱歎但欲知圓旨故亡迹以存本及去初而取後次問可見答中爲三初正答次舊云下引别位爲例八地位既未極舊釋尚具德不疑何妨圓人諸位位位具足諸德三法華論去引證論云彼菩薩德十三句二文攝取應知一者上支下支門二者攝取事門初上支下支謂

總相別相應知初至不退轉是總餘者是別彼論云不退有十種示現具如今引但除初總句猶有十二句乃以供養植德二句合爲第四示現名稱度生二句合爲第十示現故但成十示現皆以不退爲名故知圓釋句句互通一一示現具十示現具一切諸句何但十示現十二句耶此與四十二字門意同又經云以慈修身句中論文具修身心二業經文所以略修心者慈即是心心熏於身故不別說乃至依我空法空不退故知地住俱證二空所以豎釋文雖別對意非別者一者以有次文横釋是約豎論横二者依論句句義意以對諸地如初地云不墮二邊三觀具足自利利他有無雙照若福若智不離一心內因外緣何嘗不具初地旣爾後去悉然即此地中横豎具足爲對次第權借地名爲顯唯圓復須横釋故論中攝取事門即當豎釋是故今文具用論中二門解釋但今文中準論於何等境界下剩何等二字論但云何等境界中應作所作故論自釋云地清淨者八地已上三地無相行寂靜清淨今文意以彼論三何等言一一皆屬諸地清淨即諸地惑斷方便即諸地進趣境界即諸地所依應作等即諸地功用論云方便者有四種一者攝取妙法方便任持妙法以樂說力爲人說故(即初四句隨義思之)二者攝取善知識方便以依善知識應作所作故(即第五六七八句隨句思之)三者攝取衆生方便以不捨衆生故(即第九一句也)四者攝取智方便以教化衆生令入彼智故(即後四句)旣諸句各對復云何等何等者辨別之辭今亦互通一

一方便通約十地順諸經論及瓔珞中初地巳上入法流水念念趣故入證道也論中復有攝取事示現諸境地等於經非要故不更述言八地者雖不同瓔珞諸經非無復是別中教道異義去取俱得今且依瓔珞於論既非大違且依一家承用言何等境界者利物處也次約觀心者此中前文叙古破舊義當因緣今文二釋義當教觀雖闕本迹德隨於人故不重明三觀無殊隨事名異若爾亦是諸句展轉互具以得不退一心三觀方得乃至度生一心三觀乃至以得度生一心三觀故方得乃至不退轉一心三觀中間諸句準此可知當知百句秖是一句故初住去位位圓融句別義同不須曲釋小乘之中佛爲身子開一句義端身子尚說無窮盡況此圓菩薩德欲分張之令揩定耶況復觀門即是其德觀融德妙何可疑耶故應約諸句自在說之有人問何故此中文殊居首答序中既能釋於彌勒之疑乃是一經發起之首況二萬佛所咸爲衆啓疑是故列在八萬之首法門等者依此名義例應四釋而今少者一者準例可知又菩薩事迹或隱或顯或眞或俗或主或伴不同聲聞事迹顯著雖非顯著必具諸教而今開顯義必在圓況復如前約諸聲聞總別廣釋因巳具知菩薩本迹本迹既爾因緣教觀準類可知故不委述菩薩總別今初文殊中引五文者初三辨名思益舉說明行悲華論願益物初大經者從德立名即以見性立妙德名此準第十七闍王悔後發願文也次二經但舉梵音不同耳思益明如說

而觀觀謂不起法非法想觀即行也即言行相稱而得妙名悲華因取妙土益物事廣所化位高高廣願行一切皆妙名爲妙德菩薩利生迹因何定於此文中亦可義立四悉釋者即以妙德若名若體無非四悉取土即世界說法即爲人立行即對治佛記等即第一義此是圓人復當約教從北方去即本迹也又如楞嚴經過去無量阿僧祇劫有佛號龍種上尊王亦文殊是觀音中作四悉者名即世界思益即爲人稱名即對治寶藏佛去即第一義又思益見得菩提亦第一義下文指普門品注云云者亦闕約教及以本迹教即圓人本是古佛觀心中釋初二字與下不殊但第三字與下稍别下約事釋以所被爲音此約能觀以所宣爲音由觀故設教故云觀

是語本次大勢至者思益約行悲華約願思益約威勢以釋勢正當字義取大千者以世釋勢勢力取世不違其志以志大故佛記之志取世故亦名世志若作四悉者思益世界悲華爲人對治寶藏佛去第一義也亦闕約教本迹例前擬後可知文闕常精進如大寶積經云是菩薩爲一衆生經無量劫隨逐不捨猶不受化無一念棄捨以身心俱進故義通四悉教迹觀心準例可知不休息者與常精進義意略同欲辨别者無閒趣入名爲精進長時無廢名不休息是故觀解名爲不住故釋不休息亦約長時但得記與利生不同耳教迹準知釋寶掌者先釋掌次今釋下釋寶掌謂身分旣被上鎧身分堅固以其固掌法身之分尚出無上出世之寶況復世寶

故此兩寶必具四悉於中云不志二乗者簡法寶濫通慧心者從實起通通是慧性故云通慧約教本迹等云云釋藥王中三緣從後醫王義當於藥前二雖別是則佛世滅後皆立行生善火淨者從燒身立名文中且以世治表出世治云云欠七菩薩未檢經跋陀婆羅中初句是世界次思益下第一義此菩薩名在般舟經中亦名賢護善即賢也善巧將護令其不退彌勒中初句是世界思益是爲人賢愚是對治悲華第一義又云去應合在因緣中賢愚等者彼經第九佛在迦蘭陀阿難忽然思惟彌勒世尊往昔云何發此慈悲之心得是妙益從禪定起而白佛佛言過去久遠此閻浮提有一大王名摩訶波羅婆主五百小國與群臣出獵王所乗象欲心熾盛因見象師調象而便發心今爲補處又經亦有末濟跋免緣而立慈稱以本願力熏見苦生慈前悲華中乃以拔苦而釋與樂故圓拔與而無別體云云云云者約教本迹觀心乃至迹門發起衆等釋導師中文舍四悉導師是舍婆提國人是白衣居士令入正道釋導字不求恩報釋師德以亡懷故方應師位具名之外但列數者因緣觀等具如前意但名不可盡陳故但標大數總而言之但由國人舊多知識者則先列之證信爲易一代教中諸大菩薩宿緣獲記多在悲華第二卷中經云有菩薩名曰寂意白佛言諸佛皆有淨土如來何故取此穢土佛言本願故取我於過去恒河沙阿僧祇劫世界名刪提嵐劫名善輪王名無諍念主四天下王有千子有一大臣名曰

寶海梵志唯有一子三十二相八十種好常有諸天而來供養國爲作號名曰寶藏出家成道亦名寶藏說法度人其數無量其王千子各各供養經於三月過三月已欲爲授記先入三昧現十方佛土集諸菩薩先授寶海十方世界衆生寶海教化者一時成佛次授輪王千子授第一子云汝觀六道起大悲心斷諸煩惱令住安樂今當字汝爲觀世音阿彌陀佛般涅槃後二恒阿僧祇劫於夜初分正法滅時於夜後分其主轉名一切珍寶之所成就所有莊嚴勝安樂界於一念頃便成正覺號一切功德山王壽九十六億那由他百千萬億劫第二太子名大勢志如疏第三名文殊如疏第四名普賢在東方十恒沙世界微塵世界名不瞬乃至第九名阿閦如是次第授千太子中有願取五濁成佛者以大悲故其土名娑婆何以故是諸衆生忍於三毒及諸煩惱能忍斯惡故名忍土是千人中唯除一人餘並於賢劫而得成佛

法華文句記卷第二中

音釋

莂彼列切記莂也 醍醐醍音提醐音胡醍醐酥之精液也 搥砧搥直追切砧知林切 䰐下華切得實曰䰐

法華文句記卷第二下

唐天台沙門湛然述

次列雜衆者舊云凡等者如八龍多是八地菩薩乃至華嚴中並得不思議解脱此中有道者如閻王所將豈獨俗衆五道者無地獄即乘戒俱緩二界者無無色即戒急乘緩八畨者欲天色天龍乾緊脩迦人具如下列方等列地獄者具如釋籤第四戒緩乘急中陰化無色者中陰上卷分身品定化王菩薩白佛言快説斯義曉了衆生聞法易悟復有難悟者或在有對或在無對或可見或不可見前有對有可見不可見故可見有對如前不可見有對如臭毛鬼所至聞氣不可見無對即餘鬼神或在有色或在無色或在非有想非無想有色即欲色二界無色即下三空處雖復難化佛或至彼或攝到此此經無者或略等耳故云不可一例又準乘戒細論具如淨名疏舊云人是土主者意指八畨中閻王衆也今亦不用故引無量義破之豈有鬼神等必須外客耶言未詳者雖望無量義人不必在後或恐有意鬼神重出者即緊乾脩機雜者亦應更云諸機不同析與體雜偏與圓雜云云此是約教釋者二乘即兩教二乘菩薩即三教菩薩三教皆有出假智故佛道既云一攝一切唯得是圓二乘菩薩並是從初佛道即是元初修圓者不從漸來三十三天及三光四天王者俱舍云妙高層有四相去各十千旁出十六千八四二千量堅首及持鬘恒憍大王衆如次居四級亦住餘七山妙高頂八萬三十三天居四角有四峯金剛首所

住中宮名善現周萬逾繕那外四苑莊嚴衆車麤雜喜若作四悉者住處得名世界能施爲人思義對治天主第一義約教者阿含證三藏般若證通別圓者華嚴經帝釋在第二地故知兩教並得首楞嚴定明矣過賢劫等者具如般若云云者得記義當三教菩薩本迹中云共服甘露者大經第六四依品云如三十三天有妙甘露不死之藥譬初住已上理同也名月等本迹並出正法華本必有教觀解意者三諦即第一義天諦即是境境生於智智如子也云云者境別智別生子不同居四寶山者秖是須彌正法念云四級各有十住處具如玄文廣二十四萬里者未知所出若俱舍依妙高半腹而住有四級須云旁出十六千八四二千量向上一一各半減故

東提頭等者名在金光明第二四天王品爾時提頭賴吒天王毘留勒叉天王毘留博叉天王毘沙門天王始自東方終于北方第三鬼神品列二十八部不令等者迹防四樹四樹既表於四德以迹表本本護四德雙樹雖復四枯四榮然非枯非榮之理亦不出於常樂我淨故護八樹是護四德護四德者有其二義一者不許偏取偏取成邪二者不許全取全取成執須知其理謂非枯榮今言枝葉者以一德中皆具四德若偏取一名不知具德名取枝葉等故外教中並有其名是故文云枝幹喻常等正顯一德各具四德護八愛見者一一諦下各一愛見四種四諦各隨其教除其愛見故四王各領不令惱人如各護見愛不令取境若從後說王即王三昧也當

教教主亦可皆王各破愛見他化五欲下云云者應具明欲天身量壽命俱舍云贍部洲人量三肘半四肘東西北洲人倍倍增如次欲天俱盧舍四分一一增色天踰繕那初四增半半此上增倍倍唯無雲減三人間五十年下天一晝夜承斯壽五百上五倍倍增色無晝夜殊劫數等身量無色初二萬後後二二增少光上下天大全半爲劫若論高下於一一天如去下量去上亦然別譯阿含第六廣明諸梵來下第八第十一廣明諸天讚佛諸天若來並同人形第四云梵王來禮佛佛入火光三昧不能得前因往瞿伽離門喚之瞿伽離問誰喚答梵王又問佛記汝得阿那含耶答如是又問阿那含名爲不來汝何以來梵王言如是之人不應與語故知一同人法還有違情而誡伽離例有教門等者既爲一代請法輪主請大則大請小則小本迹者本住清淨一實妙境觀除惑穢並得名淨又文中從釋諸天來唯帝釋具四釋三光四王自在等色天雖有因緣並闕約教者然諸天常隨世尊處處聞法亦應隨諸教味以判淺深及開顯等如引身子得記之流但弘教事薄舉例而已故八龍下多然唯緊有教以義便耳無量法門下云云者從多頭故且以假觀爲首即是一假一切假若通說者一空一切空一中一切中亦多頭也長阿含等者彼經具明池出四大河如踈阿者無耨達者患無彼三患故也本住法華三昧者實道所證一切皆名法華三昧今且以華釋華耳四緊者雜心云是畜生道攝緊那一角乾闥無角

身相略同今言奏四教等者既歷五味皆有緊等當知所奏亦偏圓別來至今經獨顯實諦如大樹緊那羅經中大樹緊那羅王與無量緊及無量乾無量諸天奏八萬四千淨妙樂音來至佛所絃歌一動聲震大千須彌山王踊没低昂一切聲聞皆從座起猶如舞戲天冠菩薩問迦葉言少欲知足頭陀第一乃於今日猶如小兒迦葉答言非本心也故知彼經屬方等部以大斥小緊那奏於別圓之樂故使聲聞不能自安故至法華理合純妙十寶山者華嚴具列已如止觀第五記若俱舍中先列七山幷妙高八論云蘇迷盧處中次逾健達羅等於大洲等外有鐵輪圍山前七金所成蘇迷盧四寶幷雪香山合十山也既云爲天奏樂天亦諸機不同歌詠十力者既云不起滅定即初住已上也故迹中絃管亦應歌於四教各有十力若大樹經中於香山南請佛供養佛受供已記其當得作佛號功德王理應法身記也若在初住八相之記猶在迹中今經所將不及大樹經中多者以聞實經不易故也又今經龍王舉八緊等各四者有所表故八擬八正諸教各有八正故也緊既四教大旨可知餘者俗樂以俗表眞四乾對教隨義釋出幢謂緣幢即竿本也倒謂擲倒等四脩亦云無天者無天德故佛地論屬天種正法念鬼畜種大權示現往緣何定準阿含等四脩次第住於海底各二萬由旬言畜天等種者並據元祖五繫繫魔外道者具如止觀第五記五住者他解秖是界內見思若爾與四住何別他云三界見爲見一

處住地欲思爲欲愛色思爲色愛無色思爲無色愛三界無明爲無明住地然依五性宗中以見疑無明等種子爲無明住地今意不爾五住爲二死作因即以三界通惑爲四住更加別惑爲第五住故別惑中總含內外無知及以障中無明故也望唯識等但加種子爲異耳正本者正法華耳水精入身者或是有情或是非情若是非情義同濕生而兼胎藏如阿含經有女人向火煖氣入身有孕父疑責女乃至達王王欲罪之女云何有此無道之王欲治無罪之人請王試驗王知無罪乃納爲妃具如止觀第四記色心本淨者對迹醜婬也本住色淨故般若淨般若淨即心淨此云障持者謂能障持世云常持者無憑日蝕者若全不許俗有計者然依曆數亦可預算知之何耶以器世間法爾與人陰陽理合故人身中五行與天地數合故虧盈之法須應曆數豈妨正業耶言種種邪說者然日月照四天下四天下亦陰陽不同不可虧盈則令一切王等盡皆衰耶水旱災變亦復如是故知雖一分與陰陽理合而一分須依衆生業力故凡諸依土皆順正報如華藏土必順報佛及諸菩薩依正自在方便亦然怖日月時等者大論十一云羅睺欲噉月時月天子怖疾走詣佛而說偈言大智精進佛世尊我今歸命稽首禮是羅睺羅惱亂我願佛憐愍見救護佛爲羅睺而說偈言月能照暗而清涼是虛空中大燈明其色白淨有千光汝莫吞月疾放去爾時婆雉見羅睺汗出放月以偈問曰汝羅睺羅何故戰慄猶如病怖不

安乃爾羅睺答曰我若不放月頭破作七分設得生活不安隱以故我今放此月昔爲婆羅門等者如俱舍云欲天俱盧舍四分一一增至第六天但一俱盧舍半既云身長八萬四千由旬尚可得於色天第一以色究竟天壽一萬六千劫身長一萬六千逾繕那應是變身能爲八萬四千好鬬戰等者此四脩羅與帝釋戰時次第布軍具如今列長含十八南洲有金剛山中有脩羅宫所治有六千由旬欄楯行樹等然一日一夜三時受苦苦具自來入其宫中屬四惡趣者良有以也別譯阿含第三廣明脩羅與帝釋共戰須者往檢若約教者亦可隨名立義今爲作之初五繫者初教菩薩具足五住故次廣肩者通教三乘通觀稍廣故次淨心者別教菩薩初知真淨故次云障持者圓教菩薩障惑持理故本觀云云者略不暇論亦可云本住第一義天迹示無天能觀即空故無三界之人天即假故無方便土之義天即中故無實報土之義天一心三觀常住寂光非人非天之人天四迦中云巳住處有宫等者長含十八云大海北面有大樹名究羅睒摩羅圍七由旬高百由旬枝葉五十由旬樹東有卵生龍宫又有卵生金翅鳥宫南胎西濕北化各有其龍鳥之宫並有七重行樹衆鳥和鳴取龍之時翅搏海水卵生搏開二百由旬胎四百濕八百化一千六百胎卵濕化如是次第噉一二三四龍如是惡道住處欲比西方安樂世界故知福易而戒難戒易而乘難以不來者衆故又如阿含云香山有象名善住常住樹下有

六牙牙上有池等與普賢象相貌幾同一樹一象其數八千善住爲王餘皆眷屬或持蓋扇鉼或作倡妓樂或爲王洗等云云其如猶是惡道何嗷五刀切嘐思刀切咍嘐物也咍徒濫切金剛山者此洲之南將燒寶山者火欲至餘金山若約教者初云勝群輩者過諸外道故次云大身者亦大乘始故次大滿者出假足故如意者如理滿故次列人衆韋提希者亦云思勝言未生怨者母懷之曰已常有惡心於鉼沙王未生已惡故因爲名無指者初生相者云凶王令升樓撲之不死但損一指故爲名也八法者或八邪或八風或八倒普超經者第三決疑品云佛因爲闍王破計定有殺父之罪廣說三世三心叵得令住法界闍王聞已得柔順忍說法華時者據得柔順在法華前故在法華爲清淨衆至涅槃時身瘡始發悔得初果故知爲引逆罪者耳此乃全作大權釋故引迦葉爲例若作實行者在法華會雖云清淨未見獲益準理應云障未除機未動至涅槃時障欲除機已動故聞佛記領解歡喜次說偈讚佛故第十七云父王無辜橫加逆害乃至心生悔熱徧體生瘡世無良醫治身心者不信六臣六師之言稟受家兄耆婆之教聞佛說法獲記發願當知二處並是迹爲於其本地有何逆順又如有婆羅門名曰不害以殺無量諸衆生故故名央掘以見佛故發菩提心又波羅柰有長者子名阿逸多殺父害母殺阿羅漢焚燒僧坊後欲出家諸比丘不度自發菩提心並是其例觀心者害貪愛母等如止觀記引楞伽言行於非

道等者逆即是順非道即道又道以通達爲義所覺之理能通觀智從因至果故名爲道乃至九界心皆名非道何況逆心耶有人問法華一乘低頭舉手皆成佛道何得闍王重罪不滅但須依向機動障除四句等判時熟前後化緣隨機不須此問次問可知答中雖引無量義準理更應引分別功德以四天下乃至大千塵數得道其内豈無人衆類耶故知但略一句開爲四句至如淨名䟽者彼以七義解釋四句一明乘戒值佛不同二信法二行不同三大小乘別四根性漸頓五應迹六觀心七化他初云乘戒者有乘則值佛無乘則不來信法者坐禪聽學講說皆得值佛但隨所習大小耳漸頓者大小各有漸頓故也應迹者已得二十五三昧應二十五有引實行者來至佛所觀心者但隨觀行以判見佛化他者見與不見皆約利他大權現迹略如今文若得等者以此四句能辨自他值佛時處得道奢促諸經例衆多少有無以驗已身當來生處如印不差揣心自責於經序豈不懷慙於正宗　次釋別序（入第三卷文句）別序者望通得名且約當教相望爲言佛及弟子經前經後二文可知又若從如來最後遺囑則通序唯通別序唯別若如來出世來至今經對昔辨者此之別序意別而兼通通敘昔故唯在今經通序文通而意別別在今故諸經通爾若直就昔論通別者通序文通而義通部含諸教故亦有義通而意別別在諸味故別序文別而義別不關他部故如持鉢合蓋事在當經亦有義別而意通通諸教故又亦

可通序文通而義别隨部對教多少别故别序文别而義通通敘部内教多少故為欲徧通通别故爾二序相對其名自分於今經中言通敘昔者説法則重敘出生放光則漸頓俱照唯有華地專表斯典意密未宣入定乃義兼開合衆喜則悦動殊昔約昔異今疑念乃雙緣過現猶預於當答問則廣敘三同通收一代經意既遠序亦異常是故他經直爾發起爾時者欲現六瑞時也古人云衆集時者不體言旨凡云爾時皆指前事之末後事之始此指現六瑞之前欲説無量義經時衆初圍繞若云衆集時者不可云衆集時衆繞如方便品初即指文殊答問竟時不可云佛從三昧起時從三昧起如云爾後爾乃等皆是爾時之後若集衆竟可云爾乃説無量義故知别論即是欲説無量義時通論可指佛未定起之時初則四衆圍繞乃至雨華地動故云是時天雨等也所以重云是時天雨者别指入定後時也此雖小事其例實多事還不輕故令徧識翻覆者結前逆順也從前向後名順翻覆向前名逆言生起者從前向後則前生而後起從後向前則後生而前起即答生由於問起亦可云答起由於問生乃至集衆亦爾雖許其逆順意斥其無旨故云未顯其旨者何謂表四一一經所顯不出四故此亦以光宅義而破光宅若依今家應表十一直是等者斥其消文逆順但得因緣中世界一意餘三全無故云尚自不明況二三四即約教等三令明下於四悉中直對四一者表四一當同故知一家始末得旨人一是世

界多人和合至今同故理一是第一義此名最順六瑞一一無不表中行一是爲人修行之來爲生物善構疑興念令衆行成教一是對治由答問故疑除教興問答即是除疑教也此且一往論其大旨然集衆等各具四一有此表彰方可生起逆順有由若不爾者何大乘經不集衆放光雨華動地但無生於大疑請答不必妙德答問不引三同令雖未正說但因疑請問答而後知則使華地之前既說定異常說定之前衆不孤集雖曾聞無量義既定不散知向聞未卒故知華地之後定起所說不輕以前後準中應華地亦異由是聞法表一乘人人由現瑞表一乘理爲顯斯理生疑問答教行斯在人理宛然又由瑞中說開經表合教入合定表中行放中光表中

理雨中華表中位中地動中惑除總成人一良有以也故天表第一義天地表實相之地雖並有表兆而時衆莫測故縱聞開經尚不知開本表於合況復能知定理等耶故待文殊引往方知化道不殊故知生疑本爲立行疑決行稱引古教同乃知今佛方說教一而令時會成一乘人如是乃可爲令經由漸作顯實先萌若不爾者徒云釋序表法華意終自未彰如此猶是因緣釋耳約教中應明施開廢會方顯序中所表而云非藏等者且約廢權故並云非先廢後開理數然耳故歷教簡三尚未名一若開顯巳無非經王又開巳唯圓故云非也故預辨能開不論藏等五味四味義亦如然如此釋者仍屬迹門約本迹下表本門者須至壽量亦可預表故知此序

顯表迹四畧表本四夂成不逾此四故也夂近雖殊四一理等觀心可解云云者以皆表一理觀易彰然須略知以示云爾一心三諦理一也一心三觀行一也作是觀者人一也能詮觀境教一也又常觀三德能所皆四法身理也般若教也解脫行也和合三法成假名人即觀行如來也約六即位位位四一於念念中念念四一一色一香無非四一如此觀行眞法華之三昧也心境互發即因緣觀之四一也不同三教即約教觀之四一也夂遠巳得即本地觀之四一也向因破光宅以立四一耳總釋五章竟次衆集下正別解初釋威儀中先引論者論文有四成就一圍繞二前後三供養四尊重讚歎經文闕前後應云圍繞前後涉公云雖是論文不順經義涉公猶疑譯者故也然今家多依論文但一兩處不全用耳論以四釋三不須此斥如惟忖五句以八句釋之歎羅漢德五句以十五句釋之如難解難入加難悟等釋之故加之無咎曾尋彼疏三二卷來可畏處多於茲息矣四威儀中簡餘三儀欲有所聞異非時住故云如法況必待此經方云如法若通論者當部當機圍繞住者咸皆如法正釋中先斥古直云比丘等四有云天龍等四梵魔等四大小客舊雖有此列不判凡聖逆順權實説默今昔微著共別兼獨施開本迹都無旨歸今所列四乃徧諸四收向十雙凡聖乃至本迹不濫又涉公云天台立影響等衆有義無文未可依信若爾有義無文而不依信應當有文無義則可依耶今謂有文有義常人用之

無文有義智人用之有文無義暗者用之無文無義迷者用之故經云依義不依語即此意也故外小權迹望内大實本並有名無義故佛斥迦葉汝昔但聞涅槃之名未聞其義法師自立聲聞菩薩二聖衆龍神人主二凡衆今問此四爲復有於天台四不若其無者何關法華尚無當機得益之人況發起等無則未可若其有者有文有義何謂無文故今經列衆必具此四即其文也義須必有發起等四即其義也有文有義甚可依承法師所立無義有文反當斯責況復四義仍徧諸經在今須云發起本迹約教因緣此四次第者機雖可發必藉先導導機既發影響扶跡三利全無結緣衆也若言無文文殊彌勒豈非發起三周獲記豈非當機除發起外諸大菩薩豈非影響除當機衆如起去等豈非結緣況雜衆中雖無擊動亦能引導通名發起雖非鎮嚴亦能輔佐通名影響淨名云而生五道以現其身弁其所引四衆義足初釋發起中有法喻合初法者先明内德擊揚下外用也應物施設故名爲權順宜制立故名爲謀有權之謀故云權謀實智内融無謀而當故云智鑒鑒其宿善可生可成故名知機逗會無舛故名知時擊揚之言義當發起用以釋名發機令起故云發起初文釋發成辦下釋起亦可前四字正釋次四字功能動亦起也又剖之令開故名爲發因擊揚者啓之而動故名爲起義兼能所通及自他又擊平等之大慈發時衆之一善揚不二之大慧動稟益之三業又擊大會之宿因發當機之妙益揚

如來之大教動時衆之固執又扣佛大悲故名擊諮啓聖旨故名揚令聞所未聞故名發動使聞者果遂故云成辦遂必獲悟故云利益次舉喻者大權象王蹴法身樹至起應地演一乗之實唱飽妙行之機緣次所謂下合中云發起五序咸益物機故知集必不孤大權作命由集故瑞乃至問答等者等取正説序意既彰正説垂啓故序中發起元期正宗驗知此序未通於本雖冠經首本由别故而兩處發起俱在迹多然迹事非遠可寄文殊久本難裁故唯託佛釋當機者亦有法譬合初法者由有發起當機可成當者當也下字去聲宿往也植種也德衆善也衆善之本故云德本以善有本故得成機大權作用利聖益凡如來三達説稱宿種故初成道護其没苦方等般若慮彼機生故至此經先略次廣三周容預攝無不該乃至本門位登無垢不差毫末稱其往因中我可發故曰當機今據釋衆當機二字並屬所化而須機應合論理合義兼能所今且從所以應所化宿植下先釋機字緣合下次釋當字次喻中如癰者譬有機也欲潰者譬可發也爲佛大聖及發起衆不謀而搽煩惑分破機緣分熟智德分成法身分顯不起下合也不合往機但合現發現發即成現機故也故不起於從一以出無量之座即時聞於收無量以歸一之説咸登初住故曰得道此約剋體論當機也通收乃攝六根五品次釋影響衆者然化主形聲必資伴以影響方令發起擊動事遂如響之應聲影之隨形亦法譬合初法者初兩句明影

響之本次隱其下明能輔之迹所輔唯一故云法王而能輔者示因示漸示始示終衆聖之威儀也示因故古佛隱極而現修行示漸故法身潛圓以現偏小此皆匡輔釋迦法王匡正也謚法曰貞心大度曰匡輔者毗助也貞心助主知物機有在讓正化之功故云影響次喻者如星晦獨照之用但建輔月之功顯德冥扶故云雖無爲作而有巨益大論問諸比丘何故常隨世尊答如病差隨醫顯醫功也此舉實行者尚有影響之儀況法身古佛垂形助化故知四衆如輕病者差八部如重病者差輕重俱有權實影響次釋結縁者結謂結構立機之始縁即縁助能成其終則爲未來修得三德之先萌也無前三益故云結縁即此衆會前三之餘故此一縁兼具二義謂助現助當於中先對前三辨無力無下簡異發起德非下簡異影響而過下明非當機凡發起衆皆具三義一者引至會所二者扣佛成機而法身菩薩具斯二用故云之能而結縁者闕其勝利故曰力無鎮謂鎮重即內德也嚴謂莊嚴即外儀也內德既高外儀必整嚴飾化事光榮主用故結縁者於其所無故云力無等也又鎮以肅之嚴以伏之既肅既伏化道可行故云之用此結縁者自益尚薄安肅伏他故云德非也覆漏等者覆学入聲無聞慧故如器現覆闕思慧故如器已漏無修慧故如器汙雜如器雖仰而全以汙雜故爲用者棄故總結云三慧不生現世等者現雖得聞而不名慧聞慧尚無思修安有此即通取六根五品別則五千起去之流故

起去者雖無三慧然納種在性得爲繫珠故知亦無觀行位中世界益也故云無四悉益準此分位四悉俱得名爲當機故五品已來世界益也六根已來爲人對治益也初住已去第一義益是故下文隨喜品末尚成當機一句一偈結緣衆耳然聞略說則有過於一句一偈是則不論聞之多少但未入品俱名結緣故五品前無復三慧四悉益也無聞故無世界無思故無爲人無修故無對治無證故無第一義故第一義有通有別通於五品別在初住故得度之言亦有通別即是第一義之通別也是則雖復四悉義通終成結緣位別但作下正示結緣衆相比丘下結數爲十六者若據文殊彌勒但在比丘衆中諸尼雖無請法之文下文亦有請記之相但俗二衆雖無正文準例合有既至會所必爲權者之所引導二衆既爾八部亦然今從總相但云四衆故知但云比丘等四所攝未周云無文者深成不違次此是下次約三教者兼論昔教五味傳引準上可知本迹可解者若且約體用則本住尊極或深位法身迹爲四教一十六衆觀心明位取五品爲結緣者且約觀行爲言故以名字觀行而爲結緣以當機中初住即入影響故也應知初住具有二義若舊入者唯名影響乃至聞經超入後位意亦如是若新入者得是當機亦是影響及以發起即如發誓弘經之徒言云云者分別此四爲成觀行高下不同至此位時並堪爲此四衆故也五千起去尚得結緣故知不專名字五品故約觀行從容而釋圍繞初文具有

四悉文不彰灼準上言之淨居天下即世界
化爲人像即爲人人以爲楷即對治禮已聽
法即第一義表四門去約教若直就當教論
衆自有諸教中佛令從圍繞圓極義邊乃表
三教四門機動動故見理無量義時仍是偏
小預表當聞圓四門也今昔相望四教義足
故但云例故知昔教非無四門當教機動但
小鈍未融至此方名大機動也若本圓人至
此增進亦名爲動但不别而别得四門名約
觀解者三教觀行猶如行旋皆成圓觀猶如
念佛又觀秖是念以觀轉故故云增也若觀
下寄觀以論本迹若約體用及久近者本住
非動非不動之法身迹示諸教機動繞佛釋
供養者猶在彼衆爲聞無量義經衆集之時
而修供養故釋爾時不得云衆集時也彼經

所列凡諸來者咸持供具有引華嚴經諸供
養雲從十方來亦未全然若大莊嚴所獻供
養此例似爾若國人所置並凡力所爲若爾
何故並云天廚等耶答從勝而說讃以天名
故知影響發起二衆供具必異當機結緣復
應料簡諸位不同供具亦别上位尚非二乘
所識何止天供儼然不散者說經纔竟即入
彼定當時放光天便雨華地即六動時衆覩
此便生疑念乃至問答由此遷延儼然不散
同座復說故名爲仍須全指彼故云不得有
異文雖廣略事無别途問於三業中二業事
畢意業如何答專注之言通事别若以始
終專注由此而生疑念則意未休若且以身
口讃歎供養則一期事畢意具斯二不可一
向釋現相序者於中三先示文次破古中先

敘古次今謂下略破然亦許其文仍破其義義即表報言表報者瑞是能表表即報也云未彰者光宅雖即彼此同六皆云三雙全無所表故知動靜之言太淺上下之語既彰況内懷歡喜非唯覩光是故今不存其立稱況度人觀理何教無之所以吉相預報令知當善故先示奇特警悟物情名爲表報但衆既未了知決在文殊文殊決已知定起所說不出一多相即從因至果感應道交故以三雙而先表報既列教首教須殊常上下等言事則易了何須文殊斬固彌勒慇懃耶三今明下正釋中三初略列釋次此六下辨二名同異三略明下以瑞對妙初文者六中除說法餘五同時雖復異同共顯一致然於六中雖前二後二正爲時衆以中二爲表正在因果故也所以華表眞因地兼分果說且顯露從多定乃密意從處圓機當發圓應照之故知六瑞並異諸經不同光宅次明同異中先引文明同人情分別去辨異雖以異爲相表報爲瑞異瑞之相本報妙理從同義强復有文據故順人情未爲盡理玄者黑色義同幽也賾即深也說之等者諸佛出世本爲佛乘四十餘年抑之在懷圓音將與慮不尊重又復以瑞而擡掣之令欽渴信生疑去解明表報十妙者若準前文秖應表報四一而已以四一文略順光宅若準今文廣則無量略則但十極略秖可云表一乘今雖云略乃成處中又十妙者此經既以妙報釋瑞妙義既十六之所表道理應然故近則表迹遠表於本具如玄文開合者是若且表迹亦如玄文引經

六瑞言感應中已説者恐文誤也玄文列在神通妙中言更道者爲辨異故故更説之今具録玄神通妙文對今辨別以各有所以故也玄文云地皆嚴淨表理妙放眉間光表智妙入于三昧表行妙天雨四華表位妙栴檀香風表乘妙四衆有疑表機妙見八千土表應妙供表感應妙也地動表神通妙天鼓表説法妙衆喜表眷屬妙修行表利益妙玄文通收香風地淨彼此六瑞故徧取之今文不列他土文者此土自足故也凡諸取文皆有通別況香風地淨但是開合至下釋文更有料簡又他土中上聖下凡義同感應人法復與説法義同唯始終中終同應息菩薩行行復同因果故行行文寬總攝於漸凡所表語意並含弘是故下文多番釋之古來諸釋都

無此意光等徒施浪疑虚答狀若炫燿時衆何殊精魅外通故一家釋瑞必有所表是則大事大人作大感動大機大益顯於大理須大眷屬以輔大會俱感大時大運成熟自非靈山共禀此世親承焉能契之曷有測之釋説法瑞中復更分經爲四初列所説法體次列體上之名三明菩薩所依四明佛之所護初文者先略引經釋次今將下以十妙揀經等者且將迹妙十中五來揀字色喻反謂莊揀也既引彼經以此莊之令成令妙以彼善戒但從自行因果故無餘五法大境也通是教法別以十二部中毘佛略部是方等理心解智也淨嚴行也淨應具七即始終行也時位也亦始終位也具足是三法妙也由因有果能豈無所故但有前五必兼後五況復且

以因果名同義理猶別兼獨開等思之可知云云況復三祇義涉三藏數有大小故使之然問以十妙揀經乃成麤妙不別答從名同邊可對十妙若從序表實如所問故須別釋以對序文次列體上之名者先破古涉法師云論採諸經名有十七慈恩廣釋乃爲過分今先破生觀於中先述彼所立次若爾下今文難者般若淨名無相非序安得以無量無相爲序次救意者五時相生次第別故雖俱無相前後有殊二經之後方無量義無量義後方是法華故唯無量爲法華序餘二遠故序義不成若爾下更難者始自華嚴後後教起以至法華此則通途前經生後乃成次第展轉爲序別義不成若諸經不然豈獨無量義爲法華別序耶次基師所立不殊生觀破準前說次印師者印受於龍龍受於遠所計既等破立一同言無相善有成佛義者意云十二年前是有相教非成佛因指無相善有成佛義意云至法華中一切無不皆成佛道所言義者謂可成也故以成佛義爲一乘經序又云等者若爾方等般若亦明無相亦應以方等般若爲法華序印師防此伏難故更述無量義與大品對辨大品無相猶說有三無三無量義中無相不說三之有無故大品無相非法華中無量義經無量義經未翻譯故此有三失一者錯解無量義云不說有三無三失二者謂無量義未翻譯失三者妄破古師以大品爲無量義失然初失者彼無量義既說二三從無相出何名不說有無之異次今謂下今文破也但破第二餘二可知故具

叙經來翻譯年代注無量義經序云此無量義經雖法華首載其名目而中夏未覩每臨講肆未甞不廢譚而歎忽有武當山慧表比丘自僞帝姚秦略從子略是萇子因爲晉軍何濽之所得養爲假子俄放出家勤苦求道以齊建元三年至廣州朝廷寺遇曇摩伽陀耶舍欲傳此經表乃致請僅得一本仍還武當永明三年九月十八日始傳於世經既已來等者笑印師也次破光宅中亦先依彼立彼立意者以同歸與法華仍有二異一者同歸非無二無三二者同歸非破三與一雖有二異由同歸故可成此二故以萬善同歸爲無二三等序若言下先破初句問無量義中同歸萬善何異法華所無二三兩處若同破則俱破歸則俱歸二三下結難次若言下破其次句前舉其無量義難其法華今舉其法華難其無量義此難意者前破語存略破三正是破二破三故今牒言破二破三但加與一異於上句故先將破以難同歸故云何不破萬次破二下雙牒兩難初難唯正無序破即是無故破二三是無二三文中語略亦應更言若破二三即是破萬既其破萬是則無序若以低頭舉手爲萬善者二三尚無萬善何有若其俱無序義安在次取經下即縱難也若言二經俱歸俱破但此經舉破彼經舉歸今亦破云不成異也既云互舉歸必有破破必有歸互舉一邊豈得爲異次異意下結難也凡言序者須與正殊殊又表同方可爲序異同既混序義如何劉虬下破注家也亦先依其所立次若含下破其不貲與其無相

自語相違故將其不貲難其無相尋諸下總覽破之先總破次若言下去取也破序不成爲去判屬方便爲取初判印先對彼無相況立有相判入三藏次若言無相下正判印師次若言下破注家此二既然餘例可見故諸家所釋不出三教故指權教通名爲他次若法華論下今文消論既云法華是無量義異名故知無量義亦是法華異名則序中立名於理無咎前說無量義經以爲法華序竟更依論意即是先說法華異名還入法華之妙定若爾前已說竟今何重說答前所說經灼然成序重牒其名義兼於正故使論引今爲異名名義兩兼序正雙得次大品下引證序中立名無失故大品經序品云釋迦牟尼佛今既現在爲諸菩薩說般若波羅蜜經金光

明經序品云是金光明諸經之王涅槃純陀品中純陀自敘云我今所有智慧微淺何能思惟如來涅槃之義古經此文元屬序品謝公治定乃加純陀哀歎品名又云下重引者異名同名俱序中唱今案下依經重釋無量義名以證成序先列經文以辨今意次復次下以無量義對普賢觀以破舊師初文先出能生次所謂下所生今釋下解釋中有法譬合初先釋上無相問經中亦以無相釋之與他何別而苦破他答不同他也舊以所生無量爲無相經以能生一實爲無相從實生諸諸名無量無量是相何名無相故經云言無量者從一法生故不同舊所生無相注者直云含法不貲但得所生失於能生經從能生於所以題目人師將能爲所以釋題故云從

此實相生無量法故今更釋能生故知能生中道實相與今經實相不別二法者下更釋所生無量雖曰所生義兼於能從多名所頓謂等者即頓部中具有漸頓能生所生亦指所生故云頓中一切法也漸謂等者次舉三味此三味中亦有能所例頓可知云云三道等者此中三四亦具能所圓菩薩及佛以爲能生三菩薩二二乘以爲所生故此三四攝法亦徧例如漸頓亦具能所是則凡一實理皆諸教流出無量義中述其意耳故三乘中二乘合四菩薩兼三若作三四義通四教如向所對若作三四並是所生則菩薩及佛但在三教從教判權玄文復以四佛爲四果者則圓佛爲一而生權三能所相對故云四佛是則菩薩名通於義無失故於獨一生於兼一思之可見此等下更結所生以示能生能生義處法華別名所生無量爲法華序故序中一名義兼兩向然應知從一以出無量雖舉能出通皆屬序若無量入一雖涉所生通皆屬正故義處一法亦成兩向出生之義處屬序收會之義處屬正即從一義處巳下兩句文是其兩意故佛入義處義兼二途譬者序如下從一出多正如除從多歸一故知昔教赴機益物如用錢市物而皆未知其大數從一下合喻如此等者結前能所以成兩解能生不違論所生不違經但依兩解經論理存消釋既爾得意者何即所生爲能生方是異名能生家之所生此乃成序若也專能何殊生等及昔一圓若專論所何異注者及昔三教是故各存還成雙失所以今家能所相從

二義俱立若專序者則法華巳前非但未論會多歸一亦未曾說從一出多故無量義唯今經序復次下以前後二文對破古者此非正破於餘文中光宅等師云法華經不明常住今因明無量義序異便救法華經正常無量義經在法華前普賢觀經在法華後序結並常中何容別何故乃云神通延壽是無常耶故引彼經偈云如來清淨妙法身等豈非常耶言百非者彼偈略列三十四非以之為式諸非準知此明法身性離諸非故總舉百然絶四離百之語猶通淺深節節比之今應從深觀經四波羅蜜者經云釋迦牟尼名毗盧遮那徧一切處其佛住處名常寂光常波羅蜜所攝成處我波羅蜜所安立處淨波羅蜜滅有相處樂波羅蜜不住身心相處既以此四成身成土爾前理合身常土常故大師追括五時悉皆有結具如玄文他難下他難今家序中能生巳明常住則序巳是正正何所說今反質之云序正俱常於理何失又例去他人濫引云例如淨名序中說常正不明常即是無常故將法華以例彼經應當法華序常正應無常他云淨名序常正無常者彼淨名經弟子品中呵阿難云金剛之體當有何疾乃至佛身無為不墮諸數古人判弟子品菩薩品並屬序故又取通序歎菩薩德深信堅固猶若金剛今亦反難意者若以法華例於淨名亦應以涅槃例於淨名則涅槃序常正無常也故知秖可以淨名例於涅槃序正俱常汝自不了淨名宗體謂正無常而為例耳當知淨名亦序正並常故問疾品中明

第一義空空即常也不二法門正明中道常也不思議品明常家之用觀衆生佛道以空假顯中香積佛品明香飯體常菩薩行去復宗明常故知正宗始末俱常今論下結難若爾諸部何別答言序正俱常從極理說若須辨異五時自分具如玄文第一卷辨若爾序正何別答各有其致且論今經序中雖常未明會所正中須以會所乃常常外無餘序正仍別餘經例之各有其致

法華文句記卷第二下

音釋

逾繕那（梵語也此云限量逾容朱切繕時戰切）慄（力質切懼也）欄楯（欄音闌楯食尹切欄檻也）逗（音豆投合也）舛（昌兖切錯亂也）癰（於容切疽也）諡（紳至切誄行易名曰諡）虬（渠幽切）

法華文句記卷第三上

唐天台沙門湛然述

教菩薩法明因人所依此去仍帶異名以釋故加之以處處爲能生之一法一法秖是究竟相故云諦理諦理乃與法華不殊故燈明佛歎法華經亦云教菩薩法佛所護念故得引下普令等文以之爲證證義處也所以經名在序但云無量義耳以兼正故教菩薩法加於處也取下三昧來通釋之使兩處義齊俱序並正嘉祥云此有二義一者實相名爲無量二者實相所生名爲無量今謂無量之名可名所生實相之稱應申能生雖立能所俱名無量則未可也若對異名能生之法名爲實相斯則可矣直爾釋序意都不然經自釋云無量義者從一法生生即所生一法能生即實相也古來匠者如何得以能生釋耶故論云此是如來欲說法時至成就既云欲說非即全同若其全同即是已說故論存序乃云欲說意兼於正則爲異名論其二途今釋準彼亦順下文三昧爲歎若所入三昧唯依所生列名秖應但云無量故知經名文在所生意兼能出所入三昧義必雙含所以前消論云欲說此經先入此定今從經所表邊復以義處歎之及引文證全在此經佛護念者果人所護既是能生無量義處復是佛所證得豈佛所證而非實相故引自住而以爲證昔未說故名之爲護約法約機皆護念故從雖欲下明護念意佛意本欲唯說能生故說無量義時機仍未發隱而不說故云護念故無量義下一護念言亦成兩向但彼經文

雖云從一出多未云從多歸一猶是覆相名爲護念若不爾者則已説法華何名爲序以未説故故云雖欲開示等也以未説故護未暢故念言久默者自昔至今斯要等意思之可知若唯從所生非專佛護在昔通説無時不然故法華論云蓮華二義一者出水二者開敷彼如出水此若開敷所以仍名爲蓮故華但有未開當開之别釋入定者先舉所入之定次明能入身心初文中三先結入意次非禪下釋結意三疑者下釋疑初結意者且約彼經彼定而相成者理則可見次釋結意者又二初明定慧之用互有相資各有力用次明相即即定慧體初相成者先説後定且從序説先定後説如下釋疑佛居果位必無先後爲順化儀現有先後究而論之其體相即次立疑者且依序問凡諸化儀皆先定後説此中何以先説後定答中先順問答佛之常儀次申定意欲明一定義分兩途次説此下述爲序意今時何故先説後定常儀説已即應衆散更入此定肅其現衆衆既不散得爲今序次何者下述爲正意以一定中義兼二意意雖復二時衆但見無量義後即便入定不知所入爲是何定不知定後爲説何法故結集者復符佛旨述所説經但云無量述所入定即加其處若從義處以出無量顯成序意若收無量以入義處密成正宗雖加義處衆亦莫知言若作次第等者亦順化儀辨定先後即以不次第而論次第於佛内照豈可分張若明文等者謂如來當時不先示定體故使彌勒勤勤置問乃是經家於别序中

且覆别以從通問如大通智勝説後所入爲是何定答文雖通云靜室入定豈妙法後入餘定耶問今佛何不準大通智勝亦先説後定是則皆用説前開定爲説後合定作序耶答彼佛讓王子結縁今佛但羅云通化結縁義同通化何妨故使今佛序定兼正即成先定後説也智定相成前後何在若爾彼佛前定豈不舍兩準有疑念彼此皆然彌勒等者懇懃指四伏疑靳固指四伏難皆累至四故曰懇懃等靳字居覲切牢也二定並得爲序故云其義轉明身心下明所依身心先明不動所以以得所縁實相故令身心不動次云身之等者釋上身心所依處也故知身心不動亦由義處故本源理性俱名爲處對彼身心假施二稱如來實證色心體一即此色心是

三德故欲説本有理妙常經先以色心不動表之又身之與心俱表示迹今以迹表本故云虚空常寂次引大通入法華定證身心也故此定體名異理同若分所入相同時别上二句證身下二句證心身若下重譬身心稱理故也非常住法身不可以金剛喻非本有理定不可以虚空比無量義下結此身心功歸義處稱爲下釋疑疑云定若依處應唯稱處何得復存無量名耶此定下釋也言無量者所照得名所照者何即所生是亦非異時故云而照無量即處存亦何妨若作等者向且存異名定體身心不動若將此相以表序者以此不動等正表序後當説一實今指不動不分别時如義處也上句釋身下句釋心是則卻對定前身心動運分别如無量也先

開後合序義灼然次更問答釋疑先問可見次答意者若準常儀說已便散何足爲奇今說已入定知後不徒然後若不徒然前定體應別故衆集說定皆表當聞故令時衆肅有所待肅字息六切爾雅云肅肅翼翼恭也翼翼恭恭心有所得問彼經末云受持而去今何故云不散有待答彼結集家語通經者恭承嚴旨聞必流通故云而去今據此經無集衆文說已入定定起即告告前所集不散何疑故華嚴等經皆悉先以聲光集衆雖入開定等者開定之言仍前序意未盡其旨故立雖言意旣在合定體豈違常定尚未曾云從一出多況誰曾云從多歸一即開表合故與常殊文殊引古旣云皆有此事故知一定二義不疑故云何以證今豈可以等者古人不

立說定爲瑞故通序之乃集經者大權所置故非凡下之所測量釋四華者先出舊人又經論明華名不定又大般若亦云適意大適意柔軟大柔軟然諸教不同文多列四若雲公所感言如雲毋此乃一時徵應而已約所表中斥舊云狹而不當者於中先斥其狹次斥不當初斥狹者今教教十六豈比舊耶故責云收三藏十六不盡者唯四故也況直云十六爲何教一十六耶故應歷教簡一十六亦可責云爲是發起十六乃至結緣十六耶故云況四十八故知語比丘等四雖含發起等而無理顯之若標發起等四攝比丘等四況聲聞菩薩又以雜類類中一一無不皆具發起等也因古述四故須對比丘等言之夫華下釋不當者此華密報現得妙因當趣妙

果古直云四表比丘等故招今難所雨者華華應表因四衆已得何須更表此責古人不知雨華表現妙因異昔因也若表四衆唯希新果何須雨華此責古人不知散佛表妙果在當異昔果也今昔因果麤妙永乖混同一稱今昔無從又生公亦云表四果不實此乃用於三藏菩薩斥小之文則知四果不實尚未解通教何能顯法華次今言下正釋先舉昔偏因對今圓因昔圓因不别故但斥三教云云三藏中但云二乘者不可接故應如玄文云昔三因大異等佛因者秖是圓因四輪因者即初住已上銅銀金瑠止觀第一記具引瓔珞玄文復以四句判位開前合後如三十三天等開後合前如十四般若俱開如四十二字俱合如天雨四華次下文去引今經諸

文並是位義問答中意者借别顯圓言借别者圓非無位借於次第高下以顯不次平等耳此之借義請後學在心以此宗學者或時亦迷瓔珞四輪是借别義若論圓位六即亦足何須更列四十二耶以分真位長故借别位分其品秩譬虛空體一而飛者淺深云云故止觀第六末云或借高成下等玄文尚用名通義圓況名别義圓耶次問者既借别位别有賢聖圓亦有不答指玄義者具如玄第九卷非無賢聖但高下不同又四念處中亦四句分别若定判者即住前屬賢若四句判但是義立更互得名住是賢位又去聖遠故名賢聖别地名聖圓行向人去此地近故名聖賢於今圓文行向是聖復更入地故云聖聖若不相望當教名定若言去復歷教破舊者

雖曰一因應識因體四教菩薩各望其佛並是一因而一因異故玄文第十從一開一從一歸一既不辯異通教何疑故通教云三因大同同故一也故云不出通教若言四衆同是菩薩因者從初發心不共小故法華意如前者具如四輪乃至開顯釋普佛世界等者初破古者以六表六其義可然直云三乘但破三藏三乘因果義未周悉故以藏通兩三及別橫竪比之方顯圓經六番破也涉法師云地神令動此見甚薄約別破中云縱橫者具如止觀第三所引今釋下正釋也初文似約教清淨行經似因緣初文釋中云磐礴者即堅大貌也即七方便人未破大無明來至此會始破無明無明難動猶如大石是故云也又前非不破據難破者至今皆破故云磐礴若準長含多緣地動亦可爲表經云有六緣地動謂入胎出胎出家成道法輪入滅小教雖即不云所表既在八相中之後六即初地初住位之功用也故此位居六番之首四輪但因故從因立名六動兼果從果立名又極果分果俱得名果故名爲果破古對今則具四教又妙覺者雖未即入到在不久始末兼舉故云從果本迹後言云云者應引本文我本行菩薩道時即本四輪也我成佛已來本六番也本初實成亦以此瑞用表六番故顯教中文殊引他佛之昔事同我佛之今序察意正表昔佛必有於今今佛豈無於昔昔成已久故非一反觀行釋中初句總標次正釋中初約動爲表次約六爲表初文者言雖兼六正語於動皆表當破無明名爲動難動

地即能表也淨未淨根即所表也次東等二六者俱約六數表也表淨六根約觀解故故得通約觀行相似分真等位皆淨六根於中初六者事東踊等具如中陰等經今入觀心義復符會言表根者眼鼻已表於東西耳舌理對於南北中央心也四方身也身具四根心徧緣四故以心對身而為踊沒謂中踊邊沒邊踊中沒可表六及十二入也復有六動者義兼十八於其六中前三是形後三是聲形實聲虛六根亦似三形三聲此六事釋新舊不同新云動踊震擊吼爆今且用舊搖颺不安名動自下升高名起墣壟凹凸名踊六方出沒亦名踊隱隱有聲名震砰磕發響名吼令物覺悟名覺新云擊如打摶爆若火聲經論略標多云震動即形聲三各標一也大經云純陀去後未久之間其地忽然六種震動又各有三者以表一根各有根識境三初文表六中表雖更互破必同時淨十八界者次辨所表皆破無明故知秖是見陰界入皆常住耳云云者應具述所表以成觀心但略存數並闕心境辨妙相狀次不次等亦可根根皆修三觀如十八動此中但約能動之相所動唯秖一地而已如根雖六以心破故一切俱破釋大衆心喜中先因緣者昔教奚甞不覩雨華等相今欣躍殊常理應甘露方降時衆雖無測者必知機成不久機感相應何疑不釋問如文答中通明異常故也引大經證如文次若言下約教雖具列四對昔四喜不同於今純一實喜無復差別人天等四皆云動者權為實動故也問實理無動今那言

動答動即發也圓機當成名動實相以餘四動當趣實故文無本迹觀心若作本迹者本住不動三昧迹以地動表發義立觀心動者如二十五三昧中破四天王空假中動釋毫光者初文總標放光釋中初釋白毫次釋放光初文但有二釋初雙標二釋應機標因緣設教標約教破惑下明二事意也現光本表斯二具二方除疑惑白毫中初是因緣復次下約教初文四悉者初文世界其毫下爲人放光下對治光照下第一義四皆此經次約教中具斥三教二乘即當前兩教也雖有菩薩同見二諦耳復次下明放光具爲四釋因緣中三初放次收三收放意初應具四悉文相不顯但可通令見得四益大品一一相各放者以身輪表般若徧也大經面門者面門口也表佛口密說於祕藏今經定中眉間表意隨機各現皆具三密四悉益也雖一代來三輪施化當當之益莫若言教臨滅之際面門放光表此言教流至來世今且通論放光若別論者準諸文說不照無色義同集衆次收光者初引育王多是因緣釋此中現在一文是章安私意從足入去並經文也各表記其當界所以他經授作佛記皆兼諸界唯此法華專表佛記言當界者但明諸界各有死此生彼及大小果位以下表下等部屬方等故對多緣而今經等者定起必收收必肉髻略耳者以至佛從定起必須收光以所表事辦須斂衆心令入一實是故合有收光但是文略又解下次收放意可見亦是一途非究盡故耳以現在正今會三歸一爲正未來當

得爲旁若文六下約教中先正釋次明光表表中先破舊者舊明雖橫照一萬八千土至尼吒皆此土瑞今意不然放光一瑞義通二土言由人者不能全破次舊下舊解但約一方表滿不滿若照下破也既許實照十方何得獨以東方而爲所表有人云眉者放光處也眉者媚也若人無眉則無媚也所言放者一者不制唯照大千二者作意發動則照一萬八千亦云表一乘此不知佛無謀而作以作意放釋諸佛之功用今明去正解次若就下本迹中表四位增長者四方表四集表增長言增長者從信入住乃至等覺故下文云餘一生在次觀解中云此等境界者即十八界各百界千如蘊在十八佛慧未開故以光照表開開即別在初住文云去引十界機皆開十八界也言分文屬此土等者始從爾時終至周徧並屬此土第六瑞文他土初瑞但從下至至尼吒天今文以此放光之文通兼彼此故其文勢亦含長短若短取者如向所列若長取者須至尼吒還將此第六而爲他總若爲他總亦有長短準望應知次明下正明他土六瑞爲二先畧次廣初畧中爲四初標次一見下列章即當正解釋也三既有下生起六瑞四若此下對此以明瑞之所表次列文中但云上下不云感應者以感應義通三雙故不同此土前之二雙並在於應故第三雙得云感應又彼土瑞至第三雙生起中云行始必終者但互舉耳明菩薩有始而必終如來已終而有始又人法雙中雖人通鹿苑之末法唯乳味之初然法必有人人必對

法故且對辨又上下雙中雖上說被下而被物未顯即雖未顯始末由之故得對之以論上下況凡諸取對皆是一往是故更須求其始終初雙中六趣者廣解章門非此中意乃至離合以爲四生五道七識住等如論廣釋云云言總報者瑞雖有六以光爲本光表覺智光照此彼先表二覺次表三同於三同中二先總次別先總明道同同相如何不出三同既今同仍隱但成二耳若所見中亦見授聲聞記說壽長遠則如來都無所作化儀不成雖然縱見記小長壽此衆亦疑不知此土聲聞爲合記不既教踊出其壽若何等是未知故並隱之以生疑問文殊廣答具述三同衆機略知定後之相故知通序文通而釋契別理由四釋故別序文別而義妙由五時故所以答事纔訖定起於斯事符於答知文殊見極從盡見下別者即三同也次廣說中初文先出他土次當知下引彼例此結始終同起塔之相雖表二經法華之相猶未明了是故但成具於已當二同此土三同當仍未起言二土出世意同者同五濁故施等不殊開權即是法華之相息化即是涅槃之徵非頓等者法華一乘非頓漸攝於一開出乃頓漸生是故今云非頓而頓非漸而漸準此可知起七寶塔者二經味同隱者未說十二因緣經云八人應起塔謂佛菩薩支佛四果輪王佛八露槃餘之七人次第滅一此土既爾他應準知故今所見須皆佛塔也當知下引彼例此總結前文言從一出無量者始從華嚴至般若來皆從一法開出至般若時頓漸已

竟而人不知法華出頓漸外請觀竟字法華但是收無量以歸一次更約因緣釋者文中自有通別二釋初云通者通於漸頓徧於四時四時之中各有感應對今無非今教之因緣也故知因緣有其多種自行化他自他相對文從自行故云昔善今教等也次別說下正明現在之因緣也亦可此三展轉相生由發心因緣故信解由信解故行行若別說者別指般若中三教爲種種也故云三藏之後以般若部是菩薩行故又就下以般若中三教教教皆有四門及四悉等故云復有無量相貌言五百者明共門中種種廣故五百雖是三藏有門約所證同且證於共來至般若並成通人寘得別益今且從顯故得引同仍舊乃成種種故也不共易知但例而已共不共名出在大論既云藏後理應通指方等般若唯云般若者以方等三同般若三小同鹿苑故不別指他人於此離爲三門謂因緣門信解門相貌門今謂言辭雖爾義理不然因緣謂感應差別信解謂能感不同相貌謂信後行異有此不同皆云種種雖復殊途不逾二味感應則互有疎密故云因緣能感則內懷納受故云信解修行則身口外彰故云相貌外相儀貌故云相貌問行一解異如何行別答觀外識內故名不同言彼明此相者彼謂彼土彼所現相故云此相雖復種種同至法華無復餘相但未見法華座席以入滅表之故但云一因一緣等言一因等者亦是彼土法華已前得云種種既會入實同一因緣相貌等也此是感應等相問光中所照一時

横見何得乃云先頓後漸乃至會歸耶又於見中可無純頓唯漸等耶答實如所問時衆但知因光得見大術在於世尊見者非其境界然令見意本爲證同所放光明爲成一實事殊理絶者非光所露遠近既俱令其見聞過未亦何隅於視聽故使十方始末皎若目前安以凡情測量聖境何獨化主佛力令見同聞衆中及以集經者時有古佛晦迹其間智鑑當時述斯横竪加令見者聖凡一等故知但依文次經意宛然次爾時下釋疑念序初云但成一疑者本疑六瑞自力不任方思答者再思有在仰託文殊文殊念與有決疑地故第二念於兹自亡既已得人何須再念故第三念於時復息及至發問初疑尚存故云一疑問經稱文殊是法王子者此諸菩薩

何人不是法王之子答有二義故一於王子中德推文殊二諸經中文殊並爲菩薩衆首次釋初念中初因縁釋云神變内外者此明表異須此別釋若通釋者如大寳積經一切諸法皆名神變具如止觀第一記引神名下釋名兼辨相首楞下明所依法法王下功用也亦是問由次若夫下即約教也亦是更釋功用及以問由又此問由雖由不測神變正由自決故利他機發故應赴因縁和合而設斯問令知彌勒不識所以故須諸位展轉比決散者苦行外道及諸凡夫定者得禪外道及信者習定聖者三藏中除身子外諸聲聞也此就極處亦不知者凡若夫之言明其意通故下節節不知於上若極位者則一切下位而皆不知也故菩薩補處及以尊極此之

三位若存教道應通四教展轉互比文中且然今最居極故補處極不知尊極又彌勒去義當本迹隱本智明迹同暗訥若作觀心釋者智照靈通六即隨變初文因緣義對四悉其義宛然内外異故見聞歡喜六瑞外彰物覩生善依理變通徧調一切法王理極故無過上若將下偈顯大衆疑念同彌勒有三者此諸大衆共覩六瑞自入位來徧歷多會久知文殊神用莫測故至彌勒興念之時衆亦精誠專注妙德故使彌勒發問之際先觀大衆方宣固疑審知文殊是決疑地舊解可知準今問答意引偈既云三念不專彌勒但處一事任運發問居先言問答者文殊最能何獨彌勒應云物機在於問者答者故以四釋而消其文即因緣等也初問答下是因緣如

文殊推堪問疾於無垢施仍爲所詞故云在無又法門下約教四教不出權實故也又迹下本迹也又名下觀心也初因緣中其文雖狹若義立者亦具四悉問答隨樂即世界也赴衆所欣爲人也咸釋衆疑對治也位行齊等第一義也次發問序者頌初先料簡偈文有無先何意下問次龍樹下答論文十義今但列六前五即初五文也六使後人於經生信七易奪言詞轉勢說法八示義無盡九明至人有無方之說十如今文第六文是總論即因緣釋也初二世界三五爲人第四第一義又爲下第六對治能除後來疑故餘闕四文第六同爲人第七同對治八九同第一義故略不論正釋中先述古次觀文下且總非之說法下釋出顯是於中先明非縮次明非

盈初文準義在初二句中故非縮也於中先立但舉放光動地之末則知說法入定之本若無定慧安能現變次他不見下責令反下引答以難又問下覈出問處令指下答也前長行但總問放光若執唯光是問餘不問者應當非瑞則雨華動地尚不成瑞何獨說法及入定耶放光既在此土瑞終仍居他土六瑞之首故總舉一光通收二六況若更下別問導師兩字義自兼之次明非盈者風地二瑞並有所依所依是瑞能依豈非故於今文明非盈也於中亦先述非次破中初一句略斥次風本下破爲二先明風有香尚得爲瑞況復風地本爲顯華雖各立瑞名而共成華德正法華中但直云香不云風也故知風若無香不成瑞也夫天華下明香本屬華華香如檀故云檀風若香風非瑞華亦非瑞地淨準知於中爲四先總明有香等次此表下釋出所以言因運至果者明華香入風如道風德香薰一切也三金光明下引證四故以下結成以果上二事顯因功也出華有香非獨風爾由香風故其地必淨言二事者謂功德法身功德因也法身果也由至果故成就二義一至果二果淨由因至果故令果淨次二句地動瑞次一行衆喜雖不依前次第六瑞宛足次初三行下言驗此等者前長行中光瑞乃居此土第六秉此即明他土六瑞他土六瑞無光不見故須判爲他土總瑞恐人不了至此點出故云驗此故偈中此土光瑞云大光普照前已明竟至他土瑞首重云眉間光明等者重牒總瑞文耳涉公都不立二土

六瑞但云此初行中上半譯是下半譯非應云佛在大衆入于三昧三昧大事而不云放光下文自有今謂此文自是他土總瑞故知自未曉於經旨徒加譯者之非既爲他土總瑞所以不別分之但戴在六趣之始即初一行頌總瑞也次頌别瑞初頌六趣中云六是能趣人者四趣及天雖即非人通指宰主乃徧六趣於中初二句略舉上下諸世界下具列依正因果初諸世界者指萬八千非但見能趣有情亦覩所趣諸有非但見果報好醜亦知業緣善惡故見六趣但是取機之所又覩下云聖主師子等者聖即是主故云聖主有人云聖中之主謂於外道支佛羅漢法身菩薩諸聖中主今謂華嚴十方世界主伴之主非關二乘外道但是諸菩薩伴中之主聖主如師子故云也師子具如大經大論師子法門又師子吼者名決定說前兩教主非師子吼說非決定不譚真實第一義故雖云兼别最初純大故云第一前之兩教猶雜煩惱故非清淨赴機未徧不名柔輭並詮中道故云深妙稱理當機故云樂聞有云如來胷中大種所起故名清淨無卒暴故名曰柔輭此以欲色凡夫報質釋佛梵聲一何苦哉各於世界者一者以萬八千爲各二者主伴不同爲各信知須判爲華嚴教前之兩教及中三昧無此事故二教八門名爲種種無三乘事名爲佛法若人下頌四諦等者他人不作華嚴消文遭苦已前鹿苑之始豈有各於世界之文以小乘中無十方佛故頓後漸初唯有鹿苑三藏三乘初乘四諦乃至佛子三相宛

然如何不以五時消文文中先出能厭之行厭不徧故未得名盡雙厭因果至說涅槃方乃厭盡在文分明者苦含因果即苦集諦厭老病死即道諦爲說涅槃即滅諦亦可爲說之言兼於道諦涅槃之道即道諦也所證滅理即滅諦也又遭苦是總標厭老病死是知苦知苦故斷集爲說涅槃是知滅知滅故修道難陀持戒具如止觀第四記支佛但說得果之由及以所求法勝若例聲聞須明行相云云若有佛子下是開六度大乘者修種種行及無上慧諸教共有今初形凡小亦得種種及無上名不雜凡小通得名淨非畢竟淨者且約三藏六度言之藥中無病名爲淨耳若欲於此辨四悉者三乘行異世界也緣覺爲人聲聞對治菩薩第一義況復各各皆具四悉三乘約教準例可知本迹觀心亦應可解下去諸度隨文略消又聲聞等者且約當教一途而說應知通教三乘並以界内滅諦爲初門別教菩薩以界外道諦爲初門圓人以界外滅諦爲初門此中明因光暫見不合廣求法相但略堪表同於理即足若論修行方可廣辨以下三十一行半廣明二味故判此文唯三藏也結前開後者結前中言見聞及事者據漸頓教皆云演說及爲說等即是聞也又見佛子等即是見也見中種種多皆事也大綱略足故云若斯同者略之謂千億事言開後者續後而說故云今當及千億事文中置之今應兩牽亦可前四句結前如是下二句開後蘭菊之言斯有在也此下三十一行半分文但云菩薩修行既居鹿苑之後又

在涅槃之前準下釋般若須兼二酥以法華相未決了故從容釋之雖約二酥教多在三如前分別故諸度約教別圓之前多不云教含二意一爾後釋義準部通四令識眉目以長行中具云方等般若故也總問中經云恒沙者阿耨達池四面各出一河東銀牛口出殑伽河南金象口出信度河西瑠璃馬口出縛芻河北頗胝迦師子口出徙多河各繞池一帀流入四海於中殑伽沙細而多外人所計以爲福河入洗滅罪佛亦順俗故常指之又佛說法多近此河故以爲喻此下六度但略指大體若依二味具出其相具如止觀第二第七記所引問既云方等般若亦應具有兩教二乘何得總問唯求佛道答實如所問但避繁文還同鹿苑故略不說駟馬者四匹共乘故云駟也俠字胡帖反豪也文殊下經云往詣等者表往非餘故指佛所所問尊極云無上道所棄不輕故云樂土身心俱離故云剃除如是消釋世所共有凡諸解說貴在教宗顯理之精息其繁芿五王經者此是一卷小經經云昔有五王鄰國無競互爲親友有一大王名曰普安習菩薩行以餘四王邪見熾盛普安愍之呼來殿上七日七夜娛樂受樂四王曰國事衆多請退還家大王自送并命左右而隨送之至於半道而問之言各何所樂一云願春陽之日遊戲原野一云願常作王種種嚴飾人民侍從道路傾目一云願得好婦兒端正無雙一云願父母常在多有兄弟美食音樂共相娛樂各各說已迴白大王王何所願答我先說卿所願不長若樂

春遊冬先彫朽若樂爲王福盡相伐若樂婦兒一朝疾病受苦無量若樂父母常在等一旦有事爲他所執四王又問大王如何所樂答言我所樂者不生不滅不苦不樂不飢不渴不寒不熱存亡自在四王問曰如此之樂何處有耶何處有師大王曰吾師號佛近在祇洹諸王歡喜各詣佛所却坐一面白佛自責佛說八苦王及侍從百千萬人得須陀洹捨國入道大相略同既云問無上道非關小果且據捨土出家事同故今引之光中所見亦可八苦以爲助行諸教共之故捨國事同觀行須别以分諸教又如長含有四輪王分於一國雇人剃頭既云諸王機亦不一下去又見等亦通諸機故也

法華文句記卷第三上

音釋

磐礴　磐音盤礴音薄　壣壟　壣力珍切與嶙同田壟也壟魯勇切壟畝也　凹凸　凹鳥交切不平也凸徒結切高起也　砰磕　砰披耕切砰磅聲也磕苦盍切石相磼聲也　爆　音豹火裂聲　殑伽　梵語也此云天堂來殑其陵切伽求迦切　頗胝迦　梵語具云塞頗胝迦亦云頗䔧此云水精頗普禾切胝張尼切

法華文句記卷第三中

唐天台沙門湛然述

經云被法服者如瓔珞經云若天龍八部闘爭念此袈裟生慈悲心意令比丘安可不忍亦令俗衆生慕樂故龍得一縷牛角一觸等云云彼王所慕與此大同此中秖合明所見意以序表正諸度行相功德及袈裟等但是寄此況明之耳然必須辨行體顯教以分味殊生忍等者文中兩解初通以三句用釋三忍次一一句別對三忍應須附文釋出所以若分三忍對四教者生忍苦忍別在初教通爲四境何人不須具此二耶別在地前求佛道者此中雖無但準例說次文即以誦經爲第一義者若不求佛忍不闕誦故以誦經同求佛道第一義忍通亦在三別唯圓別故令三句諸教不同如別譯阿含佛在舍衛有一梵志來至佛所種種罵佛種種惱佛佛告梵志如汝以種種飲食上王及遺親族彼不受者爲復屬誰梵志曰此屬於我佛言此亦如是我既不受還屬於汝故此不受亦是生忍故此生忍別屬三藏在阿含故通於通教理不受故況復通用諸教共之其名既通須釋相狀次進中實相亦可通四別二窳者如瓜在穴病也禪中云通途皆有根本修者諸教皆修故也若達根本即成出世及出世上上具如止觀禪境中明今文語略但云出世上上及以根本根本即三藏出世即通教上上即別圓又四教皆以根本爲境故釋前行通涉諸教於前行中云離欲者通教也又根本下藏通兩教也此兩皆修根本背捨等故然應

須知觀行猶別以辨兩教別離二乘且從難
說中道離欲中義通圓別從圓受名重釋深
修者由深修故離欲不同則根本中亦應傳
傳爲深故也此中根本乃至二乘具六已來
亦具藏通二教意也別教五通如文亦可讓
於初地已上圓教初後皆六通者但約理圓
無漏失故義立六通若從實說初地初住分
得無漏通耳安禪等者前通釋中通深淺故
今上上禪別在別圓釋般若化他中云定慧
具足者別人利物橫具諸教乃至圓教令從
極說故展轉比乃至地住方乃具足是故文
中初從色定亦名爲等等故具足有漏尚等
況復餘耶背捨等名等不等者約無漏事禪
以判既云厭背故多屬慧九定名定從名判
耳無間入故十一切處前八屬慧後二屬定

又前八在色色界之中亦自得等已如前說
前是因緣又二乘下約教判二乘即前兩教
也菩薩及佛即四教義足空觀去約觀判也
破魔等者四佛各有四降魔相具如止觀第
八及記若對教者亦空二假別中圓則具教
觀二義故也乃至地住各有破於八魔十魔
八魔十魔具如止觀第八及記究竟破盡故
名一切擊梵等者即眞妙梵音之所轉也既
降魔已應轉法輪文從實說但云初住通論
四佛各各能轉乃至眞妙亦通四佛次約不
次第云隨見而問者問向明所見可非隨見
答並是隨見但二途不同從不次邊最爲隨
見尚許一見具經五時何妨覩行次與不次
三藏後等者此則全是彼佛所說且如見人
見行不妨見說捨禪者第四禪也亦可別圓

忘懷之捨忘彼禪故名之爲捨悲禪者婆沙云初禪修悲易二禪修喜易三禪修慈易四禪修捨易此中悲禪旣云化他豈獨初禪故婆沙中尚有通别況大教耶故一一禪皆應云慈乃至喜捨華嚴思益等者華嚴具二思益具四故思益第二卷初網明菩薩放光徧照十方阿僧祇國一切煩惱一切疾病遇光安樂煩惱病苦並云一切乃至佛自放六度光觸者蒙益故皆具四以初地例佛亦應無妨故得引之第一云佛告思益梵天能教衆生一切智心是名布施不捨菩提心名持戒不見心相生滅名忍求心不可得名進除身心麤名禪離諸戲論名慧豈非三藏六度耶第二云我說布施名爲涅槃愚謂大富入諸法實相故持戒是涅槃不作不起故忍是涅槃念念滅故進是涅槃無所取故禪是涅槃不貪著故慧是涅槃不得相故又云布施平等即薩婆若乃至般若即薩婆若又云布施不施不慳乃至般若不智不愚此等豈非並是通教六度相耶第四云能達一切法無所捨名檀達一切法無所漏失名尸達一切法無所傷損名忍達一切法平等名禪達一切法無有起相名慧豈非别圓六度相耶華嚴具如止觀第七記引又如地持六度各九此並蒙光得益之相以佛道名通悲禪不局初地初住及通七地俱皆得入故作通釋四相旣分五時可辨是故不假諸餘繁論未甞睡眠具如止觀第四然彼是方便此中正修亦通四教若小乗中如那律具如止觀第四記此中在大以求佛道故引般舟以爲行儀般

舟翻佛立此舉除睡中最以九十日常行故也準部又通通諸教故無缺乃至究竟但此十戒名出大論亦通諸教具如止觀玄文今十始終悉是菩薩故皆求佛道生法兩忍者合前二忍爲生忍第一義爲法忍初半能忍人次半所忍境下半用忍意意即兼於生法故也故知生忍之名名通義別三藏中生滅事忍爲生忍衍門中生忍法忍永異三藏力者阿含云力有六種小兒啼爲力女人嗔爲力國王憍爲力羅漢進爲力諸佛悲爲力比丘忍爲力離諸等者五蓋具如止觀第四卷云云初一行半明所離次半行明離意以諸教禪皆離五蓋意在佛道如寶積經迦葉云有四法急走捨離百由旬外一利養二惡友三惡衆四同住多戲笑或嗔鬭等又云若有打截大千衆生若有惡心惱發菩提心人此過過是癡眷屬者具如般舟須離癡人及鄉里等望前亦有方便正修之別四事者前之三行正具四事初行二事謂飲食湯藥次行衣服次行卧具房舍諸教之中或復橋梁義井園林浴池今無橋等殽葅也膳美食也不知何事嘉祥及涉法師皆以殽爲肉縱有一分字義通肉何須置餘專用於肉使後代少識者疑之應云非穀而食曰餚若作腈者噉也説文曰膳者具食也秖云從肉作訓啖誰即名爲啖肉或云是肉未制之前斯言更謬大乘頓制一切斷肉何論楞伽前後制耶況復並是光中所見豈一萬八千咸同未施斷肉之制猶以腈肉供佛僧耶經名衣等者如此土迦葉袈裟直十萬兩金光中所見或當有

此次釋般若第三行中云言語道斷者心不著故必離言説言語道斷泯前初行不可説而説心行處滅泯前次行不可觀而觀雖復雙泯而説而照故云説不可説觀不可觀此語復通衍中諸教故不局此消此三行文有五釋初直消經文次釋三行全在方等而言六者五隨般若故也第三釋三行全同般若盛譚等是初行意寂滅等是次行意清淨等是第三行意以從名便同稱般若第四釋以三行具對三味第五復同般若問若爾此第五釋與第三何別答第三直以不説而説等與般若相同故且對之此中因第四釋中以第三行對於法華者良由妙慧二字仍云見人不見座席故却將初後二行歸於中間一行不觀而觀正同般若即與不見法華席同等是不見故未消法華皆云或者意在於斯問前分文獨在方等今釋具對三味耶答一者方等具足四教攝法多故二者唯未見法華座席是故於法華前從容説之而兼般若然又諸教六度別者皆由般若是故具論所以若説若觀及言語道斷諸教有故故須具論云云況所見難量故詳之至五收羅既廣不出於斯兩意從人者第四第五意中正指第三行也泠然下云云者如向略申上文但云種種因緣信解相貌未分三味四教之別釋者誰知三行含於二味又諸經論六之與十離合不同具如止觀第七記又瓔珞十度各各具三義通諸意故下卷云施有三謂財法無畏尸有三謂自性受法利生忍有三謂苦行外惡第一義進有三謂起大誓心方便進

趣勸化衆生禪定有三謂亂想不起生諸功德利益衆生慧有三謂照有照無照中願有三謂自行神通外化方便有三謂進趣向果巧會有無不捨不受力有三謂報得修得變化智有三謂無想智一切種智變化智以佛舍利者略如長行新云窣覩波此云高顯方墳者義立謂安置身骨處也見有滅度之相則知佛已涅槃雖見入於涅槃不知爾前所說而時衆不決未測見由故不同古畏妨壽量又復爾前已見二酥大小理足應不重說是故懷疑諸天龍神等者塔藏身界故供者福大不同殿堂形貌安處故長阿含云佛臨涅槃有梵摩比丘佛前立執扇扇佛佛言却勿在吾前阿難思念此比丘常侍佛供給無厭今者末後須其給使乃令遣却何因緣耶

佛告阿難令俱尸城十二由旬天神側塞嫌此比丘當佛前立令者末後諸天神等皆欲供養而此比丘有大威德光明映蔽使我不得親近禮敬是故令却阿難白佛何因緣故有是身光佛言毗婆尸佛時以歡喜心手執火炬照彼佛塔使其身體光明乃爾上至二十八天身光不及火照既爾餘皆準知故知舍利所住之處其功不輕慢之生罪罪莫大矣如斯等例經文甚多何可具列並非今正意經云天樹王者即忉利天波利質多羅樹具如釋籤引大經文結文意者正供舍利旁嚴國界若直爾嚴國何須起塔白毫爲本者此約道理白毫表中爲諸法本不必最初及由光見以之爲本如他土瑞六趣居首豈爲瑞本所以他土以佛爲本若論總别仍同因

光言佛爲本者下凡依佛佛之人法由佛始
終始必歸終問他土六瑞容可因光此土但
云佛放一光見此國界何曾關五答因光見
處一切皆妙當知光是殊妙之本況復諸瑞
並中爲本光即中也他六皆中由光亦爾次
行者初二句歎光本初中初一句二字舉光
本本即神力智慧言諸佛者舉諸顯一正指
釋迦次二字正歎爾前不然故云希有由二
事故其光乃淨下之二句歎光體用於中初
句歎光體次句歎用所照國也過萬八千方
云無量故前立數且從所表況復諸方所照
亦爾故云無量第三行中初二句重舉所照
而歎過常次二句舉見稱號以請答云見此
者二土瑞也與一化異故云未曾既殊凡諂
未曾不虛諸佛子等疑事不輕故重啓之非

專爲已故云衆也言構難者構者架也累也
頻至於四故云累等彌勒節節設問文殊皆
構而拒之此三意者初意明事大意遠次意
將護發起影響二衆第三意將護當機結緣
二衆雖復初二共成第三故彌勒三意並託
機緣故云妨聞機在仁者及以闔衆是故託
衆翻其三意而請必答蔪亦固也廣雅云彊
轅也兕者音似似牛而一角似牛非牛故云
疑兕今憂懷不決故云憂兕闔字胡臘反閉
也漢書云闔衆不庶一人者闔盡也當知今
會盡衆疑也初拒中云衆未曾疑者且據不
發言者以質彌勒次待佛定起者佛若定起
其疑自決言時答者催促之詞令其即答釰
師招音作劉字者誤釰師有弟子行深從支
遁買山答問爲四初開章次生起三惟忖下

所以四廣解生起中云囡像者亦可云仿像未實貌也髣髴二字古作仿佛上敷往切下方物切上相似也下不審也若準此義上字正當惟忖答也惟忖答上此土瑞者欲說等五句既對六瑞即是以五忖此六瑞略曾既云放斯光已即說大法他土六瑞以光爲總因光先覩聖主演說故知答他土問也廣曾具述燈明六瑞及光所照如今所見乃至定起說經即是雙答二土問也雙問意在問於定後故云雙答惟忖下當因緣釋然文下本迹也據未廣述似同未知既云今昔昔即廣曾但未彰言先示惟忖故先五句酬序六疑破古中先敘次今明下破先去取云其法說不用者仍存其譬不用法者本門太早故也問至此尚破太早何以通序本迹釋耶答通序通於本迹別序唯在迹門故釋通序汎用本門非通序中廣開壽量乃至別序雖有本迹之言或時且用體用本迹問若爾譬本譬法法既不用何以用譬答秖緣光宅法譬分張法則本迹俱譚譬唯迹門顯實去法存譬良有以也儻若全取仍須責云譬本譬法如何三譬唯譬得記改小破惑二法乃以本迹雙論用譬除法良由斯也然論有八句一欲說大法二欲雨大法雨三欲擊大法鼓四欲建大法幢五欲然大法炬六欲吹大法蠡七欲不斷大法鼓八欲演大法義今但依五句以初句爲總下四爲別他以八句四對釋之而云一破惡進善對二開權顯實對三得智證眞對四說法利生對仍云尋釋來由唯有五句成兩對半有破惡生善說法利生開權

一句餘者則闕仍不次第讀者應知今謂論文八句釋經五句是知不斷幢炬釋法鼓耳不斷明鼓體相續幢是法鼓標幟炬明法鼓破暗以喻釋喻道理如然今依五句總別釋之然通序冠首乍可從容別由藉異無涉遠本文殊答迹尚自惟忖略廣方決乃酬問旨何得率爾示遠本耶若釋五句作顯本者略曾廣曾並須知遠光中橫見應發近迹光中橫見尚隱當同但以起塔密表入實豈容於此便見遠成及以塔踊分身耶惟忖既未關於遠本故略廣唯譚於近迹釋後既虛等者釋顯遠既虛釋開三亦謬開三秪應如今總別不須以對廣略二文若不爾者徒稱權實

正釋中先直述大意次正釋三橫竪下結意

正釋中先釋次結惟忖初文又二先對五瑞次別釋大聖忖量不徒涉慮此初惟忖乃為略廣二答之基故彌勒思瑞以設疑文殊附疑以忖度是故內惟昔佛正前之六瑞忖量今佛瑞後之三周故略廣時方顯內忖此即一經之骨目也初中三先對五瑞次欲說下一一解釋悉令表正三如是下結示有無秪為釋中以瑞表當故論八句皆云欲也釋中初句答說法瑞者明昔說無量義經表欲迹門入實兩時無量義義既不殊驗知今日出生之後收入何疑法之大者豈過於此次句答雨華瑞者惟昔雨華時已表當說圓因四位故四而非果忖今天華而四雨了時會之一因一因必四位為所階四雨以義天為能表第三句答衆喜瑞者忖今同昔衆見瑞喜

冥表必行依理教故喜心内動圓障冥壞敀昔權人成令妙衆人必禀教行理咸然第四句荅地動瑞者忖令同昔見地動時已表當破六番無明故普佛世界六種震動動雖形聲二别且以大鼓忖之故知誠兵必破邊疆之大賊地動則除中理之無明故二乗昔來都無斯理序中冥利時衆未知第五句荅放光瑞者忖今同昔覩光已表開顯道同故以一光俱照彼此此表釋迦彼表四佛故知迹門不得同本問大法法義二句何殊荅大法表此土開顯法義表彼此道同此照於彼彼同於此故云演也並一代所無信荅問有在言兼具者驗知四瑞在定定不可無闕此至略耳者略謂極略一往略曽似如略於惟忖義則不然以略曽中既有過去諸佛之言但是望廣名爲略耳非望惟忖是故惟忖但忖量過現無曽見之言故更略也故此略言有其二意一者言略無曽見故二者闕略闕入定故次别解中復爲總别總者以下四句皆是大法故知下四爲成初句所言别者即以雨等别彼大法令入住等對四位故故名爲别即以光宅三喻而從今法故釋五句並託喻從法先以華瑞舉於横别以示豎總以初句中義含四位故也故次以雨等以離前總出四句故準此下四當位自具從始至末文中且從對豎以説故以雨華用表四位如吹法蠡通表敀於四位而别在於十行擊鼓亦通表四番破惑而别在十向演説既通云横廣豎深豎深即如位位豎入徧通諸位而别在十地故初雨雨乃至法義一一徧於迹

門廣說但於衆生得益不同須從竪釋束橫從竪故入住者且名法兩乃至入地且名法義是故迹門通名兩兩乃至法義故下廣釋句句皆云爲令衆生所入又有超次不同今且從次並言今之與昔等也如初明兩兩但表入住即不云今昔從信入住何所論改非不改信非改眞位不得改名故始入住不須云改故知二乘鈍根菩薩昔法華前未破無明令初入住但得名開是故略開利根深益在第二句故第二句容有昔時利鈍菩薩及二乘人先密入住并於今經始入住者並進入行俱名改號若顯若密至今不同三四兩句準第二句故知改名亦通於後誡兵亦然證位雖爾亦有今昔聞經薄益入品入信略如向明當機結緣具如玄文利益妙說故知

爾前亦可義通開等四名橫闊竪深者前之三句非不深廣今至地位最得其名次惟昔下總結橫竪釋竟者若總別相對以總爲橫以別爲竪若於別釋初句雙顯橫竪二釋下之三句文正明竪位位兼橫涉法師云論釋此文略無奇巧難可具依是故今文亦不全用經善男子者涉法師云離五不男豈法華中衆但離不男纔堪爲受聲聞無作一緣之中少分而已今言此名大小通共至今應云開七方便爲善堪聞獨妙名男男子即丈夫具如大經大經乃含三教佛性具如玄文所引云須陀洹人佛性如淨乳等豈小教中有佛性耶故知大經於法華之後開方便教徧立佛性之名名通義別故男子之稱通在五時諸教義別次釋略曾初言小分明者且從

言說皆漸而言意則不然向云惟忖還忖廣略故知略曾更述惟忖答中但略舉光瑞光照他方義當他土總而言之並答此土況他土之文元爲成此故知惟忖且此略曾且彼所以分於彼此者以惟忖中有今佛之言略曾中有過去之語以今表此以過表彼若爾廣曾亦置過去之言何以雙表答廣中具述三同可以三同顯此復有過去之語而以過去表他若爾判答之中無過去語何以雙判答今見此瑞與本無異本表過也今日如來即顯此也雙述過現故表雙判言曾見者即是見廣但言中庠序略廣漸增爲答之方實主儀耳欲令等者欲令之言譚教意也聞即聞慧知即思慧即開顯之聞思故云難信既有二慧必入修慧豈佛說法獨令唯二但以知釋修未可全當故但云思亦信法者即圓二行聞即信行如隨喜法師品等知即法行如安樂行等豈二行者全無修慧如三周授記及本門功德等並一往分別耳乃至云若聞是經思惟修習等故經文中其例不少以一部文凡論入法不出二行故也二慧二行得入諸位故欲令之言意通初後云收無量以歸一者指說大法意也義當於總次云改三乘者指法蠡十行次云六番指擊鼓十向次云諸佛等指演義十地次云開等却指法雨十住故知略曾還述惟忖瑞表所爲故云欲令一切世間等者若不通指諸位並開佛知見豈得云一切等耶如下文云一切世間多怨難信難信之珠四十餘年方乃信解次廣曾者還廣上二言橫竪者彼此相望爲橫

今昔相望爲豎通號者應身皆具十故名爲通法身望應亦得義立吾今此身即是法身故知應號即法號也然釋法號須從法立具如止觀第二記又諸經中或時通列三號即十中初三故淨名云若我分別此三句義窮劫不盡準三望七亦應可知應號無盡況法身耶別號不定如楞伽經佛告大慧我於此娑婆有三僧祇百千名號亦如華嚴此四天下十千名號十方各一世界各十千名號乃至十方盡虚空界種種不同此佛既然諸佛皆爾佛號既然佛身說法亦復如是十號功德如育王經香口比丘云若爾今之一佛尚名字不同何以言今名與他同耶又釋別名作定慧自他釋者何佛無此自他定慧獨云燈明與釋迦同答應佛得名隨緣各別其義縱具不及燈明如楞嚴中堅意問壽佛令往東方過三萬二千佛土有佛名照明莊嚴自在王堅意往問竟白佛已阿難云如我解佛所說彼佛是釋迦異名故照明之言正與日月燈明義同涉法師云日破暗月作明日成熟月清涼日開衆華合青華月合衆華開青華燈於密室能破暗如彼智能破惑然全無合喻況復亦無三同之見依今合之方在今教方可依前定慧自他故云隨緣稱別義則不殊次說法同中即五時同也如華嚴四諦品云文殊告諸菩薩四聖諦此娑婆及十方世界一一各有四百萬億十千名號大集亦爾故知諸大乘經多爲辨異唯有今經特爲顯同非但今佛與他佛法同亦乃已他皆入一味故下文云因緣譬喻皆至種智是故諸

經不出異意大乘七善者既云通大小乘論中又以聞思修三而爲三時成論又以少年中年老年所說爲三不同今人今人老者所說非善又亦以三乘爲三故云通也今文以三段爲三其言仍通其義則別時節既爾餘六準知今經應云圓乘七善八音者一極好二柔輭三和適四尊慧五不女六不誤七深遠八不竭諸教悉有從所宜異判教不同從所依異判佛差別來至今教理無二途界内外等者別圓兩教攝彼二處總名滿字故名圓滿師云者指南岳也又初去重出異解金光明者如金光明最勝王經第四云此經希有難量初中後善其義究竟雖不云其語巧妙等以餘文例可以意知部雖方等義圓極故可以證今前心者謂住前中心者謂登住後心者即妙覺理猶未顯名不思議分證定慧名爲莊嚴惑究竟盡名爲不壞此三如來凡有所說皆同一善初心尚云不可思議況復中後所說皆善是故亦與說法同中時節同也故但立三時餘皆善也有人云初句總六句別故離七爲十初離三故四義深五語巧六無雜七具足八清淨九鮮白十梵行須爲分其大小漸中不明方等般若者但以六波羅蜜擬之但是文略既云答上種種修行應具如上頓漸既同橫竪不別故知因光橫見非但生彌勒問異之疑端亦爲文殊答同之先兆又非但二聖問答之冥符元是如來化道之玄旨故主伴相與客設一途使愜物機宜聞皆契轍問前問中以菩薩爲三藏大乘三藏之後方云種種即指二酥今何以將

菩薩六度答種種耶答凡諸問答及偈頌長行皆有廣略此文望上應爲三意一者上廣今略故今漸初但舉二乘二者上離今合故上菩薩別開二酥別明諸教三者上旁正具舉則通列三乘今直論正且語二乘問觀文語勢令得菩提屬菩薩句何以離分對味不同答有二種一者義意施前諸味本爲佛乘故將令得以對元意二者答意問既具騰初後答亦委述始終不可唯守略文令闕大旨故隨問勢從義離開況此問答隨見而辨信非二聖虛構言端方荷今文釋者之巧引過去無量劫遠事與東方萬八千孱同驗舊消文未成答問成一切種智者五佛章中皆云爲令乃至種智故知同也所以定起引同還同光中所見故五佛章種種之言不出四味

昔同下云云者令更分別三同相狀今佛正在於定故以法華爲當古佛已說法華故以三皆在昔所以古佛六瑞及以爾前四味而爲與今令同已同唯說法華名爲當同古師不以六瑞而爲今同具如下破初引至互舉者文殊巧說爲避繁文故文殊見時皆具五味言指前者以中後指前初一佛也二萬之漸指最初及後最後之頓指二萬及初而不引二萬之前等者且引同皆爲頓開漸過去既爾驗知他土不過萬八千者以過此外不同故也若云無量何妨照同若依現數則中間不同尚亦不照況萬八千外雖然猶是一往光但令見一萬八千答但引於過去二萬足得表道同足可釋疑念故定起所引十方三世何但如向所見所引問若爾何以將數

而爲所表答凡有表者皆約現數忽至三萬豈無表耶以自在法門無盡故也況正爲所表且至一萬八千二萬燈明觀釋還表二萬如前二千即二萬也如菩薩八萬準説可知若具以二萬爲表即表權實滿也姓頗羅墮等者具諦譯也婆羅門中之一姓也本行集翻重幢重字平聲一切諸佛皆不在餘二賤姓故尚尊貴時則在刹利尚多聞時在婆羅門又濁難伏時則在刹利清易調時在婆羅門問三同判文姓何爲異答姓屬祖父名從己德縱使姓異未足爲乖若作義同不無其理尊貴多聞義同名别如會名中豈以今古同名釋迦言能仁者亦根利捷疾不違物情故得國人從之如市所言不二咸滿衆心故云滿語故滿語等秖是能仁王子一八亦復如是若爾十方諸佛誰非利根等耶答本引令同何須求異況今但以三同例之名同乃是從便來耳如五佛引同十方無不從頓開漸無不令至一切種智此八子名作四對釋者但得觀心餘三全無經云各領四天下者有言金輪必不值佛此亦不然諸皆不例言發大乘意者秖是四弘誓此諸聲聞大通佛所先已曾發何況被會更有小名然發心者雖華嚴十種不出四弘具如止觀第一卷廣明今未發迹等者亦應云開權言發本者從示迹説問集經者在發本後何故仍云聲聞耶答此約文殊答問之時猶是聲聞若爾經首不應猶名聲聞答從昔列之具如序釋故解釋者先須順經現文次第且歎其小復更約教及以本迹探取文意準今以説問此云

發本與發迹何殊答大同小異發者開也若迹覆本開其能覆名爲發迹迹既發已即見其本約所開邊乃名發本以覆本故迹名能覆本名所覆約所除邊名爲發迹約所見邊名爲發本下文者具如五百受記中説則知一切頭角聲聞咸是菩薩昔明至則有者釋疑也恐疑昔與今今同中應一切同何以令具五序昔但二耶初是現相從彌勒當知下懷疑從時有菩薩下便論説經所以古唯二者有二意故先徵竟次既言下釋中二先明文無義有次又若下明隱昔顯今從要答二理兼者略若具引三序以答彌勒之問還成文殊引往爲答有何不可但文殊鑒物知此時衆情在於己故彌勒云四衆欣仰瞻仁及我是以隱昔日之三而但述二令知問答之後即説法華巧申已見以愜衆情適時之宜何以加也又若下第二意秖緣不敘昔答故以垂辭具騰始末始説法華終盡滅後乃至結會方結述云今見此瑞與本無異等乃至偈云我見燈明佛本光瑞如此以是知今佛欲説法華經等但利物秉機何勞費辭故隱問答但述已見若爾何妨述衆答據無量前無衆圍繞等言且云無衆而云説大乘經教菩薩法所教菩薩及二十億豈非衆耶況二兼三餘何須述若爾何不述問答問必有答相從須闕初所因人中先述不同以徵起次述瑶師謬解言因託者是流通之人即指妙光言非直者非如今佛適從定起正説之初直告身子彼佛下次明妙光非彼佛定起對告之人如今下明身子但堪對告非堪流通

故云未必次因託下明彼佛流通屬在妙光故云莫若次如今下引今流通之人同彼妙光莫無也若如也此佛弘宣無如文殊不可匹類故云無如次今佛下明今佛既其不歎身子往佛所以不歎對告故知今昔俱歎弘通之人故云何必何必者是不歎之辭文殊下重引所歎流通人耳次又舊下復述古師而以藥王爲所因者許而不用此師見下法師品初云爾時世尊因藥王菩薩告八萬大士即以藥王爲所因人若引藥王以例妙光稍似可爾没却身子深不可也但云文有所因之言亦是對告之限且云可爾言引往小不類者若引往燈明正說之初對告之人以證今藥王故不類也例同身子此則類也所言小者猶同文殊故也或言下又引古師言不便者釋疑之時如來在定定起因機非因文殊定起唯云告舍利弗何得將在定釋疑之人用對定起對告人耶今明下斥舊所釋不當故總云不爾經云爾時燈明佛從三昧起因妙光菩薩而作下責舊文云因其說經何得云因其流通此乃下責二師公謂彰灼抗謂拒抗二處皆是定起對告告即所告乃以妙光爲流通藥王爲對告違經抗佛何關釋經昔因下引諸事同非唯一途云迹門竟等者非謂迹門全竟但是譬說周竟便云告舍利弗無智人中等今古下結斥言更若爲勝者前釋難云昔已發迹云是菩薩今未發迹云是聲聞衆事既齊故所因亦等而近下斥引藥王而近棄正說之初遠取流通之首是時下說法名同中經中所歎與無量義辭

句不殊若釋此中教菩薩法等依前序義者非正宗意若作異名與今不別故無重敘行後無境者方等般若種種行後不見法華涅槃之會但見起塔供養之事故云無境是故今文下答出法華之會即行後事也六十小劫如食頃者六十與五十食頃與半日數似少異皆即長而短故云同也生公云豈實然乎表重法心志故寄時云耳若云寄時應言如六十小劫何得直云六十小劫謂如食頃故但情謂非實短也信六十小劫經文非虛聞法之志加以佛威一坐經時忘其久耳注家初引淨名促劫爲日演日爲劫者乃是佛促以爲食頃此則違經謂如之言猶不如於重法之志但言寄時與經背耳引奢促已乃云況玄匠眞一之門何爲不以歷劫爲數刻耶雖復況釋理竟未彰今謂且如世人苦則以短爲長樂則以長爲短此亦情謂之長短也有云受佛法食美未飽故此喻稍通有人於此立以四句如中論破此亦不然必非聽者於中修觀乃是佛力及聽者忘時故知中論觀法但被末代鈍根者耳經梵魔等者梵即色主亦三界主魔爲欲主沙門此云勤息勤息惡故婆羅門者此云淨行外道中出家云淨行種也古人濫以此釋四衆者若攝衆足何以更云及天人等所列不同並趣舉耳此中先舉欲色二主四姓舉勝六道標善並且從勝略餘惡道者皆取入佛法易者耳古昔既爾今佛亦然迦葉佛下云云者應明佛與土有淨穢涅槃進不以例燈明是故迦葉以土淨故法華唱滅即入滅也今佛等者長

行末云即時釋迦牟尼佛以神通力接諸大衆皆在虚空以大音聲普告大衆誰能於此娑婆國土廣說此經今正是時如來不久當般涅槃但令佛雖唱而未即滅故云不久信解亦云將死不久以在穢土須說贖命爲捃拾故扶律說常令久住故兼權明實助發實故帶實用權顯權力故過常未常始末一故色身常身無生滅故雖此不同唱滅事等授記同中先正述徵問昔事下答若說下明隱昔意文殊巧譚不發迹者明所隱意意待定起一代所說非無圓融未記二乘化道不暢今方始遂推功有歸豈可文殊忽卒盡理故隱所見待佛定起說記德藏時衆不驚故云諸經皆爾執教者未驚下云云者應敘一代記不記意如華嚴法界何所不含隔彼聲聞使如聾瘂後分雖有授記事乖鹿苑初聞一向唯小方等尚昧般若猶生雖楞伽方等有記小之言楞伽乃容對菩薩方等爲斥奪聲聞故一代教文彰灼唯此請搜檢大藏方驗有所歸故將護執權教者謂聲聞求住涅槃而隱昔記小之言從後以菩薩立號或恐聞者驚疑憚教或恐拂席以亡後聞此前未驚等文處處說故故不重論釋疑意者彌勒雖在八百之數多遊棄習名曰求名雖藉宿因補釋迦處豈若妙德諸教盛譚況曾爲師釋疑非謬言容開壽量者預擊時衆容發疑端豈有伽耶適成而已師爲弟子兩時弟子何者爲尊二處之師誰爲實說既師弟無定實本迹難憑終須剋覈令理有歸容生其端本門方審九代祖師者若論八子皆師妙光則

八子皆以妙光而爲父師既云八子展轉授
記雖同師妙光應先記長子餘者次第展轉
爲師故得妙光居八代之首八子最後名曰
然燈然燈既爲釋迦之師是故妙光爲九代
祖生非生等者既師弟更互當知師弟生實
非生爾前曾滅滅亦非滅必久曾證非生非
滅常住理故迹示生滅故云非等又迹難測
故故生非生本理妙故故滅非滅本迹雖殊
不思議一是故須以非生非滅之師弟預容
表之問彌勒等者昔八十劫承稟妙光雖不
通利安得不聞今爲補處宿智頗忘何故而
今猶生疑問答意者此依權道不從實行實
行雖即曾聞何妨今仍猶豫然憶昔曾聞法
華會中得記等事亦應憶昔曾見法華會前
瑞相釋疑故知實位補處輔應化佛示歷五
味亦且從權是故文中從權以釋次分明判
中先騰意次正釋先騰意者惟忖既忖量今
昔當知惟忖見巳分明故云不謬爲答之法
先微後著故至明判顯向非疑故云皆決定
也皆言表諸即初後皆決豈文殊大聖先思
後當耶次當說下正釋中當說等者當說合
經定用開經以之爲表開爲合瑞理決無疑
名妙法等者華必有蓮如因定剋果故知當
入妙因定用天華四雨爲表教菩薩等者自
此己前衆機仍隔此會之始根性欲純觀瑞
欣然當入行理定用人喜以之爲表佛所護
念等者所護之理中地無動欲念敷弘今當
入果入果見理理是所護故用地動爲其表
也兼總入定等者四瑞總由中定而成說法
雖即不專由定說是慧性全定爲體故開定

合定總攝教行人理故也有人下述古正是現瑞時問故得以瑞爲今謝方名已云何在定華地炳然衆喜充懷毫光溢目古人稱已殊不體文唯說法適休況衆猶未散故從多瑞皆名爲今故引文云今見此瑞今何所隔瑞無不通降此屬當故云當說前昔同下注云云者正指此中故作等者六瑞爲今具兼二義一有文證故文云今見此瑞二者推理無量義經事訖衆存猶入其定又云爾時世尊放眉間光爾時者當爾時也若謂華止地靜爲已同者如來亦應已從定起偈中不頌惟忖略曾者偈望長行廣略之意各有其方爲解義故爲攝持故互存互没尚不失旨況爲答之法容與階漸長行既賓主禮足偈頌但存於大綱已有廣曾明判故不俟略及惟忖於廣至中間者舉前舉後中可比知表無問自說者方便品初從三昧起告舍利弗廣歎略歎此土他土寄言絶言若境若智此乃一經之根本五時之要津此事不輕故須先表即十二部中之一也現諸等者都指四行故名爲總其中六瑞文相猶別初一行頌說法次一行頌入定次二句頌雨華但加天鼓以助妙因次半行頌衆喜次半行頌地動次一句頌放光不能細分但且云總以兼天鼓天龍供養非灼然云喜故且云總良由此也頌他土中初頌六趣中三行爲四初半行重明總瑞次一句正舉六趣故云一切次一句中總明生死因果及處生死兩字總標也業明生死之因報明生死之果處即二十五有故亦與此同也次一行明所依土前長行文

及問答中皆不云光色至此方云者前豈應無次一行明諸趣供養雖云供養意表機成當知前亦非無也問既云莊嚴則是淨土既云道同那列淨土答淨由光照元具六道淨土則無惡道之名故知非但色淨由光亦乃衆寶具足各供則指萬八千土可知下云云者四機既徧於諸趣四佛徧赴於物機是故四教各有眞道一坐任運三十四念一念相應不加功力二處妙覺本得自然他不見之大小混亂次例如下引例以釋自然但舉小喻大七生等者意同前問若言眞道自然三教入眞何以聽法由答中如流得風故引小爲例如七生聞法尚滅至一生二生況諸菩薩應具辨三果家家一來以例地住眞道位也今光中所見應皆果佛義可通因既有本迹四句不同豈無一土本下迹高本高迹下及以俱下本迹俱高理數然也故自然之稱其例實多若云法報須約別圓故注云云言將法約人者但云深法不語菩薩約法須之第四三行者其中既云不頌縁覺則初行頌聲聞竟應云二行頌六度但云一行恐誤又頌施忍等於四度亦恐誤也第二行中進戒二度第三行中施忍二度秖應等餘禪慧二度耳若作初二行頌聲聞則初一行直明見人次一行明所修行以云有諸比丘故也但諸文中多不以進戒表於聲聞然亦不以比丘爲菩薩前發問偈中但云又見菩薩而作比丘耳次一行明菩薩乘即唯指三藏言將人約法但云聲聞不云四諦約人須之第五二行云頌上種種相貌又云略無起塔者具

如上文以對六度又如以般若三行對三味是也亦可從或有諸比丘去至說法求佛道四行總頌菩薩即六度義足以第三行是禪第四行是智即如長行亦於菩薩乘中兼於二酥故云六波羅蜜從令得去爲法華意亦秖是進退取之耳若依向分即是六度含於多種以當酪及二酥菩薩也次爾時下一行半云追頌者隨頌也若準玄文用此追字皆云退耳如云涅槃追分别諸經即退向前也今此但以退後爲隨天人下初兩行二句頌因人同者經云從三昧起即讚妙光讚後方始說經故知正是對告故不可依古作流通解之況復但云證知不云流通也囑累如遺教者彼經初云我滅度後當珍敬波羅提木又如暗遇明如貧得寶云云是汝大師若我在世無異此也一一文初皆云汝等比丘有悲如涅槃者涕泣盈目徧體血現如波羅奢華此即恭法慕人之志也有慰喻亦如遺教者彼經末云汝等比丘勿懷悲惱若我住世一劫二劫會亦應滅會而不離終不可得自利利人法皆具足若我久住更無所益例如今佛付彌勒云云者如云一稱南無佛皆得值彌勒等後彌勒初成道時語言釋迦牟尼種種呵責無奈汝何教植來緣今得值我即彌勒受付之文也我見下四偈不同舊釋以爲結成須頌上文判答意者若作結成之言則剩判答之文又闕豈得不將頌判答耶頌上當說大乘經者亦應云名妙法蓮華頌云佛當雨法雨等頌上教菩薩法故知上之六句但明欲說之由誡衆令生渴慕耳頌云諸求

三乘人等頌上佛所護念是佛所護故爲斷疑與上文相泯合何得不須上耶若作斷伏疑釋者文復妙同斷第一意者妙瑞本表報於法同斷第二意者瑞同法同法必實相斷第三意者至此會者咸無異求斷第四意者三疑得除功在於佛事窮等者事窮謂名等三也理盡謂所顯之體事理合一何所復疑

法華文句記卷第三中

音釋

縷力主切絲縷也 寙弋渚切情也 殽胡茅切 菹臻魚切菹醢也 𦞦正作肴何交切 孱士連切

法華文句記卷第三下

唐天台沙門湛然述

釋方便品

正法華題稱善權品及至釋文皆云善權方便當知法護亦以善權而釋方便善是巧之異名耳文自分二初略中自二初正釋中文自爲三初一從字訓後二從意義又初二從昔教後一屬今經雖有三釋並以三教而爲方便但有能通非能通及以即不即異致成三釋然須略譚三種大旨方可消文然於三中初約能用三教得名法是所用用是能用雖法之與用俱通四教但有方圓差會之殊故方便之稱從權立名權不即實故對昔辨成體外權非今品意文中舉圓即屬眞實相對來耳故知在昔不應以祕妙釋方便也乃是祕而不說名爲方便況圓於昔乃是兼帶之圓是故偏圓咸非今意次第二釋權屬能通三教亦得名爲方便然雖不即以能爲圓作遠詮故所詮之圓亦帶能詮爲方便故故知並非今品意也前釋不云三爲能者權實逗會各致其極故方法不同至第三釋方乃三權即是一實指此即實之權方名今經方便次消文者初約法用中爲五先法次舉譬三明用權意四引證五此義下結非初又三先釋訓方者法也者說文云法術也正當今文爾雅云則也即法家之則又云正也今亦如是其法正故方可逗機雖未開顯不得不正次法有下釋義雖俱法用以偏望圓偏差圓會會雖勝差然會非差用顯非妙三三權下釋相又二初釋法方圓以對規矩而分偏

圓用顯非妙三方一圓者雖即四教俱名法用正以偏法名爲方便次若智下釋用差會所以俱置法用言者各契機耳非俱會圓故並云逗又法用者法名雖通用既適時未爲純一爲以何法逗何等機故以四法赴機差會不等權實相待是非俱非如前釋法意既未融逗物未暢規矩仍别且云善用諂謂所趣正是用也智諂不同用法不等次譬意者正譬法用不同有二重法譬於中置却圓中方法之名且借祕妙之號故隔偏之圓亦有體内方便故名祕妙祕妙之名似同第三然其意則别何者第三乃以開顯爲妙此中乃以獨圓爲妙故此文中四俱方法前之三教唯名方法非祕無妙後之圓教是祕是妙故後教中得祕妙名非關開顯故用偏法如以一指偏目一方若用圓法如以五指偏示諸方三明用權意者爾前未合即以權法名爲隨欲四引證者應以三權爲引出之法文寄小說故云三界況所離不同三界無别若於如來方便本一此意未宣故屬昔教雖是體外方便於理無非體内而衆生未知準佛意說故云稱歎方便以未開故非今品意次第二約能詮者若理教相望四教各論無非能詮今以三望一三爲一實作詮故三名能詮是則前之三教教行人理悉爲能詮於中爲七初直立三教爲門此從義釋非關字訓次門名下釋門義如世之門本爲能通三皆入實故名爲門三方便下明門意衆生不了元是所通依其所執得成弄引但不善曲者以引爲弄四眞實下明門用雖非即所得入由

茲五從能下明得名權實尚隔由物機差故前之二釋於顯露邊及別地前非今品意六引證意者明彼昔門但云能通於今須開故云開方便門非謂於彼巳明開門七此義下結非第三釋者即今品意但前二釋於昔但得名偏名門祕而不說今開其偏門即圓所也故云祕妙顯露彰灼故云眞祕又爲六初直立者於昔成祕彼祕被開於今成妙次妙達下釋功用者達即是開用妙之便以開祕方妙外無法故云即是三點內下約人教以示相者衆生身中有昔種緣名爲衣珠自退巳來於彼醉客偏門尚無偏門之名何況圓所若不開之三權未顯如衣覆珠今經開之與果智一作人亦爾思之可知四如斯下結名方法及門即是祕妙故云如斯五如經下引證六故以下結名顯是次料簡中三初約自他三語寄前初釋以簡於三故初被開即第三也次約能所寄第二釋以簡三文故第二被開亦即第三三約四句共簡三釋初釋者自有三文簡初文者三教一向名他名權權隔實故釋次文者以三教之他與圓自對辨釋第三文者三俱體內無非眞實但名爲自自外無他三語亦然次約能所者亦自有三文並將能所兩字以簡能所是非釋初文者且指三教但是法用尚非能通況是所通是故三教非能非所故三方便悉皆爲麁釋次意者門是三教得是能通不云三教即是圓故故非所通既其不即故猶是麁釋第三文者亦開前二非能非所及以能通並開成所所中善巧名爲方便故妙方便異於方法

及能通門故知下結斥先結名體若同若異雖俱名方便有此三異豈但聞名便解其義故三釋皆有方便之言二非今品故云義異世人下總斥世人豈大師帶偏情有阿黨耶其如理何其如文何其如行何其如證何生公天眞獨秀尚云從昔題品若從昔題何故稱歎若稱歎昔豈非毀今若以昔歎今又失於昔則使體內之權全闕體外之用又虧乃成內外俱亡安得歎佛權智五佛開顯便濫初施三周善巧仍爲徒設若言品雖題昔品內在今縣額膀州惑亂行者又初釋中既以隨他等二通後二釋次釋復以門通初後理應亦以妙通前二文無者略但注云云應云初釋方便是祕而非妙次釋方便祕堪入妙後釋方便祕即是妙此乃從佛內解以說今成顯露故闕不論三約四句中初問意者正本既云善權當知權是方便異名欲約異名料簡同異故先問起答中四先標列次釋三三句下判四故正法華下引證釋中相破一對分爲兩句相修相即各爲一句合四句也他文或以此爲三句或爲六句隨其法相立意不同句法常定今立三對已乃開爲四句者欲以四句用對三釋以前三句屬初二釋若但爲三句以前二句判屬前二有何不可但相破中文相別故又準相破相修亦可分爲兩句四句屬前亦無大失名句隨時不可一準言相破者權與方便今昔並有二名於昔則偏圓二名相破於今則偏圓名體相即此對初釋故云相破在今則三教並妙亦名爲權亦名方便在昔則三種並麤亦名爲權

亦名方便故將昔二互破昔二以成二句即二酥三教對彼圓教故昔教中三於圓教人俱成祕妙及以同體故云四種皆是祕妙及同體也故相破言但從於名不從於體令從名釋其體常定言相修者亦並在昔二名互立但是三教二名互修圓教二名是故異前相破句也雖昔圓人亦見四種俱是祕妙然於彼教不得顯說相即之言故但依向於昔對論故相修者亦對三教以辨一圓何者若捨三修圓還同破句若即三是圓乃同後句不破不即從權入實故得修名若於爾前二味三教利根菩薩有顯露得兩教二乘唯祕密得由得入故即稱爲門言相即者即秖是開故相破屬初釋相修者屬第二釋相即是第三釋言云云者更以四句約味比決若開

若判具如餘文準說可見下復廣明故不重說三判可見四證者正本名即今乃體即三權三方便即一權一方便故次釋方便者亦應言方便即權舉彼釋今故不繁耳當知體外方便即體內之權名雖更互名下之體既開體上之名本實由昔分於體外體內則令二處名下體殊故知今經方便即是正法華善權正法華善權是今經方便無二無別低頭等者尚開人天況復三教若被開已一體無殊前已三重總貫八門下第五門雖結權實寄彼便明三番釋品正意須以三種釋品通貫八門思之不謬乃可解釋況一一門十雙之中雙雙須解三番解釋一部之內一代教中不出八門十雙故也次廣解中先破古爲四先述五時教非次述半滿等非三復有

下述雜釋非四又有下述附傍非如是四失皆稱權實權即方便不知將何以釋今品初五時非者皆先敘次破先敘初時次今謂下破者大論破無常但是對治對治屬事事即無實但成小宗方便縱有第一義悉尚非行門三悉方便豈符今教第一義中權巧方便耶次破十二年後爲般若者今不暇破其在方等前但破權實不出通教故云即空引論意者雖空有相即望實成想尚非般若中實無實則無同體方便豈成此經方便品耶問般若三教俱念想耶答通別俱約未證實者故文但云照假有空空未實故故破云想心境未融故觀名想故有想觀非今方便次敘淨名意者以方等中自行內照空有二境如云修學三三昧不以三三昧爲證等納海入芥名爲變動意謂以此權實過前般若今謂下破者有二一者對前前教豈無內照外變二者當部內實對外還名爲二亦非淨名入不二門既非不二則非圓教二諦相即豈是今經權實不二之方便耶亦不知他人指何爲二及以不二故非所用次今謂下破其申法華以三三四一者具如下顯實中明況雖分權實而未出前教以不云相即之權故也故知權實尚隔何殊偏小次敘其判涅槃者昔妙覺方常今謂下破汝雖許涅槃明常而判在妙覺何者道前道後照眞照俗俱有常與無常云何定以金剛前後判經部耶部中得益豈皆妙覺量謂數量及以體量以彼俗境是有量法如境而照是權智也此用攝論理量破之故今文意若明常住衆生理性尚

實尚常豈等覺後方乃常耶此五時下總結也故彼五時權實莫異並非今意次乃至下約半滿等破半滿等宗具如玄文第十五時既傾半滿諸宗不攻而敗三復有下破雜釋中四先別敘次如是下總破三權爾下別破四各不下結非於別破中云處所者謂智所託處爾之與假皆暫時之言故知還約暫時處也化城草菴等即其相也法門者智所用法隨物機宜指三乘故是法門也言智能者能施之智進否有則故於鹿苑設三乘也錘佇偽反亦可鎚佇違及隨物輕重前卻均平故是智之巧能也四結非中言不包含者權實自住不相即故況約處約法但云三車故使智能不逾於此文不收於四教行理故云不包義仍未攝開三人法故云不融欲消今品具如四句何法不收何法不融四敘附傍五時非者義勢多是嘉祥舊立故今上下三兩處破之令知得失如其無失何以歸心其失乃是歸心之前破之則是光其後也於中有三初略立次初二下略判三此諸下約諦教智三重三轉先述其立初文意者彼以初重二慧爲本故但云一權一實意以權是凡夫實是二乘謂二乘實破凡夫權而迷凡夫未有權名此亦未可此附鹿苑非也次空有等者意以雙離向來空有而以觀空不證爲權涉有無染爲實故以觀空非空觀有非有以顯中道此乃附般若非也不知般若之中中道非一故也次云空有內靜者意云息向空有權實爲實以此外用爲權非但內靜雙非復能外用雙照前雖雙非但同內靜此亦

不知二教共有此附方等非也次更以此雙非雙照在金剛前仍爲無常在金剛後方是於常此乃非其内靜外照此附涅槃非也此師雖見涅槃五時不語法華眞實況亦除於乳味總論雖五唯附四時次述其略判意者初直立二慧令信有故故但直舉權實次生解者元立二智意本離著故離二邊方解立意第三意者離内二著方成自行復能不著變用益他第四意者非唯益他自他俱權論其實意本在極果故指金剛後心爲實然令明五佛非不在果及以本門久遠之果理則不然尚開凡夫即是眞實況金剛前仍判爲權權若唯在金剛之前則佛求無權智將何以消令品名善權耶況都不判四重權實爲權爲實況都不語法華全非令意是故不用向已通辨故云略也次述三轉者具歷諦等所言三轉者於向四重除第四果以前三爲三於中又爲四初略對三轉次何故下明轉所以三又如下引證四又漸下述意初又二初正約諦次教智例初言諦者即二諦也權實爲本故先約諦以判於境境即眞俗於中先標次對二諦二諦語同深淺各別且判初重一實一權但名二諦以此二諦爲信本故即是轉凡而成小聖次重意者轉前二諦俱名爲俗雙非前二乃名爲眞此眞但是離著而已第三重者先牒前空有爲二者牒前空有爲俗雙非不二者牒前雙非爲眞即此眞俗復轉成俗故云二不二俱俗非二非不二爲眞第四果重是三轉外既雙非理極但有因果相望權實是故不云次例教智者明此

所詮以爲所觀既有三轉能詮能觀豈無三耶次明所以中言爲人者三重二諦皆逗物機機即是人人有三種此不指四悉中爲人也所以始終不出二諦且約隨機又名爲人引證者常依之言不逾此三故但對之重與佛教所依證前約諦意也次又佛教去重引總意爲證即證前約教教中所述不出此三故云三門教即門也次又漸下約佛化意總述前之諦教智三化意能所不出此三初令凡夫捨有入空即初制小也次破二乘空著故空有雙捨意云小菩薩也雖捨空有應未見中古釋菩薩但以次位而分大小不論知中不知中等次或者下中邊並亡即大菩薩或指八地初地十地等覺次此爲下更以五乘判向化意意云佛世化意不出五乘於三重前以凡夫爲人天人天生信破有入空以爲二乘次又爲下約三假判此似次第修中之人先破三假此中一番但加三假餘無異也秖是分别向之五乘最初破有必具三假故初以三假爲俗諸意並同然諸番中雖不云假初重俗諦理須是假又前諸番不云初重元爲修中但是文略故破假修中多是中論師意第三重應云非三假空有爲二非空非有爲不二二不二爲俗非二非不二爲眞準前可知故不重說今詳下但總略破之又爲五先略非次經云下引文正示三又初下結非示過四如天親下引例五當知下結示初文者附旁用他五時之意隱五時名潛爲已釋今以一一時中橫論權實體用多少意明如來難思巧用巧用不立但成漸次是故

云非後約三轉又除果地意欲擬爲智諦離著以因顯果不意亦成漸次之非次引文正示者今用五時八教相入方成一實一一時中橫竪間雜唯至法華諦智純一仍辨使成方便之相故方便初即歎五佛智諦方便是故品題須依圓頓經云皆得覩見汝乃至果方常經令捨於方便汝乃卻更用之大經自指法華爲極汝乃唯指金剛後心應開諸教汝乃廢之次示過中云信解化果者即前四重始終漸入次何關下正示其非故嘉祥又云身之與乘各作四句乘四句者一三爲方便一爲眞實令捨三取一稟教之徒雖復捨三而封一實麤惑雖去細惑尋生今問至法華會若已捨三復於何處而封一實若未至法華爾前復無捨三之教聲聞之人於法華前見修久破至此何等細惑尋生封實爲是何等惑攝豈有細惑由聞法生次云爲對破故明三與一皆爲方便今問不審三一俱是方便爲在法華經前爲已至法華會耶爾前尚迷三是方便何曾云一亦是方便故此品初但云昔日方便示三的無三一俱名方便對破之語爲在何會三云稟教之人乃識三一俱是方便更封兩非而爲理極今問三周何周是稟兩非之文爾前二乘尚無前二況雙非耶若菩薩人處處得入何須法華三又以三一爲二兩非爲不二二不二皆方便非二非不二爲眞實破亦準前徵人及處四者二與不二及以兩非仍屬四句未免名言並稱方便諸法寂滅不可言宣乃是眞實今問三昧起告三周顯本爲說不說寂滅義徧何

但法華教下之理本自無言況大不可説先爲五人況今廣明五佛開權辨教權實權實旣顯誰後封言言封三者迷教迷情令約部判教消方便名須有指歸豈徒遣語以語逐語迷終未祛雖千萬破終不可盡身之四句準此可知況此品初題爲方便應用方便以釋今品乃作實釋殊違品目故知嘉祥身霑妙化義已灌神舊章先行理須委破識此大旨師資可成準此一途餘亦可了亦如三種法輪殊乖承禀大師稱爲頓乳其以根本爲名大師以三味爲枝條其亦以醍醐爲歸本今問凡言根本即曰能生能生始成後攝歸本本卻非始二言相乖枝本不立攝亦無當況根本兩分攝歸方一一爲根本二則名枝是則根本本來是枝應須會初而從於後故

開華嚴枝別以入法華本圓況華嚴別圓俱成近迹根義復壞法華本成又言三味是枝末者鹿苑可爾二酥如何若二酥圓別是枝華嚴豈可成本若爾乃成會本歸本或即會枝歸枝若法華不關華嚴則令二本永異何得名爲會末歸本況法華部内無入華嚴之文但有入佛知見況涅槃終極五味明文本師所師舊章須改若依舊立師資不成伏膺之說靡施頂戴之言奚寄四引二文爲例者即是今經體内方便之流類也大乘方便經十種方便未撿五當知下結示斥非言如空若海也總包諸經色流咸歸今經空海今明下正釋爲二先通次別初文三先列次釋三若一切法下以四攝法辯法功用釋中四句皆先標次引文釋初句者旣引文云諸法等

者以有言故且從有說有言不出千如百界第二句者頻引五文皆證入實且以入證對說爲實初文是被機之意次文是諸法之本次文是化儀之宗次文是本行之源次文是亡教之理諸文皆以入證爲實故知有說無說無不皆以眞實爲本第三句中引證意者諸法權也實相實也實即次句權即初句合彼二句共爲第三以初二門無別法故例如下引例假想故虛治欲故實秖此一觀是實是虛何妨一法亦權亦實第四句者引文即指中理虛實理等二諦難思雙非此諦以顯妙中亦不異於前之三門四門理同故皆云一切三若一切下辨功用又二初正辨句攝法功用次直列下明其句意初文者秖此四句尚互攝互破權則俱權乃至俱是非權非實況復餘法不攝破耶況四句外無復有法如此方成今經破立豈與諸師破立同耶當知諸師既不識於諸權諸實縱說諸實既未分判實義不成況彼彼相望互推迷實是故並爲初句所破故云無不是權初句尚爾況復三耶故諸師權實並得權之少分耳言如來所說者舉果況凡佛有所說尚皆是權豈末世泛譚自言眞實不思聖化唯薦凡軀第二句者實即究竟佛說之權尚須入實況餘權實而不入耶故知一切唯有一實言巢窟者說文云鳥居木曰巢獸居穴曰窟保者住著也消通大旨須稱佛心直守一隅如保巢窟三四二句準說可知是故今文句句皆徧若攝令可識秖是三智照三諦境被三種機徧法徧理徧事徧皆云一切所以可知以

一空一切空故一切皆實一假一切假故一切皆權三四二句秖是中智雙照雙非內由三德三身具足故使外用橫竪顯寄爲成今經破立之意以對昔故須爲四句通論大綱法相雖爾別論今品唯在第三亦權一半名方便品以對自證實智說之是故須云第三半句仍須攝彼餘三及半入此一半方可得名今方便品若專四句各攝一切尚非通方何況諸師徧計權教故云不得一向直列下次明句意者如向所釋雖復略引略釋相狀仍成直列以辯句相未及融通以論玄旨若破若立尚已無遺不偏一句不滯一隅故云尚自如此況以大旨而遥觀之非局一方故云玄覽方謂一人一行所謂一理一教隨立隨攝隨破隨亡取捨自在故云曠蕩升出暗

滯故云高明又窮遠教曰遥觀察深理爲玄覽用橫周爲曠蕩指竪徹爲高明顯一家消通故云若此若作懸字意亦可見他不見此將何以釋方便品耶況論旨趣耶者爲破古失且以教相權實破立開施出沒盈縮行藏若行解兼論自他合說覽向文以論其旨撮向事以論其趣須曉四句秖一法性法性秖是眞如實相如如涅槃以法性體不違諸法不受諸法不住諸法不入諸法故一一名字一一心法一一句偈一一因果一一凡聖一一依正乃至十雙無非法界自在無礙其義可成具如不二十門所說若本若末體理無殊說而不說不說而說照性非遠自在無窮雖復無窮不出四句四句無句無句而句句句徧收十方佛法但法華前教教四句句句

未暢來至此會一味無殊云云具如藥草喻中差即無差無差即差次開章別釋者已知諸法互融徧入舉實即實中有權方指此權名方便品舉權即是不思議權此權有實方以此權名方便品舉亦權亦實則各有所歸此乃相即之兩亦攝三之兩亦故名方便品故用即眞實之方便爲方便品舉非權非實則秖是方便之理理攝三句皆方便品問若爾句句皆徧皆方便品何必第三答一者名便具權實故二者義便所攝徧故餘句義便而名不便餘三雖有權義權名不如第三即名即具用此即實而權爲今品也故下十雙雙雙皆具權實之名皆取即實而權爲方便品況初三總釋皆冠十文八門故也若不爾者非方便之事理乃至悉檀非列方便中法相之名乃至非今經之本迹十義十義無二本迹似殊本迹雖殊不思議一十義相別實相一如爲衆生故列釋生起乃至本迹事理乃至悉檀不同得意忘言言說解脫若見此意常默常說言行無違還以此旨而爲觀境使彼觀境昭然可觀諸釋所無良由於此如此解釋尚恐有漏況復諸家單淺隻獨縱多列法相大小難分雖判教時法華未顯若以法華與餘同味三說所無其言何在然此八中前七迹門第八本門本雖未至權實理徧故下文云是我方便諸佛亦然故方便之名通於本迹此既玄釋不同消文是故不同光宅判句又此八門次第意者若不列名無以解釋若不生起迷於詮次解釋正示十文相狀引證爲防不信者故結歸爲明品元意故分

别爲令釋品有歸判釋令知麤妙有在如是方顯品之深旨又須辯本迹令識本地權實自他方顯大途久近之化於列名中一一須安權實之稱如云事理權實乃至悉檀權實即是事權理實乃至悉檀三權一實復以三種釋品分之乃成今經之方便也故論云自此已下示現此經因果相故故十雙中初五從因至果後五果家勝用況一部文亦可本迹而分因果故知因中若無前四則因義淺狹若無後五則果用麤近於中教是聖化且以受者得名不同世人以教爲因佛智爲果亦不同他三四等也餘如下結權實中生起後云云者應於章章述生起相細尋可見又復文標能化義須對所故後五雙唯體用中一雙對所餘四並從能對得名又此亦與十妙義同若不爾者誰知方便須具十法誰知十法義徧一經若無十法乃成經文不詮因果及以能所是故十雙皆窮至要方是今經之十雙也若爾一經始終皆名方便並指前教以爲所開方乃可云此經方便故知序中證信發起方便譬喻秖是比況方便因緣秖是往昔方便本門秖是久遠方便流通秖是諸佛菩薩通法方便由是方便故名眞實若得此意如觀掌果法華一部方寸可知一代教門刹那便識因果自他共成一法十方三世無懷異求以十法乘而觀察之法華三昧投足有地無上佛果修途可期有眼諸賢請垂觀之

法華文句記卷第三下

法華文句記卷第四上

唐 天台 沙 門 湛 然 述

次正解釋者初釋事理中先釋次所以釋中先釋理云理是眞如至爲實者理實何在在心意識故理無所存徧在於事故事名權故俱舍云集起名心思量名意了别名識在彼一向全無即理若大乘中八識名心七識名意六識名識彼教爲迷又無即理故偏小教有漏之法全無性淨即常住理知之者寡故知有漏雖緣淨等同屬於事具如事理不二門明故所以中云非理無以立事事有顯理之功故稱歎方便誰肯以三界有漏心等以爲如來之所稱歎方便品耶若不爾者爲令衆生其義安在世間相言如何消釋釋理教中先正釋次非教下明所以初釋理中先略釋次引例初云總前事理者合前理感也故知無明法性乃至界外一切諸法皆是所詮此心意識名之與體具足一切界外法故誰知法華之教以此等法而爲所詮若不爾者邪見嚴王惡逆調達從何而得次舉例者此即舉解以例於迷解理之時眞俗俱諦解由迷得故於迷中且名事理由詮此理而得成教以理望教教名爲權理在於迷迷亦名實故權實之名非一處得果教譚此能詮亦權故知其教秖詮其理是故如來稱歎此教自非今經誰肯歎此詮迷之教爲方便品若不爾者從三昧起所歎者何次教行中行有深淺者謂圓漸也圓漸者何謂七方便還指漸漸即是圓漸故教定行移行權教實故言教無進趣況教詮實相實相之理無復淺深問

若無淺深應當無復詮行教耶答教有二種詮理之教無二表行之教自分秪緣行有差殊致詮行教小別又能詮教亦無進趣所詮之行自階差耳若不爾者如來方便波羅蜜等何所證耶次縛脫者行名猶通仍兼違順故以縛脫而甄權實名爲縛脫又通昔者諸經地前尚自違理未開權故此經彈指無非佛因以顯實故誰知此經佛以惡行亦得名爲善巧方便死屍之譬徧通一切具如修性不二門明因果中三初正釋次無果下所以三二觀下釋成釋成中云二觀爲方便者且約法示相借權例顯一一重中通攝諸教豈可定局別二觀耶如體用漸頓開合通別中亦有諸教體用等法從體起用從頓開漸從漸合頓等次體用者還指初住爲隨分果此

果即有百界之用言立一切法者前事理中即以染緣爲一切法此中即是淨緣諸法具如染淨不二門明次漸頓中一者自他俱有漸頓二者化他起用義兼權實並體內權爲此利他權實法故須明開合開合者漸自不合者藏通兩教不廢小故亦不合頓者三教菩薩不入實故次通別者前漸頓門漸中雖有半教半在漸初今半通後悉檀即是判前體用乃至通別准前以釋次當用下結示方法言四句者相破等四具如前釋四引證中二先引次彼論下結歎初又二先經次論經中先引一部次引一品引一部者爲欲略示方便徧故具如前判引一品者正示尅體指文處故具如後列初引一部者又先簡意次正引文初簡意者簡通從別十雙一一具諸

教味若有不明事理乃至悉檀者信非佛教且從相待故簡通從別次正引者初事理中云不如三界者謂不同也始自二乘並異三界未足辨今令從上句非如非異來成此文故與方便教事理不同理教中理云寂滅者眞俗二理不可說故次教中舉五比丘者從漸初說亦應須云若無性者爲說人天乃至脩羅爲下品善乃至爲說無作四諦故知從理俱不可說從事大小俱可得說證教行者若聞證教善行證行汝等下二文並皆證行應廣約此經以明善行作佛之相種種之言義含教行以有今昔因縁故也次但離下證縛脱者但離等者小中離妄名爲解脱即以虛妄名之爲縛小雖解脱非一切脱小脱於大仍名爲縛故云未得此證大小俱有縛脱

唯今名脱盡行下證因果盡行因也道場果也須約此中明本迹果別故注云云佛眼體也見六道用也始見頓也學小漸也注云云者五時不同會令人頓窮子開也付財合也化城通也寶所別也種種四悉也次別引一品者先結前生後諸佛下正引須一一釋令義合十雙及與此經意會云云初引諸佛等二句者上句明佛智所知故云甚深即是理也下句引門門即教也所詮既妙故云難解所知所詮其理無別一切等者事理俱境境即理也智即能知望於能詮悉名爲理同是所詮故也此正用門字故難解字更分屬下聲聞不知於大名縛此舉不知正顯能知故能知名脱次所以下釋上難知證教行者以能知者屬在於佛良由禀教有行故也以親

近佛必聞教故名稱普聞必行備故次成就下證體用者成就甚深即體具也隨宜所説即是用也應知文中略隨宜字次吾從下證因果者正取成字以證得果之因亦是有因之果種種下證漸頓者種種證漸令離證頓也所以者何下證開合者方便證開具足證合且約自行論合自行既具利他必然諸佛大事下證利益者大事從别别必會通取要言下證四悉者取無量無邊之言以證三悉止止不須説爲證第一義正指不可説理如是相性等證字者十界爲事實相爲理若取究竟等者空中等爲理假等爲事若將此文對下權實等皆約體内論之當部已開故也言佛佛皆爾者諸佛顯實皆舉五佛以爲事同次引論中與論小别但有八雙闕開合縛

脱利益即是通别開别出通爲利物故縛脱與因果小異故不别對論釋諸佛智慧甚深爲證甚深有五者今約所證故判屬理雖離爲五不出於證義謂義味佛智得證有實義故實體謂所證之理内證謂自行契境依止謂正明所依之理無上謂歎所證之理至果之時過於三五七九乘等論自轉釋無上甚深云大菩提者論以大字以釋無上非引菩提證無上也以第三自有證甚深故向約當品亦以上句證理下句證教言阿含者此云無比法即言教也前五證理而能起教名爲理教令理通因論文在果門是教智名智慧門此中縛脱一雙論文中無今若立者難解難入仍加難見難覺難知於難解上云一切聲聞辟支佛所不能知此正是解脱意也脱

須對縛即與縛脱意同論文合在阿含義中論於阿含義更開八示現即初從佛曽親近去爲受持讀誦甚深二百千萬億那由他佛所修菩提爲修行甚深三從勇猛精進爲果行甚深四名稱普聞爲第四增長功德甚深今合論四文以爲教行權實論成就下爲第五快妙事心甚深論意趣下爲第六無上甚深論以隨宜説法爲第七入甚深今合論三共爲體用權實論以二乘不知爲第八住持甚深經既無文今無所對論從此後復立如來四種功德因果權實是一者初住成就漸頓權實是第二教化成就此中闕一開合權實餘與論不同亦不須和會以論文增句今但直對如前引當品文故今更消現文從證教行中親近必修行精進必增長若不精進增長安有名稱普聞故二成行並由聞教次證體用中事即是用無上及入即得體也既云成就信用從體次證因果中云説如來功德成就者功德屬因成就在果經云成佛已來驗知果由因尅次證漸頓中云教化説法者教化通攝一切化儀兼於逆順説法唯在口輪局於順化當知三輪皆云成就不獨施頓次證利益中以自證釋利以利他釋益自證實故故云成就不可思議隨他權故故云言語前云説法通於自他此云言語唯在於他次證四悉中言可化者四悉並從有機爲名故云可化前云教化通種熟脱此中可化多在熟脱今言不可化者相對來耳即無四悉機者也證事理中云成就諸佛能知法身之體此指果地法身爲理以隨衆生名之爲

事亦是法身妙境事理具足今意通凡論文局果果由凡尅故義亦同此與佛經及菩薩論文理雅合故云與脩多羅等合也五結成三種權實者結成頭數也故以權實共爲其數若施若會法無增減若無此文則使前釋權實未分且列十名略釋而巳故今對教乃分權實文自爲三初結成三種中又二先通後别束通成别通中又二先通中通次通中别初通通中初標至亦如是者標中雖云四教皆十乃成四教各二十也或三十或百六十言二十者即自十他十故也以自通他無别法故還以自十通利於他是故文中但列十耳或三十所以著或言者表不定故故自他一或無本數指自他故今仍分爲自他一對者一依教故以大經中有此自他一重二

諦二依理故既攝單自他而爲自他合失彼單名自爲一對或但一十以自中合權爲實之十實對於他中合實爲權之十權總合方成十雙權實若二十者猶並存於自他十雙故爾當知四教或八十或百二十或百六十攬茲共成一不思議權實謂體内權以對於實若不爾者非法華也次又當教下别釋中云四種爲自行者前云通者十十皆通自他等故今云别者十中分於四二四故故知直爾分十以爲自他不對諸教教教皆然又亦可以前五爲自後五爲他相對爲自他也恐一教内自他猶通自他相對今爲分十以成三義則一向成别故爾是故四教唯有四十各具自他故知今經唯屬圓中化他自行化他乃得名方便也次别結中云若通若别者

指前當教通別故也今總以四教共對自他則三教爲他唯圓爲自故云別也前通別名自之與他義涉餘教別束通別自則唯在今品是圓家方便施開等也云云次結成四句者結向別結自他以成四句問前立四句一一徧攝今何以分權實各明相對爲句一切不成答雖借彼四句用申今意乃分四教離今對句者有其三意一者對論第三雖收一切教盡未可得爲今品首題二者開竟還同前文圓融一切三者今第三句旣收教盡但以此第三句中權實相即則任運收得餘之三句借彼一切者良有以也若以四句並通諸教思之說之三結成三種釋品者即初文中法用等三故將此三各歷五味以結品名故知前釋略依當分對教爲言故一家顯妙必存五味方成妙故故一一釋徧於五時則令法用及門來至法華並開令成同體法用大車之門前二並成第三義也初約法用又三初直明五時次如來下明五時意三故釋下結成釋品名初直明又二初明出世施權之意次正明五時初文又二初明入實本意道場所得實也修道得故權也故引攝大乘雙證二文即理量是次佛雖下明施權意爲接小故及鈍根故軫者車行跡也初行之始故云發也次五時中言置是事者置獨說也故至華嚴兼說於別部中論主雖是圓教準五時意以別助圓下二亦爾此約前四時三種法用不能至實故但成於初義釋品若至法華縱名法用亦成祕妙之法用也即可以用釋今經品則方法之名昔日通四今無復

三次約門中四初亦直立五時次從始至終下明五時意三釋品云下結成釋品四前一下與前章辨異初文亦先明出世施權之意次正明五時初文明自證望說以爲權實故云自證亦不可說次乳教中不云兼別直言別者從門義故所以前釋法用通四今唯在三故今約五味釋門皆從能通所以乳一酪一生酥中三熟酥中二醍醐置之四辨異者與前法用雖同明五時此明能通至於所通故得辨異前一番等者初約方法中明如來能知能用方便法是能知用是能用衆生不知是佛方便令並開之令衆生知此一番明令衆生從順方便者謂從門順實故也而亦不知方便即是所順之實今亦開之又前之二章並有機應二意但前多從應說故且云如來後多從機說故云行者故慇懃稱歎之言並從佛得復次下第三約祕妙釋者以妙故即爲欲通前四時以圓爲即三爲不即故更對不即以釋於即於中又四亦初明化意次歷五味三上兩下對上辨異四上釋下以結品名初化意者大旨同前五味可見言辨異者雖同五味所對別故雖諸味中有即不即於佛常即衆生自離又凡五味釋但得名判若成今品復須更開此雖準前三義釋品則前二義至第五味已成開竟雖第三屬開今復通前前四亦云非今所用於今亦成所待之麤圓及所入方是眞實後釋雖復更對五時但知醍醐無非祕妙開之與判咸在其中六明分別照諦者又二先明來意次若通下正明照諦初文意者前自他等既並云權

實但從智爲名今辨所照故重明之前明用智非不照境欲令易解故重明所照次正明爲三初通釋者名通而教别若束四爲二者每一教中皆以四爲二如自中權實束爲一實他中權實束爲一權故但成二次若當分下别釋法别而教别準前可知此中準前别結中文秖應以事理等四爲自證今云悉檀文恐誤也悉檀屬後自他故也次又三藏下即總束四明前是教别而法有總别今是教總而法别此又三重初中以三藏爲他次以二教爲他三以三教爲他而終以圓爲自由他不定自他隨之亦進退不定故初重中以通别爲自他仍是别相自他以由他唯三藏故也次重既以通藏爲他故但以别爲自他第三重既以三並爲他自他無復别體秖得

將三與圓相對言之故云束三教等也然初重中通别兩教各兩向者通有不共故同别别約共義故同藏别從教道故是他有證道故同自約諸經者問今約諸經還列五味與前何别答前以五時歷法用等三但成五時各有法用等三今知法華三重俱妙故以五味歷於諸經以部對部而辨麤妙則前六門並須五味使一切教無非方法等三不無麤妙各别及以一切俱妙況將諸經十雙徧歷五味門户别故不須此責如玄義中科科五味若無此五則令一科一句部不異前故處處明之於中初明五時具教多少次復次下重以多少而明自他結成釋品初文者今正明教味故委悉於前令知領解具騰五味初乳爲五初半滿次約時三約法四約人人中

又辨生法不同五引今經以判味相四味亦爾但酪等三味並皆闕人文含義具略中應云約人但是二乘菩薩不用方等應云約人且對大小斥偏入圓般若應云約人帶小明大引小而歸大法華約人廣在後明即從此實我子已下文是言未曾説者通論教等前並未開別而論之教行理三前或已會若開人者前教所無故以前教所無而爲品目故知非同體方便無以施開等也次以多少判者前既委明人時法等以論五時來意不同此更略收前時法等唯約於人大小利鈍無不入實其人若入餘無不歸故重明之文云下引證以結品名云云者應更複釋前諸方便並非今意意不殊前故不重明次本迹者未是品意以本迹中俱有方便故寄明之方便名同遠近永異雖即永異不逾十雙以本實得亦何出於自他因果故我本行菩薩道時及我實成即是理事乃至因果成佛已來即是體用乃至悉檀於中師弟二文各二並先明自他等三次結成四句初師中二文者初文本迹各有權實次束本爲實束迹爲權則迹中麤妙望本俱麤本中麤妙望迹俱妙故今唯指久成名之爲自故久成中非無化他所以中間今日縱有廢三亦名爲他世人不見而但以法身爲本何教無之但弊不知父母之年故顯實成爲本次束但一久成之外皆名爲他故自他中但束本迹得權實名三結成四句言結成四句者對之應言本中權實皆實迹中權實俱權以本中實望迹中權名第三句不思議一本迹俱得雙非故也

云云者令如向對之次弟子迹本相對各有權實亦從本迹而立二名若通論者本及中間乃至今日節節無不具有四句亦具四句云云者如前師中但以弟子爲異故云亦具雖師弟俱四若於師弟委判本迹則本中四句皆本迹中四句皆迹若以本迹之名作四句者應云本迹俱本迹本俱迹本迹各有本迹俱不思議思之可見復應但以二句判之即初兩句是具如玄文本門十妙乃至多少廣狹準知次若從佛迹下結成釋品也師弟從本垂迹據化本意既俱得稱爲方便品況師弟引入圓因而不稱方便品耶有人問云今方便品以何爲體他答有人云以後得智爲體引唯識說後五波羅蜜皆後得智我今以根本智爲體今謂所言體者爲取所依爲用當體若取所依即權而實爲體若取當體即實而權爲體此之二義根本後得奚當暫分況唯說五則後得無體況分本迹唯一久成而爲根本餘皆後得次正釋經文言或至偈後者第九疏云準南嶽意但至偈後爲正若依北師偈後四信以聞經故判屬正說此分無失故兩存之若不等者述寄言意雖復等者述絶言意諸佛二智如前說云云者具如三種及以十雙今歎諸佛及以釋迦爲下五佛弄引諸佛兼四佛故也上光照至於此者俱有五時正表五佛二智不殊此彼相望故名爲横今古相望故名爲竪此表釋迦他表四佛即表五佛道同故也當爾之時者五瑞等時也佛常下問此有下答答具四悉古今異故有出入故即世界也言必前入無量

義等者此準作序意也但一定之中義兼兩向俱成世界爲人中云履歷等者履歷即歷事對境法緣即內緣眞理出入稱理方生物善即爲人也定治散惡須先入定即對治也約自他益俱得實相即第一義並云哀者愍之別名愍物之方必四悉故此不思議大感應之四悉也故四法並名安詳而起言安此者內安四法方起化他有人問此中告身子與大品何別今答何但大品始自四含終至此經自舍利弗出家已來處處有告各各不同四含中或爲發起生滅法輪故告方等斥故告般若加故告今經開故告本論云告身子不告餘聲聞者智慧深故不告諸菩薩者有五一爲聲聞所作事故二迴向大菩提故三令無怯弱故四爲發餘人善思念故五令不起所作已辦心故當知五意兼異他經前顯露教不云聲聞得入佛智十種如玄義中者玄文第九釋用中本迹各十迹中十者謂廢會開覆破三顯一住三顯一住三用一住一用三住一顯一住非三非一顯一若本中十但以本替一以迹替三說之可也故先告之以動羣輩此乃經家等者故知告舍利弗四字全屬經家應知經家從省若告舍利弗下更著舍利弗者繁也言論與今義相應者引此論文亦具四悉初文世界動不動異故如實智下爲人爲生物善從觀起故現如來下對治力能除惡故如來下第一義不離定故故文自釋云第一義又以四悉總釋自在若爾四悉總釋前二謂自在無忤此二各具四悉也加趺等者文在婆沙今更具録第二

十二雜揵度中問一切威儀盡堪修行何獨結加或有說者是過去恒沙諸佛行法後代行之今初文是有云令人恭敬非世俗儀故令第二文是又云能發三菩提心故今第四文是又云能破魔軍故今第三半文是又云可人天意不與外共今第三半文是今爲成四悉所以合論第四第五爲一對治論對治居第一義後私謂去私判前文云具四悉意者令如向點出兼釋出四意問餘經等亦是論文論云何名繫念在前答繫在面上故云在前論中初有眉間亦然又云無始已來男女相視起於欲想多在面故又云眼等五根能生欲心說之可知今文分在前在面以爲兩釋義立故也初在前文作所表釋即四悉意次約在面義立四釋即四教意初有背有向即世界觀寂定生即爲人背生死惡即對治寂滅有理即第一義次約教中不淨觀成灼然初教與空相應豈非通教爲分別故豈非別教實相即是圓教意也問面唯四根何得云六答面具五根四並有身若緣現量色等境時意又居上故俱舍云有身根九事十事有餘根言九事者即能造四大地水火風及以所造色香味觸并身根一故云九事言十事者餘眼等根皆具十事如眼根上有能造四及所造四眼及身根故成十也眼等覺觸即身根性非三種化他者非三教中權實也前已多重釋品且約一種以三屬化他爲權圓爲自行屬實故前文釋自他等三約諦釋中作三節釋第三節釋三俱屬化他深高橫廣者於中法譬合以此例後今釋實既周

窮橫竪下釋權理應深極下當釋權預述其相故注云云其智慧門者其乃指前實果因智若智慧即門門是權也若智慧之門智即果也蓋是等者此中須以十地爲道前妙覺爲道中證後爲道後故知文意在因之位除眞如外凡有修入皆屬於權唯以果位眞如究滿爲清涼池此約自行因果相望以釋即釋品中第五重也若通餘九此則不然豈以道前而無實耶即初四雙中實也豈有道後而無權耶即後五雙中權也難解難入等者略歎道前因位始末次從不謀而了去即於因中仍指事用爲權也以此因權並是眞因即知此權由證實理文中從用從因别歎十住始解者解是開之異名故將名以對位論中此前更有三句謂難見難覺難知今謂此是難解方便亦可以對聞思修三法身本意者若望十方無時不應今準此方未設化前乃至久遠未結緣來於此段衆生並名在法身無有欲以小化之義故云擬之無機等者此從結緣已後爲言其時猶寛從華嚴下今世設化令大機至不知者大機擊於大應故云啓發應言欲發何以云啓由大瑞已彰故且云啓次重釋門中光宅等者以五停等名小乘方便若論化意散心彈指尚得是門何獨小乘方便非門光宅之意未必全然不可全奪故云與奪先明奪者未能入大爲佛所破既不能知門義不成所言與者三教並是能通之門二乘亦得能中少分既未能入猶失於能尚未成能求不識所言最淺者小乘已淺復是方便故也云云者此與仍奪應廣

分能所識不識等如前以門釋方便也今解去廣立四句欲以初句破光宅故泛舉第二第四以無佛智爲門入方便智故可義立若論今經唯在第三光宅但得初句少分況復諸門光宅之解乃至一觀者空分體析析是空中少分十二門者應分別十二門各有門中方便之相於三四門既有進否會墮在一一門者多指有門以有門中用七方便故也第四句者先已入中故云雙照若開顯中即是今經從體起用區區者屈曲貌此須開拓者開論一句如向諸教各有諸門云云者十六門中爲是何門若圓四門具如止觀第五圓教觀門及教智行理故論唯云阿含言教爲門今家乃以智爲智門意云初住佛智爲門入佛果智故住至地並名爲難以難歎入令得入故故若得門無功用道必入佛慧無所疑也故上説圓因稱方便品因即門也是則開示悟入皆名智慧門也所以者何下至諸佛二智不同光宅釋者一者文初有所以者何驗知釋上二者下釋迦文初自云吾從成佛已來方是釋迦自歎二智今釋諸佛云所以者何者雙冠二智何故實智甚深良由外值佛多故云親近等近佛必稟承至要純厚必由盡行勇猛精進即釋權智者諸行不出勇猛精進今於權智上加勇猛精進者有二意一者期心有在二者身心俱勤二智並由精進然今但以行道法邊以屬實智約名稱邊以屬權智恐未盡理故復加勇猛用釋權智又用實智深廣以例權智權智亦具横竪故也故須勇猛精進一句用擬竪深故不

得以精進釋實智也又難入門者若其退從分證入相亦墮諸佛之數者乃以教行爲門從行入證證不容易故門難入入已即能恩霑百界故曰無疆問百界有限何謂無疆答界雖有限益物不窮分證尚爾況論十方究竟果佛以果驗因豈有不盡行道法不勇猛精進而能令二智横竪深廣耶次結二智中以成就爲結實隨宜爲結權者實必成就權必利他故實智云到彼岸底權智云稱機適會又實智中稱理故到岸甚深故究竟並隨時爲言耳隨情等者法華已前不了義故故云難解即指今教咸皆入實故云易知若爾由入者不當故云難解耳若至今經更無不當但借昔之難解以釋今教之易知引攝大乘者今文顯了但依文判如記二乘逼增上

慢實得必信滅想猶聞大通結緣化城無實如來久成之塵數過於昨日之墨點持一四句偈功不可量聞壽命長遠獲無邊果報豈此文下更有義立令二乘人不得記等耶令佛壽量短促等耶故四意趣中平等意趣秖云諸佛咸然不可以他佛替此亦不可以別時意趣釋記聲聞意樂意趣釋迹本長遠縱使用者秖可云爾前不樂且逗滅想宜近之徒若全以意趣消此經文此經全成不了義說並須以義判文故也故前諸經隨何部意文義兼含如眞如眞諦無生無滅地前地上法身化身咸須義定方了文旨以部合教共不可依言須從義判乃稱部意言有時者非其聽次别諮決時故知自行不專於實利物何獨唯權以自行化他俱有權實故也所以

成就中云甚深隨宜中云難解甚深豈獨於實難解不專於權故但以成就對自隨宜對他則任運自他悉具二智言云云者亦可前句結自行之實後句結化他之權以自行故權實俱實以化他故權實俱權以初釋結文但在自行權實故也雖云適會正語功成故云云意中更須別對具足如前四句中說自行權實尚開四句況對化他化他理須具四故也所以歎實歎權及釋權實中權並從因者以釋前果權之所由以果從因得故也及至結中言隨宜等者須義兼於因果以因權用權俱名權故以用權中復通因果故也至釋迦章歎釋權實皆悉從果至雙結中權指因者雙結歎釋二文故也次斥舊三意中舊師亦有許所以者何下釋諸佛二智等但釋釋迦章分文前卻舊以舍利弗下盡屬權次舍利弗下盡屬實故使不同也初開合者今家諸佛亦權實各歎以釋迦二智豈不同耶諸佛二智豈不異耶故知後之二意亦不同古釋迦亦先實次權故也言但依文者依今分文言又汝云者責三不同也以五佛章門共顯一化故得本迹開合自他不別何得五佛互辨在無然非無此理但不須違文文順義當何須別途故注云云譬喻者且分小衍故云芭蕉及如幻等此譬觀俗故且立之若譬眞諦及十六門各立事理廣如止觀四門料簡各立事譬言依諸論者恐誤應云本論本論略舉漸中初後故云乳及醍醐仍闕云乳譬十二部經玄文亦以乳對於小言悉到事理邊者應云邊底或闕或略事邊理底故

也如來知見如前者如向釋知見波羅蜜如此下釋疑恐疑釋結實智而置深廣之言謂爲實智言說可及故今釋曰約實體邊實非橫豎斥彼攝法不周故云橫斥彼照理不極故云豎究而言之並非橫豎寄言者正破疑也說有橫豎理必不然無限故非橫無極故非豎如函大等者用不二智稱不二理無量無礙者如彼生數生無量故慈等無量故此無量猶名若干故以若干而歎於權權名便故以無限故名爲無礙今且從自能入邊說故以能入稱無量等非但至梁代等者自梁朝來皆以此句以爲結實實無礙智無復若干那云無量故知無量用表不一云云者四教實智皆無若干豈圓實智更有若干無量下釋若干等故四無量定在權智既云四等及以四辯驗非實智即是無緣四無量心任運應物八音四辯力無所畏略如法界次第及止觀第七記大論廣釋此中文略但舉樂說以說前三文仍略法但云一辭一義而已就此復略不云又與一切相即說故既云比於通別理合四教相望比決力無畏等禪盡禪之實相等者問實相之禪與楞嚴何別答不同何者於根本禪達即實相名爲達禪首楞嚴定本性健相經解脫者亦窮八脫之源三昧者禪定解脫至初住時破二十五有已得名爲王三昧也況今果地不得王三昧耶故下結云深入無際故知禪等皆無際也若以根本三三昧等而釋此中法華變成婆沙俱舍故釋經者先知部類爲屬何時時中爲在何會何教然可判釋法相淺深問既云權

智那云實相答自行之權全指圓因攬因成果故云成就即向無量皆實相故皆果德故以無量法得理故也故能横竪横竪不二鄭重者漢書云皇天所以鄭重頻降命也今文前以諸佛對釋迦乃成六重權實何故由中又兩重耶故此述云表慇懃也一代所無故慇懃以表之然西方重聞以表不輕此土根别聞重則慢故文爲述以息此見言辭等舉實者問既言悅可衆心赴物應是舉權那云舉實答衆心乃以得實爲悅故更引二文證之前歎中等者此明權實前後欲明今佛化儀始末不同古師以今佛望諸佛而爲同異異則成失今辨異者望他仍同又舉等者前分爲實則獨爲一句今重釋者則冠下二文皆云取要取要不過權實故也單明一事者舉偏顯非故不偏指若權若實故云悉也止者下正絶言歎者古非可見今意者文但二義初歎次設下止此取義便若從文便則應先釋止次釋歎所以從義者以初釋歎言兼二字指止爲歎故云止歎次釋一向以釋止意雖云恐傷善根正以止生欽慕故不解者指後五千預分兩端知佛言音妙赴衆心應於二義離爲三意一以此理妙叵説故止二欲説妙理止而歎之三將護物機似止未説以初一文離二故也故不同印以下自有略説開其疑請之端故其解未當覲師仍似今之後意而不知常情何過必須止之次釋歎意中云兩意者初是修得修得之言通於境智行位自他局在於果次境界者通於凡聖始終逆順局在於佛次就佛成就下於初意

中復以横竪二意釋果人法横竪理窮第一釋初意中云成就對不成就者以果對因因即因人自他相對即是横也故知因人皆未成就須對教味委悉簡他經第一等三句亦爾今云成就對不成就乃至難解對不難解者中略二句故云乃至應云第一對不第一希有對不希有以降此外皆非第一希有故圓中極果他所無也説者委消不成就等四法對果兼辨因及諸權故也唯佛去明竪深者前句既以成就等言對他爲横今有究盡之言故對因明竪

法華文句記卷第四上

法華文句記卷第四中

唐天台沙門湛然述

次諸法下釋甚深境界者此是法華之理本諸教之端首釋義之關鍵衆生之依止發心之凭仗權謀之用體迷悟之根源果德之理本一化之周窮五時之終卒得此十義以消諸異坦然無誤所以先歎能依之智即五佛之權實權實何依所謂妙境境不稱智尚非佛智況無境可論直云對等何能曉此難思妙智是以廣破諸師次廣建立玄及止觀以此爲主一家用義大括包富者莫不由此恐後輩猶亡其所歸故慇懃煩重親見尋斯教者猶昧故耳故須思之故須思之若迷此意諸教之蹊徑任運失趣一化之條流於玆枯竭光宅云三三者謂人教因昔無果義故三乘各三一理非虛故言實相者應云非虛故實非相爲相故名實相四一之中偏舉理者準光宅意既同舊人不立理一但云理是四一之本故四俱名一此不及今文云四中之一此去訖北師並是光宅釋也菩薩以六度爲體者光宅亦立三祇菩薩以爲三乘之中菩薩即今文三藏菩薩也近代以來此義全棄五百所集須歸五天若但會退大自歸佛道不關此者何但定性永滅亦乃菩薩空談云云者應明支佛聲聞以諦緣爲體實境有四一以四廣其一理者因緣等四判爲實境故以此等廣談理一暢師但約佛上唯立一實而無三權對十力者非無此理望今四釋佛乘一釋尚自未周以無究竟空假中等故也於中相是總舉十力之相次是別對性等

體爲根本最後云總者約前八力釋處非處即以本末總收前九上來諸釋非不一途者諸釋可見望今家釋各得十界十如中之少分故云一途光宅雖似自得四聖而但立九又分擗九五權四實北瑤二師雖具立十而不分判但在三乘又無一實然攢衆釋既許三乘及以一乘三一俱有性相等十何爲不語六道十耶四聖是事從因至果六道亦事亦應例然因果既同十義寧闕四聖是能照六道是所照十界是所照佛乘是能照故佛智照十界十如三諦具足究竟等言其理宛爾何故諸師各據一途使佛境智不具足耶令師不能細斥但總破光宅云文理不通等也理謂道理文即現文初文可見次破理中先以十中四五對難因果者因緣是因果報是果若實下約人對破且依四五若依今文應約十界以論有無次義不下結破文云諸法須收十界界界十如實相是界如之體若唯一但四體外尚遺九五況復十十皆如今欲正解先引大論即達磨所用引論意者但泛爲類例非的同也論既云一一法各有九種故知光宅不應以四五別判諸師不應以三一各據故知但依十界十法則諸家咸壞況復四釋冠絕古今如此消文方契經旨諸師分擗理趣在何此達磨鬱多羅是雜心論主婆沙有法救論師是雜心論主所承從師爲名既依大論不別分張令一一句中皆云即是法華中如是相等縱不委細免上諸非次今明下正解中先述標章次正釋中文爲三意初列章次引聖言爲證三正釋引證文

中初二文可見次引離合中云止止不須說等者以此十法隨自隨他唯佛決了故云我法妙難思但引合文義兼於離既云難思方能徧逗故須離也引約位中云唯佛與佛等者三德極理非七方便所知故也雖復不知諸位法爾故分此十所屬不同三正釋者初十界中爲十先標列次法雖下界如攝法三如地獄下示相四故毗曇下以小例大五當知下以理準例知有界如六若照下判言自位者雖明十界界界各十且照當界以九爲權以一爲實故須結云一中無量一界具十一一十如若自若他若因若果在一心故故云無量中一一中無量不可以一說不可以多說不可以權說不可以實說因果善惡空有大小凡聖漸頓開合心法依正一多自在一切諸法悉皆如是是知譚法界者未窮斯妙致使惑果事而迷因理七若照六道下兼破光宅光宅既無十界今且依彼破之縱依十界各具十如當分歷歷思議境耳況復光宅但在四聖四五不同八所以下結位先重立境云一中無量凡夫絕理等者自鄙無分故云絕理隨想異見故云情迷既絕且迷徒具何益二乘等者即二教二乘三道即是捨而不觀避空求空反資小脫菩薩等者藏通照六別照次第故云不周皆迷已界不達佛界不了了言尚該十地故今應指別地及因橫竪具足者一中無量爲橫無量即一爲竪多一相即故云具足九唯獨下引證結意如文十上玄義下指廣具如玄文境妙末云舒之則充滿法界不知從何而來收之則莫知

所在不知從何而去及釋法中廣釋十界十如也次約佛界爲四初正釋次此是下稱歎三例亦下例釋四如來下舉果結斥問此中佛界與前十中佛界何別答前則在迷在因通悟通果今乃唯果不通因迷故一一法皆用雙非非相非假非不相非空雖出雙非意存三諦下九準知乃至本末究竟等也如是方名究竟佛乘是故皆以大車文結此則於今品文是佛果家之諸法實相於彼譬說即至道場之莊嚴大車於彼宿世即極果佛之開權寶渚於彼本門即久成佛之所契妙法若正宗可識豈迷流通一句一偈之言彌可信也三德三軌之說皎若目前若得此意廣演於八年不出乎一念經五十小劫詎動於剎那例知一代逗機居于心性十方佛事宛然矚目法界根性覽而易通隨宜所說咸指藏理結斥中以眼爲喻者且以小乘慧眼見空與而爲論云得一眼初住菩薩乃至等覺猶有無明今且斥方便教菩薩未見中者並如夜視次釋離合中爲四初正釋次雖開下舉境稱歎三凡夫下斥四爲此下結初文爲三即三語也隨自方在今經細尋可見四約位中二先正釋十如次初位下重釋究竟等初文者相性體三與前佛界不無小異前明已成佛果故以修性對論而具十法今明位涉聖凡分對十法十法位別故云約位以初三唯理位定在凡力在五品作在六根因緣即是初住已上修得緣了果報即是極果菩提涅槃菩提果也涅槃報也是故初三且在通列十界界界三德同在理性故十界之言

亦唯在理若不爾者何故云若研此十界等耶故理性三德其文在斯然諸文中多約修性相對辯者爲成教相故也讀者悉之今見此文應貫諸說若研至如是果報者初之三法既俱在性在因合名爲正故力已下屬修屬果所以觀行位去研此性境有除麤惑之力及有似行之作若入分真對彼性三合名爲正乃以眞助名爲因緣至究竟位菩提名果涅槃名報雖分對始末乃是一佛法界因果之位故不同古人以權實擗判初三等者初謂相等因中三法後即報中果地三法故知三德即是三諦故云初後至究竟等初位下重釋究竟爲二謂釋結釋中三先重釋三德本末不二結成絶歎之境次重釋究竟等成於不二三釋不思議初釋三德者惡即三惡善即三善賢謂小賢聖謂小聖小謂小中賢聖大謂大中諸位重釋究竟等者又三初約惑中先立境次若迷下約於迷悟對辯三諦三又權實下約人約教所以四釋者明理攝徧約十界釋明自證極約佛界釋明佛化用約離合釋明三德徧約諸位釋若望止觀互用寛狹今具四釋則此寛彼狹此但正報不語三千則此狹彼寛名目雖然理必齊等因必具果正必有依然本論中釋此十如理窮教極今述論旨使與一家義意冥會論云成就不可說盡也實相者謂如來藏法身之體不變故佛智具足知此實體經云如是相等者論云何等法云何法何似法何相法何體法何等法者謂三乘法云何法者起種種事說何以法者依三門得清淨故何相法者

三種之義一相法故何體法者唯一佛乘無異故也今謂初句先明十如通三乘法次句者所謂三乘教差別故次句者即三乘人依教契實次句者開三乘相無他相故次句者開三乘體唯一實故論又云何等法者有爲無爲法云何法者因緣非因緣法何似法者常無常法何相法者生等三相即不生等三相法故何體法者謂五陰非五陰今謂此沓離開三乘展轉別釋歸實相體初句者以聲聞無爲對六道法是有爲故次句者以支佛對餘非因緣故次句者以菩薩法對餘八界悉無常故次句者總以三乘對餘六界皆三相故次句者十界五陰皆實體故論又云何似法者無常有爲因緣法何相法者謂可見相等法故也何體法者謂五陰法能取可取

是苦集體又五陰者是道諦體今謂此一沓釋以上二句總合在於第三句中仍撮第三入第四中謂三乘法皆可見故又撮第四入第五中成初苦集復指苦集全是定慧故云又五陰者是道諦體故知六道三乘望實猶是苦集論又云復有依說何等法者謂名字句身故云何法者依如來說法故何似法者能教可化衆生故何相法者依音聲取彼法故何體法者假名體法相故今謂此一沓釋還依五句欲以教法通說前故初句者具詮十界權實法故次句者所依皆實無餘教故次句者明權實根緣受不同故次句者明諸根緣會大化故次句者明能化所化能詮所詮皆假施設以望所詮唯證實故信知論文不可輙判故用今意方應妙旨況論四釋即

是今家四釋故也初釋既以三乘體相皆一體相即佛界釋也次釋既以三乘對六道釋即十界釋也次釋既約苦集對道此外無餘即約位釋次釋即約能詮教釋由教權實故有施會即離合釋故知一家大義並與論旨冥符是則現文一十八句乃成一十八重釋十如也論文豐富而人莫知今從總論故且四重釋耳三若就下釋不思議者前境雖已成不思議其名仍通故今更對思議辯之令識前四釋真不思議先略出體相次引事類況三舉理況結初文先略出次諸經下指廣初文先法次譬初文先釋名也出心數法故不可思過言語道故不可議次不能行等出體也體非因果及非能趣行者因也到者果也此體不當因之與果若其屬能則不關體

次舉譬譬中三謂法喻合初法者觀色是常故不敗壞常必具四四秖是心不異亦爾譬類中二重初以明暗喻不思議與惑同體故指月光全明是暗次又日出時下譬轉暗為明云常在者秖是暗無暗性舉暗是明迷悟亦爾理性無殊因位之明與無明雜體不可別故云共合入分真位破一分暗所破之暗體變為明豈有所破移在異方無所趣故故云常在豈智明發仍存先暗云常在耶雖云常在終須破盡究竟永淨方名常在生死與道合下合也次指廣如文就事況者四不思議中闕釋佛者世易信故教多說故以佛在四中之一三類尚爾何況佛耶云如阿含者如增一十八云舍利弗說衆生不知如來壽命佛言有四不思議非小乘所知云何為

四如文因釋世界不可思議引經爲證言阿舍云一士夫者雜舍亦云佛在舍衛有多比丘在食堂上思惟世間佛知其念詣食堂上告諸比丘汝等思惟世間非義非饒益不順涅槃汝當思惟作四聖諦此是有義有饒益正向涅槃如過去世時有一士夫在王舍城俱絺池側不正思惟見無數四兵入藕絲孔中見已作是念狂耶失性耶世間無是狂而今見之時去城不遠有大會士夫往問如是之事大會皆謂是士夫狂失性故爾彼見佛問佛言非狂是實彼池不遠有天與阿修羅共戰修羅兵敗入中藏耳是故比丘莫思惟世間非汝所及釋龍中兼明有天亦能出雨即龍類也五道下卻釋衆生論云五道各有自爾力故婆沙雜揵度中云若因祭祀唯鬼神得問爲勝爲劣答非勝非劣若勝天人應得若劣地獄應得以其道有自爾力故準斯誠教可證世人設六道者不可盡得此是梁武見江東人多好淫祀故以相似佛法權宜替之論云如人不能離地四指於須臾間鳥能飛空高下自在前寄雨一事者明餘道不能如善住龍王以比智力知帝釋欲與修羅戰脊骨便鳴若帝釋欲入園時脊上自然有香象現此畜生道中不思議攝如鬼能變食等又云諸士各有自爾力如釋籤言此有三異者以此頌二智文望前初章歎諸佛二智文具三異初句頌實智中但有二異下三句歎權智中又有一異初異應云雙隻次異中云開合者上長行中人法俱開故諸佛中並二智各明歎釋結故云開今但云世雄故云

合人必兼法故云人總也言法別者被物時異故有權實此別仍合無歎等三故第三異云二乘及一切衆生者同是不知之人尚未足異應云上人法並舉故云共智慧門法也一切聲聞等人也今但出人又是有無異也亦是雙隻異也又上文不分四佛但云諸佛故今前行但云世雄即當諸佛後行但云佛力不云吾今以前文中釋迦權智具有力無畏等知是頌釋迦也又前文有諸佛字則可分爲四佛今但云世雄似非諸佛然以義分以世雄句有世字故可屬三世世必有方故知是頌諸佛後行直云佛灼然可屬釋迦言佛力無畏是權智者前長行中指於因權此中既云功德功德之言亦多在因餘法等者前力無畏但是自行從因之權是故餘法爲化他權此之化他非指權法名爲化他但對自因名化他耳但舉初後者仍先舉後二卻舉初二故先云大果報次云性相義也義字等者義謂義理秖一究竟之言有空假中義理故也大與種種等者具如玄文破光宅中彼云大故知是實種種故知是權今文意云權實互有豈果報唯大性相唯種種耶又釋妙中大妙相望以爲六句六度至發心者斷即成佛故也如意珠具如止觀及記無漏不思議者當知此不思議之無漏故無漏名同應思義別云生出四種解釋已如上者指上四番釋十如也此下偈文對者是也逮得涅槃指六度者以望二乘此生即得故云逮得逮者及也又今欲廢小菩薩爲旁故旁云及也當入滅耳若不爾者今準他人上之三句

正明二乘脫縛即是已得涅槃云何更云逮得涅槃由聞三僞一眞是諸聲聞但聞三乘皆是方便方便即僞又聞要當說眞實所以疑其實未曾聞說唯一實偏舉二乘者世人若問若三俱會何故此中叙疑但二亦應反問若菩薩無疑何故下文云菩薩疑除若云疑通三人會唯有二菩薩何過而不會之經云疑除作不會釋此乃破經何名釋經一解脫者昔教三人同一解脫方等般若中雖聞勝脫今從初說有云已得三德中之一脫此不然也釋三請者瑶師龍師非無眉目故不全破但不及今師以望三周抑令三請此則釋文所表俱有深致凡一家破義皆恐累後學於經有過彊復破之不同世人任其胷臆又偈後三行半云動執生疑至爾時衆中下但云騰疑致請者問準品初開章云初略開三顯一次爾時已下動執生疑及到此中何故乃以略開三文爲動執生疑爾時已下文爲騰疑請者何耶答但動執生疑之言兼兩向何者若在爾時大衆中下意明由前略開動其舊執生其新疑若在三偈半文意明此之略開動彼舊執令生新疑故復名長行之文爲騰疑致請執既被動因兹有疑令先騰疑後方致請是故此文兩向用之非參錯也若以此文爲騰疑致請則應更開章云略開三爲二先長行并十七行半偈歎二智次三行半正略開顯動執生疑文云執動疑生者由前略開動其執故執動由前生其疑故疑生疑既生已令但致請是故章首但云騰疑致請得益之者悟有淺深所引之人獲記

差别約能引權衆辯益不同已知顯益欲知冥利須辯待時爾時下次明二止初止意者恐懷疑故次舍利弗騰宿根利是故更請次佛止之護上慢故次舍利弗述慧益多牒疑更請一次正廣開三中三先分章示相次義門分别三依文正釋初文四初引經標章次舉品分周三亦名下三周異名四引例例如大品三根者第二十一方便品云須菩提白佛言如佛所説若廣若略諸菩薩等云何求耶佛言如是如是乃至一切種智如是相菩薩摩訶薩學是略攝般若波羅蜜則知一切法廣略相世尊是利根菩薩亦入耶佛言利根中根定心散心並入是門是門無礙亦如三種發心不同以十義料簡者自古此文多有紛諍今爲評判及以自立因爲十門然此十門雖泛拾破一家置章不無次第初欲明所被之人先明能益之法故先辯三周通别同異次辯所被權實有無故次明第二於實行中得入之人三周不同由感厚薄雖現感厚薄須知由宿根雖已成根根須在悟既得悟已必知領解若有領解理須與記得記之者悟有淺深所引之人獲記得否能引之衆須益有無已識顯益欲知冥利故辯待時初門自立初文中云若我遇衆生等是因縁説者昔曾結縁即是昔因中間相遇處處皆以佛道成熟今日五時咸資佛道即始終赴物也根利未須述大通事若謂此文屬説法者雖在譬説文初分文仍屬法説文後既在譬説題内故且用之不然則取次文用之長者驚入是因縁者昔因今縁是感應義長者是

應所聞是機驚入即是赴機故也故知應赴即是今之一化故也答意者許各具三根法說自被法說中三餘二亦爾但說三根攝九即足從正略旁者上根中上根爲正中下是旁亦應云具論有三且言上耳若逗上根上三俱被但上根爲多爲正中下是略是旁中中上下下中中中上亦復如是第二義中光宅有實爲權所引則成定有實行引權意令有實開善定執引權意令無實今云有無且約實行權應暫有何須論之開善指四念處爲初業故故云外凡今言有者誰論初業能知常耶豈以初知令今無耶如大通佛所誰不知之亦言于今有住聲聞地言寧有者甚不可也法華之前所執者誰經明等者正爲光宅所破既云寧執小果權者何所引耶今先

總斥二家乖經失義乖經者光宅也今經二文得記故無未記則有又在昔故有於今則無故今引文約開約記破其定有若望後無計有則失失義者破開善若定無巳下文是既有入城必有實行權何所引者復以光宅結破開善故今立實有與光宅言同其意則別今雖云無亦與開善不同從得記後說故若定有者下破執定有恐計三周後猶有聲聞若定無者破定計無如序品初因光橫見文殊引往方便品初千二百人法說周竟尚自不悟仍待譬說宿世文中于今有住聲聞地者又舉不知之人云舍利弗辟支佛等乃至流通處處有之云何言無又云無者破住果者定計永滅非謂本無若言下今文泛難今許實有爲權所引仍恐他以三藏佛例此

義不例下今文中之佛居果頭則無實行聲聞不爾是故有之三藏佛言出自今教故知不是他人難也何處者佛必三身圓滿故稱此佛爲權若言三十四心此乃教權似實古今學者此佛尚不敢爲權誰知寂場不實今明下正解先立理次引論初略立次云若從等者實智尚無阿鼻豈見定有聲聞若說時未至有義非謬故長者佛眼始終皆無以法眼觀中途須有作人亦約未得記前次引論者爲五一正引論二若依下以今經望論義立五種三若從下判四若得下結意五復次下判大引論如文次今家依經望論但加佛道一種三判中云若從決定至實所者約大雖無準小仍有退菩提心仍屬有者由在小教今譚其初故云退大實者既爾下明應化也所引迴心能化本大若增上慢二途不攝本非商議五復次下更判大乘有無者先判次結意指應化爲無第四第五並名大故故論中則無大乘之名但云應化若從下正指佛道此用今家所立之名而以發迹釋義仍除開三得記已即名生身得忍菩薩故也故取發迹者知有實本亦得名爲大乘聲聞是則從隱德故無從發迹則有所以得大乘聲聞名者彰言發迹仍示聲聞故得名也不同他釋於大乘中自立聲聞從今開三下定文正意須爲二人爲退大者與論不別今取決定意似少殊論據在座得記今據通途被開其不在座展轉爲說或在界外亦得聞之或佛滅後敦逼令信此經通說直云與記論云退大且依一途如諸聲聞於法華前誰知退

大方等等席咸稱滅種準今經意既彼此聞經必彼此與記一開之後無所間然迴與未迴以分二義當知論涉有餘之說無以經意靈同第三惑有厚薄者古師以迴惑釋惑今師以煩惑釋惑故與舊不同於中先列古釋重觀所證故云遊觀由遊觀故知一理同及其下明其惑由由聞教異將必下正明互疑生惑教本詮理能詮既三所詮寧一所詮若一能詮豈三跡躡下明其惑相雖復迴遑未辯得失以理下判其得失以理惑教有順理之得以教惑理有違理之失上根等者乃以小中理教得失而判入大三周不同故上根執一理情多理名近大故聞無三而順一理所以前悟教惑理者三聞方知一理無差所以因斯成下根悟中根二情力等故悟居中

今謂下破先總破彼理教互惑而爲三根若以互惑爲三根者不可未聞三周預生迴惑次三人下具破二意一者大小永不相關二破在小不應惑大此別破二意初中又二先且定之故云何等若迴遑下正破又二先約小破疑屬見惑初果尚非何得互疑名三根耶次若迴遑大乘者下約大破也大小既別安得於大理教互疑次意者用今經意若大小理教更互惑者汝於何處聞斥三耶方等雖斥般若雖加並未曾云三是方便故知爾前大小未惑豈出入觀三一跡躡既預下縱難爾前已曾理教迴惑當知已曾動執生疑若已生疑略開三時已應領解何得聞略仍云四衆咸皆有疑言今日者聞略開時進退下結非次今明下正釋先判正意次約四句

以判三根三約三品以明入住初文者先總明根惑並異於他小乘根定迴惑又除安得還就小乘辯惑他縱以小而惑於大他又不立別惑之名故小迴惑不成厚薄問諸聲聞人爾前無斷別惑之文何故今約以論厚薄答顯教雖無準理合有故被洮汰義當斷伏由根不等斷伏亦殊致有三根前後不一次約四句中先列次以四句別對四人根惑並由過去熏習致令悟有三周不同所以三判者初釋收機令盡故第四句攝結緣衆後兩釋不定者三根已定但句法至四將四判三故從容進退第二釋中應以中間二句爲中文云爲中下者或剩下字或下根字別爲下句三約三品惑者又二先釋次例初釋者即二位皆有三重今且明三周始入初住有三

不同惑盡不等故使爾耳例如下以小例大十六剎那皆名無漏至第十五猶受向名故三品盡方入初住爾乃獲記第四轉根不轉根者亦先述古次若爾下破者雖有轉名聞時俱上三根不成若轉下破轉義不成亦無三根三周悟時俱名爲上將何以辯三周三根餘未悟者不名爲轉次例意者先立事次難若二俱利及利鈍仍存不名爲轉身子一聞等具如止觀第六記次夫衆生下正解中初正解次料簡初文先引現爲類現既爲緣所轉驗往亦然先世下明宿生先轉三根已成故使三根前後悟入次譬者刀如根木如惑執者如機佛令其斫受教如聞法運斫如用觀木斷如證曾磨如轉遇磨不同故有利鈍此中聞悟似是信行非不兼法由於往世

信法迴轉相資不同信法等相具如止觀此一坐中應無六十四番問意者未入住前稱爲三根即此三根入住已後猶名三不答意可見次問意者住前名緣初住名真未證二住亦名緣修住前緣修旣有差降第二住前亦差降耶答意者位同理同不應更別住前未證容有不同然圓住前亦名緣者唯有此中及四念處仍望別教義立其名五明悟不悟者初今文自立先引經立妨次若言下出妨三然經下辯別故云義未必然故昔三根不同三周三周三乘各三成九今經下今家因此須辯支佛有無先徵起牒妨已知三根偏在三乘今經何文云支佛悟次支佛下釋妨言中根者依前三乘云隨根者以聲聞中亦三根故故身子下證無別支佛旣明二乘得悟三根不同菩薩亦應徧在三周何者是耶故出舊師明菩薩悟許有三根而咸於法說並不至於中下二周言域懷者域謂限域期心分齊言近果者彼指共位謂離二乘即求作佛佛果仍與二乘位同故云近果今闢佛果過於五百縱有遠近之疑不同小故易悟三根下古判三時同在法說今明下破初周之前指法說初及略說中初周三乘菩薩居首然不併在初若爾下引證何得分別功德品及流通中如妙音品等猶有始悟無生忍者舊云下古救意云初周先悟已成法身今言下重破六百八十億等豈可先是法身仍云得無生忍耶無生忍後方名增道次問者旣不許菩薩唯在初周二乘亦應至壽量耶答意者人不局初名不通後問旣於三周

已得無生即是法身何以不許古師釋耶答古師意者元是菩薩初周聞法得成法身至壽量中增道損生今云聲聞至後雖通是菩薩或有未得無生忍者不名增道故但云無生今師前難古人者本是菩薩尚有至彼方得無生如初釋惟忖中先得十住等自是一途豈令菩薩盡先於法說得無生耶故知二乘根性獲記者亦有至後方得無生忍故不可一槩當知一切皆通初後但三周後無小名耳第六領解有無者雖不云舊古有此計故今引破今明下先破緣覺次辯菩薩初文中四初立理次身子下引事三又四衆下意有四信解下義有

法華文句記卷第四中

音釋

鍵正作揵其偃切拒門木也
擗匹歷切擘開也
研五堅切窮究也
狹侯夾切隘也
郤去約切與却同
譚徒甘切言論也
靁盧回切雷同謂無所可否同聲一律也
踟躕踟直離切躕直誅切踟躕猶豫貌

法華文句記卷第四下

唐天台沙門湛然述

次菩薩中二先總述意次又其意下別出所以其意有三初明無次意或有或無易故則無故云處處有文準理合有故云梵文等也三明有中云菩薩位行等者菩薩實位極至妙覺仍異於別故名爲深新入實者猶非所及故名爲絶始從權來故名爲新昔權位下故名爲小說壽量等者據理迹中具合有領新小自不敢耳故下總領頌云佛說希有法昔所未曾聞世尊有大力壽命不可量無數諸佛子聞世尊分別說得法利者乃至或無礙樂說餘有一生在等即是補處總爲領解八相易領故聲聞領之法身記難非淺所領言更求何物云云者應更責問者汝唯知聲聞別領而不見菩薩通領耶故此三釋其義猶通初意通指三教菩薩通皆求佛雖是權人執易轉故第二三意雖云處處有文及小菩薩等故應分別小在三權悟大語略故注云云良由於此第七得記不得記者亦是古計先徵起次正釋中縁覺如前入聲聞數故但對菩薩亦爲三初文即具用向領解有無中初意義兼第二若同初二即同第三即是初文並用前三義也有記即有領解故也言如前云云者一者如前領解第二中少梵文或有但云隨要第二意者義同前第三但前文通今具通別龍女別法師通既彰灼記何妨領解第三意者據近遠別近非所欣遠記亦在分別功德言壽量者重聞於壽量故得記也望前第三但所對別前對小菩薩此小

乘人次問意者何不直云過若干劫得妙覺法身但云初住八相此是一家教意正文而人多不悟答意有二一者明須八相二者後與法身以後形前知是初住且横指法身本也故知二乘兩處得益且與八相記者更令與物結淨土因菩薩已於多劫利物隨熟隨脫不假八相淺近之記二乘不爾是故須之第八悟有淺深者此無古師於中又四初略明所以辨有淺深有明晦故次初聞下釋淺深意既云初聞法說已入佛慧佛慧之語住中不專一品故也或唯初住或二三四乃至十地三節增進理實如然如釋惟忖中云先入令入故令入之言該於四節即三周壽量也但先入者顯密不同恐不了前意故重云耳三如聽下舉凡況聖舉麤況細若再聞無益初亦徒聞四節加功理應增進或至一生良由此也四單複下引事如寒得衣重重漸勝厚薄者釋單複也問若爾何故前云此真位人無復淺深答一往同位實無淺深細論明晦及明升入既登後位理有增進第九明權實得益者爲六初出舊解言一云者舊應多違其一違文故且云一次今明下正釋言鄰圓者圓謂圓滿近於滿位鄰妙覺也言際極者顯鄰圓耳三所以下明得益由四文云下引證言化功者影響迹時已有化益前後增道即是深利權人處處得益深故五故一音下立理不必併須待至壽量故云一音又密益者宜聞長遠時處不同顯密各異故注云云六又我下正證影響得益之文若於已無益何謂欲得第十明待時不待時者初正

釋中先大判次若就下就三周及本委論待等三周之中自論密者如法說時密聞大車及大通事而得益者即不待時中周密聞準說可見問三周及本有密說者玄文那云法華唯顯答言顯密者爾前偏圓互不相知今至此經同入一圓雖密而顯純一味故但於一座有待不待但知彰灼授記二乘顯露分明說長遠壽於茲一座無不聞知故名爲顯問云非顯非密者謂決定性於前四時既無密益不至法華復無顯得二處無益名失時不答餘經等者謂前四時既云永滅諸聲聞等不知變易故淨名中迦葉自敘云皆應號泣聲震三千於此大乘已如敗種準彼經判敗種豈生來至法華咸受佛記若爾佛於爾時何不即記而使稽滯來至法華顯密不同

如前已釋若將永滅權論用釋開會實經經既已生論何能滅但以滅者於彼得聞餘經不說況通經論故失顯密亦非失時但弘教者曲將釋此是釋者過非論咎也五千起去等者無四時之密益失此會之顯功此化失時彼土非冀故應失時答云滅後益者是也問經云佛滅度後實得羅漢容可得益上慢不實應非此收答敦逼實者誠如所言既通許遇餘佛亦何隔於上慢如其不發待後佛時問佛若大慈何不令其無謗生信答是盲者過非日月咎法界衆生未益者衆況此五千已蒙下種滅後時遠當當不遺問身子初周爲三根請者此下雜料簡不關十門言爲四衆三根者初周普請佛亦普說餘未悟者還爲普請既普請普說云何言佛各爲說耶

此引三抑俟其三周佛既權抑預表身子權能預謀何以不各各請之而三周之首通爲三根譬周之初通爲中下故諸天領解文後云爾時舍利弗白佛言我今無復疑悔是諸千二百等故知是爲中根請也乃至文云願爲四衆說其因緣即爲下根請也答意可知然身子設使預知在三終須普請若爾初周普請何故佛但作法說耶何故譬說復更請耶譬說已雙爲中下何故復作宿世說耶答初周普請說亦普說聞者未悟自在物機中下尚昧是故重爲中下普請佛亦普爲中下譬說故千二百中四人之外屬下根者故佛鑑機不須更請便即許云宿世因緣吾今當說若爾亦未申難若通被三根那云三抑俟其三請以表三周答鑑物機情理須預照及至爲說何擇下中故法說時已益中下乃令中下再三便悟云云者豈有法說中下不聞豈有初請專爲極利廣責舊見不曉大猷問者將法譬二對於宿世似如三世若許三世當現如何答中言無文者一往語耳如說法中當爲汝說若將昔三以望今一則今爲昔當此約縱無方之辯以答無方之問得作此說若不爾者但得依常立法譬名既云無方觸途皆轉如譬說中大車望小大亦是當如法說中望三爲昔一亦成現今云譬是現者譬是現事且云現耳準後望前者法譬在於宿世之後故以宿世爲過去也準知法譬合同當現問舊以五濁障大者舊師計也四句料簡今家破之言如前者指上玄文五濁有除不除大機有動不動不得一向云障於大

亦可云如後即後釋五濁中具歷五味四四句是有人下復引他解斷見惑竟有無明在故所證眞與此無明共爲大障無明舉修惑也即不發心初果故引法華論證言無煩惱者已斷見故有染慢者有修惑也未知當住即是大障若博地不執未有所證未曾斷見二癡合明無明惑彊故云獨障意云五濁之中衆生劫命不全爲障爲障者見修兩濁若爾下他難也意云若二人無明若共若獨俱能障者此之無明若定能障即定須破若聞法已破不妨聞法何障之有若未聞法無明先破則聞法時無明已去復不名障此是三論師意不問無明爲障所以直以自他等責障有無答至爲通者聞法故破破由聞法言無前後者未聞法破爲前聞法已破爲後前名自破後名他破自他無破無因不可次雖不前後等者雖非自他因緣故破以因緣故亦前亦後亦前故暗滅亦後故明生今從破説故無前後今從立説無明定障又亦應云雖無前後聞法定破次更料簡知與不知初引兩經皆云知何以此經三周説竟猶云不知然雖云知文意少別彼屬方等應具二意一者對諸菩薩云二乘人元發大心後終歸大二以不愚等一往斥之具如止觀第三文未彼漫引之以爲難辭云何三根之後等者法師品後段長行文中云若聲聞人聞是經驚疑怖畏當知是爲增上慢者此以上慢驚疑而顯不知但三根之後皆悉應知何故猶云驚疑怖畏初疑謂三周之初動執生疑後悟謂三周領解解後無疑何故此後尚自驚

疑答中二意初通明知次凡有下分門別釋初文意者此經亦云知者責於問者何以專引不知之文故此經與記處處云知次引今文正答云知三根之後有不知者敦逼之辭諸不愚等來至法華皆悉已知假使更有不知之人判成上慢既非上慢道理皆知滅想尚知何況餘耶次分門釋者初明知者聲聞於彼亦不云知佛於彼經爲諸菩薩說其元意故云知耳此即答前兩經之問昔曾發大故云前知中間退大次明不知今至法華被會方知若佛在世三根得記佛滅度後無不知者又身子下重引此經以證不知初句是身子敘千二百不知我今下法說之初自敘不知此是三周之前不知之文非關三周後也又大通下此當三周之後亦有不知之文

何者既云說是經時十六沙彌皆悉信受聲聞衆中亦有信解其餘衆生千萬億衆皆生疑惑即是彼佛在世亦有不知之人然亦不得云永不知即是王子爲其覆講此十六子義當餘佛佛雖在世四依弘經理亦不失當知且對聞佛說時云不知耳若執下次爲和會於中先總非次正會初不許偏執者如前二文或初後知而中間不知或初不知後必得知生滅度想尚於彼知況在佛世暫時不知安得固執而生矛盾矛盾具如止觀記論者下抑挫凡情恐成巨損言餘事者修行趣果有饒益者方可論之聲聞等者且順大經諍論之文故大經皆云不解我意然彼經中二十三雙俱云不解者以對昔教故責迷者二俱不解若識化意則二俱名解在昔須云

不成執者望令成過在今須云必成望後逗小成過以大小教開與不開並通三世若唯引不成以證定性既俱有過安偏引耶雙引各執尚違教旨迷實執權其過非小亡權執實斯愆猶薄既申實教須云定成人不見之徒援權典用證實教令試下正存今教而爲融會先正融會雖有二初大初爲定豈從中間取小情執小滅爲規故大教定成不須爲諍一義既爾二十二雙請爲觀之若佛世尊俱留有妨之文何成三達五眼故依此判諍論自消縱二十三内小部不同灼然易殄次若得此意下於念處中以分權實故知但黙二種初業其滯自消何須復以一初作妨況若聞法華無復疑悔知與不知二門無壅故權實二人知不知別有人言下引古略立利鈍二人及至解釋離爲四句純以權人示知不知故不應理今不取下總破故準令意具明權實是故不用純權四句若委論者約實行對權各爲四句故注云云文且略立權者先知實者不知寄小初業生滅想者現世不知知者現得悟者是也即初二句也第三句者初不知後知第四句者即方等中被斥者機未發故非知以被斥故非不知權人同實示知不知論其内心無時不知故不用舊於義自顯更廣約諸教何位何時顯密權實知不知等望舊雖爾今家於實秖是初則不知後方得知因此重料簡縁覺問可知答中引經云從知者問此佛亦有聞法縁覺何不令其聞佛説法如方等般若中二乘之人耶答未斷惑者可令聞法已斷惑者自謂獨覺以

是應知世無二佛問緣覺在小住亦何妨答元爲法滅無師獨悟既有佛興復不禀教去則不與禀教爲妨是故不同方等元是禀教之人問從向何處答向無佛興處縱在此界亦是佛教所不及處如有德王與豈彗星不没若爾其得神通豈不知耶答爲護物機不護緣覺知亦何爽願生至十四生者以願簡其任運生數而值佛者若願生者生數未滿若復在天願尚牽來具如眷屬妙中是故此人即名聲聞言十四生者人天各七但總立七或二十八具如止觀第六記明極鈍者至十四耳故生未滿即成無學二三果者如一來人及五含中後之三人知佛出世尚有從天下來親近佛等若上流者縱至無色及無色般並有起欲界化來見佛者若不見佛亦可容得有餘般時亦名獨覺故云二果三果例然今云例然者以從願故況復二果欲人天生願亦易牽變化緣覺者義準聲聞亦具四種今文列一義已含三所化兼二故也許文爲三三文各二則以三文各二字是如初文中初是順次豈得下許次文初是誡吾當下許第三文初是簡汝今下許大經四善法者德王品釋十功德中云一者親近善友二者聽聞正法三者思惟其義四者如說修行唯此四法是涅槃因若言苦行是涅槃因無有是處後之三句即三慧也故佛誡之是涅槃近因緣也五千在座至簡衆者或當過去有謗法緣或機未熟聞必生謗故佛知時神力令去又如說瓔珞經時五千菩薩尚從座起去彼譬喻品因佛說法身功德座中有

五千菩薩從座起去目連問佛此諸正士修
菩薩道已入如來正法之藏行過二乘何故
聞說三身不受而退佛言善男子聞說是者
沸血流面何以故是無數劫恒生誹謗是輩
過去恒沙佛所修行六度起於著想有悔心
故有退轉故當更經歷勤苦之難千佛過去
猶未得度是人雖修菩薩之道欲得成佛終
不可得如人欲於虛空造室終不可成今謂
此乃三藏菩提之心機未合時若聞三身理
合生謗通在衍門生謗義少故知今人雖欲
發心不簡偏圓不解誓境未來聞法何能免
謗問前云三止抑待三根今何故云由五千
在座答三請已後五千必去秖一三止用當
二義於理無妨有時一法當無量緣秖此二
事何足生疑五濁障多者五濁加多表具見

修復加執慢故根名深障罪是根而或未深
故加執慢方乃名深枝葉細末者若實得果
如根本大材任爲器用但計枝葉謂爲堪任
而輕根本謂等謂過名增上慢執方便之方
便者小乘四果已是方便更於煖頂執爲眞
極應知上慢不全無法但以淺位自謂增上
而慢他人名增上慢四請者以受旨文義當
一請并前爲四毒鼓者大經云譬如有人以
毒塗鼓於大衆中擊令出聲聞者皆死鼓者
平等法身毒者無緣慈悲打者發起衆也聞
者當機衆也死者無明破也今世惑破近死
正當當機人也來世惑破遠死此五千等雖
非當機如來何不彊爲其說作久遠因如喜
根等即遠益人具如止觀第八記答中云華
嚴末席者此且一往寄結集說舊經三十七

云時舍利弗祇園林出不見如來自在莊嚴變化及師子吼妙功德等不見諸大菩薩眷屬亦無智眼能見覺知及生意念亦不樂說不能讚歎以聲聞人出三界故此即如聾如瘂之文於彼末會即當漸初然亦寄於娑婆一期設化漸教以說用通今意應知華嚴盡未來際即是此經常在靈山何殊十方更互主伴至第三十八入佛境界品文殊從善住閣出與諸天龍等至如來所頭面禮足設供養已辭遊南方時舍利弗承如來力見文殊師利從祇洹出而作是念今與俱行時舍利弗有六千弟子從自房出禮佛足已至文殊所此六千等皆新出家已曾親近過去諸佛皆是文殊之所化度舍利弗爲諸比丘廣讚文殊 文殊語諸比丘汝等善能成就十種大心則得佛地況菩薩地自古共云華嚴時長若爾乃是結集後教至般若來方可得云今諸比丘成十大心此乃義當轉教時也結此等意入華嚴中故云時長當知以法界論之無非華嚴以佛慧言之無非法華道理雖爾若約次第部類不便則鹿苑諸教皆應結取但是大小不同機見不等故令教主說亦不一驗舍利弗已有六千弟子故似方等般若教時何但鹿苑耶今文復云未破小執即似鹿苑之始準下釋信解品中長者之文但是機見著脫前後今亦且寄漸教大末小初爲釋令諸佛至簡遣者以無密教同席益故令欲滅化城廢草庵乃是一化之大體此尚於小起增上慢況能大益耶故此等人正宜令去若去住俱謗等者聞略不謗聞廣必謗故

云去則有益故毒鼓二義謗及不謗前聞略說已成不謗毒鼓之因何須更加成謗因耶二因無別加謗墮苦不作謗因或於涅槃得當機益若加謗者多失近利故任其去以存近益喜根慈故令遠得益與其樂種如來悲故護令不謗拔其當苦次問可見答中非當機等者若唯以五千而爲結緣餘當機者則五品已上並屬當機然準望前文釋四衆中當機乃在初住已上堪爲影響則六根五品並爲結緣但是結緣義寬欲收起去之類縱以五品爲當機者此等亦得爲結緣也已如上說者如上待時中說即如來滅後待弘經人得益故也昔大通佛時等者具如上文釋結緣衆亦將此文而證結緣經爾許時方乃得度如來滅後弘經人邊得當機益猶爲太近故知彼十六子衆豈無至今仍有未度者耶不見三世久遠之益而以現難深不可也此是大聖見機之說滅後弘經實可爲例說大經時萬五千億人等者師子吼菩薩言如佛所說一切衆生能信如是大涅槃經不可思議世尊是大衆中有八萬五千億人於是經中不生信心故能信者不可思議疏文欠八字疏意云既云是大衆中又云不生信心故知已爲結緣衆也故五千雖去已聞略說不久者意亦指於弘經人益金光明等者第七云一者深信大乘方等二者毀呰不生信樂不生信樂者亦得結緣故引爲例正廣釋中爲二先示廣以開略次示廣列章相初文又二初對略開章次上句下略示廣所以次六者下正示廣相於中又四初列六章次生

起六章亦名章意三於五章下示五佛有無四又六下明六章大體生起宛然大體隨時以此六義共成開顯之大旨言略而不闕等者五佛互略互存無闕詣謂所至共成一化何假繁列如三世佛但各二章豈非極略故六章中開顯二章略而無闕令權詣實而略郤四章令文不繁前後無在云云者令說無在之意六章之要莫若開顯前後互無在餘四章但義存六共成一意應須具說大體以辯不決之理云云今但下總佛章中所以但四無二者四正二旁當知五六成就三四是故略指又前四中三四爲正初二助成故三世章各但三四釋迦化主五濁施三故復加之但闕歎法一段文耳總而言之必須具六爲避繁文故須互指四十餘年者菩提流支法界性論云佛成道後四十二年說法華經久久稀踈者爾前非無指獨顯說故曰稀踈如華嚴佛慧隔小帶偏經歷三味今乃獨暢此有二意一者久乃說之二者是時乃說之雖列人已堪等三意在指時故也問方等般若雖有帶對亦說佛慧何名稀踈答此約二乘鈍菩薩說初於華嚴而不聞次於鹿苑而入證後於二味而不取今始得聞則成稀也諸利菩薩何嘗不聞但以增進爲今經益耳若約本門非此中歎問若爾華嚴與二酥一槩佛慧何但華嚴已說佛慧答二酥非無但華嚴雖兼佛慧稍純從純得名優曇華者新云鄔曇鉢羅翻爲瑞應金輪王出大海減少金輪路現此華乃生作金輪王之先兆也調熟者亦有通別通則二字通於二味別則調謂

調斥如方等也熟謂成熟即加說也醍醐下云云者廣約三味明不說所以如上諸文故不重列靈下云云者須說靈即靈通以通一切隨義便故靈字在後從名便故靈應在前有此觀故必獲佛記亦名爲瑞有此觀故後方得果故名爲華三觀成已眞因方現三千爲表實可兼之此理下理教行人言反乖者以反以乖釋順釋正由昔乖反故今反乖昔逆即順何反乖耶皆云至者實之極也若至今經無過上故故皆云至還指等者釋勸信意何故勸信欲明昔麤即妙恐物生疑故預勸誡言四種者秖上所列此理已下四文是也故客作言下不云人等但云四種以客作之言而合於四故總貫之所以昔爲客作之四今成長者子四更無所改全成妙四故云

汝等所行等信無等者佛世尚乃以人顯法末代安可法妙人麤若云大權必無以善而濫於惡神縱異迹並越二途世云勤學不如擇師故云汝等當信佛之所說初明佛道至難知也者施權意也以諸教中無施名故今欲明開故先叙所開即所施是故玄文云爲實施權意在於實開權顯實意在於權當知以實爲權權名隱實開權顯實實外無餘潛之與顯利在物情常住本源未嘗增減故未開之前非但不說顯實之名都無施權之語故說宜權之言即須顯實故也故知此是法華之宗致實教之源由釋義之旨歸衆行之府藏若不體之徒施徒運每至此意皆勤勤者恐斯宗學者失經旨故所以者何下應釋諸佛云我以等者以我釋彼也借此者既將

自權而釋於彼故借字亦子夜反去聲稱之意正引彼證此故且以此釋彼意亦明於道同彼此皆悉施開故也是法等者若結開權是法兩字指向演說諸法是也標人法中云舉無分別法者將向是法爲顯實法故云法也唯有諸佛舉人也即是向法故云能知除諸等者若爾法華之外皆魔事耶不然但前教中權魔亦說之唯此一實魔永不測故云除耳故惑阿難時亦說中道但除其魔而開其法非五七九等者以三五等皆是方便故皆云非三藏三乘加人天五也加通教二乘七也但會二乘何二乘耶以共二乘與婆沙中二乘永別般若不與彼二乘共故今問之若三藏三乘不須會者婆沙四階即是究竟圓常果不若秖歸此果即是大品共佛以不爲是瓔珞妙覺位不爲是華嚴遮那果不加通別菩薩九也若義分行向乃成十一此等皆是被會之異合彼異故故名爲一一體收異故名爲大大即今經圓妙一乘位與華嚴圓位同也儀式者秖以開合之相爲威儀法式今開三者開三在昔而言今者指今一化從一乘開故云今耳如釋論等者文初適云諸佛大事今文復云何名諸佛大事等者佛所尊重故數言之故引爲例云云者論更有文亦二如王好施所生太子名數數與等次正明顯實中古以此四顯實今以開示等四並爲理一舊師所無但說者受者並於理上立因果耳此師於此立因果門以釋開等猶不及光宅於別序中以本迹門而釋四句別序雖序迹門仍居一部之首豈法說初更分

因果又正是因門者且從弟子因說言果門者且從師之遠果其實具有委如玄文若爾去反徵古師本門既移來此迹門理合向前不可本迹重張復令本門剩長若其雙標本迹品内之義混和豈有雙標於斯至下別生緣起況釋四一不及光宅下方等者舉本別由以責古釋塔現證前兼爲起後故寶塔踊爲本遠由地踊菩薩爲本近由二由未來安得辯本次敘光宅今亦不用下破也初作因果相違破三慧在因故也又三慧下但約於因以多種三慧即是縱難縱用三慧須簡三教三教三慧尚未入於當教聖位況圓聖位故復縱云若圓三慧此位亦未開佛知見故前兩教及別地前無佛知見若作餘三等者結難也初句結非佛知見若作下自違命章云云者應須廣辯不可用意將教及理明不用意次破地師先述次破初述中言第五恒等者彼依大經第六四依品云善男子若有衆生於一恒河沙諸如來所發菩提心然後乃能於惡世中不謗是經愛樂是經不能爲人分別演說二恒正解信樂受持亦不能廣說三恒受持書寫雖爲他說不解深義四恒廣說十六分中解一分義五恒八分六恒十二分七恒十四分八恒十六分具足解釋盡其義趣所謂如來常恒不變（一一句如初句）經文一恒之前又有一熈連河未能信受都成九段以熈連河近俱尸城小於恒河言發心者有云值一佛發一願下一砂縱值多佛不發願者亦不下砂縱有發心不見佛者亦不下砂見一佛縱發多願亦秖下一砂一發心見多

佛亦秖下一砂如是積數至八恒等以明入位初易後難故也初之一增即得八分此後但能二三增者如至太尉易丞相則難言十六分者如世間秤十六兩爲斤故大論中佛語鍱腹外道汝若出家比舍利弗智十六分中不及其一西方校量多用此意古人五恒判在賢位以六七八用對初地已上至十地以對十二十四十六分當知古意云多發心在方便教實教其心無多發故來對今教不可多發而分開等復約賢聖立位不同問彼多發心皆云於涅槃經得若干分解如何判之爲方便教答涅槃之名旣通所緣生解亦異縱非前之兩教但成別教教道以此而言教相難辯況古師對位自消彼經若見思斷位不成別義不可通位消圓開等若同體見思盡非六地故知現在能信如來甚深智慧甚深境界理不容易華嚴融通極頓說者尚失旨歸法華唯顯一乘不可會之成漸又有仙慧開善治城各有判釋皆非今意章安云三十心是初依五恒也初地已去是第二依皆師位也意以初依具煩惱性爲弟子位章安亦自約彼經判位若判開等此亦不然何者今判四依須約四教並不可以此判於開等四依通凡開等唯聖聖復約圓故下結云不與經會引經等者大經對地前爲聞見即別教地安得證通登地眼見即佛眼也故六地思盡全在通教古來但知以地釋地而全不辯地之所在注云云者廣立理教以破古師略如向述難此同前者難同光宅用三慧也且破三慧故云同前亦應更云五濁先除

安指今教若今教除濁應始成聲聞若始除濁爲是何佛知見顯耶穢除理顯難亦如之次有人去兩師皆以法華爲入令法華成極卻失前三佛之知見並今經開等豈可分屬餘教則成餘教有佛知見乃言别教三乘别故即指鹿苑二師皆以通教三乘而爲般若言抑揚者以淨名中抑挫聲聞褒揚菩薩此甚不曉彼經亦有抑挫菩薩不獨褒揚故今家八字判盡經理謂折小彈偏歎大褒圓裂亦擗也亦分帛也四句不可分也有人云三十等者通無地前三十心位故名挾别但云初地六地乃至十地名爲旁通未見法華奇異者經之難思非凡所測準聖歎釋師資可知今依義附文略有十雙以辯異相與二乘近記開如來遠本隨喜歎第五十人聞益至一生補處釋迦指五逆調達爲本師文殊以八歲龍女爲所化凡聞一句咸與授記守護經名功不可量聞品受持永辭女質若聞讀誦不老不死五種法師現獲相似四安樂行夢入銅輪若惱亂者頭破七分有供養者福過十號況巳今當説一代所絶歎其教法七喻稱揚從地踊出阿逸多不識一人東方蓮華龍尊王未知相本況迹化舉三千墨點本成喻五百微塵本迹事希諸教不説如斯等文準經仍有且依向指非奇何謂有人引華嚴等者他人意者卻責諸師地前有四十心位何不用釋開佛知見而但用地前三十位耶破有二失一者謬用華嚴十信二者賢位非佛知見言華嚴不明十信者古人亦以華嚴住前修十梵行空即入初住將十梵行空

對十信位今文破者經無信名故云無也攝大乘等位具知釋籤所引恐是十地論剩七字有人去破用論四智者彼師所引云總別一時欲釋四句今無前後不意郤成高下不當今爲二破一者但云四智一時而不分位別二者四智在果開等通因由斯不當故今不用且準止觀引論四智以彼因果各有總別若唯指果四智位高今且直以果智責之四智者謂道慧道種慧一切智一切種智此四在果一體具足若開等四竪中論横故須四位別對四智縱因果相對各有總別但成因果何名開等有人言非空等者意以雙非理顯爲開不出空有分明指理能空能有故名爲示見此空有不離於理方乃是悟復了此理不二而二方乃云入此人下破意者空有之言是約二諦雖作四重秖是空有二理而已失理淺深迷空有體但列空有徒分四重故無中體徒用雙非不出二乘恐涉通教有人云達三諦等者雖標三諦不辯融即任運分張別人初心何嘗不達三諦之理名達爲開不名開也至十行位分明見假至迴向位觀無一異若入初地方順法流如此何能免於別義亦未能辯開等別相非是初心畢竟不別故非佛界次有人去用總別相以釋知見此人不知論云一切智是聲聞智不應以此爲知一切種智居二智後屬別佛智不應以此爲圓佛見又古人見一切之言便以爲總以有種言乃判爲別此亦不見大論圓文論云爲令易解分屬三人況彼分三大小因果條然永別如何將釋圓佛知見有人解

盡智等者盡無生名出自三藏無生之語稍通於三約清淨之言並判屬通佛如上等者都不見於法華大意總如玄文大意方了略如今疏釋方便品至此僅知佛知見義

法華文句記卷第四下

音釋

複（方六切重也）竢（鋤里切待也）敦（都昆切迫也）矛盾（矛莫浮切盾食尹切干櫓之屬）挫（則卧切摧挫也）煦（許羈切）鍱（與涉切）褒（博毛切揚美也）僅（渠吝切略也）句兵也

法華文句記卷第五上

唐　天台沙門　湛然　述

法華論云去引論釋也論有三文初約三乘意令二乘與菩薩乘同得同有於中先引論次論言下解釋論意云次第者與令解釋次第不違準論文意初以無上爲開論文又云佛知見者如來能證如實知彼義故經文既云爲令衆生若唯佛證何以乃云爲令衆生故非今釋義不可通第二句示同有無上初論文但云二乘與佛法身同等故此釋中言三乘者不獨菩薩故以菩薩合二乘釋即是三乘法身同佛第三句者令知無上即是悟也第四句者證無上故名爲不退證秖是得即入初住論意以前三句共令得入初住位也初開者指所知見爲無上次示此境同有次令悟同有次令入此境故云不退既先約二乘與菩薩同證故知經意先在二乘是故論文不簡定性況論云未熟即當熟也當非不故不得云無次約菩薩者驗知菩薩與二須會若不須會何故別立一釋同二乘耶釋初句中論無別釋今云如前者與二乘人同得耳鈍同二乘良有以也故知爾前非無上也釋示中云菩薩有疑令知如實故知爾前挾疑非實疑通會別理不應然若不被會豈知如實況知如實仍須修行釋悟中云未發心令發菩提心若不發心不名菩薩故知爾前得菩薩名未發圓心釋入中云已發心者令入法故故未發者或指藏通已發之言多指別教別教知中雖似已發不入證道故須令入佛知見言正簡於權當知三教菩薩有

疑未發未入眞常所以論文現令菩薩開示悟入而苦不許公違論文第三約凡夫釋中論亦不釋開句令亦指同初文故知凡夫與三乘同第二句雖釋其言全與初二乘中第二句同至第三句方異前二釋故知凡夫與三乘人同有法身佛性故下二句凡夫與三乘別者以外道計常故一切衆生未知菩提故既爲凡夫別一番釋故知不得深位釋之故釋悟句云令覺悟入句令入菩提當知凡夫不知不覺有無上法亦未曾發菩提之心而皆云與三乘同也故知三番人異義同是故初句皆可義同次釋菩薩第二句中云令知如實如實秖是法身異名此亦言異義同第三句對二乘不知故云令知對菩薩已曾發心令更發心對凡夫令異外道亦令外道悟故此則義異意同第四句中對二乘退大云不退對菩薩已發未入故云入法對凡夫未曾發故直云大道當知秖是一佛知見爲令此等人異開同故知舉三乘及以凡夫收機罄盡咸曰衆生凡收六界三乘對實即十法界釋若約所趣唯一佛界即佛界釋三番義徧即約位釋佛界對九復成離合況論釋四句與今位等四釋義同論句句釋者論三釋中句句別釋今於初釋乃離爲四即成三番各有四釋但舉二乘以例餘故亦是舉難況易二乘難故今初釋者先屬對論文初以證不退爲四位釋者即論第四句既云不退即開示悟入皆念不退次明佛所證得爲四智釋即第一句論云除一切智更無餘事次以同義即第二句論云二乘法身平等更無

差別若無觀心云何知同次以不知究竟處者即第三句處是所通二乘不知今爲令知知即是門門爲能通故作四門釋也二乘既然菩薩凡夫例皆如此是則三類皆須圓教教門以爲能通入觀修智方能到位知見佛境若作餘釋爲令之說徒施佛之知見何在故一家釋義依經順論契行得理佛出世意豈不然乎今釋佛意寧可乖耶若深張地位凡夫非冀若除二障方明開者則示等三皆在佛地此教尚非地前之分何益凡小者耶言云云者應須委明橫竪釋意以申橫竪用論文故故論三釋中一一竪釋今一一釋中句句橫竪今論四句亦成橫竪雖有橫竪意在不二次今釋下今文正釋先略對古今次若無量下明用今意引文釋成以論廢立初

意者今古相對即略中廣初言廣者語少意含既顯實已須知諸法無不皆實若今十妙乃名處中但其名中而義則廣消顯實文似如難用故且和舊以存四一即極略也次用今意者廣則心塵行法人理無非一實於解釋門太成通漫秖可覽照故云可知若作下述今十妙雖不消句對義非無故先引經對十令見問何故經文不依十妙卻雜亂耶答理智等六經已次第但後四文雖似前後不無深致何者若有感應即有眷屬眷屬取悟通以發之見通獲益良由說法依玄次第自是一途六不可越經文灼然初云非思量等對理一者所思故也唯有諸佛等對智一者能知故也唯以等文義既具三理須分別文雖具三語意在於一大家事事即因果故云

義便乃爲行一又智能照境方達境大故大名智以事爲行有其二意自行化他俱名事故令化他故是佛出世之大事也應知初分別釋用前分字解意次逐義便用前總釋前雖二釋總釋易見故今用之次知見者下意取經文從欲令去爲位一文中但云知見者以經文一一句中皆云知見即能知見已屬智行所見諦理已屬理一雖不分於知見淺深乃以開等對位各別故屬位一次又取結文對三法一重取前文攬意而說故云又也又取諸句下出現之言爲感應一四句皆同隨義故別無非感應餘四可知經文等者明廢立意雖消文不用義理非無是故三中存而用略從若略下欲用舊略復論去取簡義存數故也於中先簡次存初廢果立理舊以四句同是果一雖以果爲理名不別彰故須破之而別立理故依道理無理屬魔既句句中皆云知見故所知見豈非理一次廢因立行者行之始終即是因果但點行一即收二義雖廢果稱乃在行終但加理一爲教等本故使理名通開等四義順故也次人一下存其二也次正釋者先明来意云且從略對十等說故名爲略十等仍存故云且也先釋理一自爲四義今又爲三先標列次正釋三所以下結要歸宗正釋中初約四位者即眼智所階於中分八以出文相初標如文次諦境下以所依能用顯於所涉同述来意然此四一準下消文皆有兩向並從一邊左右互攝以別四一故四相望尚各具四況兩向耶何者如所知爲理則能知屬智能稟是人能詮

是教令文具三故且從理故云理一令顯此理理不獨顯以智門觀三歷所涉位共方顯理乃是卻將人教行三歷位取理觀心人也四門教也四智行也三種相由破惑入位階於至理若爾後三相成亦應可爾是故令初舉所依諦不能自顯智是能用由之見理故云乃能三二智下簡能用進否二智四眼否也種智佛眼進也雖體相即顯勝須分四經云下約位引文釋其所以衆生義兼佛果唯極極果知見令物即得故異前經五三教下約教判意古今諸師釋佛知見約爲衆生其理不顯自非今見委出妙境衆生心佛一體無差豈知衆生有佛知見故約教判其理宛然於中先出能知見人又分得下明衆生開局於初住方名開也六故寄下結意並是證佛知見位也七如瑞下明所表定慧之後尋兩四華可表同歸經於四位華皆散佛至果不虛又散大衆乘位之人八開者下正釋中二初正釋次然圓道下融通初釋開中二初略對次何者下正釋於中又五初明位障通惑謂見思別惑謂無明通別兩惑同在一念體即是是體非理是事非是是非一如同體爲障二惑叵分故云難可了知次初心下明依障之位者隨喜之前初心圓信名字位也圓受五品位也圓伏六根位也將此凡心即爲伏斷故云能也伏通信受信必在初不同世人初心即佛三内加下明加行除障有法譬合由此行故得入初住合云緣修者即指住前問若入初住方名開者當知此經凡夫絕分何故不許他從高位何故論文云爲

凡夫答四釋之中約智約位唯聖方開約觀約門乃通名字況爲今之語令凡入聖結緣之益準此可知所以四釋方顯今意不妨高位不棄凡夫四引證除位入理之言義通深淺從初立稱故且云住五住於下結所表以立名次釋示中三先明破障體顯次明顯體具德三結位名準義亦應如入十住一者文略二者已入無功用道下去亦然次釋悟中四先明障除行成次事理下明體德徧收三引證四結名次釋入中五略無障除準上合有但連牒前文故但云體次自在下歎體德也三自在流入下歎行滿也四引證五結位於釋悟入並引攝大乘者借別成圓故釋悟中云理量不二釋入中云理量自在當知別中無此事也若爾前釋住中引仁王云入理名住者準例借別亦可十住如理十行如量量即理故名住理即量故名行融通者爲借別故故須融通於中爲四初正融通即無復淺深次但如理下明淺深所以三引證中先引次釋四舉譬中有開有合先開中云朔望者朔明也謂月初明望謂相望即圓滿時日月相望月非朔望寄於朔望則有虧盈合文可見言云云者須引大經月愛喻也次約四智中初辯異者秪是圓位能契之智言不如者不同也簡異於偏彼般若中通三教故故名爲通今不依之唯一圓道故云不如如字平呼次正釋者先約位中已略明行相此中重明但直述而已有釋有結釋中二初正釋次又道慧下重以攝大乘意消之令可見故初文者慧因智果各通總別因果之上各加

種者故得別名各加一切故受果稱初言道者故受因稱慧之與智一往且然若依諸經未必全爾具如止觀第三記次此亦下結文意亦是融通言結意者旣屬圓智故理量相即非因果總別而因果總別前文雖有如理等言非文正意今釋四智正應用之但須融通耳如彼俗境數量如於實理契之各云如者各稱境也然一一位各具二智不二雙入且寄四位四名便故不別而別初後理同次約門者門旣是教理應先列今在此者各有其意若專釋此四則先教次觀後方智位此中釋理四皆能詮於四法中親者先列具如下文逆順生起以親先故故先位智次及教觀於位智中位爲所涉智爲能證則所親能踈故先位次智於教觀中非教不觀故教前

觀後於中亦先正釋次融通初云橫者初心所稟教法具四以法相望無復優劣故名爲橫應知位智多約於豎約觀乃成非橫非豎通論並是約非橫豎以論橫豎觀門亦有淺深故也教四相望似亦淺深於中初釋次能通下以理攝教攝即融也故門門中皆通智位從淺至深以歷有等皆通於觀以至於住故門成橫雖對開等但明有等義同開等非對深淺約位開等又一一門中皆云一切者本顯互通互具故也猶恐不了故下更以理性融之次觀心釋且語大略以消開等委論觀法具如止觀觀本無障不須融通所以前之三釋初不述理故一一釋文後融通並是附理理是文義正意故也觀親依理是故初論三諦之理是爲下結歸也結於三觀以歸

開等次所以下逆順生起者初明所由於能
次明能顯於所總而言之結撮四釋以歸理
二既知四釋並釋開等應知開等一一四重
況復四文親踈互攝能所映顯此乃教行人
三寄理以辯理既如是餘三例然故知今家
似借論文而冥符論旨昔方便教等者別初
地已去以分四義即初地爲開從二至六爲
示七八爲悟第十爲入而帶地前非佛知見
故別知見不可即爲衆生開之既依別義亦
可通取三賢十地次第對之或準古師如前
諸釋判八恒中後四恒是故別知見信經劫
數頗到故也通教見地開薄地示離欲悟已
辦入三藏教中若約二乘準通教說若約菩
薩則初祇爲開二祇爲示第三爲悟百劫爲
入若兼聖位則以第三百劫爲悟三十四心

斷結爲入此之二教始終不明佛知見也以
當教不說是故云無不可將婆沙四階般若
三共瓔珞次第能消法華佛之知見故知知
見開示等名名可通用佛之一字唯局此經
若其欲以佛義通用則以當教發心皆求當
教佛果故使開等亦得云佛而須簡部簡教
而已釋人一中言但化菩薩者據佛意說窮
子自謂準次第論今從開說故云人一教行
準知行一中光宅爲教一者約今判文與光
宅不同非立名也光宅立名多同舊師爲圓
故諸即是一事者所作名諸一是所爲一秖
是圓即是一家之諸諸無不一故也亦可等
者兩向釋也約教主者諸有所作常爲六字
以明說意意在所爲故云一一家之事故云
事卻指所作爲事故云教化若就行下牒約

行釋準前初意若準前文旣以智爲行至今釋行應具指四智若不爾者用是行爲教指四門此亦如是能稟之人還修前觀下二準此釋理具列良由此也然四句下今家一一兩向釋之若論義有兩向且依今文古亦無妨約經文勢所歸須依今釋文勢雖爾若以義兼皆具四義從但以下釋教一於中先正明教一次自別教下明教一中所無先示正釋次破三師破中光宅尚亦知無四階菩薩但光宅指昔不明故玄文有破此云偏行尚該通別但由光宅猶尚不語通乘是權故須破之況今復以菩薩而爲第三其第二師同於光宅亦知廢偏菩薩但列三名望於光宅顛倒異耳若作下通破二師亦但成破三藏菩薩未涉通別故未全當第三師同於嘉祥

嘉祥尚然故並不知三乘共位及瓔珞等次第行者是方便菩薩若不爾者何故大瓔珞第九三道品中慧品中慧眼菩薩問佛云云何三乘佛言菩薩乘者復有三種謂菩薩大乘菩薩支佛菩薩聲聞支佛亦三謂支佛大乘支佛支佛支佛聲聞聲聞亦三謂聲聞大乘聲聞支佛聲聞聲聞故知菩薩三者別菩薩也如大經中釋別五味亦寄二乘判菩薩位支佛三者通三乘也聲聞三者三藏三乘又第八云慧眼菩薩曰復有定意名無盡門超過三乘成菩薩號旣超三乘乃是超前三種三乘不可獨云超第三乘經又不云超二三乘豈非圓教菩薩乘耶若爾下破中有四先破所存三藏菩薩尚存三藏必存通別次何處下破其列名三若依下縱難四若如下

結難今言下正釋中無有餘乘等者既云無有餘乘又云若二若三當知無餘之外復無二三言餘乘者指華嚴中別教乘也既識三味鹿苑可知即同方等所對中小故今文中但況出鹿苑故云況三藏二耶若不作此釋如何能顯經部之妙異他經耶他既不以教部消經故知教部妙義難顯三世佛章各明教行者文中各云是法皆爲一佛乘故是教一文也是諸衆生下即行一文也後總論者下三世佛章末總云舍利弗是諸佛但教化菩薩人一也欲以巳下理一也居三世後名之爲總若當章等者衆生即人一種智所知即理一然約種智之衆生方名行一故此各明不及下合又諸佛章中文巳具故爲避繁文故三世中二別二合瓔珞十三九世者恐

誤文在十一彼經淨居天子問佛今有過去諸佛及十方佛我亦不疑云何有未来諸佛耶佛言汝爲問過去三世爲問未来三世現在三世天子曰不問過現唯問未来佛言有二因縁有未来佛一者過去諸佛以慈悲心入未来世二者未来菩薩成佛今文依彼佛答天子文也皆悉當世前後相望自有三世故佛以三種三世以問天子故知即有九世義也若華嚴經更加三世說平等句合爲十句問華嚴何故更說平等答一者華嚴法相至十今數圓故二者欲明三世難思今理滿故故須第十又華嚴明非但九世及以平等而云十種三世故知前九一一三世以彼欲明九三秖是九世九世秖是三世三世秖是剎那剎那剎那剎那皆盡過未此乃長短相攝今

未論之且約三九相望以論爲引同故三世若同十方即同則塵剎皆同讀者但云剎說衆生說而不思剎及衆生皆爲能說所被者誰良由不思衆生剎性若得此意彼此互明兩則指上兩則指下者五佛章門皆須具六總佛章中但有其四闕第五六釋迦章中唯闕第一中間三世佛但各有二兩指總佛即初二意兩指釋迦即後二意然三世章顯實皆云是法及釋迦章如此兩字並指權是實故名顯實何者在昔施權尚無權名何況有實故今開權權即是實故云是法皆爲佛乘故知述其施權意在開也過去佛章於顯實中言兼得人一者亦應兼理以上兼字貫之於下以兼非正故上文云不及總文顯也未現亦然現在佛章從初即是開權顯實經舍

利弗是諸佛下即當總文故前料簡中云三世佛章各明教行後總明人理準此應先開章云先別次總所以不先開者下總文中既無開權之總唯有顯實一文故對三世各有權實總別不便故也故合在現佛章中共成文足故云文具也若爾何不秖合著現佛章中爲四一文而用爲總耶以經文初自云舍利弗是諸佛等故知是總經知諸衆生至方便力而爲說法即感應相對也知諸衆生去感也種種因緣去應也經種種欲等者但諸衆生過現未來根欲性三爲感佛機經中唯有欲性二種若有此二必有於根故加根對釋深心所著即是根者宿種難轉隨習不捨名爲所著在方便教故習者名著何者根以能生爲義由過習種成於現欲欲以取境爲

能以能取於五乘教故習欲成性故性望欲性名未來未來望今名爲本性上巳說至施權者據理先明隱實之權即是所開旣巳明開即知曾施無不眞實但恐不了所施之意故先明其意次釋五濁故初文云秖爲五濁等故故云於一佛乘等尚無帶二等者欲明施權先以實況今一實中尚無般若帶二方等帶三況有鹿苑單三單五縱加人天仍屬鹿苑有人云單五三藏單三通教此不應理通無別部巳在般若方等中明有疏今云無二者無別教及別入通之二無三者無通教及別圓入通之三後文自有此釋不須安此今且依此若無下文此釋無妨別圓入通亦在方等般若中明秖緣彼有通別故有相入之文然單論之與相入不無小異故不依之

如是者體相也者濁體及相不可具頒但略云如是經雖不具疏文略述於中先明其體故云劫濁無別體等還指釋文共爲體相下所引文是也云慳貪等即見修二濁又不善之言通於見修唯有命濁經文不釋旣有衆生等三命必有故劫是長時等者至八十也劫者時也諸釋甚廣於今非要故但略論言短時者如俱舍中立三極少謂色名時色極少者即極微是論云極微微金水兔羊牛隙塵蟣蝨麥指節後後增七倍二十四指肘四肘爲弓量五百俱盧舍此八踰繕那名極少者即一字是論云一字爲名者爲名極少二字爲名亦名名身三字巳去爲多名身四字爲句四句爲偈等時極少者即一刹那論云百二十刹那爲怛刹那量臘縛此六十此三

十須臾此三十晝夜三十晝夜月十二月爲年衆生濁至假名者見慢是因果報是果由見慢故招生死果攬因成果故云攬見慢等也果上又起見慢二濁見慢秖是略舉見修二道之體次相中先釋劫相云四濁等者空成壞三而無劫濁於住劫中準悲華經八萬至三萬亦未有濁至二萬歲爲五濁始廣明劫義淺近易知出經論文不繁具録僅須知耳四濁增聚故小劫名濁此總標也由四濁聚小三災起次瞋恚下明小災由由煩惱盛次三災起下明由三小故四濁增煩惱倍隆明由劫濁煩惱隆熾次諸見下明由劫煩惱故見濁熾盛次麤弊下明由前三故衆生濁麤弊色心惡五陰也攬此惡陰成惡衆生衆生假名也故云惡名穢稱表質示德曰名美

響外彰曰稱今攬麤惡爲質惡響外彰是故唯表惡名穢稱摧年去由四濁故命濁積年成壽年摧壽減年壽相逼故曰命濁衆濁下總結如水下舉譬由奔故昏昏秖是濁總譬劫濁劫濁在故餘四即濁故以風等譬餘四濁故風波等以譬見慢魚龍者以譬衆生無憀賴者衆生不安正是濁相由三濁故令命短促如由風鼓令水奔昏龍魚不泰時使之然者重以劫濁結也如劫初等者更出四濁在劫濁時亦是有濁之由雖復四濁同在濁時四與濁時更互相濁光音等者且寄火後火災但壞初禪故也故初成時此天初下即第二禪初天故初下人間身有光明猶能飛行無男女根無所食噉如是乃至林藤地膚至粳米等男女根生具如阿泥樓馱中說俱

舍刼章中明地是惡緣從緣而說故云使然如忉利等者亦是舉例更顯地生欲惡故也帝釋城外有四園苑謂衆車麤雜喜諸天欲戰從麤澀園出諸戰具須車出車苑若歡喜園入中生喜欲界生欲亦復如是次煩惱去復於總中以辯四別先明煩惱具列五鈍各舉一喻可以思知虺虺應用下字撓字說文撓擾也蹶此非所用應作嚚次見濁者下釋見濁但別舉二見餘依大品十六知見等二見攝諸見盡況復十六及六十二耶無人謂有人身見也有道謂無道邪見也又應反此句云無道謂有道戒取也所通非勝即見取也偏執有無即邊見也十六知見具如法界次第六十二見有三不同若作三世五陰各計四句謂過去如去等現在常無常等未來邊無邊等并斷常二爲六十二秖是有無二見屬邊見邪見所攝若色大我小等四以四歷五陰三世六十并有無二此但身邊所攝若本刼本見等六十二則斷常邊邪戒取等攝若作五陰各計我所一一我所各各有三謂瓔珞僮僕窟宅等四陰十二并我十三五陰互論即六十五此但在我及以我所若婆沙使揵度中歷十二入十八界一一有六十五乃至無色亦然無色界中但隨義減色總此諸見徧一切處及一切法故云羅網及稠林等次衆生濁中二釋結釋中二重法譬兩法謂前明假名次明流轉譬中二處俱譬假名以二處法俱假名故次命濁中三法譬合次第者生起前後耳料簡中初問者今文假設今經由濁故不得說大且先施小即濁唯

障大若障於大說華嚴時何以不障然五濁中劫自屬時不可令佛不生滅劫若生滅劫即大小不障命隨報法亦不可除佛亦示生短壽故也指煩惱見名未除濁如華嚴中許有凡衆聞華嚴經是故五濁不障於大既不障大何不漸初即說佛乘而設小耶而兼帶耶答四句分別者以根對土障俱不障但輕重不同以土對根利鈍以成四句初一句用答華嚴後一句答漸初不說大意中間兩句明土別耳即初後俱不障大但由利鈍初後不同根鈍障重故初說小云濁能障故約四句皆不障大故障大之問一往云耳問五濁障小不者既不障大爲障小不前文雖云小能治濁故不障小對向四句俱不障大則是大小一切不障何以五濁得名爲障故對小更問若障小者應一切不聞若不障者應一切俱聞何故初轉但爲五人答中亦開四句至第四句方乃爲障但是對根根鈍成障舊計直云五濁並爲大小障者其理大違故初爲五人及身子等屬初句也今舉央掘盤持爲二句者則一切聲聞除此二例並上根攝問前第四句以身子爲遮重何故此中以身子爲遮輕答望大故重望小故輕問自有等者初四句答華嚴問因答出身子聞法華經後之四句唯小義當鹿苑爲欲簡出諸部大乘是故更問兩處不攝爲根利鈍爲障不障答中云此就四教者以方等般若中聞大小者是也既其於彼不能得入待至二酥望前爲鈍但以待時名爲鈍耳望前雖鈍於此得入自判利鈍於四門中以後後門勝前前故

故四門中以第四門移著前者欲對四根勝者居首當知此中大小與前兩四句中大小不殊初四句中中間二句別在淨土今皆此土言云云者一一根意對一一門說其所以問前何故云根鈍遮重不聞於小此中乃云聞於有門答在前不入於今方入大小根性熟時不同故知不問有障無障悉皆得入但以障之輕重用對根之利鈍及時不同耳若都不聞大小者不問有障無障此土無機今世未熟非四句收四門不攝此中正用大論二十四釋十力中文至第四力云世尊以是智力善知衆生上中下根若信進等五及根遮等四論唯約小今通大乘故知障與不障貴在有根有乘種耳障由破戒具如乘戒四句分別以對五時四教三品諸門分別注云

云者良由此也細推之言恐遺落耳問五濁一往等者準初兩重四句則大小俱不爲障今從大根有障初不聞法華者爲問即初四句中第四句人也前三不障唯第四障言非盡理故云一往答中意者具用前文第四句意初障重也次若聞下根鈍也佛尚未說舊醫說於常我等名順其計謂無常等名能治於濁故唯障大而不障小如一種機緣五濁未除不堪聞大至鹿苑中以小治濁後方聞大所以見若不除不堪聞常計陰爲德即四念處所治者是駮亦癡也故責舊醫專用邪常爲不知乳不識藥也不知病等不識病也不知開等不知授藥法也不曉此三無客醫之術二常不同如乳好惡見惑輕重名曰根源先斷後用故曰開遮餌者食也食時異故

唯計常樂之名故云不知好惡說我增於邪習故云不識根源不了說常時異故云不解開遮故經云若佛世尊先說常者受化之徒當言此法同彼外道故云若但讚等兩醫具如止觀第三記

法華文句記卷第五上

音釋

挾胡頰切懷也　罄苦定切垂盡也　攬盧敢切取也　頒布還切分布也　隙綺戟切與隙同鏬隙也聊賴猶顧藉也　蟣蝨蟣居豈切蝨所櫛切　憀蓮條切通作聊　虺蚖虺許偉切蝮蛇也蚖五官切毒蛇也　嚻許驕切　嚚魚巾切

法華文句記卷第五中

唐天台沙門湛然述

次約五濁論四悉中劫命對世界者劫命秖是依正二報即世界也衆生即是所爲之人見是能計見者與衆生同由此二故有所爲機則見滅善生煩惱是對治者如五停中具治三毒正用小乘能治濁故屬第三悉亦準論意以第一義用對衍門此四悉門通酬五濁障大不障小之問也以四悉文所被多故著料簡門首從若論因果下更以多門分別五濁初是因果門也二因謂煩惱及見餘三是果義兼依正次一人下人法門人謂衆生法即餘四與生相對故皆成法並是生家之所計四法下法時門應云四法一時文闕略也時即劫也餘四屬法若對時說生亦屬法二報障下三障門二報者即衆生命二煩惱者見亦通得名煩惱故業在其間者煩惱潤業業能招報故云其間衆生下中論三假門相待可知者即劫煩惱見也劫即長短相待煩惱違順等相待見即有無等相待若通論者各具三假依正二報莫不皆從三假而成今從分別且別說也故別對之衆生下大論三假施設門衆生和合受衆生名命等並是衆生計法又有所計假名對衆生名故云名通兩處委釋具如止觀第五記煩惱下凡聖門煩惱在凡者謂諸凡夫定有故耳然見必在凡煩惱通聖如具縛聖者及羅漢向言三通者劫減有佛劫增唯凡又減則有佛增通餘聖又增與減各通有無以大小乘不同故也豈華藏淨滿待劫減耶常在靈山此之謂

也衆生之名具通凡聖命有凡聖報命不同命短下長短門一劫之中數數生故故長短別此乃約人及以欲天見佛處說若論初禪即劫命等二禪已去劫短命長乃至無色準說可知三通長短者煩惱在凡故長在聖故短諸見在餘凡夫故長在利根外道故短亦可在餘凡夫故短在鈍根外道故長亦可在小故短一生斷故在大故長留惑潤生入生死故又見前盡爲短煩惱後盡爲長今分別濁入生死者不名爲濁衆生準說劫但下帶不帶門命是不相應行法須帶陰法論長短時餘並屬法非不帶時非親帶故但在於法劫通下内外門大劫害器故名爲外小劫害人故名爲内或可四濁聚時時通内外三小下害不害門物即外器大劫起時人巳上生

隨三不同生三禪處小劫下五道三界門準應別論三五相參故合明之通色如前言命通者亦應云餘四通於三界五道命通具如俱舍中明五道壽別人間五十年等亦應云通於四生四生各有長短故也劫是下共別門次小劫下通別門從八萬下釋大小劫言正三毒者他方淨土如阿閦國亦有女人無邪欲故舉一準餘諸可例識廣歷諸土分別不同故注云云敦眞者敦實得者故斥言非上慢亦然終無實得而不信者嗣亦繼也身尚無量者小乘教中不說更有界外生處有計變易在界内者亦名生處大乘教中既其變易生處多故故云無量此述逼意言中但云名增上慢意指羅漢若實得者豈有不發大心者耶乃以大乘密而斥之若謂究竟應

變易盡若未盡者何以不信値遇餘佛者初文以有餘土佛名爲餘佛羅漢受先世身者酬先業故名先世身煩惱果故故須必滅若煩惱所感能不滅者有於因果不同之過縱云邊際定力持令不滅今問邊定爲大爲小若其小者小無變易之名亦無永常之說若言大者大邊際名唯在等覺豈得記之後即等覺耶若大入小定顯大無定用有引羅云等此不應爾但佛滅後諸阿羅漢隱顯不同皆隨機緣況本大菩薩此是大論龍樹菩薩假施此問欲準大教具委答之故也故答文中云不生三界況論還引法華證之故知愽地之言無教可準餘國之義出自他人故古人云學不師安義不中難故此法華非茲不了又若變易不出界者而生五道之言卻入生死之說驚入火宅之喻非涅槃一日之文便爲虛構南岳下三釋並是南岳釋也次釋中云羅漢若修念佛三昧等者若言念十方佛則已發大心若唯念釋尊乃因小感大亦是機發使之然耳然小乘之中諸部不同亦有信有十方佛者即小乘人修第四禪邊際定力見十方佛等念佛觀成感佛爲說第三舉凡夫者舉凡夫況聖耳是故羅漢必無不聞之理瑶師意云實得羅漢無不信者不須餘佛遇餘佛者則指凡夫南岳豈不知凡夫於佛滅後能生信耶故値餘佛必指羅漢故淨名云凡夫有反復而聲聞無也故知聲聞難迴而須商議凡夫易受何須引例有人云至必然者意破瑶師立不信者義亦不然執心牢固必在昔教不應證今滅後之文此師

又引身子於法華初聞略開之文以證滅後羅漢不受之語意云值佛羅漢尚疑是魔況佛滅後寧肯信受今則不然佛預敕逼無不信者故於滅後執經權說義容可爾云云者應廣明羅漢及以凡夫信不信意以破此師及以瑤師此直是異解等九字恐須作白字書之指前兩師亦非全失但未全順經意故耳不能全破故云異解若論瑤師見違經文經云羅漢遇餘佛生信而云不須經意云除佛滅後者欲顯四依通經功能而瑤不以四依爲餘佛謂羅漢三根聞與不聞並不假從四依邊聞者深不可也又以凡夫爲況者此則可爾但須云遇四依耳後師意云凡夫易羅漢難此亦違經決了之語故云不用此義次釋偈頌上慢等三四衆通有者又凡夫上慢有五不同謂四善根及以四果通義易知且從別說從多分故故經云比丘等四有此三失於三別中仍從拂席者說故云也藏玼等者釋三失也藏玼揚德釋上慢不能自省釋我慢無慙人者釋不信若自見過無此三失雖未證果且名有羞於戒等者戒名通十即大論大經不缺不破等十驗知三失尚無不缺況道共等故云缺等律儀有三謂不缺不穿不破兼不雜若依大論即不缺第三若依大經則不缺居首名同義異各有其意具如釋籤今且依大經以不缺等三幷定共道共即六戒也故知六中若無後二尚名爲漏況道共定共判在三藏四果今且近論無道定也故三失之人尚無煖法況有四果瑕是玉之內病故云內起玼是玉之外病故云外

動外病名缺内病名漏小中小者四果已小四禪更小智已極小況加上慢糟糠者若依世禪以得無漏如糟出酒從文入理如糠出米既無無漏反計世禪如棄酒存糟不得眞理反封文字如棄米存糠是五千有者以有顯無有失無得言封文者亦應更云執禪爲實如糟無酒文中兩釋初釋爲正後釋乃兼實行聲聞起去之徒亦於現在未有大機是故而退如有糟糠而無酒米枝葉者無入道材問機器何別答雖並從譬各有一意機論可發器語堪任得人天身通名爲器由懷三失故器成非宿種又微無機可發二義俱闕佛威令去凡有三異者先列次釋初云上有歎法希有者上諸佛章六段之中但無後二故有歎法文云如是妙法諸佛如來時乃說之而無五濁之文頌中無歎法也先後者上先歎法如向所引言不虛者次文方云汝等當信佛之所說言不虛妄及以開顯上勸信與不虛合者上云汝等當信佛之所說言不虛也今隔不虛者今頌中勸信在前不虛在後中隔五濁文也故前四今五由離勸信爲二故也應云勸信不虛中爲五濁所隔章安更云上以釋迦方便用釋諸佛施權者上釋諸佛開權文云我以無數方便種種因緣譬喻言辭演說諸法偈中如文修道得於諸權法者自行因滿所感權法正當自行體内權也即此法體亦不可說以方便故爲衆生說成化他權即照九界已下文是故知立一開權之言於今乃成二意一者騰昔施權二爲顯實之所不指所開無由說實況指權是權

知非究竟既顯實已權全是實照九界機說七方便者九是所被教不出七說七被九漸令入實人法七九故立總言九界從自分立名方便從進趣爲稱又九界從物機立名方便從化主受稱總舉不同故云七九言不可定判者七九之中隨何等機聞何等法遇機便逗故云不定現起等者念必對境故云現起種種之言不出七九過去下釋欲性也欲秖是念故知秖是先以希望釋念次以欣樂釋欲故知念則且語內心欲論對境生想今但約慕樂通從欲爲名不假對念辯別故但以欲對性二世判之問前云過去名根未來名性今何故云過去名性答各有其意性必不改故從現至未從過至今二處並得性名故爾亦可現在名根生未來故然根性乃可互舉樂欲必居現在欲名雖不從過亦可以現望當以名互故故重釋云或可習欲以成性成性生習欲上句現欲成未性下句過性成現欲云云者或可過欲成現性現性成未欲或可過欲成過性現欲成未性是則欲名雖通過未仍從現說故知欲念之名定居現在七方便至云云者具如止觀隨自意觀觀惡中云通途善惡者是鈍根下至施權意此是長文今不云長者但偈與長行不同隨事要者則辯同異或可略明意則可知我設下三行頌理者文多云說如何云理如云未曾說說時未至隨順說等亦是以能顯所準前諸例略亦可知今文正取佛慧爲理之行聲聞兼得緣覺者聲聞數中有值佛緣覺故也又三藏聲聞必兼當教緣覺又菩薩既兼藏

通二乘必具兩教菩薩不云別者前以淨心爲別教竟既以聲聞菩薩共爲義立乃至一句皆悉成佛又誠言無疑當知此是極聖誠説而不肯信大經云一切二乘未來必定歸於大般涅槃如流入海又菩薩與二乘合明當知三乘悉皆被會牒假名三教等者三教是假名故也教本一實故三是假爲物假設三藏等權今既顯實重舉所除以示佛慧即上句所列者是無二是無通教中半滿相對之二者通眞含二故也由闕別教故更引上餘乘來此釋成語假則通論三教言餘及以二三且云相入以有餘皆假故得相入無餘無復相入之名以純一故此指乳及二酥三味文盡初一行半舉内心經云如我昔所願今者已滿足者問佛初立誓誓度一切今衆生尚多願云何滿答且從一期總而言之但令衆生得入佛乘即名願滿是故經云如我無異若我遇衆生等者明濁不障大遇者盡令入於佛道無智不受故云障大衆生者文中三釋初釋對他得名次釋從自立稱後釋即是功能新譯恐濫稱爲有情雖簡無情三義都失十種生死短中言梵行少語者欲界諸地法爾多語以有言語皆由覺觀以少語故知覺觀少煩惱漸薄故云短也方者猶如方物動静定故於此死已定生天上三角者角者聚也即善惡無記在生死中偏爲此三諸律論文多以聚名角闕釋紫者即修羅也種類多故謂天鬼畜如紫間色又輪迴者如見實三昧經云從地獄來聲嘶忽急數數戰慄夢見大火沸鑊等也從畜來者暗鈍懈怠

多食性怯謇訥所爲多似諸蟲畜等從鬼來者髮黄常飢慳貪等也餘趣比知經具廣說我知下別明五濁前開章云別明五濁障三五濁望三必不能障爲三所治是所治障故云障耳亦是有濁故無三有三故無濁故云障耳受胎微形初文即約觀心者但隨便耳但云從心即名觀心其實此中仍帶事釋由此一念最微心故令增長也次受胎下全約事釋略如止觀第四記引入胎經有人具立受胎章門於此非要今意但在顯於五濁義須施權列名而已足明濁意何徒於此廣建長章使迷途者乃謂法華亦明五濁與婆沙不別如世人云法華亦明三乘其失如之受陰身者或恐祇是入胎經耳總有三十八七日以論增長若俱舍等文但列五位云最初羯剌藍次生頞部曇從此生閉尸閉尸生羯男次鉢羅奢佉或云下如大品中說者即約二十身見如去等具如前引長時等者今文具二義故劫得濁名前初文中但有第二義後料簡中方有初義

過去佛章初二行正施三也名施爲開初一行略頌上三一文中以教人理三兼得行者具有二意一者通兼既有餘三豈無於行二者別兼即以佛道二字兼之所趣是理能趣是行初一行半總約五乘中乃以人行兼教一者既有人行必有所稟即是教也此中以七方便爲異方便者以藏人不同衍門故成永異餘文多用今通用者未同圓來並名爲異若有下二行開菩薩乘中進退兩釋者亦有二義五乘之稱但在鹿苑七方便名通於

三昧六度之行不局一教故可通三以三藏爲本故云兼通别也何者下釋出三教六度行相非相非無相次第行者雙非即是所期故也亦應次第出於三諦行相然以相無相共論即三諦也又入地三諦無復論開然菩薩乘中亦云於昔聞教已成教一者若菩薩不開何須引昔令成教一故凡云昔者皆具二意一者在昔聞權二者昔已曾開今正語昔聞權者昔開已竟皆成佛道初義準化儀說次意準開竟說下去諸乘一一皆然往佛亦爾二乘文中有人理行不云兼教者秖是文略前菩薩文亦以三兼一諸佛滅後供養舍利者若以現擬過如增一中佛因手擎舍利廣稱歎已令於四衢而起偷婆佛言四人應起塔輪王羅漢支佛如來後分云輪王無

級羅漢四級支佛五級如來十三級阿難問佛何故爾耶佛言輪王自行化他常住十善羅漢不受後有支佛無師自悟如來衆德具足世人上未逮於初果豈肯下等輪王滅後起塔不知進否動即皆至三五七九近代所立縱云方墳而出檐者還成一級暗者雖昧豈非冥濫初果耶有方墳邊云作功德塔者其義又失使愚者唯禮我師或復對高禮下況復鄰接尊卑不成不便之意不可具論縱死者冥冥顯生者碌碌況今舍利之言局在於佛供佛舍利福屬人天開久遠因方名佛道況今凡質生福事難善者從之不應習俗地師言童眞地者地立童眞名者但古人云住爲能住地爲所依故以住名而名於地從住爲名早已太遠爲尚深故加之以地故今

謂下責云乖文者文中但云童子故也言豎狹者横收小善豎成佛因則横豎無違非深非淺而深而淺若以童眞爲釋唯豎無横況豎深無當棄廣乖文是知豎狹二俱有過登地下且破唯深之失仍略棄横之愆今以下正釋收於童稚以顯横廣指微即著以辯豎深著在於微深即非深微即是著淺亦非淺指微即著縁因義成即著之觀非此可辯下去例爾故入地成佛如修羅渡海此準瓔珞故云入地凡夫之人一毫之善徑成佛因如人渡大海從佛分明下重立理以斥二失若如下重牒失以斥失又例上下亦名乖文若恐童子事微不稱佛道散心一唱如何消融合掌舉手皆應理釋故知但尚佛道不識開權殆不攝二乘者殆幾也幾近也應云全不攝何但幾耶若在童眞尚不攝大地況復小道論深下結其豎狹定廣下結豎狹失次問答答中意言三佛性者過去微善願智所制咸趣菩提火焰向空理數咸滅水流趣海法爾無停但由願智未資便封果報故待今開方是縁因若據化意何待此開苟順凡情立以近稱今開近執法界本如豈由凡情局彼流焰關中雖立善不受報而不明善體本融但衆生無始唯流妄我凡所修習未嘗不俱不受報言爲從誰立若約已發心者乃由願行所引何關善不受耶未發心來隨生納福此善豈制令不受耶故知不受之言善體無力應知曾酬者其因已謝未酬者毫善不亡若曾發心如水寄海酬局因者如果酬華故今於彼未酬之因開其局情及曾趣向權乘

道者以一實觀一大弘願體之道之若不然者徒云說開若不觀者則應善體自至菩提何須更修菩提行願問若爾何故本論云童子戲沙等謂發菩提心行菩薩行者所作善根能證菩提非諸凡夫及決定聲聞未發心者之所能得答此乃從開說之非語本善故知定性及現未發縱有宿善如恒河沙終無自成菩提之理故云非其能得若未開頃則徃巳成非今若被開則宿作成巳故知善體本妙隨執者心是故開心宿善咸逐次大經下釋出緣因所以三十二文具列四句舊云闡提無者定無善性唯有惡境界性惡五陰耳善根人有了因性俱有正因俱無果性河西云闡提有惡陰性善人有善陰性俱有無記俱無同前興皇三解一約理解理非善惡有彼二用即指二人各有善惡一種用故俱有俱無者互得有無一邊故也餘二解不要章安云此釋涅槃河中七種衆生應云闡提常没善人常出俱有者俱在河中俱無者俱不至岸亦以果性爲俱無也又約三諦釋闡提唯有世諦因惡善人唯有眞諦因善俱有世諦果身俱無中道因果於諸釋中雖復少別善人一句其旨大同其不同者今不暇釋具如止觀第五記故今引同者證緣因善問上釋三乘並以果成爲理一句令人天乘何以佛道而爲緣因答所開不同前開兩教二乘及以通別菩薩並有所證之理故開小理以成大理令開人天小善巳成緣因大善且據能趣善體未深若從所趣邊說此則並有所資此論開權皆約案位若從進入何獨住

前緣因而已此中但從往事以說人事旣其已定不可存法去人是故開爲緣因豈非如貧得寶經云七寶等者佛地論中無玫瑰仍云瑠璃與珠體別珠即赤珠也今兼瑠璃但成七寶離即成八玻瓈多紅色硨磲青白色碼碯或白或青木櫁者字林云香木切韻作榓玉篇云其樹似槐而香有人云斫經五年始有香氣造像爲天業者如佛昇忉利以神足力制諸弟子等具如止觀第一記若準冥祥記此土總有一十八處造像應驗如吳中石像等又有吳興太守吳佩女所感像等又如宋衛軍臨康王在荆州於城内築堂三間其壁多有畫菩薩像至衡陽文王代鎭江陵廢爲卧堂悉皆泥塗乾則墮落畫狀新淨了無汙損再塗猶然王不信敬亦謂偶然又更

濃泥而徹見炳然王復更毀故壁悉更繕改後王疹疾每若閉眼輙見諸像森然滿目於是方廢居此此或是造者心重或是毀者尤害以輕望重以毀望成當知散心微善不失理無違順心有是非優婆塞戒經等者此中文意正開其善不論其罪因明用膠便釋之耳今亦因此依彼略明故彼經廣明五戒持破之相又云若不持戒名垢優婆塞臭優婆塞旃陀羅優婆塞若持殺戒者乃至蟻子若持戒酒乃至露珠於五戒上加不沽酒是名六重今出家在家云持酒戒猶以酒和食一人凡飲幾露珠耶尚不及優婆塞戒安能期佛道耶於五戒上更有衆多失意之罪今文未盡又有失意謂不供養師僧不瞻病空發遣乞者不起迎逆四衆長宿見破戒者云彼

不如我六齋日不受八戒四十里内有講不聽受僧招提卧具牀座疑水有蟲而飲嶮難獨行獨宿尼寺爲財命故打拍奴婢及以外人於路見比丘沙彌不得前行僧中行食不得偏與本師好者及過分與路行見病不瞻不視不囑授令治持如是戒者名淨名香名分陀利優婆塞又制優婆塞令種種供養三寶形像塔廟畫像不得雜乳膠雞子供養像時晝夜不異不得酥油塗像身及乳洗不得造半身像像身不具應密藏之應勸人治治已當出供養又見毁像如全無異以四天下寶供養不如直以種種功德讚歎尊像志心供養二福無别供養法者志心信樂受持讀誦解說書寫如法而行及勸人行種種書十二部經供養經如供養佛唯除洗浴名供養

法供養僧者應當供養發菩提心受持戒者出家之人四向四果名供養僧今經小善尚爲佛因况復長時志心供養此等雖屬在家優婆塞及有少許非文正意然制罪令持持即人天之善並可開爲緣因然亦並是出家行者之要堪爲常規是故便録令經欲收無始微善咸趣菩提若已發心隨有毫善莫非緣因戒經立像前不得坐云云者更有多緣若王難等隨時斟酌又造像功德經有十一功德一者世世眼目清潔二者生處無惡三者常生貴家四者身如紫磨金色五者豐饒珍玩六者生賢善家七者生得爲王八者作金輪王九者生梵天壽命一劫十者不墮惡道十一者後生還能敬重三寶當知豈是欲界人天善根經鉛者有云錫也今謂鉛青錫

白鉛輭錫堅並名青金造像功德經云若人臨終發言造像乃至如麥麨能除三世八十億劫生死之罪廟者貌也古云支提新云制多翻靈廟者應作廟字玉篇及白虎通並云尊貌所居露盤爲銅鈸者長安亦無此音或聲轉耳或是當時有人傳之章安隨便書耳經云唄者或云唄匿此云讚頌西方本有此土案梁宣驗記云陳思王姓曹名植字子建魏武帝第四子十歲善文藝私制轉七聲植曾遊漁山於巖谷間聞誦經聲遠谷流美乃效之而制其聲如賢愚經鈴聲比丘緣等音樂供養者有出家內衆音樂自隨云供養者自思已行與何心俱雖有此文必須裁擇梵網誠制何待固言秖恐供養心微增已放逸長他貪慢敬想難成故別譯阿含第五佛在迦蘭陀城有一妓主名曰長髮而白佛言我昔曾於老妓人邊聞如是說於妓場上施設種種戲笑之事令百千人而來覩者是人命終生光音天如是所說爲虛爲實佛告之曰止止莫作是問妓主復問如是再三佛悉不答爾時如來語妓主言爾時無數百千人來覩妓者諸人本是三毒所纏復更造作放逸之事豈不增其貪瞋癡耶譬如有人爲毛繩所縛以水澆之愈增其急本爲三毒所縛更作妓樂當增熾然三毒之火終後生天無有是處作是語者是邪見人邪見之果生於地獄佛說是時妓主悲泣佛言爲是緣故三請不說妓主云我不爲聞佛說故悲但愍諸妓人長夜作如是說有人至此引諸經華香音樂供養者即得不退如不退法輪經佛告阿

難以一華供養佛及佛塔亦得不退及業報差別經禮拜得至大涅槃等者彼是已爲實因者今文開麤即實故與今文不例有人引大論小因大果者不例亦爾度我可施衆生者若論度我應在物機施謂施設今釋迦因聞十方諸佛慰喻乃稱南謨答於諸佛故知釋迦不請諸佛度也五戒經至施佛者準佛亦無驚怖之理依下譬中長者聞已驚入火宅法身思機義當驚怖喜稱南謨佛者即酬順中稱南無諸佛五戒經釋歸命者云那先經等者彼經云那先小時有故舊爲邊小國王善能問難有多問答亦可兼釋小疑那先云諸沙門說世間火不如地獄火熱王曰持小石置世間火至暮不銷取大石置泥犁火中即銷者惡人死在泥犁百千萬歲何以不銷那先問水中魚蛟以石爲食不王言如是那先云石消不王云銷那先言腹中子消不王言不銷那先言何以不銷王言福德使然那先言在地獄中惡業未盡是故不銷亦如狼食骨骨銷子不銷又問佛有相好不答有王言佛父母有不答無王言佛亦無人生皆似父母故那先言王見蓮華不答言見又問生淤泥不答生淤泥那先云豈以蓮華生淤泥似淤泥耶佛亦如是王又問一人死生罽賓一人死生泥犁誰先到那先言如兩鳥共飛從彼來此一止高樹一止下樹兩鳥飛誰影先至地王言俱至地王言善哉善哉餘文雖非疏正意因便知之亦增智破邪以顯念佛胎經報恩經華林會等者經云第一會度九十六億人第二會度九十四億人第三會

度九十二億人並是初教得果人也於彼佛所至第五時亦悉被會若例上等者上六度文後結三教爲此三句令了因智亦復如是皆開偏小以成於實又雙非之言始自三藏菩薩亦異凡小乃至別教地前並須開之然亦須知開之所以若心麤境妙但開其心如以相心持法華經若聞法華一句一偈等若境麤心妙境已隨轉不須論開若俱麤者須心境俱開亦可但開其心境無不轉道理必須知善體性方乃名開總而言之心境並開尚開久遠四惡麤智況人天智若不開之則佛之知見永埋四惡長沒人天問答意者開彼過去微善正擊現在執心已爲過佛之所開竟所以於佛滅後聞一句經云與記者舉淺況深並是預開其心令成心境俱妙若佛滅後聞是經不信者尚付後佛法華會中爲開其心經意正云三世皆開我豈不然未來佛兩行頌教一者經文既云雖說及是故說知是教一初一行中初三句云雖說百千億等者指七方便一切權說同成了因其實爲佛乘一句明說權意諸佛下一行明說一之由由知無性而修淨緣令得成就能演此乘知法常無性等者一實理上性相二空無性性空即無四性既云實相無自性等故知即是理性性空性空既爾相空準知無性亦無即是相空故知經中一無性言具二無性即是無性性無相性也本自有之故曰常無知者照也具如止觀第五不思議境中一念三千非自他等既無四性一念亦無即是性空既無一念無念亦無即是相空即是不思議

之二空也若不了今家依於智論中論等準理準義緣於心性立此二空諸無可準非用法相者之所建也故於實道須開修性若本自二空即是性德若推檢入空即是修得推而不成須修萬行正助合行行中具足一切諸行方名緣因聞斯義已方乃名開問世間因緣可以四句了生無生今性本淨非關緣起何須以此四句推之答世緣起法亦本無生但由情計謂之爲生理性亦爾由謂自他等故須推之二空不顯尚須更約續待推檢況因緣耶自有傳說此義者來少有曉此性相三假問今文何故不立斯觀答經從利根者開佛種等者注家云無空有性名曰無性堪紹繼菩提名爲種如此釋者此從修得未識性種嘉祥云無性者但云無自性又以三義而釋佛種謂一乘教菩提心如來藏教及發心但是種緣雖即云藏不云空與不空及行理故不知因中爲在何因成種成性故於正緣了中須識性種所謂三道次知類種即彈指等然應知緣起通於染淨理非染淨緣起宛然此淨緣起即是說由明由淨緣從因至果及不思議感應之理故以此說爲其種緣他云爲由行者善根力故如來識上文義相生具如前文釋聞中破於中初云中道下立本無性爲本性德故知今種即性家之種是故還立無性爲本爲欲更明性家緣起以種言之種者生義即前十界界如理性俱性並種具如前釋迷此下雙明染淨二種緣起先染次淨染中由無明故爲法性緣由迷之緣而起九界界界三千事緣起也即是性種

從迷緣故起於衆生即是眞如隨於染緣解此下明淨緣起即聞一乘教起一乘行行通因果能成正覺欲起等者成正覺已能爲他説故説一乘在教一也即果佛種從淨緣起衆生佛種從説緣起若也通途爲染淨者亦可十界展轉互論今明佛乘須以九界皆名爲染又無性等者以緣資了正明緣了功能相成對正雖然若論行體一一無不三因具足即修得也種果既成故云得起一起一切起者顯果乘相依正主伴乃至酬因一塵一行一時俱起起者成也如此下結果乘成相修性一合無復分張即是理性三因開發通名三性自此已去不可改故此爲銷經直從開説具明修相委在止觀十法成乘境中具兼修性性種正行爲了助開爲緣二十五法

爲前方便辯下九法明鑑修發教行正助所詮是理理一即是所住法位世間相常若不爾者依境修習委心無地故知修性俱有自他先推性中無明爲他依此起行方推行他以此兩他共推一自若推性者祛滯達理若推修者離著行成以性本亡泯於修始是則兩照同明雙惑俱遣如是方了染淨緣起無始無本咸歸一如且從淨緣有所説邊故云教一故五佛言殊大理不別若不爾者豈因緣事引四佛同理一中云是法等者初是法者正示理一世人悉謂理性本淨理若本淨何用修之若本不淨修亦不成今云理淨非已淨也衆生下釋住法位衆生正覺重出是法法不出如皆如爲位衆生理是佛已證是故名爲住如位一故故名爲位染淨之法皆

名是法染謂衆生淨即正覺衆生正覺是能住法染淨一如是所住位分局定限故名爲位位無二稱同立一如不出眞如故唯局此此局即通徧一切故局之極也通之盛也如世王位爲人所住位亦性也不可改故如人王性始終不改布衣登極相殊性一世間相常住者相可表幟位可久居衆生正覺相位無二顯迷即理理即常住佛已契常衆生理是故正覺衆生相位常住染淨相位既同一如是故相位其理須等佛依世間修成極理驗知世間本有斯理故云常住問位可一如相云何等答位據理性決不可改相約隨緣緣有染淨緣雖染淨同名緣起如清濁波濕性不異同以濕性爲波故皆以如爲相同以波爲濕性故皆以如爲位所以相與常住其名雖同染淨既分如位須辯況世間之稱亦通染淨因果故也今且從悟顯迷以淨顯染則淨悟得於常事迷染但名常理又世間之名通收依正常住之稱不礙二途故云理一若不了此徒云開權如何顯實故今問之被開之法唯信佛說爲亦改迷雖復四法咸以人攝得意忘言說不可盡又釋下單約生釋世間相常向釋雖然事理通總未的示其理境所在故以陰入對正因說九界陰入位本常住

法華文句記卷第五中

音釋

斥（昌石切 指斥也）構（古候切 架也）玼（才支切 瑕玼也）慄（力質切 懼也）

謇訥謇紀偃切吃也訥奴骨切言難切櫁榓並彌畢切鉛與專切青錫也䵃古猛切麥芒也唄蒲拜切梵誦也罽賓梵語也此云賤種罽居例切祛去魚切開也

法華文句記卷第五下

唐 天台 沙門 湛然 述

次然此下以正陰入對修緣了三因六法不即不離言正因等者互舉一邊應云陰入與性正因不即不離復與修得緣了不即不離正因與六法理是故不離但理故不即緣了與六亦復如是問文中何故作偏說耶答以易顯故正本不離今加不即緣了不即今加不離故須各具方名盡理此用大經摸象之喻喻文具如止觀第三記引言六法者五陰神我是故此六亦名正因同屬苦故亦名緣了兼惑業故此中須有通別二對別者六中行及神我是緣因種餘數及色是了因種識是正因種若通對者具如今文六法性德正因與六法修得緣了不即不離是故修六性六一體無殊當知陰入秖是常住若將此文與止觀中對通別者彼對大經三德四德各有其意道場等者果理先成故言久暢且望寂場四十餘年爲久暢耳物情障重者除三味中圓餘皆障重云云者歷部約味細分別之上文有四者準上但三一出世意二開權三顯實今既云四當知上文亦可爲四應云第四總以人一理一結上三世可不如上理合文別故今云四又有二不同一者上先開權次顯實今先顯實次開權二者上文實中但有教行今此理教或理行也不同無妨故不別云指上本下者下譬品文用此爲本譬必有法故云本下文義交加者此中指下至下指此故云尋蹤等也章安預點使無眩亂眩亂在鈍利者何憂然諸師分譬與法叅互

宿世䒗隅欲爲譬本取定莫從故先叙非後方正釋初師五譬者一長者譬即若國邑已下文是法說即指今我亦如是已下文是二思濟譬即長者作是思惟已下文是法說即指我以佛眼觀已下文是三權誘譬即爾時長者即作是念已下文是法說即指我始坐道場已下文是四平等譬即爾時長者各賜已下文是法說即指我見佛子等志求已下文是五不虛譬即舍利弗於汝意已下文是法說即指汝等勿有疑已下文是若於今家初是總譬總譬有六豈獨一長者故不用之第二思濟於今家是救子不得者但是別譬中用大擬宜譬耳故知但云思濟其理不盡故用大救子中三擬宜無機息化不應獨云思濟故也第三譬去今家從我以去於別譬中

離爲六意彼但有三譬本不足故亦不用瑤師盡以五佛章用爲顯實言四章者合初章在釋迦章中而以權實合爲一章以五濁章爲不得說一又以敦逼文爲不得者並不應文故不用也而云譬中但三則闕第三不得者者以譬中無此文故凡者不一也文中所列乃以開權爲第一開權即顯實應對第二等賜文也此則譬本及譬太爲踈略然長行中五佛章門諸佛猶總又闕五濁三佛準例其文更略釋迦化主文相稍委故但取釋迦離爲四章瑤師賒漫是故不用次暢龍二師並立六譬其言似殊其意不別二師並皆不立總譬無可以對方便略頌於別譬中文廣頌略於中六義仍先分爲四細分更多故知二師並與譬品義不相當以第三第四秖是

今家第二寢大施小耳又不虛文合歎法希有而不述其意是故不用次光宅十譬意者初立總譬與今文同但下九譬望今即是廣頌六義若望今文下之九譬秖應合爲四譬於中第二四行是今見火義耳次我始下第三六行半及第四十一行明三乘化得是今寢大施小意耳次我見下第五去總有五文六行是今顯實意耳次汝等下第十一文是今不虛文耳今家細開稍似光宅然與信解宿世不同故不細開有人去此是他人將今家義仍參光宅故將此意以難光宅等是細開何不作十九句以光宅十譬對今總六別四總别各開合有十八句加光宅一句成十九句何者光宅第一即今家總譬應離爲六光宅但合爲一第二見火去今家別中離爲四譬光宅爲九一見火今離爲三光宅但一三我始等即今文別四中第二寢大施小光宅離爲二文是也光宅第五已下至第九總五段文今家合爲一等賜譬即別四譬中第三譬也故光宅第五我見佛子等及第六咸以恭敬心二文即今文別四中第三等賜離爲四文中初文是也第七我即已下即今文四別譬中第三四文中第二文是第八於諸菩薩中下即今文四別譬中第三四文中第三文是第九菩薩聞是下即今文四別譬中第三四文中第四文是第十不虛即今文別四中第四一文又離爲三謂歎法希有并本不虛及下立敦信文也此乃別中離成十二光宅更開今文四別譬中第三四文中初文爲免難索車二文今已極細但爲十八若於

別十二中第六更開爲二則有四失良由此也既開爲二則成十三并總中六合成十九何以不名爲十九句耶今雖十八不名十八句者但在法譬宿世信解無此義故欲令通有復合爲五或總別二章段既少上下易同故今文中三種分文光宅定十無此盈縮進不成十九退不成五總別廣略又不相當況開大機以爲兩段法中有妨故不合開然望餘師光宅最勝若以至六義之内者若立此六則攝十九入此六中何以不但云爲六義耶何者依前總六卻合爲一於別四中但離第二以爲二段則爲五章對前總一即成六義若全依今文但成五義他且依彼而爲問辭又十譬至參差等者開爲十譬法譬二處尚自參差況與信解等文合耶故法說下出參差相又光宅句數與今細開似同而章目未穩故亦不用下結云四失者一前後二大小三有無四引文今初前後不同失者若於今別細開中第五離爲五六并第七文爲父喜者對於法說索車父喜前後迴互言法說中索車在前者先云舍利弗當知我見佛子等至求佛道者等二行即索車在前即光宅第六文是次二行一句中最後一句方云今我喜無畏即父喜在後也譬說中父喜在前者先云爾時長者見諸子等安隱得出等索車在後者次文方云時諸子等各白父言等若光宅十譬中合於五六二段同爲一索車譬本及免難譬本不云歡喜譬本則無此失言雖欲會通者縱欲曲通云由喜故索由索故喜亦未穩便故云迂迴又大小下於大小

中復爲三失言法説中大機動者即大小不對今我喜無畏更進用下句云於諸菩薩中故知此是見大機動故喜若云見諸子等安隱得出故知是見小機免火宅難故喜次因果不對者法説中意云由昔不信故云舍利弗當知乃至今我喜無畏故知是大因譬中云見諸子等得出火宅故知是小果法説中大障將傾者爾後即云菩薩聞是法疑網皆已除去除不遠譬説中云安隱得出故云小果有此三失過由光宅五六七文故作譬本未爲穩便言又有無異者破其十中第六爲下索車譬本法説文中無索車語至譬説中由根非利所以方有故不得用爲索車譬本況法説中但云我見佛子等志求佛道者非闕二乘索小車也四若引下爲引文失豈得濫用來至之言便爲小乘索車譬本此從合爲四別譬責故別譬第三復合爲一等賜文也縱開此爲四第一名爲大乘機動爲後索車譬本但不得云索小車耳故前約大小破中云譬説叙小果秖云叙小而情求於大即名機動故云殊不體文旨故知其文自是大機將動然有無者下今文自辯同異有六初有無中云長行有眞僞者簡僞敦信文也言偈中無者此且一往順舊以偈末七行爲法説流通若依今意以此七行爲敦信文則闕此有無一意頌中有歎法者從諸佛與出等四難文是長行中全無次第中云長行先開三後顯一者長行中初云舍利弗我今亦復如是知諸衆生有種種欲等豈非施三次文云如此皆爲得一佛乘即顯一也頌中初總

頌中二行初行顯實次行施權故先云安隱及示佛道次文乃云我以智慧力知衆生性欲若取別譬文先五濁中更開爲三初能見眼亦當顯實次所見火及寢大施小皆屬權也若論別譬大意亦先權後實若取總頌則前行顯實次行施權開合中云初合而不開者若將二偈但爲總譬作本故云合而不開若以二偈離六總亦有別且從合說故對下譬亦復更分五濁文離爲四譬本者恐文誤應云三譬本即別四譬中初文復離爲三即能見所見驚入對下譬文仍有四也彼以第四廣明見火合在第二文也故知但三次明取捨中云四段經文爲六譬本者四段者別四也六譬者離五濁爲三并下三段即是六也歎法非六譬本者於四別中離第四段出嘆法敎信非下六譬本也次總別中初開三顯一者即初二行總頌也本迹者且約迹中論本迹耳即法身爲本起應爲迹即此初章離爲三意能見之眼爲本第三大悲爲迹第二所見乃爲諸佛垂迹之由耳云云者須廣約迹本久近今昔體用等以簡同異具如玄文六重本迹及前序中已略簡竟今謂下正示義宗宗旨別故故云正是等也前直法說下欲破諸師立譬不能盡理故先騰三周理同次若作下辯古譬之失故云若作三六十譬於三周不合也如前所列瑶三暢龍各六光宅有十然今文非不立於三六等數但分節盈縮與他不同言於三周不合者法譬不合已略如上於宿世文秖可分爲二譬三譬故多不可言四人信解乖離者若對信解秖

可總六別四若對他五三六及今十八則乖張離分具如前破光宅十譬故破古已自立三等今立三者如下文云又一時三譬若爲五者如總一別四若爲六者如總別各六若爲十者即總六別四亦可爲十一即總一別十亦可爲十六即總六別十亦可十八如前十八句也但本下承上不相應耳若欲通於上下不差但依三節銷文若應四處但爲三譬四譬若但在法譬則略六廣六安隱至住處者佛既已證亦令衆生住於此處而令衆生尚住三界不安隱處扣佛大悲致令驚入言種種法門即對不種種者亦是從佛本意以說如來本以一門利物事不獲已施種種門施權之意本在顯實故云宣示於佛道佛道唯實以權對實引權入實故云相對相對秖是感應意耳本末相承等者本法說也末譬等也云云者如下所引言廣頌上六義中分爲四者若於別四第四分三名爲六義若第四爲一第一爲三但名六譬若言六義不應譬文但可頌上故但云六義若爲譬本則合四五六但爲一不虛此中有敎信敎信即簡僞故知上文不得云無是則別六廣於總六故今但合六義爲四若更子派開者若欲更分如前別中爲十二句爲對上諸廣文故開爲對下諸略文故合舊以最後七行爲法說流通今文不用者若望譬及宿世文後雖似流通而非流通所以人見當來世言言似流通故舊例之將爲得意文意不爾譬喻品末但爲身子爲三周請主自已得悟復爲中根重請譬說既酬請已故以此法而略付之

究而論之但是示其信謗罪福若爾何不待第三周後一時付之譬後既付前法說後何不付之答至三周末自有流通廣付菩薩豈獨身子如下文中尚不偏付他方菩薩豈獨身子法說周末身子初領自行始成未宜利物然大旨在佛不須苦論用頌歎法敦信者然上文料簡有無中云頌中無眞僞者即無敦信也今此中用頌歎法敦信者但是通方敦勸凡夫使其生信故云歎法敦信以無專敦聲聞之語故前云無耳今但頌數名體三也者此中從六道已去頌上五濁此五即數六必五故此貧窮等即是出體以此五法即名濁故亦無別名舉下證上等者此引長者在門外文入即起應外即法身復云佛眼故所見機即佛法界若根下思無大機方入鹿苑鹿苑之初既云圓照乃至一乘故知華嚴佛慧無別不可於此強生分別佛眼下云云者應廣分別此之五眼次及不次而辯體用故觀色等用於四眼從本爲名仍名佛眼貧窮等爲衆生濁者貧故由無福癡故由無慧癡貧衆生聚在一處故名濁也入生死爲命濁者於生死中又加嶮道嶮道之中命易斷故即短壽處而猶相續爲命濁也五欲爲煩惱濁者名體最顯不求大勢佛等爲劫濁者劫中無佛故名爲濁四濁生此亦無所求劫若有佛雖濁能破入邪爲見濁名體亦顯六十二多故名爲諸或云諸見是即受者由此見故則有三受見家之受故云見即是受三受皆苦以此苦受欲捨苦者無有是處五道源來者五道因也從一至一故名爲趣衰秪

是賊能損耗故毗曇地獄初生念者一切地獄初生之時皆有三念知此處是地獄由其因故生從其處而來此文似不足義已具三又云者亦婆沙文也五道各有自爾法者具如前釋不思議中解脱達分者涅槃名解脱所修善根不住生死名之爲達聲聞三生支佛百劫解脱之分名解脱分得正決定者初果也婆沙云云何得禪即根本禪云何決定即是無漏以無漏心修諸禪定得入初果即此禪定而得解脱解脱是初果即決定也天中至所須即得云云者應明諸天自然報相一切依報悉是化有及山河流出其實報得約受報時説名爲自然地獄至中間可知者過去人中有順後業其業未滿至地獄中遇緣能起如是等心業即成就於地獄中無有身口現行故也唯在輕報非無間也廣簡可知故今不論中陰倒懸者俱舍云天首上三橫地獄頭歸下此約人中天在人上旁生及鬼同在此洲故非上下獄在此下故頭歸下從獄生人理合首上鬼畜亦然天來生人其首必下他皆例此初將罪人至閻王所等者有情非情並是共業所感而爲心變初皆正語等者初至地獄如本有語後時但作波波等聲不復可辯劫初時等者諸教相中畜生能言皆此時也後生云祖父者從初受名二者後生亦是後生之祖父也前是因緣等者從引阿含下即觀心解前因緣中亦可具有四悉意也五道不同即世界也人是所爲惡是所破天是第一義也後似觀心者從心判義義當觀心六道不同略如止觀第二記諸

論及以小乘諸經分別甚廣不要不列我始坐等者準下引小雲疏意指華嚴也故地論云佛成道後第二七日說華嚴也世講說者眞法華經應佛所說或責地論失於圓宗今問此之二七日與法華中三七何別縱賒促不同及所說各異秖是機別顯密有殊說時既然身相亦爾當知法華報佛所說如論云一者報佛菩提如經我成佛來等也應佛菩提則指伽耶古德皆云伽耶既非彼長何獨是乎即成法佛說也地論既云二七日乃表應佛說之豈報佛成及以說法必第二七耶理而言之彼此無別機見不一大小分途小見三七停留大覩始終無改故二七之言知非盡理若云不起道樹而遊鹿苑此即迹中圓佛成相復準部意義兼於別小機所覩弊服宛然今此正當小化之首道場在摩竭提國西南去尼連河不遠西域記云菩提樹所周帀累甎崇峻嶮固東西長南北狹周五百餘步正中有金剛座此即迹中化佛之道場也觀心釋樹者託事見理佛豈不然何佛不作因緣觀耶今在小也若約華嚴爲最初者皆須約於圓別以判經行者此亦是觀解若但事解秖是漸初故且附觀約法相說故云道品等事釋經行具如律文威儀經等具如止觀第二記始坐等者文具四釋初云假時等即世界得道即爲人感恩報德即對治欲以大擬即第一義若作約教應爲四佛十二因緣又以因緣釋樹如婆沙中無明爲根等具如止觀第二記應細釋出以對今文即無漏與實相俱得爲林三十七品是行道法者

道品即定慧均等名行道法況復七科皆是所行即是以定慧足履實相地理攝諸法故云一切初安此地故云得道欲令他行先自表之庶令下效樹地下徵起未曾有經下答經云於三七等者且以三乘而爲三根以初成道通思根故具如前云思度二仙文也小雲疏意衆生機自未堪法華不必居後故引後文彼佛初成即說法華以今例之謂爲有據亦如方便品中若但讚佛乘而衆生不堪方始允同諸佛而施權化故云後於王城若推下章安通釋二處不殊不可全非故但云若推今須辯別何者若以佛慧爲法華則始終俱有若以會歸爲法華則終有始無故知彼佛在菩提樹初說佛慧爲法華耳而小雲未曉斯旨便以初成顯說會歸者不然故準

今意文理俱通若密說者非所辯也惡生王者哥利王也佛誓者害佛之時佛發大願我若得道應先度之甘露者眞諦也問何故初爲五人等者答中六文問雖涉五意正問人故皆以人答次輪王下舉三事問答中善業輪王因名譽業陳如因稱讚業佛因故云尼吒有頂者非想也爲顯佛聲彼無耳識非聲不及色界唯無香味二識餘悉行故雖有四悉意總而言之秖是爲顯宿報不同致令聲及遠近不等若依下約教兩尼吒下並注云云者應明尼吒百億尼吒十方尼吒及徧法界以分四教初文藏也百億即是衍初通教十方法界即是別圓一成一切成故十方塵剎起四威儀互爲主伴初轉法輪等四處定者聲既分四處亦應然大神變者非謂小小

偏對一機如化迦葉帝獻方石之徒其處必定又除轉法輪等者漸初則定此初化邪其處必定通論一代故可不定舊云思理教等者即以三七用對大乘理教行三並無機不受又云勸誡者亦此師也即如譬及信解大乘二門各有擬宜無機息化用對此三亦應可爾瑤意者亦示化物之儀思而表深何必事深令大聖思而後行表佛初三周說等者此與因果經意大同四分律薩婆多皆云六七興起行經等七七日五分八七大論五十七地論等並二七機見不同不須和會今是終窮極教故且依之觀心釋中且約四觀以示化儀即四教觀以最後云析法故也諸梵雖請大者問如何得知梵王請大答據佛酬云若但讚佛乘等今欲至始終得度者若不先小則大小俱失若先用小則終必大益諸法寂滅等者問此中三釋義有何別答然初一說以權實相對即實不可說說屬於權三權是數故一實非數次生滅不生滅相對即不生滅不可言宣此小衍相對也亦是事理相對故向三乘之言通指衍教故也此約實理權教對辯第三即是偏真之理對偏四門偏真之理亦不可宣是則大小兩理俱不可說方便為物俱可得說雖俱可說佛意在大衆生於實並非其宜故思方便作生滅說受行悟入者機會即受隨聞觀轉即煖法去名之為行若準有宗時節雖促不妨具歷內外凡位至世第一名之為悟若得初果名之為入轉佛等者此有二義若約跨節通四如來諸法具足隨扣而赴凡有所說無非化他對

自證説若以圓自對三教他此即約法亦名爲他今從當分約漸初説此佛内證故云心中證有權實權法利物故名爲他涅槃音者由弟子受行煩惱斷處涅槃名生故名爲音音者聲教衆教之始故云起自於此三寶於是現世間者亦約漸始且在小乘未論一體從久遠劫來者久遠之言準下宿世乃指大通之後以小熟故故以一文釋其二疑上文兼有其意者三乘行人皆是佛子也上諸佛章亦云有佛子心淨等並指昔教聞方便時巳名佛子然於昔教未可彰言我即下一行亦指種智等以能顯所所即理也更就下重分文中云大乘機發亦名索果問前文何以斥光宅云法説文中無索車耶答光宅若云情索於大則爲無失若用爲下索小譬本是故須破破其引文亦復如是此應有四句者問前文巳約四句對根此中何須更説四耶答前初對乳酪各爲四句簡其大小爲障不同復以四句釋出二酥通對諸教四根聞法進否異同故前初重唯第四句在法華中餘文多在前之四味今第五時乃對開三獨一爲大言即發者但不起當座且名爲即從彼座來非不經時但不跨味故名爲即索有三意者二索既云在機在情機中但云有感果義情中既云密求而已故前二在昔發言唯今昔言雖即通於四味此指二酥並聞大時是故得有二索之言又二索言有通有別通則俱通二味機則冥在於内情則内動於中二味咸然故云通也別則二索別對二味在方等中聞不思議雖斥爲非冥有大利被斥

不謗義當於索故知不謗理在有求在熟酥時爲大洮誘雖無希取轉教情親縱不彰言索義漸切雖二不同機遙情近得不得者爲獨菩薩亦利聲聞情中進退義當於索是則情帶於機稍切於昔故至般若別受情名至領解時以得顯失故云欲以問世尊爲失爲不失請索雖即唯在今教及至啓言機情必具從彊屬口機情亦殊在昔但潛伏居懷於今乃助彰於口三索咸扣於至聖赴亦自分於顯密時熟既會内因具也聞略說故外緣足也因緣具故發言于兹問昔出宅等者舉譬品以顯今彼云諸子詣父願賜我等三種寶車今何得言機等索實答意者未出聞許出已不見所許之車唯見許人是故從人索昔所許所許不與必有異途故索昔在今元求異意今問鹿苑出宅唯保小果何曾索車答若在法說至鹿苑時義當出宅復經二味二索在懷但譬短含長義至法華之始故譬中諸子詣父索車乃與之仍賜於大故彼譬意兼含二酥信解譬長方開體命故譬品文義含三索當知豈與光宅爲儔咸以等者他人意云約機論到恥小慕大者般若方等也故今破之機身俱到般若方等況復法華三業俱領且釋請義故云機情到必三業不可偏也今行與等者隨便記之且受八相故云行與又記大唯在分別功德此中且小故云行與昔眞等者昔眞指理昔成指果昔羅漢等既皆是實並得眞成今三乘俱斥則二義並失故云竟知何在又三乘同學一道等者此即重述通三乘疑既同一理證眞不殊眞

雖不殊菩薩於昔已曾得記若已得記何故而今並斥爲方便若俱方便昔不應別故云何意有別故疑今昔若二若三若理若行既並方便失本實證何得不疑前文多處通斥三教此中但斥藏通二者一者三乘同證眞諦二者此兩教證俱權若更約別者當教論中自有眞實既帶方便初後行殊通皆闕斥是亦生疑如是妙法者具如釋籤中故云秖是權實法耳次如三世者下引同中文具兩解前約爲實施權後約開權顯實又初文約教三權一實次又約理故有權有實爲權權實不二爲實此第二釋秖是顯前實教之理即是權實不二經云懸遠等者若準此劫六四二萬望下梵天百八十劫空無有佛仍未爲遠彌勒佛後第十五減九百九十五佛次第出興應無此說夫方便可是權假者意明前教可是權施據佛本懷雖非虛妄以實望假故云權假施已復廢終歸眞實今已說實故勸勿疑舊從去更叙舊解前雖略破非無一途故復引之令知同異若樂著諸欲至互簡非耳者凡小俱捨方堪授記

釋譬喩品

有人於此立來意云大凡無譬應有譬成小有云佛法多門門門有譬此則可爾云先總者總釋兩字通冠四釋若今若昔以因緣等皆有別故品初雖兼第一周文釋題且依第二周意故云中下之流未達等也初總爲三先字訓次釋訓三來意次釋訓中託此下釋譬字寄淺下釋喩字玉篇云以類比況謂之譬開曉令悟謂之喩既兩字雙題應有小別

具如釋訓故以比況曉訓時衆此謂界內人中車宅彼謂界外佛事迷悟淺深可知彼但佛乘深義唯一故迷之與悟唯小對圓樹扇風月唯圓教理前廣下明來意者亦是結前生後初句結前中下下生後故知機雖無已還待不已悲智中機當生更動樹舉扇使風月意彰然法說實相何隱何顯如長風靡息空月常懸但中下之徒大機未啓蔽情猶壅謂月隱風停逗兹二途須舉扇動樹因緣等四大旨咸然故以二字總冠諸釋次别釋者初因緣中並以世四法踰一實四法初世界中直云世法者以世冠三故也聞譬生喜名世界也所以下三皆云世法但生等別得下三名是故下三皆由聞譬而生喜等因於曽有世間父子今聞譬說成佛眞子聲聞與佛

天性不殊唯在今經故未曽有所以寄遣之日尚無傭作之心領財之時豈生已物之念特由天性相關遂荷領知之澤爾前憂悔至此方除譬說之時乃名眞子今始得悟踊躍彌加此指聞譬生於實喜即信解初歡喜之文故大小兩乘皆名歡喜次爲人中云世生法者即資具也故云珍玩出世生法即三乘法生善中最豈過於此故昔三車妙珍玩攝汝等所行是菩薩道世滅法者宅內衆災可免離也出世滅法者謂惑斷也無漏述昔除憂指今拔苦本在等與大車除惡之極莫若於此昔破見思通論於今莫非除惡世不生滅者即大車也父之本有故不生至處不壞故不滅出世不生不滅者性德本有故不生修得果常故不滅以信解中聞譬歡喜等是

故四悉俱譬父子然前之三悉似寄施權第一義悉方約開顯當知三悉即第一義之弄引也故引先心各好及以火宅免難若開顯已無非大車又四悉各一法一譬法中或取法說身子領解之文並且助成其語耳若直銷兩字何足題品故結云一音巧喻此則遮那始終一音一音唯實巧喻兼權權引歸實故不同舊純用一音故譬義含因緣等四若不爾者如何銷於小車大車火宅父舍中下得益者問下根未悟何以云益答法譬通被中下自迷故下根聞法譬中根聞法說雖未顯悟非無冥益故至譬及宿世獲悟故約教等三咸須約譬譬既三車一車今昔相對法亦若權若實並列偏圓若不爾者開何所開本許三車索而不與及至爲說等賜大車當知其車本無三一爲物方便權立二名出宅廢權破三唯一四教譬中初三藏云菩薩駕牛等者此菩薩從初至後皆化他故最得其名

通教譬云三人同畏等者三藏二乘理亦應爾爲對始終一向利他是故彼二且云自濟此教緣覺自他兼益勝於聲聞故云並馳並顧悲劣菩薩故有並言自行故馳兼他乃顧菩薩自行既滿唯以利物爲懷是故但云全羣而出別教中初斥兩教三乘俱近次菩薩去正釋對前所列句句並決約大象說故云邊底三大品下證對前二教二乘簡也通教菩薩對通二乘斷證既同略無形斥故知是別菩薩斥兩二乘故以螢對日爲別作譬也準義簡譬秖應於牛車以簡菩薩以由證經

幸有三乘俱異之譬兩教三乘譬外又有獨
菩薩譬如大象及以螢日用斥二乘又始見
去圓教中先指華嚴及爲未入下明今經意
二處化事皆不須譬即華嚴利根及法華上
周次如今下明二處理等雖即化儀前後而
始終理一始即華嚴今謂法華秖緣慧如是
故理等故云無二無異問無異無二此兩何
別答重以不異複於不二以無異故方名不
二上根利智至不須譬者重牒二處顯上周
中得悟者爲辯異故秖爲下明今有中下故
須譬喻然華嚴中非無譬喻但彼入道不正
由茲如今曇華爲成法說言動執等者上根
一處中根二處或云五處廣中有長行偈頌
并法說領述二文下根三處或云十一處於
前五處更加譬中領述各有長行偈頌乃至
下根二十二番開權顯實具如化城品末列
由未悟故迷於法說權實岐道我昔與彼同
居無學彼蒙記述我獨未霑初聞略說已懷
進退爲是極果爲何方便爲永在小爲當成
大重聞五佛疑仍未除故須更以車譬誘之
故云圓譬世云天台抑華嚴者乃由不善他
宗故耳既判佛慧二經不殊但部望部不無
小別既不可指鹿苑爲始復云聞我餘義不
成涉公云法華華嚴廣略別也此嗅瞻蔔之
流芳而未窮餘香之奧旨以不能盡思於斯
宗故也廣略雖爾兼帶如何顯本未彰記小
非例乃至下文十義同異踟躕者猶預之象
岐道者爾雅云二達曰岐本迹觀心云云者
並須約譬本迹具如蓮華三譬玄文第七若
欲進寄初成設教豈無一三故千枝萬葉同

宗一根乃至五百三千塵點可以意知觀心譬者空如白牛假如具度中如車體乃至幻空幻假幻中次分文解釋者置譬且釋前品之餘初領解中云置譬說之前等者有云爲譬作序則應難云信解藥草授記亦應安化城品內爲化城作序長行領與解至各陳者長行三業各標釋結標結二文並具三業而不分領解但於釋中以身業爲領口意爲解初令從世尊下領也從所以者何我昔從佛下解也偈各陳者三段各二至下偈中一一點出一幸者謂一業遇喜令三業俱喜乃成三幸我今身已近佛況更聞法聞法即是口喜得解即是意喜又昔但機情機情居內名爲一幸今由口請三業並欣故云三喜過意所謀故云幸也故下文云非先所望而今自

得抃者撫手舞也心口之喜暢至于形由二動形故三俱動文云下引證者正證三喜也文雖且列意口二喜有二必三理數應爾內外異故即世界也又此四文應約前品而今後三約信解者開顯義同彼此通用意同時異亦應無爽棄貧受富者開三藏珍玩也得眞善利生善中極憂悔雙遣等者開二味也永除憂疑故除惡窮也我念昔在方等時被斥故憂至般若時住小故悔方等被斥故疑般若不取故難濁爲外障小爲內障又被彈不受名爲外障蒙加不取名爲內障今則無此三雙之失故云大朗住一實第一義也次約教中初文通途簡昔喜體故先叙昔小次今言下簡異即簡無顯有也若若下正釋既世間之喜久已除之藏通二喜久已得之若

二空教道復非所擬歷三教簡良有以也非今所明故唯圓喜湫小水也如凡無潤無出世智故也圓教中初位次人初住名歡喜者義立耳既三法開發與初地不殊亦名歡喜身子至歡喜者未敢定判故或二途超入即行或向或地設不超者亦入初住名歡喜也注家直云疑慮外除喜心內發不覺足之蹈之故云踊躍故須教分方辯優劣故阿羅漢無三界喜言踊躍者爲別惑所熏妙法外被觀心不記云云者應云一心三觀六即之喜次釋外儀中此是經家事釋可解他縱有表但云表合不知能所爲是何智而合何理今表異諸部文中尚略廣簡如釋方便品此中亦簡向佛令知是實故也合掌向佛何教所無而今表唯佛果知昔向非實今開既實向表非常序中瑞報亦復如是瞻仰尊顏等者向雖合掌表不二之實無可表於內心已解故向而復瞻委覩尊顏以表於解知是佛非餘如非權唯實故知非但外儀覩佛亦乃意無異思表覩他實境而自開知見意解去分於身意以對領解既云互舉二業並具領解權實故也亦約所表以分身意故以合掌表身瞻仰表意昔身遠佛如二掌表權今身見佛合掌表實故云即權而實意亦昔未解實今以念而表之故云解實即是權故云互舉白佛下言口領者對彼經家今以自陳而爲口領領必具三非獨口也故標等三各具三也標中三者既云白佛應唯在口云何言三然言領者必先彰於口口述所得豈專一途是故具述所從所聞而生歡喜三業具也次

釋中先釋身云若日照高山密有聞義者問密通鹿苑及以二酥何故獨云高山先照答此對小乘顯聾瘂故部唯大故顯一向無且云密耳鹿苑有密準例可知受記指方等者有指阿含授彌勒記阿含未曾明佛知見何失之有我嘗獨處思過所者所即山林亦應云行等思過儀也作是念下思過心也今思昔日處儀及心無非是失故云思過同入下出其過相處等有過由計法性問縱使昔入小乘法性爲有何過答但由謂與菩薩同入而對三教以辯已失疑佛有偏所以成過以由不知小法性外別有妙理菩薩得之故也故三藏中聲聞至佛無別法性佛印迦葉當教論同即此義也通教三人俱坐解脫中論實相三乘共得是則三乘通教法性亦與三

藏法性不殊諸聲聞人雖在方等密成通人未合彰言云小入大故今所論且在三藏述初遇頻鞞及聞舅論義得法性也非關聞妙始入圓常次由我迷權等者述過由也由迷權故謂法性同何關所惑理一教三由惑實故指權爲實何關世尊偏授菩薩所以者何下引待自責次所因二義下正釋所因初標二義若知所證不實則應待說實因若知已在方便則解即實之權初照下釋若爾忽忽之言非但鹿苑亦指二酥此二味中亦有初得小果故也然依文中二酥並在兩楹之間若鹿苑初證亦可以二酥釋停但二酥機雜故以初後釋對釋停以彼乳中圓說佛因我自不對過不屬他經言必以大乘者語通諸教意則不然雖但發大乘心則不死今則簡

別意唯在圓應知所因不出因果及以願行行即六度願謂四弘故佛地論中通因三種一應得因謂菩提心即四弘也二加行因謂諸波羅蜜六亦攝諸三圓滿因即指佛果通取果者果爲因所期故亦名因剋體而論唯在前二成就菩提即是果也從佛結身喜者具如前釋斷諸疑悔等者通則通指二酥覩菩薩事時別則唯在略說斥爲方便時又通言諸者方等勝境非一般若法相該通凡有見聞莫非生疑之境由境生疑由疑故悔今聞法說悔失二待復由廣說疑悔悉除由昔絶分二義俱闕今日乃知眞是等者初約三句結成三文文已分明上下有序復以三成佛法有分分即初住分眞位也不須從佛口下對於三慧文無從生三慧通漫故云文盡理彰此即道理之理故也言更用四悉者更卻向前銷諸領文初標三喜爲世界者踊躍即歡喜也所以者何下以釋身口喜文爲爲人者三業相望身口且從生善說也亦應從破惡說以爲對治不及意喜破惡義彊若爾意喜亦是最能生善故且一往次我從下以釋意喜爲對治者剋責除疑即破惡義次以成文爲第一義者眞佛子者由入理故成第一義也更約喜心爲四悉者雖復標三及以三業領之與解總而言之不出於喜故單從喜以論四益動悅世界也未曾有者明所得喜即爲人也動覺觀明破昔喜即對治也動于形明別理顯即第一義云云者令依此文釋四悉相又通論者既悅相異常心形俱動異常故世界動悅故爲人除疑故對治入理

故第一義

法華文句記卷第五下

音釋

摸（慕各切捫也）寢（七稔切息也）壅（於龍切塞也）傭（余封切雇作也）歧（巨支切道旁出曰歧）抃（皮變切）湫（子了將由二切）頞鞞（頞烏葛切）（鞞駢迷切）

法華文句記卷第六上

唐天台沙門湛然述

次偈文者上云偈文領解各陳前長行中以身爲領以意爲解全似各陳而言合者領中合解解中合領故云合耳今言各者三業各有領之與解雖似合明但一一業中自分領解故名各耳略須分節後可依文既分爲三即標釋結初通標者我聞標口歡喜標心言兼佛者兼從佛也即是兼標身也既是總標且以我聞是法音下領也心懷大歡喜解也次釋三業初一行半頌身領解中初一行身領也次半行身解也次我處下十一行明口領解於中又二初九行明身遠次二行明入法性初又二初八行明口領次一行明口解以領解昔口之過入法性中二初一行半明口領次半行明口解以領解昔口之得故次而今下九行半意領解中初八行意領次一行半意解後二行半通結中初一行半結領次一行結解領謂外領佛説解即内受佛意所以長行中合偈頌離者共爲一意故也又總此九行半意領解文頌上心得妙解且依前文同以解爲名然須於中更曲細分亦可爲八初二行領昔非實次一行正頌聞於初周妙解即頌方便中顯實三一行卻頌上法説周初略説之時而生疑悔四一行頌上諸佛章門種種領上開權譬喻頌上曇華五佛説下一行頌過去佛章門六現在下一行頌現未佛章門七如今下一行頌上釋迦章門八世尊下一行半悔過自責驗知初疑過在於我前身領中經云金色三十二乃至十八

不共等者並如止觀第七今文屬圓比說可見又八十種好準大經文佛好無量此應色中唯八十者世間衆生事八十神故佛具之以生尊敬今經文意總言叙昔失耳然八十好各具四悉以利於他不必全爲八十神也故一一好無非好海今聞開權正領昔失不思議好具如下調達中言我嘗於日夜等者若諸聖者還以昏曉而爲晝夜於此思惟何足可述是故此中應從所表釋有二重並約昔教機中任運冥有此疑未得彰灼有此說也若生死中有即大乘意若生死中無即小乘意既得小已不知此證爲在何許嘗猶曾也昔曾機中有此疑來此乃以藏對衍而爲中外若今獲悟此疑必遣又生死下次以生死涅槃俱名爲夜得聞中理名之爲日此乃別圓以對藏通冥生疑也後聞開顯此疑方除此於方等般若並聞故也然䟽文語少應更云中道實理爲日在昔於大聞此中理雖對巳證冥生猶預未證此中如日仍隱適聞略開尚有此疑況在昔居小今聞五佛廣顯實權方二疑俱遣如日出也又世人等者意譬聲聞歷諸座席或訶或被或喜或憂來至法華備經艱苦自行利物無不聞知但謂非巳所任自他少別故與諸味草創者殊故知始自微賤具歷文武歷淺階深知物可否如香積菩薩更學雙流故草創者少諳衆行然又兩途互爲勝劣不可一向言五味淘汰者通指五味以爲淘汰非獨般若經云無漏難思議等者昔謂無漏但至無餘今乃方知至實道場解魔非魔等者昔聞異本謂佛爲魔

今方知本愚覺所誤是佛故云也經云佛以種種緣等者前以釋迦開權釋諸佛顯實云我以無數方便種種因緣譬喻言辭等乃至三世佛章一一皆云亦以乃至是法皆爲一佛乘故結中云結成者又可爲二初一行半頌結次一行頌成初結中三初三句結佛音聲即口喜次三句結意喜還以聞佛用兼於身故有歡喜疑除所證所成感報作用述成上三意者見佛述身喜聞法述口喜悟解述意喜昔尚曾教大何但今日得身近耶雖復中迷曾聞非謬則顯今日重聞之緣中途教小尚不爲小今還得聞信由昔教驗今意解準昔不虛然見佛等三通有三領言見佛緣者由昔大見乃爲今日得實之緣實方名見故也言憂悔聞法緣者自中忘來由取於小

又聞兩酥至略說來凡憂悔者皆由昔小故也言不虛者昔元聞大信今不虛次引十住以釋無上次引瓔珞以釋道者且借別名以顯圓義義圓名別一切皆然他無此意不可濫用此七無上文列兩重初重者前一爲果後六在因於六因中初二六和次二福智次二證行雖分三二互相與力是故六因並名無上望果行因故果先因後言六和者初受持無上即身口意以有三和故自利益彼大乘六和攝諸法盡二障秖是煩惱所知此之二障若別論者在別地前無知唯是界外塵沙若通上下無知即攝內外無知及以無明故知但是開合異耳行無上中秖語聖梵無餘三者天是所證病兒果用修二證一有斯二能是故但二不列餘三次重者更從果立

即以六因從果立稱尋名委釋以出經旨下既結云如是種種明無上道故道義無量隨何教成故云今經圓無上道也即是無上家之道名無上道一一無上皆具諸道之無上也昔雖大化等者界內無明亦未曾破故云惑暗若初心圓修縱未破見思所聞一句納種在識永劫不失以暗望明暗尚非謬眞悟寧虛況悟眞者有次有超具如前說故惑暗者指六根已前六根雖即未破無明似位不退且名不暗若得大解下徵問記有四意下答須記意此之四記具在三周中周四中但除第二意中中字故至下周但三無四又此四中初意具有下之三意又初四對昔二三唯今又初四唯自二三約他又第三通當現初一唯現在第二唯未來第四唯過去嘉祥十意繁而不會今粗點示令知繁略一證解不虛二令無疑悔此二屬述成何須更云記三引物生信屬今第三四令身子慕果此屬章初歎五佛二智爲欲開權兼令慕極今此但是授八相記初住自得不須云慕五爲引八部故正引同類八部乃旁此同今文第二旁意昔未記二乘故二乘根性永絕斯望而今記之旁引八部故云須記六爲引物往生與今意同七顯經祕密祕密屬理記小屬事又記屬顯露不名祕密此屬昔教八欲成大乘此屬初意九和會大小云如昔訶彌勒得記等和會是開權別名由開權故方可與記十爲引有緣亦第三意十意數多義少仍闕今文第四意也元發大心皆期記莂故知十義繁而不足彼疏諸文斯例甚衆餘不可叙

正授記中行因等十經文各二時節中有世有數行因中有供佛修行得果中有通號別號國淨中有國名國淨說法中有三乘一乘經文雖無一乘之言既酬願說三說一爲正旁正兼具劫名中有標有釋衆數中有人有行壽量中有佛壽人壽單論成佛後壽故除王子補處中有依有正法住中有正有像於國淨中先立名其土下相也無高下曰平不偏曰正安隱下土用瑠璃下重明勝相說法中準今釋迦故云亦以舍利下明說三意土淨唯一酬願說三即施即廢問何處願說答準大悲空藏經於六十劫行菩薩道因婆羅門乞眼退時願成佛日開三乘法問既得記已何故更經若干劫耶答若記菩薩但通途云得無生等今記聲聞須約劫國應佛成處須有機緣此諸聲聞昔未曾有淨土之行蒙記已後與物結緣物機不同致劫多少龍女雖畜以乘急故先習方便若據權迹此復別論又諸聲聞時不同者爲逗物宜隨機長短機緣不等初住何殊世人覩聲聞受記則嫌劫數長遠見龍女作佛乃疑時節短促或疑少過獲罪太廣或思小善招功自多或譏佛說迴或不定或責菩薩示迹參差或聞勝行多劫疑教門虛構聞諸佛神變謂世術相兼或疑六十小劫以爲半日或迷一剎那經無量劫如是邪言不可知數乃由邪見種彊宿熏力弱端拱守弊空談是非但信教仰理何須臆度赴緣益物非世所知當知是人豈了初住得八相記十方作佛種種示現雖種種示現與法身記殊若不爲物修淨土行成佛

之處爲誰取土頌中經云十力等者即指佛果方名爲力初住分得名爲功德所言等者非唯供佛兼淨土行或可由得十力功德分故成初住記若引大論菩薩有十種力分者此明入住菩薩具足十力因耳經云各各脫衣等者此中通語四衆八部出家二衆言上衣者即大衣也若論三衣俱不可捨以西方法多但三衣如大品中三百比丘聞般若已皆以僧伽梨而用供養論中或云亡相爲法或云當日更得若通說之以兼俗故或如大論經云而自迴轉者表聞身子得記法性自然而轉因果依正自他悉轉經言最大法輪者最是今經圓中開也大是人等四種妙也或境等十或佛等三妙法之輪名妙法輪此略對初後不述中間方等般若具如玄文華嚴十事名轉法輪此乃通方又云圓音不當大小衆生自殊此乃卻貶妙法何名稱歎何謂弘經後四行半自述者但列三名於中應分初一行自迷次二行半隨喜三一行迴向應須對文細述其意五悔之中無餘三者已預記莂無罪可悔已獲分記故無勸請已有所至略無發願若望極果唯除懺悔餘四非無五悔具如止觀第七記如身子等者於前四文但述三段者法先共聞不假重述但見身子領解等三我今同聞亦應共得並是權者秪緣實行未熟權行同生故四十餘年不顯眞實纔聞五佛妙理豁然即破無明尋堪與記實病既愈權疾亦痊豈一代化功全任實行未愈下云云者應廣叙諸土示疾及愈

○獲記下云云者亦應騰於此及下周四段

皆約譬及因縁後文在法師品中云云者宿世文後四衆歡喜指法師中初段長行初出人類中具列四衆三乘人已云如是等類咸於佛前聞妙法華經一句一偈一念隨喜亦當歡喜文也今新運大悲等者初周本爲自疑此中一向利物新運大悲此即更須修淨土行是菩薩行之基也準此釋前意則可見有人下古人意云身子法譬二周之初各有一疑故云新舊以千二百初周未疑故止有新今謂等者上根初聞略説動執生疑蒙五佛章便獲大悟中根執重略説之時與上同疑法説未悟其疑猶存豈非中根疑多於上故身子自叙云我今無復疑悔是諸千二百等述同輩有惑云何卻云身子疑多問凡夫亦有一聽便悟已聞略廣五佛開權及聞身子領述得記龍鬼尚能引例中下何頓猶迷答此有二義一者久執二者入位解即破執執破入住凡夫無此或當易領聲聞之人以二義故雖聞未證於執久中根性不同故分三品經聞所未聞等者聞身子四段昔教所無準五佛章門我非佛知見驗昔所得知無眞實今昔眞實同異不分故云疑惑爲四衆普請等者問前法説中亦前三後一聞既不悟今還請於前三後一與前何別答言因縁者即是前三後一始末根由故云因縁四佛章略釋迦稍廣雖以五濁用釋於權始末未明故使中根於茲不曉譬説委明輪迴之相具列三車出宅之由兼示索三與一之意廣叙等賜等子等心此乃方酬因縁之請此中四衆於前四中非但當機結縁二衆發言領

解即是發起影響二衆懟怨恨也開譬者準大經喻可云偏喻通界内外及大小乘等亦可云非喻世間無此火宅始終及救火者必以車運先與後奪先三後一然譬與合互有廣略若譬略合廣先攝合文來對譬竟至合更須委悉消之若譬廣合略世尊豈可徒施悠言須委消譬合但略對總譬中云一門者上云種種對不種種即一門也上舉所施對佛道說佛道即是一門種種即是施權令出所顯唯云一門亦是各出其能以能對所其意不別思之可見名如賓等者行在我已名從他傳實行則親權行則疎行親名遠偏於三土行疎名近唯在同居方便實報迭爲遠近雖復親疎更互相顯名行相稱他無謬傳所以行高則名遠名厚必行親故以處表之

驗名行不濫封疆等者封謂所統之限域疆即所封之界畔小曰邦大曰國又云天子建國故以最遠處爲國宰謂宰主有主所治爲邑邑内各居名爲聚落故邑與聚落等降漸狹不用舊釋者唯以虛空對於三千同居之土闕於方便實報二土是故不用次引論意者泛論同異凡云立譬取捨不同論則因果並論今且單語果報且譬長者果佛故也修因之義非今所論於極果中仍以依顯正極果既成必偏三土土體雖即橫豎相帶二而不二今從土用唯約豎論故寬狹不等以顯居偏從本垂迹等者今日之前從寂光本垂三土迹至法華會攝三土迹歸寂光本行所契理本也名所及處迹也理偏三土化境必周終無行劣而名廣也即體用相稱故云無

賓主之異即名行身土皆相稱也如舊所解不取二土乃以慈悲被處爲國則令同居與色不別故不知慈悲所被廣狹而爲國也則全失於實報方便彪虎文也炳明也即文彩分明可畏之相洋溢者內滿外充也內滿故行周外充故名布三皇者伏犧神農黃帝五帝者少昊顓頊高辛唐虞彼唯剎利等二且借此以類彼黃者中也帝者德象天地此土諸姓誰不承之一往且以非其中途偏僻別得者爲其本裔裔者衣末也有本可承故也有云苗裔者草之初生曰苗即得姓之始也承嗣不雜如苗初裔後也左貂右揷者貂者說文云似鼠徐廣車服注云即侍中冠左貂右蟬如蟬之清高飲露不食又云右揷者簪也左輔右弼丞相也鹽梅阿衡者釋丞相也如殷高宗聘傅說具如止觀第七記阿倚也倚寄也衡平也銅陵等者如鄧通漢文帝夢墮井爲通所接乃召通至占者云不免餓死帝乃令人於蜀銅山鑄錢供之豈餓死耶後哀帝登位被告私鑄因在囹圄餓死也有人云秖是文帝時爲他所嫉後遂餓死一往且借初富爲言如晉書云石崇有金谷在洛陽東肅延進也亦導也謂威以肅物不厲而成嚴潔如霜隆高也高而且重不令而行智則坐計帷帳折衝萬里猶如武庫何器而無用之則行捨之則藏白珪者纖上玉也說文云瑞玉也上圓下方白虎通云玉之潔者也式瞻仰也一人者孝經云天子也出世長者十文具足佛從下姓也功成下位也法財下富也十力下威也一心下智也早成下耆也三

業下行也具佛下禮也十方下敬也七種下歸也若以果望因應云圓教自等覺來以其實因發心畢竟二不別故故此十德皆從極果若從當分果分權實則權三實一十德名同名下之體當教辯異故使實際三諦不同乃至所歸多少亦別所以長者名通今須從別以別冠通即跨節也觀心十者觀心下姓也三惑下位也三諦下富也正觀下威也中道下智也久積下耆也此觀下行也歷緣下禮也能如下敬也天龍下歸也此之十德不出境智行三雖未入位如王子胎故名觀行如來十德若對出世還隨其教觀別果別準教望觀因果自分即以三觀對於四教具覽德相以歎於觀使後學者修因具足以觀十德成果十德以能一心具照三法即是觀心十德具足故引佛子等文以爲觀心之證如止觀中具佛威儀等文此十德即十法成乘次第合之甚有深致何者實相即是正境故緣理起誓故名住忍由心安理稱理舍藏除三諦惑得破徧名中道雙照無塞不通無作道品過七方便助使三業於理無過對境無失由依眞位信解既深故能安忍不生法愛方感下供三教十法展轉釋出令成今經觀心十法如此十觀不但横在觀行位中初心至後十觀具足故此十德義復豎深復與横豎十乘泯合況復十德帖經義足分略周贍者部分謀略故有周贍大度通見貲者説文云貲財也所以須立三長者者長者之號本用世道以譬出世出世之由莫不須觀故知直語出世觀心不分權教及以遠本仍是存

略此中已成因縁約教觀心三釋略則十八等者釋能託之智門雖略廣不出所入之宅言略廣者一境一空亦可境境具一十八故云無量如以一色一心皆具十八如色對根根内色外及内外俱此空亦空故云空空若得此意乃至無法有法準說可知但從總說空十八有名十八空故云略耳於十八中廣略多少具如止觀第五記及法界次第大論廣明若論下舉福慧以釋田宅多有田宅者一宅一門其門尚多況家富宅廣一宅多門理合無量門謂出宅之路入宅路門不可一故田謂養命之方對命田不可狹又復徧該權實故曰多門若依四觀同觀則車門宅門不異僮僕至具足者僮僕名具如止觀第七記夫僮僕者資於身命故知並是一實定慧之餘助也所資無闕故云具足用與權變故云和光等宂宂者剩也亦位外散官也衆生居聖位之外故云宂宂於餘教觀尚無所屬況復能屬極聖位耶皆宅者宅居也不出三界久而居之故云宅也世無不然故云皆也如來誘物統而家之統主也家亦居也有人以第八識爲家等是隨迷何不總八而言第八耶道場觀意理爲智通理既是一門豈容二出必由門故無異路光宅以教爲門宅者三界也九十者文語從略即九十六也九十六者衆路也若欲出宅唯有一門九十六道雖各謂道眞如交横馳走故九十六道經云唯有一道是正餘者悉邪有人引多論云六師各有十五弟子并本師六即九十六也準九十六道經無此說也彼論自是一途豈可

六師必定各秖十五弟子九十六中有邪有正具如止觀第三記今明去破二家也於中爲

五先破二師若單理下先難道場理是所通若以所爲能則能通是所更何所通門義不成故云何門之謂單教下次破光宅若不爲所立能得能者衆終不至所然理不容多門豈唯一今言一者具如後釋宅既所棲唯應立一尚云多有況能通門即淨名中不二之門有八千也今理教相望不可單論次今取下定其門相即取理家之教爲門理既是一教不容二且總爲一秖此一句雙破二家則取所家之能故從能有至雖不正破道場用智智望於教同是能取教能既廢智能亦然但智必依教而觀於境義已兼於能所又不可云得智者也雖然現違經文經云教門而觀師云理智故亦與光宅同壞三文云下引證教是能詮涅槃是所並異二師四門又二下分別解釋釋中二先簡大小雖同有能所大小天隔是故須辯權實二能若識二能則二所有在若識實所權之能所俱成實能善分判已後方論會五若宅下設難且以今昔相待爲難宅是所出車是所入宅門是所出之路車門是所入之路既二路不同出入各異是故宅門非車門也故今難云若車宅門一何故出宅仍未得車若絶待者今應徵云若大車門非宅門者索時亦應別有出路何故還從所出索大長者亦秖於此與大又問得宅門已未得車門住在何處答大小異途是故云別開小即大同異如何故今中之斥

則車宅永殊開則二門不異宅與車一二門何殊是故三乘具有二義承教出宅不見小車中間已經二味調熟乃從父索先所許車既索須與開彼小門無非大教門下小理終無別途絶理無二麤妙體一法住法位世間相常三界尚如何別之有若不先異何所論同沒苦之人於今咸會安隱對不安隱法者如來已住安隱涅槃對彼五濁不安之法機感相遇故名爲對不安隱處亦復如是牆壁譬四大者應通三界無非減損無色雖無四大造色定果所爲皆是牆壁三界皆以意識維持若約諸宗無色非全無四大色雅合其宜欲令下觀解者前則通於三界已他故屬於事此觀已身即觀心義有人至此具以依正二報合喻有何不可且如成壞各二十中已無有情如何釋濁燒義稍隔故不用之故今文但約三界正報因果以正攝依其義自足欻然等者若唯約小乘無始相續乃成本有念念生滅乃是今無今附大乘性理本無無明故有故云本無今有故無明之言含於麤細今指麤是細豈可餘途然本無之言人之常說斯爲至難故大經云本無今有本有今無三世有法無有是處今雖引一句與三句相關故須略辯識其大旨然此一偈四處出之古人各爲涅槃四柱亦云四出偈故知釋不當理涅槃室傾言四出者謂第九十五二十五二十六大理雖同對文小別第九釋菩薩品明差別無差別義第十五釋梵行品明得即無得無得即得二十五師子吼品釋有不定有無不定無二十六破定性明無性

古來解釋隨情不同成論師云金剛心前無常常則本有今無無常則本無今有又云本有煩惱今無般若如此有無並在於昔故在金剛前後三世有法無有是處地論師云常法體用本有今無章安難云本隱今顯亦應顯已復沒三藏云衆生無始而有終涅槃無終而有始今難之無始之法方乃無終無終之法必須無始若煩惱有終是可壞法可壞之法義必有始有始有終皆從緣生何得涅槃而言有始有始必終全同煩惱應言煩惱無始體即菩提是故無終菩提無始即煩惱是涅槃生死亦可準知今即約大是故且云本無今有其實本有即生死之涅槃以從迷故而今無也理淨本無從迷今有故云本無今有小宗若云本無今有從緣生故故云無明觀諸師意與涅槃理都不相當章安五解初約三諦次約常無常三約三智四約四悉五約四門今文正與第二義同本無今有常即無常云云單準小宗秖應準下偈初釋久故義而云三界無始爲久非今所造稱故今開妙教須附妙宗故釋欻然云本無今有但依章安第二釋意文義則合故知且用無常一邊即常一邊義當且覆又他人至此廣列八苦四生義章非文正意但知而已無此機是五百人者諸子語通三十指別故知前通五道今在結緣無此之言卻指前列是則語五百唯有正因論三十別在緣了文中列者以此五百是生機處故或小乘攝等者值佛世不值佛世不同故耳皆云十者文中合說云或十二十乃至三十意云三乘各十而已皆

云内有智性者智必具十望大品十一智無如實智耳言十智者謂世智他心智苦集滅道智法比智盡無生智略如玄文智妙中説廣如俱舍智品中明彼文總爲六門解釋一有漏無漏二展轉相攝三與三三昧相應四與根相應五明緣境多少等如此十智三藏三乘始末俱修故三乘人乘之出宅非今正意不暇廣云身受等者倒所依也從此下倒相也略如止觀第七文及記準經論次立此前須立五停心位俱舍云入修要二門不淨觀數息貪尋增上者如次第應修爲通治四貪且辯觀骨鎻廣至海復略名初習業位除足至頭半名爲已熟修繫心在眉間名超作意位所言貪者顯色形色供奉妙觸望大論六闕人相音聲姿態數息等者阿那此云遣

來般那此云遣去秖是息出入耳八苦者倒果也大經十二云所言苦者逼迫爲義言逼迫者三苦八苦言三苦者依三受生苦受生苦苦生在欲界苦等三途故云苦苦三界已苦欲界復苦故云苦苦樂受生壞苦樂壞時苦等於三途故云壞苦處中苦者名爲行苦通至無色俱舍云如以一睫毛置掌人不覺若置眼睛上爲損極不安凡夫如手掌不覺行苦睫故大經云於下苦中横生樂想別論雖爾通徧三界各具三苦言八苦者即生等是生苦有五一生苦即初受胎時二至終三增長四出胎五種類老有二種念念終身又有二種增長滅壞病苦者一四大不調即有二種謂身病心病死苦者有三一業報二惡對三時節代謝復有二種病死外緣云云愛別

離者捨所愛故即是壞苦怨憎會者即是苦心苦心領於苦境故也求不得者還約愛離怨會以說五盛陰者經釋前七是五盛陰迦葉難言是義不然如佛昔說一切衆生皆求於色若是苦不應求色佛言苦有三種即三受是雖求不得不苦如前若知去起念處觀俱舍云修五停已次修念處謂以止觀自相共相修身受心法自相別修也一切有爲皆無常相一切有漏皆是苦相及一切法空相除此三外自餘一切皆法念處攝一一各有三緣謂自他俱總成十二從麤至細言總相者或總二三四此總仍別唯法念總具如玄文四句分別四生者胎卵濕化具如俱舍第八世品明論云於中有四生有情謂卵等人旁生具四地獄及諸天中有唯化生鬼通胎化二即大驚怖至有苦者長者大悲小應與其退大之心同時而起無樂有苦之言義兼大小昔曾聞大義如有樂退大流轉亡其觀解慈念無樂唯有其苦苦故宜悲大小應法須釋出之我雖至之義者雖出而入故成慈悲次雖是下卻釋雖字於中先通釋大意次別釋所燒之門初文者長者先已安隱得出雖安而驚雖出須入方知如來恒住大悲安處涅槃而不離三界故以安隱得出釋驚怖也生見子有大志如久已安隱由退墮苦更起小悲如始驚怖安隱不久故名爲雖而衆生下釋驚怖由由未與父同安隱故如來下明入火由由小悲也子已墮苦從子苦處以釋安隱故云不爲八苦四倒等也故佛智之言雖通本實且從權迹而爲正教故下釋

門從詮小釋次經言下別明門義以釋疑也先重舉經次今問下別釋初立疑救云下他人雖救救仍未通恐燒教有過乃避教燒人人猶被燒何須是教如門下他人立喻今問縱使不燒從人得名人定燒不人若定燒何殊九十況經云以佛教門出三界苦人何曾燒若爾二俱不燒則有二失一者俱常此未明常二者違經經云所燒之門安隱得出今無此妨從又問下重難意者重立燒家難也若不許燒教應常住今欲正解今解去正釋有譬有合意明小教既非色即中道法界此教安得不名無常然小理不滅大教抑之小教無常義同被燒猶如門楗理非無常猶如門空燒與安隱二義俱成若依古人人既被燒不得名為安隱得出立門本意令其不燒唯燒無出門義不成大經下引證經以十仙前因義同能詮以因望果亦可借用如因小證大小雖無常大豈無常若小下此更將小通對衍門言文字即解脫等者大小色教並皆是常但有即不即殊乃成燒不燒別隨宜故不即順理故無燒今皆開顯即燒無燒若就下更以權實二智對釋從施權邊故云權從所燒同體之權本自常住縱從覆說權為所燒仍須分別則三教權中唯三藏權生滅名燒餘二少別故先作下引證佛元欲用實智几案事不獲已施於無常無常即是所燒權智有人云約不信者名為所燒佛昔從出故云安隱雖是一途不及今文經云若不時出必為所焚故得出之言非獨長者被燒之語豈唯不信故知教法生滅名為所燒非由

衆生不信故滅宅以濁故被燒教門何濁之有但聲教不住義同生滅生滅云燒故須分判樂著等者先分字釋嬉遊樂也遊名徧樂故譬見惑徧於三界戲雖亦樂隨處非徧於三界中所繫別故又耽湎去合字解者此兩字義通名樂故故以兩字俱通見修以著愛見俱喪道故愛見是集集必招苦具苦集故必無道滅

法華文句記卷第六上

音釋

貶碑檢切抑也　迭徒結切更互也　彪悲幽切　犧許羈切　顓頊顓職緣切頊許玉切　裔余制切　貂都聊切　弼薄密切　聘匹正切訪問也　囹圄囹郎丁切圄魚巨切囹圄獄名　欻許勿切忽也　睫即葉切目旁毛　揵巨展切拒門木也

法華文句記卷第六中

唐天台沙門湛然述

不覺不知下約於四諦釋此四句但初舉文應具列四句但是文略於中爲三初約凡釋次約位釋三約三世初文又三謂標釋結初文者都不言下標苦也火者三界五濁八苦也不解火下標集也火本能燒如集招苦既不知下標失道也既不畏傷故云不驚傷即失也不慮斷下標失滅也無道諦身慧命亦斷衆生下釋前四句陰必是苦釋前有苦既全不覺即不識苦不知去釋前集也四倒三毒釋前有集既全不知故不識集三毒修惑四倒見惑既不下釋失道滅由不知苦集故道滅俱失不識惑者不識集也既不識集不憂慮苦惑侵法身失道諦也必損慧命失滅諦也如是下結以不聞下次寄位釋者於中先以初二句二重順釋次以後兩句反釋初文先以二句對於聞思應云不覺聞思不知修慧但是文略次以兩句進約聖位次反釋者應云無見諦故不驚無思惟故不怖文中反釋故云見諦故驚悟等也此明四諦觀成見思兩惑究竟盡也以惑盡故四諦全顯初得見諦迷悟創分如久迷初正故云驚悟復更猒怖迷途方盡次約三世者不云過去及以集者現觀未苦由於現集又觀現苦由過去集如因緣中名爲輪迴雖論三世正觀現苦以斷現集今當苦息故知不覺現苦即苦集俱迷由此能招未來世苦既迷苦集理無道滅舉二世苦以攝三世具如引文亦秖以苦而攝於集然前三釋雖復約凡約位等三

總而言之並是迷諦以迷諦故八苦逼身五識等者逼近也濁在五識名之爲近以切已故名爲逼身同時意識俱受苦境非初刹那未分別時又秖此五識體是異熟八苦故也近豈過此故此同時安能猒患故此心王心所不能以此意識成觀唯能分別以成三受三受義成故云切已逼甚故切故一一苦皆由五識以對於境次至第六而重分別復立苦因何能生猒亦云去出他釋昔結大乘名之爲種功德即是法身家之智慧即以此智爲體爲苦所逼大理智乘俱遭苦集不覺不知名爲火逼今謂下但約濁名不須對大既流轉已小尚不知故總諸義共成五濁不覺等四爲衆生濁者四句秖是迷於四諦以迷諦故衆生即濁次火來等爲命濁者苦盛壽促令命成濁心不猒等爲劫濁者由不猒苦常在三界必遇三小名爲劫濁云云者意斥舊師不須將此對大說也以五濁故正當廣上所見之火故上但云從四面起長者作是下先釋能施身手次釋所施衣裓能所俱廢故云不得初文爲十先標次引合譬三依三昧下明二義所依四智斷下明二義功能五此之下明二義之門六勸即下以四悉釋七如來下明用二義意八故知下結歸九故上文下引證十前歎下重指前證前四可知五此之等者則以因果相對勸是智家之門誡是斷家之門故云從二門入今於勸門中復言誡者門體理合互具故也各一義便故且別說六四悉中云此二悉檀爲第一義作方便者二悉是修得智斷第一義即是性德法

身方便品初以法身智斷取物不得是故息化問何不云世界悉檀答二門不同隨樂各别又聞二歡喜皆世界也故此佛乘生善滅惡徧生八門圓别四門各二各四故此二門攝一切法餘如文釋所施中文又爲三先出所依三藏次出舊解三今取下正釋初雖依三藏但辯物相未明法門次舊解中初師云大乘因果理何不可但闕施化之相故不用之次師既云出阿含經不應用小而釋於大縱云大乘何異四階有言裓者亦袂袂袖也今不用之豈以救火袖盛子耶次正解中亦取下合譬佛自釋義豈同世情於中爲五先引下文次神力下正釋身手指前釋衣裓等三如來下明用三意四衣裓下明立名意前三可知言名略義玄者知見二故名略攝一切法故義玄如衣裓一足故略盛多故玄四無所畏略如法界次第及止觀第七記智論廣釋通言無畏者十力內充外用無怯名爲無畏佛自誠言我是一切知者見者無有一切沙門及婆羅門若天魔梵及以餘衆言如來不知乃至無有如微畏相用對四諦者盡苦道即苦諦說障道即集諦一切智即道諦漏盡即滅諦四種四諦即四四無畏今須在圓徧一切四離二爲四二俱依諦諦爲所依故名爲安次十力中通言力者諸佛所得內實智用了了分明無能勝者無能壞者故名爲力無畏與力內外之别一一徧攝故名爲横十力依理故名爲竪則十處明諦豈不大安無畏與力雖有內外今皆約用故內外具足五三七下結施化意言而衆生不堪者此

正施大不堪之言取意說也唯有一門至狹小者於中二先指上類同次分門解釋初言義如上說者如上車門此中亦是宣一佛乘之車門也若已出宅門未入車門者取難當故名爲狹小初言別者別約三義分字釋也於中先正釋教理下釋所以初正釋者一既是理門又屬教小即無機以無行故不入理教故名狹小言不容斷常七方便者應云斷常及七方便於實不入義言不容言衆生不能以此理教自通者但守方便行也言通釋者理教行三一一通明一門狹小以不入故不得至果初約理者唯一法界故云無雜由一理故徧通一切令至此理故云能通由子不入故云難知約教者唯約圓理對教以明出入秖是理教故耳云凡夫不知出者則不

及二乘已從宅門小教而出不知入者不知車門兩教二乘但從門出故云少知昔教未詮永不知入菩薩雖自知出等者通菩薩也三藏菩薩雖有出教三祇百劫並未出故又通教菩薩約鈍根者未知入處與二乘同故云亦也奪七方便者前與言之猶云知出猶未入實名不知入若奪說者出亦不知何者而不自知上中下性故不知出與而言之通別衍門猶可知入然帶教道故奪說者別教地前皆不知故尚不自知上中下性況一地兩從不知權邊云皆不知故別教地前雖知中道教道仍權據教道論乃至入地入地必證故廢不論次上文云下引文也七方便人皆悉未入佛乘故也不能以教等者方便之言必用通實若佛未開皆不能以己教通極

言將譚者爾前未斥不云無機略開方說故云將譚約行可知幼稚無識者舊師若云人天之善爲幼稚者此乃大善未生何名幼稚依今爲正戀著等者前明善弱故未有所識今明惡彊遊戲被燒因時者初退大時果時者受八苦時退大已後著愛見因依正即是愛見果也欲界著依上界著正故云禪定等對治之相至小乘也者今大乘誡門名對治者不同小乘無常等也故引大品四念處等皆摩訶衍觀不淨等能所俱忘皆不可得問若爾但是觀理何名對治答修對治時能所皆空今此亦爾約施大化復令離濁於佛正是摩訶衍相是故得名大乘治相既著下大之所治宜應用大以捨惡故若久等者久住見思大小俱失不驚至如上者如上釋不覺等文廣約凡夫及三世是也背明等者東西譬苦集也若明見苦集東西向明以不知苦故而起於集如日東而西走不識集故而招於苦如日西而東馳馳走義一故經云戲死如往生如還還已復往生死不絕無彼變易二土之壽如速疾也又從苦起集如往從集受苦如還一苦一集一生一死是故名爲馳走還往雖用大擬等者聞而不受視父而已如雖見父怖畏逃走失聞見利故云而已已者息也又機扣於應故名爲視機生不受故云而已大乘下至父命斷者並以大乘爲父子命者雖大救未得種不可亡所以雖欲小化爲存大命不廢化功前云切已者初退大時適起五濁如初逼身大善容在若久不出流轉五濁名必爲所焚即大小俱失此語起

小應時故云若不時出大乘善根理實無斷意令速出以必死逼之若久不出義同於死故云死義上文於所燒至若不時出等問意者得出與俱焚內外義別二文相反其義如何次前得出下答意者法應不同二義各別從文從理二意不同若準前文文既寄小還從小教所燒門出則還且約五分法身若義兼於理則法通二種若法應相對理須常住法身已出今論應身物機受化則機應俱濟故云時出不受化則機息應謝灰斷入滅義當俱焚焚故義當子父命斷以此擬宜而催逼之問前云得出是法身者大之與小法並無燒何須言出答秖以無燒名之爲出然則法應並皆無燒應本同物從物云燒從理則法應無壞從事則物燒佛出今說俱燒意在同出故云若不等也有云感應俱時今謂但得俱出之理而失俱燒之義故以俱燒要令同出從知子先下明有小機故接以小開一爲三故名爲各又知至小彊者大退故弱小彊二義一者猒苦二者是治六心中退者準瓔珞意身子於十住中第六心退恐是爾前見思俱斷至六心時見猶未盡六心尚退歎三車者有人問何以車三使二城一城有車無俱譬方便而數不同他答有餘今更爲答凡立譬者各從一邊不可執一而疑異途故一二三但是離合爲對三周信解等異是故別耳皆譬方便其義不殊車則通舉方便故三使則從難別對故二城是二三之處故一當知城亦從人故二故云息處說二車亦從難但二使亦義兼菩薩此三俱有人理教行

城若説化故亦無車依造作故還有使約權同故亦有權乃非實故亦無權實相對俱通四句從權化故俱有從實義故俱無俱通權實故有無同約一理故雙廢勸示證者示應居初隨經次第先勸後示亦應無失證中皆與之言正當已證亦令他證故名爲與言前偈本略者譬本但云是名轉法輪等也廣明至六句者賢合爲四見修爲二賢所以合者四念法同故爲一煗頂同退故爲一忍不出觀故爲一世第一無上故自爲一見修道異故各爲一廣如俱舍賢聖品中此須略明三十二諦者上下各有十六行相上下合論故三十二具如俱舍釋籤略明與苦法忍不别者世第一心同此刹那即入苦忍同觀苦諦應云四中隨觀一行與苦忍同故總舉之馳走入見道十五心者世第一後十六刹那皆是無漏有云十六心仍在見道部别不同便有涅槃音者此約初轉爲言觀心中用大乘觀者凡附文作觀多分在圓令一一文不違所習非數他故初至所願者心望觀境名之爲願心未稱境故非適願境至勇者境多觀少非勇進者境研心者還以心思妙境而研於心數數爲之心觀乃利心境相研者向合以境研心前又以心觀境故名互相心王等者創心修觀莫不以第六王數爲發觀之始縱使觀境圓融不二其如麤惑尚未先落故皆仍屬第六王數乃至未淨六根已來未離王數此是見思家之王數故也若欲約教即有四教賢聖位别馳走不同今在三藏上法説中先明等者上釋迦章頌顯實中有六行

偈先約四一即是消文次約索車即是譬本謂初兩行從我見佛子等即是聞前諸方便教三菩薩也次我即作是念下二行一句明障除佛喜言今我喜無畏者即障除故喜今先明免難後明索車者前後既殊光宅直將大機以對免難所以破之此明經文前後不同非謂障除有前後也以諸聲聞皆濁先除大機今發若具足等者由法譬文免難與機前後迴互承此不同釋出四句先釋兩句餘兩指上今兩句者以前兩句但經文互互義不成欲令成互對華嚴等名同義異初句雖引四大聲聞通指羅漢義及三周次句所引凡夫理通初後於次句中義兼華嚴法華教者異前初句餘之兩句云如上者指上頌釋迦章偈中四一消文末四句料簡中初二二句與此大同仍有少別是故更釋彼初句云在三藏時未云大品末等次句但云法華中諸凡夫不云華嚴中人其言雖闕大旨是同言餘二如上者即第三第四句也彼云障即除機即發如無量義中得小果者即座聞大障未除機未發如五千起去唯第四句非法華中人若大機下更重示向經文迴互若大機等者如向引方便品文但彼品文文有前後非謂彼品先大機發後障除也若先障除者如向引云今譬中已下文是四諦同會見諦者阿含經中亦有四衢譬四諦下惑盡次明索車義云作十難者古人立難不許菩薩有索車義會二歸一近代拾用何足爲怪故今敘破令有索會先述次破初二可見第三云所化是凡夫未出三界不應有索能化位

在三十三心不可於茲更云有索若入佛果佛果無二佛從誰索第四明先斷正使習無知在理不合索斷盡成佛佛復無索第五引今經文以證菩薩第六云從大品等者古以般若在方等前故云大品已來先引妨云法華已前皆方便者先定付窮子下設難也二乘領業皆菩薩法若是方便所付之財何以乃云皆是我有若付財下重徵也若所付財是眞實者菩薩於彼先得此財已成眞實豈至法華更索眞實第七意者方便品云一切聲聞辟支佛所不能知故小名方便是故須索佛子大乘者偈云佛子行道已來世得作佛作佛是實實不須索下三可見古今所計不出此十次破中云私總別駮之者私破也駮謂斑駮不純之狀亦雜也破彼如駮正釋如純所言總者通立菩薩有索事義則十義皆破索是求請至名求索者引前三業皆有索文有法喻合法意者三乘之人咸居未足皆未善行來至此經咸須有索喻中三句次第以對三法凡居下合中初明索意索義兼三及引女證具騰始末由索故許由許故與許與有文何得無索初明請中請既彌勒居先許豈獨酬身子況身子普請恩霑自他故云願爲四衆四衆豈獨二乘佛許非專小衆故但通云當爲說等許文可見故知三周通語三乘法說竟身子歡喜即第二卷初譬說竟迦葉歡喜如信解初云聞世尊授舍利弗記發希有心歡喜踴躍宿世竟樓那歡喜如五百記初云復聞宿世因緣之事心淨踴躍次別駮者先破第一云齊三藏明菩薩不斷

惑者前云菩薩未至許處以不斷惑故不與二乘同至許果之處故不索者唯三藏中明菩薩不斷故判云齊言依法華有四句者謂準今經須作四句攝機方盡若無四句恐人謂機發獨在無障之人故第二句即三藏菩薩若獨二乘二乘何曾障未除耶逐要且列機發二句破舊不索若不索者何以機發然機不動亦有障除第三句也未發且指法華已前若至法華除五千外無不發者破第二義者彼師意云索但在小諸大乘經並無菩薩索小乘果今經菩薩豈應索小故今破云入涅槃既同何得不索者乃以通教破之汝云菩薩不索小果通三乘人得理既同俱被斥云悉是方便欲更求實理須俱索通教尚索況三藏耶破第三者彼文云所化三祇百劫至補處來猶是凡夫道理無索此貶太甚豈三祇百劫一向同凡文仍不破但破其能化三十三心思仍未盡故不應索至佛復無索車之義但總判云屬三藏耳故菩提樹下三十二心猶名菩薩時節既促索義不成此則可爾言思未盡此不應然故以見惑凡夫況之惑障全在大機尚發況三十三心言佛不索道理如然彼亦不知因不至果至三十三心必無實行可中此佛實是三祇至果但斷見修而已還同羅漢如云世間有六羅漢羅漢安得不索車耶秖由彼不知權故且難之其教既權進退有妨破第四意中亦先牒難云菩薩未斷習乃至斷盡等者此以第三文為例前第三文若菩薩進斷習氣無知理合成佛索義不成此三乘下正判屬通教既

未實菩薩須索次以具縛況之破第五意者彼以三乘之中菩薩爲唯一次被會下破縱許菩薩伏斷不同望二乘人亦名唯一應知唯一語通待二不局彼以所待二外祇一唯一不知四教當教菩薩俱名唯一故三唯一仍須索車當知前三是待二唯一圓教唯一方是絶待如三藏唯一之外猶有三教通别可知夜光明月珠也破第六意者彼謂般若至法華來一槩眞實汝不下以共不共責之共不共文出自大論不共菩薩容可不索被有圓故又不共兼别别尚須索況共菩薩故汝不知所付之財兼共不共而一向云眞實不索又若云般若中菩薩眞實不索今反難之二乘於彼被付眞實即同菩薩何須更索況汝自云至法華來皆是眞實以汝不知三味異故破第七中牒難竟次破中引本門文者彼本門文既大小已他俱是方便望彼本文圓尚方便況復偏耶今迹中三教皆是方便況方便品初云佛以方便力示以三乘教何時獨云唯示二乘三俱方便是故俱索破第八者亦先叙難次汝不聞下破亦應更引前三周初十義之中有領文來破第九者已如前破破第十云猶是前義者不出三藏破亦如前世人明義多分不受四教之言今但破云四階及以三乘共位與華嚴中菩薩不同若復不受請送婆沙俱舍及大品經卻還天竺自有行息等者大小别故小乘息索菩薩未息教權故索又菩薩下更以義破索是求請别名豈有不求而得觀其詭累者詭詐也累重疊也十義多是詐累藏通故一三九

十全是三藏第四五六博附通教餘之三意義合藏通彼由不見瓔珞位行尚屬權施非是發心二不別故若是實者與華嚴經普賢行願同耶異耶故一家立義別尚須索況復藏通由彼立菩薩不斷及以斷惑未窮並不須索二乘斷惑是故須索此則全迷斷惑菩薩亦須索車況障未除大機動人今當下離爲四句斷與不斷有索不索況十六句徧約五時初許古人墮在一句若至十六句令無索成索全令墮非無句可得於中先列四句問初句與古人菩薩不索何別答今別有意判在三藏故也彼謂一切菩薩不斷故俱不索或斷未盡是故不索又引經論偶成通藏以彼不知別圓義故若本知者何事不立故今初且離爲四句用對四教次歷五味故初句中望後三句名同古師其意永殊一往對句且立根本名不索耳以三藏菩薩始終不斷縱被斥時亦無可索一往雖然猶未盡理所以更開爲十六句又根本句中第二句爲通教者三乘俱斷故俱索車第三句者約未破無明名爲不斷是故須索登地已斷是故不索此則永異古今諸師況第四句無非法界更何斷索故第四句方名不索前三句中初雖不索終卒須索故三句中俱名爲索利者先索鈍者今索以須開故應須必索圓教尚不當於不索何索之有故不同古所立十義次更隨味具教多少準例說之故法華前三教菩薩一切容索兩教二乘約時前後顯容不同更約五味良有以也宏綱大統者且立四句以對五味未細分故言一一句者如

前四句一一意者若直對句秖是四教句復離四故句亦名意意者秖是教中句也如云乳味兩意等也故知障除秖是惑斷機動理合索車準此中句若從根本四中初句爲首應先從障未除機未動離爲四句應云未除未發已除未發亦除亦未除未發非除非未除未發未發非宗故不用之初文且以除等對動似是從根本中第二句上開出旣云一一句各開爲四秖是皆以文中四句列諸教上是則四教各以除等對動爲句以明索車宗在動故故一一教中皆以除等對動爲言故文但列四句爲式仍將此句歷五味簡令知四味中諸機未純故有當教後教不同依今經意雖有諸教障除不除機動必唯圓教故也問前之三教當教論發還對當教除不除等此則可見若並望於圓機論發則菩薩通前二乘不定圓教如何論斷等四云何更動答應將初住以對住前而論四句一切凡夫不斷五品名斷初心修觀雖即法性須作意斷且立斷名六根即爲第三句也以第四句是圓本句須歸初住是故爾耳故法華前教句教未融來至法華唯有四除以對一發故至法華無不索者口索旣爾機情可知是則味味無有不索但機情冥密故不論之所以且對顯教諸味以成諸句索之與斷其義衆多如何乃以一言輙判故云斯宗不見等次明體數不同者舊三師中初一全非次師似當然第三師今不全許者其理未顯並由不說佛菩薩乘離合初後同異所以須會不會所以下破古先通非之次别引教初引昔

三三既在昔驗一在今次華嚴下皆引證四即能所具列初云說次云出說約教法出約行儀初三從應第二從機當知定有四法故也地論等者地論在別尚列四觀觀於十善當知諸法咸通四觀瓔珞三乘即前三教三各開三即別教之乘也平等即是圓教乘也今約教下重以教門判向三四但云三四未言優劣故須教判若三乘對眞論同異者即判初家判三四九屬別圓者更須約行方分別圓應知藏通大意亦爾雖引前經具足四教妙部未顯復須歷味方辯今經正法華中亦先云象馬羊後乃各賜大白象車同一梵文誰非誰是有人問云出不見車是故即索此未立城應須索城今爲答之城約有譬見何須索問車城俱方便有無義必同何故有無異致令索不等答車由斥方便失實故須索城若非眞實亦同車處無問若爾應俱索何故索不同答車但說方便求實故有索城云寶處近是故不須索問方便略開三未實故有索已聞五佛章何故譬中索答中根迷法說故說車虛譬有無宛然齊智者無斯難有人問三車容可有上下一城何得有出入答車亦無文說有下城亦不曾說有出車被斥虛義同下城聞說化義同出彼此從譬咸義立皆已入證並須開大車實所既無殊兩處妙理何差別世人下明大車體者應如玄文顯體中辯此爲破古略辯異同上雖明數及索不索若不辯體將何以明解行之本已下諸師章安所引故出今釋云天台師初光宅莊嚴雖並云高廣而據果計因對昔未絕

故光宅指果此有五失一者因乘無體乘何而出二者名濫小乘果尚須索三者以用爲體能所不分四者待昔無絶開權不成五者攝法不徧以隔凡下别無盡智之語況復圓耶别圓雖有無生之名語同意别斷證永乖是故不用況以今待昔方爲高廣當知當體無高廣也莊嚴在因果必無體況行是具度亦非所嚴上求下化四教皆然況唯知語其高廣不解始終不二舊師不取功德意斥莊嚴欲同光宅又不云果智屬白牛體亦不成過準前說又一師取福慧者總破前三引無漏根力等屬慧禪定解脱等屬福豈但慧耶者正斥第三福慧已非車體復謬引昔文證令深不可也過失云云又取有解者似符光宅空解無動故不取者意謂運義不成不意運都無體盡無生智即有解者從所盡所無立名故也又一師分對小乘大乘但取實慧方便運動如前私謂下章安通斥牙等雖象通别不同通則無非象身别則身非耳等準譬破義意亦可知故亡體者通别俱迷至賜車中點出者高廣爲體永異諸古次辯小車并運不運兼辯因果及索不索者因便明之令識所開既先索小先須識小言八智通因果者亦應云通漏無漏如他心智即以法類道及俗智所成故也何者若他心智緣他無漏心須以法類道他心智知若他心智緣他有漏心須以世俗他心智知若果地他心智即果地他心世俗智知若因人他心智即因地他心世俗智知自餘六智若初果人斷見六智灼然屬因若二三果及以非想餘一品來

所有六智亦屬於因最後一品方乃屬果若依去古人引教破前一向用果然但下古人正釋要因下釋妨有旁正故若內下更立妨然果下釋妨果無自剋由因至故故使此果得名好運中道不達表非好運從後爲名故名好運乘秖是車車本動運運因至果得好運名既可並須理須雙立若乘下古人乘向所釋立索車妨舊云下釋妨釋卻成妨舊釋意云機索可解者機蘊於內可發名索機雖有索但冥在心情未猶豫故使不述雖情動於中未彰於口秖由情故以天眼觀進退生疑情從佛索若尋下今家破舊有文義二妨於第二妨中有四相違第一與當文滅想相違二又佛下與須見餘佛決了相違三又初下與下不見上相違四又羅漢下與修因時未見果相違初二可見第三引例又與攝大乘違者諸論天眼下不見上必無二乘見於界外今言下正釋言昔日者昔住小教既其被斥情有所望準此判意情通二味因斥舊解情索理違故今爲立情索之義若單論情取意爲語以機生故所以情動故機情索通徧二酥別分二味索求至之實者若是方便昔實何在機在大乘等者釋求實意至口索時大機已發情求昔實意在今眞此則機實而情假又情下重申假以扣實故情實而口假故機情時未彰於口口索之日必具機情六度通教例爾者向明兩教二乘既然故知兩教菩薩亦爾何者昔五百八千俱被彈斥般若淘汰受益事同既見身子騰疑佛釋理應霑已默然在座佇聖申通有兩章兩廣兩

釋者此依未次疏列稍似難見準文次第兩
章並標廣釋間出

法華文句記卷第六中

音釋

創初亮切初也 裓古得切衣前裾也 袂彌獘切神也 誡古隘切警誡也 駁北角切 詭居洧切詐也

法華文句記卷第六下

唐天台沙門湛然述

一等子下標兩章門言子等故則心等者先明子等者無非子故故心必等其心若等其子必等心即心性故佛性等由皆是子故心無偏財法復多是故心等車等者初明等意所賜不二是故云等但㸃所習無非妙乘秖緣性同賜義則等而言下卻以子等釋車等疑既云車等何以各賜昔習不同諸位不一至此所說無非一乘何以故若一人不徧不名子等且云本習應徧諸法一物不與不名賜等所謂色心逆順依正行理因果自他解惑小大慧福故知等賜秖是開彼三乘六道無非一如故一一如無不徧攝徧具徧入一切衆生誰無四方道場之分誰不理有大車具度待時待緣是故爾耳故至今日方云各賜言橫周等者法界三諦並非橫豎雖無橫豎法界從徧言橫則便三諦名異言豎則便不二互顯思之可見言四辯者謂法義辭說七辯大同法謂一切法之名字分別無滯分別三乘不壞法性義謂諸法之義了了通達知一切義皆入實相辭即言說名字莊嚴隨其所應能令得解一切衆生殊方異類多少廣狹諸道男女三世九世諸教諸門聞者悉解樂說謂能於一字說一切字於一語中說一切語於一法中說一切法隨所說者無不眞實十二入萬隨根所樂而爲說之四無量者四諦爲境二苦二樂故也本是不思議之梵行也故大經云慈若有無非有非無如是之慈名如來慈故三諦慈攝四徧也四弘四

攝並依境判方異餘經四弘具如止觀第一第五此之四弘即是前來四無量也四攝略如止觀第七記神通七覺並以無緣而爲所依如止觀第七無作道諦中明綩繡衣也綖者天子覆冠衣前後垂者是也非此中意此應作筵即鋪席也觀練熏修如法界次第具出名相止觀禪境玄文定聖行中皆爲實相故修至果禪中勝用無盡冊枕云支昂者即車外枕車住須支支之恐昂故云支昂支持也昂舉也譬動靜相即者車行枕閑車息枕用用時常靜閑時常動實體與用亦復如是自因之果法性無動所以如風不移寂然而到萬行無作衆智莫觀此則三德俱不二也以三即一故使爾耳車內枕者智首行身三昧如枕所息得理法理而然赤光等者無他

法間名無分別以光譬智故云智光朱正紫間故以赤表無雜之光南山註經音云西方無木枕皆以赤皮內著綿毛用倚卧也赤而且光白牛爲三先明功能次白是下辯體德三又四念下論行相初文者修得般若能導假中三教諦緣無不至極故云到也此名通有須體簡之次體德中云白爲色本本體無垢故云本淨修稱於性故云相應體具等者顯圓智也惑體本淨約性論修名爲不染此即內充而外潔也又四念下即是約境以釋行相念即是智處即是境四觀觀處處觀一合如全白是身即此觀境善滿惡盡可譬正勤由此成故復令欲念思惟一心成無記通化化不絕任運常然去住自在故云稱意餘法例如道品說之間此中大車等賜諸子諸

子得已始至初住乃至猶在名字觀行如何純以果義釋之答以證示人人行差別明因等果舉事示理故但示云汝等所行是菩薩道心佛衆生三無差別是故理賜行位等賜即果賜也果理在行方可云賜豈可理果與衆生耶僕從者準對三德應車體中分正及緣對牛爲了此則義當修二性一一復具三高廣不二此中僕從與偈儐從言異意同儐者進也導也侍衛者供左右也僕者下品也今習大乘者自量已心與此經文所列同異若一句即是爲是何句一句即足何須諸句豈佛謬說彊騁文詞煩列車儀衒惑迦葉此大羅漢久爲僧首四十餘年不受眞化纔聞方便通歎二智略開顯已動執生疑情方猶豫慇懃三請廣聞五佛十番開權又覩身子

三業領解入部引例四衆酬恩如來述成分明與記經斯重疊宿種未開纔聞大車便堪記莂故知此乘觀法具足仍存翦略粗點十觀若廣張行相何由可備不別解釋即悟無生望上稱中比下仍利若此車譬一句徒設則顯佛有綺語之辜或擧集人添糅之咎及責譯者混雜之愆若屬對有由則行儀可軌豈學大觀頓爾全棄既失大檢小徑莫從大小咸亡恐隨邪濟乘壞驢乘爲向何方譬果地福慧圓滿者行理窮也福成行也慧趣理也自行德備是故內充化他德具是故外溢徧一切法故財無量皆具二德故云種種列二藏者行稱理故理籍行故更互相收方堪等賜一切下引證二藏如其不了陰入理藏徒自虛修諸度行藏言一切趣者文在大品

發趣品中趣謂趣入即一切法入一法中一
法既然諸法皆爾行理具攝一切法也一切
法趣文相開合如止觀第二引自行此行理
下次釋充溢先直約行理次實智下能導能
照即是修得三德意也果極利物故名充溢
雖有二釋佛智不殊廣等心中亦二但以心
釋子故云心耳文具三義乃名心等一者財
富二者皆子三者無偏是故心等亦應更云
所以心等由皆子故財富無量自行滿也皆
子無偏化緣熟也若富下反以不等用釋於
等由財子互闕令心不等應知非子及財不
等寄在昔教故昔偏教教主化機二義並闕
如兩教教主貧法財故不得云富不知常住
不得皆子縱當教名子收機不徧故亦非子
則成有偏互闕非等並闕可知別教教道雖

云皆子兩義尚無證道自同分等無缺下釋
子等例之可知是故今經一實之外更無餘
法一切衆生皆是吾子緣因尚收於散善了
種通攝於一句正乃不棄無間方稱一切之
說是故玄文明利益中則序正流通未來永
永嚴王調達不輕龍女以義準知況應以之
言何簡於四趣隨宜之教靡擇於順違此等
賜之大體也故知子等心等之言豈獨四大
聲聞而已所以諸法皆藏咸子無偏今七寶
下釋三義也先明財多言教行者機應相對
且從現文益者說也次各各下明是子無偏
言各各者由俱子故不差別者由無偏故各
賜等一秖是開權次釋各義故引身子等本
習不同故各皆同入實故等又方等般若者
約法巳開自在根力其根鈍者於二味初得

方便教中之益者於彼得益諸位諸法種種不同故皆以實當位開之所以者下釋子等中言兩等者應但云子兩者恐誤文舉財等況於子等且以處等而況子等子本一家今周一國何況子也言一國者寂光土也徧益法界理亦不窮況同居土結緣人耶此舉廣處以況畧人次釋下正明子等復以非子況之言非子者且貶正因不同緣了故抑言非等陰無偏況結緣子故約無緣慈對本有理無非吾子寄化儀説且以昔世未結緣者而爲非子如來常給子自不歸無緣通覆故云周給人天善惡與法界同故父果車是子理車但開其情假名等賜衆生無盡車亦不窮不窮故不匱不匱故無偏望迷爲開悟本非閉無緣尚度者緣了之子是先結緣者而熟

脱之正因之子未結緣者爲其下種故云尚度故以種者況先結緣釋不虚中初佛問者本但許三而今與一非虚妄不欲令身子領實故以虚妄問之答初免難不虚釋中經云若全身命者具舉身命況而拔濟之意云全於小乘五分法身入空慧命則爲已得昔來所玩況於火宅方便濟苦本在大耶問經文即以拔濟況於身命拔濟正應以大況小身命何故疏文不用拔濟而云命重身輕乃以小乘五分爲身用況大乘實慧爲命何以小身對大命耶答此乃借義互説小中自以無漏慧爲命大乘自有平等法身具足應以大小身命以爲對況免入苦下結向命重身輕意也當知借於小命爲大命初用小濟存五分身已得珍玩況常於火宅方便教小本在

於大而今獲大豈虛妄耶小乘五分法身具如俱舍云云況二萬億佛下指昔因也經中但以今世火宅況之疏中加於昔大以釋從圓因成去指今果也不乖本中意者此述長者本意若小若大俱有本心大本爲本小本非本許小不與尚無所乖況更與大寧乖本意如許少財與少非妄況與大位得過於昔寧乖本心信知如來本非小化所以財但免於分段之貧位則超於二死之賤一義兼備何乖之有但小非究竟不須更與故云不與耳本知無三至本心者明不與意昔非本意故令不與經云方便令出疏云令不墮惡者令不墮故方便令出方便令出故令不墮惡則一意也結前等者雙釋兩結皆安似者文似偏結理必兼具二輪別故所對不同故借二輪以消二結自體者實報土也此是攝大乘師從因立名謂有爲緣集即同居因無爲緣集即方便因自體緣集即實報因亦云法界緣集今疏前二仍舊從果立名後一依彼從因立稱皆是妙色妙心報處者既云一切世間之父故知三土皆是證道色心報處寂光既偏遮那亦等諸身既與法身量同諸土亦與寂光不異如像如飯如鏡如器方之可知一切衆生無不具此果報未滿全局在迷迷故陰質局彼太虛滿故即與法界等量應三土者從化事說故云處等於諸怖畏等者且約界內因果而言以對諸子是所畏故故云永盡所離同麤能離理極故云無量知見等有人以初地離五怖畏用釋此中都不相關上不及諸佛下過於離界望諸釋義其例若

斯但譬中驚怖在前等者前云即大驚怖而作是念等次云戀著即是重釋所見令合不覺在前者先云衆生没在其中等即是略後便明廣也拔苦等在後者次此文後方云我爲衆生之父應拔其苦難等應拔其苦至慈之力者大悲且從拔濁大慈與其大樂故慈從化意悲從用小上譬有勸誡等者釋譬及法有無之意即是旁正相即即是其體本同況此二文既是二悉當知勸善本令斷惡斷惡本令勸善問二體既同何須立二先辯互無復更相即答門别故二體同故即雖復勸即是誡但是勸家之誡誡即是勸但是誡家之勸故兩門各存不妨體一問若爾一門廢之理亦何爽答若善達二門一門亦足但一門若廢則二義俱虧況表父慇懃先勸又誡

或時各逗機宜不同化時不别共成一事我生已盡等者無學四智羅漢皆具或慧解脱未得無生今以無依是初後二智無求是中間二智後有即是所依處故若生已盡未來無依中間二智盡三界因名已辦等故云無求上有眞似等四位者賢合爲二及聖位二今依前外凡亦但聞慧爲一思修爲一辟支是法行人者一往且對聲聞憑教所以支佛自思爲法然支佛必自證聲聞具信法信法具如止觀第五記引婆沙等文聞法少者支佛或聞教蹔在聲聞者亦是因信但云聞少此門至非佛等者大論云有一道人問佛大德十二因緣佛作耶佛言我不作又問餘人作耶佛言亦非餘人作有佛無佛本性有之夫答問有四此即決定答也若其廣出三藏

諦緣具如俱舍婆沙玄文略出但合等者以此四中二正二旁當知由免難故索車由等賜故歡喜門有三義者三門之中出別是門入者義立從一色心入一色心門以經遊爲義但未出名入從一入一義言爲入實非外來若作出者須兼三藏今立通教所詮以此兩教所詮同故言若別義者依別理人言所詮者意顯獨教門義不成經雖云教必須對理故知別教雖詮別理亦非車門但對通藏而立別名由緣別理故名爲別次第之初與藏通人咸出火宅據出宅同仍可名通初證又同兩教涅槃故亦可云得涅槃樂三德具如玄文三法及止觀第三顯體中說此釋小異於前者前云意不在三今云本欲與大雖復小殊名異義同有一大宅者有人云且指一方三界故云一他人廣列利鈍章門三界無始爲久者問若從因說或當無始若從依報初禪已下賢劫近成云何無始答衆生無始具三界因惑種不亡故云無始故依報處壞而復成第四禪去及無色界雖無災壞因果相成皆是無始無常故也然終不如約正報釋其理便也念念相續等者相續故高無常故危意識綱維者統御一身其猶梁棟樹立一屋圮坼者上下毀裂褫脫衣貌也因緣觀心兩釋者如云頭殿腹堂即觀心也如云色堂欲舍等即因緣也命根已下文並觀心也八鳥譬八憍者但慢與憍能所別耳諸教亦以七慢釋慢此中所釋亦與俱舍大同其意稍別今略比之盛壯憍如我慢與俱舍名義

並同壯故我彊姓憍如大慢俱舍云於他勝謂已勝如世寡姓尚未謝於崔盧如梟尚食於母況貴姓耶富憍如過慢俱舍云於他勝謂已等如世貧者尚不下於石崇況實富耶自在憍如邪慢俱舍云於有德中謂已有德如薄祐者尚無屈於有德況有自在者壽命憍如增上慢俱舍云未得謂得壽高計常如少尚未肯尊老況實壽高聰明憍如憍慢俱舍云於他等謂已等於等而輕如力雖劣尚欲輕彼況實齊耶行善憍如不如慢俱舍云於多分勝謂已少劣德業天隅謂稍下於高蹤況少劣者色憍如憍慢俱舍云色不如他亦謂已等陋者自得未肯劣於潘安況美姿貌略對且爾如名不同此中直爾有此八事故憍慢者未必全有自愛爲貪去更以三毒例釋同異故四思惟並有二名所從得名不定故也蟲名獸狀鬼體神形雖即非要與使爲譬亦可略知蚖即黑蛇也故漢書云玄蚖蝮者爾雅云虺長三寸大如指江南謂虺爲蝮有牙毒鼻上有針蜈蚣者蝍蛆也有人云能制蛇若伏蛇者多是赤足者此語有損不思來報守宮者蝘蜓是有云在舍爲守宮在澤爲蝘蜓鼬似鼠若獸名作狖似猿若作狖字玉篇云似狸亦噉鼠天若雨於樹倒懸尾有兩岐以塞兩鼻狸字說文從豸鼷者說文云小鼠玉篇云有毒螫人及獸至盡不痛即甘口鼠也咀秖是嚼搏擊打也撮搏取也亦拍亦撫也愛心貪等者寄此與鈍使對辯諸見在後鬼神中明亦可是鈍中利也若從鈍說道理亦是鈍中道理推求去釋也如此土

儒宗亦計天命氣等並鈍使攝欲比西方道
理天隅一云去重更全作鈍使釋也摣者釋
名云叉也謂五指俱取也掣牽也亦云向前
摣向後掣嘊喍者喍字亦作齧聚脣露齒也
嗥吠者出聲大吼也經魑魅者物之精也通
俗文云山澤之怪謂之魑也西京賦云山神
虎形曰魑宅神豬頭人形曰魅魍魎者木石
變怪玉篇云水神孚乳者玉篇云伏卵曰孚
通俗文云卵化曰孚廣雅云孚亦生也乳者
養也故鳥生曰孚獸生曰乳言自類等者即
同類因得等流果以子似父故以喻之俱舍
云同類因相似自部地前生即五部九地但
約過去以現在爲因廣如彼文鳩槃茶者可
畏鬼也蹲踞坐也踞實坐也次捉狗等者有
此一釋故曰一云狗足如因捉之如謗捉足
撲之如令絕聲故云令其失聲因果法爾不
由執無卻由捉撲所以有聲如由計故所以
有生以脚加頸者聲不絕故復以狗脚加於
狗頸謗無苦因之上復更撥無苦果如脚加
頸望必絕聲聲豈不甚撥因尚生撥果彌甚
集本得果下釋上句捉狗兩足豈能絕聲徒
謗無因果何能免果集無得苦下釋下句如
加頸時欲令絕聲由加聲大又謗無苦因者
秖指非因計因即是謗也本是世因今謂出
世即當謗無兩因故也觀解者前約事釋多
在斷見故云撥無等今約觀釋義通常見及
以邪正以佛弟子亦有修六行觀者故今用
之若外人修多在計常或計四禪乃至非想
爲常故也凡云觀解須順内故又云作不淨
等此意亦以出聲爲失由觀故生如由撲故

聲今不得起者復以絶聲爲失釋也故云不起竪入等者如六十二見雖有衆釋多約三世過去來今從今入未故名爲竪橫徧等者如二十身見一陰四句四句相望無復優劣故名爲橫不修善法爲此縱恣所以不修非撥無也雖不撥無亦名無慙言見取者非果計果非想非是涅槃之果計之爲常無色唯心名爲咽細三界壽極名爲命危計之爲常名爲保壽保壽正當計果義也非想下重釋計失首如等者根本之我如牛世以牛力爲大自在計我亦爾於中復計我之有無如生二角爲身是我等者以我與身更互有無爲身是我者執所爲我爲我是身者以能爲所身即是所我即是能如以五陰計一陰爲我餘皆我所謂僮僕瓔珞竈宅若計常者身非是我身斷我常若計斷者身斷我斷或俱常斷具如止觀第五記引阿含本劫本見末劫末見然其所計能所雖殊計有義等或時等者是諸外道於一身中前後計轉所計之極極至非想以所計爲頭彼地斷常更互起計如髮蓬亂計常等者互相是非彊者伏弱弱者從彊皆破他從已如相殘害計此我者有斷有常即邊見也夜叉等者初二句總結欲者未分利鈍亦是下更別語利鈍意亦指初二句即上句利下句鈍並是有漏下釋第三句有漏之心皆無道味之食故飢以由飢故生死速疾故云急經四向者見惑雖多不出四句利鈍並有飢急之義經文且從利使以釋闕看者私竊也看不正者由偶愢牖故見空而偏空無偏正由從愢闚理無是非計者

成過故云滯著心多不會正理故知邪正誰不各謂仰慕至道此二句通結二使次下二句收廣結非是朽故宅等者上文云令此三界皆是我有此從化主統而言之爲生取土言朽故者從生以說故前後文國城家等隨其義勢或優或劣無不屬生咸歸長者一色一香一切皆然長者下釋下二句内合至捨應者合此二句若以十六王子爲常教者應云王子捨應今從果說故云如來又捨應不孤由大薄故故知非但捨應之後起濁亦乃由濁起故捨應故知前諸起濁救火大化擬宜等文意皆探取大通後文準此中意隨根上下三周不同究其根源莫不皆爾故得通用壽量者助成近義實成既遠中間數成成即是出且約一期故不云多又覆本故不可云多火起之勢者比中勢相皆應須作見修兩釋應知通論勢有二種一者勢分二者威勢勢分通至非想威勢燒無不壞今當界二勢亦復如是宅寛舍狹三界爲宅五陰爲舍若且指欲界準例可知由濁倒故身命無常故作無常消此文也被燒相中分爲三義初二句屬見次一句屬修次三句明不出所以專由於見故重云槃茶又初二句通列故云鬼神等等取蟲獸次一行別列故更云鳩槃茶等初二句中下句正明燒相故云大叫次一行中下二句明愚不知出正由不出故燒燒故不出故總屬燒相哭泣爲揚聲者此以十二支後愁歎憂惱來釋此文此是古人釋哭泣等通徧三界今不用舊釋者但在欲界人中南洲有禮度處餘所不攝戒取本不計

斷者因擬果故色界火起所燒類中亦初二句鈍使次二句利使然火勢中文略不分利鈍應須義說故欲界中亦不分利鈍今色界亦爾次明相中方具利鈍即相奪等也既於禪中起諸見惑帶見修禪或禪已見起或禪見俱發若禪已見或可見存或復俱失所計異者具如本劫本見等也言默然者此準大乘一一禪中各立默然如初禪中默然第六乃至四禪默然第五以著默故失於無漏依餘經論通以著禪而爲默然或以一心支而爲默然欲界貪未來定已斷者性障未除名伏爲斷耳故惡獸噉時方乃名盡欲界至如猛焰等者煙焰上升以煙過焰故用譬色又焰猛煙微如色輕欲重身等徧於二界四倒故云四面等也亦通下亦可雙譬二四故四

大皮肉在身四邊如四面咸苦故云充塞蜈蚣下明空中事者前云藏穴以譬色界今乃出穴故譬無色言空中者非謂虛空既以舍內譬欲入穴譬色今以穴外空地爲空以譬無色色界如穴猷下如燒欣上如出穴若爾嗔通三界者前欲界中以蜈蚣譬嗔此中例之不別分出既云蜈蚣復是無色故譬彼嗔色界之中雖無蜈蚣而云毒蟲即兼蜈蚣如色界利云毗舍闍即兼諸鬼故知嗔通三界小乘中云上界無恚非盡理也然諸煩惱輕重雖殊尚至等覺豈隔無色但名同體異理須分別今所燒類略無鬼神若得等者若無色定起尋即生著故名爲隨既離下緣定計非想故云又諸餓鬼頭上火然非想亦有八苦者文已列七關愛別離應云失定時苦名

愛別離但文中七苦初之四苦約彼定體生彼細想刹那不住名爲念念病死可知次有二苦以對修說修上失下通得名離次五盛陰復約定果前四第八在果故也若因若果皆約彼定故得言之不處第一空座者第一義空爲智理合與悲同體今言不住無悲之智恒居有智之悲故云不處故知無緣慈悲方可與智同體舊云等者佛豈不知而待他告又云等者豈有物機還卻語佛云汝子耶縱感應相關以生望佛爲他人者有何不可然消經文聞有等言卻如以下語上故不用也今云去正釋凡云汝者可施於師師即法也他義及上二理俱成問眞如法界可是佛師觀機三昧縱名爲法秖是照俗如何名師答觀者屬智智即是佛也依三昧起照故得是師雖云觀機照體是法如佛眼觀等故有此眼方能觀機義之如遣又云下約大悲者他義更親汝義稍切以無緣慈望於應身故無緣慈告於應身令起化物云云者對上辯異出親疎意但令法正喻且分成問子本等者答中兩解妙得事理初事答者雖未曾出義似先出雖即非入義似後入由出未出故入似入又下約理解者本淨故出無明故入亦從義立非出非入而言出入約事解中即退大後以著五欲而爲遊戲約理解中即以戲論而爲遊戲言戲論者即三界見思見思即理故出理即見思故入如淨名中尚以小證而爲戲論故云若言我當見苦斷集證滅修道是則戲論非求法也故實相外皆名戲論故事理二解並於大通佛時雖發大心未

破無明是故具於事理二義大善下釋退之由及以樂著昔結緣淺名爲未著退後流轉唯有無明故名無知即此釋意亦具二釋思之可見四行半頌上我當等是誡門擬宜應更略分初一行正明擬宜次一句總立所燒即是見思次一句總明燒勢次兩句略明燒相也次一行半廣明所燒文中雜列見思二類不復次第次一行況結於中初二句舉所況次二句正況由無定慧是故飢渴已可怖畏況復更爲濁火所燒如得上界有漏定時無無漏定已爲小火之所焚燒況墜下欲大火所燒即指飢渴以爲此苦是故應求大乘永離諸子下三句不受即是無機亦是稚小無知故也文中略故但云無知經云猶故樂著者既無大志復不習小已無大小復著三

界次第三一句正息化者見思不已故息大化若見思不已尚有大機如來於時亦不悋大但緣大小俱失唯有見思故於二途且令出濁先施小耳前三行頌擬宜者初一行明擬宜意次一行用小之由由著見思故唯施小次半行用小之意若不用小則大小並亡故云將爲火害害故喪身喪身故失命次半行正思用小勸轉中經云妙寶者仍屬方便如滅止妙離阿含云妙中之妙等若妙寶是大何故皆詣父所索車示轉中經云在門外者如示四諦令知出世故重勸中云汝等出來勸其行相應須觀諦而得出宅次證轉中經文意者吾善造車以給一切驗知自必不乏於車引自無謬證賜不虛故知以已所用之車勸其令得舉已例彼故云在外經言四

衢者即四諦也前不許作四濁解者準此中意初在門外者初子猶在内是故父立今子旣出是故安坐又大機未會是故云立小化已周是故安坐故知立者冥利坐者顯益經云而自慶言等者得所化機是故慶快二萬億佛所教其大緣是故云生中間小熟是故云育經此多時數數成熟將養不易故云甚難大微故愚小起濁由無知由因招果故云入宅經多諸下二句述其所起見思之火經大火下述其被燒火勢經而此下合其見思經我已下明歡喜之由經是故下結歡喜意知父下三行索車者初二句明索車時驗知上文是父坐也次二行正索次二句結索於正索中初一行正索次一行述許等賜中云上文至合有五文者無合釋等心頌中合復

無廣等心旣有等車必知心等行具一切法名藏者但約含藏爲義六根具一切法名庫者藏寛庫狹亦可互論云云但約盛貯諸庫不同如根各異雖異各具故於諸根具一切行以行歷根即是根行皆具諸法即藏深庫近如行遠根淺雖有遠近皆具諸法約根論行無復差別自非一家依經述釋章疏之例豈可聞此以根以行爲藏爲庫各備諸法經大車中意者因果所有總名衆寶約教修得義之如造性修不同權宜名造行多子多故車非一是故所造諸而復大又須示方知子修名造以性泯修造還本有即車體也莊校下即具度也初一行如前釋經云眞珠等者出幰蓋相慈門非一猶如網孔一一孔中皆一眞珠如衆慈門並稱於實前文但云垂諸華

纓秖是直令見者欣悅今云處處垂下乃明衆機徧悅經云衆彩等者上句明垂化之處設應不同下句明攝物之宜無所闕少經云柔輭者前直云重敷今加歎柔輭又以貴疊而覆其上諸禪自在故云柔輭以妙冠麤如細覆上茵者說又云車中重席具足事禪有異凡小故云鮮白淨潔得車歡喜中云橫遊等者諸法在於一行一法權實具足故雖合一四相宛然四門至四十一位具如法說理一四釋中位門二釋其義已具餘二已如前說準上釋意本無橫竪義分四相今亦如是本無橫竪寄於門位而論橫竪亦可諦是約智前從能照今從所依望前唯關觀心一種究竟四德即道場也九種世間者秖是九界耳七望於九但除四趣離開菩薩以子義通故世間從九結緣義局故方便唯七經云一切衆生皆吾子者如大經中一切衆生無不皆至大般涅槃子義在因涅槃在果大乘宗要莫逾此二皆悉云有安順權教云一分無經云無慧心者通語無實衆苦下於中初二句總標次二句釋次二句結經云寂然等者在王三昧用智即是安處故也經云不退菩薩者不退義通亦兼三藏云云長行不合索及歡喜者以免難兼索以等賜兼喜故也合中但合後二不合前二者於四段中又是免難索車爲旁賜大歡喜是正我雖下第三一行半文又二初一行明障除次半行遂本心若人小智下第二七行具足四諦初二行苦諦次二行集諦次一行滅諦次半行正明道諦次一行半明此四諦脫非究竟於苦諦中初

一句標說苦由由小智故但有世智唯堪說小次一句明以集重故須明苦諦次一句重指苦由次一句正明說苦衆生心喜去一行明稱本習於中初二句明機次二句明應應中言無異者如遺教云實苦不可令樂次明集諦中初一行正明集諦次半行顯集諦能治次半行明集過患次明滅諦中初半行明滅集功能次半行得名次明脫非究竟中初半行重舉得脫次是人下二句徵也觀諦得脫爲是何脫次但離下釋離界繫但明小脫次其實下釋離障三偈釋者初一行半以無上道法斥次一行半出佛本心明惡數者今文但云說不說耳有人分此云先列惡因次列惡果惡因十四一憍慢二懈怠三計我四淺識五著欲六不解七不信八嚬蹙九疑惑十誹謗十一輕善十二憎善十三嫉善十四恨善次惡果中先釋次舍利弗下二行結初又二初明由謗墮惡次如斯下明由墮惡故不得值佛初文又三初地獄者廣敘非時如此分文非不一意而無所以次畜生中言斷佛種者正當破壞緣了二因故前文則斷一切世間佛種此經徧開六道佛種若謗此經義當斷也問謗經生罪非經爲罪緣答罪福由心經乃緣助其猶四大損益斯成然從佛元意唯爲生福是迷者過非路咎也三三賤人次文又三初明不值佛次復入惡道三復得爲人

法華文句記卷第六下

音釋

綩綖　綩於阮切綖夷然切綩綖坐褥
騁　丑郢切馳騁也
糅　女救切雜也
圮坼　圮部鄙切坼丑厄切
梟　古堯切不孝鳥也
蝍蛆　蝍資悉切蛆即魚切
蝘蜓　蝘於殄切蜓徒典切
鼬　余救切
狖　羊就切
豸　池爾切
鼷　胡雞切
螫　施隻切蟲行毒也
咀　慈語切
摣　側加切
掣　昌列切
嗺唼　嗺五皆切唼士皆切
嘷　胡刀切
魑魅　魑丑知切魅靡寄切
蹲踞　蹲祖尊切踞居御切
㦥　虛偃切
嚬蹙　嚬毗賓切蹙子六切嚬蹙愁貌

法華文句記卷第七上

唐天台沙門湛然述

釋信解品

有人以信解相對爲四句鈍根正見信而不解利根邪見解而不信利根正見有信有解鈍根邪見無信無解初二二句依何得名若第三句當此品者若約小乘得作此說不合釋此若法執中見等聲聞領時合入七地云何猶在初信心耶有人以通大地信數慧數爲信解體今問體是何義指心所耶如此心所聖位攝耶凡位攝耶若聖位者大小聖耶小非今意大深淺耶況今聞實而領解耶故信解今經已入初住則非小乘心所所攝舉一例諸餘皆準此有人云對前七異不成異也一所從異今謂不然三根聞略悉生疑動執但信解前後何得云身子從疑此中從執有疑必執有執必疑況疑執名通而須簡小小乘疑執見道已除安隔二酥仍須互立二廣略異者此亦不爾但文異義同故身子云將非魔等及述五佛言略意廣豈名略耶三遠近異此亦不爾文義俱同非但此文述道樹前身子述本著邪見時亦過道樹故無異也四通別異者此亦不爾文異意同身子既云我等不預又云我等同入法性又云若我等待說所因又云我等不解方便叙失之文四度云等豈有述得别在一身此雖列四僧首又局是則身子通及一切迦葉别在四人若爾初周何不多記聲聞答四衆八部即其人也第五不論六歡喜異者此亦不然若言身子獨有先憂後喜前置等言則憂通一切

故知喜雖前後憂無等降七云一四不同不爾之意亦如向破有引婆沙云身子上目連中餘皆下者其語似同彼小今實文意永異不可竊同正法華名信樂品其義雖通樂不及解今明領解何以云樂今未釋品名便引古人判品意者釋題失所由失文意於中初通列三時云一往等者以此品内具領始末退大之後更以小起以爲一往中間爲隨逐最後爲畢竟古人但得三時之名不了其意今爲五時加於探領法身之化尚恐不了四聖之情但作一往等名焉消此品故須引破方識正理總有六師僧那者此云弘誓次私謂下破初總斥者書云剉絲盈篋不可織爲綺緞玉屑滿匣不可琢爲珪璋諸解碎亂不堪依準夫一往下別破仍先標初後略出大旨中間例知次正別破中初兩句縱而破之乃許第二第三一往故以其一往而破初師及第五師次若法華下復以第五師一往對第二一往而爲倒並次又二乘下以第三師一往破第一師一往於中先並破次若一破一不破下立例次又父子下單破初師畢竟遙見其父即名相見名畢竟者華嚴教時已應得記則法華無用若後畢竟下倒並若後是者前無復用若無復用昔日聞大結緣不成又若第二三四師所立畢竟皆在法華意則可爾一往隨逐近遠難依第五師一往既同前破隨逐畢竟非釋法華豈有現在一化必令至於金剛第四師章安無破但是略耳其云一往在於轉教則轉教已前向非一往爲何所名以得悟爲畢竟五品六根復非一

往及以隨逐爲名何等然諸師畢竟皆不破者前四及第五多分皆至法華云至佛果縱有小失而無大過但不可定以金剛心爲畢竟耳今師意者一往等言待至下根論宿世時方可商度以人天乘及以說大在往昔故往昔已後皆名隨逐如何二三四師以今世三昧而爲隨逐故不用之次私謂下破本迹者若指此爲迹應當已是本門動執若預說後品乃是此中成顯本竟後文無用故不可也今釋品者下今意且論中根信解故先以三周之初十義中五而判其意夫根有利鈍即前轉根不轉根感有厚薄即前感有厚薄說有法譬即前通別悟有前後即前悟不悟及悟有淺深餘意非正以是義故所以三根前後領解何須於此立一往等豌豆者若作豌刀豌字耳二乘之人於法華前如生豌豆鑽刺不入但念空無相願者是其當教入無漏門故常思之歡喜踊躍等者文中雖以信等四字用對信解以爲爲人此善必藉初歡喜也況理善生破惡獲證圓融四悉一時俱得即分證之第一義也餘之三悉當位爲名相從云分

故此四悉發必俱時但以信解對爲人便且別言之此乃通中之別耳此中何故四悉俱實以從聞法得解故也不同前文列衆帶小三悉在事第一義悉仍須教分五時之終方辯今意次稟小下約教釋此欲約位以釋信解應具列四教但總標云稟小大教小即三藏大須指圓且略中二以大小教無不皆立二行二道故先明小次準小下以大望之乃

分兩字以屬二道破疑故信進入名解信通
二道解唯在修故云修道名解若準此意但
應初住以爲見道初見理故初住加功名爲
修道依理修故文中不云二住已去但云進
入即從初住必有增進故諸聲聞聞法已後
多入修道今從聞法增進邊說故云信解亦
如十六心名爲修道若昔密入至此灼然全
成修道從顯露說信解同時次文云下且通
證入位不分信解近領火宅等者聞譬解已
必解於法豈有悟後而更迷前是故皆須法
譬雙領慧命二釋者前是因緣次諸慧下約
教三一對辯從事行異故屬因緣佛命轉教
屬約教者此有二意屬熟酥教已名約教至
熟酥時冥成別人復名約教亦應具對五味
四教思之可知三弟子下釋疑非全不轉多
少論耳新名具壽具不及慧壽豈過命譬喻
四番者長行偈頌各有總別亦可各有開譬
合譬二途四番各有開顯然前釋勝則應後
文二十二番心發至意也者準此但以聞譬
信生入位即初住去不論見修例身子等者
發希有心心領解也即從座起身領解也而
白佛言口領解也應注云云今如向對具如
身子領偈文無者略述僧首等三不求者述
昔失也初失者執小朧則大法全闕不棄小
由未識開三自固則小執未移護彼乃迷於
大執第二失者一生斷證是故自鄙年高敗
種未祛不任之見仍在第三失者昔迷義旨
徒計正位之功由斯固情大心難發高原下
引譬自斥先譬次合已有得故所以不求經
云但念等者亦可具依俱舍出十六行以爲

所思十六行對三空如止觀第七記或指至爲僧首不求者由居僧首故於小大諸座久聞無量珍寶者昔般若領教謂爲菩薩豈圖於今全蒙等賜咨發下云云者應如世禮欲有所決須先諮發譬文爲五始自相失即結緣已後終至等賜即聞譬之時若合四五紙成四段故光宅十譬不應今文故前文云於四人乖離離破光宅乖斥餘師餘師雖不離爲十譬對當文相又亦乖張具如前斥西方等者彌陀釋迦二佛既殊豈令彌陀隱珍玩服乃使釋迦著弊垢衣狀當釋迦無珍服可隱彌陀唯勝妙之形況宿昔緣別化道不同結緣如生成熟如養生養緣異父子不成珍弊分途著脫殊隔消經事闕調熟義乖當部之文永無斯旨舍那著脫等者迷於舍那不動而往彌陀著弊諸教無文若論平等意趣彼此奚會自矜縱他爲我身還成我化我立他像乃助他緣人不見之化緣便亂故知夫結緣者並約應身如云我昔曾於二萬億等況十六王子從始至今機感相成任運分解是故不可以彼彌陀爲此變換非結緣已畢等者本結大緣寂光爲土期心所契法界爲機退大已來機土全失今流五道望本爲他方便有餘尚非已界況復五道流轉者耶今窮子所居現處五濁且以所住望本爲他自爾已來常在三界故云久住此緣至長大者機中稍厚且與著名仍未復初但云三十緣既下以苦爲機故知猶在小化前也到而不識故名爲遇是昔曾見故名爲本苦爲機者既失大小唯有生死於生死中有機可發寘

扣妙應大悲之城大應尚踈機且對苦一念失子苦等者以念子苦思種種門念令得樂復思一門雖復雙念二俱未剋今忽得之從本志說當宣佛道且云一門子既下釋上兩意初棄大善而入生死故云不當前釋譬中門有入義良由此也故動父憂釋初意也雖種種誘父意元以圓門通之當有得義預動父喜釋第二意也初譬如至領耳者第三經初述領不及意在此也十界七善進退等中菩薩最難以兼三故故別語之菩薩尚然佛界永絕解心無力至長大者昔修觀行雖觀理即未入似解不能除濁故云無力義之如幼退大已後名字全迷義如厚重内熏如加故名爲被大仍未遂但可先小大善當遂名稍欲著此探後說也逃逝等者佛豈捨物隔故不見義當於逃言生死五欲以爲他者既大涅槃方成自國故且以五道流轉爲他或十至五十者自退大來升沉不定故著或言幼有二義至耽迷不返者初標二義則不下結成次譬下合譬中云結緣已後一句總合通貫下二次大解下合初義尚有下合次義由發大已來三惑全在義之如癡解心雖薄冥資遠漬容益不輕以緣微故挫言殘福自爾已後未墜三惡名未遭苦但保世樂故未復初次今習下反上二義初文反前初義既微向道有斷惑義義似免癡遭苦下反前次義納種在内故曰冥熏復被中間外緣擊之自爾微發復由遭苦爲助發緣故善惡兩途冥顯熏被此二爲機者若宿無大緣及中間小熟借使遭苦機感不成秖由大小兩業冥

熏成機感佛佛居本國義當向國若以人天等者若無大種單人天善無感佛義不獨爲人天垂八相故若有出世機緣諸佛菩薩尚入惡道況人天耶在三界下明諸子等大善未熟縱生人天亦未感佛今佛下以有斥無具指四見明機成感佛及佛出機成若通論機雖通十界終於十界取出世機今從別置通用消此品是故下文東南方梵云一百八十劫空過無有佛乃至上方云於無量億劫空過無有佛大通出世乘光而來當知中間皆蒙冥被於中求正道等者以計常等而爲正道種種苦行以爲助道雖思惟邪理堪爲正機然由久遠大種熏被大經云諦觀四方者大經三十如恒河中七種衆生第一人者入水即没譬一闡提第二人者出已復没有

信故出不修故没第三人者出已不没即内凡人第四人者入已没没已出出已住徧觀四方身重故没有力故出習浮故住不知出處故徧觀四方譬於四果觀於四諦第五人者入已没没已出出已住住已觀方觀方已行怖故即去譬支佛也第六人者入已即去淺處即住何以故觀賊近遠故譬菩薩也不住生死故去安心故住淺處第七人者即至彼岸外道得度皆由觀諦與觀方義同是故暫引本國如上者上以佛已界爲本餘皆屬他下文下問下城舍與上國何別一切下欲辯同異重釋出國一切佛法與上佛界語異意同城舍亦爾斷德還須具足佛法大悲亦從斷德而成此二咸收一切佛法但約取機以國望城以城比舍義立疎密但由一切佛

法義寬斷德禦惡似狹大悲對子更近同是長者實慧所依同是應身權智所託起應之前機先扣此故云至國城等止國城等中止一城等者且以一方一類而爲一子故次合云不爲一處處必在人秖是同居人類未熟且止方便不廢化儀娑婆指彼以爲餘方若準餘方之言應指十方國土設十界化具如妙音娑婆既然他方準此此中仍存思此同居得子便故且語有餘若云垂形六道事則不便流轉之後豈不然耶今機既親須從勝說若爾何不云在實報土耶答理非不然實報義對發大心時故退大後思同居機復消中字義便故也舊云下敘舊今謂下破今取下正釋還於有餘國中涅槃名國中之城亦住此涅槃之中名之爲止又依此涅槃而爲所居故名爲家問向答問云以此城爲斷德以下舍爲慈悲何以至此云城是有餘家亦依此涅槃答國城家舍雖寬狹異並是所依有餘不逾斷德今家對珍寶故云實境下舍對子機故云慈悲故知云無緣慈悲必須等於實相故二舍義一隨所對耳上句既云求子不得即依自受用土一實慈悲求子不得故今止於自他中間住於方便還用本所依慈悲而思於子故國爲居民城元安主家本養性爲未入圓者即七方便民垂形方便住彼有餘思求圓機是故居彼化事無廢思同居機其義又成家既是舍於彼有餘運無緣慈故云處此所以止於無緣慈家起於勝劣偏圓兩應然彼秖應但用勝應言勝劣者勝兼兩處劣唯鹿園小機若起理當赴之始末

雙明故云勝劣既云五人彼土生者皆爲菩薩故八六等至彼土時不須小化漸趣圓實豈仍滯偏習方便者多迷其教上觀第七判八六等教道須廢法華開顯方堪此聞菩薩機成所應何别五人即是四果支佛從本立名云須陀洹乃至支佛斷盡乃云斷通惑者或取三藏二乘及通三乘爲斷通惑者此亦可爾三藏五人自攝通五通教菩薩先名菩薩不可更云至彼皆是菩薩當知全指兩教二乘兼通菩薩若以四人例通菩薩名皆爲菩薩有何不可但彼對勝應其義不成但兩教二乘彼尚迴心通教菩薩豈應守舊若準改觀通别菩薩並須發心故云訓令修學不云别者以此五人證同故也若也通論方便人數則應云九藏二通三别三圓一不得云五今且對小故云五耳大富至無量者土雖有餘親所依家不違實相言無量者具足六度大富總稱財寶是别雖分財寶般若導五無不成寶況一切行皆成珍貴故云無量金銀等者等及餘寶即餘助行道品故也寶不出七可譬七科是故七科六度收盡故大集中三十七品以爲菩薩寶炬總持其貴如寶其明如炬破暗中最具一切法名爲總持言大乘者應云圓乘文從便耳言禪生百八者達禪實相故也自資等者智定各有自他故也具如前釋僮僕等者方便波羅蜜約自行權滿屈曲去明利他權用並僮僕之功也如布衣所使共至貴位同成體内權也事理不二故俱云稱就位等者向通約方便但云僮僕從位别判攝藏通别望實望正義當賤役

通論亦可收得人天以異方便即此意也別圓十地者仍存教道故立別名以無兩重十地故也向僮僕中已有別三十心令臣佐位是圓四一心也兼收別教十地而已率土下釋臣佐等深淺之意所收既多名爲率土雖同佛家不無等級初通皆聖故雖得下即是十住得入聖位同王所居眞實土境而位最下故也始從十行終至如臣並是圓漸故須圓釋次一心三觀至二乘之法者次明僮僕臣佐吏民所乘所乘不出諸觀故也隨教用觀即當所乘然此境智雖即隨教同爲圓人所用驅策雖通因果不同歷位別別當分故此因果並是圓家之所用也無數者以此諸法不出權實臣佐吏民所用實也僮僕等所用權也此亦一體權實也並皆長者之所有

故非但下結攝前釋不出教觀教觀多故教教四門門門有觀雖復無量被物無餘入出兩字文中四釋初三自行後一自他於自三中初以雙非爲入雙照爲出次畨者出入相對本相即故出入之名亦更互得故此智體出入互照此之兩釋約三諦說次無量去約二諦說二三開合具如玄文第四還用向之三二自利化他故知此皆聖位自他義含意富

故須衆釋此是觀諦復唯在實對權義立有何不可但以二對不二二已攝權故不勞也行於非道者理通三土法性之外皆名非道從法性出益三土生功歸於佛故云歸已此但功歸法性佛道商估等者應作賈字謂居賣曰賈通物曰商若作價字非文正意非但

佛自化物無邊亦令菩薩化境周徧菩薩化利猶資佛本往來諸國具如諸經十方菩薩來往受益華嚴大集即其例也如世間下譬向二釋令他如菩薩亦自如二身初内令等者初通譚大意次觀下明邪慧所觀云觀察五陰等者還以邪觀觀陰斷常以此邪慧冥資於正成見佛由苦境爲機者牒向邪慧助正成機然外道苦因應招苦果故云苦境由帶正種熏邪慧心故得成機感佛正慧涅槃通半滿者名同體異並現所居化物名殊佛境無别故子所到二義雙成機熟若證證父所證名到父城此乃小機先扣大應義立窮子已到父城故使城名涅槃大小雙得故以半滿共收物機機既不同收亦先後父母念子等者前雖機漸扣聖令明聖漸收機化道之儀且云憂念未曾向人等者文約兩意以中此義先方便次此土初方便者彼方便中非但唯有地前住前亦有垂迹登地登住即臣佐等豈全不知窮子機性但約窮子說時未至主伴相與覆實未宣權從物機故云不說以由界内五人斷通惑者未堪彰灼聞如是言故云不向臣佐等說以爲臣佐意在僮僕故也於中指小故云不向所以在長者心無非已子從機異故立以小名漸漸誘之方成臣佐故知法身本自懸鑑又應世已來下第二意者進明此土昔教顯露未說對此蔽彼故云不說是則前立勝應之義義兼兩處劣應之語逗彼偏機故不說之言通及四味四味之内具足臣佐及僮僕等既非下釋第二意中小乘人也如聾瘂等指華嚴席或華

著等指方等也不逮之言兼於般若而無希取即其事也華著即身子棄鉢即空生故知不說之言何關法身菩薩心懷下郤釋遠由遠由即是不說之緣良由昔結大時未入相似省已斥彼故云不勤由此退大失中途調熟故云無訓背自向他故云逃走逃走三義一機息應謝二背自向他三居不得所即五道也故使如來無緣而憶恨子下專斥於子非但悔應早息亦乃恨子機生致令踈我正法親他六塵內合等者爲論免難須淨六根準理退者多在五品位前爲對不退位且以五品爲退位耳文釋悔恨分對自他準意亦可並對彼此化期等者約後意釋即應世來至法華前故云老朽亦不約此等者不約應化聲聞故也胤者嗣也繼也若身子受決至不斷者驗知授記爲引物機權實皆然故云後來衆生等也更修淨土與物結緣身子成時開權顯實則佛種不斷於彼方機緣成熟於其土其中亦有種在釋迦脫歸身子故須此會彰灼發言若身子無可化下反以無釋有若身子自無成佛之機則身子所化安得成耶故以此顯令令有寄也經言終沒者指涅槃時也復作下第二意者前明失苦本顯得樂故著我若之言以現說當舉生領熟總譬具論始末權實故得雙辯勝劣兩應及以劣應化道始終故譬本中前一行實後一行權況開六義權實相對法譬至互舉者感應道交不前不後但隨文便互舉一邊先出不同次就佛下約生佛互論如止觀明感應意中先凡聖相望互爲因緣次感應道交自他

破已方乃名爲不思議發今取文便者今此雖有三文且依二文消便非即二文使見有前後故別譬之初還從退大之後在五濁時故有三文也見父之由至展轉者由猒苦等見修二性俱有猒義修推理弱見生奪鈍諸見互興皆能推理傭賃之法以力易財本起邪見還希脫苦雖復邪求冥資正道故使世間猒苦遂成出世善機世易出世故云傭賃從一至一故云展轉言善根者猶是可生之義故有轉至之理故云以此乃至父舍不期而會故名爲遇不意因於世法忽感出世慈悲又不意世間邪推而生正見感佛又不意小善之内冥入大乘圓門大小二機雙扣此舍者大機未熟正見而遙小感稍親門側而近所以從退從末義當雙扣從本從大獨在於圓從近而譚偏機先遂見父之處即門側者前則大小雙扣處乃獨指門側者以小親故言二觀爲方便者二邊俱有得見之義故總借證之二邊並偏偏真最僻正見有二至爲遙者於正見中又分此二近即華嚴中諸菩薩衆遠即二乘二俱未合但在門側文中二釋先機次應俱名爲遙踞師子牀作所表釋者事師子座亦無師子之形但有所表故大論云佛爲人中師子故佛所坐名師子座佛之所說名師子吼諸聲聞人述佛所說尚得名爲作師子吼部雖兼別從勝從本故曰圓報此乃取機之本故此下去皆須圓釋實几等者一几承於二足定慧所依無殊從定名諦從慧名境具如止觀第三故合云無生定慧依眞如境即定慧力莊嚴法身從所名

能故云無生定慧言依眞如境者託境成觀故名爲依果體起用復名爲依又從因說因性有修故名爲依舊云下出古釋稍似別義非今所用準例易知故不須破次舊云此經下古有四失一法身非常二他方爲此三以應爲法四對面違教今謂去破中言父子等者父子譬機應先譬後法著脫譬體用先法後譬二俱不成著脫義異前文已破從又不容下更破他方自有三節此師亦以他方爲彌陀若以尊特爲彌陀者此有三失大小兩機並在今佛乃成見垢衣爲扣此見瓔珞爲扣彼結緣亦爾又往昔大小兩緣俱在釋迦今尊特垢衣俱在彌陀者更成可笑故第三重立難難之往緣大小定在今佛豈應今日雙應他方又何得大應在彼小應在此平等

意趣義亦未成具如前破今明下正釋此則續前應世已來釋耳故知勝應在華嚴也今經下破非常住古人皆云涅槃明常華嚴法界法華不明者不曉部類兼但對帶垢衣乃是叙昔之說在昔尚無垢衣之言何有常住所說法相至無別者今經意在結會始終設論法相如彼圓說今非全無文相存略華嚴部內不出四十二位依正自在近善知識今經明位具如四華開示悟入知識具如觀音妙音藥王嚴王依正具如分別功德寶塔神力但廣略少異舉一例諸故下疏文十義辯異且如十方之言何所不攝實相之理無事不收豈迷廣略而失大體總如玄文十妙引諸文證即其相也人不見之妄生去取故此經空無所有等言諸法實相之說見佛常在

等人此土不毁等事堂閣種種莊嚴衆生種種遊樂乃至迹門因果諸相多以華嚴文消筭數孔目藏在此典行頭取與散在諸經大本若亡徒論小利居士至即三十心者中止中以民爲十住臣爲十地今居士是民以文狹故不分臣等亦圓四十一位也眞珠至法身者並究竟戒楞嚴定一切種慧法昔陀羅尼莊嚴圓因四十一地地是所階身是能階四是能嚴身是所嚴若用遠因亦以初心圓戒定等以嚴性德若從因說亦四十一位之所服也至果同皆嚴極法身言價直者有貴賤故如諸位也吏民等者向列圍繞不云吏民今明侍立則與僮僕共列故知立名隨義不可一定元譬事理何得守株故前以吏民在實今此吏民權攝故在同異二門跨節爲同當分爲異是則同爲同體異爲異體異約施權同約開顯秖一吏民義當兩屬内與等者釋向同字同從内同得名外同爲顯於内喻如下喻向二義猶如良吏内應主意外用驅使亦如要臣於内則爲國股肱於外則民之主長臣體無別所對不同問此中雖是華嚴座席勝應相狀與前中止義意大同何故前以僮僕爲別教賢位吏民爲圓教聖位耶答言雖少別意亦不殊隨其言勢逐便消之前僮僕之外有臣等四故別分之此中但云吏民僮僕共爲一位以爲所使又此中意斷別惑者即入地住非驅使人又此與中止雖即同是他受用報此既示入忍界爲菩提場爲諸教之始故加之以破塵白拂覆之以慈悲寶帳前敘長者所居所有今明窮子所見

所有所有既同廣略轉用侍立下云云者此中既爲中道方便並宜地前以釋吏民中正二旁民主異故準部應明次及不次乃至兩教教主不同各有侍立拂塵相異垂諸華旛者四攝現通利下爲垂雖華旛並垂而華嚴於旛如通有四攝見者生喜又雖旛華俱動得名處殊旛寄翻轉華約端美神通下化令物欣悦運此二者必上等無緣故並懸之於帳用稱於體如偏覆佛上香水等者若約自行如第二釋若不灑以香水於地則帳旛華爲塵所坌故以智香水灑實相地除三惑塵則如來長者慈等俱淨若約初釋香水灑於菩薩心地既從利他修因以釋故知七淨須從菩薩行因以釋名雖同小此即圓教故舉三聚及楞嚴等若依方便隨教義別今依圓心皆由此七布於諸地自行行此令他修此是故文中並依圓釋羅列等者華表因嚴寶表果德因果萬德皆嚴實理故使布列皆在於地地非華寶而布列華寶理非因果而修證因果出内如前釋云云者指前四重但前唯在果今或通因相海者全指華嚴如來相海品及以隨好光明品中明毗盧遮那具足十蓮華藏世界海微塵數相一一皆以妙相莊嚴故云須作舍那釋之四見父畏避者父子相見雖譬感應道交不可思議然約化事漸教以論若云父先見子是如來鑑機道理如此今云子先見父相及處等非即已見並是約機應具述始末受化元由或是王王等者既云見父畏避即在頓漸教初若據頓漸之前未有畏魔之慮約漸機對大論畏避等

故曰未曾見聞等也從略開巳下以後驗前驗昔可中初與於大過於身子聞略說時故云有過今日復次下重釋意者小機爾時豈知二身故是述於機中不受猶如窮子見王王等問法是報師師弟義別如何齊等答此是等師之子如法報相稱諸經多名經王等者重約教釋諸經有明法身義者即名經王智契於法相稱名等故約機中對法對智名王王等即諸部大乘與小相對世人不了見諸大乘皆稱經王乃謂法華與諸教等今謂乳及二酥皆譚法報雖俱稱王非諸經王縱有經云諸經之王不云巳今當說最爲第一兼但對帶其義可知肆者放也泄也申也次時富下見子譬者然諸聲聞向施子見父譬巧喻領小遇大而機中不受今設父見子譬

妙喻領佛見機而不謀恒了見子處者如來不起空座歡喜適願故但約化儀言父見子豈以佛眼必待子見後父見耶今機來稱慈者大小並得名爲來稱彼明拔苦等者譬品也亦應云前譬如來興慈驚其墮苦此譬諸子領受荷佛與樂如來拔苦本在與樂子領樂巳知拔苦二處義同隨文互出即作是念至不得者此亦述於退大巳來旣入五塵大法非治尋謀用小小又未遂今機漸來方施小化言取小者非謂往時巳得於小亦非今世漸初之小是故往日不名機來誰論付財亦無歡喜故但云昔見欲與等也今日至有所付者見小機至知大非遙是故喜其是付財地我常下卻釋向來退大巳後頓漸之前無時不思大小二化雖大小並失以流轉對

悲故使令時付財有在令有可度機生等者問機生由佛那云自來答雖機生由佛感亦由生且寄世長者歎子自來昔機不生望令可發應歎機發稱爲自來若機尚生追猶不至安能自來我雖下探說後期儻一期報謝無付故惜如唱滅度法皆隨滅垂滅尚惜故名爲雖即遣旁人等者從此方領施頓漸化故知爾前譬頓漸前若大若小但方便品至併領者意云文雖增減意必俱存方便既爲上根是故不須別說譬說既爲中品故須離總出別合及頌中雖復闕略以譬爲正餘並互兼今既領譬應須徧述言但方便品總誡勸等者恐尋者紛紜更重疏出方便品文釋迦章中但云寢大施小雖不云勸誡之別語意在勸故云於三七日中思惟如是事等即

大擬也衆生諸根鈍即無機也如斯之等類即息化也即趣波羅柰等即施小也雖不云誡義含二門火宅開勸出誡者故從法說於勸開誡釋各三者勸門中三初云長者作是思惟等擬宜也復更思惟是舍等即無機也或當墮落等即放捨也誡門三者初云我當爲說等即擬宜也父雖憐愍等即無機也東西馳走等即放捨也長行合勸不合誡者勸中有三初云如來復作是念若我但以等即擬宜也所以者何是諸衆生未免等即不受也如彼長者雖復等即息化也言息化文廣者先牒前後三譬次方以三合正明息化初如彼長者牒初不得一譬正帖息化次但以慇懃下牒施小然後各與下牒等賜此兩旁合息化次如來亦復下一十六字始正合息

化故云廣也偈中但誡者亦具有三初方宜救濟下四行半頌擬宜次諸子無知下三句頌不受嬉戲一句頌息化已下屬用車文也此頌譬文則具有三但頌合中亦但合誡有一行長頌仍進退二釋初釋亦具有三雖復教詔一句擬宜而不信受一句無機於諸欲染二句息化又云或可下二句亦頌無機依第二釋故云不頌息化即遣旁人下出併領也然義則有六文但有五先勸誡各二謂擬宜無機次勸誡合一即二門息化

法華文句記卷第七上

音釋

豌（烏官切豆名）剜（烏官切刻也）鑽（祖官切穿也）矜（居陵切驕矜也）

賈（公戶切）傭賃（傭余封切賃汝禁切）股肱（股公戶切肱古薨切）儻（他朗切或然之辭也）

法華文句記卷第七中

唐天台沙門湛然述

次遣旁人者約教約人約教則理教相望約人則師弟相望人必指教教必待人二釋方周不可偏顯初約教者理即法身智即報身由智故說智爲能遣智雖能遣所依者理能遣如臣所依如王所遣者教故理正教旁故報望教報亦名正然報由理成理親報疎故二正中從親以說又旁人者下約人釋者賢首品後十住品在忉利天十慧菩薩法慧爲首餘之九慧各以偈讚次法慧菩薩廣說十住次夜摩天自在品有十林菩薩九林亦各以偈讚已功德林廣說十行次升兜率品有十幢菩薩九幢亦各以偈讚已次金剛幢廣說十向次升他化品有三十六藏菩薩金剛藏爲首有菩薩名解脱月請說十地是四菩薩說此位時並云佛力故說故名所遣次釋疾走中亦約人教先約教中但以顯露爲疾若以菩薩下重述約人菩薩自有神通又被佛加故名爲疾乖心等者乖必不識驚必愕然如覩不意乖心不識此教於彼亦復如是稱怨大喚者經但云怨而不云苦疏文釋中即以大喚爲苦痛所以具有二義者逢怨必苦故以大喚擬之義理合然若令煩惱即菩提者即是令其不斷煩惱煩惱不斷必招苦報豈有生死即涅槃耶是故稱怨大喚義當因果文意兩申自念無罪等者自省未能同物入惡起貪欲等今若爲之名爲罪行菩薩必入生死牢獄故云囚執無大方便者無入假智令起貪欲入生死名失慧命必墮下二

釋墮三途若則大小咸失溺無明地地須義兼界内界外約人爲使者者取機之法須同類身淨名等者遣化菩薩往取香飯彼菩薩見問化菩薩化菩薩答以彼菩薩聞說穢土佛及菩薩能此勞謙彼聞欲來成雙流行彼佛誡曰攝身香等彼來於此亦令此土未發心者發心已發心者修行故令攝勝從劣現同類也普賢入此等者普賢菩薩身量無邊音聲無邊色像無邊欲來此國乃以自在神通之力促身令小閻浮提人三障重故以智慧力化乘白象亦爲不宜見於勝應者故菩薩勝報亦不可令二乘見之問若爾經何不云汝勿令見威德之身而但云勿彊將來耶答身若同類誘之必來汝身猶勝必令彼懼故告使言不須彊以勝身化之故云勿彊勿彊之言釋成前句私謂下此中雖無思惟之言譬文誡勸並有此語勸門擬宜云作是思惟我身手有力誡門擬宜云如所思惟具告諸子故私引之須即生善故云不須即息勸善彊即誡惡故云勿彊即息誡惡宜以至如面也者觀其秖宜聞生滅教取灰斷理說有理之教故云理水面者以向釋之有背生死向涅槃機故名爲面非謂灑彼涅槃名面莫復與語語秖是教不語他人至菩薩也者此中一往但云昔小然法華前諸大乘經不說二乘是菩薩者將護二乘豈闕菩薩覆實護權故云覆護亦是覆陰將護不彰其實故法華前一實之外皆名隨他且隱四味之言通云小乘教耳以昔二味猶有小教定無小乘作佛之語故乳及二酥並對小機云不說耳

乃由彈斥加說得二味名即是息化至從地而起者此中二釋兩地不同二起無別故息一大化離二種地讚大墜苦故有前釋用小取得故有次釋次釋中云無明地者若云卧地則譬二無明若言而起則且從界內故知不解大小具二無明並名爲卧今逗小法先治界內故且云起於四諦中至衣食者宜趣所對之境故云往至小仍在機故以欲釋求下句方云長者將欲故也境攝法狹故云貧里欲趣小果還須正助故云衣食又以他日下取意領法身地者言中且云在道樹前意則俱指漸頓教前以云致難尊持故知通至頓前問四大弟子等者答中意者既聞譬巳具領二周入大不虛故自推云若始等也約法既重必有此知約化儀說從容進退故先齊後探耳豈有自獲小來方五十載具覩菩薩難思境界徧聞諸法一切融通非全不知然未測本源省已絕分今蒙法譬分染圓常推知如來往日先照故下佛歎甚爲希有故以二味所覩驗先見非真脫大小相者相爲大相海好爲小相海全隱無量相好海身故譬云脫相好難量喻之於海密遣二人者於中先釋二人次初擬下方釋密遣人是所遣密是遣意初文先明但二之意故對菩薩且通指二人次約法下約法約人以分二也次釋密遣者先對旁人以辯異即之與密顯覆異耳今明密遣者覆實名密用小爲遣覆滿明半準例可知即是分字解也亦是從大施小故云遣小不測大故云密然半滿字不同古釋今須在圓具如玄文約人準知形者下

次釋形色亦具二意初直約小教百劫所種雖在小論不在二乘故二乘教無好形色又説無常名爲憔悴次約人下隱本爲密現迹爲遺具如下文富樓那中問若準下文唯發滿願及阿難等迹爲諸聲聞亦有本耶答入大乘論云不但羅云獨是菩薩如諸童子阿難難陀及調達等皆是不退菩薩若爾雖權無實答以權引實豈此等外悉是權耶此亦義當本迹釋也若釋無威德者隨於形色以釋大教等者前大教疾故云即遣將護小志故云徐語倍與等者於中二釋初以戒善諦緣相對爲一倍戒善在欲諦緣出界又外道下漏無漏相對爲一倍亦是内外二治不同名爲一倍六行非永斷故且云伏耳略如止觀第六記窮子若許等者對彼不許故須云

若化儀容與若順物情故云也不論淨佛國土者淨佛土義略如淨名佛國品中橫十七句豎十三句廣如華嚴迴向中説涅槃大集智論等文並皆具明小乘無此但令除糞故得記已方乃造修與物結緣非關行具二乘至先取者先問價直故云先取非謂已領故云慕果其父見子等者問若愍而恠者何故密遣教其取果答旁追不來事須密遣雖教除糞非父永懷欲有彰言委付故先愍而怪之齊此是領法譬至其文竟者此是寢大施小二處並有前段文竟自此文後法説但有開權譬説唯有等賜並闕中間二味若論探領法譬二處雖無正文但指法譬能見之眼即法身也故齊教領且領漸初以所稟小名爲齊教別有探領故云又以於中先總述來

意次列章文開四段云擬宜等者意云佛在法身預知我有大小四意故云擬宜等也次釋又字先釋字次釋義次釋他日者釋他日兩字於中先離釋兩字次齊教下約齊探二領合判兩字初離釋中其義則總以未分於齊教探領次合判中其義則分別自他等三爲教探故初文釋他爲二先釋次判先釋者約二乘人以小望大爲他次判者向約二乘雖以大爲他未知此大元用何身今故判之即法身也次釋日者於法身地以用權實實自權他二乘法中無法身之智故名爲他若從下判若從法身用於權智望二乘人亦名爲他此他須指佛之權智次合字釋者於中三釋即依大經隨他語等及化他等語以爲法式仍對齊教探領二時文爲三初釋三相

次若從下判今所屬三今從下用今意結初又二初約化他即指齊教次約自行及以自他即指探領言齊教者即法譬二文但至鹿苑依教所有故云齊教所言探者謂過探也探向道樹寂場之前初齊教者既屬初義先約機說是故齊教但領化身即非化身時爲他日次從若就去探領者又爲二初正明二義次此之下結也初文者雖是法身既以自行對他故以化他權實俱他所以二乘昔亦不測其旨此中自行之語似於自他以對自辯他俱有權實故雙言之次自他中自之與他各單語權實者準理合雙此中語似自行爲對化他成自他也所以自行亦指化他爲他自他亦指化他爲他故知探中皆指法身時權二乘於彼雖稟小化同體之權二乘不

曉於佛二自皆指同體法身時權雖有兩意他日皆成次結中云若有若無等者結於法身權智所照若有機若無機也言可否者明法身用智逗物稱機爲可不稱機爲否時至爲可待時爲否雖有有無可否皆是權智權機得他日名次判中云若從等者判向齊探探領自他者自是第二自行他是第三自他應重云自方顯第三義也並是對法身爲他故非二乘事也雖有兩意者齊探兩中俱有他義故云俱成齊中則以法身照機爲他探中二義則以如來自行之中皆權爲他他即二乘所用雖有二乘所用及非二乘所用兩意不同皆得他名今依下屬對文意今依二乘所領即齊教探領也又逐他日者探及齊教二處三他故二乘領已望佛又領如來用他言探領者亦應云齊教但是文略是故二領皆指法身之取機也但從義別二他不同牕牖者說文云在屋曰牕在牆曰牖非戶故偏明處仍狹今亦如是非中故偏不偏故狹故法身地觀無大機唯見偏狹先熟故也乃由子隔牕牖之外何關長者偏視之非況是長者欲取偏機於圓仍遠故名爲遙脫妙至之具者如前已釋生忍法忍等者忍有情惱名爲生忍忍無情惱名爲法忍謂寒熱風雨等屬法故也左手等者小中權實狀有所畏者狀似也權似實也具如釋籤引成論文又有寒風等者大論第九佛有惱謂六年苦行孫陀利謗金鏘馬麥瑠璃殺釋乞食空鉢旃遮女謗調達推山寒風索衣加雙樹背痛爲十若依興起行經但有七緣無孫陀利謗及

乞食不得大論直列興起行經委悉釋之次語諸作人下譬四念處去即對位也今但略對無復行相七覺在八正前婆沙中具有料簡略如止觀第七記不云五停者停心但是對治除障令堪修觀故從念處正修以說雖云約位須兼相生方堪消此故下文云勤修念處等生空如來等者此教作法所有生法不涉大乘即阿含中是老死誰老死故生法二空並屬正道具如止觀第三記無常等爲助者若諦觀中云無常者乃是正觀令以二空望於事中對治無常但得名助況復更以一期念念以之爲助如大經中大乘治門乃至用常何但無常近指煖等四位者外道求理在此位前故名爲遠應云念處等四但是隨便爲言耳此文等者以世第一是五力位

無五過也下忍十六剎那下至世第一法位者忍應上下各十六行乃成三十二觀今文且以四諦言之於三十二漸減緣行二十四周減行七周減緣乃至最後唯留一行觀一剎那入世第一略如玄文釋籖略引俱舍文也阿含至子義未成者旣阿含中亦明不斷結惑菩薩而大論斥權非謂全無論云迦旃延造者從所造論及所計者說豈以會二還歸阿含法華準舊十二年前一何可笑若得初果至大乘者意云從見道後不發大心還令小乘道中斷結故云由是之故若準大論至初果巳名之爲死不任復發大師從容於止觀中進退二釋所以初果亦名死等故可發心二十年者文存七釋初一合數爲二十次六釋但立二名如斷見爲一斷思爲一初

文者見斷與伏無復前後即以八忍通伏八智通斷修道九九通爲一九故但總立九無礙九解脱五上分者謂掉舉慢無明色染無色染五下分者謂身見戒取疑貪嗔五上分中色染無色染一向唯上掉慢等三雖復通下不能牽下故云上分言下分者貪雖通上不是唯上嗔一唯下不通於上餘三徧攝一切見惑雖復通上而能牽下故名爲下故俱舍云由二不超欲由三復還下縱斷貪等至無所有由身見等還來欲界廣如俱舍言猶於二乘法中斷思惑者前見道中不發猶令斷盡殘思言共斷餘結者或在外道中斷少思惑更依權行斷令無餘第四領付譬者是第四五合爲一段則使鹿苑文後不入方等之文大章雖爾細開仍有免難等文以應一代五時之説今猶存開標領及付領謂領業指方等般若中付即付財在法華中譬文開爲等賜四章即今文中初二後二者是即免難索車等賜歡喜以方等般若爲索車者彼二周文免難之後即云索車但索車文促既不對二味故以口索對之今以二味爲索亦秖且對機情索名雖同不無少别況前索文義非局口今言索者不局機情亦是方便品顯實四意者上方便偈頌釋迦章顯實文中長行但云如是皆爲得一佛乘一切種智故頌譬本中開則爲四意初從舍利弗當知我見佛子等下二行明大機動爲今索車譬本二從我即作是念下二行一句明佛歡喜爲今免難譬本三於諸菩薩中正直捨方便下三句正是顯實爲今等賜譬本四從菩薩聞

是法下一行明受行悟入爲今得車歡喜譬本由心相體信下生起四譬次内合下預合向來生起四譬文也即是始從方等終至法華譬中秖是一等賜耳若開十譬不應信解良由此也又前誘引壁至思盡中言誘引者密遣二人也言出宅等者出宅與思盡兩終義同法身與道樹遠近不等今領亦二者今至領等賜中總合前文兩箇始終爲一始終故云遠近始終是則齊教爲近始探領爲遠始二終但共爲一望誘引等中終則極於等賜故云始四味終付財既以四味爲始驗知探領至寂場前次何者下釋也釋出共爲一始終相即五味也旁人譬牛者問前以旁人即華嚴中四大菩薩大經中云從牛出乳譬從佛出十二部經今何得以牛譬菩薩爲旁

人耶答佛加菩薩與佛不別雖主伴異俱是能說所說義當俱從牛出褒揚也貶挫也既領知至豈不樂哉者據無希取未名欣欲既已領知增後慕樂機近付財故云脫更機已冥會故云樂哉判天性者理性同故定父子者會結緣故二乘在昔天性父子二義俱迷至法說時開其知見是會天性天性若會父子義成示其中迷故名爲會中根尚昧至譬說已方定所生是故四人今方信悟菩薩疑除者故法說中爲令一切豈獨二乘譬中等賜非唯根敗但由領者力未及他故使詞中不涉餘衆已正他旁未遑餘及已辯他易故且從辦又已別在今他通昔教故且從別已死他生且從初活他從昔顯已唯今顯故且從今見此多意餘則可知是從般若至第五

味者問前會三云說法華今還引大經云出涅槃云何得同答一家明義多處說之無煩廣辯欲重論者更述大猷判味同時而有部異約理名別咸歸常住約機彼稱捃拾約法彼存三權論意彼帶律儀語證彼兼小果受益彼無廣記說時長短永殊譚常過未不同論譬大陣餘黨現瑞表彰各別破執難易不同領解近遠迹乖述成被根不等用治生死不同付囑有下有此得十六意準此略知事異意同不可失旨失斯同異講授殊難豈唯兩經餘亦不易今初相者若不互釋相義不成然子體父以大而比小父體子人小而無違始終而論子未體父故見尊特覩而不受見身既爾諸例可知由此見尊特身者如淨名中譬如須彌山王顯于大海安處衆寶師子之座蔽於一切諸來大衆藥師中巍巍堂堂如星中之月大集中集二界中間諸方等經是例非一乃至聞說大法見大神通覩大菩薩難思大事等皆由已得阿羅漢果斥奪不疑故云由此金即別教等者問大品有圓何故但云不出通別答一者但語通別理已攝餘二論能詮教必須具四金且從理故云不出此二兼復二乘至此多成通別亦且言之通別倉庫準此可知其中多少至廣略相者第二十一方便品云須菩提白佛如佛所說若廣若略諸菩薩云何求耶佛言如是如是若菩薩摩訶薩學是廣攝般若則知一切法廣略相又說般若時前後二周即廣略相又二乘下重釋意者畧示知同故云體意言體法空者實理無二此有三者初一正是般

若中意次一據理者於般若時密明不二而二乘不知謂在般若意通法華第三就今意者於佛即是付財二乘自謂加說故般若中云豈聲聞人敢有所說有所說者皆是佛力由機未轉且言被加宜加用心等者述佛元意不出此二顯在菩薩密被二乘然領上四時皆具二意一述佛化意二已納密機是則我身領佛二義是故名領若至法華佛意亦盡機顯非密問何時名少時答中分二先約二經中間次約無量義時初文即是情口二索兩楹之際般若非一故其間時寬總名少時望後逼故隨領一時一會咸有思量失不失者失則於已無分不失復未同菩薩踟躕之際即機欲發時正發乃在三請時也次約無量義者去法華極近時極少也既聞從一出多義必收多歸一四味之終故云漸已機無隔異故云通泰發在須臾故名為即二正付業者前云付財今云付業財從所營業即造作皆是菩薩修得三因之作業也名異義同故得互舉靈山八載者菩提流支法界論云佛成道後四十二年說法華經北人者諸文所指多是相州北道地論師也古弘地論相州自分南北二道所計不同南計法性生一切法北計黎耶生一切法宗黨既別釋義不同豈地論令爾耶若爾下雙破二家言迹門說法者秖是三周彼解云下地論師救今謂下重破自古不知開近顯遠永異諸經謂迹說竟無可證也若云言不疊安即向法師品後方便品前何以不著若云佛定已起不得說者經家何事不先著耶若得迹門竟何

不更待本迹後耶叡公生起便爲無用一家次第道理泠然依薩云者如下多寶品中所引若三請之時佛未說經何得經云佛說無央數偈時故知無數之言即寶塔已前經也既言無央數偈豈唯三卷半經況地涌讚偈之文其數甚多古傳法華西方猶廣準此文也今明等者意云雖非親生既迹中同業非無相關故是父之流例義當伯叔當知今日影響在昔不無高下是則昔示高位如伯示下位者如叔並是父族故云親族并會字貫下國王至是王者前約昔教諸部爲諸王言興廢者委論興廢具如玄文第九卷明今欲略論對部說者則華嚴二興二廢乃至法華一興三廢今乃廢諸小王唯立一主是故法華名王中王次有此經下約此經會教以今經中部無餘教部即部中尊極爲王教即部內教主爲王既教分大小王亦尊卑國界寬狹民有多少資產各異所出不同故部內教通別二轍別則當界施恩通乃須歸大國故知部教俱須會通故前云部後乃云教在昔未會如一國內二三小王各理蒼品未歸大國故方便教主王名不無但兼部中圓極主弱若會已後同霑一化民無二主國無二王自爾已前或歸不歸不歸仍是小王被輔不獲已而統之小王本無背長良由民心未歸民若歸從王本一統以此會法義可比知無量義中先已收集者雖云從一出多容擬多皆屬一故云收集又乃由先說一出於多方可定起收多歸一故知爾前當機益物雖於一施三而三掩其一欲說收入故預譚開彼

云下引彼無量義經示相如何得知收集諸經彼經既云諸經無量皆從一出故指前經以爲無量四諦因緣即鹿苑也方等般若次第宛然言華嚴者具有二義巳在玄文彌勒等者昔教既偏圓未融人亦權實不一今教巳會補處豈多補處既然餘下準此民歸王順如向所論初地等者爲會偏教故不云圓某城者正本亦秖云居一城遁義通逃隱今逃即是隱今我至一切所有者所付般若有共不共不出因果因爲萬行果爲萬德行即諦緣十八空等德謂十力四無所畏不共法等具如廣乘無非衍也此我之德既云子有當知汝等並有如來因果之藏故加說之即是領口又般若中數見放光覩難思身即令領身般若方便即是領意故知知之與見並是所有所以法華但總說云佛之知見而今忽聞等者以他準巳既法譬俱解必知定同身子得記嘉祥至此更卻結前都爲五雙十隻一從旁人指華嚴爲頓從水灑去至法華爲漸即漸頓一雙今問適作三種法輪今但判爲二教則自言相反歸頓不成如何以捨方便唯佛乘會萬善顯久本之教而爲漸耶二從灑面去爲世間從除糞去至法華爲出世世出世一雙今謂諸子不稟人天之乘故知人天非漸教始若以除糞去爲出世者未審鹿苑之後說戒善耶況將十二年首訖至法華同立出世之言安顯法華之別三就出世中大小一雙未審方等般若有小乘不三味之大同爲一判如何能顯妙法之能四就大中自他一雙即指付財爲化他領業爲自

行未審諸部般若有自行不聲聞在昔謂爲菩薩佛化元意正付令知況領業之時本在自利自爾已後未改小途五從二使來是密領業是顯顯密一雙若微密爲密則法華爲密若以顯密爲密今此聲聞自鹿苑來皆稟顯教何名爲密爾前得記乃名爲密至此方索驗非爾前況三種與五雙理自相反云云若以五隻同在法華如向所破若從廣之狹以最後一隻爲法華者全不云開還同昔大致令後學對數而已不求教旨用教何耶貴在得意者譬中已委故不更論似有二義者由結緣不壞雖大小俱似雖貶曰似子義不亡次子既下舉正因況若論正因不似亦子況復似耶既曾結緣誰非真子據曾逃走父且貶之由位淺迷深斥之云似云云者如上分別問初釋品云信解入真等者真是修位即初住已去品初又云年既朽邁小尚非似位令那云似答意者若據子逃父後大小俱非似位何況真耶仍指結緣之時於今稍得名似而但合見子便識者上見父有四謂由處相避見子亦四謂處識喜適今見子便識一句即含前來八文文雖前後意必同時豈非子見父時即父見子見故便識雖復逃走機在不久故父亦喜故知一文即攝於八我等以三苦故等者譬中勸誡兩門先各論擬宜無機後合論二門息化今三雙合領初從上初下先騰前三意旁追即勸中二意再追即誡門二意放捨即二門息化言三苦者由三苦故五濁加重所以二門並無大機但堪小化五濁逼故即是三苦無明覆故即是無知

今合下正合二門無機者何爲見捉即勸門無機自念無罪即誡門無機不云二門擬宜者即以二門無機兼之次樂著小法者合有小志者即二門息化言不合放捨者捨即是息但上譬文息化有四一思惟息化二釋息化三正息化四息化得宜上初思惟又二一知大弱二知小彊今言有小志者即第二文也言不合放捨者不合第三正息化也是則但合初文第二即攝下三及初第一故上文正放捨云我今放汝隨意所趣已知有小志故於大放捨上有齊教探領今合二意者上二文各四小擬宜知先心歎三車適所願今齊教中但合第三具陳上事即歎三車也及第四先取其價即適願也闕第一第二文也此二任運兼得餘二思之可知上有四文今但三者闕適願一餘三次第對擬宜等具指齊教文也教作即是探領文也合付家業譬上有由有付者上由有遠近即小果爲遠體業爲近今但合近上有命有受今但合受者不合命也既有於受必知已命而自等者兼得餘二上付業有四者一時節二命子聚衆爲證三結會父子四正付家業今既付與仍兼上三須出其意上開譬有四相失等者此四標文文似四章但成三段乃略追誘下釋具有造立舍宅者有餘之土非寂光自然現勝應身非法身本有於彼更運依空慈悲故云造立經云頓止一城者頓謂頓乏示迹之相義同於乏又頓止即不行也秖於此中求覓子機超頌第四憂念等者但頌子背父去即失子之苦而無得子之樂失苦得樂俱在

父懷是故失時已懷於樂必知後時還來故也遠鑑機緣未若於佛經云夙夜者有人云自行爲夜利他爲夙此不應爾夙早也謂晨起夜暮也謂黄昏夙即化初夜即化末大化始末準說可知若丈六佛常說無常化欲終時節節唱滅若言自行爲夜不可自行亦云死時將至有無善上等者雖復時緣無所得善未能斷結故此體上仍有見思法身是師是王等者此文合在次文畏避段中若準上文秖應法身如王加著師者重加一譬耳報應是長者者秖應云報如王等兼語應身者報是勝應故也以長者如王王等故便言之私謂以廣顯略等者如華嚴中廣明身相國土行願本欲以此廣佛知見顯實相體故云以廣顯略授決者華嚴前文無授記語入法界品旁論授記亦得名爲授記故也弘誓及行者彼最委悉又誓爲券者誓許利他有如券約隨修隨償如䟽隨還訖至菩提償之方畢又華嚴中菩薩行願多明事數名筭計也上旁人追文有三者初喚爲勸門二義次喚爲誡門二義次是人下第三二行頌無機即放捨無機者重牒二門無機以無機故方乃息化故云釋放捨也初三行頌顧作至教作譬者顧作即上齊教教作即上探領齊教文意自道樹來以取小機義爲顧作探領文意法身地時無時不慜何嘗不教豈待顧耶故云教作油塗足等者有人云外國下濕使作之人足多龜坼故以油塗此語甚鄙於今經中坼譬何等何油塗之上受命有四今但頌三者初如文第三是第四大機將動也但闕

第二而無希取初二十年等者上文具引此中二十年已辯異竟今言轉教者前云住二乘位中轉教今以別惑見思名二十也合譬中佛亦如是合相失者上相失有四知我樂小合父子相見上相見文有二先子見父又四父見子亦四今復應知若單以佛亦如是一句合父子相失意仍未顯次知我樂小一句合父子相見意亦未顯何者上句借下句成知樂小故義當相失次下句借上句成佛知樂小故得相見樂小由退大所以相失退大由樂小所以相見故二句相成攝入句也知樂小句義當便識未曾至其意者秖一追喚即具二義故云總也上文譬中齊教探領各有四段擬宜有機歎車適願既但說於成就無漏小乘教中無漏之言通於諸果言成就者唯在後位故亦總攝二四文也上合有二相信委業今不合體信者驗知相信爲旁委業爲正言委業者委即是命令初一行長頌受命領知上頌所無者上頌譬中全無命知但有受命中三耳初一行標斷德者以云内滅内即惑體三界惑盡故云内滅故屬斷德也次標智德者既云若聞聞教屬智故云智德以小智具故不欣大智此二並舉失顯過次所以者何下六行雙釋智斷者初二行釋斷次一行半釋智次一行半重釋斷次一行重釋智故知初二行明自住小斷次一行半明失大智次一行半重釋小斷次一行釋失大智分得大乘習果也者得初住時破一品無明名爲習果言牛頭者華嚴云出離垢山若用塗身火不能燒十恩文者文中自對

室衣座三初室有三恩初一是通徧被之恩次二是別拔與之恩通被是四弘之始別被是塡願中終則發心後起行之來自成道前處處蒙益蒙益之相不出與拔與拔之澤知何可報所以難報者初以自行之眞令我修習自稟教後退大輪迴慈悲不離處處與拔次衣恩有四者我受教已大小並忘處處調停知我機遂即於此界頓漸道成雖先正爲大機兼亦憂我善種故於頓後便垂小化彈斥淘汰鎚砧鍛鍊貶之以貧事草庵誘之以富豪家業宿萌稍剖尚未敷榮長遠之恩何由可報是故四中初以人天次及三味如來座恩有三者至法華時始獲妙益兼能利物化道初成難報之恩良有以也所以第八是授記恩九十令我能利物恩所以室得衣故有覆育之恩室有座故成與拔之用座假衣室令自他行成衣假座室令初後理顯是故三義合成大恩此始終恩將何以報注家但云物不答施於天地子不謝生於父母以感報斯亡今意正論荷恩難報何得以亡報釋之況復秖緣令我報亡斯恩叵報故不得直以亡報釋之凡言亡者治彼不亡今非領亡但領難報二時既別且釋荷恩

法華文句記卷第七中

音釋

愕 五各切驚愕也 探 他酣切取也 鏘 七羊切與搶同 捃 居運切拾也 叡 俞芮切 轍 直列切車跡也 券 去願切契也 鎚砧 鎚直追切砧知林切 鍛 都玩切冶金曰鍛

法華文句記卷第七下

唐天台沙門湛然述

釋藥草喻品

法華論以七譬立七對治一顛倒功德增上慢煩惱熾然求人天果報說火宅治聲聞人與如來乘等說窮子治大乘上慢人謂無二乘說雲雨譬治實無涅槃生涅槃想說化城治不求大乘以虛妄解脫爲第一義說繫珠治有大乘人取非大乘說髻珠治無功德人不取第一乘說醫師治若但依此七各有對治則爲法作譬說譬領解佛以譬述等理似不成應知論意火宅則不指大車邊窮子正用領付之意雲雨令開權二乘故化城以寶所引之餘則可知他若云今品唯出生者全違經旨況復論文從於能潤以雨爲名經從所潤故云藥草藥草則二乘不無一雨則述其歸大嘉祥云草木有二一不知同二不知異若有瑞草即能知同以喻迦葉此則但從迦葉所領可爾若從佛述豈可餘之藥草悉云不知又亦不知三草二木是瑞非瑞是故須云今昔方顯瑞之是非今謂至此法華何得更有非瑞之草應云是諸草木雖元一地所生一味之澤而不自知忽蒙開顯莫非祥瑞乃使彈指合掌通成妙因生無生慧咸成種智然文中四悉且從迦葉領述邊說於中先總徵起次土地下別釋四悉以酬向徵初世界中二先譬次合譬中土地約今草木兼昔故云通皆有用藥草在今藥之草故名爲藥草所生等者若從如來所述義邊無非是藥故云通皆有用若從能領中草爲名則秖

應云中草品耳故云藥草用彊有漏下合先合昔次無漏下合今於中先合次引證三述其下結意初文者問若從佛述應云草木及以地雨今品既是述成之文如何但指聲聞中草云四大弟子等耶答實如所問言通意別故云藥草言別意通且指聲聞佛意雖通述其得解別在迦葉述其不及及以復宗若別若通皆成藥草地雨復是述其領實故不別說佛讚下證者經告摩訶迦葉者迦葉居僧之首故別告之故知信解雖具列四人空生居首然自陳之唱屬在迦葉故今別告又言及諸大弟子信知得悟不專四人述其等者悟必通該領述從別佛雙述善哉及迦葉領通名藥草並與歡喜意同及領兼述同名世界故可從通次文二先譬次合譬中云叢

育等者譬昔各有積習故名爲叢育養也曰久者經二萬億猶在方便今始開顯故曰一蒙雲雨此下次喻今雲雨如下釋言扶蔬者扶謂扶助爾雅云林有草木曰蔬以昔助今堪可與記言暐曄者明盛貌也一蒙雲雨使草木敷榮無始性德如地發大乘心如種發二乘心如草木芽莖今入初住如同成佛乘芽莖等内具十力名力力有勝能爲用對於芽莖故俱名内小果得記如芽豐等譬諸下合昔今得下合今先合次證後結意初文者既開顯已自利兼物從於自他受益得名名爲爲人次對治第一義中二譬合譬中亦初譬昔今蒙下譬今言四大等者世藥三品俱非藥王下治四大中益五藏上可還年言風冷者略標二大昔除四住病但養五分身還

眞理年駐變易色今蔭以無緣慈雲洒以無私法雨使其遠種獲益無偏使無常微草乃成常住藥王自行兼人悉除三惑故云徧治當知自他並成常身佛大仙也次譬諸無漏四字合昔從聞經下合今亦合證結意言嘉著等者嘉善也著滿也稱字去聲善始令終名爲嘉著聞契理故曰稱微且寄二乘領解以說故皆云無漏此並成於佛乘四悉言是對治第一義者從徧治邊即對治義從成仙邊即第一義餘約教等三不記云云者草木即是三教地雨即是圓教即爲約教若本迹者本住智地曾施雲雨迹爲草木引彼增長觀心具如玄文利益妙後又約藥爲觀者如止觀第十四藥治見備述權實思亦例然舊師雖云述佛恩深無十恩意述亦不徧古師

亦不以教作而爲探領縱立探領此亦秖如下文南嶽所判權功德耳師云者正指南嶽二乘雖復自領已界旣云善說即是具領一代權實今佛委悉述其所領十三偈下文將古所引還破古人迦葉雖自領佛恩深其如佛述善說如來眞實功德豈獨二乘法耶教作譬是佛權功德者亦斥古人述不周徧教作人譬是權法中少分而已具如前釋他日即是二他義也他即是權應云此實我子豈獨教作人耶今言下今師釋也始天性等者天性即指大通佛所如十恩中初恩意也中間下具如已下九恩意也天性猶通結緣從別自微等者自從也從小之大至第十恩故云諸也豈止一代教耶雙述等者兩處謂方便火宅也以信解中雙領兩處今亦雙述二

處所領若不爾者徒述何益善說下述其具領如來權實教法此約因緣釋也故不同他引論破無小也又華嚴云去徧述所領即約教也前釋尚總此釋則別總別義一本即觀心大意同前領所不及者舉迦葉之不及顯餘類之有分又出迦葉之不及示迦葉之徧領又示迦葉之徧領則知一攝一切於中先列次所以者何下釋釋意者若但述二乘秖應從中草題品於所領外更述不及令知如向所列意也又說不能盡之言寄之以明不盡佛說不盡況迦葉耶此中先敘佛意佛意既徧驗領有窮次那忽下責其齊教通貫諸句不道下正述不及退進等者以二乘位望上爲進望下爲退十界各各自有因果不由次第故名爲横一人漸起亦得爲竪今取雜起及具有邊但得爲横又以多人次第相望及法淺深亦得爲竪人人各住亦得爲横七方便竪者若七人各七先後相望七人各一大小相望七人傳入七人入實俱得名竪又三世名亦横亦竪者世世徧於十方十界亦名爲横如是品類皆從諸味八教調熟方於今日與迦葉等或同或別未聞徧領故佛示之夫山川至不及者此非横非竪不及如下諸文結差無差無差即差差即無差不當横竪無差即差而横而竪今從無差名非横竪從而差邊如前横等初山川下具對諸法皆與理等同以一地而總貫之初有人以地譬賴耶常住其理不成對五陰世間以明一實差無差等無非實相故總言地次草木下約五乘七善習因對於一實明差無差等次一

雲下至初三末一約五時教對今一實明差無差等先喻次如來下合生公以雲喻法注家以雲喻應奈何道中天眞而謝俗子篤論其理何道俗哉如龍興下譬佛身中能被法體總譬是爲下總合更無進退橫豎等也雖具橫豎及亦橫豎對於一實任運施設論非橫豎約開顯說結差無差則開前一切皆成無差次不及下明佛斥不及意二乘初聞始入初住且自述巳所入之法佛欲委述所不領者其法尚多二乘若聞亦成徧領具如前說言未窮者極指後地豎入邊說若欲徧述未暇窮終所以迦葉述巳者是初是因緣釋文初悟下約教若迦葉領巳即攝一切以圓對偏即偏領教也迦葉所證即初阿也既即後茶徧領無別又權行下本迹唯闕觀心具

如玄文釋法中說若依今領者即空故差即無差即假故無差即差即中故非差非不差橫豎例知廣述成中二段初文具述三草二木差無差等即是廣釋領所不及既責迦葉領所不及所以下文仍歎迦葉者明其雖復有領不及縱領諸意不出權實復接引之故結歎云汝等能知如來功德勸信者此不及等既唯如來能知故舉法王以勸迦葉所不及者彌須信受若依此領巳是能知爲下大雲譬本者大雲普覆於一切大雨普潤於三千受益既實能被不虛於一切等者非智無以說非教無以詮欲知智在說觀教而知智今從述教故先教也若方便品初欲引五佛所說則先歎二智既是相成前後互舉一切法等者問何故前文領不及中七方便是豎

今那云横答約人故豎約法故横又人法各有横之與豎具如前説不可定判故更以横對實亦名爲豎若言不爾下釋此横豎初釋豎中云若言一切法不是七方便以對一實爲豎者如二萬億佛所初發大心即是一切法實中間流轉或復發心不出七法故七法是横對一實爲豎又十法界下釋横也一人身中尚具於十況不具七一人既爾多人亦然一趣既爾餘趣亦然故七法是横如來身中若十若七一念洞照横豎無遺此法雖多等者七攝權盡一切逗機不出七故爲人天等者明佛能照是故能説此中既別列二乘故三藏事度即菩薩通無生名通於三乘述其開三者具叙七善而云三者三從出世但開菩薩加於人天義須通七究竟等者此明諸權皆歸實相是故三教教智未會不名爲一又非明示此法從於無住本立故不得云究竟不二今言不二者始終一也其性等者廣博之一故名爲切切字七計切七結切並通訓衆也共顯不二是一家之切名一切智寂而常照者智所依地能生諸智故名智地此從境説若智即地能所不二故智亦得名無住本是故亦得名智爲地正顯能立立亦生也故此智地能生諸法故雙名智地爲無住本云何等者斥古師也降此之外餘解不當暗而復寱迷深故也於無明夜寱解聖言何能當理例大品下引證智地故先翻名實相是體智即是用若智家之地即指實相一切皆大由智顯地由乘至極亦是從始至終依地至極大事大乘皆須簡於莊嚴白牛餘二等者

但是不一皆名爲二此約至開權顯實也者以漸頓中不出七方便故故漸頓中有權咸開如來下至釋教也者權教咸成實教者良由以不二智而同照之知所歸趣至各有歸趣者能有所趣故故名所趣戒善下明七方便法皆有遠近者當位名近趣極名遠當位名權趣極名實權藥所治故名權病關中唯遠是亦不然善無自性遠近在人於中先舉戒善近在人天言作緣者從遠得名故云若作念處下言福德者大經意也經云聲聞者福德莊嚴有爲有漏亦由在法華後故說開相可嚴法身念處兼於兩教二乘今且在於三藏聲聞中越三人故云乃至六度通別一一善根皆有二趣如來善知問別趣已遠如何亦二答十二品惑及以我之果爲他之因

豈非近耶又近遠者近從物情遠有三意一者善體二從本期三從佛意佛意又二一者順機二者從體唯有如來善知體性體性之語還通二途接近令遠體性俱存此於權中取意實釋即是今經權實正意又戒善下重釋者單從藥邊釋七方便名爲識藥深心所行名爲知病能知即是識藥故也言二種者所執兼細惑依正唯麤惑故障人天者且從近說著所執者以四倒等各對諸乘然麤惑亦非全不障乘但不執理障乘義弱著所執者非無十惡失人天乘隨其淺深皆名計故故以計等隨義對之一智徧照等者應非但照一切而已須於一藥一病見一切藥一切病下文既云一切法者即是十界故一藥一病皆具十界知諸法盡名知病者寄藥顯病

知一切深心等者若無識藥不知深心寄病顯藥若干者若如也如彼法體法體本空故若干無若干又如下舉心法塵譬差無差初二句明法相約心所緣法塵以辨次心有下辨別次心不下辨即次無數下辨即相權實下合譬具法本無由心有數名法爲數全心是法全法是心不能具合但令述之故注云云譬如下第二譬說文爲二初譬後復宗稱歎者準前初開云初述開顯次結歎於初文中自分爲三謂法譬合令至譬中又云先譬次復宗者以由汝等迦葉以下文具二義亦名結前開顯即如前所開亦名復宗稱歎如後所開言復宗者此中大意本述迦葉於中廣歎如來二智似如唯歎如來不關述成故後文云汝等迦葉甚爲希有此則更復前宗以述迦葉此中以述迦葉爲宗故云復宗以歎如來是歎迦葉故云稱歎三草二木下述譬釋差無差次若觀下辨譬差無差所以若觀草木之末泒則有差別内合方便下合權智實智下合實智差別下云云者皆應細說以差無差用對一實及以七五植種由如來智地物情自謂之差別敷榮由如來法雨法不由情而能差衆生所受亦是智地地亦是法但植種時智地義兼衆生心地故初心名地釋差別譬者問土地與下一地何別而此中譬差下譬無差答用譬各別下譬實理今譬報陰故不同也此中先破舊者習因報果二義不同故知古人不應以山川等而譬習因習因必須增長故也故此下文三草二木各有增長即習因也今文正釋但以山川等

用譬衆生五陰二種世間假實不同故今引下二文俱證人天等報果義也又更下別譬者前通爲五乘五陰作譬今各譬五乘五陰如山雖高峻亦有洿隆等五相者洿字(烏花切)若依今義應作窊字凹也亦應作洼深也隆高也謂山川谿谷土地一一相中復有五相如地雖平亦有高下似山等也川者穿也水大能穿通者曰川潘岳關中記曰水有八川謂涇渭灞滻灃滈澇潏(音決)滈(音浩)當知通水之處俱名川也谿者窮瀆源出於山故云窮也谷者水注於谿又泉之通川者曰谷何妨此等皆有五相故以譬於五乘五陰山川依世界下云云者細合陰入習因法性三法展轉相依之相應云習因開爲緣了與彼陰入不即不離陰習與正法性不即不離六文宛然者責於古人不立第六爲習因增長義也所言六者一土地二草木乃至六增長故知初義但當山川未關種子增長二義也又次第如此至前後耶者古師以今家第六安置第一是故責云抄著前後又以最後土地及最初三千爲總而以谿谷等爲別間之故云間糅經文治病力用勝者若分藥草二字則以小草偏受草名餘通名藥即指無漏且從所述二乘人說是中草故稱下草治病力弱上草同凡治病亦劣從發大心故亦名藥二木復從覆陰爲功故知通題別在中草通論皆藥但略木字耳具如品初分別可見質幹法體也覆蔭慈悲也器用利物也喻二菩薩者通別菩薩望兩教二乘及三藏菩薩且云大耳

然通菩薩若望三藏弘誓之境雖無優劣以通菩薩一者衍門通圓二通於別故云廣也七善秖是七方便耳若從修習當體爲名方便進趣功能立稱密雲即三密者凡云三密必約應化自受用報平等法身何所論密覆蔭譬佛慈悲等者蔭廣則質大蔭狹則質微質微則利近質大則利遠遠密近疎赴物各異隨其用智化境不同不雨下云云者因將雲等以譬三密便引雲色不同電師名異有雷之由雨緣不等今以雲譬應身雷譬名稱電譬放光雨譬說法長行無雷電頌中具有電必有雷雷必有雲雲必霔雨今不取無電無雷之雨無雨之雲爲譬須以此意合身雲等應色非一且汎舉五以應五乘佛爲教主譬如電師衆生機緣亦如電師感應相扣猶電師鬪隨機有感應之以光又四大鬪亦譬機應言五事無雨者總以無五乘機用釋有機以無機故法雨不降凡引事譬皆有近遠此中不須用華嚴中六天四域秖借阿含意爲譬耳又雜含云風雲天作是念我今欲以神力遊戲作是念時風雲即起電天雷天晴寒熱天亦復如是問此六譬者本譬差別何以密雲一雨爲無差別譬答下文雲雨秖是此中雲雨譬耳但今從所雨得差別名若爾與草木何別答草木唯從草木立名雲雨乃從所顯爲能是故不同八音四辨如法界次第應分教別今從極說普洽等者雖說五乘本被一實豈受潤時離實地耶信戒等者五乘皆藉此之四法唯有人乘闕於定慧以心所當之明其草木隨分至兩因者習因增長

以成報因故習因增長即報因增長具如止觀第八記略述諸論習報因等但彼明發相此辨修習彼六蔽度此七方便以此爲異耳華果敷實至二果者華如習果果如報果此隔字爲對應言華敷果實亦有華而未敷果而未實亦可譬二因也今取已敷已實者也故至果時依正明了道前心地至智地者此道前後之名名有通別道後定在果後道前通至凡夫故方便品中亦以等覺已前爲道前此中須以博地凡夫無戒善者爲道前以五乘爲道中所以道前道後真如之理等皆是地地體無別然皆能生故知衆生道前心地奚嘗不有能生性耶而不能生不能成者必假道後極果智地令生令成發心已後究竟已前皆假智地而成熟之開發道中者且

以初望後五乘居中非謂五乘即有真如五種善根即五乘也並約如來化意邊説故云終是一音言終是者終無定五故云也被物雖五化意唯一從權宜邊須名四味合譬次第者此中但明合中相生準理亦應明譬相生譬相生者由有五陰衆生故有五乘草木有五乘種子故密雲應世應必説法説必有潤潤必增長云云者應以差別對潤同説差無差等章門者十號如止觀第二記略釋四弘者肇云發僧那於始心終大悲以赴難本業瓔珞具對四諦然彼屬別今須在圓知道等三不護者常與智俱六種法門始自十號終至三業諸教所明一切果地神用法門此六攝足故略舉之況此六門一一互攝此六次第者由具十號故有四弘故云未度令度

等雖用四弘若無三達照機不徧三智具足方乃名達智必有眼二法既以定慧爲因而獲眼智兩果故有智必有眼如此五科無不三業隨智慧行故略舉六科以示能應佛自稱此以顯能注即是十法界至差別者雖通十界四趣無增長義也于時者觀機時也言若論者且置華嚴故利鈍之言通三四味十界故也通別圓云云者應須此三迭明利鈍然初句云聲聞觀生滅菩薩觀不生滅已是通竟下又具列通等三者但重舉對別圓耳即以聲聞偏收藏教爲進下云云者須約三教菩薩求佛者傳明進怠隨其至無增減之失者稱五乘機故無增減如人機授以十善爲增天機授以五戒爲減如是乃至菩薩展轉相望亦然報因至習果者前文但云華果敷實以譬二果今合中乃以華合報果果合習果若不依此合即準前文或別有意如說般若方等明地獄衆者大品中如來放光照諸地獄具如釋籤所引說方等經亦如釋籤此中引三惡者經中但云善處今取惡道者一者爲欲攝十界故二者三惡有七善機今云亦者取意釋耳生身菩薩且指地前然準權教地前不可一生故須依實教以說後生淨滿界者舍那彼音此指實報土爲淨滿界也菩薩乘出內無利智者且指三藏菩薩問下現文都有八重問答意欲如問而不別云但注云云者約義仍有八中初者但應以出世方乃名乘何故須列人天乘耶故廣列諸意以辨隨宜逗物之相又人天等者準此亦應云菩薩亦斷亦不斷但是文略次云二乘

亦斷亦不斷者二乘雖斷斷仍未盡故云亦斷亦不斷餘悉可見以此爲例取諸經意自在作問乃至具歷四教七方便爲問此並一家依義假説問答耳次大論去更引文設問出離合之式通前諸意大論即於五乘爲五善根故得對於藏等爲問人天下答於五乘中合二乘開佛菩薩爲二也此以五善望五乘説四藏合凡開聖者將四藏以望五乘是故四藏合人天在二乘中開二乘爲兩佛菩薩爲兩若以五乘望四藏即是倶開人天二乘各二仍合佛菩薩爲一旣云爲緣不同所以亦得爲三乘但是凡聖倶合耳但以名狹攝法不周明類不顯故不得但以二乘爲攝若直論乘何法不得具準上意思之可知兩於一切帖合六章門者六章正出注兩相故

一相者至一地也者眞如秖是一實相耳七相秖是七方便以實相對七相是故云相即行相也七教秖是七方便教以教對教是故云教所謂下雙釋者初雙標理教也次衆生下先釋性對理德之相初總舉解脱下列結此性三德雖有三相秖是一相如來下釋一味由佛説故此性可修性本無名具足諸名故無説而説説即成教依教修習方名修三比讀此教者不知修性如何消釋此中疏文敬請讀者行者思之照之此三相下重指性三以爲修境緣生下重舉修相故名爲行行即因也終則下舉果地三三智滿故從智爲名即是智三行三性三開合多少準望可知有時下舉分文不同解脱下廣釋相味先相次味初釋相中性德秖是本有三道解脱相

者即於業道是解脫德離相者即於煩惱是般若德寂滅相者即於苦道是法身德無生死等寄修以釋唯有下結故云實相一相下轉釋一相即無住本立一切法理則性德緣了事則修得三因迷則三道流轉悟則果中勝用如是四重並由迷中實相而立此無住本具如釋籤第七已釋故無明實相俱名無住今以無相對於差別專指實相名無住本無住即本名無住本隨緣不變理在於斯起住二門義準可識染淨二類具在十門一味下約教釋者上相但云無生死耳約教乃云無二死者教在分別故也前相但云離相者無涅槃相此教乃云得中道智慧乃至離於二邊著也前相但云無相亦無相今教中云二邊因果滅者應云通別二惑內外二死滅也今對中道中道從理故此因果名離二邊此二涅槃永殊小典小典二滅必不同時此中二滅更無前後句句例作差無差者既句句約教教亦須顯差無差等故應具如前一相中即無住本至即是無差別文是也故今對教明差無差若不爾者徒開浪會虛說漫行空列一乘之名終無一乘之旨稟權教者尚須識權對此終窮安得昧實忽都未聞性惡之名安能信有性德之行究竟等者前總釋中已略明竟今於廣釋理教雙結所歸能詮所詮咸資果智故究竟之言通論理教具有三法而但云種智者從智取境故也七種等者亦有人言此中諸句何意節節皆云五乘七善太煩重耶今請離此釋外與今經合者無有是處故知不以七善簡之無由顯實

第二等者前六科顯能知之人法今滅辨所知之人法故舉此十攝諸法盡又前乃唯約於能今則約能論所故種等四三慧所取所取四法不出因果因果之體體唯實性一一對辨他經十法三道是三德種者即性種也有生性故故名爲種生時此種純變爲修修性一如無復別體言相對者且從當體敵對相翻即事理因果迷悟縛脱等始終理一故名爲性波水之義準望可知波是水種豈可不信若就類者類謂類例即修德也衆生無始恒居三道於中誰無一毫種類夫有心者法身種者合彼性三爲一法身對修方合約性恒開此三從別一一各異問若爾般若解脱有於種類及以對論法身類種與對論種爲同爲異答理一義異言理一者秖緣理一是故性修相對離合言義異者對生死邊名爲相對理體本淨名爲種類又聞能觀智名爲了種聞所緣理名爲正種即是理淨與事淨爲類諸種差別等者須約諸教諸界廣說不可具述唯是理體一三德種如來能知若約教者別教唯有種類之種而無相對於中法身類種仍別始終常淨唯不從覆故得種名藏通兩教全無此義但約當教其名非無因時三學爲五分種達分即爲二解脱種念處即爲般若種也隱顯並別具如止觀第三記故三教教道之有差本在圓實之無差相體性三既通始末所以須約十界十如釋者向釋種字既以相對及種類釋今此三法亦應例之又前種中不云十界取極下界類中自云世智等也故此十界不出一念如彼廣

釋十如中明又前釋種不約十界者欲明三德義便故也此相等三亦是三德已有種義不須依前約界則便故十界中有佛與凡論差無差或對三諦次約三法即是三慧於三重中皆初云念者念所取境思修亦然境即所聞所思所修皆言何者指所取境所念等者教下所詮向之四法隨教則有思修不同對界爲境多少增減觀體巧拙隨義應知爲差無差以權對實初言用者有取境慧方有所取舉事顯慧故曰用也所言體者即當體也境中舉事事是所取念等居先取所取事今先言云何指能念體思修亦然故知即是三慧當體此體即是能聞能思能修故云記録所聞等法言因縁者謂以何之言須所聞教念等即是能聞等也不由能取令殊而爲別相乃由所聞法異分五乘七善能所和合即聞思修之因縁也言取境聞法爲因縁者所取能取並名爲因聞法爲縁生慧即是所生法也又取境者取境必須聞法爲因且先標之故三境爲因聞法爲縁即初雖有聞等更須聞法以爲良縁故云因縁應知三慧境體及以因縁雖三而二重釋因縁者合向境體體即是智境必從體得名體必由境立稱重云因縁者既加聞法防自他計及立更互因縁故也三義具足方乃成慧及成所爲如此三乘等者五除人天以人天乘未名慧故問前云十界此中何以但云三乘答廣略雖殊其理一也但種通乘局合大開小故但三乘又種等四必徧十界於中起慧必唯三乘三乘通於四界故也五乘之因等者慧必唯

三因果通五離七準釋可以意得不云四趣者且從升出生公具約諸度等法辨聞思修然六度未能分於三乘六則通漫三則攝六是約一法者故四意中前三約所辨能此約能論所所中無差即一法故故前三意如來並有一法無差但且約所以對能知無差別下云云者秖是如前差無差等而爲分別一中無量者意云是一家之無量耳一一德中皆可爲緣分別無量如云多諸名字等無量中一準此可知何者去對小辨別何者以二乘人亦有二脫離著入寂名同體異重對釋之常寂滅等更以無差結二乘差終歸於空準例可見鄭重抵掌者抵㠯也㠯手於掌表勤勤也向已釋竟今復釋者此事不易故重勤勤佛世尚然何況末代斥舊云至若佛等

者古人以此釋下壽量失旨逾甚今復以此釋常住教故云苦經不生不滅而云灰斷故言苦佛經佛無苦加之者過故云苦佛等耳先宅有餘未足辨異然先宅諸文皆破三祇菩薩不知何事至此即以小乘有餘之名消畢竟空有人去他難先宅諸古尚有不許斯釋何況今師經文下今師正解前對二乘重釋者良有以也龍印去引舊諸釋以責先宅一往且爾然亦不知舊第一義空與小何異隨三悉者亦以一實爲第一義對權爲三即昔日隨欲順權機也次復宗釋疑者雖未之言許爲儔類得受記已即分眞佛自鹿苑後具領權實至醍醐時領業不虛當知前歎釋迦本欲稱歎迦葉所領言釋疑者恐此時衆聞佛述其領所不及不曉佛旨而謂迦葉所

領不當故述已權實以歎迦葉能知如來隨宜說法雖自領已實兼一切問何不釋探疑耶答齊教顯露虛實易辨故佛且約齊教述歎若爾探最可疑何獨齊教答雖難而易時衆聞說如來二智知佛法身恒思大小秖恐領教未必盡善故佛以二教二智述其齊教無差謬也又齊教領尚自不虛驗知探領亦應非謬釋述意者向適斥其所領不及豈至此中即云所領甚爲希有故知前文但是如來自述能知何關迦葉故今釋云世尊雖即自述理當迦葉一切皆領迦葉既其始末自領而亦經涉五時權實義含一切故亦堪歎甚爲希有然章安重釋但作述前品一十三偈歎佛恩深即是當界能知隨宜當界事理徧收一切問此中述前歎佛恩深與古人何別答古人直云恩深不辨恩之近遠故前以十三偈具領始末今佛具述方名述成此是章安之助見依大師意自成深致豈有等者即指迦葉等以爲一機指此娑婆以爲一方餘機不領故云說不能盡迦葉等四於前品末但云如來大恩如來遥鑑迦葉既能教探二領豈不能知初四弘恩乃至最後令我化他十方儀式亦不出此故今此中長行偈頌通徧述之則三草二木一地一雨盡述迦葉始末之解身心法財者身得受記心獲法財已證第一義一實空座若依此義佛本徧述迦葉始末時衆不解故須除疑是故釋云迦葉能知若尋此意何得以四伏難與此同言耶若不爾者大恩之言何所主耶述恩不周翻成背義若也出生還應自鄙何以佛歎能

信能受次頌中不頌略但頌廣者廣攝略故
次有智下約權智者問既云有智若聞此必
屬機云何屬佛答若非有智人說云何能令
有智人信自此之前皆名邪者迦葉等四未
聞譬前義當邪見見未正故故別大經迦葉
童子自述爲例彼亦未聞涅槃已前自稱邪
見應身至含潤者凡說法之言乃對應身故
勝劣應皆是色身口業宣辨新經乃以他受
用報而爲遮那尚非自報豈不說耶若言體
即十身俱即何獨應耶乍可云三身即一說
默無殊安棄丈六偏尊相海如空爲華華外
無空能具等者故知說昔偏小典藉不降開
顯十二部中佛性圓常之雨故雲不含潤前
二味中雖說不受雖有不偏義非含潤須扇
多佛不說法者此以全不說爲不含大論文

也多寶不說義如下文九十八使初斷見愛
得眞諦益而云地上清涼者六根淨位亦且
除之百穀語通至百善也者五乘各以百善
爲本言能生者從果以說若從因說乃是百
善生於五乘大小乘因豈過十善故以十善
更互莊嚴若不能修互嚴因者今所不論若
爾人乘無百答酒防意地通說非無甘蔗等
者既舉二物應有屬對今試對之甘蔗質一
可以譬定蒲萄形多可以譬慧慧約所破定
約所緣且分多一既出下三行頌十號者文
略義含出世即無上士及佛于於也爲說即
正徧知明行足世尊即第十號於天人中即
調御丈夫及天人師如來即第一號來善去
善兼於善逝又出于世即世間解充潤下四
弘者充潤衆生即初弘誓皆令離苦即第二

誓皆令離於因果苦故得安隱樂即第三誓及涅槃樂即第四誓五乘咸有世間之樂皆令得於第一之樂勸聽受中又更爲二初二行先歎佛次爲大衆下能説人尊故所説法妙七善無不皆歸一乘故勸聽受此舉無差以釋於差佛平等説等者有愛憎故則有彼此不於佛機者愛餘機者憎貴賤上下約位持戒毀戒約行利根鈍根約習亦須具歷五乘七善展轉説之有人去次釋三草二木者古師不同但於大草二木不定以名含故小中二草經自結名必無違諍仍不知有二種二乘是故初師具列五位第二三師但列三位以二草意同三皆未稱然三草下今釋先總非云師心反佛違經者無稟承故即師心佛意不爾即反佛違經者經明受潤不同以對五乘差別如何三位並同在一教別受潤中進退兩解者初正消經文次以木例草準義以釋草既有三木亦應例人見大草中云求世尊謂義亦通後見小樹中云專心佛道謂通初後見大樹中云度無量億謂通前二便作一種歴位解釋以近代來棄舊經論諸教菩薩此爲消釋之大患也故今別釋寘順經文上草爲六度者既云行精進定於六度中精進爲最故大論云施戒忍世間常法欲修定慧必須精進況復通進徧入五中爲是義故舉進攝六故不可二木唯在三祇小樹中經既云常行慈悲自知作佛六度菩薩第三僧祇方乃定知故不及通但過二地必知作佛故與前異乃從勝標大樹中既云轉不退輪別人初地能轉法輪是念不退藏通至

果方轉法輪豈得名爲如是菩薩故知在別次義立三木通三菩薩今識通方故更釋之故正法華初例則云三木二草以小草爲悠悠藥以上草爲上尊藥頌文乃云三藥二木是故今文通別二解釋增長中二乘增長二解不同並今師意前釋得小乘盡生死方名最後次釋大乘中方名後身大小兩種並名增長增長皆由值佛衆生自謂當分增長今準佛意莫非地雨故今當分遠有增長所以至此方知合一無後之言且任小教權名爲無非永無也若得法身等覺一轉當入妙覺乃云最後論云羅漢發心已後邊際定力令分段身延至變易不復改報成無上果者此多屬通義以通菩薩過二乘地感潤生身或不經生而成正覺豈華王佛果而用二乘邊際定身故應問言此定與彼首楞嚴定同耶異耶諸論皆云捨分段身而入變易天親論主意未必然但恐論釋義不正耳故知最後增長之言大小各別無人有教深可爲規問若爾餘之三位皆應兩釋一者三位若不值佛各不增長若得值佛當位增長二者於法華前住四位身被佛調熟若至法華得入一實方名增長答然五位中二乘執彊謂爲最後故須二釋餘三已有彰灼明文上下文意一切皆爾問二乘同云住最後身必須見佛緣覺不然者何答雖生佛後元因佛世思之可見增長後云云者具述大小今昔之意五位雖即自謂增長萌動之初莫非地雨說雖地雨居後長必始在初毫今始示於地雨初後耳亦應委說通別增長之意問一雲一雨

與一音同異者問意以一地一雨與一音敎爲同爲異答意者今一雲一雨別譬開顯彼一音之教通於因果及以偏圓於中先分因果次辨偏圓先因果別別意雖爾亦隨諸教二種雲雨以譬諸教因果隨分一音今從究竟雲雨以問答中別申二種一音言下地者或指圓教六根或指別教地前若指初住已上等覺已前豈可全無隨類一音次辨偏圓中先出舊非次正解中三先圓次偏後明自報先圓中引大論者破上三師所言報者即酬答也如此一音亦通下地但不關六根次婆沙去引偏擬圓類例欲同然其秖是三藏教佛之一音耳若不爾者能以婆沙釋華嚴不五百羅漢有七菩薩見解以不瑜伽尚別同異永乖迦葉當知者開譬頌初已云汝等迦葉及當知等故頌文後不更復宗重稱歎者良由此也隋朝笈多所譯名添品法華者自餘諸文全依妙本彼見正本偈後更有一長行偈頌乃重譯之添此文後又移囑累安勸發後自餘先譯並無所改重譯言辭多似正本其所添者初長行中先以日月譬用歎佛智(此與前文重故什師不譯)次明五趣中有三乘於三乘中而說平等(亦與前文似重)次迦葉問何故施此三乘教耶佛以瓦器譬之所盛不同非關泥異迦葉又問彼種種解出三界外爲一爲二三耶佛答若覺體等無復二三(此亦同於第一經中滅度想者也)次因此後佛爲迦葉說生盲喻初不見色譬諸凡夫次以眼開譬於二乘次天眼開譬大乘也偈重頌耳故知無此添文大旨無闕若其有者述成又剩什公不譯意不煩文

南山云笈多輙移囑累品也準此亦應云移品法華

法華文句記卷第七下

音釋

寱（研計切寐言也）凹（於交切與坳同）灞（必駕切水名）滻（音產水名）糅（如又切雜也）

法華文句記卷第八之一

唐 天台沙門 湛然 述

釋授記品

注家云業似先違心符後順既拂殊音之異寧爽一味之果哉故與記也今云事似先違心機本順然諸菩薩豈無先違後順之人故知今記聲聞須除通釋釋此品題先翻譯次料簡於中初諸經下先引經問中初文總舉問意次淨名下別引三經初引淨名者彌勒得記既爲補處必生兜率爲彼天主彼諸天子預來脩敬彌勒因爲說得記由由不退位廣爲天子說不退行即不退因也乃被呵云衆生諸法賢聖與彌勒如同記同何獨彌勒況如無生滅何以得記次思益云者以記虛假願不聞名大品亦爾答中爲八初通答次約二諦三約四悉四若通途下正明今經五他經下對於他經以辨有無六元諸佛下廣約四悉七授記下判能所異名八中根下來意初文言此見須破等者意云有見須破願記須與豈可專引淨名等耶若約今經須具五意一破方便教所得近記二破始記者生染著心三爲顯衍門記無記相四爲未合記者息希望心五爲宜聞破著得益者故衍門破小義兼三教四門記相云云次二諦者四教並然何得以眞難俗三四悉者略同二諦廣如下釋何得以一難三四正約今經有五一通別二三因三遲速四師弟五懸記應言現未但是文略然此五意須約今教以簡他經或遲如聲聞或速如龍女五對他經辨有無者又二初明今有次瓔珞下辨無明有又諸

經爲對菩薩多授法身究竟果記今此品中秖記八相如前後說瓔珞八記者今經已衆無不知者故前四句中今經唯有第三句純顯露故於中不必在第七地如不輕中一句通記故他經記深後四句中初句雖云遠處不覺化道同故亦非不覺故今經有第三句義同初三二句也故知諸經實義未暢言未得無著行及以七地者無著之言應約通判別圓教中初入地住已名無著或在別教約教道耳入無功用方無著故據空觀成秖合在通言七地者在於通教以過二乘堪與記故然論文中先列四種聲聞則退大應化與記增上決定不與有人救云決定亦記此亦不然他計決定即是定性永不發心須指經文雖生滅想彼土得聞彼義自壞何須別求

但以滅想者作凡夫釋曲會經文令成已義又寶性論秖云聲聞出界根鈍不云根敗言根敗者迦葉於方等即是其人若至法華敗根還復若入滅者出界方生生公云會理無累豈容有國雖曰無土而無不土無身無名而身名逾有故國土名號應物而然引之不足耳若得今意但云八相誘物斯言蔽諸法華論云二乘有佛性法身故與記非修行具足論言未足者據極果耳豈可不修淨土行耶據斯灼然更須供佛若緣覺人入聲聞數即同聲聞出無佛世同決定性六從元諸下廣約四悉總有十重以成四悉世界中二者初約機應相對次單約物機雖義云單終成機應機感相稱如歡喜也爲人中二者初文改小入大已生已善時衆下衆願者又有利

他之善四對治者初破菩薩退爲小惡次破欲發小心之惡次正破小惡次破將欲證小之惡第三已證第四已入賢位故異第二若對菩薩擊彼小人餘經亦有今明記小復引小人故唯今經第一義二者先正釋次釋疑疑文可見然衆生下釋者爲成第一義意前之三悉不必無生又第一義中唯約自記者前之三悉或兼自他如對治中一向對他爲人中初一兼自他後一唯他初世界中若將化主以對所記亦唯在他雖有此十亦且約記二乘以說佛記一句及菩薩記等此中未論初迦葉頌中初四行行因次半行得果次六行國淨次半行佛壽次一行正像次半行總結無劫國名言三人記各有行因至數量如文者但旃延中無劫國名餘文並同次須菩提中長行可見偈中初一行誡聽次二行行因次一行得果次六行半國淨次半行佛壽次一行正像闕劫國名旃延中長行如文偈中初一行誡聽次二行行因此三句得果次三行一句國淨闕佛壽正像目連長行如文偈中初四行半行因次一行半得果兼國名次半行佛壽次二行半國淨次一行正像

釋化城喻品

因緣釋中爲四初約喻釋名次以法合三蘇息下說化意四權假下總結初文者以大涅槃非化作故不專禦敵理性即故具衆德故次合中初總標權智下合神力所爲以權下合無而歘有用教下合化防思下合城教無實故故名爲歘言非敵譬見思者非寬敵急見逼思遥見親礙故思不障果三說意者蘇

息施小引入顯大故二酥名引醍醐方入是教道故故而言下卻釋城也權假去結意者辨異實故於此四中立四悉者若通方義立從於權智若從機說無而欻見見已生喜即世界益得入蘇息即爲人益防非禦敵即對治益而言滅度第一義益若從能引權立此城即世界化爲生小善即爲人化且除見思即對治化終引入大即第一義化次約教中三藏菩薩全未發足是故不論通教菩薩雖同至城入而能出不同小故元出界故一脚入城以大悲故不證有餘故一脚不入三界機緣名之爲子久發心者義之如妻通教以二乘爲惡道別教以生死爲險阻至涅槃而不入故名徑過不極之言對小以說圓教言化者在昔則斥奪但云不堪亦未曾云涅槃

是化故至今教動執開權方云是化乃至顯實化乃成眞即寶渚故故知藏通謂極非化別教非極非化圓教非極是化亦可是極是化亦可是極非化與藏通教言同意別今是等者亦從破計故且云化若開顯已無非眞實本迹觀心不記者可比知故應云本住三德涅槃之城迹入化城若從化主迹示說化問此等品者此人附正法華設此問也正法華名往古品問者潛改云宿世品故答中不違問者以順正經可消今部又上根下約三時釋言探取等者其文雖在法說述成述成正爲引起中根故釋譬喩幼稚等文皆引用之若從下自約當品別論三時者二經俱具正經從初不及今經處中之說並不云寶所者如藥草中不云地雨若信解譬喩題通意

別別在實故藥草化城題別意別問化城等可知答中意者此中文促無復二味但叙城後即向寶所準此文意說化即是開權開權即是顯實顯實秖是說化故前約教中是圓教也故應知是開顯之圓又領解下釋妨以陳如記後方領故也若記後領具領聞法及以授記或文少等通有諸意如今下云云者應出前漸後頓之相具如文中古今二同次偈七行頌前三義初一行頌所見事次四行頌譬久遠三二行頌結令昔經云其佛等者一切八相垂迹之處皆先破魔準說法華亦應先漸復云破魔似同穢土若準壽長復非穢土故知同居淨穢其相蓋多故成道等不可全同此土三藏故知不可若引此土小教以消彼文問時諸梵天雨衆天華其華如山樹座猶下其相如何答不思議事彼此不礙列十方梵文正本中先四方次四維次上下此則並是隨譯者意不知梵本次第如何然正本列數與此多異相應下云云者皆據諸梵請法偈文亦與大小半滿意同然彼佛說法亦約五味故依古難當謂示勸證云云者應略辨三轉之相示者謂此是苦乃至此是道勸者謂苦應知集應斷滅應證道應修證者苦我已知不復更知乃至道我已修不復更修示謂示其相狀勸謂勸其令修證謂引已證彼大論俱舍諸文委釋若以大小經論轉法輪義同異之相盡著此中紙數盈百尚不可盡意令知彼先小後大同此土耳故不多述今辨諸門略示同異於中爲四初約所對次爲聲聞下約所爲三何故下明三轉意

四問下料簡初文二先對四法次對二道以
四法中義類同故第三意中云爲衆王有三
種根者聲聞乘中自有此三故於鹿苑取悟
不同大論婆沙亦云三根上根聞初轉中下
準知問初爲等者既云聲聞自有三根五人
並是聲聞根性既具三根復有諸天何意無
三爲生下答人天通有三義故也謂慧根道
聞等不同是三慧悟有前後即三根見修無
學即三道色無色般義準亦有但非因轉法
輪得耳次釋十二行者爲二先雙標兩門教
十二者下釋釋中又六先略釋次又教下判
能所三十二下判輪非輪四若作下判教行
五教輪下判名體寛狹六或通下判通別初
文中云十二行者四諦各用示等爲教一轉
各生眼等爲行言能所者四皆佛説故云能
度入彼心故云所言是輪非輪者輪以摧碾
爲義唯教無行豈能摧惑若不摧惑亦無輪
名佛知機知時亦不無行而徒轉也今言非
者教從化主行從受者是故行輪從受者得
功歸化主故從佛得以未盡理故重釋之若
作二輪教行相循共能摧惑況復教行俱由
佛轉是故教行俱得名輪但眼智等無別體
故還指忍等故眼等行約於諦教而成十六
故三根人聞三轉教各生眼等成四十八寛
狹中云教輪等者是化他智但屬一權則能
轉唯一所轉十二則能轉名狹體寛所轉名
寛體狹行法輪者教是能詮行是所詮故行
隨教並有十二雖俱十二寛狹則異教定十
二行生眼等若以示等生於眼等數同名異
次辨通別中所言或者不定辭也或三人各

聞三轉或一人前後聞三初雖別簡今就下正釋初轉法輪得見諦解三乘之人方有十二所不下簡不能轉者又爲二初略示其人次有解下因茲通辨大小通別初文二先正示人次夫轉下明不能轉意初文云沙門謂佛法出家者不因佛說尚不知名豈能轉耶故法輪名唯從佛得沙門尚爾況餘衆耶有云外道中出家者名沙門若爾何故云尚不能知當知以正況邪有解至之意者今師有時作此解也因此通辨非初轉也於中四先明一代卷舒次小乘下辨一代體三十二下辨名體同異四又三人下辨通別初文者且從諦體以論卷舒從無舒四卷四歸無卷舒秖是開合意耳具如玄文七重二諦中說言大小者且約小衍釋出體耳委悉應約五味四教以明開顯具如玄文及以止觀辨體中說三明名體中云十二因緣是別相者一者總離而爲三世二者別離因二果五因三果二具如玄文及俱舍等四明通別爲三先約因緣次約四諦三約六度初文又二初對三人次無生下明卷舒初三人下通別可見相生傳傳滅者舒則傳生卷則傳滅具如玄文以辨興廢次約四諦但以二乘對菩薩者但是文略亦應先明離合次對三乘四教後明卷舒三約六度中四先明通小次明通凡三若爾下釋疑釋中但云二乘不云凡夫者二乘猶有分得故也四阿毗曇下引小證通寶雲經三乘毗尼者引事證通云云者應具明所以脱子果兩縛者叙初顯後俱解脱云云者應釋三脱相對三念處具如止觀第十卷

乃顯俱解脫人具足事定名深妙耳諸根等者文有二釋意者初釋即相似位次釋云入佛境界者即初住位具如華嚴十種六根下文頌中云分別眞實法者分別故始自色心終至種智皆不出實相故云眞實八萬四千劫下云云者須得具明時節之意諸佛奚嘗不與定俱但由物機在十六子結緣齊限故爾許時具如次文所述者是正法華云入定經三十萬劫不知法護何以所譯其數頓乖逢值有三種者前二可知第三旣云但論遇小中間之言自望元初結小緣者耳第三類人未曾聞大便即流轉此人即以初聞小時爲初結緣復於中間唯習於小今遇王子初且聞小人見釋迦一代教中一分聲聞未發心者便即判云永滅無發是則不知如來長遠之化次問答答中約四悉說文少不次先對治次爲人次樂欲次第一義問此經何文赴其樂短答龍女是法師品中雖無時節計應非遠小乘教中尚乃秖云六十百劫出界但經八六四二雖大小有殊猶在權教故實教中六根五品一世可期乃至金光明經一生十地故南嶽用普賢觀意云六根極遲不出三生雖四悉赴機隨好長短論其自行終無端拱準論即是衆生意樂意趣意樂正當四悉之初仍少餘三若指他佛爲平等者終不及以四悉意也問法華實教秖應實說何故劫數猶短說長答言權實者論所行法時節乃是誘進疲夫應知權教一向說長如婆沙三秖及諸大乘經無量劫此則定不可短雖實教中有長有短若依實道定短爲正如

常不輕輕毀之衆秖經四千億佛皆悉得度豈有必經多塵刧耶雖然長短在機理豈爾耶既長短約人但不篤自勤何須論他時長短耶三乘通教有餘國者一家明義以土對教具如止觀及淨名䟽並有用教橫竪二對橫論土體與教相當竪論約土用教多少則二乘人於彼有餘已成通人故云通教有餘國也亦有於此已成通人謂從鹿苑至方等部重入通教成無生人亦非更用此教斷惑教道者化道也教爲化道故云教道衆又清淨至立也者化道欲畢由衆機熟熟謂智斷二德具足故清淨言表煩惱盡故云斷德正解屬智智必照諦故云了達諸禪之言義通智斷界内惑盡也四不壞信者俱舍二十五云證淨有四種謂佛法僧戒見三得法戒見道兼佛僧法謂三諦全菩薩獨覺道信戒二爲體四皆唯無漏論云經說有四證淨謂佛等四四是所證見三諦時得法界二見道諦時兼得佛僧廣如論文此全從小釋也此以鹿苑對涅槃時次釋中唯清淨一句在小信解去具騰漸中二味教也前釋應方便譬喻品意次釋應信解品意若世無二乘等者問意者準理世無一人合永入滅會必歸大何用施三答意可見世言入者但自謂耳經文既云無有二乘而得滅度豈可必立定性者耶若中間至第二譬也者此兩中間各有二意若爲菩提者須已入不退位或是初心不必盡退若住聲聞者或是初小或是中途二類俱須設化城譬問此中等者問化城品但云始終隨逐何故無信解中相失及譬品驚

入等耶若其無者彼無隨逐又亦應與中上
永乖何得以此而例於彼答中意者用譬方
法不同故也文不合用非意闕也故云而其
意則通所言通者相失相見既是中根得悟
已後領於今日未有大小化前名為背父及
明見父不識之咎譬中云驚入者我雖背父
而父不捨恒思我機機生之初故有驚入之
義若論機應結緣已後奚嘗不隨如今文耶
此中既云中間相遇乃至今日相見得度故
知中間不無相失驚入當知隨逐由驚入驚
入故相見相見由相失各舉一邊大旨無別
次問者既云隨逐不云失等今既得益那無
不虛答中意云開顯已多取信為易故不假
用不虛譬也又上為中下未悟今此迹事已
周二十二番者準下疏文問五處開權何異
答中具列五文處所故知此前但有四處四
處則有二十二番五佛章為一處長行偈頌
各五即十番也譬喻中開譬合譬各有長行
偈頌故有四番信解中領上開合各有長行
偈頌又有四番藥草喻中亦有開合各有長
行偈頌又有四番三四并十即二十二略開
但是動執生疑非正開顯頌中雖有略頌等
文但屬釋迦章中共為一意法說雖有領解
述成非正開顯藥草疏中雖云先智次教總
為開合若各立者則成多番有何不可是故
且依疏文為定釋五百由旬中先出他解基
師中先述次破云今謂非別非通者七地斷
習非正別義八地斷無明又非通義正似別
接通耳論云初地見道二地去入修道者應
知地前是伏別惑登地是斷同體見思若不

爾者豈有大乘回向而齊小乘上忍十住已斷界內惑盡故瓔珞云七心不退何處煖位名不退耶十行徧入十方世界頂法仍退何能徧遊忍無出觀之文安能法界回向瓔珞初地三觀現前如何初地始入見道請將四十心位一一以消凡文伏斷義殊功用天隔論中破外破小本令入正入大焉存定性而令永滅小乘自謂住果大判終無不生故知滅後彼土得聞不可復依不聞之論論宗既無開權之說永滅乃是蔽實之文有定不定秖可用申斥奪之經廢偏廢小權實之路永隔具消此意諸教自顯有家云流來等者依攝大乘師立七種生死仍少有後無後復合反出流來故但云四具如止觀第七及記彼文破云剖二死於荒外等今文乃成剖於四種故須更問等是以生死爲譬何故合反出流來又無餘二中間即是方便生死有人難者難向攝師夫因果相當準教以立因果之稱具如勝鬘彼以五因對於二果四住即是分段之因無明即是變易因也汝於分段果上既更立流來於變易果中更開中間亦應四住無明各更別立具如止觀中破次引大論二文者證生死但二言肉身者四住未盡通名肉身言法身者且通界外兩土俱稱變易及法性身者是也此證二死非論常身此大論正文當代大乘師豈過於龍樹云阿羅漢須捨分段方入變易有人云下此師所計似通教義故云二國中間難過以六地與二乘齊至此多墮二乘地故難者下他人難向所立義也汝以四百喻於七地故須六地對

於三百三百又以二乘功齊既與二乘共行三百至此去住不同何名共行故下難云不應得齊言六十劫等者聲聞極久六十劫支佛極久百劫二乘於佛道紆迴者明二乘人與行菩薩道別且取證故今謂下破云非通非別者破其難者二十二大僧祇故非通六地齊二乘故非別二十二僧祇請檢大論此亦似別接通義也有人言下別義不成不應七住已上爲五百如大經八萬劫到等者具如止觀第七記具引大經三文此師意以發菩提心處是七住已上言如三根等者此師意以三周得記爲三根人以同至大經發菩提心處言五種人者指前大經四果支佛此五種人發心同三周人度於五百此取下破前所引明八萬與三周不同當知此師全迷次位亦全不識八萬之言亦不解二乘得記之位亦不了於界內外教若挫若引其意各別故須善識難云去今文難意經云爲二乘人立於化城故云二地豈是度三乘而云菩薩至六地時等耶三乘之人不盡住城縱入城已亦不皆至八六四二發心方出次若五人去縱難縱有此義如涅槃中二乘人必至界外方度五百者義不盡然故云大經一意耳言一意者經存教道被鈍根者豈可悉然耶又經雖三文但是一義故云一意然大經意令其弊遠逼令現發豈可一向待界外耶此中下今家略解此化城意元爲此世先權後實之人若五人下明此五人若於界外經於長時皆自能進非此中意若法華前密進之人爲自進者亦非此中意准今經意待廢

方進故不聞妙經自度自進者亦失化城意即是失今經意也今經意者出在外界亦須聞經況此界耶有人云三界爲三等者具如止觀中破破其二乘不待開權而自顯實名爲輙行四百五百凡夫等者今家雜列過二障滅二見離水火免二獄越二邊超自他並至五百大品下此立通義令知非實既是通義故合二乘共爲一百論文以二乘爲四百故若至法華更須開之以爲五百五百須過具如正解中說次引大品辨非故來彼大品中明通菩薩過二乘地既未彰言此城是化故知彼部兼權顯實若云化城即須引進若引進者須記二乘既未記二乘是故彼部城仍是實既未論下今文設徵既未云城是化即未開權若未開權應亦無實何故般若已明實慧實慧即是寶所故也答意者顯實語通開權局此十義別中行因六百劫者恐文誤應云六十劫百劫聲聞六十支佛百劫餘者可見火宅三車今爲二百者今文假立難也何故譬品三車須廢化城但云二百須進意以二百但是二乘三根下答先答三車者三乘根性俱爲火燒俱求出宅以喻三車次佛道下答二百言佛道者指圓果也故藏通二乘去佛果遠是故須過二乘二百方至佛果言佛乘非障者藏通菩薩亦名佛乘爾前皆進故云非障又三藏菩薩若據斷惑劣於二乘三百須離豈二百耶但此菩薩已發大心雖未斷惑且名佛乘人見佛乘便爲一槃若爾牟尼說法蘊應已攝九會五百阿羅漢應是四菩薩世品應說蓮華藏海賢聖品應

説四十二位定品應是楞嚴三昧智品應是諸陀羅尼若法若衆既其不同化主化事安能不別如是別相無量無邊不可具舉菩薩求此乘故亦且名爲摩訶薩耳何故下更難何故界内凡夫開爲三百界外聖人但爲二百此問意者離分段界内應短迷佛道界外應長如何卻短此引下答可見若爾下更難若也今經是了義者何故實少而言多實多而言少佛道下答界内雖少以有墮苦而難行界外雖多已住法性而易進約行論難易非約地近遠故所説者眞了義也問二百是二乘難等者問意實所總有五百由旬凡夫二乘俱須過之不云須過菩薩菩薩應當非是難耶菩薩下以菩薩重徵若菩薩非難何故云願賜我等三種寶車若俱須車則三人俱爲三百所障既得出已應同二乘二百是障云云者先以通教答此難意凡夫須出界故三百是難二乘須發心故二百是難菩薩已發心雖難而可度菩薩在凡時同凡離三百不共二乘證不憂二百難若別教菩薩初亦同凡夫本期於五百圓人初發心即名至寶所大論下引論辨別是通教意當知共二乘同至於四百今經獨在圓一切權已廢廢已一切開無非菩薩道是故七方便皆過於五百故大論通義三乘所息處同皆名四百菩薩至此位能入界化物故初發足處復名爲一百此經下明圓異通五百之内位在菩薩名菩薩道過五百者名爲果道開權顯實藏通菩薩是菩薩道故云即入佛道云云者應更明諸教佛道不同然後開權論入不入

今依下方是正釋親奉聖音尚云難知雖曰難知不出此三二險難至言惡道也者導師意本令度五百以三藏人自行曠絕三百生疲導師立化一曠絕等者入城多是三藏二乘且云無人據理通於通教二乘有人之言通指衍教圓別二教非曠有人故有依無依俱行曠路即藏通二乘有一導師至六根淨者即十種六根初住分得即十六子初結緣時若諸方佛今日已前或可亦在初住已上今八方作佛唯在極果故釋慧明云三智五眼三明十力經云慧文云智隨語便耳然明慧等亦通初住真因分成以是故知通指今昔並名導師俱六根淨故下釋中多種導師並共在此所將人衆等者上立難云何不立相失驚入今雖無其言似有其義以所將之言其意尚寬與所將共即入義也故云別譬廣頌等第二白導師言至結緣之導師者此四導師第一通因果第二唯在因三四唯在果言通途者通他人故言結緣者局我師故言權智者取施小時言實智者取開權時四從時異人秖是一並是王子從始至今言白結緣者初退已後小機欲生名之爲白示城之日通徃及今雖有餘三必須通途常相隨逐感於法身者大機已滅小機當生故未見應佛冥感法身非冥非顯應耳作化說化者前雖云化作一城乃是意輪故知說化即口輪也非意無以說說必身輪身輪但據示爲大六先須意輪不謀而運故知三輪未甞暫離汝等勿怖等者義含三轉文不次第者且明化城具三轉義何必次第前至實所者初

今文正釋義在衍門約共菩薩次一說下他人異解若爾下今文判此三乘中仍取菩薩似同別教從假入空若引勝鬘但是通途論退大者故亦應云別義不成且一往耳何者別中更無作二乘文然大經中亦借二乘以判別位故且言之又說云下他人釋大品下今師引大品淨名判向一師云別接通耳者但入化城竟通也然後前進者別接也大品中明三種菩薩皆云初發即是被接若二乘人顯無此事淨名亦爾與而言之似別接通耳又二乘人聞菩薩不思議法仍取小果秖於此座即被彈訶及加說大故知從此密蒙被接若準玄文至般若時宜成別人故顯露接唯是菩薩二乘密得無處不通若言至般若時成別人者仍是次第之密非不次第不

次第密處處顯實豈但別耶但於今佛等者釋出其意亦如今人等者非文正意對退大等一往言之具足應如從今現在已下文是言今現在等者指佛未開權前也故知末代一時得聞聞而生信事須宿種如涅槃中意者即十仙等至法華中化道已足故於涅槃顯露教中取小果者皆知真實大經三文者然此三文其言小別其意大同若至菩提心必至菩提涅槃初一是因後二是果果中既是智斷二德故初發心菩薩可指初住分得智斷然經三文皆云八六四二豈可因果同經爾許時耶此且一往故菩提涅槃並通因果若教仍權但至初住縱至極果其教亦權豈必八六等方至極果耶則與一生入地生身得忍為妨然過五百三義者先列三意次

菩提心下釋成三意菩提心即初住菩提行者即從初住起行二文並在因即大經初文也得佛道者即二三兩文即是極位菩提涅槃然須依理使寶所義通此亦何必以極果爲寶所雖有二意應從初說良由寶渚菩提涅槃其名既通故得兩釋故從圓義從初發心三義具足下文云下至得佛道也者引今文證三義也何故下問二乘下答一往從果故佛度五百免難大機發者以文狹故準譬品可知大經下正判但至初住也此取鈍根者有二義一者五中前三人鈍以住果故二者五人大乘根鈍以教權故故云若如三藏中至豈須八萬與十千耶驗知八萬等其教是權未至界外者尚於此生法華即發豈定界外必爾許耶云云者釋出教權須廢所以當知諸教長遠之位多是教道豈有出界聞勝應說必須更經八六四二雖爾若不釋此開權妙經豈可專輙汎有此說令根淺者便生疑謗佛世尚經四十餘年不顯眞實若除佛滅後及首楞嚴謗亦成種但非故惱成種何疑漸入佛慧者此中文狹秖云滅化即至寶所不云城中經諸味者準信解品文理必須有舊問者先立妨次車何故下列三問答中先答有無者初約譬次理教下約法先譬者今問車城二譬並出三界宅與三百俱譬三界可由對車使三界與涅槃有隔可由對城使三界望涅槃即迴次約法者城在界外如何執教即令理有長者說車不應唯理教何必無然所譬之處是同安得車隔城迴長者既其露地而坐車亦應迴其路既經三百

由句城亦應隔若言其路曠絶名爲迴者門宅俱燒何隔之有既難法喻無可爲憑何以有無不同而爲答耶今約法寄喻方爲通之昔覆實明權權隱於實故云車隔今彰灼說云城是化故云迴地豈有執教取理令一理是有執理取教令三教成無若爾車城俱有理教咸是有無次車三下答三一中亦先約譬次約理教先譬中云息處所樂三一不同者車可非息處城可非所樂車既皆云運載息其東西馳走城云快得安隱令其樂於中止次約法中盡無生智不異等者並是通義失藏三乘及別菩薩盡無生智不名爲理智盡不盡不名爲教知見得否亦復如是如何初立理教乃以智智釋之況正當三藏二乘唯以通教答義故不可也應知通教三人各

證無生故三三人同坐解脫牀故一是則人理相望人三理一三藏人理相望亦然但菩薩與二乘不得同坐解脫牀耳次三家下答動靜者城豈無造立之日及須能通之路車可無作訖之時及以所至之極故知果城爲因車之所至果車踐城路之能通故使索車即是求城滅城即是等賜二義無別何足辨殊故釋仍闕先譬文也難云云者意令準望餘文難之略如向辨順此注意故略論之次今明下正解初斥有無從三車下斥三一問城與二使下破動靜破初文中言約衆生心爲有者一者本有二者中途今約中途故二並有又亦可云元發大心故無中以小接謂有次約佛智先立句次釋亦應更須翻倒說之實智所明說城爲化故亦無權智所明爲

子造車故亦有云云者應須具明多種有無約能設教故俱有約所證理故俱無覆實故有開權故無施權故有廢權故無俱是造作故有俱是化他故無故知法華非但化城亦是化車皆逐便耳化城正意爲退大者更與上周對論同異故今文云前路猶遠今欲退還上兩周未有此語但云沒苦及以所燒此亦一往亦可退大者利通上二周元小者鈍應在第三三車通今昔等者昔指三味今謂法華故二教中俱有三車但昔正用今述昔耳又應以體外體内之名以簡今昔言化城等者亦應更云化城唯在今言教意者若不於今經以說教意不可輒云小果是化正施小時云是實故故云未道是化至今經中初設之時即云化作者以是聲聞大機動時得說教意云城是化故知化城在昔對人亦三三車在昔對理亦一問化爲三車等者問意者車城二果俱在涅槃城有化名車豈非化忽若許化同異云何答中一往二輪雖復小異論其施化大旨仍同今從便易通且從化說宜從教又亦應云譬如幻士爲幻人說車亦名化而於中道說二涅槃城亦是教故知不可從譬互執又約聲色者亦暫約喻車亦通色說城是教如前云云問城與等者問也使能下答也亦且一往城亦教故下所列因緣四諦還是城家能詮教也城既有教城還是動何故唯靜教通因果者能詮因果故也車城唯爲果作譬也故知俱教並果何須別途教通有爲無爲等者亦約能詮有爲無爲耳車城在果約無爲故意亦如向令無各

計故更於權智廣破定計五處明開權中云雖各於教行人理及知不知且隨文相一往而說故一一文皆須並具四一明如來知不知等也今爲汝等作大導師爲合多諸人衆者此以能將顯於所將說二涅槃者下此中三釋具如前文約煩惱生死及智初文約惑次文約二乘是約智也後文約生死言中道下云云者二死中間名爲中道當知亦可作空有二邊共不共眞俗權實大小等說之如文下云云者令引文耳上懈退中三令略不頌第一中路又不頌第三不能復進文闕重空三昧者大論云無相無相乃至無願無願觀心釋化亦須約圓頌合譬中經云爲一切導師文云合五百者即導師譬五百由旬從所行說上頌開中不頌中路者亦是文略應云亦不頌不進今頌合中路又無餘二不縱不横具如止觀第二第三及玄文三法

法華文句記卷第八之一

音釋

欻（許勿切忽也）齊限（齊才詣切分齊也）鬘（莫班切）

法華文句記卷第八之二

唐天台沙門湛然述

釋五百弟子受記品

先標五百故須作受字五百是數等非要上二周下問也次上爲下答也亦具四悉初文世界三品異故又上來下對治除嫌惡故又黙念下爲人生大善故又權實下第一義理非言念故上來何意下但是釋疑非四悉數我等於佛下述領不及上中根聞譬具領五時及法身地中止方便見勝應身如來猶斥領所不及我今聞此雖欲領會豈能逾於四大弟子當知所領之外不及處多是故亦云所不能宣然聞迦葉身子具領如來委述非全昧旨但仰佛法高深未敢逾於先悟耳助宣我法等者若以本望迹豈不曾於過去佛所或助單半單滿等而必須滿中相帶及開等耶對於今佛出五濁世宜引開權廢會等化是故皆從同類以說如文殊引往光照東方豈無餘途引同例耳自捨至方便也者若據除佛之言補處亦應不測既其不測本迹難量何但曾於過去諸佛亦可本與過去佛齊就過去佛本復難量或當亦是過去佛師何但齊耶言七方便者且以偏圓相對論耳故知遠本寘實良難若爾此是迹中本耳六波羅蜜互相收攝具如止觀第二記大品富樓那品六度互嚴在文可解云云者經文相狀對義分明又如諸文所列五時純是善道者於中亦有差品不同若無女人必無惡道或時有女人亦無惡道如阿閦佛國雖有女人而無女事無量壽國二種俱無不同之相

不可具列但以乘戒各有三品互相交絡略可準知月藏第九法食等者法食聞法也如安養界下品生人在蓮華中常聞彌陀觀音說法法喜食者聞法歡喜正聞屬法食聞已爲喜食禪食者謂以禪法自資不須段食或可法即是喜月藏第五十善各十功德亦與淨名十善是菩薩淨土意同故一一文末皆云後作佛等彼第五經信敬品云戒清淨平等所謂十善業道休息休息殺生獲十功德何等爲十一者於諸衆生得無所畏二者於諸衆生得大慈心三者斷惡習業四者少病決斷五者長命六者非人所護七者無諸惡夢八者無怨九者不畏惡道十者命終生善道若能以此息殺善根迴向菩提必到菩提成無上智到菩提時彼離諸害伏長壽衆生來生其土下九並十從若能已下去並同故菩薩因時行於不殺爲淨土因而自不殺教他不殺等四法具足後成佛時十類衆生同生其土故淨名云十善是菩薩淨土菩薩成佛時命不中夭等衆生來生其土故智論中菩薩行於一行皆具四法方成淨因身子示嗔等具如止觀第二所引文中正意語示爲凡夫外道故云三毒邪見但兼出於示小乘習示通二義故更言之云云者令具引事列行兼諸聖者各有偏示陳如等者問若其居首别記何不初周記耶答大小緣别兩初不同引物希向二意各異垂迹之法不可一準譬說有二至顯實者皆云領法譬者故前開譬本中直作開權顯實則應三周及信解五百領解文也三節開文意在於此言譬如有

人即二乘人者二乘機耳小機當起爾時猶大醉有二義與前墮落中二義意同初是幼稚譬著五欲但如法師常不輕等或一句結緣次是善弱或五品初未入相似故云弱耳以由結緣厚薄不同遂名無明以爲輕重故云醉有二種當知貧人本來先醉如蒙肴膳受已而卧三教助道猶如肴膳更以異方便助顯第一義也肴膳食已便消如方便教非究竟益住在大通佛所未結大緣已前歷諸味中並聞三教及至法華雖聞圓頓但成結緣如繫珠也無價至眞如智寶也者此是約教乃以了因而爲繫珠教中詮理故云眞如教是智用故云智寶約受化者教能生智亦名爲智寶有二義俱是智家之寶繫其衣裏者初結緣時具足二衣具慚愧故有信樂故方能結緣退大墮惡則無外衣若約現無信樂乃似内衣亦無且據當時所繫内種仍存與本信俱義如内衣猶在但是衣弊非全無衣故親友示還示衣裏即是示本慚信時也據此而言無衣繫身理亦無失起已遊行至求於小乘衣食者應更求於實衣天饌而但求於纔蔽身之衣劣充軀之食者由向他國故也文中二釋他義皆成若論有求今日稍切故云厭苦等若魔佛相望等者今日初得小乘之他且從大小以説故知若住他國求濟非但衣食不充亦迷所繫之實示珠之友居本土故勸貿譬得記作佛意者珠雖價直無數衆寶必須貿易方有濟用了因内解雖復究竟必以種易現以昔一解一切解而貿一行一切行珠體不竭貿亦無窮故須更聽

更修方顯寶之功用如華嚴中得摩尼珠十種瑩治方能兩寶解行相稱方堪佛記從是已後則具有寂滅忍衣首楞嚴食自行化他無量衆寶無功用位彼此不窮三周皆有此意者若以繫珠望上三周法說但在佛樹者初坐道樹思用大時以法說時未論往古且據現文若譬周中在二萬億佛彼亦未論塵點界故然上中二周豈不亦有於大通佛所曾繫珠耶如探領中尚領法身豈止道樹且約現文耳但由根利聞便信解不假指昔是故未論故前文中以發軫學小爲中間故不唯在道樹時也其年等言亦唯在𦂳不通二周無量佛寶者寶由貿得故亦可云得佛之寶即利他也

釋受學無學人記品

因緣初文應具四悉學無學別即世界見道位即爲人脩道位即對治無學位即第一義又得記即第一義約教者三教如文研如來藏去圓教又如通序中釋若約觀心者六即之中究竟即爲無學位餘四名爲學理即非學非無學又六即者通皆非學非無學分眞已去而學而無學云云者如向略舉二人在上數中者在多知識中列今之得記何爲在此答中總論得記在千二百中仍是下根中之上流耳雖有多人所識意爲引下根故也若爾不答上問問意何不同上周今答中但云下中之上如何稱問然非上者爲引實故四悉檀故

法華文句記卷第八之二

法華文句記卷第八之三

唐天台沙門湛然述

釋法師品

釋此品者爲二先總釋次別釋初文二先釋五法師次減數釋初又二初出經論以辨離合有無次判通別以結品名初中二初依今經列五次大論下出異釋名對今以辨離合有無乃至如下減數以釋故若多若少俱名法師初五法師者未有一文著一二等言古今共立稱爲五種法師故經論所立多少不同所以此品但通名法師天王般若云受持此經有十種法一書寫二供養三流傳四諦聽五自讀六憶持七廣說八誦九思惟十修行十中第一是今文第五第四第六是今文第一第五是第二第八是第三第七是第四流傳攝在廣說文中餘三並攝在憶持文中彼經憶秪是受大論中分受持爲二則應不得單云憶持此別論下判通別以結品名於中先分自他以別師位言大經分九品等者元是別義且借以證五種法師九品秪是熈連幷八恒第四恒廣說於十六分中解一分義云前四無解者三恒幷熈連五恒八分六恒十二分七恒十四分八恒具足盡解其義故須應從能解一分義去能爲他說即是師位次通論下捨別從通自他俱得受此品名從通義邊無有一句不任爲師次減數釋又四謂四三二一並是展轉束多入少無非法師云如後者具如安樂行品初釋四行是也四旣指彼此應用四以結品名文無者略巳有前後中例可知若欲知者秪是先判通別

次從通四以結品名束四爲三又爲三意初三業次三門三三法一一皆先釋次判通別以結品名次束三爲二謂自行化他云不復記者準前可解亦是先釋次判通別以結品名以此自他旣徧前三故知自他亦有通別別論各別通論互通自他皆互堪任故也今通從化他故名法師品次束二爲一者謂如來行具一切行者此依大經聖行品文復有一行是如來行所謂大乘大般涅槃涅槃秖是三德祕藏故今卻以室衣座三以釋三德三德秖是一大涅槃此大涅槃徧一切處徧一切法總名爲一先釋次指廣初釋中爲二初通次別通者一行通具室等三法別對爲二先對次料簡初文爲九於中並以三法對諸法故初對善惡及濫相也次又慈忍下福慧智慧是目等者亦應云目足備者必有所依所依具二故也三又慈悲下對斥偏邪亦先釋次引淨名證勝於偏邪勇修於圓四又慈悲下破四魔亦先釋釋中並須約於界外圓釋次引證空也云云者釋出其意五又慈悲下明具二嚴仍爲二釋秖是翻倒前釋準後望前前應云慈忍也六慈忍故下約譬破立等具二例前七又慈悲故何所下約體用用即離過八出三諦下約名不同次第三諦慈室包含忍衣三珠九經言下引經無相是座次指廣云不可盡云云者具如玄文明圓五行攝一切行亦如止觀十乘十境橫豎徧收及破徧中橫豎法門乃至四種三昧收一切行一切行秖是一行故爲九文釋之次問下料簡初問者準初釋品應云五種準後滅

數應云一法何故但以衣座室三而對諸法答者準事顯理須具三法況依當文應具三法乃爲衆說故具事理二三方可說法故先事解次事理合三單約理事解如文合釋中言三門者初二屬事後一屬理事理並是所迷之境初約苦果者故用慈悲門苦須拔故次約結業者故用忍門依理離故三約諦境故用空門善住空故第三單約理者理即諦理故約三諦即向第三具三諦故言云云者應以多種三法對釋此三令成圓融通暢自在乃識此文攝教徧相故下總約教云凡多種釋品者皆約圓教次法者下別釋法師二字通貫上來一切諸釋以上諸法是師法故故今釋名亦約二種乃至五種若自等因緣釋者初自他不同即世界即自軌訓人也自

行成就即生善化他除惡即對治自他俱得名法師者第一義也凡多種下約教如向多種不可餘釋洽潤也外凡去今文正釋若爾與舊何別答今明爲自他故興聲聞故自行無有憂擯辱故利他無鄙力劣弱故唯有退没一分似舊故云未必言外凡至不慮危苦者外凡五品欣弘通之福聲聞一向絕利物心聞諸大士被衆擯棄自顧觀力未深若不依之内汙淨觀外招機議失利人之道故佛爲說四安樂行令無是患遠彼十惱故云不慮且證且助者寶塔證經故來分身助開故集由證由助因慕流通又示通經方軌者著衣等三具如後說因告等者本託藥王因玆告餘此流通初先告八萬大士者大論云法華是祕密付諸菩薩如今下文召於下方尚

待本眷驗餘未堪總別記者總與七百別與劫國等絓(乎卦切挂也)預也乃至一念等者明乘此念必得菩提遠因不亡藉玆而發不同餘善是故簡之究而論之必須盡行諸佛道法二乘記已尚經劫數然曉其經旨與具足何殊但自行化他令始末耳聞一句一偈者通論但云聞極少法舉經功深部內隨取一句一偈別論但令義合權實本迹十妙四一之流功福皆爾然義通大小故下引增一集云如四諦之流及下引四安樂行等今亦準之言皆與授記者必由此經成菩提故雖無劫國當得理同此中容用別時意趣是故應須以聞約行廣明供養宣通益他內觀具足具如止觀豈可端拱唯仰初心中上亦然者若不爾者豈可上周唯在一人中周四人得記者耶說寄在此事乃通彼故云亦然見實三昧經等者第四云先記八部次第五卷空天品空行諸天見諸八部供養得記即便供養悉皆得記同名火持次三十三天授記品中有八億忉利諸天見前諸天供養獲記亦皆化為諸供養具同時得記名因陀羅幢說如幻法次夜摩天品有四億夜摩亦見諸天供養獲記亦以化事及以說偈供養佛已同時得記同名淨智言拘翼者彼經無恐誤觀心者以一實觀貫其所誦故名為一無一句偈不入實者云云者應明一觀之相乃至大師誦經觀法還約誦持以成觀相細思勸發四意者一諸佛護念二植衆德本三入正定聚四發救一切衆生之心下文亦以四法對開示悟入雖是迹要若顯本已即成本要具如

下辨喜心有二者橫竪二釋又二先正釋次融通初自二初竪論隨喜爲三初即權而實次即於下雙非雙非雖不異於向實更能解實即雙非故初於一念者非唯經於一念時須指一心法名爲一念信佛知見者於初心中深信妙理此理是已佛知見境境非權實故曰雙非以理望聞聞淺理深故名爲竪此即初隨喜位相也三又能下於向雙非復更雙照事理圓融即名秘藏具煩惱下雖未入品亦可通證具煩惱性能知故也煩惱望藏藏深感淺故亦名竪次又若聞下橫論隨喜者還秖指向不二權實故云若聞等四法橫論以釋隨喜謂一心二法三說四人初言心者即以一心望於餘心名之爲橫此中一心無復餘心故下文云即橫而竪及一切法者

以一切心望一切法亦名爲橫一心一法皆橫緣故法純是心心純是法故下結云橫即是竪此中自云皆是佛法佛法理合橫竪不二若欲下次約說者能廣分別一一心法月四月至歲者雖引意根之文非即六根淨位今且約觀雖未下約人可見引大經者此初一念正當少聞多解亦名少解多聞故且舉之以斥多聞不知義者後當更說者在第六經初云上下品師者但約凡位以判十種供養者一華二香三瓔珞四末香五塗香六燒香七旛蓋八衣服九妓樂十合掌音樂如前料簡次藥王至是人自捨清淨者悲願牽故仍是業生未有通應願兼於業具如玄文眷屬中說如釋論有慧無聞等者此偈及四法師偈具如止觀第一記故知亦許爲弘法故

於内教中廣習異義以助正教世有習俗典而云助正反淪至理當知是人等者如王使傳命若赴主心故得名使得所遣名初經是下釋如來能遣能遣是教次今日下釋所遣所遣是人行如來事下釋所遣事先約自行釋事佛無他事唯專照理次今日下我今唯行如來之事眞如是理照即名事一如智下約化他釋如來利物由境智合還説此理以爲化事故知大悲還依如理照如説如名如來事今日下依此利他名行佛事佛則平等惡不干逼等者若爾供佛無福何須供佛毁佛無罪何須制罪答實是但爲成校量故向云不論福田濃瘠若從田論凡瘠聖濃故應毁供重於凡也譬如至俱薄者亦約初心易成壞説若約田説義例可知如八福田看病第一人多厭故看者福增此乃約心難易故也若約田就事豈一病人比於大聖及妙法耶如濟匹夫與獻主天隔匹夫恩不自蔽主澤霑及萬民四悉適宜不可一準然約此經功高理絶得作此説餘經不然爲如來肩等者佛得權實及非權實我亦得之乃稱佛得是則義當在佛肩背亦是用佛權實等法名在肩背亦是衆生常在肩背日用不知餘經不然故須説之若不爾者豈持經者盡爲如來肩背荷擔是故此文須廢事釋若迷今文權實施開縱作權實之名消之亦未會此妙旨經云應持天寶等者先舉人中上供次以天寶況之尚以天寶奉獻故云應持況人中上供有人云西方舉勝皆云天也若爾前云人中上供即是天供何重言之第二長行初

歎所持法等者前約能持即舉利他信毀以取人此明所持則舉人處因果以歎法於中先列五章次明生起故知人法處三互相光顯方成因感果有師下述他解經歎法華至闕一節者破也但立過未以爲所校即以法華爲現爲能此師闕於所校中今故云一節云云者依下今文釋出現節也今初等者此正釋中先列三時在法華外次大品下明三時不及法華故以法華人法永異衆經若不爾者故欲貶挫法華之妙毀在其中何成弘讚嘉祥猶然況復餘者大品等帶具如玄文節節明五味者是也若不爾者安知從昔未曾顯說祕密之藏不妄與人多怨嫉等當鋒者法華在前如大陣難破涅槃在後如餘黨不難初當先鋒斯爲不易此經具說至亦即是祕密藏者初是開權亦即是下顯實權即是實故云亦即如來至怨嫉者思宿惡爲怨忌現善曰嫉故障未除者爲怨不喜聞者名嫉今通論者迹門以二乘鈍根菩薩爲怨嫉五千起去未足可嫌本門以菩薩中樂近成者而爲怨嫉闔衆不識何得爲恠今仍在迹意則可見理在難化者明此理者意在令知衆生難化四信等三力者文中二釋共顯一意初對三德次對三法故四信爲行始四弘爲能導大智爲能開故此四信須約圓乘謂一體三寶一念十戒方爲圓門四弘之首故次文云信則信理理即法身若有法身即有理性一體三寶志願是立行者四弘大誓立一切行法身約所信諸行約所引衆善之根即般若是故所信中具足四法既對三德從

勝立名若不爾者安爲此界他方佛之所念初心棲此等者此用所表如前荷負若不爾者色身共宿乃至摩不淨頭於理何益生處得道轉法輪入涅槃等處具如止觀第七化身八相此四相處尚應起塔況復五師及此經所在即是法身四處皆應起塔況經著塔中則爲已有法身全身舍利故引論證生法二身各有全碎云云者今釋出四相生身全碎如釋迦多寶法身二者諸方便教法身碎也法華一實法身全也四教五時委簡可見故知諸經全碎相半唯此法華法身全身更無餘法皆入實故注家云向以人爲魚兔故與丈六齊功今以詞爲筌蹄故與舍利等妙若其不簡詞之麤妙還與色身齊功此經何殊阿含婆沙故知注家不曉持者與法佛共宿不知所持與法身界齊故十七名中名堅固舍利碎身身界不受堅固之名巧度者如止觀第六記釋巧拙二度彼大論文通以衍門爲巧今別以一實爲巧則有二種者先列二文今言下簡取初意又望下釋近當體前約偏爲遠以圓爲近次今以下消文正意以一如實智爲因趣於近遠二菩提果故因明近果道前真如至爲了因者此以修得對彼正因正中緣了同成正因修中正因同成緣了約真之緣了亦曰即真之緣了並可云真如緣了全性爲修即此義也唯有此法世法不染魔不能壞二乘不能滅皆即是故此乃以博地爲道前發心已後爲道中於道中位分之爲二初住已前爲緣登住已去爲了一位分二故名爲亦妙覺證後名爲道後與前

小異對文別故譬中必須教觀二重方盡其理教觀相循共顯其妙教觀若偏二俱無力初約觀中初總明觀言雖通諸意且在圓依通觀下歷教明觀祈體理同故略三藏法華論等者水如佛性取之不同故云次第即諸教觀相淺深不同須了其旨故云當知約教中二亦先總明三藏教門下別約四味今論漸初故初出三藏華嚴後明前約觀中巳寄四教故今更約味以顯部妙若止觀中復約四教理亦如然玄文一切皆先四教次引華嚴者證獲水同也次有人去五家四解三家並約五時以釋然取時不盡及不次第於漸教中初家棄初及三次家棄初二及第四第三家雖以大品在淨名後亦棄前教並違五時生公與注者全於法華中判亦未全當尚爲他破故云去佛遠近等也乃以前三師同用五時爲一解生注二家同於法華爲一解今師許此破意是故録之此師意欲判前五師四解即前三後二兩例破之故前三以諸經去佛遠於法華後皆以佛果而爲清水故知三師去佛遠也一解近者後二師約法華論遠近始自乾土終訖清水並在法華若元依實教道理然也若以實對權理不全爾尋經下今師和會以前三師指於前教無清水故又用五時皆有小失其後二解但於法華中以論近遠失於開權法華巳前是所開故今師二義約教約味約教即對前漸教中三教爲麤故須更唯約法華中圓以釋約味則對前四味中未轉者爲麤至第五味教雖巳轉或行未入故須於第五味作遠近釋是故

二釋闕一不可問餘經等者他問前二釋中初釋也因向他人判前三師釋則諸教去佛遠準答文中具答遠近亦應具問遠近二意約鈍菩薩及二乘人準化元意本求佛果於昔未開權機未轉故云未決次問般若何故遠者古來亦許般若能生阿耨菩提何故亦與諸經同遠答意者大旨同前然分二義先約共菩薩同於二乘未開權邊名去佛遠次夫般若去重順問答般若非去佛遠能生法佛何遠之有以具權實二慧故也故舉譬云如病人等病人者共般若中新發心菩薩也雨使者二慧也由此二慧令至菩提故云徧能遠去言最勝者意在不共同於法華故且云勝故云法華開權不異般若顯實故開權與顯實左右異名法華還開般若中權入般若實也故言不異及以異名所以通論則不共般若與法華種智何殊據帶不帶開未開別不無同異諸師全順今義故但直錄而無所破菩薩下合譬文既約法華爲言故可依前以爲二釋釋開方便門中所以先廣引料簡者此迹門之大旨此旨若傾將何流通於中先出光宅次私破云是破非開者由光宅云廢除昔教不云即是故開義不成又由光宅語昔別指鹿苑故知消釋言不容易由除之一字便爲臧否嘉祥亦云開二種之方便示二種之眞實昔不云二是方便故門閉今云二種是方便故方便門開今開義善成二乃違教經云佛以方便力示以三乘教何嘗但二今文尚五七皆開何但三耶然此乃是未改時文乃令後徳混用河西云直名三爲

方便者意云昔謂爲實無入實之期故其門尚閉今稱爲方便有進實之望故其門名開還引方便品初云佛以方便力示以三乘教故章安許之故古人立義采用實難有人下言十二八萬者秪是十二部八萬藏耳私謂至非開義者印禀龍龍從遠印既用教身兩種方便故知破其竊龍印之義及將破義以解開門何能異於光宅義耶故略破之雖用教身且免會二問方便當體等者私假設斯問欲出後答私答中初正出二門次此二下釋二門中各有開閉初云當體者未有所通約體外說且以當教可入稱門若云爲實相門者約能通至實相以說引箕砂觀海者箕砂如釋籤第四觀海者即新經六十七云有城名樓閣中有船師名婆陀羅集諸商人爲

說一切海法門此二門各有開閉者能通當體法體不別從今昔說故昔閉今開實相亦爾於中先明當體次明能通二義各對眞實以說以實相亦有當體能通二義故也初當體中雖亦名門於實猶閉故須明開然但說三爲方便即須說一爲眞實相對論之故耳二者下次釋能通即爲實作門準佛本意俱是能通據物機緣所解有二諸鈍菩薩亦有能知三教能通但法華前機未會是故在昔俱閉於今並開故亦與實對辨豈能通方便開實相猶閉方便仍閉眞實得開此釋同河西實相亦二者向但直對方便故今委論同於方便故云亦也虛通者釋實當體爲門無礙名虛無壅曰通故得全體成能通門含受一切無所隔礙得名爲門徧一切處無非門

故是則約實無通而通故云不二及以法界法界即門名法界門不同箅砂當體門也二能通方便作門者使方便至實故名能通若非實相之力方便無由得開故知秪一實理從二得名由虛通故令他所歸如赦體徧原罪無不釋劉虬意者初句正明眞實爲方便作門次句明三方便爲眞實作門言非三去明二門互開故劉虬非不與私釋稱會但語略意沈經旨難顯有人去他人立三章門互爲方便互得爲門若望注家其詞甚繁其理混亂雖然多言少實不如守一於中先列次如以下釋此是釋方便品中附五時家三轉意也但加更互爲門爲異唯釋初章餘二但列初章意者權爲情壅今既開權故云通也實本無三爲物故三故云起也乃至下餘二例者於中先例次但不得下説文意通塞若欲叙出第二例者如以三一爲非三非一之門由達三一通至雙非即以三一爲雙非門由雙非故起於三一故非三非一爲三一門第三準例亦應可見次通塞者若能通能起可互論門但不得以一爲權以三爲實用勝鬘文非今意也下二章亦然但得更互爲門次私破中但破初章餘二亦例於初章中但破三爲一門未破一爲三門初文兩重初破門義次以非因破初門義者初句定中但定三通一句破其門義但以不通遮之任自非門亦應更云若其通者昔何不通使至今耶昔不通者於昔非門若開下至今即開開已非三何得以三爲一作門顯他不知體内體外是故須破準佛本意元爲通一故未開時

本來是門彼未云開而言是門是故須破故知三爲一門尚自不可一爲三門何俟別破若爾經何故云開方便門答若從今意門雖未開有可開義亦得名門如本是門閉時豈非但名閉門開已無三何妨從昔以三爲門又三非佛因者破意同前若未開者別尚非因若其開已散心尚是次例破餘二準初應知云云者若委破初章次半謂實爲權門及下二章煩碎義薄不能具述他既破已依今乃可更立二句破他既壞立義自成具如前釋問方便等者今設此問爲欲開其四句義端故今師前文自有二句爲更得作餘二句不此有下答具有四句後之二句理無別趣但寄名義申釋句相於中先指前二次列後二句三如名下次引例釋先列名義由方便下即以例釋義是名下之旨故得更互爲門於中先釋方便次實相下但以例釋先例次中論序下引證實名實義更互爲門實者義也中者名也故寄中名以顯中義即是名爲義門文但舉一邊亦應更云亦由實義能應中名以名非實不立故舉實以引之問得以三顯三等者方便眞實秖是三一方便眞實既爲四句三一亦例有後兩耶此亦下答云二如前者三爲一門如以三顯一一爲三門如以一顯三以三顯三去釋後二句前之二句既以三一望於權實名義相顯若後二前雖名義相對義立今不得用名義以釋但以法體相對釋之於中爲三先對釋次三一既不下正判結三以因緣下修性相顯初又二標釋初文但標一句略不標以一顯一句

言昔下釋中具舍二句又二先示非次破此下正釋先示非者寄開顯說破今昔異於中初舉非相此尚不得三一互通況能以三通三以一顯一故一下結非言一非三一等者以其三一既不相即若不開者相顯不成故一非三家之一三非一家之三次破此下依今經正釋先引於一佛乘分別說三證即一之三次引汝等所行是菩薩道證即三之一即爲一施三之一三乃是開三顯一之三一前句騰昔故云分別說三次句顯今故云是菩薩道昔教未說故三一尚隔不云相顯三是一三一是三一由今說已一外無三此三爲一家之三即是以昔一外之三全成一家之三故云以三顯三既開成一三外無一還是三家之一即是以昔三外之一全成即三之一故云以一顯一故知由體外之三顯即一之三由三外之一顯即三之一次三一既不下判結欲開下文因緣三一故先判之言三一既不相異者判向開顯全屬因緣言因緣者秖是感應化儀亦名修得三以因緣下修性合辨自性者即是性德故性德三一雖復本有非修非作乃由因緣即三而一能顯性德即三之一又由性德即三而一能成因緣即三之一亦由因緣即一之三方顯性德一中之三復由性德一中之三能施因緣即一之三是則因緣即三之一顯自性即三之一名以一顯一以因緣即一而三顯自性即一而三名以三顯三以性顯緣準說可知下結文中三一互出者以互顯不互耳以三顯三秖是以三顯一以一顯一秖是以一顯三

雖因釋妨妙盡根源尋一家教門若迷斯旨徒費心神引十五處明門者雖列頭數亦復不知何者須開何者已開門相如何如其不判徒列何益準今文意十五門内但是方便悉皆須開具如隨文解釋者是於中有違今所釋者亦應破之如引方便品智慧爲門此是同體權智豈得云爲實作門次種種門此是權門而但云大乘教耶次雖有一門下不專在教所燒之門三界限域者豈可但云從限域出次車在門外言三界者破亦同前小教爲門未判燒等在門外立分爲二釋云正習盡但在通意門側若大應已得大猶在門外亦如前者與前兩釋並不相應門内如前者意與前在門外同前在二死門外今不可在二死之内開甘露門云大小者是十方梵

請文或當如此不知今在何處大小教耶今文意者本爲開門不爲數門本爲解門不爲知數若數而簡之簡已開之數亦何咎昔說一切世間下更引意根釋開顯意爲開古人所數諸門資生於昔尚非方便於今顯已悉是真實況復三乘五乘等耶若門若非門者非門謂小乘理教色香資生等是門謂别教二觀爲方便從初說故有門非門於今一切無非通途勸修者住於三法仍勸不懈怠心然後說者故知此是觀行位中初二位耳故勸弘圓經以利於他化功歸已至相似位任運妙音徧滿三千不待勸也於中三法相望各各具三初標慈悲次若就下明一中具三修如來下標柔和次若就下明一中具三若就能坐下無標直明般若中三雖復各具秪

是一三三尚非三豈離爲九是則菩薩常觀
涅槃故勸弘經者而常觀之願弘經者觀而
弘之不觀能弘之心焉曉所弘之理故佛令
入我室著我衣坐我座若無三法何謂弘經
安樂行下引下品文同有是利故勸弘者依
方法也上文下引上文釋成五事者如前利
益中列第一遣化人等五是也

法華文句記卷第八之三

音釋

阿閦梵語也此云無動閦初六切　盪徒黨切滌也　瘠秦亦切瘦也